停下脚步，初澄和喻司
亭相视一笑。

每一个365天都是一个轮回，需要
经历的事情会周而复始。每当再次
踏上起点时，日子本身也许不会
改变，却必然能充满新的期待。

他们只需向前看。

遇陽

上

yu yang

提 裙

著

成都时代出版社

图书在版编目（CIP）数据

遇阳 / 提裙著 . -- 成都 : 成都时代出版社 , 2025.
7. -- ISBN 978-7-5464-3711-8

Ⅰ . I247.5

中国国家版本馆 CIP 数据核字第 2025R51E37 号

遇阳
YU YANG

提裙 著

出 品 人　钟　江
责任编辑　胡小丽
责任校对　黄　蕊
责任印制　江　黎　陈淑雨
封面设计　唐小迪
内文设计　唐小迪

出版发行　**成都时代出版社**
电　　话　（028）86783717（编辑部）
　　　　　（028）86763285（图书发行）
印　　刷　北京君达艺彩科技发展有限公司
规　　格　145mm×210mm
印　　张　16.25
字　　数　531 千
版　　次　2025 年 7 月第 1 版
印　　次　2025 年 7 月第 1 次印刷
书　　号　ISBN 978-7-5464-3711-8
定　　价　79.80 元（全 2 册）

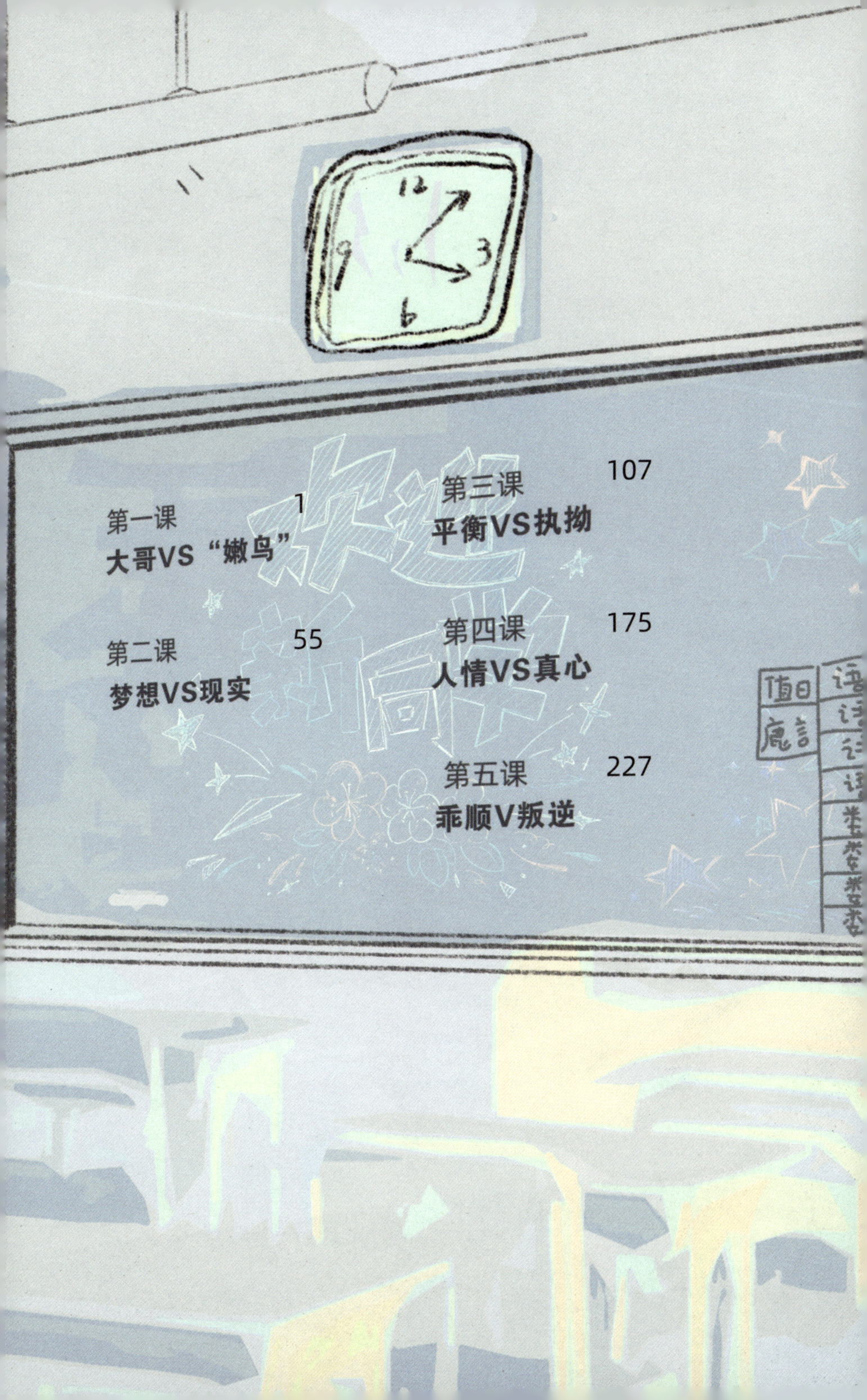

第一课

大哥 VS "嫩鸟"

"几位慢走，欢迎下次惠顾。"

"这家的菜式还真不错。走了走了，你们的外套别落下。"

"哟呵，你别打晃儿啊，老徐酒量一如既往地差。"

…………

8 月的京市夜晚，华灯初上。一伙青年说说笑笑着从一家中式餐馆里走了出来。

初澄稍缓两步，等了等在吧台结账的宿舍长，然后摸出手机问："花了多少？照老规矩 AA 吧。"

对方把发票往兜里一塞，带着淡淡的酒气开口："这还转什么呀？散伙前最后一顿，算我请了。"研究生同窗三年，大家早已处得亲密，听到他这样说都不再计较，纷纷笑应"谢大哥款待"。

众人边走边聊。宿舍长顺势把胳膊挎在初澄的肩头，问："你打算什么时候走？"

初澄歪头答："明天。"

早在半年前，初澄已经通过定点校招面试签好了工作——到外市的一所高中任教。所以这顿饭不仅是为庆祝毕业的寝室聚餐，还是大家为他准备的饯行宴。

宿舍长深吸了口凉爽的空气，一脸感叹状："咱们身边这一群外地漂进来的，不管是要开始工作，还是像川哥一样读博深造，全都留在了京市。怎么也没想到，最后反倒是你一个土生土长的京市人要去别的城市。"

听到这里，前面一位正扶树醒酒的朋友也抬起头，顺口帮腔："就是，你怎么想？家里的四合院装不下你了？而且还是在外市做一个普通的中学老师！不管你怎么干都还不如你家里给你……哎哟，嗤——"没等他说完，站在旁边的徐川掐了他一把，挤眉弄眼道："你是不是喝多了？什么话都往外说。"

同窗这才意识到刚才的话不妥，兀自找补："废话，没喝多的话我能蹲在这儿哕吗？"

"哎哎，你们俩打什么哑谜呢？我是正儿八经的师范院校硕士毕业，怎么就不能当老师了？"初澄知室友无心，不在意地笑笑，跳过了话题。

夜色渐深，都市商业区进入最热闹的时候。刚叫的代驾这会儿还没赶到，一行喝了酒的人走向路边等着。

"这车停得可真有水平。"

众人听得一句吐槽，循声围过去。

饭店附近的停车场里挤满了车。一辆宾利车横在最外面，车身是亚麻白色的，在夜晚显得安静低调。但它与宿舍长的爱驾贴得那叫一个亲密，丝毫没端起自己的百万身价。

"嚯，但凡技术差一点都做不到！"

"哈哈，老大，就问你敢动吗？"

"里面有挪车电话，但是被挡住了一个数字。"趁着众人笑闹，徐川绕宾利观摩一圈，贴着玻璃仔细分辨，"这是 6、8……还是 9 啊？好像都有可能。"

宿舍长无奈地笑："没辙的话就别管是几了。我手机没电，你们仨一人打一个试试，要不然这车怎么倒出去啊！"

"行，那我先试个错。"徐川直起腰，麻利地拨打其中一个号码。他把手机凑到耳畔片刻，听完里面的提示音回头朝大家汇报道："丝毫不出意料，用户已停机。"

初澄和另外的室友也摸出手机，各自拨打电话。

室友撇了撇嘴："我这个没人接。"

"我这边好像也……"初澄连听了六七声等待音,正想跟附一句"没打通",听筒里猝不及防传出男声。

"喂?"

初澄忙用舌尖抵住嘴里的口香糖,垂眸瞥了眼车牌:"您好,请问是京 966 的车主吗?"

"我是。"听筒里传出简短两字,声音低抑,沉而不腻。

初澄接话道:"是这样,现在我们的车被您的堵在停车位里面出不来了。车距太近,为了避免刷碰,给两方造成不必要的损失,您看,方便过来挪一下吗?"室友们闻声把视线汇聚过来,朝着他竖了竖拇指。

电话另一端的人稍作沉吟,而后开口:"在什么位置?"

"佰汇酒厅东门的停车场。"初澄环顾一周,说出了附近的标志性建筑。这是本区相当有名的夜店,很少会有人不知道。

男低音爽快答复:"知道了,我马上过去。"

"来了吗?"电话刚挂断,室友徐川好奇地凑身过来,玩笑道,"人家该不会以为你用这么低级的方式搭讪吧?"

初澄拧拧眉毛:"男的。"

"啊?没劲。我还以为是富婆呢。"徐川瞅了眼车内偏女性化的挂饰,颇为遗憾地咂咂嘴。

大家不禁笑着挖苦,马上要读博的高知分子,还是只有这点出息。

悠悠夜风吹得人满身舒畅。即将各奔前程的青年们倚在护栏边闲聊,打发时间。不多会儿工夫,一辆载着客的出租车停靠到街边,从副驾驶座下来一个相当英俊的男人。他上身穿着白 T 恤和黑开衫,下半身搭了条卡其色休闲长裤,将腿部线条拉得颀长笔直,一米八八左右的身高,把简约风穿出了一眼出挑的高级感。

"您是宾利车主吧?"初澄感受到来人的凛肃气场,为了证明自己刚才的电话并非骚扰,侧身让开,以便对方能查看状况,"我们的车是那辆奥迪 A4L,你看,确实已经被堵死了。"

男人看了眼停放得相当随意的宾利,浓密的眉头微蹙,似有不悦,但依旧保持涵养开口道:"不好意思,添麻烦了。我去拿一下钥匙。"说完,男人径直走进灯光缭绕的佰汇酒厅。

初澄目送他的背影片刻，然后视线落回室友处，低声道："男车主，现在信了？"

"你是真单纯还是傻啊？"徐川微妙地笑笑，不再继续言语。

初澄一头雾水。直到几分钟后，刚才的男人走出夜店，肩膀上多了个长卷发的醉酒女郎。女郎身材火辣，美艳的妆容使其看起来更显成熟。但两人的年龄大体上相差不多。

"川哥神了，还真有富婆？"宿舍长瞪着眼睛，八卦得明目张胆，"猜猜，这俩人什么关系？"

"俏司机接老板？"

"不对劲吧，好像男的才是车主。"

在室友们好奇地猜测的间隙，男人已经把女郎扶进了宾利副驾驶座。他正要俯身为女郎系安全带，却被对方不耐烦地推开。

"什么时候轮得到你管我？"女郎不耐烦地把一沓红彤彤的钞票塞进男人衣领，揉着太阳穴闭目靠进座椅里，"拿了钱快滚。"

钞票"哗"地一下被夜风吹散。男人的眼底噙着冷淡而克制的情绪，沉默片刻后，他弯下修长的腿，把钱和女郎踢掉的高跟鞋都捡了起来。

"啧。"身旁的室友见状咂了咂嘴，"反正，看起来挺复杂。"

对方的容忍并没有让女郎消停下来，她借着酒劲继续醉言醉语，话也越说越离谱。

"喻晨，你适可而止。"男人感受到从周围落到自己身上的目光，发出了低沉的警告，而后强硬地给她系上安全带，关门上车。宾利驶出停车位，很快消失在了主干道大片的灯影之中。

一行人看足了热闹。徐川还捡到一张被风吹到车底的百元钞，扭头揶揄："看见了吗？遍地是风月和金子的都市，你舍得走？"

初澄朝着夜幕里极致繁华的街道尽头望了望，弯起一双清澈笑眼，道："我还是适合在普通城市做个本本分分的人民教师。"

徐川笑而不语，脸上分明写着"你开心就好"。很快，代驾员骑车赶到。青年们笑闹着上车离开，结束了这场送别会。

第二日清晨，初澄没有吵醒宿醉的室友们，独自乘高铁离开了京市。

亭州十中，本市的老牌重点高中之一，也是初澄要奋斗的工作地。此时，这里的学生还没有正式返校，通往操场的甬路上只零星可见几个搬行李的住宿生。正门的校园雕像上刻着校训：崇德尚文，和而不同。随处可见的绿意映衬着远处一座座充满设计感的建筑，雅致而安宁。

也许是个教书育人、安度半生的好地方。

初澄如此想着，不疾不徐地拖上行李箱，一边拿着亭州市教育局人事科签派的报到通知单到各处交材料，一边参观着校园。

"入职手续都已经办好了。"校办工作人员在初澄的教师工作证上盖好公章，连同其他文件一起递回来，"欢迎初老师加入十中。"

"麻烦了。"初澄点头道谢，"那接下来我应该到哪里准备工作交接呢？"

"具体的班级课程安排，还有开学前的新教师培训都统一归教务办公室管。你从前面的长廊穿过去，右手边第二个房间就是了。我刚刚打过电话，他们正在那里等你。"

"谢谢。"

"不客气。"

初澄离开校办，按照工作人员指的路，很容易就找到了"高二年级教务处"的牌子。上一次看到这几个字似乎是在七八年前了。时隔这么久，他都已经从学生变成了任教者。初澄站在办公室门口做了几次深呼吸，做好从此迈入职场的心理准备。他鼓起勇气正要敲门，还未来得及，忽然听到从办公室内传出的交谈声。

一个年纪略大的声音："人家是京师大硕士，校招双选会上的全优荐生，面试发挥也相当出色。当时他手里攥着不止我们学校一份offer[①]……"

"这不是他自己成绩多优异的问题。"另一个年轻低沉的男声打断了前者，"我们班的语文底子本来就差，遇上个负责任的老师好不容易有了点起色，才教半年就要给我换成刚毕业的愣头小子代课，这叫什么事儿啊？"

初澄的动作停顿住。京师大硕士、刚毕业、教语文，这些元素合并在一起，耳熟得离谱啊。但"愣头小子"是说谁呢？礼貌吗？

---

① offer：工作职位。

半分钟前刚做好的一切心理准备，在这个瞬间被四个字压得支离破碎。稍作平复，初澄弯曲指节，敲了敲教务处的门板。

房间里面的谈话声戛然而止，片刻后传来邀请声："请进。"

这种情况，只要我不尴尬，尴尬的就是别人吧。初澄硬着头皮进门，准备当作无事发生，抬眸时竟在办公桌边看到一个十分眼熟的人——身高腿长，轮廓锐利，黑眸深邃。即便对方从上到下都换了着装，初澄还是一眼就认了出来。

这就是昨晚的宾利车主嘛！

在之前的校招双选会上，教务主任已见过初澄，这会儿连忙起身，热情地招呼："初老师来了啊。来，介绍一下，我们学校今年招纳的优秀新鲜血液，初澄。这位是之前高一（7）班的班主任，喻司亭。他教数学，马上开始带高二，本学期你们要相互合作。"

"喻老师好。"出于骨子里的教养，初澄的问好声脱口而出。事实上，他的脑子还没能完全接受。

比起自己，面前的人更加不像是从事这个职业的。在初澄的印象里，一提到数学老师、男班主任，他们还是那副身穿保暖夹克，朝着保温杯内胆里吐茶叶梗的古早形象。但眼前人年轻英俊，衣着搭配精细得体，气质也完全不像是个"既当爹又当妈"的角色。

可再想起他刚评价自己的话，初澄又生不忿。以貌取人，不算君子所为。

初澄刚想张嘴再说句什么，正好看到喻司亭停下动作看过来，从上至下打量的眼神自带凌厉和威严。这人的五官本就带着种疏离的冷感，像这样没什么表情的垂头凝视，给人的压迫感极强。

初澄脖颈一凉，明知道对方不可能听到自己内心的想法，还是发虚，手指不自觉地攥了攥背后的桌角。

这熟悉的气场……高中自习课上被班主任从后门点名的记忆突然袭击了他。

"嗯，你好。"喻司亭点头示意，略显冷淡地回应三个字后收回了目光。他似乎并不在意被人听了墙角，或者说事已至此，没必要再越描越黑。

"我还要开学科教研会，失陪了。"随后，喻司亭拎起两本教材，迈步走向门边，在即将离开办公室之前，又停下脚步，回头对教务主任补充了一句："刚才说的事，您再慎重考虑一下。"

房间里只剩下两个人。经此一遭，教务主任明显有些尴尬。"别站着了，坐。"他转身亲自去倒了两杯茶水，一边动作，一边开口打圆场，"学校做好的决定不会因为他个人的原因改变，而且喻老师就是对生人有点冷淡，相处久了就好了，回头我会做他工作，以批评纠正的方式。"

"不至于的，主任。"初澄勉强地笑笑，"如果我能教好学生，喻老师当然不会再说什么；如果教不好，那他就没有说错。"

教务主任见初澄不计较，自然松了一口气，在对面沙发坐下，接着说："按照惯例啊，新教师入职的第一个学期都是只教一个班级。学校这边决定让你暂时带高二（7）班。我们这个职业确实是很讲资历和经验的，但并不代表年轻人逊色，毕竟很多东西都在改变嘛。既然学校招了你过来，就是对你能力认可，慢慢来吧，路还长着呢。"

初澄虚心受教："是，我听学校的安排。"

教务主任赞许地点点头："好，那我再给你说说年级的具体情况……"

与领导谈话让人神经紧绷，初澄全程坐得笔直，时间久了感觉肩膀都有些酸。又聊了会儿，教务主任抬腕看了看表盘，说："就先到这里吧，等会儿各班级的所有任课老师要在一起开新学期碰头会，你去提前认识认识同事。工作上遇到任何问题，随时可以来找我。"

"谢谢主任，那我就先去了。"初澄起身告辞。离开教务处，还没走几步，听到走廊里有人喊自己的名字，他回头见一个戴着眼镜的斯文青年人站在不远处招手。

"师兄。"能在这里看到对方，初澄并不觉得惊讶。

周瑾，周师兄，同样毕业于京师大，曾是他师娘的学生，几年前也是通过定点校招签过来的，目前在十中任化学教师。早些时候听说初澄要到这边来工作时，周瑾还帮他租了房子。

"你怎么这么早就来报到了？我们俩还想着中午一起去车站接你呢。"周瑾说着，从隔壁办公室里拉出一个人，"这是我未婚妻，沈楠楠。"

站在他旁边的女老师身材小巧，娃娃脸，皮肤很白，留着一头柔顺的黑卷发。初澄对其早有耳闻。她是亳州本地人，毕业后回家乡考了教师编，和周瑾在一起很多年了。当年，周瑾是师娘的学生里唯一一个没考博、没留学，也没扎根在京市的，究其原因，就是不想让姑娘等太久。

初澄绽出明朗的笑容："嫂子好。"

沈老师被叫得有些不好意思，含蓄地点点头。

周瑾接着道："我们俩正要去开碰头会。这学期我继续带5班和6班，她教7班和15班的英语。对了，给你定岗了吗？"

"嗯。"初澄颔首，"我也在7班。"

"那巧了，你们俩可以一起进去。"周瑾仰起脖子示意。

在他头顶，正好是高二（7）班的班牌。

初澄猝不及防，抓紧请教："这个会，具体是什么形式的？需要做哪些准备呢？"

沈楠楠温声解释："别紧张，没那么严肃。就是老师们围在一起坐着喝喝茶，谈谈新学期的各种学习规划，还有科任需要怎样配合主班开展工作。"

"那7班的班主任？"初澄有些犹疑。

"你说喻老师啊？"不必明言，沈老师已会心一笑，"他对学生是挺严厉，但你们是同事关系，也就没什么好担心的了。"

想起之前那种让人打怵的眼神，初澄自我安慰地重复："对，是同事。"

话音刚落下，余光瞥见身侧走来另外一位年长的教师，他瞬间条件反射般让开了路，颔首礼让道："老师，您先进。"

沈楠楠愣了愣，而后"扑哧"一声："看来你的角色切换还需要点适应时间啊。李老师，上午好。"

"你也好。这位是……"被吓了一跳的物理老师恢复了慈祥的笑脸。

沈楠楠顺势引荐："新学期代班尤姐的初老师。"

李老师投来目光："看着像只有二十岁，本科生？"

初澄嘁着笑摸摸鼻尖："不止啦，今年刚好硕士毕业。"

"真年轻啊。"李老师感叹时，就着推门的手，还抚摸了一把自己已泛白的鬓发。

教室的前门"吱呀"一声打开。

喻司亭在黑板上角粘好课表，转身看过来，由于讲台高度原因而略垂着眼睑，一双黑眸漆亮深仄。

"人齐了吧，先坐。"

两位面生的科任老师正在教室前排闲聊。沈老师、李老师都和他们打了招呼，各自找座位坐下。初澄也跟随着。

"虽然学校的碰头会只是惯例不是必须召开的，但正式开学后大家都很忙，很难有时间像这样一起坐下来聊。在座的也都是从高一开始合作的老搭档了，应该不需要我来主持，就趁着这个机会说说新学期有什么需要我做的事，或者定的规矩，我会尽力去配合辅助，完成大家的教学安排。"喻司亭低头整理着讲桌上的各种材料，声音缓而平淡。

等到他做完手边的事情，目光顺势落在初澄身上，似乎是才注意到这个人的存在。

"在开始之前，新加入进来的初老师想先说两句吗？"

已决定多听多学少说话的新老师突然遭点名，猛地抬头，与讲台上的人对视在一起，成功被对方捕捉到了自己眼底那几分不易察觉的无措。仿佛那人想要的就是这个效果。

好在初澄作为优秀师范毕业生，有着千锤百炼后的肌肉记忆，在大脑还没反应过来的情况下，肢体就已经进行了自动应对。他站起身做了个自贬不足、谦逊有余的自我介绍，坦然地把自己说成经验不足的"愣头小子"，虚心地请各位前辈关照指正。

喻司亭漫不经意地摆弄着即将要用到的课件，只在听到某四个字时嘴唇微抿，但没有插话。

碰头会结束，教师下班。周瑾帮初澄把行李拿回了他们合租的房子。

"在新的教工宿舍落成之前，你肯定是申请不进去了，只能暂时租房住。这屋归你，其他是公用区，地方不太大，等我搬出去之后就能宽敞些了。"周瑾简单地介绍了一遍房子格局。

卧室很小，和读书时的宿舍差不多大。初澄瞄了两眼没再细看，反而抓住了另一个点："这么说，你和沈老师的好事将近了？"

周瑾点头："嗯，新房装修得差不多了，打算今年领证办婚礼。"

"恭喜呀，事业家庭双落定，师兄的人生方向已经很明朗了。"初澄笑着祝贺。

"那你呢？"周瑾问。

"我啊？"初澄靠向沙发，语气悠然，"副校长做毕业讲话的时候说了，选择教育就等于选择清贫。所以在哪儿还不是一样？反正我一时半会儿也买不起房，总不能留在家里啃老吧？"

周瑾一笑："话是没错，但说真的，我没想到你会来这儿教书。"

虽说和初澄差着几届，可周瑾也经常听当时的导师夫妇夸起这位师弟，这小子绝对是他们的学生中脑子最聪明，前途也最光明的。

"这些话我已经听过很多遍了。"初澄不以为意，惬意地坐在沙发上，"我就不是搞学术的料，当初读研只是因为年纪小，不想那么快进入社会，索性再读两年。"

"随你怎么想。不过既来之则安之，其实亭州这地方不错。"周瑾给出了个良心评价，鼓励性地拍了拍他肩膀，"行了，你自己慢慢收拾吧，楠楠还等着我呢，走了。"

初澄摆了摆手，深吸一口气从沙发上爬起来，开始归置行李，打扫卫生。

终于收拾好一切，窗外的天色已经黑透了，初澄觉得无比疲惫，随手挂好白天穿的衣服，准备早点休息。忽然，衣架下传来"窸窣"的飘落声。一张百元纸币从衬衫口袋坠向地面——在手机支付横行的时代已经很难看到现金。初澄捏着它思索三秒钟，终于记起是昨夜喻司亭被当街撒钱后徐川捡的那张，不知何时被塞到他口袋里了。想到今日种种，他的睡意全无，索性掏出笔记本电脑插上网线，喊曾经的室友兼好友出来一起打游戏。

"嘟——"微信语音被接通。伴着机械键盘的敲击声，徐川懒洋洋的声音传来："你这夜猫子真是恐怖，这么晚还不睡，明天不上班吗？"

初澄自小就不是个一门心思死读书的孩子。高中时的他兴趣尤其广泛，总是仗着脑子聪明边玩边学，高考后虽说与几所顶尖院校无缘，但也成功上了京字头的老牌名校。

初澄移动鼠标点进游戏竞技场，边操作边答："以前我是体会不到为什么每个游戏里都有那么多的'毒瘤'玩家，才上班一天就理解了。有时候不在游戏里爽一下，第二天的班真是没法上了。"

徐川听了解释不禁发笑："太正常了。职场新人嘛，总是很在意别人的看法。上班第一天遇到什么事了？说出来让我开心开心。"

初澄没在意他的阴阳怪气，反问道："你猜我教的班级班主任是谁？"

"这我上哪儿猜去，你直接说。"

"昨晚的宾利车主。"

"嚯。"听说了这事，徐川的声音里明显带上了浓厚兴趣，"这里的风月都延续到亭州去啦，那你看见富婆了吗？"

初澄啧声："你正经点儿。"

徐川笑得夸张："行行行，快和我说说发生什么了？他又开着豪气座驾把你的自行车堵住啦？"

"……"初澄被噎得语塞。

可仔细想想，倒也真没什么冲突。不就是被人质疑能力了吗？自己刚毕业，这事本属正常。

徐川噼里啪啦地按着键盘，接着往下唠："哎，你们学校这算是卧虎藏龙吧？开宾利的都去当老师了。万一以后真闹点矛盾，你说你们领导会向着谁啊？这群人招你进来的时候应该会看政审表吧？"

"打住，我又不是什么'官二代''富二代'。"初澄说这话时，手上的动作稍有停滞。

确实，初家一不经商，二不从政。但自今往前数三四代，从历史考古到文学书画，再到学术教育，家里人有一个算一个，都是相关领域的重量级人物。一脉相承的常春藤唯独在初澄这里起了枝丫。他从小就想做个远避光环的普通人。如果能随心所欲一点，那就更完美了。

这也是他一毕业就离开家的初衷。

徐川察觉到好友细微的心态变化，语气自然地切换说辞："我的意思是，对方第一次见面就敢给出下马威，以你初公子的性格，必然不能够向他投降啊！"

"那是。"

初澄脱口应和，再次想起今日之事不免郁结，忽然一本正经地提问："你也见过他，客观点儿说，单就职业气场来看，我们俩之间的差距真有那么大吗？"

"说实在的，他的确不是很像老师。但你……"徐川憋着一阵笑，尽量不去打击好友的职业热情，只做事实陈述，"坐在学生堆里伪装个男高中生不成问题。"

"一时间很难分辨你是在夸我还是在贬我。"初澄被气笑了，松开鼠标，伸着懒腰怅然一叹，"算啦，谁让我这张脸比嘴还有发言权呢？累了，睡觉。"

"嘿……"徐川还没反应过来，已见屏幕右下角闪出好友下线提醒，他用语音通话评价道，"你这人，自我调节能力相当强啊。"

八月下旬的天气还很闷热。

新教师培训内容不多，初澄有充足的时间待在空调房办公室里收拾自己的工位，和新同事们交流。

十中的高二语文组目前有9位老师，除他外都经验丰富。全校近几年新招的语文老师也只有他一个，而且只教一个班。

这样想想，初澄也能理解喻司亭最开始时的不满情绪了。

学生返校首日，人潮涌入，校园热闹了不少。

高二（7）班的教室在主栋四楼，语文组外走廊的斜侧面。初澄从办公室窗口看到许多张年轻的脸孔，心血来潮想去看看自己带的这唯一一个班。他悄悄拐下去，从后门边最不起眼的位置探了探头。

近几年学校响应省教育厅的号召，已经不按成绩来划分精英班。但据初澄了解，现在的7班仍然尖子生云集——他们的人数几乎是全年级前百排名学生的三分之一——是名副其实的"学霸班"。教室里摆放着几十套白色桌椅，每人身边都有一个配套的落地式文件架，用来收纳各种各样的教材书籍、笔记试卷。学生们在其间往来穿梭，埋头整理或嬉笑打闹。

看着这样有活力的景象，初澄亦被感染，回忆起自己读书时候的点滴。忽然，一道穿着短袖帽衫的高瘦身影从他旁边挤进门。

"让让。"

那人在最末一排卸下书包，扭身看回来，露出一张清秀的少年脸孔，好奇地打量他两眼，相当自然地抛出一个问句："新来的？"

初澄当他是自来熟，没有出声。

对方却当他默认，紧接着开口："留级了？"

原来是被他认作同学了，难怪口吻比较随意。

初澄扬唇笑笑："我看着显老？"他本就年轻，生着双澄澈干净的眼，笑时露出整齐的密而小的牙齿，样子更添几分少年气。如此一反问，更是真假难辨。

"那倒不是。"男生也弯起双眼，笑容俊朗，"我之前没在咱们年级见过你啊，而且总感觉你身上有点……不属于咱们这个年龄的帅气。"

初澄点头赞道："会说话。"

"鹿言，接着！"一声呼喊，打断两人交谈。

男生循着声音方向看去，"砰"的一声，一个篮球笔直地撞进他的怀里。

"哟，我新换的衣服。"鹿言让篮球在自己指尖打了个转，玩闹式地大力传扔回去。

突然被高抛了一个来回的球体把前排女生吓了一跳。教室里传来嗔怪声："班长，你能不能别一进门就带头打闹？我去大哥那儿举报了啊！你看他收不收拾你！"

"哎！别别别。"

"大哥"两字相当管用，鹿言忙收手，老实地坐下，见初澄还站在原地，拉开身边的座椅，朝他招手，说："先坐吧，这位置没人。"

作为7班班长，这个叫鹿言的男孩子看起来很有人缘，刚坐下，身边就聚上来一堆同学。初澄坐得近，也成功混入"群聊"。新学年的话题无非作业、旅游、八卦，还有游戏。十几岁孩子们的关注点，初澄早已不感兴趣。

直到有个男同学忽然提起："对了，你们知道吗？尤老师这学期不教我们了。"

刚才开玩笑要去打报告的女生扭过头来，语气异常惋惜："啊？为什么呀？"

"好像她身体出了毛病，需要静养一段时间。听说来代课的是今年刚毕业的新招老师，就教我们一个班。"

"不是吧？学校领导是看我们班的理科师资太强了，非要中和一下不可吗？刚上高一就摊上个'更年期易怒症'，好不容易换掉了，尤老师才教多长时间啊？我这本来就半吊子水平的语文，彻底岌岌可危了。"

"我们班的语文底子本来就差，好不容易遇上个负责任的老师，刚有点起色……"

初澄想起了之前在教务处外听到喻司亭说的话，原来7班还有过这档子事。

"你们的话也别说太早。学校总不会一再坑自己的学生吧？如果真的差劲，咱大哥能同意？教务处的桌子还不被他掀了？"

"虽说语文很靠天赋和悟性，但我总觉得新老师会缺乏经验。"

除了初澄和鹿言，围在一起的其余人都发表了自己的见解，而后大家的目光齐齐落在两人身上。

初澄斟酌半晌，缓缓道："可是，所有老师都是从没经验过来的。"

鹿言瞧他一眼，眯着眼睛笑笑，表示赞同："就是，我从不歧视年轻老师，有激情。"

"班主任也很年轻吧？你们刚才一直在叫他……大哥？"初澄自然地提到喻司亭，想试着从这群学生口中套套话。

"嗯。"鹿言挑起单边眉毛，"老大不小的'大'。像他这个年纪还找不着对象的，你觉得会没点儿原因吗？"如此自然又真情实感的吐槽让初澄抿唇笑起来。

鹿言还想再说什么，刚被抹黑的当事人正好进门。

"鹿……"喻司亭从教室前门探身，视线径直地落向后方，在看到初澄的时候声音倏地顿住。随后，他又接着说："出来一下。"

"叫我，还是叫他？"鹿言察觉到那分毫的异样，犹豫着发问。

喻司亭冷声应了一个字："你。"

鹿言"噢"了一声，起身的动作很麻利，看起来应当是挺怵这位大哥的。

喻司亭转身离开前又瞟过来一眼，似乎仍然疑惑初澄为什么会坐在自己班里，而且还一副和小崽子们很聊得来的样子。

班长离开后，其余的学生依然围着他的座位闲谈。初澄从中提取到了更多关于这个班级的讯息。在刚结束的高一期末，全年级部进行了选科大洗牌，7班的配置却几乎没变。现在班里大部分依然是喻司亭一手带上来的老生，而且成绩出类拔萃。学霸们对这位"数理魔王"的认可程度可见一斑。

初澄听着听着忽然回过味儿来。

"哎，不对，对年轻老师的刻板印象到喻司亭这里怎么变成一致好评了？你们刚才可不是这么说的！"

"哪个学生和家长能拒绝大哥'年年带出状元郎'的神级 Buff[①] 啊？我记得高一下要选科分班那会儿，80% 的咨询来访都是奔着他去的。咱班长不就是下一届的市'状元'选手吗？"

"大哥之前一直带毕业生，去年好像是他首次教高一。"

"对，好像是因为高考和教育体制改革，十中好多老师都有年级上的调动。"

"什么呀，你们的消息也太闭塞了，最主要的原因其实是……"

"叮——"

初澄的手机忽然响起消息提醒——语文组全体教师请到阶梯教室开会。学生们的讨论也被打断。初澄看到通知内容后，边跟队形扣了个"1"，边起身出去。

背后传来某学生的善意提醒："哎！你的手机怎么不调静音啊？万一被大哥发现，可就没了。"

"没事儿，他不管我。"初澄扭头朝众人摆了摆手，示意他们继续聊。

除了各班安排的扫除生，此时走廊里已经没几个人。喻司亭顾长笔直的背影立在楼梯转角处，单手持教材，用书脊尖抵着鹿言的手臂，正说着什么。虽然听不到两人的声音，但从尖子生低眉顺眼的姿态来看，大约被训得很凶。

果然是按高标准严格要求的。初澄暗自感叹着，绕路从另一侧下去。

学期初的各种会议开得频繁，针对新教师的会议非常多。除了一些常规的练课和评课安排，教务班子还给初澄分配了一位师父——高二语文教研组组长杨老师。他是个慈眉善目的小老头，和 7 班的物理老师一样，差不多快到退休的年纪，为人极度温和，对初澄提出的各种稀奇问题都很有耐心地回答。

按照十中惯例，八月最后一周是正式开学前的收心课。学生需要按学期内的正常作息上下学，然后统一在各班教室里观看网课视频，听取假期作业题目的讲解。高二组语文科目的所有视频都由杨老师一人讲录。初澄

———————————
① Buff：网络流行语，指增益。

只要有时间就来帮师父打下手。杨老师博学多识，讲课风格轻松诙谐，而且简明扼要。每次旁观，他都学到不少东西。

多媒体教室内，杨老师刚结束一部分的录课，关掉收音麦，拧开茶杯喝水，目光看向一旁正低头写教学设计的年轻人。

"都改了几版了？"

初澄写得专注，听到声音才抬头，笑笑道："总觉得差了点儿东西。"

杨老师顺势接过去看，落目到纸上时，不由得赞叹："书法真不错。"

虽然初澄写了许久已经掉耐心，本子后半页上的笔画勾得随意，但仍然能看出成熟的笔体走锋，一提一顿皆是风骨。

杨老师品鉴片刻，悠悠添了句："不像三五年的功夫，是从小练的吧？"

"是，但……除了字迹？"初澄生在国学世家，家里无论长幼几乎个个都写得一手好字。他自小耳濡目染，当然不觉得这有什么值得夸耀的，这会儿神色乖巧地盯着杨老师，想让对方再多评价一下教学设计本身。

"嗯……"杨老师看穿他的心思，踌躇片刻，接道，"我觉得你的第一版就不错。这一版，也差不多。"

初澄听懂了，意思就是，改了半天还是一样。

见他丧气，杨老师笑："教学设计这种东西，一般都是师范生和搞理论研究的在写。你一不参加比赛，二不评优，非要写得那么出类拔萃干什么？"

初澄也答不上来。

没等他细想，杨老师又问："之前公派实习过吗？"

初澄点头："有，但当时跟的是毕业班，学生在总复习。所以……"所以，他至今还没有在台上讲过任何一堂完整的新课。

"那就是说更擅长讲习题？"杨老师继续问。

尽管两人谈话的姿态很放松，但如果初澄答"是"的话，仍觉得有点儿心虚。杨老师半晌没听到回答，心中已猜着了个大概。其实他完全可以体谅初澄作为全组唯一的新教师会很有压力，尤其是在 7 班。他摘下挂在领口的收音设备，动手整理着那些细线，很自然地提议："既然有空闲，要不然换你来讲一套？"

"啊？"初澄一怔，"可我还没写完师培报告呢。"

"这有什么，一线教师都是要站在讲台上检验的。"杨老师把教学设计连同试卷夹一起递过来，拍板式决定，"给你半天时间备课，晚上你来录，换我在旁边听着。那些材料就不用写了，反正最后也是要交给我看。"

初澄从前辈的语气里听出了善意解救的意味，当即开心地接下材料："谢谢师父！"

上午的工作时间终于结束。初澄坐得腰酸背痛，抱起厚厚一摞材料走出多媒体教室，单手锁门时，卷子被风吹得散落一地。

耳畔传来沙沙的脚步声。

"替哪个老师跑腿呢？搞得跟搬家一样。"刚好路过的鹿言快步走下楼梯，抢先压住差点儿被吹跑的纸张，"要帮忙吗？"

"嗯，五楼语文组。"初澄感谢地笑笑。

虽然接触得不多，但初澄对这个孩子的第一印象很好。开朗大方，聪明又懂分寸，以后如果能把他委派成课代表也是不错的。

鹿言捧起理好的试卷，和初澄并排走在一起，随口问："最近这两天怎么都没看见你？"

初澄如实答："上收心课没我什么事，正式开学自然就见得到了。"

"也是，留级生不用交暑假假作业。"鹿言没有分毫质疑，向前走着自顾自抱怨，"但你不来，我身边的位置又空出来了，时不时就被查岗征用，害得我上课连脖子都不敢动一下。"

"说明你们大哥尽职尽责啊。"老实讲，初澄这样宽慰学生多少带着点儿"站着说话不腰疼"的成分。推己及人，如果这事发生在自己上高中那会儿，单单用脑子想象一下喻司亭的冷脸，他就已经呼吸不畅了。

"你们是不是都挺怕他的？"

"怎么说呢，像他这种个性糟糕的人吧，一般都是外冷内……哦。"鹿言走过长廊拐角，刚一抬头，说到一半的话硬生生咽了回去。

初澄循着目光看去，正巧和站在数学组门口的喻司亭对视在一起。刚刚两人相谈投机的样子全收在那人眼底。

"喻老师，中午好。"初澄率先开口。

喻司亭稍缓神色点头示意，随后看向学生，恢复一贯的冷冽声音："我正找你，进来一下。"

鹿言自然知道被大哥叫进办公室不会有好事发生，借机动了动怀中的试卷，试探道："我帮班里的新同学送个材料……而且，马上就要打铃了。"

班里的，新同学？喻司亭的眉端一扬，很明显是在消化最后三个字。很快，他的目光重新落回初澄身上，意味深长地叫了声："初老师。"

在初澄本人听来，这一声可并非恍然领悟，而是恶意拆穿。

喻司亭道："教务处那边已经正式定岗，这学期我们班的语文教学就辛苦您了。"

"哪里，职责所在。"初澄只得保持微笑，余光瞥向身侧。

"初……"鹿言震惊地重复，脱口一个字后便噤声，下意识退后半步。他仰头看着相邻的语文组和数学组两张办公室门牌，一边怀疑人生，一边自我反思——自己到底是怎么陷入了这种"左狼右虎"境地的？

大脑宕机片刻后，鹿言动作机械地把手中的试卷递还给初澄："初老师，大哥要找我谈话……送不了您进屋了。"

初澄略尴尬地抬手接下，未来得及说话，便见鹿言缩着肩膀进了数学组办公室，连后脑勺上都写着懊恼。这下物色好的语文课代表大约是吹了。

喻司亭依然倚墙而立，面容波澜不惊。目前的情形似乎又达到了这人的预期效果。见初澄站着不动，他好整以暇道："还有事？"

"喻老师辛苦了，回头再见。"初澄假笑着与人寒暄，背过身的一瞬变脸。

他想：明明可以睁一只眼闭一只眼的事，他却偏来讨人厌。难怪被学生吐槽个性糟糕。

在杨老师的指导下，初澄的录课进行得非常顺利。当周，他的讲解视频在全年级组习题课上播放。课间休息时，总有三五成群的同学特地绕到语文组门前，装作路过，张望两眼这位新来的老师。

周瑾来找初澄时，在门外注意到这样的场景，不禁揶揄："哟呵，初老师还没开始上课就这么受欢迎了。"

初澄这几天已经听了关于自己的太多评价，心情犹如坐了几次过山车一样，再难起波澜。周瑾拍了拍他的办公桌隔板："走吧，一起去食堂。"

中午 12 点，正值用餐高峰期。打饭的学生潮把餐厅挤得水泄不通。放眼望去，早已没有空桌。

"初老师，周老师，你们坐这儿吧。"不远处几个学生热情地挥手招呼，快速扒拉几口米饭后收拾了餐盘，"我们吃完啦。"

未等初澄作出回应，几人已经挤着人群出去了。

"好家伙，我明明早出来混几年，现在吃饭好像还得沾你的光。"周瑾就近打了两份餐，摆到桌上。

"不是7班的，我都没见过。"初澄笑笑，带着两分初为人师的得意。正闲聊着，他余光忽然注意到喻司亭也在餐厅里，手上掰方便筷子的动作顿了顿。

喻老师似乎同样找不到空位。初澄正考虑要不要叫这人过来一起吃，见对方已经端着餐盘绕到另一边去了。

周瑾注意到初澄的眼神，回头扫了眼："看什么呢？"

初澄轻叹："独来独往、生人莫近的大哥。"

周瑾不假思索："喻司亭啊？"

初澄低头吃一口菜，细嚼慢咽后接道："嗯。看来我刚才的形容词很贴切。"

周瑾说："全校就只有他们班的学生对着班主任叫大哥。说起喻老师，你们相处得怎么样啊？"

"看着不好惹。"初澄漫不经心地答，"能忍则忍，尽量避免正面冲突呗。"

周瑾笑着拧开矿泉水，道："这可不是你的性格。"

"职场不允许我有棱角。"初澄的语速慢吞吞的，带着点儿挖苦的意思，惹得周瑾又笑了笑。

吃完饭，初澄和师兄分道，独自回办公室。路过数学组时，他隔着窗玻璃看见鹿言一个人站在里面，伏在桌子上写着什么东西。看样子是又被罚了。初澄爱莫能助，没有停下脚步去打扰，回屋继续备新学期的课。

随着时间流逝，日光转淡，晚霞褪去，星辰升起。语文组办公室里的老师一个个离开。

"初老师，我先下班了。你走后别忘记关窗锁门。"

"好，再见。"同事的声音在身畔响起，初澄抬头才恍然发现，屋里只剩他们两人了。

女老师把一串葡萄放在他的桌角，说："我爸妈种的，刚才给大家都分过了，看你戴着耳机写得认真，就没打扰你。"

初澄大方地收下，回以礼貌微笑："太感谢了。"

"不客气，先走啦。"

同事离开，办公室更加寂静。初澄沉下心，继续修改教学课件。不知道过了多久，桌面上的电子手环发出轻轻的嗡鸣——晚上 10:40，这是初澄为了不熬夜给自己定的闹钟，虽然他从来都没在这个点儿睡过。

初澄晃了晃僵硬的肩颈，动作间注意到桌边的水果，站起身把它拿去水房洗，再回来时，见数学组的办公室亮着灯。鹿言居然还在里面，正单肘拄着窗框发呆。

按照十中作息表，学生在 9:50 就已经下晚自习了。

初澄有些诧异，敲了敲门玻璃，询问："怎么还没回家？"

鹿言抬起头茫然地看过来，甩了甩手边的数学卷子，朗秀的眉微蹙着，看起来心情烦躁。初澄推门走进去，朝桌上看。

"这么多？"初澄一惊，"你写了很久了吧？"

鹿言委屈地小声嘟囔："你不知道他的手有多'黑'。"

"吃点儿？"初澄一时说不出来其他的话，看鹿言脸色疲惫，把手里还滴着水珠的水果盒举了举。

鹿言看了看，咂着有些干涩的嘴唇，伸手拿了几粒葡萄。

初澄心一软："都给你了。"

鹿言摇头，嗫嚅着："够了，谢谢。"

办公室里没人再说话，鹿言沉默地蹲在垃圾桶边吃水果，扔葡萄皮的动作都好像拗着劲。初澄原本想和他聊聊天，但看着他情绪不高的样子，只轻叹了口气。委屈的尖子生吃完葡萄，擦干净手，回到桌边还要继续写卷子。

初澄实在看不下去，拦住他："行了，你别做了。都这么晚了，收拾收拾回家吧。"

"我不敢。"鹿言苦笑。

初澄扭头，看到桌上还放着喻司亭的手机，顿时了然："我就在隔壁，如果他回来，我会帮你解释的。"

鹿言看着初澄认真袒护的表情，终于勉强挤出笑容，"扑哧"一声笑道："不用，初老师，我没事儿。每个学期刚开始的时候，我都会被他训得 emo^① 一阵子，过几天就好了，您不用管我。"

听着对方习以为常的语气，初澄感到诧异。按理说像鹿言这样的好成绩学生，应该不会被班主任单拎出来收拾才对。他原本多活泼的一个孩子，居然被训成了委曲求全的样子。

初澄发怔片刻，见鹿言又在专心致志地做题了，只能无奈地离开办公室。

一周收心课转瞬即过。

十中正式开学的第一天，初澄上班打卡比以往都早。今天高二（7）班的第一堂课就是语文，初老师的职场"首秀"。按照惯例，新老师的前几节课都是要有师父旁听的。但杨老师害怕给自己的徒弟太大压力，一直没有露面。更何况在他看来，初澄的业务能力完全控得住场。

上课铃声响起，初老师捧着教材踩点儿走进教室。7 班的学生大多成绩优异，学习自主性也不差，都已经提前坐在各自位置上，准备好了课堂用品。

初澄听沈老师提过，7 班上课是不喊"起立"的。因为喻司亭觉得学生起身挪动桌椅太麻烦，又影响其他人。即便是他随口提问，学生也不一定要站起来回答。

直接迈上讲台，居高临下，只需稍稍抬头，他就能与一双双闪亮又满含期待的眼睛对视在一起。初澄特地朝着鹿言的位置看一眼。果然，那孩子又恢复生龙活虎的样子了。他深吸一口气，抑制住站在众目视线中心的紧张感，捏起一根粉笔头，在黑板上写出矫若游龙的两个字——初澄。

"有些同学可能已经提前得到了消息，或者通过收心课视频认识了我。但第一次正式见面，还是应该隆重点儿打个招呼。我姓初，是大家本学期的语文老师。"他做了个简单的自我介绍，然后略微低头，朝学生们颔首道，

---

① emo 网络流行语。原本是一种情绪化的音乐风格，但到了互联网世界里，被衍生出"丧""忧郁""伤感"等多重含义。在悲伤的基调下，一切的情绪不稳定皆可"emo"。

"很高兴能参与你们的青春，来日方长，希望可以和各位愉快共度。"

新老师看上去似乎意外地好相处。这种友好态度和平等姿态让教室里的气氛轻松了不少。有些自来熟的学生很快就七嘴八舌地问起了问题，比如年纪、毕业院校、爱好等，甚至还有人让他表演个才艺。

"还要上才艺？"初澄在众多道声音中捕捉到了这种类似于砸场子的发言。

学生自然而然地跟着起哄："对啊，否则你以后可能很难混的。"

"是吗？"初澄的笑容淡定又灿烂，原本就清俊的脸孔更加耐看，"那班主任上岗的时候表演的又是什么才艺？说出来听听，我参考一下。"

起哄的学生纷纷开玩笑般做出心上中箭的动作。

"呃，难搞。"

"你不要向下比。"

"他表演要命的好吧？"

……………

初澄维持住课堂秩序："好啦，安静。才艺的事情好说，不过要先上完这节课。"

"好！"

"准备好啦，讲吧。"

"选择性必修上册，教材翻开 102 页。本学期我们要学的第一课是李白的《将进酒》。首先来看一下写作背景，这首诗大约写于天宝十一年，李白与好友登高畅饮……"

初澄打开自己修改过多次，早已烂熟于心的课件，用翻页笔控制着，然后自己从学生座位间的过道慢慢踱步下去。有了扎实的知识基础和充足的课前准备，他渐入佳境，不仅讲授详略得当，还兼顾了生动活泼的课堂风格。一堂课的时间过得飞快。还剩几分钟的时候，初澄带学生练习背诵。

"我背会了，是不是真的有才艺？"等到初澄走到身边时，鹿言拄着下巴问。

一旁还有其他学生附和："我们也会了。"

初澄笑言："那么优秀啊？那，我再教你们唱首歌？"

学生们一时间没反应过来。初澄走回最前面，用电脑挑了段伴奏，倚在讲桌边开口："答应你们上的才艺。这首歌，演唱者初澄，作词是李白。"

台下学生们闻声瞬时欢腾起来。

随着乐音流淌，初澄把讲课的扩音麦凑在颌边，信手拈来一般演唱起《将进酒》。以劝酒诗改的歌曲，用琴乐伴奏，相比吉他和交响乐而言没有那种慷慨激昂，但添了几分慵懒潇洒。年轻的声线唱出了李白看透盛世苍凉后的不羁，虽人生失意但仍满身傲气。

"将进酒，杯莫停。与君歌一曲，请君为我倾耳听。"韵味延绵的尾音与情景无比相宜，如同有魔力一般，成功吸引了全部同学的注意力。

喻司亭查课时听到班级里的骚动，从后门探半身进来，目光落在讲台边片刻。根据演唱者的气质，很难让人相信他私下里不是个烟酒都来的角色。

身为班主任，喻司亭原本还有些担心这个刚毕业的年轻小子不能在第一堂课上镇住自己班上这群"皮猴子"。现在看来，他确实准备充分。意识到自己多虑后，喻司亭像来时一样，悄无声息地移步离开。

歌曲不长，初澄伴着铃声唱完最后一句，挥手示意大家可以下课了。学生们仍然意兴不减，甚至有人因为一段曲调，而爱上了一首诗歌。

"对了，以前有语文课代表吧？"初澄整理好自己的东西，抬头问。

前排学生回身一指："有，韩芮。"

初澄循着手指的方向看过去，见一个皮肤很白的小姑娘坐在窗边。

"韩芮是吧？记住了。那以后就还是你来担任，放学前到语文组找我一趟。"

原本安静看书的女孩子大方地站起身，微笑着应答："好的，初老师。"

终于上完了第一节课。初澄捧着书回到办公室，靠在自己的椅子上长舒一口气。这短短45分钟，鬼知道他在心中演练过多少遍！

同组的同事凑上来，热情关切："初老师的'首秀'怎么样？"

初澄认真地回味了一番："为人师表的感觉，还不错。"

没等缓解过来，下一节的预备铃响起。初澄用余光瞧见杨老师要去上课，连忙拎着板凳追上去："师父，等我。"

坐在门边的老师看着他们的身影，打趣道："新老师果然是满身能量，优秀又努力的样子真让人有危机感啊。"

除了 7 班偶有的双课时，初澄每天只上一节课，有大把空闲时间到处去旁听。课代表有时找不到他的人，索性约了每天的最后一节来问作业。这天下午，不知道是哪班的老师抓了一堆学生来默写，把整个办公室都塞得满满的。

"哇，这么多人，不愧是新学期初。"韩芮在门口张望了会儿，避着人群细声喊，"初老师，我先去一趟大哥办公室，一会儿再回来找您！"

"好。"初澄应了声，低头继续写教案。

不知不觉，外面的天色暗了下去。初澄察觉身边的吵闹声都已经消失，抬腕看了看时间。已经快放学了，韩芮这孩子怎么还没进来？课代表向来准时守约，今天的情况实在奇怪。趁着去水房涮洗杯子的时间，初澄到附近办公室逛一圈，最后还真在数学组拐角找到了韩芮的身影。

小姑娘正背对着窗口偷偷抹眼泪，即便极力压抑，肩膀还是不受控制，抽得一抖一抖的。见她哭得伤心，初澄没敢上前，转身看向喻司亭的办公室。很明显，这是某个家伙男女生都照凶不误的结果。

先不管他到底出过多少成绩，刚开学就挨个"祸害"尖子生的行为是不是有点儿过分了？就算奉行精英教育，也不该是这么个摧残法。大概是初出茅庐的新老师都逃不过"护犊子"这一说。初澄作为科任，本不想招惹喻司亭，可看着平常温温柔柔的课代表哭成那样，实在很难置之不理。

在一番心理斗争后，他还是蹙了蹙眉，打定主意径直走向数学组。

不等初澄走进办公室，喻司亭刚好从里面推门出来。他单手举着手机接电话，抬眸瞥了一眼迎面而来的人，微挑起的眼睑，似是在询问：找我有事？

初澄原本是有见解想要表达的，但在对方笔直的目光注视下哑了火，没能如愿开口。于是喻司亭没做停留，忙着别的事情，从他身边擦肩而过。

初澄轻喷一声，懊恼自己竟然在眼神下就败了阵。但他并不打算就此作罢，迅速掉头往回走。

晚饭时间，语文组已经空无一人。初澄坐回自己的工位，撕下一张草稿纸，提笔"沙沙"地写起字来。刚开始他带着极强的个人情感，笔走龙蛇，字里行间甚至有些指责意味，但写了两段后又很快冷静下来，把之前的纸张揉成了一团。也许喻司亭在执行属于自己的教育方式，又或者自己初来乍到，有一些特殊情况尚不明了。静思片刻，初澄重新落笔。这一次，他换了较为恳切的言辞去表明揠苗助长的行为并不可取。但不久后，这些深思熟虑的产物又被他揉成了纸团。

初澄苦恼地仰向座椅靠背，放空自己。为什么成为教师后的第一个难题居然会是如何委婉劝谏班主任啊！

沉思许久，他终于重新振作起来，提笔写成一封匿名建议信。在信中，初老师用温和的笔触陈述最近几日自己接连看到的客观事实，希望喻老师在奉行自己的教育方式的同时，能多关注学生的情绪状态。信件写完后，趁着办公室还没有人，初澄悄悄把它放到了喻司亭的办公桌上。

因为错过了食堂供餐时间，初澄只能用一桶方便面充当自己的晚餐。番茄牛肉的味道还没散去，办公室的门被人敲响。

初澄抽了张纸巾，边擦干净桌面，边应声："请进。"

"初老师，打扰了。"韩芮礼貌地打了招呼后走进来，"抱歉，我放学的时候忘记了和您约好的事。"

课代表的声音听起来清婉如常，但她的眼眶肿胀得厉害，无法掩饰刚哭过很久的事实。

初澄有些担心地看着她："怎么了？"

韩芮下意识揉揉眼睛："没事。"

"如果有什么我能帮忙的，你可以说出来。"初澄放轻了音量，好听的声线极具安全感。

但韩芮摇摇头："真的没有，就是家里的事情。我和大哥聊完之后已经好多了。"

"你是说，喻老师？"初澄不解，"我看到你从办公室出来的时候，哭得挺凶的。"

听到自己的窘态已被撞见，韩芮不大好意思地红了脸："啊……因为大哥说话太一针见血了。我是觉得自己不够好，被他安慰之后才哭出来发泄的。"

"嗯？"初澄偏了偏头。

韩芮觉得初老师好像不大相信，连忙接着解释："其实……大哥虽然看着严厉，平常也不爱说笑，但他有时候对我们真的挺暖的。要不然，我也不会去他那儿找骂。"

寥寥几句，竟然说出来一种又爱又恨的感觉，表述听起来相当真实。

初澄实觉诧异。既然学生已经说了是私事，他不想再刨根问底。更何况，对方显然更信任喻老师。

"没事就行了。今天的语文作业是整理笔记，书上注解抄写一遍。我看你的眼睛肿得吓人，回去记得敷一敷。"

韩芮用力地点点头："谢谢初老师关心，那我先走了。"

"嗯。"初澄目送着学生离开，然后又倦怠地缩回靠背椅中，继续将脑袋放空。

他在自我反省的同时又庆幸，还好没有因为一时偏见而直接去声讨喻司亭。不然不难想象，那个传闻中个性糟糕的人会如何把自己钉死在耻辱柱上。

开学首周的最后一个工作日，初澄像往常一样，起床后边煮咖啡边备课。

周瑾打着哈欠从房间里出来，看到一大早就用功的他，疑惑道："你今天不是没课吗？大早上喝什么咖啡啊！"

"过分了。"初澄的视线不离教材，"虽然目前我只教一个班级，但好歹也是占分 150 的主科，不至于不安排课吧？"

"不对呀。"周瑾走进卫生间洗漱，隔着拉门仍然坚持说辞，"我记得你周五的课是第一节，等会儿开学典礼，必然要被占用啊。"

开学典礼？

初澄一怔："我怎么不知道这事？校历上也没写。"

"噢。"周瑾开始刷牙，答话声变得有些含混，"可能忘了标注，但学校惯例就是这样，除非有特殊天气，每个学期的典礼都是开学后第一个周五，不用再特意通知。我以为你会听说呢。"

这一箩筐约定俗成，是丝毫不顾新老师的感受啊。初澄心情复杂地看向备课笔记。这样一来，他的周末作业和测试安排全被打乱了。

周瑾收拾整齐回到客厅，看着仍然在宕机状态的室友，笑着询问："要不，我把校园管家小程序推给你？以后的各种惯例活动上面都有通知。"

初澄挤出干涩表情："嗯。亡羊补牢。"

七点半，初老师准时到岗。果然，平常这时段没什么人的塑胶操场上已经坐满了学生。主席台的位置也摆放好了长桌和矿泉水。十中的校服不分年级，统一都是清爽 Polo 衫①加运动裤和外套，男女校服做了深蓝和酒红的颜色区分。全校学生整齐排坐时，看上去还挺壮观。

"初老师，早上好。"

"老师好。"

"初老师早。"

初澄走向后排教师座位区，一路收到不少声问候。他一边回应，一边自我挖苦——看上去光鲜靓丽，但实际上他一节课都没有。

"初老师。"人群中，韩芮唤了声，"我刚才还找您呢。昨天的作业还有几份没收上来，等交齐了以后我一起送到语文组。"

初澄回应："不急，反正今天也讲不上。"

"啊，对……今天的语文课被占用了。"韩芮若有所思了片刻，"那下午有一节自习，您需要用它补课吗？"

"可以吗？"初澄的目光一闪，"如果其他老师都没安排的话，我想过来讲 20 分钟的文言字词。"

虽然初老师在学生时代也深恶痛绝自习课被占之类的事，但一想到被横空打乱的教学进度安排，他也只能选择做这个坏人了。果然有些事情的对与错，只是立场问题。

"得嘞，我给您占着。"女孩眨眨眼，显得灵秀可爱。

典礼即将开始，主席台上传来"喂喂"的声音。

初澄没再多说，笑着朝她竖竖大拇指，随后找了个不起眼的位置坐下。

今日的天气不凉不燥，但大家坐久了仍然觉得无聊，尤其是像初澄这种不参加学年评优的老师，除了出耳朵听着，无所事事。因为任教时间不久，相识的同事也不多，对初澄而言，广播里最熟悉的名字莫过于喻司亭，这几个字反复出现，好像每个教师奖项都有他的提名。

这倒也不意外，谁叫人家带的班成绩一骑绝尘呢。

初澄如此想着，掏出手机打发时间。早上周师兄发来的那条小程序链

---

① Polo 衫：也称网球衫或马球衫，高尔夫球衫，是一种有领运动衫。

接依然挂在消息最顶端。他随手点开，熟悉里面的各种便捷功能，忽然注意到首页标签下有一个名师热度投票榜。喻司亭的名字赫然在前列。

本榜单排名非官方整理。

意思是说这个榜完全是由民意票选出来的？初澄看着底下的一排小字标注，陷入思索。

性格随和的老师很容易和学生打成一片，但他那么严厉，却又受学生欢迎。这就是很难做到的了。

复杂的典礼环节终于结束，接下来还有各教研组的学期工作总结会。在整段的上午时间里，初澄的存在好像都是可有可无的，新人无法融入职场的体验感虽迟但到。午饭后，他干脆趴在办公桌上睡了个午觉，蒙眬间听见一阵铃声，还有开门声。初澄没在意，换了个方向打算继续睡，却被人摇了摇胳膊。

"初老师醒醒，该上班了！"

"快起来，快起来。"

"啊？"初澄睡意未消，睁眼便看见一群人围在自己工位边。不只有课代表韩芮，还有7班体育委员白小龙，以及另外两三个他还叫不准名字的学生。

体育委员再次催促："老师，你该去我们班上课啦。"

初澄仍发蒙，拉下披在身上的外套，看了眼表盘。现在正是午读时间。它穿插在午睡和下午第一节课之间，是用来给学生们醒神的。

"这才几点啊？"

"你再不去就没你什么事儿啦。"一伙学生表现得很焦急，分工合作，两人直接上手把初澄从椅子上拉起来，另外两个拿起他的教材和手机，撒腿就跑。

哎？

初澄还没反应过来，人已经被架出办公室了，连忙道："等会儿，你们先让我洗把脸……"

"来不及了老师，快跟我们走吧。"两个长得牛高马大的小伙子愣是把身高 185 厘米的初澄强行拖下了楼。

初澄又惊又疑。什么时候 7 班的语文学习热情这么高涨了？大白天在自己的工位上遭学生"绑架"，他到底要不要喊救命啊？

"报告！"来到 7 班教室门前，几人异口同声，也不知道是喊给谁听。

初澄终于恢复行动自由，刚踏进前门一步就和讲台上的人对视在一起。

喻司亭居高临下，优越的颌角迎着午后的日光，十分好看。他手里还拿着一沓正在发放的数学试卷，眼神清澈地打量过来，看向挂着一脸疲态的初澄，打量着那因被一路生拉硬拽着过来而搞得有些凌乱的发型，停下手里的动作，淡淡吐出两个字："有事？"

初澄瞥向他身后的黑板。果然，同样被开学典礼占用的还有第二节数学课。所以现在是什么情况？这不是明摆着和人家班主任抢课吗?！

初澄尴尬地笑笑，正想告辞。体育委员从身侧递上一摞教材来，中气十足地大声道："初老师，您要用的书我拿来了！"

初澄的嘴角随之抽了抽，心想：别搞，我可不想招惹他。

喻司亭那道带有穿透力的目光仍然笔直地落下来，双目深邃，辨不出情绪。初澄下意识低头，猛然发现自己衬衫领口的两颗纽扣松散开，他手忙脚乱地扣好，顺带整理好发型。

"把你们的语文书拿出来吧。"班主任这才收回目光，无奈地放下卷子。

初澄只能硬着头皮登上讲台，动作间甚至听到了学生压低声音叫的"好啊"。但被"逼宫退位"的喻司亭并没有离开教室。他坐在最后排，安静地翻看起了教辅材料。那人明明没说话也没抬头，初澄却觉得整节课期间，他那里的气压都低于别处。

不知道是学生们下午上课的状态不好，还是故意想拖掉数学考试的时间。初澄原本预计只用 20 分钟讲解的文言字词，居然整整讲了一节课。课休铃声响起。喻司亭拎上书本从后门出去，顺带叫走了旁边的鹿言。初澄赶紧布置完习题作业跟上去，最后在数学组的办公室外追上了两人。

"不好意思啊喻老师，占用你的考试时间了。"初澄主动上前搭腔。

喻司亭正在门前与鹿言说话，闻声转过头来，不解地停顿了两秒钟，眉端微扬："为什么会这样觉得？你用休息时间给我们班补课，我高兴还来不及。"

站在一旁的鹿言"扑哧"一笑："看来你给人的印象不太友好啊。"

四下无他人经过，喻司亭未有半分犹豫，抬手敲了下鹿言的头，声音冷冽："再说？"

虽然看得出来他没认真，但这一下的手劲不算轻。鹿言捂着头揉了好几下。

初澄觉得有些不妥，低声试探着问："你这样动不动就揍两下，不怕家长找来吗？"

"他不会。"喻司亭答得自然，说完转身进了办公室。

初澄心生疑惑。

"因为我的家长就是他。"站在后面的鹿言见初澄脸上有不解神色，开口道，"你没听班里人说过吗？他是我亲舅啊。"

鹿言解释完，挤出道没那么开心的笑容，指了指办公室："我先……进去了哈。"

初澄在原地揉了揉眉心，简直开始怀疑人生。什么鬼？当初混入内部打探消息的时候，怎么偏偏只听漏了这一条！

"磨蹭什么呢？等我过去请你啊？"办公室的门板关严后，喻司亭不耐烦地催促，"昨天的题做完了吗？一回家就在沙发上睡得跟狗熊一样。"

"做啦。"鹿言拉长声音回答。

喻司亭瞪他一眼："有不会的吗？"

"你先把答案拿给我对对。"

"嗯。"喻司亭走到自己的办公桌前翻找，却在成堆的试卷夹下翻到一个素色信封。他随手拆开快速浏览一遍，脸上的神情稍起波澜。

鹿言等了一会儿，不见舅舅有其他动作，好奇地问："怎么了？那是什么信？"

喻司亭淡然处之："声讨我的。"

"啊？还有这事儿？"鹿言讶异地挑眉，"谁啊？"

喻司亭重新扫视一遍信件，看着上面的字迹，还有相当严谨的遣词造句，沉叹一声："匿名跟没匿一样的愣头儿青。"

自得知喻司亭和鹿言的关系，初澄就很想收回当初那封建议信。之前，喻司亭确实经常把鹿言留堂到很晚。初澄觉得自己稍作建议也无妨。可是以目前的情势来看，他作为外人去置喙，显得十分多余。近两日，喻司亭都表现得若无其事。初澄猜想，他应该还没有看到那封信，于是更迫切地找机会到数学组转悠。

每个周末，学校都会安排开放式的数理化学科辅导，前来解决各种问题的学生让位于第五层楼的办公室人满为患。初澄混迹于其中本不明显。可不知道为什么，喻司亭的眼睛就好像长在初澄身上一样。只要他踏入对方"领地"，就会遭到委婉的驱逐。

"初老师，你还有事儿吗？"这一次，喻司亭甚至停下了给学生的单独讲解，颇为郑重地看过来。

"没有，你忙你的。"初澄不得不绞尽脑汁做出合理回应，"我只是想来找个学生。"

"你的课代表没来我这儿。"喻司亭一本正经道。

初澄对他扬起一抹无破绽的笑容："我知道，不是找她。"

喻司亭终于没再追问，沉声留了句"那你自便"后重新低下头，引着学生继续解题。初澄抓紧机会在他的办公桌边绕了两圈，仔细地搜索每一寸，终于在一大摞作业习题下面看到了那个粘贴完好的信封。趁着喻司亭不注意时，他偷偷把信封抽出来，像送来时一样悄无声息地带走。

如同做贼般坐回到自己的办公室，初澄暗松一口气，用细长手指把玩着素色信笺。它就像是一根被及时掐灭了的引线。初澄拆开信封，确认了是自己手写的那一张，刚想把信撕掉，忽然注意到在纸张的最下方有明显不同笔迹的两个字：阅了。

阅了？他当批奏折呢？

简洁的两个字让初澄胸中怄起一团气。因为喻司亭不仅阅了，而且把信封重新粘了回去。他应该早就猜到自己会往回拿，所以刚刚在数学组里的那些，全是戏要。想到对方当时的心态，还有以后即将共事的各种场景，初澄懊恼至极地瘫在工位上：这个班，我非上不可吗？

"叮——"手机备忘录发出一声提示音。

初澄懒散地抬了抬眼皮。今日工作事项提醒：半小时后新教师评课会。

被气得差点儿忘了正事，他现在已经没有时间浪费在别的事情上了。

初澄暂时忍下这档子"羞辱"，深吸一口气，爬起来翻开备课记录，复习自己的讲课稿。

今日的评课活动在阶梯礼堂举行。初澄到时，里面已经坐了不少老师，黑压压一片，如此阵仗，大约是全年级的集会了。

"你好，麻烦在这里签个到。"站在门边的教务人员把一沓表格递过来。

名单显示，本年度十中全校共新招教师 11 人，其中数学组 2 人，英语组 2 人，政史组 3 人，理化组 3 人，唯独语文组是独苗一根。

"好了。"初澄在对应一栏签下自己的名字。

"初老师对吧？等会儿您的上台顺序特别靠前，在第一排的空位上稍候就可以了。如果有需要用的课件可以提前过去拷贝。"

初澄颔首："知道了，谢谢。"

礼堂内的老师越聚越多。开场愈近，初澄身畔各种不绝于耳的交谈声让他有些不安。毕竟和给学生上课感到的紧张不同，给资深的教师们上课又是另外一种紧张。趁着等候拷贝课件的时间，他走进隔壁卫生间，站在洗手池边给自己做心理建设。

"吱呀——"洗手间的门板被人推开。

初澄下意识地抬头，从镜子中看到了一道高挑的身影。他竟又在这里巧遇了喻司亭。初澄此时的心情有些复杂，不太想说话，只礼貌性地点点头。

喻司亭的神情一如平常般冷峻，看着他一直朝手心冲冷水的动作，忽然开口："心慌？"

一个是即将上台展示的新人，另一个则是会坐在评审席里的名讲师。在这种境地下，初澄自然以为对方是要好心传授些经验。

然而，那人的下一句却是："管好自己，把心思都放在教学上。下次做足准备，也许就不会这么煎熬了。"

这家伙真睚眦必报啊！

初澄张了张嘴，把原来想说的话吞了回去，停顿两秒，开口道："谢谢喻老师的建议，但我没慌。"说完，他麻利地关闭水流，离开了洗手间。

怀着和"喻魔鬼"较劲的心态，初澄居然真的没有刚才那么紧张了。作为第一位上台展示的新教师，他出色而稳定地完成了自己准备的内容。初澄站在灯光下，目不转睛地看着杨老师在座席上与其他老师商讨，各自在记录表上写下优缺点。最后，杨老师终于拨了拨麦头，笑着评价："他们说，好像看见了十中语文教研组的明日之星。"

初澄长舒一口气，弯腰鞠躬，满怀谦逊地致以感谢，然后听到现场掌声雷动。

中午，周瑾照常来找师弟一起吃饭。避开了高峰期，食堂难得清静，没了平日那种人挤人的氛围，好像用餐的节奏都放缓了不少。初澄边吃边单手摆弄手机，手指滑动账单，看着里面一条接着一条的支付记录，餐盘里的鸡腿顿时不香了。

"工资还没发，都已经快不够还花呗了。"

周瑾抬头道："你只带一个班，课时基础肯定低啊。当初我刚来那会儿，饭都要吃不起了。"

初澄忍不住再次念起副校长在毕业晚会上的演讲词："选择教育等于选择清贫。"

"后悔啦？"

"那倒不至于，就是在想有没有能开源的副业。我都已经够节流了，还是捉襟见肘，也不好意思再向家里面伸手啊。"初澄把胳膊挂在桌上，一副若有所思的样子。

周瑾灵光乍现："哎，我这里正好有个升职加薪的机会，你要不要试试？"

"什么啊？"初澄懒懒地抬起眼尾。

"十中向来是双师课堂，在班级监管这一块也有副班主任制度。负责的科任老师可以拿额外补助和早晚自习的陪班费，每个月大概有 800 多块吧。"

"一般来说，地政生化这些选科的老师都是不额外坐班的，所以只能从语数外物四科中选择。7 班的情况你也知道，数学科是班主任，物理老师年纪大了，要注意休息，起不了早，更熬不了夜。再就是楠楠，我们俩要准备结婚，事情实在多。所以她之前提过一次，想看能不能把这个职务落给你。"

周瑾前面的话，初澄都听得仔细，但涉及 7 班之后，他的兴趣显然被冲淡了些。想到某个"魔鬼班主任"一上午对自己的奚落，初澄傲气哼声："我初澄，就是饿死，也不会做喻司亭的助手。"

几乎是"以死明志"的话术让周瑾一愣，诧异道："至于吗？他怎么你了？"

初澄不想重复这段恩怨，只叹道："你别管。"

周瑾取笑他像孩子一样的怄气方式，假装板着脸说教："你可别忘了，职场不允许你有棱角来着。"

初澄听到却没有反应。

"就当你是帮我和我老婆的忙还不行？我额外多出一份房租。"周瑾笑着加码。

餐桌这一侧的人仍不抬头，只能看到他正漫不经意地吹自己的刘海玩。

周瑾无奈，继续开口："每周我再多打扫两次卫生。这真的是最后的价码了。"

初澄吸光还带着冰碴儿的饮料，放下杯子，轻声道："成交。"

生活远不止眼前的苟且，可英雄要为八百块折腰。

初澄周日中午就从教务处领了副班主任申请单，却一直拖到最后一节晚自习前才拿去交给喻司亭。那人正坐在班级后排批改周考试卷，指间夹着红笔潇洒一勾，一名学生写得密密麻麻的解题步骤就被画了个圈。

他斜眸瞥来，朝着申请单扫一眼："自愿的？"

喻司亭说话咬字清晰，七分正经，余三分局气。

初澄点头，想起上一次被学生架着来抢课的事，补充几个字："没被绑架。"

"早自习，6点20。"因为语数组离得近，在过去的一周里，喻司亭经常看到初澄在夜里加班，却从没见过他早到，所以提了一嘴。但他说这话时的语气落在初澄耳中更偏向于一种质疑，等同于："怎么样，起得来吗？"在这种情况下，再大的早起困难户也不得不咬牙撑场面。初澄硬着头皮表示自己知道。

这几分勉强根本逃不过一个优秀班主任的眼睛。但喻司亭没有刁难，痛快地在申请单上签了字。动作间，他淡定地开口："今晚我要被叫去高三那边研究模考新题型。如果你方便的话，放学之前帮我照看一下班里？就当是提前适应岗位。"

"啊？"初澄没预料到自己这么快就要上岗。

偏偏喻司亭的每一招都是激将法。

"能行吗？"语气淡淡的三个字，仿佛每一个字都在向职场新人发起挑战。

初澄再次点头，不行也得行。

"辛苦了。"喻司亭神情稍变，眼底分明噙着意味不明的笑。他出口的话分毫都没有打击新老师的积极性，他自己表示拭目以待。

第二节自习铃声响起。7班的学生接连回到座位，没有一个人去注意喻司亭所在的位置。整个教室里，就连必不可少的桌椅碰撞声都是轻之又轻。

作为一个读过十几年书的人，初澄很诧异他们是怎么做到这样安静有序的。喻司亭也不用多费口舌。他从空位的桌膛里拎出几本书，顺手拍了两下鹿言的肩膀，然后从后门离开了。就当着初澄的面，这对舅甥间好像达成了某种不足为外人道的共识。

5秒钟、10秒钟……在某一个特定的时间点，7班教室里传来很小声的询问："大哥走了吗？"

"下楼啦。"门边的同学精准回报。

"哇哦——"下一秒，窸窸窣窣的声音从教室各个方位响起。

初澄忍不住笑，开口维持秩序："好啦，稍微庆祝一下就行了，我不要面子的吗？"

学生们闻之一笑，然后很配合地恢复了学习状态。

初澄在喻司亭的位置上坐了会儿，总觉得教室里有窃窃私语的声音。他环顾几周，找不到声源，只好起身走下去。此番巡视的效果并不显著，学生甚至不加避讳，依然和同桌小声说话。直到初澄用手指敲了敲其中一人的桌角。

学生茫然地仰起头："初老师，大哥允许我们在最后一节晚自习的时候互相讨论问题。"

初澄垂着头，落下清冽的目光："那也要注意声音大小，不能影响到第三个人。"

"好吧，我尽量。"学生耸了耸肩，拿出草稿纸改为写写画画。

初澄环着双臂，继续走动。

"初哥——"后排男生盯着他走来走去的动作，自来熟地搭腔，"你的鞋是限量款吧？多少钱啊？"

"随便买的。"初澄单手轻轻压下他的脑袋瓜，"写你的作业。"

男生不在意被浇冷水，重新托起下巴继续问："大哥不在，怎么是你来监管纪律？这学期我们班的副班主任是你吗？哎，别走啊——"一句接着一句的闲聊让初澄幡然醒悟，这个班的学生根本就不怕自己，反而是好奇更多一些。于是，初澄只留给他一个警告的眼神，径直走过去，不予交流。

一节晚自习有漫长的1小时20分钟。初澄没提前准备，有些无聊，只能翻看学生的教材打发时间。昨夜为了背诵说课稿，他熬到了很晚才睡，此时再盯着那些密密麻麻的公式，更易困倦。趁着班里的秩序还好，他悄悄从后门踱步出去，到水房里洗把脸清醒一下。

等初澄再回来时，7班教室内已是一片新大陆——仅仅几十个平方米的空间里，并没有大的吵闹声，但好像每一处都在发生讨论，整个班级嘈杂异常。

初澄不好公然打破喻司亭的班级规矩，只能一个一个去提醒。但他每次维持纪律的效果最多坚持几分钟而已，甚至刚走过的地方很快就又传出肆无忌惮的笑声。同样的话说了太多次，初澄觉得自己的喉咙都干了。此刻他才真切地意识到随意接下任务的自己是有多草率。

坐在后门边的鹿言写完了两套英语卷子。听着不绝于耳的噪声，他停下笔，从桌下偷偷摸出手机，点开微信发消息。

鹿言：甩手掌柜，你在不在？

几分钟后，聊天框里出现喻司亭的回应。

喻司亭：我准你在自习课上玩手机了？回家自己主动交出来。

鹿言咋舌。

鹿言：不是你走之前示意我盯着些吗！什么时候回来？初老师快压不住了。

喻司亭利落地回了三个字，外加一句质问。

喻司亭：回不去。班里纪律乱成一团，你这个班长是干什么吃的？

鹿言：我可管不住。

鹿言想都没想就回了这几个字。他和喻司亭都很清楚 7 班这群尖子生是什么样的叛逆水准。但凡有盏省油的灯，高一的时候也做不成联名申请更换语文老师的事情。像这种自习，如果没有老师在可能还好些，大家学习自觉性较高不会很吵。可一旦获得和新副班主任相处磨合的机会，同学们反而会想去故意试探一下那人的脾气和耐性。

现在起来帮忙，就是站在群众对立面的"叛徒"。这种角色，鹿言才不会做。可看着被试探得不胜其烦的初澄，鹿班长又深表同情，只好再次打字。

鹿言：他都要哑啦……

喻司亭显然忙着，没有再回复。

放学时间临近，初澄已身心俱疲。他好歹算是维持住了基本的秩序稳定，没有让噪声愈演愈烈。但那种小规模的"地方骚动"，一直都在。

"咳咳——"走廊内骤然传来熟悉的咳嗽声，教室内立刻有人去侧耳细听。

"开学术讨论会呢？"随着一道有挖苦意味的询问，喻司亭从前门大大方方地走进来。未等有学生做出反应，他继续道："老规矩，全员低头安静做题 20 分钟。从这一秒开始，每有一个人和我对视一次，放学时间延后一分钟。"

"1，2，3，4，5，6……"还在仰头发愣的学生已经被逐一点到。随着喻司亭口中冷漠的数字增加，大家连忙低下头去。中后排的那些"刺儿头"就算学不进去，也得死死地盯着题看。

瞬间，整个教室鸦雀无声。

初澄沉默感受着这种神迹一样的效果，瞪大眼睛，心情复杂。

很快，放学铃响。教室前后的门都敞开着，走廊里传来其他班级学生的奔跑和交谈声，甚至有胆大的外班男生探进来看热闹。7 班却没有一个人被扰乱抬头。喻司亭捧着一本教参自若翻看。初澄看着他游刃有余的样子，一边悄悄活动早已站麻的脚踝，一边在心中懊恼。

时间一分一秒流逝。教室外从吵闹到安静，从人流汹涌到零星点点，教室里只余"沙沙"的写字声。

终于，喻司亭抬头看了看钟盘，而后把视线落向乖巧自习的学生们，淡淡一句："走吧。"话音落下，喻老师自己率先夹着两本书走出门。随后，班级里才响起琐碎的交谈和整理书本声。

鹿言连忙塞好自己的卷夹，拎着书包追出去，走到初澄身侧时，对他笑得灿烂："初老师，继续保持激情！加油，我看好你。明天见！"

初澄疲惫地摆摆手，带着被班主任和学生双双赏下马威的挫败感。

真的累了，勿 cue①。

作为惯性熬夜爱好者，初澄在其负责的首个早自习就顶着满脸倦色。即便遭遇职场滑铁卢，身体精神双疲惫，但凭着敬业心，他还是坚守岗位，把鹿言旁边的空位发展成了自己的另一张办公桌。

好在这一日是教师节，十中全校停晚自习，在校工作时长大大缩短。下午 5 点钟，教工提前下班。初澄离校前，按照教师群内的消息通知到收发室领取节日福利。周瑾进门时，初澄正蹲在高高摞起的果汁箱前认真挑选口味。

"精神状态尚可啊，初副班。"周师兄见他认真的模样，开口调笑。

初澄没起身，只向他征求意见："是选橙子味好还是山楂味好？"

"两种都拿呗，我那箱也给你喝。"周瑾凑近，随手拎几箱东西后在领取名单上签了字，边摆弄手机边继续道，"正好我还要找你呢。"

"嗡——"初澄的手机随之轻轻震动起来，是对方发来的一张电影取票码，观看时间就在今晚。

周瑾说："我记得前几天你念叨着想看这个，就买了。"

初澄察觉异常，警觉地略掀眼尾，狐疑道："无事献殷勤，你在打什么主意？"

"难得我和沈小姐都没有晚辅导课，当然是想趁机约个会，请求我方同志批准。"周瑾遭拆穿也不觉尴尬，大方坦白。

"这关我什么事？"初澄无奈，感慨自己上完一天班还得被迫"吃狗粮"。

周瑾眯眼笑着解释："当然有关系。我想在家里给她做顿烛光晚餐嘛，你在，不合适。"

① 勿 cue: 网络流行词，该词经常被用在综艺节目当中，指请对方接话、表演交接转换的意思。

"啧……你们这些情侣腻歪起来真是不顾单身人士的死活。"初澄虽心灵受创，但架不住师兄诚挚拜托的眼神，人家还把选好的教师福利都留给他带回去，于是他说道："好好好，我去看电影。喝水别忘挖井人，回头成家记得让孩子喊我做干爹。"

"叫干哥哥都行。"周瑾心愿达成，竖着大拇指目送他离开。

距电影开场还有一段时间。初澄走出校园直接打车到商贸大厦，就近在美食广场吃了晚饭，然后拎着杯冰咖啡上楼取票。

伴着电梯厢门打开，里面传出惊喜的唤声。

"初老师！"

初澄抬头，第一眼先瞧见穿一身衬衫黑裤、身高腿长的喻司亭，第二眼才是在他身后说话的鹿言。

"巧。"见对方稍愣了一下，喻司亭率先开口，"几楼？"

初澄跨进门，瞥向已经亮起的影院楼层，说："一样。"

喻司亭只点头没答话，身子依然站得笔挺。初澄礼貌性笑笑，立在了一旁。

"初老师你也来看电影啊？哪一部？"鹿言明显更热情些，在电梯运行间向前凑了凑，闲聊着问。

初澄指了指厢内粘贴的海报，答道："新上映的动作片。"

"噢，我们看这个。"鹿言指的是部动漫喜剧，画报的风格看上去荒唐怪诞。

如果是早前，初澄也许想象不出喻司亭那种不苟言笑的人会带孩子出来看这种动画片。自从记下"阅了"两字的仇，他越发觉得，这家伙虽然顶着张冷酷脸，但实则性格恶劣，干出什么事都不足为奇。

"叮——"电梯上行。影院楼层到达，三人一道来到接待处。前台旁立着一张应景的"不忘师恩"告示牌。今日教师观影，只要持有证件或者工牌等身份凭证就可以领取节日限定的爆米花桶，还附赠一个"三尺讲台"系列手办盲盒。海报上绘的礼品看上去十分精美。可惜初澄提前不知情，并没有带任何证件过来，只能浪费这次机会了。

"我的电影要开场了，先过去检票，喻老师回见。"初澄从自动取票机处拿了自己的观影票，转身对两人说。

喻司亭颔首示意，清晰好看的唇线略有弯动，算是调出了一副友好表情。

周瑾买的这部影片刚刚上线，票房正火热，入场处排着长长的队伍。初澄一边喝冰咖啡，一边刷看手机，跟着人群缓缓挪步。

"初老师，等一下。"就在初澄从工作人员手里拿回票根时，鹿言的声音再次在背后响起。

初澄应声回头，看见学生抱着一桶巧克力味的爆米花走来。

"这个给你。"他把纸桶递过来，还从外套口袋里掏出一个巴掌大的盲盒玩具。正是刚刚海报上展示的那种。

"给我？"初澄觉得奇怪。

鹿言笑笑："嗯，我舅和柜员说你是他的同事，她就多送了一份。"

男生说着还朝他晃晃手机。屏幕上是一张照片——主人公正是自习课时在教室最后排困到打瞌睡的初老师本人。彼时正是清晨，窗边的日光清透曚昽，明晦交替更显睡梦甜甜。但被抓拍的当事人根本无心关注自己上镜与否，因为这个角度显然是喻司亭站在讲台上拍的。他甚至还有可能举高了手臂，以此来找到最合适的抓拍角度。

初澄可不认为那家伙这样做是出于好意，这分明就是拍下了自己工作懈怠的罪证！现在他还要用这张工作"摸鱼"照来证明自己的教师身份。真是好一招杀人诛心。

初澄心情复杂，接过来自同事的"馈赠"，嘴唇间挤出几个并非发自肺腑，而是来自牙缝的字："帮我谢谢他。"

"虽然我能理解你现在的心情，但至少，爆米花还挺好吃的。"鹿言努力地忍笑摆手，"好像要开场了，初老师快进去吧。"

电影即将开始，放映厅内亮着一排绿色的安全灯。初澄找到自己的位置落座，趁屏幕上播放广告的时间，把盲盒拆开。一枚老师伏案姿势的印章出现在他的手心。小巧精致，但又恰到好处地带着点儿嘲讽。

初澄左右摆弄，哭笑不得。

大咖云集的电影没有辜负院线高评分，刺激的剧情让人回味无穷，结局处设置的悬念也很对推理迷的口味。初澄觉得近日来的工作压力都被缓解了。他一边走出影院，一边发语音给周瑾："我准备回家了。"

周瑾那边应该已经结束了烛光晚餐，消息回得很快："外面雨下这么大，你有伞吗？"

"啊？下雨啦？"

初澄走到商场一层才听到稀里哗啦的雨声。如注的水流从屋檐处落下，大雨泼洒在地面，又被风吹成波纹状。

"嚯，还挺大。没伞，你要给我送吗？"

发完这两条语音，初澄把手机塞进兜里，顶着手提袋跑向公交站透明的遮雨棚。单单是这么几米距离，他脚上的帆布鞋就已经被淋湿了。街上的出租车都是满客状态，完全不在意路边是否有招手的乘客，一辆接着一辆带着雨雾疾驰而过。

这就有点狼狈了。

初澄叹了口气，正想用打车软件试试运气。一辆从商厦停车场开出来的白色SUV（运动型多功能车）停到了他身边。

副驾驶位旁的车窗降下，露出鹿言清秀的脸孔。

"老师，你去哪儿啊？"

初澄还没答，后面紧跟着的车辆按喇叭催促。SUV主驾驶位上的人目不斜视，沉声道："先上车。"

"好。"初澄拉开后排车门迈上去。

车内的铺设装饰相当干净，连地垫都整洁得不染灰尘。初澄的鞋和裤脚都有点湿，还带着泥浆，这会儿只能老实坐着，不敢乱动。

他的手机又响起一声，还是周瑾发来的消息。

周瑾：想太多了，我准备在家给你煮姜汤。

这是在咒我被淋感冒吗？真是恩将仇报。

初澄刚想回复。前面坐着的鹿言忽然转过身来，打断了他的思路。

"初老师，要一起去吃夜宵吗？"

"不了，我住在运城家园，你们把我放在顺路的地方就行。"初澄麻利地婉拒。他觉得喻司亭让自己搭车是一回事，但他们好像还没熟到一起约着吃夜宵的程度。

"运城……那还挺顺路的，我们住繁天景苑。"鹿言默念一遍听到的地名，转向驾驶位，"小舅，你先送初老师回去吧。"喻司亭应了声"嗯"。

因为打算在亭州定居，初澄研究过这里的楼盘。繁天景苑，全市最好的河畔洋房，与他现在住的地方隔桥相望。初澄脱口而出："那边的房价贵得离谱吧。"

喻司亭看着倒车镜打起方向盘，随口道："买了挺久了，之前还算便宜。"

就算再往前倒 10 年，那也是天价楼盘。对方的语气过于平淡，反而惹人腹诽。说好的"选择教育就相当于选择清贫"呢？为什么他会这么有钱？人比人真是气死人。初澄想到自己微薄的工资和待还的花呗，郁闷不语。

喻司亭察觉到了车内忽然安静的气氛，通过后视镜看他一眼，没有再继续说话，在暴雨中把车子开得平稳。

SUV 驶到了运城园区。窗外的雨势已有所减弱，但密集的雨点打在玻璃窗上还是噼啪作响。喻司亭在横杆前鸣笛示意。穿着胶靴的门卫站在遮雨棚下摆了摆手，意思是需要登记才能放行。

初澄忙开口："门禁挺严的，而且你进去之后不好绕出来。我在这里下就行，没剩多远了。"

"没事，坐着吧。"喻司亭声音清冷地说了几个字，然后十足配合地停下车，打开窗签字留联系方式。他写字时，整洁的衬衫袖口被风刮进来的雨染湿了些，他对此浑不在意。

没想到一向冷脸的喻老师也有热心的一面。初澄在后排注视着他认真填写信息的动作，有些后悔自己之前对这人的那些习惯性腹诽，直到听见门卫的问话声才回神。

"住几号？"

"噢，29 栋，最里面。"

物业盘问清楚后才打开横杆。喻司亭把车开进去，凭着精湛的泊车技术把 SUV 停在了差两步就能进楼的位置。

初澄一边摸上车门把手，一边道谢："麻烦喻老师了，还要特意送我进来。"

"不麻烦，如果你一上岗就请病假，对我和我们班的风评、影响都不好。"喻司亭说的是玩笑话，但挖苦之外好像又有点道理。

初澄看在他载自己到楼下的分儿上不予计较，打开车门，只一个跨步就站在了单元门外的阶梯上，粲然一笑道："放心，以这种搭车方式，我根本没有请假的机会。"

喻司亭面不改色地回以玩笑："职场上收揽人心的小恩小惠，初老师不用太介怀，上去吧，走了。"

鹿言也探头摆手："初老师明天见。"

"再见。"初澄目送喻司亭倒车，忽然注意到对方车前也摆着一个拆开了的盲盒——是一位老师捧书滔滔不绝讲课的造型，浑然不知某捣蛋的学生正在他背后扮鬼脸。因为代入感太强，初澄第一时间联想到了监管自习时的自己，掏兜翻出另外一个。灵光一闪，他终于理解喻司亭毒舌时的乐趣来源于哪里了。

大概是因为太过得心应手而感到无聊的职场老鸟，在自己领空之下发现了一只笨拙学飞的鹅。

教师节小休假结束后，十中的课程安排一如往常。7点过一刻，初澄从后门走进7班教室。

有大哥在场的自习向来安静有序，除了偶尔的书页翻动声，再不会传出其他噪声。初澄不必为纪律操心，便给自己找点其他事情做，弯身整理起近两日放得乱糟糟的文件架。忽然，他身边响起突兀的声音，中气十足，不怒自威："给我。"

"啊？"初澄被吓了一跳，下意识抬头应答，却只看见一道修长的身影背对着自己站立。他刚才太专注，完全不知道喻司亭是什么时候走下来的。

旁边那个被抓包的学生大概也如此想——白小龙惊慌无措，仰头一脸苍白地辩解："大哥，我就掏出来看一下时间，没玩。"

"别废话，拿来。"喻司亭根本不想听借口，面无表情地伸手向前讨要。

白小龙在他冷冽的眼神下坚持数秒，终于抵抗不住威压，老实地把手机上交。就着传递的姿势，初澄瞥到手机屏幕停留在游戏界面。

大早上打游戏，胆子够大的。

喻司亭没多说半句，蹙眉转身。下自习的铃声刚好在这时响起。他赶着要去上早课，只好把没收物品转交给还在一旁看热闹的初澄。

"先放在你这里。"

"好。"初澄点头，揣起学生的手机，抱上刚收拾好的作业本溜回办公室，准备小憩一会儿。

"吱呀——""咯吱——"语文组的房门被连续开关两次。初澄的屁股还没坐下，就见一个做贼心虚的家伙尾随自己而来。

"初老师。"白小龙进门，径直走向初澄的座位。

"什么事？"

"您能把手机还我吗？"

初澄虽能猜到对方来意，却没想到他如此开门见山，眉宇一舒，笑道："怎么，欺负老实人啊？如果这东西在大哥手里，你敢来拿吗？"

"这不是给你了吗？"白小龙嘟囔着，话音里带着点软磨硬泡的意味，"还给我吧，我下次不玩了。"

初澄嗤声一笑，也不看他，一边继续整理，一边回应："我耳根子不软，别来这招。"

周遭安静片刻，半晌无人再说话。早间第一堂课，办公室里坐着好几位空闲的老师。体委长得牛高马大，他达不到目的不肯罢休，就这样杵在那里。初澄更是淡然地自顾自忙碌。这一静一动的对峙惹得大家频频注目。

片刻后，学生沉不住气，率先打破了沉默："那你打算什么时候再给我啊？说个时间也行。"

初澄停下动作，温温和和地看向他，态度无比明确："你的东西不是我没收的，我只是暂时保管，说了不算。如果真的想要，去找你大哥。"

听到初澄再次提喻司亭，白小龙脸色一变："不给算了，我再买新的。没别的事我回去上课了。"说完，学生转身推门出去。这次门轴反弹发出的声音明显比刚才更响亮些，震得初澄连困意都减退了。

他倒是先来了脾气。初澄抬眸看向他离开的背影，眼尾略掀动了半分，但没有说话。同办公室的其他老师替他鸣不平："这小子真是越来越下道，半点都不如从前了。"

7班的差生不多，初澄都做过了成绩分析。白小龙近三次考试的年级排名呈跳楼趋势，永远在刷新下限。单从同事的语气里，他也能听出些许遗憾之意。

初澄对这个学生的了解不多，便好奇地多问了一句："孙老师之前也教过他？"

"我没有，但我老公是他初中的班主任。"邻桌的语文老师稍移转椅，靠近了一些，接着说，"这孩子升学之前的成绩还挺好的，自从上高中就不太适应，状况百出。高一连续几次月考成绩不理想，自我放弃。"

"白小龙嘛，年级里挺有名的。"

此番讨论一石激起千层浪，各位老师都表示听说过一些关于他的事，七嘴八舌地介绍起了学生的"光辉事迹"。

"网瘾少年一个，典型的'从手机里找成就感'之人。他上学期开始沉迷打游戏，听说还给班里学生做代练，带坏其他学生。气得原来的班主任说带不了他，这才分到喻老师班里。"

"本来还挺好的孩子，就是想法天真。觉得自己在手游上有天赋，嚷嚷着以后去做职业电竞选手。家长也算是学校的常客了，但人家直接说管不了，也不想管了，能混到毕业就行。"

"可这才高二啊。"初澄听着大家的话，觉得有些不可思议。

孙老师无奈一叹，发表了一些肺腑之言："这小子爱面子，倔劲上来谁都管不了。你没收一个手机，作用不大。他如果非闹着要，家里还真有可能给他买新的。所以，你也别太较真。家长不配合，学生不上进，累死你一个也无济于事。"

原本只是办公室里的闲谈，大家说完也就不当回事儿了，初澄却若有所思。白小龙的成绩已经掉到底了，再这么混下去，就真的没什么希望了。而且，如此草率就决定未来的方式，终归儿戏。

片刻后，初澄打开了微信通讯录。之前参加碰头会时，班级各科老师间都加了联系方式，但到目前为止还没说过几句话。他在其中找到喻司亭的名字，轻敲九宫格，发了条消息过去。

初澄：白小龙的事，你打算怎么处理？

对方通过一个问句，敏锐地猜测到了细节。

喻司亭：他去找你拿手机了？

初澄如实回答了个"嗯"。

喻司亭的回复在意料之中。

喻司亭：不用管他，可以都推到我身上。回头我会找他的家长谈。

初澄回想着刚刚发生的事，还有老师们的话，清楚地知道以这孩子的性格，应该挺不好管。深思熟虑后，他试探着发问。

初澄：要不然，把这件事交给我处理吧？

对话框另一端的喻司亭稍顿片刻，然后对话框的上方显示"对方正在输入"。

喻司亭：可以，如果你有想法的话。

晚自习放学时间，办公室里只剩下初澄一个人。

"当当——"敷衍的敲叩声后，体委进门。

"初老师，你找我？"虽然再次听话地到办公室，但白小龙脸上却是一副"我现在不高兴，你说什么我都不想听"的样子。

初澄并不在意他的嚣张气焰，如往常一般和颜悦色："听说，你在接游戏代打？"

白小龙的眉梢一挑，只当是被人告了状，没有接话，双手一背做好了听训准备。

"还不好意思了？"初澄笑笑，"怎么收费？"

学生显然没想到会有这么一句，神色诧异道："你下一句，该不会说要找我排单吧？"

初澄不承认也没否认，斜倚着桌角悠然对他说："报一下 ID①，先看看实力。"

白小龙的齿间发出"嘁"的一声，随即嘟囔出一个直播账号。

初澄照着搜索，随意浏览几眼后抬眸睇向学生："排位最高能代打什么段位？"

说起游戏，白小龙感兴趣得多，答话也痛快："到 55 颗星吧，再高没试过，不保准的段位我也不会接。"

"还挺有职业操守。"初澄轻笑着与他对视，从对方脸上不难看出得意之色，随即爽快决定，"那就帮我打 40 星段吧。"

---

① ID: Identity 的缩写。游戏世界里的"身份证号"，每个玩家在游戏里都会有一个独一无二的 ID，用来标识身份。

白小龙觉得自己被质疑了能力："你这算瞧不起我吗？"

"不是啊。我账号目前就到 40 星。距离这个赛季结束应该还有两个星期，帮我打到 55，没问题吧？"初澄的解释听起来坦然又真实。

白小龙不假思索道："根本用不了这么长时间。"

"但我不急。"初澄并不否定学生的自信，"你可以慢慢打，战力英雄路线统统随意。我只有一个要求，无论上什么科目，你都不能占用上课时间。"

对话进行到这里，白小龙狐疑地皱起眉毛："你不是逗我吧？这事儿大哥知道吗？"

初澄拉开抽屉，拿出里面的手机在掌心晃了晃，声音徐徐："开学前我就说过，他不管我。"

白小龙看到自己失而复得的手机，才相信眼前这人是来真的，越发觉得不可置信："你就这么还我了？"

"因为我相信即便不还，你很快也会有新的。没听过一句话吗？打不过的时候，可以加入。加个微信，晚点再找你。"

初澄眯起笑眼的样子实在友善。他摆了摆手，示意自己没有其他的事情了，还不忘温声提醒："出去的时候轻点儿关门。"

白小龙被他说得发怔，离开办公室时脸上的表情很复杂。初澄却难掩笑意，目送着学生离开，然后才看向窗外如水墨的夜空，收拾东西，下班回家。

自从来了亭州，初澄总是从早到晚地待在学校，还没有时间好好逛逛这个从今往后都属于他的城市。正巧昨晚刚下了大雨，户外的空气都变得洁净、湿润。初澄走出校园，就着街道两旁柔和的霓虹，一路赏景，不紧不慢地散着步回去。

归途刚过一半，他的手机里收到一条白小龙发出的消息。

白小龙：最后再问一次，你是认真的吗？

初澄轻啧一声，打字回复。

*初澄：*被害妄想症啊。你有什么值得我骗的？

白小龙：老师不都以教育为天职？

学生的话里带着几分自以为是的认知。初澄的回复却让他无从反驳。

*初澄：*你以为我挣几个钱？下班了还得绞尽脑汁为学生着想。

白小龙：那什么时候上号？

初澄：扫码呗。

很快，初澄收到游戏账号成功登录的提示。隔了一会儿，白小龙才又发来消息。

白小龙：你这账号胜率这么高，不像是打不上去了的。

作为上路新手，初澄对自己的教师形象本就没有那么深的执念。到了下班时间更是放飞自我，索性胡答两句。

初澄：都是之前的代练打的，他得青光眼后不接单了。

屏幕对面的学生再次发了几个表示语塞的点点。

白小龙：……

白小龙：那我现在就开始打了。

初澄回了个"好"字。下一秒，他的手指下滑，切换掉对话框，把语音消息发给大学室友。

"最近打手游了吗？"

"没啊。"突然的一个问句让徐川摸不着头脑，"之前不是你说没劲儿不想玩了吗？我们凑不到五排就都下线了。怎么啦，初老师又想释放上班压力啦？"

近来初澄对川哥的各种职业性挖苦都已经免疫，直接答非所问道："徐博士，我记得你高中的时候离家出走，进过职业青训营？"

"哎?!怎么突然 cue 我黑历史呢？我跟你说，这些事……"

初澄自动忽略后面的一大段，直接转移话题："搜罗几个百星打手，组队帮我狙个主播，这事儿对你来说应该不难吧？"

果然，徐川被吸引了注意力，停止吐槽。

"盯着直播间同时排位肯定能撞车呀，但是这事儿减功德，我不确定干得来。"

"减什么功德，他打的是我的账号。"初澄一乐，把手机贴近嘴唇边，一字一顿地补充，"再说，你本来也没有那东西。"

徐川笑骂一通，然后才答应试着去找。

给川哥布置完任务，初澄退出聊天界面，无意间瞥到联系人白小龙的昵称边挂起了一个勿扰状态。想到他即将接受的"残忍洗礼"，初澄不由得叹息一声。

年少妄想在所难免，可这孩子的"职业梦"也太不切实际了。既然父母无从管教、老师避之不及，就说明苦口婆心的劝说不会奏效了，那么最直接的方式就是造一堵"南墙"，放任他去撞。自己体验得来的教训永远比他人的言语更具说服力。

这种方式，以毒攻毒，算是没有办法的办法吧。

想到这里，初澄无奈地摇摇头，揣起手机，继续享受一路相随的夜风。

晚间运动本就是用来助眠的。初澄特地走楼梯上楼，让自己出了一身薄汗，到家洗个温水澡，然后直接躺倒在了床上。

凌晨，不知几点钟，初澄从床铺间醒来，只窥见窗帘后夜空如锦缎高悬。再次试图早睡又失败了，黑暗中他摸出手机，发现微信里有川哥发来的消息，眯着一只眼查看。

徐川：你这从哪儿找的冤种？操作不行啊。我第一次在你对面打得这么爽。

犀利的吐槽后还附了几张截图。就在不久前，登录他账号的人连续遭遇了多场降维级的战败。即便初澄还在睡意蒙眬的状态，也仍觉得那些战绩惨烈，动手打字叮嘱。

初澄：别针对得这么狠，让他打不上去就行了。

转头，他又打开与学生的聊天框，心安理得地嘘寒问暖。

初澄：需要配齐什么英雄符文和我说，我只看效率。

夜已阑珊，白小龙还没有睡，但回复消息时的情绪明显不高，只回了个"嗯"字。整个人的烦躁几乎溢出屏幕。初澄想起自己这么大的时候也曾沉迷过网络游戏，然后被家里以同样的方式制裁。这一刻他又心疼又想笑。

每个老师都是从学生时代熬过来的，大多也年少叛逆过，热衷于"撕伞"[①]的人比比皆是，新老师最甚。

剧痛戒网瘾啊！

周五上午，高二年级部召开了半月一次的班主任例会，初澄作为副班

[①] 撕伞：网络用语，全称为"因为自己淋过雨，所以想把别人的伞撕烂"。引申义为"因自身曾经经历过某种困境或磨难，转而以相同或更严苛的方式对待后来者"。

主任，和喻司亭一同参加。会议结束后，两人走出来，一道回办公室。

第五层楼的长廊里，白小龙正倚窗等待。见两道身影走来，他喊了声"大哥"就径直从喻司亭身边经过，目光落向更后方。

初澄隐隐察觉到他的意图，主动开口："找我的？"

"嗯。"白小龙点头，又有所顾忌地看了眼大哥所在的方向。

喻司亭只用余光瞥了眼他拖拖拉拉的样子，虽然好奇这对师生间进行着什么样的"不见光交易"，但还是主动从旁走开。

白小龙这才上前，喊声："初老师。"

"怎么了？"初澄看似姿态随意，实则把对方的神情都看在了眼里。

学生含胸垂头的样子有些倦态，明显是在某件事上被小小地杀了些锐气，说话的语气中也带着试探意味："你昨天登录账号了吗？"

"没有啊，你不是在打吗？"初澄边答，边走进语文组办公室坐下，口吻显得随意。

得知那些"辣眼睛"的战绩没有被号主看到，白小龙似乎松了一口气。但犹豫片刻后，他又自行交代，只是表达得更委婉了些："噢，我昨晚那会儿的状态有点儿差。"

初澄善良地表示理解："没事，输赢都正常。"

"不知道为什么，我打起你的号来手感特别不好。"学生的语气懊恼，甚至是已经觉得邪门的程度。他的声音气势逐渐低迷，最后补充了一句："而且，最近我手头的单子也不少。"

这是要打退堂鼓了？只是还为时尚早。为迷途羔羊精心搭砌的南墙刚刚建成，怎么可以让他轻轻绕过呢？

初澄自然不会应许，用提问打断话题："掉到多少颗星了？"

"啊……"白小龙一愣，而后快速反应过来，"现在大概三十四五吧？"

"你不想打了也行。"初澄漫不经意，以退为进，"但怎么说也得恢复我原来的段位吧？不然可不算信誉代练，说出去不太好听。"

学生要面子，只能硬着头皮点了点头，拉不下脸再说其他的话。

"嗡"的一声，初澄的手机收到短信，是快递代收通知。因为搬家和工作需要添置的东西太多，他最近的日子称得上拮据，一日三餐都混在学校食堂里，根本想不到自己还网购了什么。

初澄盯着手机摆弄了会儿，再抬头时发现白小龙仍站着，疑惑道："还有别的问题吗？"

对方见他全程都不上心的样子，欲言又止："没了，你忙吧。"

看着学生脚步沉重的背影，初澄不禁心中笑叹：青春期的男孩子嘛，还是要多鼓励才行。

直到快中午的课间，初澄才腾出空去趟门卫。这件快递出乎意料地大。四四方方的硬纸箱，里面装着半组装的自行车管架零件——是初澄关注很久的那一款。

箱子底留了信函：赠初澄。落款是舅舅的名字。

初澄这才想起，他之前就说过要送份上班礼物给自己。只是没想到，这礼来得突然，也送到了心坎上。初澄满心欢喜地把箱子挪到楼后教工车库，想趁着这会儿空闲把它组装起来。

上课铃声响过两遍，初澄都没在意。反正他今天已经完成了独一份的KPI^①，即便摸会儿鱼也无所谓。

"远远看着像你，干什么呢？"伴着熟悉易辨认的声音，鹿言从教学楼一侧漫步过来。他低头瞧见被铺成一小片的零件，脱口而出表达惊讶的一个字："哇！"他在初澄身边蹲下，拿起其中一根，对光横竖看了看："碳纤维啊。"

"嗯，你还懂这个？"初澄边说边熟练地挑拣着大小工具。

鹿言仔细辨认了一番："这些配件都是很难买的款吧？单是这套顶配车把组就得两三万。你发财啦？"

"得了吧，一眼假的水货仿款。"初澄的反应也快，就着姿势踹了踹脚边最近的碳管，"再说我哪来的钱买？"

"我记得这节是体育课啊。你怎么到处闲逛？——扳手。"初澄问话间，朝他伸了伸掌心。

鹿言顺手递去工具，解释说："体育老师有事根本没来，体育委员也急着甩包袱，带着慢跑一圈，热了个身就解散了。"

初澄来了兴趣，故意说："作为班委，白小龙的服务意识可不行啊。一会儿你去看看他忙什么呢。"

---

① KPI：关键绩效指标（Key Performance Indicator）。

谁知鹿言麻利地答："已经看过啦。他拿着个记得密密麻麻的笔记本，又写又画，神神道道。我还以为他沉迷学习，走火入魔了呢。"

"嗯？"初澄好奇。

鹿言接着道："结果一看，那本子上面写的都是些什么无法抗，三技能500点伤害加80%物理攻击……"意料之外的回答惹得初老师"扑哧"一声，手里的小零件都没拿稳，"当啷"落地。

"有那么好笑吗？"鹿言疑惑地停下。

初澄扬唇摆手："没，我被扎了下手。"

"那还这么开心？你的笑点莫名其妙啊。"鹿言随口评价，仰头时忽然注意到教学楼上几大块透明反光的玻璃，"嚯，这地儿正对着数理化办公室。不能跟你在这儿耗了，太显眼。一会儿让我小舅看见，非得给我拎上去做题不可。溜了。"

初澄应了声"嗯"，低下头，一个人安静地继续干活儿。过了好一会儿，整辆自行车组装完毕。银黑白混色的喷漆在阳光下闪闪发亮。炫酷和低调，两者平衡得恰到好处。

初澄非常满意，顾不得满手污渍，掏出手机拍了张照，发给舅舅表达感谢。隔了半分钟，微信界面亮起语音通话提醒。

"礼物收到了？"浑厚低沉的声音从听筒另一端传出。

初澄答："我都装好了。"

"怎么样，喜欢吗？"

"车当然好。"初澄站起身，围着新车转了一圈，"但一名刚入职的中学老师，上班骑这个好像招摇了点。"

"一辆单车而已，又不贵。"舅舅脱口而出的一句，让初澄生出苦涩和无奈。

是不贵，以我现在的薪酬水平，也就是几年的工资吧。

听他半晌没讲话，舅舅轻咳一声，开始找补："其实我想过这点，已经选最不起眼的涂装了。除非是爱好这个的才识货，不然满大街的进口超跑，谁没事会盯着你骑什么自行车啊！"

初澄轻叹一声，如实相告："刚才我的一个学生，搭眼就看出来了。"

舅舅语顿一瞬，接着开口："那算是我小瞧你们学校了？要不然，我再给你换辆代步车？以后开着上班，早上还能多睡会儿。"

"别，到时候我妈又说您惯着我了。而且以现在的工资，我根本加不起油。"初澄连忙叫停舅舅的想法，把最后几个字说得抑扬顿挫。

电话里传出舅舅的笑声："现在知道有多不容易了？刚毕业那会儿说要自己单开户口本的壮志豪言呢？"

初澄忙纠正："我说的是自立门户，可不是单开户口本。"

"都差不多。"舅舅学着初澄刚刚的口吻，"以你目前的收入来看，你这辈子想要达成目标，估计只能入赘豪门了。我看你啊，还是老老实实地回家来……"

谁要入豪门了！

初澄知道自己接下来又要被舅舅念叨叛逆，连忙找借口脱身："什么？……孙老师啊，您有事找我？好，稍等一下。舅舅，我这边要忙了，先不和你说了。"他胡乱编一通，不给对方更多的时间，直接去按挂断键。

"初澄，你别给我……""嘟——"电话被强行挂断。

初澄暗自庆幸自己手快。恍惚间，他竟觉得刚才那种训外甥的场景似曾相识，心里随之涌起一个想法。

这些当舅舅的，是不是都过于操心了？

第二课

梦想 VS 现实

　　双周的周末没有自习，考虑到住宿生放假回家的问题，学校把周五下午的放学时间提前两个小时。喻司亭难得没有被琐事绊住脚，准时和鹿言一起离开教学楼。户外的天还大亮着，他很容易就注意到了教工车位上多出来一辆风格简洁的公路单车。

　　"是初老师的。"鹿言观察到身边人的视线，主动开口，"我感觉和你之前环湖比赛时骑的那辆没什么差别，但他非说是仿款，不值钱。"

　　在鹿言的说话声中，喻司亭多看了两眼。顺路经过车边时，他不动声色地蜷起食指，验证性地轻敲两下碳架。手下触感，又轻又硬。

　　鹿言追问："你是不是也觉得不像假货？"

　　喻司亭坐上车子，声色皆淡然："他说是就是。"

　　鹿言也不再纠结，伸手拉开副驾驶位旁的车门，正想闭眼小睡一会儿，听到舅舅仍然围绕上一话题在询问。

　　"你什么时候看到他骑车了？"

　　"体育课，没骑，他在组装。"鹿言把当时发生的事讲了一遍。

　　喻司亭安静地听完，眉头一皱："白小龙整节课都在看游戏攻略？"

　　"我说那么多，你只听到了这个？"鹿言的眼睑倏地一掀，大为惊奇。

　　喻司亭若有所思，一边发动车子一边开口："最近替我关注一下他。"

　　"你之前不是已经把这件事放权给初老师了吗？怎么还随随便便安插

自己的探子？"鹿班长不满地嘟囔，直言要撂挑子，"我的时间还要用来做你留的卷子呢。"

喻司亭侧头瞥他一眼："既然你这么爱学习，周末应该不想去游泳了吧？"

鹿言遭反将一军，愤然反抗："你都答应我了，不能出尔反尔！初老师就向来说一不二。"

"还有什么心里话，一起说了。"喻司亭此时表现得尚有耐心。

"初老师本来就挺好的。"鹿言干吞了口唾沫，"他骑车，你开车。他租房，你买两层。他为了八百块副班补助替你操心学生，还要受你的气。同样都是老师，你不觉得心里有愧吗？"

喻司亭的唇线微抿，打方向盘的动作流畅如初，语速也缓："运城家园离繁天景苑不算远。"

鹿言一怔："什么意思？"

喻司亭继续道："从明天开始你别坐我的车了，拴在初老师的后座上也能回家。"

哟，新老教师开始较劲了。

鹿言"扑哧"一乐，十分上道地改口："咳，当然了，新老师嘛，他还是有很多需要学习改进的地方，就比如这个威严感，还有……"

"晚了，明天别坐。"喻司亭目不斜视，把车子开上了回家的路。

上班后的第一个休假日，初澄在家酣睡到了两点钟。醒来后，随便点个外卖吃，冲杯满冰咖啡，打开电脑。给川哥发去的消息一直无人回应，初澄只好去网游里捉他。

果然，好友列表里的徐川在线。初澄打了个"。"过去。

对方：shibenren。

不知道他在做什么操作，回复消息很仓促，直接一串拼音就发了过来。初澄点击地图，追过去找他，顺手弹了个语音，很快被接通。

"你怎么在打游戏啊？"

徐川在对面把键盘按得噼里啪啦响："不是你叮嘱我们下手收敛一点吗？昨天半夜我刚打掉他四颗星，再不让他赢几把，我们的账号就排不到一起去了。"

"反正你看着办，盯住他的段位就行。"初澄说话时，听着他的敲击速度越来越快，似乎已经开始飙手速了，好奇地问，"你干吗呢？"

徐川没答，只甩来一个游戏组队申请。初澄刚加入进去就被一群敌对玩家疯狂地围殴起来。不到半分钟，他们两人的角色同时躺地了。

"看，同进同退，整整齐齐。"耳机里疯狂的敲键盘声消逝，传来打火机按动的声音。

"我枉死了。"初澄被气得发笑。这家伙真是临死还来拉个垫背的。

"有难同当嘛。"徐川答得贱兮兮。他不急着复活，点了根烟，守着相靠在一起的角色尸体，闲适地聊起天，"刚才说到哪儿了？手游里面那个是你的学生吗？"

初澄也歇下，喝了口冰咖啡，应声："嗯。"

徐川啧一声："你说这孩子怎么就死脑筋呢。他做代打的还能没资源吗？把你的号让出去，交给别的代练打不行吗？"

"哪有那么容易啊？人是最会和自己较劲的生物。"

初澄当初立段位目标的时候，很巧妙地从白小龙到达过的最高段位上降了一档。所以，这是对方认知中绝对力所能及的事，怎么会甘心放弃呢？初澄正是利用了少年的自尊心才布了这一局，所以有十足的把握。只要鱼儿咬了钩，就一定会被拖上岸的。

"听说那小子最近还研究了新打法，你觉得怎么样？"

"嗯……怎么说呢，防针对意识是提高了些，但不多。"徐川算是正经评价了一番，"你打算让我狙他到什么时候？"

"快了吧。"初澄稍作思考，"无论什么事情，一旦变成强制性的，那也就失去了自由和乐趣，我想换了谁都坚持不了多久。"

徐川默许了自己被当成工具人的事，怅然感叹："我们小时候不也是这样贪玩的吗？你说你跟他较什么劲啊？"

"一样，也不一样。"初澄放下咖啡杯，把游戏界面截屏发到QQ群聊里，边在里面打字，边回应川哥的话。

"凡事都需要有界限。学习这件事其实并不阻碍学生们青春的多姿多彩，反而能让他们在度过最好的年华之后，也可以拥有更广阔的选择空间。"

"我一直赞同读书不是成才的唯一途径。但对他们来说，目前还是。"

徐川狠吸两口气后，捻灭了烟蒂："话说得像模像样的，你现在有点做老师的样子了。"

初澄听出他话里的揶揄，反驳道："教育工作者的事，你少管。"

"行行行，我不管。"徐川正说笑着，无意间瞥向游戏界面，看到右下角消息框里一溜儿的好友上线提醒。当初一起玩的这群伙伴年纪都相差不多。毕业后，他们忙于工作或家庭，都很少打游戏，但今天竟像约好了似的一起冒了出来。不用想也知道，是某个家伙在"摇人"复仇了。

游戏里的帮派大混战不知道打了多少个小时，初澄熬不住时直接趴在床边睡着了，再醒来时，已经是周日。他的脖子僵得厉害，带得整个头都昏昏沉沉的。他只好艰难地爬起来去客厅找东西吃。

"啪嗒——"外房门传来开锁声。

周瑾推门进来，刚好瞧见师弟无精打采的模样："醒啦？喏，从街边给你带了两个包子。"

"什么时候出门的？"初澄接下，顺带活动肩膀和颈椎，缓解酸痛。

"早上，新房那边送家电，我过去忙了一上午。"周瑾换鞋进门，看到初澄晃脖子的动作，问道，"颈椎不舒服？"

初澄懒洋洋地应答："嗯，可能总是低头的原因。我这样一动都能听到'咔咔'的响声。"

"你主要是缺乏锻炼，才二十出头，熬夜史就已经有十来年。昼夜用冰咖啡续命，学校家里两点一线地窝着，能不疼吗？"

周瑾了解初澄。这家伙读书的时候很宅，得空就在宿舍里打游戏，学校的各种活动都懒得参加。搞得传说中的文学系才子只闻其名，不见其人。

当初初母知道两人即将成为同事时，还特地拜托过他多监督这小子。

"肩膀酸得要命，"初澄"咝"了一声，难得主动提出，"我是该运动运动了。"

周瑾顺势提议："要不下午一起去打网球？"

"你不用陪沈老师了？"初澄问。

周瑾道："在结婚前，我也是有私人生活空间的好不好？"

"行，晚点儿喊我，我再睡会儿。谢啦。"初澄笑着提了提包子袋，转头回自己屋里。

傍晚，初澄跟着周瑾到达健身馆。

这是一家多层独栋的活动俱乐部，占地面积很大，运动种类繁多。各种场地都采用会员预约制，不会产生任何高峰期的拥挤。

初澄在独立的更衣室内换好衣服，走出来到明亮的灯光下对镜整理。他的身材高瘦，长相清俊，穿上修身的运动装，拎着网球拍的样子令人赏心悦目。

周瑾从后打量，赞道："还挺像样。"

"是吧。"初澄拨了拨自己的碎发刘海，笑得灿烂，"但其实我根本不会打网球。"

"简单，我教你。"周瑾也拎起一个球拍，走上铺着橡胶的场地，示范性地教学。

初澄在旁倾听观摩，时而实战演练。他虽然学得不慢，但短时间内还上不了手。在一次稍显笨拙的挥拍之后，初澄听到耳畔传来窃笑。他抬头瞧见身着休闲装、头扎运动发带的少年正伏在场地边观看——是鹿言。

"你怎么也会来这儿？"初澄有些惊奇。

鹿言却道："不奇怪啊，这里是离繁天景苑最近的健身馆。我之前和周老师就遇过好几次。"

沈楠楠教 7 班英语，所以他对周瑾也颇为熟悉。初澄本就不擅长球类，刚才似乎还被学生看了笑话，一时恼火，失了耐心。

"不打了。"说着，他坐下休息，抹着下巴上的汗珠，灌了几大口矿泉水。

周瑾忙劝："别啊，才挥这么几下。你撂挑子我怎么办？"

初澄缩在椅子上玩手机："这运动我不适合。要不然你们俩打吧，非必要我就不上场了。"

周瑾劝不动他，转身向学生摊了摊手。

"怪我。"鹿言笑笑，只好捡起被初澄放下的拍子。他看似随手把玩，却突然前臂使力，发出一个漂亮的平击球。

周瑾麻利接招。两人有来有回，让网球灵活地游走于其间。在神仙打架的映衬下，旁边的初澄显得更加萎靡倦怠了，他干脆躺在长椅上——直到这种进攻与防守被磁性的声音打断。

"你不打算去游泳了？"

倒在长椅上的初澄，仰视到一抹高大精健的身影。穿着泳裤的喻司亭立在网球场地外，目光沉沉地看过来。

初澄猛地被吓了一跳，下意识地弹坐起来。

"我想先和周老师打会儿球。"鹿言和周瑾正战到激烈处，自然不想被人打扰。他眼睛向四周一瞟，接着道："要不然，把我预约的那条泳道让给初老师吧。"

初澄的右眼皮一跳。

周瑾在旁看得真切，更知道他最近怵喻司亭，变着法子使坏："游泳也是个锻炼肩颈的好方法，这个你应该会吧。"

"我没带泳裤。"初澄脱口而出。

奈何周瑾是铁了心要完成初母的嘱托，朝着在一边清理场地的工作人员便喊："赵哥，给他办卡。我记得首次充值送全套泳具来着。"

周瑾！！！初澄咬牙切齿地看过去。

"你想去吗？"喻司亭垂下黑眸看过来，"不游的话，我就取消预约了。"

"钱都扣啦，你去吧。"鹿言趁着挥拍的空当开口，"我要和周老师再大战几十个回合。"

话已至此，初澄再推脱就有点怯场的嫌疑了。更何况，游泳还真是他在众多运动项目中最拿得出手的一个。

初澄站起身，回应道："游吧，我去选条泳裤。"

喻司亭点头："那我先过去了。"

大约十分钟后，初澄裹着条浴巾出现在了游泳馆。喻司亭正在池边做下水前的热身运动。

这里的泳道和普通场馆的不同，没有休闲娱乐的浅水区，而是标准的50米竞速赛道。初澄很少做这样高强度的运动，为了安全起见，只好老老实实地过去一起做拉伸运动。

两人这样并肩站着时如果不聊些什么好像有点尴尬。于是初澄率先开口："喻老师经常来吗？"

"只有周末来，平常空闲时间不多。"喻司亭的态度还算友善，但在答话间扳动着自己的胳膊，没怎么偏头看他。

赛道里的水干净清澈，被池底映成蔚蓝色，缓缓晃荡着波纹。初澄在池边蹲身下去，伸手试了试，冰凉爽冽。

喻司亭做好热身运动就下了水。初澄戴好泳镜泳帽，紧随其后。但很快他就发现，自己做这个举动是错误的。无论是速度还是耐力，他根本就无法与喻司亭相提并论。倒不如在开场的时候就拉开些距离，不至于像现在这样对比惨烈。

当真是自取其辱。初澄游完被落下的几个来回，上岸的时候，喻司亭的头发都快自然风干了。

初澄的皮肤是不怎么晒太阳的冷白色，他全身湿湿答答，两条腿笔直细长，迈着慵懒步伐走近，躺上休息椅后，他抓着浴巾漫不经意地擦拭下颌水珠。

喻司亭伸手递给他一罐维生素水，一针见血地问："平常不怎么运动吧？"

初澄蜷起一条腿，伸手接过，有些不好意思地笑笑："是。"

即便走出了校园，他仍是一副翩翩少年的样子，静时清绝的五官让人忍不住多看几眼，即便就那样赖着不动，也惹得游泳馆内的人频频注目。

喻司亭把到嘴边的刻薄话咽了下去，改为更平和的建议："做副班主任是个体力活儿，以后没事多锻炼吧。"

初澄深以为然，疲惫地向后仰身应了个"嗯"。

跟着喻司亭游泳一次，初澄的胳膊疼了两天才缓过劲来。因为这事，他遭周瑾嘲笑了很久。

"朝八晚五已经是人间疾苦，再加上早晚自习伴读，简直就是对意志力和体力的双重考验，不然你以为什么样的狠角色才能年年带高三？"

"所以你的意思是说，去年喻司亭也是因为精力不行才申请带高一的？"初澄有些恼羞成怒。

周瑾懒得费口舌，只嗤他一声："你自己开心就好。"

初澄也表示同样的鄙夷。这家伙好像忘了，谁才是让他斥巨资办卡的始作俑者。

九月匆匆，新学期的第一个月已近尾声，距离初澄和白小龙约定的时间只剩下几天。有川哥的实时汇报，初澄对学生的任务进展和精神状态了如指掌，却仍不动声色，只时不时向他询问一嘴。

终于在一日放学后，白小龙主动敲开语文组的门。

"初老师，你的号我打完了。"

初澄从一堆作业本中抬头，看向学生。听川哥说，为了能打回初始段位，他在直播间里进行了很多种改进：研究教学视频、计算各种技能伤害、练习连招手法，还试图找人组车队……果然，现在整个人看起来都憔悴不少。

"这段位的排位的确不太好打，辛苦了。"初澄给了他一个不负期待的笑容，"新赛季要不要继续？"

白小龙不假思索地摇头："不打算接了。"

"为什么？"初澄做出不解又无辜貌，"就针对我一个？"

"不是，都不接了。"白小龙背着双手，垂头丧气地说，"打得太累，想歇一歇。"

初澄见他的气焰远不如之前嚣张，顺势揶揄："无论是作为职业游戏主播还是电竞选手，可都不该有疲软期啊。"

白小龙一脸无奈地纠正："初老师，您还记得我是个学生吗？"

"按你的理想职业目标，这不是早晚的事吗？不然我也不会找你代打。"初澄依然占据着这场谈话的绝对上风，"但如果是现在这种情况，那只能说明你对待理想并没有我想的那么认真。"

白小龙闻言一急："我当然是认真的，任何困难以后肯定都能克服。"

初澄没说话，只干笑了一声。

那种又轻又冷的声音让白小龙有些不安，他脸上面子挂不住，追问道："您不相信？"

初澄淡淡地说道："你今年多大了？"

"十七。"

"已经不算小了。"初澄说，"我也有个朋友在这方面小有天赋，十五岁就被职业俱乐部看中，高中又被挖到另外的青训预备队当作种子选手培养。但他现在是师大的文学博士。你知道这种转变背后，需要付出什么样的努力吗？"

白小龙低声嘟囔："我知道自己不是学习的料。"

"可我听说你之前学习挺好的，因为几次考试就认定自己不行了？"初澄的视线笔直地落在对方身上，字字清晰，"我可以负责任地告诉你，打游戏才是更讲天赋的。"

"在你排位一直失败的时候为什么没想过自己不是那块料呢？甚至你从来都没有想过放弃，哪怕跳出原有的舒适圈，去从头学习新的打法和技巧，也要较着劲地完成。"

白小龙急着辩解："打40星对我来说一直很轻松。这是版本强度问题，我之前的方法不对。"

"难道在班里名列前茅这件事，在你身上就没发生过？你没想过，初高中之间也是两个不同的版本，需要不同的学习方法？"

初澄的这两个反问来得太直率突然，使得白小龙怔然，无话可说。

"那……那是因为……"

"因为没勇气尝试，因为没毅力坚持。"初澄出言打断，抢先说出原因。

他那张年轻俊朗的脸孔如旧，周身的气场却与平常截然不同，带着难以言喻的隐形压迫感："小龙，胆小就是胆小，你没有必要给自己找'不是那块料'这样的借口，去欺骗父母、欺骗自己。"

"我没有！"白小龙吼了一声，而后却发现除了如此宣泄情绪，再也找不到其他的辩解之词，他稳了稳情绪，底气不足道，"初老师，您说话比大哥还要伤人。"

"我只是在陈述事实。"初澄说完这句，语气稍缓。

"人外总有人，山外总有山。如果你真的了解电竞、热爱电竞，愿意做烛火奉献自己，那我没什么好说的。但你必须知道，在游戏中找到的成就感和归属感会随着时间慢慢消失。如果没有足够的付出和努力，早晚有一天，你会在曾引以为傲的事情上察觉到自己根本不是那块料。

"至于如何付出，我希望你思考一下自己更需要什么。高二刚分科，谁是'版本之子'尚未可知。你真的连一次机会都不愿给自己吗？"

白小龙沉默不语。

"这阵子你确实挺累的，但是很可惜，你的精力并没有用在正途上。"初澄不愿啰唆，点到为止，"如果本人选择逃避，我说什么都是徒劳。你可以走了。"

白小龙的眼睫毛颤了颤，情绪低落地推门离开了。

什么时候才会明白时间最珍贵，坚持也会有意义呢？初澄看着学生的背影，恍然间发现自己竟然也会苦口婆心说出些年少时不以为意的道理了。

最近几天总是为各种各样的事情劳神，他明显觉得身心疲惫，感叹片刻后抓紧时间收拾好东西，准备回去放松一下。

翌日早自习，初澄打着哈欠再次走进高二教学楼。

"老师早。"

"早。"

初澄迈着疲软的步子爬楼梯，一路上回应周围的问候。在7班教室门口，遇见了白小龙，他觉得自己该说的都已经说完了，不想再多言。对方却主动上前，郑重地打了招呼。

"初老师，早上好。"

初澄点头示意，望着被挡住的路，含着一贯的微笑："有事吗？"

学生有点吞吞吐吐地说："嗯，我有件事想问。其实从一开始，您就是故意的吧？"

"说什么呢？"初澄假意不理解。

学生却还是当面拆穿："别装了，我都在游戏的相关网站上刷到视频了。一个主播被隐藏技术大神用辅助英雄打得出不了家门，其中有个账号是您的，另外两个ID我看着也眼熟，您那瞎眼的代练又重见光明了？"

初澄只能敷衍应答："啊，你说他啊，厉害吧？医学奇迹。"

"为了挽留失足少年，连自己的心血号都能扔出来，您可真舍得。"学生说话时带着满脸的复杂神色，"不管老师承不承认，我还是能领悟您做这些事的初衷。之前是我的态度不好……"

说到底，学生近几日的遭遇还是因自己"下猛药"而起，初澄安慰性地拍拍他的肩膀："别想乱七八糟的事了，过去的那些都不重要。"

白小龙听后哽了片刻，深呼一口气后，继续开口道："虽然前阵子我一直不愿意承认，可事实就是我能力不够、技不如人，把一切都想得太简单、太理所当然，还总用借口来掩饰自己遇到困难时的退缩，读书时是，打游戏时也是。"

看着学生似乎有些泄气的样子，初澄原本想要晾一晾他的心更软了些，不自觉地放轻了语调："其实每个人的人生都会有很多条道路可选择，只是你还太年轻了，不应该草率地决定。无论未来走什么样的路，都不是你现在放弃学习的理由。因为只有读书，才会带给你更大的选择权。"

白小龙颔首，低头看了眼自己的书包："现在选择我还不够格，确实只有这件事百利无一害。"

此时，初澄才注意到学生手中提着厚厚的一摞教材和基础巩固习题册。书包因为装得太满，连拉链都拉不上了。在此之前，他已经有很长一段时间上学不带书本了。

白小龙发现老师的视线落在自己手里，有些不好意思地用腿挡了挡书包，低声道："从办公室出来之后，我好好考虑了您的那些话，也想重新给自己一个追上去的机会。但是落下这么久，我怕又是在异想天开了。"

初澄很是赞许这孩子的强悍执行力，不吝鼓励："所有持之以恒的努力，都能带来改变。如果在学习上遇到问题，我相信所有老师都会愿意帮助你。更何况，如果是把你之前钻研新打法的认真劲头用到学习上来，我觉得，还真没什么不可能。"

听到这种并无恶意的调笑，白小龙的神色终于释然下来。早自习的铃声响起，学生朝着教室里面走，忽然停住脚步回过头来，怀有期待地问："对了，初老师，以后有空的时候我能和您一起打游戏吗？"

初澄不置可否："学校有规定，不让老师和学生一起玩。"

"您可不像是会守规定的人。"学生晃晃手里提着的一大袋子书，继续试探，"我保证不再沉迷，只在放假的时候偶尔娱乐两把也不行？"

初澄笑笑，眉目俊朗，没有回答，只是朝他竖了竖拇指。

白小龙高兴地进了教室。

初澄转身朝办公室去，没走两步就差点在拐角处撞到一个人，迎着淡而清冽的雪松味抬眸，瞧见了喻司亭斜倚窗口的身影。初澄回头看了眼自己刚刚和白小龙站的位置。这么近的距离，他完全可以听清自己和白小龙的对话。

果然，对方率先开口，语气正经，但也听得出几分揶揄："在钓鱼执法？"

无论何时见面，他总是一副精力充沛的模样，黑发整齐爽利，着装精致考究。说话的风格则一贯地使人屈郁。

"堂而皇之地找学生打游戏，真是没被社会毒打过。"

"你怎么知道的？"初澄脱口而出，而后才恍然，他一定是和白小龙还有其父母都聊过了。对上大哥极具压迫性的视线，初澄小声地辩解："应该不会有问题吧……"

喻司亭站立的姿势较为随意，但出口的话却带着让人难以反驳的威严："出了学校大门，有很多东西都是不一样的。你做事的时候，应该学会有章法。"这些话表面上虽为数落，但其实也是出自一片好心。

初澄自知理亏，只能虚心受教："以后我会注意些。"

"我怎么感觉你恹恹的，压力大？觉没睡够？"喻司亭垂首，仔细瞧着他眉间的倦怠，还以为是自己刚刚泼冷水造成的，说话的语气和缓了一些，"工作中如果遇到什么棘手问题，不要硬扛，你可以来找我。"

"没有。"初澄当然不敢承认自己是因为激情熬夜，敷衍地笑笑。

喻司亭点点头，虽半信半疑，但也没再追问。他将手随意地插在风衣口袋里，走向教室，从副班主任身旁经过时，又操着好听的京腔补充一句："有什么不好意思的话，写匿名信也行。"

初澄无语的表情瞬间凝固在脸上：这个性格恶劣的人，刚和解两天半，又朝我动手了是吧！

早自习铃声响起，初澄不情不愿地蹒步进教室。

今早他的任务是最后一排文件架上的那一摞作文。这还是之前一周留下的作业。因为有的学生字迹太难看，词句很难辨认，所以初澄一拖再拖，到现在还没有批改完。

睡眠严重缺乏本就让他异常困倦，现下心情更差了。初澄把自己早上刚洗过的黑发揉得更加蓬松，边批边叹气，将所有的烦躁都写在了脸上。

喻司亭偶然抬头，发现后排已经在怀疑人生的家伙，缓步走下来查看："怎么了？"

"你看这些作文，简直360度防窥。"初澄随手拎起几张潦草得过分的作文纸展示给他看。

喻司亭接下，沉默着试图辨认那些几乎连不成句的字，艰难地读了两行，眉头一皱，反手便把作文纸拍在学生本人的桌面上。

"你的垃圾桶还要加个密？"如此带着嘲讽的评价方式让旁边的学生们都"扑哧"笑出声。

"别五十步笑百步，都写的什么东西？"喻司亭沿着桌椅间的过道走下去，一边翻其他人的作文，一边数落着。

难得有了班主任撑腰，初澄立马道："语文老师的命也是命啊，同学们。字迹实在太潦草了，很多都是必扣卷面分的程度。"

"你不用和他们商量，不让他们动笔是记不住的。"喻司亭锐利的目光看向靠窗的位置，"语文课代表呢？"

韩芮忙抬头："在。"

"今天中午或者晚上的时候去校门口书店取套字帖给他们发下去，书费记我的账上。以后每周收上来一次，我亲自检查。"喻司亭给出了最直接、有效的解决办法。

韩芮看了看初澄，温声应道："好。"

教室内低气压蔓延，连正常翻书的声音都弱了些。

"不像话。"喻司亭冷着脸又训了声，重新走回讲台边。

鹿言瞥着他的背影，偏头凑向初澄，小声道："恭喜初老师，逐渐掌握了带班的精髓。"

初澄不解："什么？"

鹿言笑吟吟地继续："7班每位任课老师都会的一句话：'别逼我去告诉你们大哥。'"他的语音语调学得惟妙惟肖。

代入感太强，初澄忍俊不禁，带着笑意低下头，却看见手机的微信消息一闪，杨老师刚刚在学科群内发了通知。

杨老师：10分钟后，全体语文老师到阶梯教室开短会。

"这个时候突然开会，能有什么事儿啊？"初澄悄声自语。

鹿言却像是了解内情的样子，悠悠道："应该是研学。"

"什么研学？"初澄侧目看他。

鹿言解释："十中的传统。每年'五一''十一'和元旦之前都会组织一次这种活动。科目内容轮流，这次刚好轮到语文。"

"真的假的？你的消息怎么比我还灵通啊？"初澄半信半疑，拿上纸笔，从后门出去开会。

事实证明，鹿言的情报系统果然高端。他说得半点不错，此次开会内容的确就是语文研学。初澄带着确切消息回班时，大哥刚登上讲台，准备上数学课。

见副班主任进门，他停下动作："有事你就先说。"

"嗯，名单要得有点急。"初澄弯弯唇角，对占用他的时间表示抱歉。

"班长帮着统计一下。"喻司亭让出讲台前的位置，随手拉了把椅子坐在旁边。

"好嘞。"鹿言早有准备，翻出一张点名表，麻利地走出座位。

初澄翻开自己的会议记录，拣着重点说："听说这是你们每年都有的活动，那应该都很熟悉，我就不多介绍了。本周四语文研学，主题是'唐诗宋词，国风传承'。行程时长大约一天，费用95元一人次，含路费、学生票和午餐费，感兴趣的同学可以自愿报名。"他的话还没说完时，就已经有学生把手举得老高。

照学校规定，每次研学都由对应科目的老师带队。但如果一个班级的参加人员超过半数就需要班主任同行。所以当喻司亭看到他们如此热情时，毫不遮掩地啧了一声："每年都去，你们不嫌腻吗？"

"参观的地方不一样嘛。"

"集体出游，不参加的人还要到校上自习，傻瓜才来。"

"大哥，这可是难得一遇的语文研学！"

学生们七嘴八舌地说起来。

按惯例，英语研学的形式是展馆讲解或者口语角，数学和物理研学则大多举办竞赛，这些都是为科目大佬们量身定做的活动。唯独语文研学会组织参观名人故居或是文学博物馆，带着眼睛就能看热闹。

这是不用遭受降维打击的机会，大家的热情自然更盛些。

鹿言边登记名，边小声嘟囔："别听他的，他自己不想去所以才PUA、KPI、FBL① 我们。"

喻司亭瞪他一眼，深邃的眸子噙着不满："长嘴了？"

---

① PUA：全称Pick-up Artist，意为"搭讪艺术家"，目前多指在一段关系中一方通过言语打压、行为否定、精神打压的方式对另一方进行情感操纵和精神控制。KPI、FBL为衍生出的网络用语，用法一致。

"这是为同学们服务嘛。"鹿班长能屈能伸，刹那间就换上了一副讨好表情。

喻司亭不吃他那套，不耐烦地催促："统计得快点。"

鹿言快速地数了数画了钩的名字，得意地向他报告："42个。"

人均95块，就可以买下"喻魔王"的一天陪玩。别说半数，这基本就是全员出动了。

"感谢大家踊跃配合。"初澄的目光落向一旁。他之前也没想到会是这种几乎人人举双手赞成的大场面，一时不知道该不该同情遭强行加班陪玩的大哥。

喻司亭双手环胸，靠着椅背。他嘴角动了动，看似无奈却不得不接受安排。

初澄继续交代完了具体事项，朝他开口："喻老师，你可以上来讲课了。"

一言不发但明显心情不爽的人这才站起身，回到讲台上后临时改变了原有的课程安排，从桌下摸出一摞卷子，低沉地吐出两字："考试。"

下面顿时哀号四起。

"什么?!"

"大哥！您这是明目张胆地公报私仇啊！"

"考就考，我们要勇敢地对研学旅行说I want you（我需要你）！"

"闭嘴，你们哪儿那么多废话！"喻司亭冷漠撑回，面无表情地开始发卷。

初澄见状匿笑着退出教室。其实也怪不得学生，这家伙的个性是真的差劲儿，而且是懒得加以掩饰的那种。

午休时间，语文组内聚集着闲谈的同事们。初澄抓住机会向其他老师取经，认真敲定了本周研学的行程。

"当当——"办公室的门板被人礼貌地敲击两下，韩芮探头进来，小心翼翼地发问："初老师，您睡醒了吗？"

"进。"初澄抬眸招了招手，"有什么事吗？"

韩芮进门，朝着各位老师俯了俯身，走到初澄办公桌边，递上几本小册子："早上大哥让我去买字帖，我拿了几本样书过来，想让您挑一下。"

初澄大致翻看一番："这些都可以，笔体风格是附加，首先要了解字体基础结构，做到横平竖直才行。"

"好，那我就定这本基础 4000 字了。老师，您的笔借我用一下。"韩芮俯身，在便利贴上做了标注。

"7 班定什么字帖了？让我也参考参考。"刚刚一同聊天的老师闻声凑近，瞥见韩芮的标注，说道，"哟，你的课代表写字就挺不错啊。"

其余的老师也跟着品鉴："这练的……好像是初励宁老爷子的行楷吧？写得属实可以。"

"谢谢老师。"韩芮一向觉得自己没能学到初老先生书法的半点皮毛，远不如初老师的那一手出神入化，想不到现在居然也能被人认出来，心里高兴得紧。等等，她忽然意识到了什么——

初励宁先生……和初老师？这两人不仅书法风骨颇为相像，就连姓氏也一样啊。

韩芮正愣神，围作一团的语文老师们也关注到了这个问题。

"是不是姓初的人在书法上都有些天赋、造诣？"

正因为初老爷子在文坛和书坛上举足轻重的地位，她们不约而同地把这件事当作巧合。

"我何德何能，敢跟初先生相提并论？"初澄淡淡地笑着，不惊不慌地跳过了这个话题。

星期四是研学出发日，秋高气爽，天空蔚蓝如洗。学生们像往常一样到校上早自习，统一乘坐大巴车出发。

"37，38，39……"初澄拿着名单站在车门处认真做着核对。

难得不用上讲台，他今天穿得稍显随意，休闲 T 恤搭黑色牛仔外套，修身长裤，踩着的短靴把两条本就又长又直的腿拉得让人移不开眼。

"初老师帅得像个在逃 Idol①。别的班都是看车牌号，只有我们班看人。这真是隔着八百米都能震惊到我的身材比例。"

"别贫了，就差你们几个，赶紧上去。"初澄笑着，在最后一伙人的名字上打了对号，然后登上大巴车，"师傅，人齐了，可以出发了。"

"好。"司机师傅嘱咐大家系好安全带，向目的地导航。

---

① Idol：偶像。

初澄这才开始为自己寻找座位。他有些轻微晕车，不太敢靠后坐，只能选择坐在喻司亭身边。大哥像往常一样穿着高档的黑衬衫，舒适又不失考究，靠着半开的车窗睡觉，徐徐涌动的风吹着他柔软的发丝。初澄轻轻地坐下，试图在不惊动身边人的情况下扣好自己的安全带，却听到那人率先开口："他们不小了。"

"啊？"初澄偏头，见他仍然闭目养神着，只是稍微后仰换了换姿势，问道，"什么？"

喻司亭的喉结又动了动："自己的事都会做，你跑前跑后的也不嫌累。"他的语气就好像是在感叹：还是新老师有激情。

初澄好笑地应答："明明别的班的老师都很忙，只有你这位大哥在'放羊'。如果我刚才不在车门边站着，你是不是连人都不打算数了？"

"荷载49，前空1后空3。你本来也不用数。"喻司亭随意地挥了挥手指，他依旧没睁眼，却准确地知晓车上的空位所在。

初澄没能找出反驳之处，小声自嘲了句"行，我是老奴，我乐意干活儿"，然后不再理他，转身和后排学生们进行互动。

"初老师，能拍张合照吗？"

"来。"

"我也要拍，我也要拍！"

"可以。"

"老师，还有这儿！"

初澄反复被学生们喊着看镜头。他觉得第一次带队出行还蛮有意义，干脆举高手机，和大家一起来了几张大范围的合拍。车里的氛围欢腾吵闹，只有喻司亭始终不动如山。

初澄一边腹诽大哥的不合群，一边低头翻看照片。忽然，他发现在某一张光影、角度刚刚好的照片里，那人竟然是睁着眼的。他下意识转头，看到的仍然是一个沉寂的后脑勺。这道身影不知何时动了下，但就那样和谐地留在了镜头里。初澄一笑，把照片保存好，然后才收起手机闭眼休息。

将近两个小时的车程后，研学团队抵达行程第一站：诗词博物馆。因为严格的实名预约制，这里的入场程序较为烦琐。或许在文化底蕴浓厚的地方容易受到无形熏染，从而诗情荡漾，在场馆前等候的时间里，学生们围在一起玩起了飞花令。

对于此种氛围，初澄十分喜闻乐见，拄着排队的围栏与学生们说笑："这样看来，你们也不像是大哥说的那样语文底子差啊。"

学生笑着答话："初老师，您对我们的期待值也太低了。再怎么说，唐诗三百首还是会背一些的。"

初澄挑眉："那么自信？"

一个短短的问句燃起了学生们的胜负欲，顿时有人提议："要不然您来出题试试？"

"可是如果没有点奖励就不好玩了。前面班级的学生还不知道要排多久。如果对上来了，能不能放我们去那边的店里买奶茶啊？"

对此事感兴趣的学生不在少数，尤其是奖励建议一出，初澄面前顿时拥上许多道身影。

"大哥，可以吗？"

人群中，不知道是谁 cue 了喻司亭一句。倚在一旁的班主任悠悠道："这事带队老师说了算。"

"好。"既然是学生的主动挑战，自然没有不应的道理，初澄很爽快地答应下来，"不过风花雪月、春夏秋冬这样的对你们来说也太容易了，应该出道什么题好呢？"

初澄伫立思索片刻，抬头时偶然注意到四周建筑上的凤凰雕画，立马有了主意："那就来凤吧。可以是诗，可以是词，也可以是曲，只要是七个字就合格。"

"一言为定！"学生们热情高涨，规则还未讲定，已经有人在下面跃跃欲试了。

听他如此好说话，低头看手机的喻司亭忍不住沉声提醒："别放走太多人，等会儿不容易喊回来的。"

初澄觉得在理，立马继续补充规则："等一下，既然大家都是王者级玩家，那我先 Ban①三句应该不过分吧。"

"还有这招？"一旁的学生几乎都要把答案说出来了，才听得他如此说，简直哭笑不得，"快 Ban 吧。"

① Ban：禁止。

"听仔细啦。"初澄的吐字清晰，声音温润，犹如清风过耳畔，"凤凰台上凤凰游，凤去台空江自流。昆山玉碎凤凰叫，芙蓉泣露香兰笑。至于另外一句……"

"身无彩凤双飞翼，心有灵犀一点通。"喻司亭不假思索地补上。

很好！初澄在心里道了声默契。

"好家伙，你们俩双管齐下，把课标内的全禁了。"

"你管这叫课标？"

"完蛋，大脑一片空白。"

学生们逐渐认识到事态发展的不对劲，源源不断地开始抗议。

"等一下，这题我会。"鹿言在一片嘈杂声中仍保持镇定，他思考几秒后，徐徐地举起了手，"凤兮凤兮归故乡，遨游四海求其凰。虽然原作不是律诗，但这句也算七言吧。"

初澄着实没料到最早被想到的会是这句，秉持着言而有信的原则，判定道："你奶茶有了。"

有了好的范例，大家的思路逐渐被打开。

韩芮紧接着举手答题："香稻啄余鹦鹉粒，碧梧栖老凤凰枝。"

"漂亮，诗圣杜甫的。"初澄由衷称赞。

"桓谭未便忘西笑，岂为长安有凤池。"一道温温和和的女声，来自7班学习委员、校花级才女徐婉婉。

初澄又是痛快地挥手放行："花间鼻祖温庭筠，下一个。"

"噢，这么强。"人群中发出赞叹声。

趁着这阵骚动，不知道是哪个学生念了一句："鹦鹉杯中浮竹叶，凤凰琴里落梅花。"

"骆宾王的诗写得好啊，但查百度不算。"初澄的眼睛毒辣，实为公允的决断。他提醒道："还有最后一个名额，各凭本事。"

"哎？怎么就最后一个了?!"

"不是，刚才那三个怎么过的，我掉线啦？"

大家虽然着急，但一时之间真的想不起来。

初澄稍等了一会儿，不见有人再站出来，便说："确定没有啦？那不好意思，承让了各位，我就来了，旧巢共是衔泥……唔。"

不等他说完，几个学生默契地一同扑上去捂嘴："住口，职业选手不许参赛！"

"说好的各凭本事，玩不起是不是？"一瞬间，初澄遭许多只手拉扯阻挡，仍然一身反骨，挣扎着喊出，"飞上枝头变凤凰！鹿言，帮我带杯冰拿铁。"

其实他本可以念出大家都没听过的诗句，体面地结束这一环节。奈何他偏要拉仇恨，如此随口一诵，耳熟能详的句子落在学生耳里完全是一种变相羞辱。

"哈哈哈哈哈，你们想不出来还不许别人说啊？我要喝咖啡……"

"不许喝！！"

"初老师，您想都不要想。"

"今天就算是天王老子来了，这枝头谁也不许给我上！"

喻司亭受笑声吸引抬起头，斜眼瞧着一道清雅俊秀的身影被学生们团团围住，缓缓淹没在欢嚷的人群里。

耳畔的吵闹声无休止，但听起来实在让人快乐。

漫长的等待后，7班学生终于能够排队进场。

诗词博物馆的场地太大，不方便统一带领参观。经过安检之后，初澄规定了集合时间，然后解散队伍放大家自由活动。学生们欢快地四散开来，也有一些平日里混得熟络的不愿意单独行动，全程跟在他身边。

初澄一路讲解引领着。他对各类国学文化虽谈不上精通，但自小受家庭熏陶，早已把一些礼仪习惯刻在了骨子里。从茶文化的叩手礼，到围棋中的对弈之道，他都能耐心解释，亲身教学。无论是纸墨笔砚和印刷术，还是文人骚客和诗词歌赋，被问起都能娓娓道来。他今天的穿着明明随意，带点野性风格，却因为顶着一张满含柔情的脸，与煮水煎茶时的满廊清香相得益彰，清逸翩翩。

"就像林清玄先生说，喝淡酒的时候应读李清照，喝甜酒时宜读柳永，喝烈酒则大歌东坡词。读辛弃疾、读陆放翁、读李后主、读陶渊明、读李太白都有各自的浓淡宜和。"

初澄姿态闲适地倚着栏杆，用轻缓的声线解读那些玻璃橱窗后沉睡的文化。

"无论是把酒临风，烹茶诵诗，踏雪望月，还是云中寄锦书，以琴会知音……我们先辈在生活的各种细枝末节上都尽量精致考究，所以才让岁月漫漫，每一寸都温柔。"

学生因馆内悠远繁盛的文化呈现而震撼，由衷感叹道："所以这就是传说中的中式浪漫吧。"

"也许吧。但我觉得浪漫本身就是带着西方色彩的罗曼蒂克式词汇，不如说成是……"初澄抬头看向墙壁上宛若惊鸿的题词作品，换了另外一种阐述方式，"中国人独有且尽兴的深情。"这一刻，学生们的注意力都被轻而易举地吸引了过去。他们听着讲解，畅游在各个展厅，无一不对那个文采耀目的时代心驰神往。

喻司亭向来没那么爱热闹，本想绕开馆内的汹涌人流，自己闲逛，偶然听到初澄的讲解声，却被吸引住，不由自主地抬步跟随上他的小队伍。

临近国庆假期，馆内刚好在开展晒书抄诗活动，入馆参观的师生都可以在庭院内进行体验。天朗气清，整齐摆放的明黄色梨木长桌上冉冉地焚着香，氛围古朴典雅。学生们四散开来，或跪或坐在不同的蒲团上，用毛笔抄写诗句。

初澄穿行在一张张矮桌边，巡视着他们的作品。他暗自庆幸这些孩子都是写字好看的，如果换上那几个写作文还要加密的小子，现在的画面简直不堪想象。

喻司亭找了张无人的桌子坐下，不远不近地旁观着副班不知疲倦的身影。老实说，他最初并不看好这个新人，会同意初澄担任自己的副班，多半是因为那封建议信。虽然写得没什么道理，却能证明他的耳朵有在听，眼睛有在看，认真负责，而且敢于直言。现在看来更是没错，有骨子里那份温柔和坚毅在，有朝一日他就会成为优秀的任课教师，乃至班主任。至于有什么不足之处……大概也是像现在这样了，用劲过猛，什么事都亲力亲为，就会快速产生落差感，过早地失去对这份职业的热情。

初澄又走动了一圈，见学生们都自得其乐，便也跟着过去休息。他整个上午都在组织活动，忙碌着不得空闲，身体碰到坐垫的瞬间，就好像有一根神经被自动放松下来，不由自主地发出惬意的叹息声。

"累了？"

"嗯，比讲课还费嗓子。"初澄坦然承认，抬手吸了一口冰块已经融化大半的冰咖啡。

每一张梨木桌案边都摆着毛笔架和墨盘。他随手挑了一支，看向喻司亭："喻老师要写吗？"

喻司亭："我就不献丑了。"

这话显然是在自谦。但凡能当老师的，字迹都不至于太难看，毕竟现在所有师范学校都会有附加的技能考试。

初澄的话里带着点儿记仇的意味："我记得喻老师的'阅了'两字，笔锋就很道劲。"

现在虽然入秋，上午的太阳仍然毒辣。初澄坐的位置正好迎着光，有些刺眼，于是他从场馆内提供的草帽里借用了一顶，随手戴在头上，开始动笔写字。因为腿长无处安放，他换了换姿势，改为单膝跪在垫子上，挽起袖子露出手腕，执笔蘸墨，在宣纸上落下一排小篆。

"那也要看是和谁比。"喻司亭一边应答刚才的话题，一边朝着初澄的方位瞧了眼。

初澄笔下的字笔画繁复，每一笔都写得认真，却又似信手拈来。他专注的模样，那样风雅端正。喻司亭很难不好奇他到底是在什么样的环境下长大的，连古体篆书都能娴熟驾驭。

"这好像还是我第一次接受大哥的称赞，即便说得不太明确。"初澄扬起眉端笑笑，甚至觉得喻司亭这人的性格魅力似乎就在这里。

听他嘴毒惯了，偶尔被夸奖一句还真挺受用。

喻司亭的眉宇略微蹙聚："我之前在言语鼓励上对你有那么吝啬？"

初澄回以玩笑："你是要我现在就把工作录掏出来吗？上面全都是你对我的砥砺。"

"不用那么早记账，以后单飞带班的时候再记也不迟。"喻司亭话音悠缓，却能听出来带着揶揄的言外之意：别忘了你现在还算是在我手底下。

初澄眼底噙笑，说道："不行，那样没机会，毕竟我以后根本不会做班主任。"

听他这样说，喻司亭完全恢复正色，问道："为什么？"

十中设立副班主任制度的初衷就是为了给新老师学习和积攒经验的机会。既然不想进一步锻炼，为什么要主动揽下这项累人的工作呢？

初澄并未想到对方会在意这个问题，茫然地顿了顿动作。在他看来答案似乎是呼之欲出的——难道不是因为无论正副班主任，每月带班都只有800块钱补助吗？

他心中虽如此想，却没有办法理直气壮地说出口。

喻司亭则从刚才开始就一直好奇对面的人到底在写些什么。这会儿见他放笔凝思，便安静地凑近些许。洁白的宣纸上落着四行小篆。那些字端正漂亮，方中寓圆，粗细均匀，连润墨深浅都无可挑剔。但好像有点不对劲，再细看一眼……

"啪嗒——"初澄终于注意到喻司亭的目光。不知道从什么时候开始，他的视线竟笔直地落在自己的宣纸上。像是有什么秘密被撞破一般，初澄慌忙上手掩盖，但迟了。

喻司亭已经成功破解了他的篆书。那只是无聊至极时的一些随笔，甚至可以说是白日里的"发疯文学"——初澄端坐在那里，看似一本正经许久，写出的东西其实是：我想退休，好想退休，什么时候可以退休，祝我早日退休。

喻司亭："……"

"你怎么能偷看别人的……"初澄掀起草帽檐，本想义正词严地去质问他，却因为一时想不出词语来形容自己的"产出"而卡了壳，最后"扑哧"一声笑出来。

周围的学生们已经逐个完成了自己的抄诗内容，又被两人这边的动静吸引，纷纷抬起头来。

"怎么了？"

"初老师，您要过来看看我们写的吗？"

"大哥，初老师抄了哪一页？"

喻司亭的嘴唇动了动，还未发出声音。初澄腾地站起来，他刚才跪了有一会儿，膝盖发麻，一个跟跄，连忙揪住身侧的人才稳住身形。

"别说。"初澄仰头看他，眉宇间的笑意热烈得像团火。

"嗯。"喻司亭默然两秒，妥协地哼出一个字。关于工作热情和职业规划什么的，他真的是多虑了。

午饭后，研学队伍的活动是参观名人故居，由专门的讲解员带队。初澄终于能落得清闲。傍晚时分，师生同坐大巴车返回学校。研学出游已顺利结束，但今日的任务还没有全部完成。赶在国庆休假之前，十中各年级部都要进行一次阶段性测试。为此，各班还要进行考场布置和卫生扫除。

大家在外面玩了一天，都已经很累了，此刻干起活儿来自然慢吞吞的，完全没什么效率。

"让他们在走之前整理好自己的文件架和书桌，桌面和地面不准留下任何东西。"

每次考试搬动桌椅后，学生们不是丢这就是丢那。喻司亭把监督整理的任务分配给了初澄，自己则是直接解开黑衬衫袖口处的纽扣，把衣袖朝上挽了两折，拿起打扫工具，有任何看不过眼的地方都清扫干净。他看上去完全不像是个擅长打扫的人，实际上干起活儿来相当麻利。在负责留下值日的学生们眼中，这个时候热爱劳动的大哥无疑是相当帅气的。

"动作麻利点，过去两个人挪下桌子，按七八八七的摆放方式龙摆尾贴序号。"喻司亭说话间蹲下去，准备手动沥干手里的圆头拖把。

一旁干活儿的学生瞥到他的手腕，眼看着那只昂贵的万年历银表盘就要被溅上污水，连忙抢着上手："哎，大哥，我来我来！"

初澄看着喻司亭身上笔挺精致的黑色西裤，不免觉得惊奇："他之前在家里干活儿的时候也这么麻利？"

鹿言已经背好了单肩包等在后门边，做好了放学走人的准备，听见问话声，一乐道："怎么可能？您看他像是个会自己做家务的人吗？"

初澄努了努嘴巴："可看起来融入得不错。"

"这些都是后期在班级里磨炼出来的。工作需要，没办法。"鹿言说，"他这人耐心本来不多，大部分都用在学校里了。所以就算他偶尔暴躁一点，大家也都能理解。"

"哦。"听着解释，初澄若有所思。

鹿言看他悠然闲适的样子，笑言："您这时候不应该去搭把手吗？"

"巧了，我也不喜欢搞卫生。"初澄笑眼一弯，心安理得地倚着门板坐看残局，"既然大哥已经被锻炼出来了，那应该用不到我了吧？"

鹿言与他并立着，默默点头赞同："也是，一个班里只要有一个勤快的就行。"

因为副班主任带头喝冰咖啡，学生们也有样学样，买了各式各样的冷饮回来。那些杯中之物融化后黏黏湿湿的，让拖地这项工作变得更加麻烦。

喻司亭有些许不满，冷着脸叮嘱班长："从明天开始在班里传达一下，往后的天气没那么热了，像这种没封口的冰激凌圣代，还有带雪顶的冰沙和饮料都不能再带进教室里来。如果实在想买，就要在学校餐厅里喝完。"

"知道啦。我回头跟他们说。"鹿言点头记下，"收拾得差不多了，是不是能走啦？我都有点儿困了。"

喻司亭最后检查一番教室布置，确认没问题后把一张考场座位分布图贴在了门边，顺手撕去原来陈旧泛黄的一张，扔进垃圾桶。

"哎，大哥！别扔。"劳动委员赶忙提醒，却没能来得及阻止，"垃圾桶里不能有垃圾，一会儿被检查到要扣分的。"

垃圾不在垃圾桶里还能在哪儿？喻司亭皱了皱眉，似是对一堆没道理的规矩感到烦躁，略薄的唇也抿成了一条细线。他组织打扫卫生是为了给学生提供一个良好的学习环境，而不是为了应付检查，自然懒得理会所谓的标准。

"随他扣，走吧。"喻司亭并不在意，随手关了教室内的灯。

在成绩上，7班自然是没的说。但也因为"不省油的灯"太多，提起流动红旗和日常考核，那就要从年级后排找起了。喻司亭带班虽严厉，却也不拘小节，只要不是什么原则上的问题，他都是不在乎的。

"今天可是班级考核的最后一天。这个月的评分津贴你又不想要了？"鹿言见他如此敷衍的态度，问得直白。

喻司亭并不避讳提及这事，拎着两本教参在走廊里迈开长腿，微挑的眼睑仿佛是在反问：津贴能有几个钱？

"咳——"鹿言略回过头，轻咳着提醒，"那你有问过初老师的意见吗？"

把他忘了。喻司亭这才想到还有副班主任在，顺势看去一眼。初澄靠在后门边不起眼的角落里，脸上绽着乖巧友善的笑容。

大哥沉默了几秒钟，而后稍微收敛起刚才的气焰，就近拎住一个学生，沉着声音道："回去把垃圾再倒一遍。"

"啊？"被指挥的劳动委员一怔，"说好的咱们不差这两分呢？"

喻司亭："让你去就去。"

劳委只能老实地往回走："得嘞。"

这一整日的研学带队，给初澄添了许多疲惫，也让他难得地提早入睡了。第二天，考试日的早晨，初老师按时起床。

上班途中，他像往常一样在离学校不远的门店前等着买咖啡，顺便刷看手机。大约是因为处于考试和放假之前，学生们发布玄学朋友圈的行为甚是活跃。

学生1：见锦鲤，你会收到一个近日来最好的消息。

学生2：单科成绩+50喷雾。

学生3：转发这组喻司亭，数学必上一五零。

在初澄的视野内，一套九图的动态一闪而过，紧接着，他又用手指滑着屏幕倒退回去。九张配图，全部都是喻司亭，既有生活照，也有工作照。如此排面，不用细想也知道是从鹿言的一手资料站里流出来的。

初澄被照片吸引，点开细看。虽然每张图上都配有恶搞文字，但喻司亭的颜值终究能打。无论是正面对镜头，还是被侧面抓拍，他都是帅气的，眼神一如既往地凌厉威严，难怪会成为学生们考试前膜拜的对象。

初澄笑着，一边刷着朋友圈，一边站在咖啡店的窗口点餐："你好，抹茶星冰乐，麻烦帮我装进这个保温杯。"习惯使然，每天早起后他想喝点冰凉的东西提提神。可因为喻司亭昨晚新提出的规定，他不好再堂而皇之地拎冷饮进教室，所以今天特地自带了个杯子。

这样应该就算是支持大哥工作了吧。初澄正想着，一抬头竟看到喻司亭就站在隔壁的队伍里买早餐。他丰神俊朗的身姿在人群中实在出挑，甚至还有复杂而隐晦的视线越过人海笔直地落了过来。

初澄逃避式地默念着"看不见我"，试图赶紧拿回保温杯"闪人"。

然而站在队伍外的鹿言朝他一笑，双目亮莹莹的："初老师，您的办法总比困难多。"

初澄不得不面对现实："喻老师，早上好。"

"早。"喻司亭颔首应了一个字，把刚买到的藤椒鸡肉包递给鹿言，"拿进教室里吃吧，考试别迟到了。"

就在这时，咖啡店的店员刚好把他的保温杯递了回来："您好，您的超大杯星冰乐好了，需要帮您……"

"不用，谢谢。"不等对方说完，初澄接过杯子，朝着鹿言道句"考试加油"就迅速撤退，不愿意在某班主任审视性的目光下再多停留一秒。

作为7班的副班，毋庸置疑，初澄还要和喻司亭一起监考。等到初澄坦然接受了刚刚的尴尬事件，磨磨蹭蹭走进教室时，喻司亭已经在数卷分发了。即便是这样，他仍然能感觉到对方的视线在自己和自己的保温杯之间流连了几个来回。

"咳——"初澄若无其事地清了清嗓子，站在讲台上走考试程序，"试卷拿到手里先检查有无错误，是否缺页，确认无问题后填写班级、姓名，在铃声响起后才能开始动笔答卷。"

伴着"唰唰"的翻页声，考试有序地进行。第一堂的科目是语文。在这节里学生大都会比较安分，各自低头答自己的题。监考老师无须来回走动监察，喻司亭和初澄便一前一后地坐着。

整整150分钟的考试时间里无事可做，喻司亭斜靠着椅子，把胳膊搭在窗台上，环视教室内的情况。忽然，他注意到自己右侧那张朝前的桌子上整齐地放着一摞书。虽然书的主人细心地给它们都包了书皮，但还是能看出来是课外读物。

这张桌子应该是语文课代表韩芮的。那孩子喜欢阅读，也总是会带些好书到学校里来当作闲时消遣。喻司亭闲着无聊，从中随手抽取一本，翻开包的书皮，看到了它原本的名字——《初励宁文集》，喻司亭的动作稍顿。

但凡是对文学尚有些兴趣的人，都不会觉得这个名字陌生。当代文豪、硬笔书法家初先生，他的成就实在斐然。

喻司亭从前没有读过这本书，心血来潮地翻了翻。

初先生的这套文集主要收录了一些写于早年的随笔，大多是些自己与家人的日常起居录。虽然远不如他中后期的各种成熟作品声名昭著，但字里行间，皆是爱意。书中前半段大篇幅记录他与大家闺秀相遇相携的动人爱情故事。在倒数几卷里，初先生又写到自己老来得一子，喜极而泣。

其中有几页内容，被韩芮做了标注。

这个还未降世的小家伙大约也是知道自己将在这个家中享受众星捧月的待遇，所以天性叛逆了些。

自近产期，舒淇百般不适，寝食难安。家里人便都祈愿他能快些降生。一位友人却劝少安毋躁，谈笑说自己曾观星卜卦，占得未来一连数天都是紫微光耀的好日子。孩子若在这几天出生，未来必将不同凡响。

我与夫人虽不信这些，可为人父母总会望子成龙，难免对他生出了许多的希冀。偏偏这小儿太有自己的脾气，硬是迟了预产期许久，生生在母亲肚子里挨过了整段异象期，然后选了一个无比平凡的黎明呱呱坠地。

老爷子大喜，觉得这个外孙实在有个性，遂亲自择一字为其名，取沉静清白、优游自适之意。

从此，我与夫人便有了生命中的新光亮。
....

——初励宁文集第九卷《谁言太阳不能离经叛道》

读到这里，喻司亭很难猜想不到这个天生个性叛逆的孩子究竟是谁。

沉静清白、优游自适。初澄，的确是个好名字。

他合上书，下意识地抬头看向一旁——父亲初励宁是著名作家、书法家；母亲金舒淇，国家书画院院士、名校美术史系特聘教授；祖父初焕卿是权威的考古学者；祖母容言研究国史，出过脍炙人口的散文诗集；外祖父金钊曲是国画花鸟大家，晚年画作在拍卖行皆是百万级上的竞拍品……某位初姓老师的全部家庭关系几乎都挂在百度百科上，实在完美地诠释了什么叫出身名门、家世显赫。

但同时喻司亭又实在好奇费解，他究竟是怎么在这种家庭环境下长出一身反骨的？甚至让大半辈子清和雅正的初先生无奈将书卷名都写成了《谁言太阳不能离经叛道》。

语文考试的时间已经过了大半。初澄一直端正地坐在讲台边，见四下无人注意时拧开杯盖。可因为里面的冰沙有点稠，他渐渐喝不到了，只好抬高杯底。努力间，他发现喻司亭正在看自己。初澄原本自然的敲杯动作变得僵硬了些，稍稍背过身去躲避，仍然觉得自己身上落着灼灼视线。

他想：没见过人吃冰啊？这家伙怎么总盯着我？

初澄一向知道那人的毒舌功夫，左右躲不过，干脆主动迎上视线，偏要看看他能说出什么词儿来。

喻司亭却不急，收起了膝盖上的书，抱着胳膊踱步，慢悠悠地巡视了一圈。最后他终于来到讲台边，有意无意地立在了初澄身后，操着磁性好听的声音，压低声音开口："喝得着吗？用不用给你拿个勺啊？"

喻司亭这次的毒舌倒是没有想象中的那样恶劣。初澄本着"只要你不指名道姓，我就听不出来是在阴阳我"的原则，淡定地出言婉拒。

"不用，一会儿化掉些我再喝，谢谢你啊。"他仰头笑了笑，眉宇间灿烂飞扬之态完全不像是装出来的。

回答完后，他也不去管喻司亭的反应，直接拿起讲台上发剩的考试卷子，低下头。

用魔法打败魔法。他不经意间好像学会了应对阴阳怪气攻击的正确方式。初澄自己暗爽一通，然后看起了试题。

这次的考卷是他的师父杨老师出的，几乎没有上难度，主要都是对基础知识和能力的考查。作文题目出得也中规中矩。整体来说，这一套属于学年初的定心卷，只要学生认真作答，就不会出现断层拉分现象。

看着看着，初澄突然觉得自己胃里有些轻微不适。那种感觉就像是胀气一样，算不上痛，但是难受。他伸手缓缓地揉着，回忆近几天越发恣意的饮食和作息习惯。虽然知道大早上空腹喝冰沙肯定会不舒服，但初澄还是记着刚才的仇，暗戳戳地想要把这笔账算在大哥的头上。很快，他给自己洗脑成功。于是造成不适的原因，从不良饮食习惯变成了"被'喻魔王'盯着喝冷饮一定会拧肠子"这样的怨念。

然而那位"背锅侠"全然不知，重新坐回窗边看书了。

"叮——"又过了一个小时，教室的扬声器里传出一阵铃声。

初澄看了眼钟盘，考试时间已到。他站上讲台把控纪律，制止下面的小规模骚动："请所有同学停笔，坐在自己的位置上等待收卷，不要左顾右盼和交头接耳。"

后边的喻司亭也站起身，快速地按顺序收卷。他把摆整齐的答题纸递交给初澄："30。"

"齐了。"初澄又细数一遍后，点头确认。

喻司亭这才摆手，示意考生们可以离开。

"我去考务组送卷，然后要再回趟语文办公室，可能会迟一点回来。下节麻烦喻老师先盯着。"初澄把语文答题纸装进试卷袋，顺带也拿上自己的保温杯。

喻司亭应："知道。"

初澄离开考场，和隔壁几个班的监考老师一道，把所有的试卷都送到考务组统一装订封册，然后再递回语文组。像这种阶段性的小考试，十中每个月都有。为了节省阅卷时间，他们一般不会把主观卷面扫进电脑里，所以需要任课老师们手动批改考题。

"和以前一样，除去出题老师不用再参与批卷，组内每人负责一个大题型，剩下两位老师批作文。大家都没问题的话就抽签吧。"

杨老师已提前写好一沓纸条。不知道是因为站得近，还是偏爱徒弟，他最先把签筒递到初澄面前。

只要不是作文，什么都行，只要不是作文，什么都行……初澄一边在心里默念，一边伸手，抽出一张后打开，可上面写的偏偏就是这两字——作文。

哦，初澄心塞至极：今天，乃至这个周末我都不会再快乐了。

"感谢初老师勇担重任。"

"哈哈哈，是不是新老师的手气都特别'爆炸'啊？我记得我刚来的时候也是连续批了五六个月的作文。"

"刘老师，您就别提当年糗事了。"

"放过我吧，刘姐。"初澄脸上笑着，心情却复杂得很。

这哪里是当年糗事，分明是预言和诅咒。可不管多心塞，这是自己抽签得来的，得认命。最终，初澄只能抱着几摞厚重的答题纸回到7班考场。

第二堂的考试科目是数学。喻司亭参与了出题，监考期间下去走动的频率明显比上一堂要高。

初澄依然负责坐在讲台上，居高临下纵览全局。他高中毕业有几年了，对数学科目的考纲早已忘却，所以从卷面看不出什么。能切身体会到出题人水准与风格的无疑是考生，单从学生们拿到卷子那一刻的痛苦面目来判断，"喻魔王"这一局又杀疯了。

初澄还注意到考场中几个 7 班本班的学生。他们一边咬笔杆一边战术翻页的动作，比起其他人有过之而无不及。虽然这位出题人手下的试卷难度总是不受控制地狂飙出一般程度，但他至少在公平与保密性上做得还不错。

初澄深表同情地笑笑，然后收回了视线。

按照学校规定，老师监考的时候是不准做其他不相干事情的，可是后天就是国庆假期了，面对这么一摞待批试卷，他难免心里发痒，想要动手批卷。考场外，教务处领导一遍又一遍地巡视着。初澄只好叹息一声，坐在讲台上把玩起了红笔。

喻司亭眼看着讲台上的人原本俊朗的眉毛都揪成了一团，终于注意到了他手边那堆密密麻麻的方格纸。抽到了作文？难怪从办公室回来开始就看着发蔫，这人还是像小孩子一样把情绪都写在脸上，好猜得很。

初澄正郁闷何时才能开始"搬砖"，忽然觉得身侧光线一暗，偏头见喻司亭搬着一摞本班的练习册放在了讲台上。

初澄一愣。这是干什么？先假意放任不理，然后再出其不意给领导打报告？小学鸡①行为！喻司亭应该做不出这么低级的事吧？

可是他挡住讲台到底是什么意思？难道是好心让我趁机批卷？还是先别轻举妄动好了，万一领会错了他的意思可不好收场。

初澄就这样沉思纠结着，半晌没动，反而坐得更端正了些，只有转红笔的动作看起来依然烦躁。

"批吧。"喻司亭看不过去，索性直接在他耳畔低声道，"手气差还不抓紧，等着'十一'来学校加班啊？那可没有额外补贴。"

虽然依然是带着挖苦成分的话，可初澄突然发现，他毒舌起来的时候也不是句句都让人接受不了。

"眼睛别乱瞟。你们的任何动作在我这里都清清楚楚，不要做多余的事，也不要让我说多余的话。"喻司亭镇定如常地监考。

① 小学鸡：网络流行词，又称小学生、小学狗、小雪鸡等，指行为幼稚的中学生或成人。

他站在讲台边，右手自然地扶住那摞练习册，因身材高挑俊健，正正好好替坐着的初澄挡住了来自门口和监控器两处的潜在视线。

"这个姿势可有点累，我站半个小时就得歇一会儿，你别浪费时间。"喻司亭道。

有大哥在前坐镇的考场极静。初澄安心地低下头，在他制造出的盲区内快速完成阅卷任务。

利用两天的监考时间，初澄成功批完了作文，没有损失任何的假期自由。

国庆假期的第一天，初澄睡了个自然醒，在大脑重新"开机"的蒙眬间，听到屋外有念化学方程式的声音。他换好衣服开门出去，看到师兄在客厅里挂了张白板，几个学生正围坐在餐桌边听他讲题。

"这次都听懂了吧？自己记一笔。"

周瑾瞥到初澄，用签字笔在白板上圈出题目的最后结果，然后他放下书走到旁边喝水，顺带闲聊："我把你吵醒了？"

"都快十一点了，我也该醒了。"初澄朝着奋笔疾书的学生们扬了扬下巴，"你这什么情况啊？"

周瑾耸肩："假期嘛，都想查缺补漏或者弯道超车，你懂的。要是打扰你的话，明天我带他们换个地儿。"

"没事。"初澄连忙开口，"就是本来还想问你'十一'要不要出去玩，这下你肯定没空了。"

"哟，那可真是抽不出来时间。我这课都排满了，楠楠那边也差不多。"周瑾表示遗憾。

初澄闻言凑近些，低声道："我听说最近两年不是查得很严吗？你们小心点。"

周瑾恍然，回应说："我不收大班，就这两三个人没事的。"

另一边，围坐在一起的学生已经做完了题目，喊道："老师，你能帮我看一下吗？"

"哎，马上来。"周瑾回头应了一声。

初澄道："那我自己游泳去。"

"记得先吃饭啊。"周瑾已经俯身在学生旁边，不忘叮嘱，"别饮食不规律，我昨天还看桌上有一盒健胃消食片呢，是你买的吧？金教授可让我盯着你的。"

"知道啦，你别什么都跟她打报告。"初澄摆摆手，转身进卫生间洗漱。随后，他从架子上拿出防水袋，收拾着自己的泳具。

国庆假期期间到处都是人挤人。这家健身馆里却因为会员准入制而没有那么拥挤。

初澄在更衣室内换好衣服，趁着午后这会儿游泳区域内最清静的时间，直接下了水。他收拾东西的时候心不在焉，忘记了带泳镜来，只能闭着眼睛凭感觉找寻方向。

时间已入仲秋，天气乍寒，刚浸在水里会觉得有些冷。初澄潜进蔚蓝的池底，不断加快游动速度，以便让自己的身体快速温暖起来。很快他就在泳道中游完了两个来回，忽地浮出水面，去拍嵌在岸边的计时复位器。然而，掌心的触感却与想象中的完全不同。

他摸到的并非弹压式按钮，而是一片冰凉骨感还带着弹性的东西。

"哇——"初澄受惊，慌忙中踢着泳池壁游退了一些，赶紧抹了一把脸上乱坠的水珠，睁开眼查看。

岸边立着一个人，并且是熟面孔——喻司亭穿着条黑色泳裤直挺挺地站着，居高临下地看着他。初澄刚才被吓得不轻，甚至呛了口水，此刻也管不得对方是谁，脱口而出："你有毛病吧？"

喻司亭被骂得顿了一下，但还是很好地控制住了情绪，思路清晰道："搞清楚，是你从水里突然出来吓了我一跳，而且你游错泳道了。"他那张脸上的五官轮廓深邃立体，散发硬朗的气息，杀伤力极强，尤其是眼睛带着力量，无须神色加持就能给人以震慑和压迫感。

初澄一愣，受惊吓的情绪慢慢稳定下来，下意识转头回去看池边的标号。果真，是自己从一开始就游错泳道了。

这下情况变得有些尴尬。

空了几秒钟无人说话，还是喻司亭率先打破僵局："平复下来了？让让？"

初澄无他法，默默地从泳道线下方钻到隔壁位置去。喻司亭见他的气势已减弱，没再得理不饶人，便简单地做了做准备活动，跳入了水中。初澄的体能本就一般，刚才又被吓没了一半气力，很快就疲累了。他爬上岸后并没有离开的意思，而是坐去了一边休息。

还是等着喻司亭上来请他喝瓶水吧，就算是赔礼了，免得这个睚眦必报的家伙回头又有新的由头借题发挥。初澄如此想着，可左右等迟迟不见那人离开泳池。就这样干坐着等未免有点太刻意，于是他干脆去服务台点了份泡面，坐在旁边的藤椅上吃起来。

上一次和喻司亭游泳时，初澄不想被落下太远，一心竞速没有仔细地观察过他的状态。这次正好能清楚地看到，或者说，是欣赏到。

喻司亭的自由泳姿势非常漂亮，对岸上的人来说，这完全是场力量和美的观赏盛宴。他的身体笔直地潜在水中与池底平行，转臂打腿的动作皆柔韧自如，张力拉满。在赛道终点掉头时一个灵活有力的水下翻转，毫不吝啬展示出鲨鱼肌腰线。他的身材太好了，健硕而修长，每一寸的比例都恰到好处，任谁看了都会心生羡慕。

初澄低头看了看自己的四肢，不禁啧叹一声。等初澄暗自感慨完毕再抬头，泳池里好像已经没人了。

哎？等了他半天，这人走了连声招呼都不打吗？

初澄赶紧吸了口手里的面，准备去找。刚转身就看见喻司亭披了浴袍从盥洗室出来，顺手从身后抽拉出半条白色的腰带，拢着胸前的布料，边走边系。

"咳——"刚塞进去一大口泡面，初澄被呛了一下。

喻司亭不紧不慢地走过来："吃这么急干什么？我又不抢你的。"

初澄赶忙抽纸巾擦了擦，为缓解尴尬而转移话题："你今天自己来的？我怎么没看见鹿言？"

喻司亭在他身边坐下，姿态随意地反问："你也把他当成我儿子了？"

初澄没反应过来："啊？"

喻司亭无奈叹一声："他自己有家，放假回京市了。"

初澄这才笑道："噢。他是你亲姐的孩子？"

喻司亭点头："嗯。平常他妈太忙了，一直是我带着。"

两人一聊起来，初澄就忘了自己要给他赔礼道歉的事。现在看来，喻司亭也根本没把那点儿小事放在心上。

"你不也是京市人吗？休假怎么没回家啊？"喻司亭倚躺向藤椅，看似随口一问。

初澄略怔："你怎么知道我家在京市？"

他们只在京市见过一次，而且那时候还是毕业季，一般人最多会想到初澄在京市上学而已。

喻司亭的眼底浮起一丝异样，但转瞬就消失不见了。他随即开口答道："之前听周瑾说，他上大学的时候去你家里吃过几次饭。你们不是师大的校友吗？"

周师兄不会就这么把我卖了吧？初澄心中怀疑，不动声色地追问："他还说别的了吗？"

"没了，也就是闲聊时候的一句半句。"喻司亭表现得并未在意，接着道，"你还没回答我刚才的问题。"

见初澄好像忘了，他重新开口，换了一种更直白的方式："以你的学历，从事同样的职业完全也可以留在京市发展，怎么都没必要来亭州啊！"

"啊，这个……"自工作以来，被问这个问题对初澄来说已是家常便饭了，"怎么说呢？这算实现了我一半的理想吧。我这人没啥志向，不喜欢太大的都市、太紧张的氛围、太多的人情世故。而且，我也不想太受家里的影响。

"亭州很好啊。虽然是二线城市，但环境、气候都很好，经济发展也不差。这里有我想要的一切，更重要的是，它离京市近。就算再怎么不想留在家里，父母年纪大了，我终归走不了太远。"

喻司亭安静地听完，开口道："嗯，明白了。所以你的志向是在一个偏远的地方浇灌祖国的花花草草，退休后就近隐居山林。现在算是只完成了一半，对吧？"

他总结得一本正经，惹得初澄笑起来："对，但其实还要更'咸鱼'一点。"

"然后，你就因为这个和家里闹矛盾了？"喻司亭忽然补充了一句。

"不是不是，我放假也不回去是因为他们碰巧不在家。老爷子被人请去……呃，反正就是挺忙的。"初澄发觉对方误会了，忙于解释，自己却差点儿说漏了嘴，赶紧调转话头，"我在这里待着确实没什么意思，还不如回家见见朋友，睡睡自己的床。"

喻司亭思索片刻，不再追问，转而问道："之前听鹿言说你买了辆新单车。"

初澄暗松一口气："是我舅舅送的。"

"我看见了，你舅舅的审美相当不错。"喻司亭继续说，"过两天我打算去枫叶谷骑行，你如果闲着无聊的话，想一起去吗？"

啊？突然又并不生硬的邀请实在超出初澄的预料。

公路车不太适合通勤，他的单车就只有到手的第一天是被骑回去的，之后再也没出来见过天日。自从来了亭州之后，上班太忙，附近的景点也都没有去逛过。初澄当然想去。但万一他在路上拖后腿，以喻司亭的个性，在不耐烦的情况下不会把他扔了吧？

"就我们两个人？"初澄试探着问。

喻司亭偏过头，眸子里满是疑惑："你还有其他的朋友也想去？"

初澄："……"但凡还有其他朋友，好像也轮不到他们两个搭伙出去玩。

初澄考虑了会儿，又问："你说的那个地方我没听过，远吗？"

喻司亭："早点出发的话，一天时间可以来回。"

这样的话即便被扔了，应该也能自己找回来。

初澄点头："那我一起去。"

"好，具体出发时间电话联系。"喻司亭站起身，扯开浴袍用傲岸挺拔的背影对着他，边活动臂膀边说，"那你接着吃吧，我再去游几圈。"

初澄咋舌。难怪带着高中班级熬夜久坐之后身材还那么好，真是"体力怪人"。

数学老师在时间上的确说一不二。当真是间隔整整两天后，喻司亭给初澄发来了消息。

喻司亭：明早能出发吗？我去接你。

初澄：可以。

手机响起提示音时，初澄刚好在朝背包里装骑行装备，所以顺便又问了一句。

初澄：需要我准备什么吗？

喻司亭：人来，带着车。

寥寥几字，初澄反复看几遍，怎么读都有一种正在与绑票惯犯交涉的感觉。类似于：一个人来，带着钱。他又等了两分钟，确认对方不会再发来一条"不许报警"之后，才回复了个"好"字，然后继续收拾背包。

翌日，天还没亮，初澄就被闹钟叫着起了身，差不多收拾整齐后，收到一条微信提醒。

喻司亭：在楼下。

初澄：好，马上。

初澄快速地回了几个字，挎上运动背包，推车出了家门。

这会儿距离日出还有一段时间，夜空中只有丝缕的雾伴着朦胧星辰。风中带着些许冷意，吹到身上凉飕飕的。初澄拉严外套走出小区，迎着门前柔和的路灯光亮，看到了穿着一身深色运动装的喻司亭，在他身后停着的是一辆之前没见过的硬派越野车。

"早。"喻司亭看见初澄推车走来，打开越野车的后备厢，里面已经装着一辆公路车。

"确实够早的。"初澄说话时还打了个哈欠，然后瞥向车后排剩余的空间，又看了看自己的单车，"放不下了，这得拆轮吧？"

喻司亭点头："给我吧。"话音刚落，他便蹲下身去，手指熟练地摸向了快拆杆，无须工具，轻松几下就把车体拆成了能被后备厢完美容纳的程度。

初澄在旁搭了把手，向后备厢内探身时，近距离瞥到了里面的另一辆，竟发现喻司亭的公路车组装得和自己的几乎一模一样。

难怪鹿言当初一眼就能认出来。

初澄惊奇开口："你这车……"

"我说过了，你舅舅的审美不赖。"喻司亭弯唇提醒道，"上车。"

"原来你那会儿是绕着弯夸自己呢。"初澄笑笑，绕过车身上了副驾驶位。

喻司亭没再搭这个话茬儿，启动车子的同时打开空调，把温度调高了些许，说："车途不近，困的话你可以再睡会儿。"

初澄本就打算如此，便点点头，系好安全带后把自己带的外套盖在了身上。

喻司亭的每一辆车都收拾得非常干净，座椅靠背也柔软舒适。车上到处都瞧不见香薰，却能闻到一股淡淡的松叶香。初澄本就困倦，伴着这种让人安心的味道，沉沉地闭上了眼睛。

喻司亭开了会儿车，透过窗玻璃看到路边有一间开门早的包子小铺，刚想问问身边的人要不要吃早点，偏头却发现他半张脸埋在衣领里，俊秀的眉宇舒展着，呼吸恬静地进入了梦乡。

这家伙心还挺大的，就这么被卖了估计都不知道。喻司亭收回目光，打了把方向盘，把车子停靠在了小店门口。

睡了有一个多小时，初澄浓密的睫毛颤了颤，然后他缓缓活动起压麻的胳膊。

驾驶位传来一声："醒了？"

"嗯。"初澄低低地应了声，伸手拉了拉身上的衣服，思想依然混沌。

"醒得很及时，刚好赶得上。"喻司亭朝着前方抬下巴。

初澄睡眼蒙眬地看过去，发现车子已经行驶在一条笔直的公路上。他稍稍掀起眼睑，便注意到了喻司亭示意他去看的东西。

漫天朝霞。橙、红、黄色的光线穿透大气层，混杂着折射出来，将天空浅浅地映亮，把柔软扑卷的云层染成了整片橘粉色。大概是水汽不足的原因，那些霞光并不如烈火般绚丽耀目，像幅色彩温和的油画，却别有一种惊艳浪漫。

"噢。"初澄的眼睛睁大了些，向前探身细细地看，随后连忙在自己身上摸索出手机——他并不是要拍照记录下这难得一见的绝美云霞，而是快速打开了天气预报。

老话说"朝霞不出门"，今天不会是要下雨吧？

喻司亭用余光发现他搜索天气预报的动作，颇为无奈道："别看了，只是小雨。"

初澄这才安心："那应该不影响什么，掉点雨滴还会凉快一些。"

喻司亭用沉默表示了赞同。他低下头，从两人座位间的储物格里拎出两个透明的食品袋，伸手递过去。

"早餐。"

初澄细看，发现两个袋子里装的食物不一样，一袋是包子和塑杯封口的皮蛋瘦肉粥，另外一袋是麻团和红枣豆浆，于是开口："你先选。"

喻司亭："我吃过了。"

初澄闻言，有些不解："那怎么还有两份呢？"

"甜的和咸的，我不知道你的口味。"喻司亭的语气稀松平常。

初澄却挑动了眉梢，拿起豆浆，捧着还剩下一点温热的纸杯暗暗思忖：仔细而且有耐心，不愧是能帮亲姐带孩子的人，虽然从外表看不大出来。

喻司亭见初澄并不打算再继续睡了，便打开蓝牙，用车载音箱播放起伴行音乐。他的歌单像是专门为长途驾驶而准备的，都是一些无词的纯音乐，动感十足，让人醒神振奋但不觉得吵闹。

初澄打开玻璃窗，让冰凉舒爽的风吹灌进来。车内瞬间充满自由和野性的氛围。他随着乐曲的节奏鼓点，轻轻晃动着身体。

"才睡醒就这么嗨？"

喻司亭感受到了身旁人的快乐，似乎也受到些许感染，单手一转方向盘，拐进另一条更加无阻的山野直道，两边是笔直参天的古树，车子疾驰起来。

叠嶂层峦，山山而川。山雾氤氲下，返璞的自然景观和宽广的视野让人全身心舒爽。

初澄抬臂舒展着筋骨，偏头迎风朝他回答道："噢。感觉是在亡命天涯，身后已经有人在追我了。"

喻司亭扬起唇线，一向冷酷又淡漠的脸上绽开笑意，剑目英眉染着别样魅力。

天色转明，太阳爬上山顶。两人终于到达了目的地，也是骑行的起点。

喻司亭停车熄火："谷地里面就没法开车了。等会儿我们从这里进去，先休息一下。"

"好。"初澄下车，活动着因为坐车颠簸而紧绷的身体。

这实在是个冷门的度假地，谷深山静。天气也不燥不热，运动放松最合适不过了。

喻司亭看了看表盘："在山谷里面骑一圈再绕行出来大概要五六个小时。晚上开车回去，时间刚好。"

初澄正在把运动手环、饮用水等必需品一股脑儿地塞进包里，听到他这样说，试探着开口："等一下，我想提问。"

"怎么了？"喻司亭见他像学生似的一本正经，有些疑惑。

初澄："如果我中途骑不动，会不会影响你的计划？"

喻司亭单膝跪在地上，一边把两人的单车前后轮重新组装好，一边摇头："不会。我刚刚说的时长，已经把你的体力因素和休息时间算进去了。"

初澄尴尬地哼笑一声，没能说出反驳的话。

一切准备就绪，两人推车上路。沿着山间盘桓的小路蜿蜒前行时，果然下起了小雨，但他们丝毫没受影响。

十月初，还不是谷内枫叶最红的时候，橘红和明黄混合在一起，层层浸染，明艳绚烂。除了红枫，沿路还有绿松、银杏、彩叶树等聚集在一起，实在是好看极了。

喻司亭照顾了同伴的体力，全程都没有放开去享受速度与激情之乐。初澄的骑行体验被拔高了好几个水准。可从半路开始初澄就觉得后颈有些痒，中间停下休息的时候他动手抓了抓，之后那里又像针扎一样疼。

"怎么了？"喻司亭察觉异样，停下来询问。

初澄："我背上有点不舒服。"

"需要我帮你看看？"喻司亭也发现他的手臂一直在向后摸索，征求式地询问。

初澄实在又痛又痒，点点头，拉开了自己的外套。他的背笔直白皙，皮肤上有任何小的伤痕都能看得清楚——左侧靠着脖颈后的位置鼓着一个小红包，已经被抓得有些肿起来了。

喻司亭皱起眉："是不是因为下雨太潮湿，有虫子从树上滑下来掉在你脖子上了？"

初澄回忆一番："啊……那我好像想起来了，刚才确实有只虫子落在我肩膀上。但那会儿，我没觉得不适。"

"虫子长什么样子？"喻司亭问。

"应该是黑色，圆圆的。"初澄的语气有些不确定。

喻司亭又问："带不带翅膀？"

初澄答："带翅膀，会飞的。"

"有没有触须？长着几条腿？"

"……我哪儿能瞧得那么仔细。"

喻司亭说话的时候，一直维持着站在背后的姿势。初澄看不到他的表情，但觉得这些保姆式的提问实在有些奇怪，顿了一下后不肯再说了。

喻司亭半晌没听到回答，这才反应过来对方许是尴尬，解释道："我问这么多，只是想试着辨认一下是什么虫，看看会不会有毒。"

初澄轻声道："真记不清了，应该没事。"

"嗯，没事。"喻司亭给了一个带着安抚意味的回答，然后从随身的包里掏出一支药膏帮他涂上去，"这药挺管用的，我之前出去骑行被虫咬，涂上就不痒了。"药膏是浅绿色的，带着淡淡的中药味，涂到背上有一点凉。

秋雨渐渐下得细密，他们需要找个地方避雨了。

喻司亭站直身，用手背抹了一把下颌，提议道："往北边走吧。"

"走。"初澄披上外套，推车跟随。

两人走了一段，果然看到一处竹院人家坐落在静谧处。

初澄观察周围偏僻难寻的位置，问："你来过这儿？"

"一两次，来这里骑车的人一般都到这儿茶歇吃饭。"喻司亭说完，"吱呀"一声推开竹门。

院中满是人工种植的树木、花草，但是没有被很精心地打理，反而是受阳光雨露滋养而野蛮生长。这里的环境古朴整洁，看起来不像是个餐厅饭馆，反倒更像是淳朴的乡间人家在开门待客。

走进屋内，似乎没有人在。

整个室内装修风格简约复古，稍显凌乱却又带着秩序。门前的长桌摆满了植物，剩余一小部分被当作吧台用，挂着潦草手写的菜单。下面的抽屉开着，手表、平板、现金就那样随意地放着。

初澄疑惑："这样门户大开，不怕被盗吗？"

喻司亭摇头："应该不会，能找到这里来的几乎都是熟客，或者朋友介绍来的。老板八成是又去看热闹了。"

话音未落，院外响起脚步声。

"在呢，在呢。"

来人年岁不大，顶多三四十岁，衣着打扮不拘小节，一边小跑进来一边说："哎呀，刚才有个骑车的小伙子要在这儿和女驴友求婚，一激动把钻戒掉进枫叶林了，一群人撅着屁股帮忙找呢。"他说了一箩筐的话才抬头瞧见喻司亭，乐道："是你呀。有一阵子没来了，放假了？"

老板这话问得奇怪，仿佛他隐居在这个地方不必记着时间，完全不知道现在是"十一"假期。

喻司亭只点了点头。

老板瞥一眼身后的初澄："哟，这次还带朋友了。你们要不要吃点儿什么？"

喻司亭表现得没他那样熟络，语气淡淡："每次我点了你又不会做，就听你推荐吧。"

老板笑笑，问："那你们忌口吗？我炖了参芪黑鱼汤，要不要尝尝？早上刚钓的，特新鲜。还有自己挖的野山参，暖身驱寒，滋补益气。"

喻司亭看了看初澄，用眼神询问他的意见。

初澄说："可以，我挺喜欢喝鱼汤的。"

喻司亭转向老板："那你看着来吧。"

老板道了句"好嘞"便进后厨去了。

正如他所说，鱼汤是刚炖好的，被端上桌时还冒着热气，用砂锅盛着，气味醇香不油腻，鱼身处理得很干净，完全没有腥味儿。喻司亭先盛了一碗递过来，汤体清而白，漂着枸杞，颜色也很漂亮。

"谢谢。"

初澄还没动勺，院门外忽然又传来响动。

似乎有人倚着墙，扯着嗓子喊："老赵！戒指找到了！马上就要求婚了，你还来不来？"

"哎！我来、我来。"老板一听便坐不住了，急急忙忙扯了围裙，朝着客桌方向开口，"你们吃好了放着就行。饭钱留吧台上，没带的话下次再给。我先走了啊！要不然赶不上热闹了。"他说完，又一路小跑着出了院门，没了影子。

喻司亭放下汤碗，站了起来。初澄猜他是要去结账，赶忙摸了摸自己的运动服。虽然知道两人的经济实力悬殊，但出来玩一趟已经让喻司亭贴了不少油费，总不能再让他付饭钱。

"别掏了，这里基本没信号，用手机结不了，喝你的。"喻司亭说着，从口袋里摸出两张提前准备好的现金，放在了吧台抽屉里。

"那我回去再转给你。"初澄嘟囔着。

喻司亭见他坚持，没再拒绝，点头应了个"好"字。

初澄心满意足，低头继续喝起了鱼汤。

"看来你的胃也不是非快餐和咖啡不可。"喻司亭忽然开口。

初澄没抬头，只用余光瞥去一眼："半天了，毒舌终于憋不住了？"

"我的意思是，你多少要注意些，不要以为自己身强体健，就不重视饮食健康。"

之前在学校陪读晚自习时，喻司亭可没少见初老师随便点外卖，糊弄着应付晚餐。

"我不用长命百岁。"初澄慢慢搅动着碗里的鱼汤，"人生得意须尽欢，免不了要用健康去换点快乐。"

喻司亭闻言眼神一变，语气沉而缓："大概是你舅舅脾气好吧。换成鹿言当面说这种话，我大概率是要动手的。"

"老实说，如果被他听到，我也要挨揍。"初澄弯眸笑笑，眼底似乎波动着星辰。

"是不是从小，别人家的父母就都会让自己的孩子离你远点？免得被带坏了。"喻司亭想起了之前看过的老爷子写的书，以及初澄儿时就树立的志向。

"我倒也没有那么'毒瘤'。"初澄惬意地后仰，依旧笑着，"再绝的景色都会有人见过。像这样偏僻小院落里的鱼汤，也该有人来喝。"

初澄说完，看了看四周质朴悠闲的环境，想到随性而为的竹院老板，忽然理解了什么。

"喻老师，那天我说完自己的理想后，你邀请我来骑行，其实也不算是心血来潮吧。"

对方点点头："嗯。就当是来看看你没完成的那另一半生活。"

初澄抬头看向木桌的另一端，眯着眼睛继续问："所以，你现在这样是想表达自己并不歧视'无志青年'吗？"

"我不觉得理想有好坏啊。人生本来就没有固定的框架，只要乐意，可做的事有千千万万。"坐在对面的喻司亭捏着长柄勺，给自己也盛了一碗鱼汤，就着轻捞慢起的动作，不疾不徐地说。

"初老师恰好是，志不在山河，在人间烟火嘛。"

"这样说来，我和喻老师算是知音。"初澄注视着气定神闲的人，向后抬了抬手臂，笑着靠上椅背。

与喻司亭聊天，远比初澄想象中愉快。大概是因为他同样年轻，又懂得求同存异，所以说起话来格外投机。从今日相处的种种，初澄不难发现，生活中的喻老师其实并不是个古板的人。他豁达，爱自由，甚至怀有未泯的野性。如果不是相遇于职场，他们也许会更加契合。

直到这一小锅鱼汤被喝完，出去看热闹的老板也没有回来。其间还有其他骑行爱好者进门。后到的小哥大约也是常客，直接轻车熟路地开冰箱拿了罐啤酒喝，路过桌边时好奇地瞟了一眼。

"这老赵又鼓捣什么新菜品了？闻着还挺香。"

初澄友好地回话："他炖的汤，味道不错。"

"鱼汤吧？"

"对。"

得到肯定回答后，旅友仰头灌了一大口酒，掰着手指，一副了解至深的样子："嘿，这人总共就这俩爱好。骑车和钓鱼。别看他开餐馆，其实菜不会做几个。"

初澄有些好奇："那他的店……"

"他不靠这个生活。"对方也许是骑累了不急着走，又有些自来熟，随手扯了把椅子坐在一边，说起了老板的八卦。

"听人说老赵早年好像是个汽车动力方面的工程师，工作十年没买车、没买房，攒到一笔钱就辞职了，弄了这么个小院提前养老。他也是个骑行爱好者，会天南海北地出去玩，闲的时候就在这里给驴友们提供个歇脚的地方。"

还真是种自得其乐的生活。初澄听完，若有所思："工程师，工资应该挺高的吧？"

旅友一咂嘴："可是累啊，熬心血。老赵就是因为突然一次身体吃不消，进了医院，要不然他也下不定决心的。"

坐在对面的喻司亭却参透了初老师"由人到己"的想法，冷不丁一句："努努力提职称，退休待遇会更好。"

"噢。"初澄深以为然。间隔几秒后他突然反应过来，诧异地看向喻司亭：嗯？怎么好像还真说到我身上了？

对方笑笑，眉目舒展开，没揪着这个话题不放。两人便都不再说话，继续听着那位小哥絮絮叨叨地讲。骑行路上的相遇大多只是片刻。屋外的雨声已渐渐停下，三人又闲谈休息了片刻，便出门，继续各自的旅途。

一场空山清雨将万物拓深了几分颜色，湿润的空气极致纯净，带着特有的泥土芳香，与山间香樟以及其他不知名树种的味道混合，沁人心脾。

初澄站在院中深呼吸着，闭眼感受爽冽的秋风入怀，不禁轻叹："太舒服了，感觉身体都年轻了几岁。"

"偶尔出来走一走是不错，但也没有那种返老还童的功效。"喻司亭擦干净车座上的雨水，沉沉道，"是你本来就年轻。"

"我这是用了夸张的修辞手法嘛。数学老师果然严谨。"初澄跟上他，粲然一笑。

刚下过雨的地面还很湿滑。为了安全起见，两人在略微崎岖的路上都推着车慢慢走。这样并肩而行，也有了更多的交谈机会。

初澄开口问："喻老师是不是经常出门旅行？"

喻司亭答得简单："有时间才会。"

"那就对了，毕竟你长得就是一副饱览过名山大川的样子。"与大哥在一起相处久了，初澄把他能噎人的言语功夫也学了个七七八八，"可我的生活比较单一枯燥嘛。因为见识短浅才会发自内心赞叹这种寻常风景，也不奇怪。"

喻司亭听出其中隐含调笑的意味，并未较真，只道："你不像是自己说的那种性格。"

初澄说："你不知道上学的时候我那群室友都有多宅，平常大把的时间不是在写文学研究，就是在打网游。"

喻司亭闻言稍偏头看过来："所以，你是被拐带的那个？"

"嗯，老实说也算是兴趣相投……"初澄笑意明朗，诚实地交了底，"不过跟你细说这些，你应该也不感兴趣。"

话虽如此，身旁的喻司亭却一直听得很有耐心。

梧桐和红枫都被雨打落了些，铺盖在地面上，为山谷披上了绝艳的新衣。两人走了一段，路面趋于平坦，便骑上车沿原路折返。回到停车的谷口后，喻司亭摘下自己的骑行手套，重新拆放车轮，整理后备厢。他怕老赵的汤饭不能让初澄长久饱腹，还从车上拿了点干粮放去前面座椅上。

"喻老师，你如果觉得累的话，回去的路上可以换我来开一段。"初澄坐上副驾驶位，系安全带的动作顿了顿，偏头看向一边，"虽然买不起车，但我有驾照的。"

"不用。"喻司亭低头调试电子屏幕上的设备，随口回复，"如果你实在担心我有疲劳驾驶的隐患，可以在路上跟我说说话，监督我。"

初澄从他脸上的确看不出倦色，扬着嘴角道："好，那我随时监督。"

"坐好，走了。"喻司亭打着方向盘退出山谷路，把车开得与来时一样平稳。

这条公路本就少有人来，到了傍晚后更是寂静，几乎看不到其他车辆，可以随心所欲地刷着远光。喻司亭一直盯着前方路面上被映出的一片雪白，专心驾驶，开出一段距离后，忽然觉得耳畔过于安静，偏头看过去。

那个刚刚还扬言要全程监督的人，已经像来时一样把自己裹在了外套下，正睡得安稳，下颌随着车辆行驶轻轻晃动。喻司亭当真是无话可说，只好随手关上右侧的车窗，以免他被冷冷的夜风吹感冒了。

初澄的确是累了，这一觉睡得不仅沉，而且久。他睁开眼时，车子早已经进了亭州。

"又醒了？"喻司亭的语气与早上时相差无几，偏偏后面又跟了句，"监督我的结果还满意吗？"

初澄还未完全清醒，就忍不住笑起来。

"别睡了，收拾收拾，快到了。"喻司亭说话间就已经行驶到了运城家园附近。

"感谢喻老师的邀请，回去别忘了算花销。"初澄穿好外套，拿上背包，在园区门前下车。

"嘀——"初澄刚走开几步，背后忽然响起一声汽车的鸣笛声。

初澄疑惑地回头，只见喻司亭降下车窗，把白天的那支药膏递给他："药效好像不错，路上没再见你抓过，剩下的也拿回去吧。"

"谢谢。"初澄笑着接过，弯身从窗边朝他摆摆手，"假期愉快。"

喻司亭点头："嗯。"

初澄这才转身进去。回到家里时，周瑾的房门关着，应该已经休息了。初澄轻手轻脚地洗漱完毕，回自己的卧室。他从背包里摸出一天都没碰过的手机，发现有徐川打来的语音电话，边收拾床铺，边点击回拨。

"噢，失踪人口回归了。我还等着24小时后报案呢。"手机另一端传来熟悉的声音。

"不就是漏接了你几个电话吗？哪有那么夸张？"初澄开了扬声器，自顾自忙自己的事情。

徐川开着玩笑："大哥，一整天了，从早到晚，打电话提示全是网络状况差，然后自动挂断。我都以为你被绑架到哪个山沟沟里去了。"

初澄轻哼："是到了山沟了，还是我自愿去的。"

"哟，假期不在家里享受人生，到处乱跑。这是交到新朋友了。"同窗七年，徐川对初澄的了解程度还是相当高的。这小子平日里虽然懒懒的，但却是个很能融入新环境的随性角色。只要能与人一拍即合，做事情的路子便会四通八达。

"新朋友，不算吧。"川哥的话让初澄陷于思考，"就是有一个之前就认识的同事，相处起来发现他的性格并没那么糟糕。"

"人和人相识本来不就是这样吗？"徐川不以为意，"就像我第一次见宿舍长和你的时候，还以为是两个阳光开朗大男孩呢。"

"什么话？"初澄当即反驳并且自我夸奖道，"宿舍长是什么'深井冰'[①]我不知道，但川哥你永远可以相信你的对床——我，温和、积极向上，而且充满力量。"如果是相识不久的人，很可能会被他那副纯情少年的外表欺骗，但电话另一端的徐川连眉毛都没动一下。

"你说这话，竞技场里面因为你新工作不顺而献祭掉的一万冤魂听得到吗？"

---

① 深井冰：网络用语，"神经病"的谐音，用于调侃。

运动放松过后的初澄明显心情不错，顺势立 flag[①]："或许从今天开始我就是个成熟的语文老师，会自己排解情绪了呢？"

徐川意味不明地嗤笑一声。

初澄不打算理他，拉伸筋骨道："行啦，我在山沟里累了一天，想早点儿睡，不跟你鬼扯了。"

"去吧。"对面的川哥应该是刚开了一把游戏，敷衍地应了声。

初澄了解徐博士的作息。他平常太忙，只有夜里才有时间过过网瘾，便随他去了，率先挂断通话。

刚才在车上睡了许久，初澄现在只剩下身体上的疲惫，大脑却没什么困意。他侧躺到床上刷手机，看看今天都漏掉了什么消息。

果然，学校的年级组工作大群内有一条新发的教务公告。

> 月考成绩已发布，师生均可登录校园管家程序查看。假期后主副班进行汇总沟通，做好家长会准备。最后祝各位教师国庆愉快！

这么快就统计完了，看来还真有老师在加班。初澄切屏进入小程序，点开教师终端里的成绩查询功能。系统显示出一排小字——

> 欢迎初澄老师！您的任课班级为高二（7）班，可查看均分明细。

点击"确定查询"按钮后，界面一闪。

> 高二（7）班各科均分年级排名
> 语文排名：9
> 数学排名：1

---

① flag：网络流行语，英文单词原意为旗帜。游戏中 flag 决定或引发剧情发展的特性，后来被广泛引申到 ACG 作品中，指引发某一特定事件的原因；后来再进一步引申为某一特定事件发生前的征兆或标志。

英语排名：1

物理排名：1

地／生／化／政排名：1

这已经不属于业绩警告了，这是赤裸裸的下马威！语文考题明明那么简单，一个个答得胸有成竹。数学卷里道道是修罗场，考场上学生也是抓耳挠腮。结果学生们就给他看这个！考成这样还要开主副班的单独复盘会，喻司亭能放过他吗？

短短几行数据，初澄定睛看了五秒钟，胸腔里涌起无名热浪，仿佛下一秒就要呕出一口老血。

他把刚刚还和川哥保证过的"peace&love"[①]抛到了九霄云外，腾地从床上坐了起来，赶忙去翻自己一个月来的所有备课记录和反馈教案。如果在开学之前找不到原因和解决方案，那他被迫交给大哥的下一封信，绝对是一纸辞呈！

喻司亭：月考成绩汇总的表格还有两位老师没发给我，抽空写一下。

这是成绩下发后，高二（7）班任课教师小群内的最后一条消息。初澄点开和他的私聊，把一条链接发过去。

喻司亭：已收到。

初澄犹豫片刻，打字询问。

初澄：喻老师，没有其他什么事情了吗？

他已经记不清这是自己第几次试探大哥了。

喻司亭稍有迟疑，然后发来答复。

喻司亭：这么急着结清账？

初澄一愣，这才发现对方是误会了，还没来得及解释，又一条消息发来。

喻司亭：看来骑车同行有些不愉快。

初澄忙回。

初澄：不是。

初澄：我是想问与月考成绩相关的事。我们需不需要聊聊？

---

① peace&love：爱与和平。

喻司亭：那个不急，等上班后再开个小会吧。

"不急，等上班后"，那就是确实有事要谈啊！短短一句话，无疑是给初澄戴上了痛苦面具。他想起第一天上班时，在教务处里被吐槽的场景。自己可是相当于在领导面前立了军令状的。如果我能教好学生，喻老师当然不会再说什么；如果教不好，那他就没有说错。现在想起之前的年轻气盛和大言不惭，初澄恨不得给那时的自己两耳光。怎么敢的呀！现在马上就要被拉出来"鞭尸"了吧。

他会怎么说？

"看吧，我就说他不行。事实证明我的眼光没有错。"

或者更嘲讽一些？

"新人嘛，能力有限，能教好才怪了。"

再恶劣一些？

"这两年师大也是越来越回去了，什么人都培养得出来。"

初澄的脑子里闪过无数种情况，但没有任何一种能被他的骄傲所容许，他心烦意乱得一晚上都没睡好。第二天一早，他走出房间，去客厅冲咖啡，碰巧看到周瑾在厨台边泡麦片。

周瑾看他一眼："早啊。"

"嗯。"初澄没精打采地应了一声，随后想起来询问，"师兄，你的化学考得怎么样？"

"第二。"周瑾在一块面包上涂了果酱，咬一口后补充，"仅次于你们班。"

初澄小声评价："那挺好的。"

"是啊，我很满意。毕竟7班的学苗基础在那里，我再怎么使劲，也越不过硬件鸿沟。"周瑾说完，抬头反问，"你呢？"

初澄只好面对现实："第九。"

但周瑾并不觉得差劲："也可以啊。全校24个平行班，第九属于中上了。"

"全年级乃至全市校联体名列前茅的选手们，在我手里语文均分第九。最重要的是他们其他科目全都巨能打，太欺负人了……"初澄边说着，边脸朝下栽进沙发里哼哼，"喻司亭周一要找我谈话，我会被手撕掉的。"

周瑾看着一旁欲哭无泪的后辈，吃早餐的闲情逸致都被影响了。

"哎哎哎，至于吗？不就是一个小月考吗？而且我听楠楠说过，7班本来就有一科是短板。什么学生能科科无敌啊？"

"你这是站着说话不腰疼。他们就是不能短在语文上。就算是短，也不能短这么多呀——"初澄拖长声音，生无可恋地在软沙发里撞头哀叹，"……你第二，你理解不了我。"

周瑾无奈一笑："那你听好啦，第二是我教得不错，但倒数第二也是我教的。"

"啊？"初澄停下"自我摧残"的动作，从布艺沙发上坐起来，掀着眼睑看他。

周瑾忙道："你别用那种奇怪的眼神盯着我。我发誓，我对这两个班级付出的耐心和热情是完全一样的，我问心无愧。只不过，结果不同而已。"

初澄皱眉："为什么会这样啊？"

周瑾继续答："因为拖后腿的偏科生实在太多。7班的情况应该也相近。那个叫谢什么的小子在我监考的考场，语文单选全涂B，作文题目叫《人间也许不值得》。你用鹿言加韩芮再加徐婉婉三个省优也带不动他吧？"

初澄轻叹："你说的道理我都懂，可我怎么面对喻司亭啊……"

"就算是喻老师，你让他去教十个班级，也无法并列第一吧？他也会教出第十名，但这不能说明他个人能力有问题。"作为过来人，周瑾语重心长地安慰道，"更何况，语文这个科目太看重天赋和能力了。你不要纠结一次两次的年级排名。这是职场误区，初老师。"

"反正有错要认，挨打要立正就对了。"初澄发泄完了，从沙发上爬起来，声音疲惫道，"我去写成绩分析了。"

周瑾看着他的背影，又同情又觉好笑："你又不吃早餐了？"

"胃堵得难受。"初澄背着他摆了摆手，回自己房间闭关去了。

第三课

平衡 VS 执拗

　　"十一"长假的最后一天，初澄都活在认真地自我剖析中。他把每一个学生的卷面都做了失分点分析，然后在一片忐忑中迎来了周一上班日。因为失眠精神不济，他没有去跟早自习，趴在语文组的办公桌上翻看教案。

　　下早自习后，课代表韩芮来送作业，见他不太舒服的样子，也没说几句话。

　　"大哥。"走到门边的韩芮迎面撞上班主任，被吓了一跳，打了声招呼人就溜走了。

　　喻司亭理了理衬衫，稍有不满道："怎么连课代表也冒冒失失的？"

　　初澄闻声起身："谁知道呢！她从月考之前就怪怪的，跟我说话也小心翼翼。"

　　喻司亭只抬眸看了他一眼，没有搭茬儿。初澄却回过味儿来：等会儿，他刚才说"也"了吧？什么叫"连课代表也冒冒失失的"？我什么时候冒失了？

　　初澄这会儿没有心思去计较对方的措辞。他看喻司亭并不像是偶尔路过的样子，试探着问："喻老师，找我有事？"

　　喻老师定睛道："我不是说了要和你开小会吗，现在有时间吗？"

　　初澄虽早有心理准备，却还是没想到他会主动找到办公室来，迟疑着小声道："你能……别在语文组吗？"

"那楼上空教室。"喻司亭说完转身，走到门口又补了句，"你带份成绩单，我忘拿了。"

"哟，你们这么早就主副班开会啦？7班又卷①我们。"同办公室的语文科班主任瞧见，并无恶意地开着玩笑。初澄慢腾腾地跟在身后，实在开心不起来，只勉强地笑笑。

六楼是学校的小会议室，左右走廊的教室都闲置着。初澄连续向好几间内探头，才看到喻司亭坐在一张讲桌边。

"别磨蹭啊，我一会儿有课呢，快来。"他的语气平淡，未见波澜。

看在他们俩几天前还一起出门骑行过的分儿上，大哥应该也不会太为难他吧？

"这间教室隔音应该还不错。"初澄深吸一口气，索性关了门，径直走过去。

他心想：你骂吧，骂吧。

喻司亭竟然从自己的副班主任脸上看出了"视死如归"的表情。他蹙了蹙眉，思忖片刻后似乎想到了原因，没忍住偏开头笑了声。

"一大早情绪这么低落，是因为年级排名吗？"喻司亭没高声斥责，也没挖苦，低沉有厚度的声音实在好听。

"第九名难道还不值得低落吗？"

等了片刻，教室里依然静静的，初澄鼓起勇气去看喻司亭的表情。

喻司亭说："但这不是你的问题啊。"

"啊？"初澄一时没有反应过来。

"我说过了，他们的语文底子本来就差，对语文这一科的积极性本就不高。换成尤老师以后也一直是这种排名，我不可能要求你立刻就逆转劣势。"

喻司亭直了直身体，一本正经地解释完，唇角又微微上扬，笑道："而且客观上来说，还算是进步了一名，我恰好被堵住了嘴。"

几天殚精竭虑、寝食难安，换来虚惊一场，初澄觉得自己的心脏都要超负荷了，情绪平复后道："那你为什么还一脸严肃地让我拿成绩单过来？"

"我找你来开会，本来就是为了别的事情。"喻司亭拿起手机，转发

① 卷：网络用语，指代一种非理性的、过度的内部竞争状态。

了一条链接给初澄，切入了正题，"本周三有一场年级家长会。除月考成绩阶段总结之外，主要会公告特长生的报名事项。"

对于这件事，初澄在之前的全校教师会上已有耳闻。高二年级要在目前 24 平行 +2 竞赛的班型基础上，再分出四个特长生班。

"会有专门的老师向有意向的家长和学生答疑解惑，主副班主任负责协助。这项工作之前我也没有接触过，所以到时候需要你的协助。"

初澄点头："明白。"

"那我说一下几个学生的具体情况。班里需要走特长生路径的选手不多。比较能确定下来的是江之博会走体育方向，除此之外还有个在犹豫的白小龙，晚些时候我先去找他谈谈。"

"白小龙……"听到这个名字，初澄略有思忖，"要不然还是我去谈？"

"不用。"喻司亭回得迅速，看到对面同事的疑惑神情，补充解释，"不是说你之前负责得不好，而是那小子家里的情况我这边更清楚些，有些话，我也想和他父母说说，毕竟很多事情不是孩子一个人的问题。"

"嗯。"初澄理解了。

"那我们继续。"喻司亭对照成绩单查看，在稍后排圈出几个名字，接着说道，"空乘生应该是没有的，这个女生目前是传媒意向。至于美术方面……"

初澄认真听着，忽然开口："应该会有张熙吧？"

"你知道她？"

张熙这个孩子性格非常内敛，平常基本听不到她说话，而且成绩不太理想。尤其是在 7 班这种几乎人人出类拔萃的集体环境里，她很容易就成为透明角色。所以当她第一个被初澄 cue 到时，喻司亭有些惊讶。

初澄点头："张熙在画画上很有天赋，语文笔记背面随手的涂鸦就惊艳过我。后来有一次她上课走神被我拉去办公室谈话，顺带问了能不能走美术报考的事情。当时学校还没下达通知，所以我也没给答复。那这次，就由我负责她吧。"

"嗯……张熙的情况有些复杂。你可以先试着沟通，如果有问题的话，后期再交给我。"喻司亭做标注的动作稍顿，斟酌着开口。

初澄有些不解地看他。

"开家长会的时候你就知道了。"喻司亭没有过多地解释，继续说起下一个同学。

两个有备而来的人搭档在一起，效率显著提升。

"目前差不多就是这样了。等我们做完第一轮沟通后再仔细讨论。"他们快速对接完了班里全部特长生的情况，然后各自收拾东西，准备回去工作。

忽然，喻司亭注意到初澄垫在笔记本下的厚厚一摞手写材料，挑着尾音问："都写检讨啦？"

初澄脸上一热："不是检讨，是试卷失分点分析……"

喻司亭切实感受到他对这次月考成绩的在意，怅然一叹："学生成绩不好，老师有不可推脱的责任。但其实，你不需要有太深的负疚感，因为根源并不在你这里。"

初澄低头道："我知道。只不过很难做到。"

喻司亭安静了几秒钟没有说话，看着他依旧低落的样子，忽然提议："要不然这样吧，等上完今天的课，我们再来开一个月考追责会。毕竟写了这么多，得给你一个念出来的机会。"

初澄翻了翻眼皮："……"

喻司亭站起身，朝着门口方向，边迈步边补充："也不单单追责你一个人。平常学生一有空闲，我就安排他们钻研数理化，忽视了语文。在这一点上我也有责任，到时候得先检讨。"

初澄稍愣。这人说得实在坦诚，他一时间竟然分不清对方到底是出于安慰他，还是说真心这样认为的。

已经走到门边的高挑身影却忽然回头，弯唇留一句："开玩笑的，初老师。我今天五节课，可没那么多空闲。"

"哦。"初澄冷漠地应了一个字。

在这种职场"伪暴力"的折磨摧残下，他终于学会了一种表情，叫皮笑肉不笑。

国庆七天乐期间，初澄的作息很是散漫，回归工作后骤然的起早贪黑让他有些许不适应。但他要应对职业生涯里的第一个家长会，迫使自己忙起来后便也不觉得了。

星期三，是十中高二年级的学校开放日。学生大部分不必到校，各班老师却早早地忙碌于各种事项间，家长们也接踵而至。

根据之前开主副班小会时的工作内容划分，喻司亭今天主要负责会议主持，把控大局。初澄则搬了张桌子坐在隔壁，负责应对待会儿家长们在具体问题上的咨询。照惯例，在家长与老师单独面谈之前都要经历班主任开场、成绩分析、家校合作建议、领导讲话等等固定流程。

"感谢各位家长能在繁忙中抽出空闲来参加今天的会议。我是高二（7）班班主任喻司亭。"

台上人英俊持重，一米八九的高挑身姿，举手投足间气宇轩昂。他不苟言笑地发言，赢得了家长们的好感和信任。鹿言和另外几个学生是本次活动的志愿生，负责了签到、接待和引领等工作，这会儿空闲，便一字排开伏在教室外的廊窗边看热闹。

一女生掏出手机，双指放大镜头画面，对着喻司亭的冷酷脸录得津津有味。

"我大哥的气度真是绝了，往那儿一站就没有他镇不住的场子。"

"这种露脸的机会，初老师怎么不争取一下？"

"应该是觉得他的脸孔太年轻、太有朝气，没什么说服力吧。"

…………

初澄准备好了等下要用的各种材料，干坐了一会儿，觉得无聊，也从隔壁走出来透气。他一抬头，看见这群小崽子竟然踩着摞高的桌椅爬到墙窗上去了，连忙制止："你们几个快下来，别打扰里面开会。"

鹿言回头看向他："没事初老师，这些玻璃都隔音而且单面反光，从里面根本看不见我们。"

初澄半信半疑："真的假的？"

"真的，无数人测验过，来嘛。"学生们默契地挪了挪身，给他腾出了一小块地方。

初澄仰头犹豫了会儿，还是禁不住诱惑，轻手轻脚地爬了上去。还别说，这扇廊窗的镶嵌角度特别完美，透过它不仅刚好可以总览教室全貌，还能看到喻司亭的每一个动作。这么多家长，都是初澄之前没有见过的，如果面对面聊天，他可能还会觉得有些不自在，但单方面偷看完全不会。

常言说，家长是孩子的一面镜子。这话有一定的道理。初澄仔细观察在座各位家长的衣着、举止，便能把家庭情况猜出大概了。

"初老师，您能看出来哪个是我爸吗？"并排偷看的学生忽然神秘兮兮地问。

"靠窗第四排外边的。"初澄不假思索。

学生偏头惊叹："噢。这么厉害?!"

"这就厉害了？少见多怪。"鹿言笑着捧场，"初老师，再给他露一手。"

初澄答得游刃："没问题啊，从后往前来哈。最后一排是乔安泽、佟苑、张竞雷、白小龙的家长，往左前依次是张熙、李晟、徐婉婉、穆一洋……"

刚刚提问的学生下巴都要掉下来了，不敢置信道："您是算卦的吗？"

初澄瞧着孩子好骗，也不忍心再继续逗弄，只是笑着不语。

鹿言用看傻子一样的眼神看他："有没有可能，所有家长都是按座位表坐的呢？"

"神经病啊！"那学生又气又笑，刚想再说什么，忽然脸色一变，像耗子见了猫一样蔫巴下去。而且不只是他一个人，并排看热闹的孩子们不约而同地"唰唰"几下全部蹲身埋下头。

初澄来不及反应，仍然站得笔直观察着家长们。下一秒，他稍一偏头，竟然和喻司亭抬眸的目光对视在一起。对方的眼神深杳中带着一丝疑惑，仿佛表达着：你在那里干什么？

初澄笑意一凝。什么意思？说好的单面反光呢？

俯身躲藏的鹿言扯了扯他的衣角，小声填补两人间的信息差："低点初老师，只有讲台的位置能看见你。"

初澄："……"

喻司亭不露端倪地收回目光。他继续向家长们讲解特长生的报名事项，只在转身时，看似不经意地用右手食指点了点自己的表盘。

这个动作的意思是，他那边快到结束时间了？

初澄一惊，连忙从摞起的桌椅边爬下去，回隔壁教室做准备，走之前还不忘指了指几个兔崽子的脑门。

与料想中的一样，7班所有学生中对特长生招生一事感兴趣的只占少数。那些到隔壁来咨询细则的家长都在两人之前的预测范围内，而且大多热情、礼貌。

初澄给他们发放资料，回答讲解，即便同样的问题要解答数遍，也依然有耐心。时间快速流逝，在大家都获取到了自己需要的信息后，初澄终于闲暇下来。

半个小时前，周瑾就曾发消息过来，询问午饭去不去食堂。初澄直到这会儿才有时间回复。他的手指还未碰到屏幕键盘，咨询室的门"吱呀"一声，再次被推开。

"您好。"初澄循声抬头，声线润朗。

来人是一位四十出头的中年男性，穿着一套深色工装，面容沧桑，但走路时的气势很足。刚刚初澄和学生一起扒窗时，就注意到了这位家长。他的右手戴着一只已经磨得很旧的手套，从始至终都没有摘下来过。

所以，初澄很容易就得知了这位访客的身份。他是张熙的父亲——一位制造工人，早些年在厂里作业时被机器挤断了两根手指。

"您是张熙同学的父亲吧？我姓初，是高二（7）班的副班主任。"初澄放下手机站起身，礼貌地进行自我介绍。

因为张熙的情况被喻老师特别叮咛过，所以初澄既不安，也有些好奇。他边说边打量着面前这位神情冷冽的父亲，思考着接下来会发生什么事情。

另一边，自说明会的半程开始，喻司亭就被家长们里三层外三层地围住，分身乏术。不知道经过多少次的长谈与交涉，喻老师终于找到间隙，抽身出来喝口水。他抬腕瞥了眼表盘，午饭时间早已经过了，不知道副班那边忙完了没有。

"大哥。"一道很轻的声音从不远处传来。

张熙迎面缓缓走过来，身侧跟着一个瘦弱的中年女人，那是她的母亲。张熙这个孩子虽不善言谈，可喻司亭毕竟带了她一年，对她家的情况还是有几分了解的。

她父亲在工厂出事后，虽然收到老板赔偿的一笔钱，但是被辞退了，之后只能在周围打打零工，所以脾气变得比较暴躁。张父看不到女儿在绘画上的天赋，也不同意她当艺术特长生。这件事唯有张母支持，但她身体不太好，只能操持些家务，没有收入就没有话语权，所以最后还是要由张父说了算。

看着这"一小"扶"一病"，喻司亭忙上前两步，开口道："张熙母亲，怎么带病过来了？小心点儿。"

"喻老师，给您添麻烦了。"她声音很弱，听得出来身体差，但因为心疼女儿，还是咬牙过来了。

"之前您和我提过的事我想了很久。张熙最喜欢画画，只是她爸死活不同意，我也拗不过他。"张母无力的话语中充满着无奈。

喻司亭保持着严肃的态度："可是这件事我们学校没有办法干预，还是要学生和家长自己来决定。"

"我知道，我知道。但我听孩子说报名那个特长生之后，还可以申请助学金，如果能通过的话，高考之前都可以免费学。"张母连连点头解释，用词也小心斟酌，生怕说出什么不对的话来，"张熙不见得会有那个命。但我不能让孩子连试一试的机会都没有，所以爬也得爬来给她签个字啊！"

"妈……您说什么呢。"张熙轻轻地攥了攥母亲的手臂，眼底已经噙着泪了。

喻司亭沉缓地吸了口气，静默片刻后偏头支使道："鹿言，去帮我把特长生的助学金申请单拿来一份。"

"这儿呢。"话音刚落下，鹿班长已经带着纸笔过来了。

"谢谢您,喻老师。"张母百感交集地接过，用指腹反复摩挲着，局促道，"她爸的脾气太倔了，我早上说过不用他露面的，可他非要到学校来要个说法，我实在拦不住，又给您添麻烦了。"

张熙的父亲也来了？

喻司亭闻言目光一凝，忽然想起了什么，打断道："您先填，我有事要失陪一下。"他说完，也不管张母的反应，转身大步流星地朝着走廊尽头的咨询室去。鹿言也忙跟上。

"隔壁是不是吵起来了？"

"不会吧，那里面坐的可是初老师，出了名的脾气好。"

…………

7班教室旁边的房门紧闭。几个早上来的志愿生依然凑在那里，七嘴八舌地讨论着，却没人敢上前查看。

喻司亭远远瞧着，眉头蹙紧，步伐迈得更大了些。他来到咨询室前，伸手推开门，迎着窗边明亮的光线看到两个人面对面站立着。

"那你告诉我画这些到底能干什么?!"其中一人十分恼怒，把手里的成绩单连同一摞未完成的素描稿狠狠甩出去。

"真搞不懂你们办正经学校、当编制老师的人为什么会支持这种不务正业的骗钱东西？是不是你们上课不好好教，心思都用在了鼓动学生上?!她如果自己不争气学不好，就趁早去打工、嫁人，也可以减轻我的负担，不可能再有别的路给她选。"

雪白的画纸撒了满地，纷纷扬扬地落在初澄脚边。对初入职场的老师而言，被脾气暴躁的家长指着鼻子质问，愤怒和委屈都该是正常有的情绪。但初澄脸上的表情却没有任何变化，他依旧温和、安静。

这一刻，他绝没有被吓到。

初澄甚至低头欣赏了两眼那些画作，然后抬眸直视过去，目光毫无躲闪，他仪态翩翩地开口："上学、读书，只是孩子们获取多元知识与信息的渠道。它没有办法让每个人都成为学霸，但是它可以帮助每个孩子找到自己的所长与所爱，让人生通向不一样的精彩。

"您要强硬地为孩子选择什么样的道路，我本无权置喙，也很抱歉，身为一个教育工作者，没能做到让所有家长都满意、信任。"

初澄身姿笔直，这一刻，他有为人师应该有的风度。而后他的话锋一转，又不失压迫和凌厉，字字清晰道："但您不太懂教育吧？"

即便是扒在门边的鹿言，也被这种气势震慑到，笑着感叹："哦，他好刚啊。"

喻司亭静静地看着那道不卑不亢的身影，几秒后关上了门。

鹿言仰头看他："您不进去输出了？"

喻司亭丝毫不掩饰自己的满意态度："还需要我吗？"

为了不影响初澄的发挥，咨询室的门被喻司亭关上了。

"反正初老师是懂教育的。"鹿言依旧扒着门缝，"张熙真的要学美术吗？画画这条路如果没有全部家人的支持，应该会走得很艰难吧。"

喻司亭持同样观点："那她以后就要更努力了。"

"但您怎么知道她一定能学成呢？舅，您别忘了，我们班需要申请特长生助学金的可还有个薛乐呢。"

鹿言转头看他一眼，朝着不远处扬扬下巴。

走廊上，一个小姑娘正扶着位老人慢慢地走。那孩子的父母很早就都不在了，是被爷爷奶奶含辛茹苦带大的。小姑娘学武术特别能吃苦，十四五岁就把带棍空翻做得行云流水。

薛乐和张熙两个人都达到了补助的标准。但因为同班，她们大概率要争一个名额。

喻司亭发现鹿言还撅着屁股偷听，冷声发问："你还在这儿干什么呢？"

"看热闹啊！"鹿言丝毫没有察觉危险就在身后，饶有兴致道，"初老师的嘴简直'开了斩杀'，太带劲儿了。您不想听听吗？"

喻司亭半点没控制力气，抬腿朝那小子的屁股踹去，发出"咚"的一声闷响。

"呃啊——"鹿言蹦起来，压抑着惨叫，捂着屁股疼得原地转了好几个圈。他委屈道："我又怎么了？我要把您的行为告诉我妈！"

"你可真会找靠山啊。她但凡惯着儿子一星半点儿，也不至于让你落在我手上。"喻司亭好整以暇，环着手臂悠悠道，"上午带头偷窥的是你吧？别以为躲得快我就看不见了。踩高爬窗，上房揭瓦，踹你不冤。"

鹿言哑了哑嘴巴，说不出别的话。

喻司亭继续道："别闲着，回班里看看还有几个志愿生在，带他们打扫卫生、摆桌椅去。"

"结果还不是你自己要听？你直说的话，我早就让地方了……踹什么人啊？"鹿言小声地嘟囔着。

喻司亭看他又不服又要开麦的样子，忍笑凶一句："快滚。"

等鹿言走后，喻司亭独自站到楼梯道里，倚着墙拨打了一个电话。

"喻老师吗？有什么事？"学校教务处办公室的座机被接了起来。

喻司亭："嗯，杨主任，我想向您问一下，这期全款助学金的名额紧张吗？"

"这还用问？"听筒那端的人完全没犹豫，直接开口，"哪年不是比惨修罗场啊？”

"7班交上去的申请您收到了吗？"这样的答案在喻司亭的预料之中，也说明他的电话没白打。

领导那边传出"哗啦哗啦"的纸张翻动声，片刻后对方回应："我刚看到。后交上来的那个张熙的申请可能有点困难。虽然没有明确公布出来，但你们老师都心知肚明啊，一个班只有一个名额。她和薛乐凑到一起了。"

喻司亭的头低垂着，漆黑如墨的眸子盯着眼前的地砖，沉思几秒钟后他缓声说："那麻烦您，把她们俩都打在名单上吧。"

教导主任沉默一瞬，明白了喻司亭的意思："好吧。"他对此并没有表现出异议。两人之前在高三年级部合作过，这种情况已经不是第一次发生了。

"那我没有别的事了。"喻司亭表达完自己的想法，正想挂断电话，另一端忽然响起声音。

"等一下。"

"嗯。"喻司亭应答一声，表示自己还在听。

教导主任继续说："最近事多没什么空找你谈，新的语文老师在你班里怎么样？"毕竟当初学校做安排的时候，班主任曾明确反对。身为手握配课权的教务领导，他总要听听后续反馈。

喻司亭隔着楼梯间的门看向依然紧闭的咨询室，不带任何情绪地道："暂时还挑不出什么毛病。"

主任稍稍放下心："初老师小着呢，要学的东西当然多。你带着他点，万一以后你一样成长起来，成为我们十中'双杰'也说不定。"

"领导。"喻司亭似是持不同意见，无所顾忌地反驳，"我建议您以后少做像这样没用的教职工心理调查。有时间搞一些实际的单聊访谈，多了解一下您下属的理想志向情况，然后再谈什么'双杰'的目标。"

电话另一头的杨主任笑笑，他早都习惯了喻老师撑天撑地的毒舌属性，并且拿他没一点儿办法。

"行啦。关于补助，你要表达的意思我懂了，回头你或者初老师过来一趟取材料就好。"

刚好在这时不远处传来开关门的声音，一道人影从楼梯边走过。应该是张熙的父亲气冲冲地出来了。

喻司亭应了一声后挂断电话，伸手拍了拍刚倚靠过墙壁的衬衫袖口，径直走进咨询室。

初澄正在里面低头整理资料，眉梢间溢着清秀恬淡。他刚把学生父亲撑得哑口无言，自己倒是云淡风轻，像没事人一样。

初澄余光瞥到喻司亭，嗤笑问："喻老师听我的墙角了吧？"

刚才明明突然开门又不进来，出现的及时程度堪比电视剧里急于救驾的八府巡按。

喻司亭蹽开长腿，向里走了几步："这是讽刺我呢？"

"哪敢啊？"不等人再开口，初老师自顾自地做起了检讨，"我知道自己又做事没章法了，身为主持工作的老师不该当面撑家长，不挨前辈批评就不错了。"只不过他的尾音轻佻，听起来口是心非，不是很真诚。

喻司亭自然地择出自己："我可没说。况且你的那些词，我听着还挺体面的。"

初澄闻言一边整理好手上的资料递给他，一边笑叹："可是怎么办呀？家长死活不同意孩子报考艺术，谁也不能强求。我看她妈妈还病着，支持她学画画确实有点困难。张熙能如愿的唯一办法，就是拿到助学金名额了。"

被送到喻老师手上的资料是一摞被家长弃如废纸的画稿。

即便张熙从没系统学过，但她每一张都画得很好。每一根线条中都有情感与幻想的倾注，带着真实的律动感。这样的天赋如果不能接受专业的培养，实在可惜了。

喻司亭随意翻看了几张，没有过多评价，而是看向眼前明显疲惫的副班："先别想太多，这个时间该去吃饭了。要不……"

"啊，对，我得赶紧去食堂！"初澄忽然出言打断对方的话，想起周师兄发来的消息，自己到现在都没回呢。他连忙拿上手机，道了声"喻老师回见"就匆匆忙忙地离开。

喻司亭看着那道溜得极快的背影，无奈地将没来得及说出口的午饭邀请咽下去，整理好资料，关了灯离开。

阶段性的家长会落幕，各班开始整理上报自己班的特长生分流情况。

下午空闲时，初澄被派去拿7班的表格资料。教务处门外真的是个听墙角的好地方。不过风水轮流转，上一次初澄听到的是喻司亭吐槽自己，这次竟然有其他老师在吐槽大哥。

"杨主任，我不明白为什么7班会有两个全款助学金的名额。这恐怕有点不符合规定吧！"

"我只能说，学校给每个班的名额都是一样的。"

"可是单据上明明是两个名字。我知道这件事是不公开的，我现在有点越权查问，但我想知道理由，哪怕是因为他带的班级成绩突出，需要占据更好的资源，我也无话可说。"

"我说了，他们班也只给了一个名额。这点毋庸置疑。"

"……"

杨主任从始至终强调的都只有一件事，他的态度坚决，让那位言辞犀利的老师也无法再说别的。初澄还想再听听，却发现里面的人准备离开了。作为7班副班主任，他选择礼貌性地回避，到本楼层的水房躲了躲，等她走了才折返回去。

"你们班的。"教导主任抬头看到来人，从抽屉里拿出相关档案袋。

初澄着意看了看，里面关于全款助学金的申请表格真的有两份，忍不住询问详情："杨主任，这个助学金是每班只有一个名额吗？"

对方点了点头："有什么疑问吗？"

初澄没说话，直接抽出那两张相同的单据晃了晃。

杨主任靠进软椅里，语气如常："还不是因为你们班的两个都挺艰难，孩子又懂事。喻老师也犯难了。"这话已经说得很明白。

初澄又揣摩了大哥的性格，瞬间恍然大悟："您是说，喻老师自己出钱私下贴了一份？那刚才……"

初澄觉得这样十分不妥。喻司亭带的班级虽然成绩优秀，但毕竟他本人年资有限，而且为人孤傲。这样会让他被针对的。

"所以这又被你听到了？"教务处领导从他脸上的表情发现了端倪，"喻司亭不想这件事被学生和家长知道。而且刚才那位老师是无心的，原本补助生细则就是不对外进行公示的，只不过她在我这里拿材料，不小心看到了而已。"

初澄没打断，也没再说话，但他蹙起的眉端展露了心思。

杨主任只好继续解释："每个班情况特殊的学生都不少，学校只能这样进行名额分配，保持相对公平。"

初澄道："这些话，您好像更应该对喻老师说。"

主任蓦然一笑："他才不会在乎这个，说了没准还要嫌我啰唆。那小子刚才还给我提建议呢，说什么应该关注下属的理想，你说他是不是没事找事？"

"……倒也不算吧。"初澄想：他只不过是报不出我的身份证号。

初澄没再多言，和领导道了谢，返回办公室楼层，路过数学组时顺带去把表格交给喻司亭。

"你表情不对劲，怎么了？"喻老师正忙于备课，看到副班稍显异常的工作情绪，停下了算题的笔。

"我刚才在教务处门前，听到了点职场纠纷。"初澄忍不住和他说了刚才的事情经过，说总觉得被同事误解终归不好。

喻司亭的反应果然与杨主任所说如出一辙，态度实在平淡："别人怎么想，重要吗？"

"有些时候，做得多、说得少会给自己带来很多麻烦。"初澄自己本身就是个懒得费口舌的人，可他也知道，在很多场合"清者自清"这种事并不起作用。

"其实只要我不在意，别人误不误解并没有任何分别。"

喻司亭转动半身，端正地直视过来，语气仿佛是在安抚闹脾气的小孩子："况且，应当知道真相或者自己想要去探求真相的人，总会找到答案的。比如你，我什么都没说，你不是也猜到了吗？"

初澄说不过他，也不想再费力去替人计较，撇了撇嘴角道："这时候假佛系，你毒舌我的时候那种本事呢？"

喻司亭沉沉一笑："大概此消彼长吧。"见初澄不懂，他又解释："两个人共同管理一个班，只要有一个能控场的就够了，不然显得太强势。"

听听，我在他嘴里居然变成了强势的那个。初澄沉默着腹诽一会儿，却又免不了好奇，问道："强行添一个特长生全额补助要花多少钱啊？"

如果不走国家津贴，这应该非常烧钱吧，单是画室后期的集训学费就很贵了。

喻司亭笑意不改，说道："你没必要问。"

虽然喻老师没有其他的意思，只是表达轮不到让副班掏钱，但这话的杀伤力依然不亚于一句直白的"你补不起的"。看吧，他这会儿又来劲了。

"也是，两个人共同管理班级，有一个冤大头就够了。"初澄觉得自找没趣，把申请单拍在他办公桌上，麻利地下班回家。

特长生分流尘埃落定后，7班的教室里空出了好几个位置。

喻司亭重新排座，在后排空出的空间给副班单独放了张办公桌。于是初澄拥有了自己的地盘，从鹿言的身边挪到了后面。

这个十月，可谓学生们心情最躁动的时候。因为每到十月中旬，各班就要开始筹备校园运动会了。这也是十中每年最盛大的活动庆典。运动会项目不单单针对学生。为了营造师生同欢的氛围，甚至连每个教师办公组都有固定的指标。教师们不仅要参加运动场上的比拼，还要在联欢晚会上出节目。学校最终会以办公组为单位计分排名，说官方点儿是以教师文娱风貌的方式进行公示，通俗讲就是会成为职场一年的茶余笑谈。

午休时间，语文组内的同事们讨论起这件事，英语组的几位老师也被拉过来一起闲聊。十中的英语老师们向来都以多才多艺闻名，在这种活动中的抢手程度自然不言而喻。

"我说英语组怎么没人呢，原来都凑这儿来强强联合了？"年轻女老师们温婉的谈话声中混入了一道高嗓门，然后便见好几个高挑青年不请自来。

这是体育组和微机组合并在一起后，派过来谈条件的代表。

在运动会上，各办公组之间互换KPI是传统，只要披着名字报上去，学校领导是最乐得看热闹的。

"各位才艺大神们，考不考虑救我们一命？到时候体育组上场跑步的可以在衣服上拉各位的赞助，语文组和英语组都可以一起带上。就写'I LOVE CHINESE'[1] 怎么样？"体育组的同事说着还在胸口比了个爱心。

沈楠楠和另外一位身材娇小的英语老师被逗得笑不停，却不好意思道：

---

[1]　I LOVE CHINESE：我爱中文。

"祝老师，你来晚啦。"

"大胆。"年轻的体育老师性格活泼，与同龄同事们也较为熟悉，说话自然随性了些，"还有谁比我先觊觎唱歌比赛冠军呢？"

"小子，别动我的人啊。英语组的才艺早就被理化组预订了，轮得到你们吗？"周瑾本是路过，听见办公室里的笑声，忍不住扒着窗口凑凑热闹。他顺带扔给男同事一个眼神，表示自己已在暗中观察。

"行行行，算你们下手快啊。"体育组老师见一路不通，又快速找寻了新目标，眼神落向另一边的帅气同事，忙凑上去攀扯，"初澄老师，对吧？幸会幸会！一看您的样子，就知道有才艺傍身。要不，替我们体育组出个节目？"

初澄新手上路，还没见识过这种场面，被问得一愣。

杨老师抬手拎起一套语文资料，用试卷阻挡，切断了对方热切的目光，救场道："别忽悠我徒弟，他再有才能也是语文组的。"

微机组苦于节目没着落，也是见人就逮："杨老师，您上一次的双笔书法可真是绝，一整年了还在被津津乐道。要不，今年再请您份墨宝？"

很快，语文组的同事们就被邀请了个遍。

大家忍不住调侃："这几个土匪到底哪来的？你们是教师组的还是单口相声组？"

"求贤若渴"的微机老师也表示无奈："我真的会绷不住，年年都要和体育组绑在一起表演武术，去年就被双节棍误伤，打得我一身青紫还评不上工伤。"

"哎？说什么呢？你们良心不痛吗？"体育老师不甘示弱，"还没嫌你们拖后腿呢，连空翻都不会。"

微机老师叫嚣："回去就把你们几个的电脑相册黑了，照片公之于众，放在校门口大屏幕上滚动播出。"

体育组的"画风"逐渐癫狂，忙呼："还有这好事儿？可得记得帮我打征婚标签啊。"

"哎，你们别吵。"同行来的另一位体育老师忽然想到什么，从门口探身出去，"隔壁是数学组吧？这几个老小子真坐得住哈。他们的节目年年都倒数第一，这么得天独厚的地理位置也不知道过来找找外援。"

周瑾依然扒着窗口，早就习惯一样，笑称："你的数学大哥们还用说吗？主打就是一个稳重气派，不动如山。"

大家齐声笑笑，各抒己见。有了各科老师们的集会，语文组热闹了一整个下午。

晚饭前最后一堂，7班是自习课。初澄回到教室里，和喻司亭商量运动会的相关事宜。

"你不用太插手，放权下去，让他们自己办就行了。"大哥带班，向来主打一个散养模式。喻司亭说这话时，捧着一本带封皮的课外书，看得津津有味。

初澄任职副班以来，深觉7班的自治、自律能力强，也没有太多异议，临时把一节自习课改成了活动讨论课。

7班原体委白小龙已经转到了体育班，他负责的工作事宜就落在其他班委身上。班干部们的执行能力比初澄想的还要强。他们只用几分钟开了个小会，就已经分配好了工作——班长鹿言负责统计各种项目的报名情况；学委徐婉婉询问同学们的表演意愿，筹备联欢晚会的节目；生委季雅楠负责预订和采买帽子、坐垫、荧光棒等各种集体物品……

季雅楠甚至已准备充分地站上了讲台："我投在前面大屏幕上的是我们本次运动会班服的备选印刷图案，大家每人可以选择一到两个编号，写在纸上交给我。最后我们按照票数来敲定。"

"必须是4号，猛虎下山，花纹印满。"

"黑红配白，谁也不爱。"

…………

难得在校期间不用穿校服，大家的参与热情高涨。

趁着班级里的学生们吵吵嚷嚷，初澄站到喻司亭旁边和他小声聊天："喻老师，我听说你们组每年文娱表演的得票数都倒数第一，真的假的？"

喻司亭答得坦诚："真的。"

数学大佬们一向披着干练、专业的精英外皮，好不容易被发现有如此明显的弱项。

初澄抓住机会追问："都表演的什么？你们怎么做到的？"

喻司亭合上那本书，抬起头，没细细思量便道："不知道，没参与过。"

"我想也是。"初澄想象不出喻老师上台表演会是种什么景象，自言自语一番后，又问："那今年呢，会不会有什么不一样的？毕竟组里也来了新鲜血液吧？"

"就算是新人，靠自己的也不行。"喻司亭换了换姿势，一条长腿随意地搭着。他稍稍偏头过来，自然地与身畔人小声交谈。

"他们倒是想通过我来打你的主意。毕竟某老师在首秀课上就信手拈来地唱了歌，在新鲜血液里也是出类拔萃。"

"哈？"初澄一惊，"喻老师不会就这么卖副班吧？"

喻司亭笑笑："我又不是傻，闲着没事给你找活儿干。"

初澄更加好奇："那你是怎么推掉的？"

喻司亭的声音低而沉，环抱手臂略垂着头，一副姿态悠闲的样子："我跟他们说，我一周要劈头盖脸地骂嫩鸟八次，换成是你们还会愿意来奉献吗？"

"哈哈哈。"初澄笑得开心，话锋一转，"但你说的是事实，我每个星期都数着呢。"他说完忽然撤身，去查看学生们统计项目的进度。

只余喻司亭一人倚门感叹："现在的年轻人，没良心。"

晚自习期间，喻司亭抽空给学生们做了个数学小测验，然后就一直留在教室里批卷。初澄忙里偷闲，回办公室做自己的事。快要放学时，班级几个女生结伴到语文办公室里来寻他。

"怎么了？"初澄一边抄写教案，一边问。

"初老师，我们班的晚会节目定下来了，是和 5 班的女生们合出一个古典舞蹈。"开口汇报的是徐婉婉。

初澄抬头看向笑容明艳的小姑娘："大哥说了，你们自己决定就好。"

"嗯……那个，我们现在有个不情之请。"站在最后的女生开口，还小心地观察着初老师的神情。

初澄顿了顿："你们不会是想要我一起上台吧？"

女生们互相看看，都笑了笑，没有否认。从十中之前的留存节目来看，学生邀请老师一起表演也不是什么稀奇事，所以初澄一下子就猜到了学生们的来意。

他苦笑着揉了揉自己松软的发顶："饶了我吧。我肢体不协调，到时候肯定会把你们的舞台破坏掉的。"

"没事、没事。"学生忙摆手道，"老师，我们会把你教会的。"

"我绝对会有事！"初澄无情掐断孩子们的这个念想，"让我跳舞不可能，即便你们能说服大哥，也说服不了我。"

"那不跳舞可以吗？"徐婉婉接过话茬儿。

"对，只要帮我们露个脸，赚赚'好感票'就可以了！"

"行不行？也是为了班级荣誉嘛！"

"初老师——"

初澄刚在语文组和数学组各逃过一劫。这会儿又开始被自己的学生们软磨硬泡，实在无奈。放学铃声准时响起，初澄没办法，为了脱身，只好应允道："这样吧，如果你们能帮我想到一个难度不大又不违和的角色，那我就再考虑。"

"那好，一言为定。"女生们见他妥协，也不再为难，道着"初老师再见"，便退出去冥思苦想了。

韩芮走得很慢，被留在了最后，她站在门边犹豫片刻，忽然开口试探："如果让老师来弹琴或者是筝的话，可以吗？"

"可你怎么知道我会弹呢？这不是一项普通人的常备技能。"课代表已经有好几天都心不在焉了。她现在主动来说话，初澄自然笑着回答。

韩芮迟疑道："是初老爷子这样写的。"

初澄一怔。

"对不起初老师，我不是故意刺探您的隐私。"韩芮忙道歉，她觉得自己这样很不礼貌，可又想解释清楚，"那本书我真的已经买了很久，而且读过好几次了。"

初澄突然理解了为什么最近一直觉得这孩子怪怪的，原来是这样。他笑笑："你喜欢他的书啊？"

提起这个，韩芮明显活泼了些："嗯！初先生早期的文字平和、温暖又有感染力，尤其在写到家庭时，字里行间都是爱。后期的作品大气又磅礴，笔下有跨越时间和生死的伟岸。

"因为看过手书，我还特地去研究了先生的字，所以也知道你们的笔体，不只是相像而已……"

初澄说："谢谢你的喜欢，回头我会向他转达。"

韩芮脸红，垂了垂头。

初澄继续开口："那你们要跳什么曲子？"

"啊？"话题转换得有些快，学生没反应过来。

初澄解释："我都好久不弹了，总得提前练习一下。"

"您这是……答应了吗？"从初老师默认家境到现在，韩芮都觉得不太真实。

"我说过啊，只要你们能帮我找到合适的角色，我就可以参加。"初澄说完，又轻声地补了一句，"但是，你不可以和别人说我和初先生的关系哦。"

"噢。"韩芮喜出望外，用力地点头，"那回头我就把曲子发给老师。"

"去吧。"

"初老师再见！"

初澄目送着学生离开后，嘴角的笑意立刻收了收，坐回到办公桌前点开电子书库。

看看我家老爷子在书里是怎么说我的。小时候学琴不用心，调皮剪琴弦……我怎么不记得还有这事？还用家里收藏的古谱叠了小飞机？最后被祖母用家法打手心揍哭了。见鬼，怎么什么都写啊？

初老师此刻怨念附身，兀自化身成了亲爹的"黑粉"，毫不犹豫，反手就是一个"踩"评。

真是的，难道我在学生跟前不要面子的吗？

距离校园运动会只剩下最后一天。按惯例，全年级停晚自习。从下午开始，各班就都利用这段宝贵时间做起了活动前的最后准备。日落前的操场上很是热闹，有在赛道上组团拉体能的学生，在甬路上做队形调整的方队，在人造草坪上彩排的表演团体……到处都是师生同乐的场面。

因为喻司亭总是做"甩手掌柜"，7班上述各种任务的监管工作就都落在了班长的头上。这阵子鹿言实在被累坏了。初澄有点心疼他，见孩子傍晚还忙着，去食堂买冰可乐时也顺手给他带了一瓶。

"谢谢初老师。"鹿言从忙碌中抽了个空闲，和初澄并排坐在看台的石阶上休息。他仔细瞧了瞧饮料瓶，拿起来插上吸管喝了口。

初澄问："能回家了？"

"早着呢。"鹿言含着吸管，抹了一把下颌边的汗水，"那边还等着我帮忙测四百米成绩，然后给接力项目排棒呢。"

初澄只能表示慰问和同情："辛苦你啦，摊上个不作为的亲舅班主任。"

鹿言笑笑，似是早已经习惯这工作状态："其实也还好。毕竟大哥起的最大作用是主心骨。只要他在，其他的工作我做起来都会得心应手。"

"小鹿同学还是功不可没，我看好你。"初澄举起冰饮料，潇洒地朝着他凑了凑。

鹿言配合地向前稍倾："干杯。"

玻璃瓶碰撞，发出"叮"的一声脆响。

"哎，初老师，"鹿言忽然觉得有些不对的地方，细细咀嚼才回过味来，"你和大哥的白脸、红脸扮得不错啊，一个负责共情洗脑，一个尽情地鞭挞压榨。再这么干下去，生产队的驴都能让你们俩给忽悠得找到自己的'驴'生大义了。"

初澄"扑哧"一声："画饼失败。"

鹿言道："您快别 PUA 我了，再拖延下去，我今天可真回不了家了。"

"忙去吧。"初澄原本只是看勤劳的班长口干舌燥，想叫他过来喝口水而已。

醒悟的鹿言一路小跑着回归到队伍中。可乐瓶里的饮料还剩一大半，被他留在了台阶上。

初澄继续自己坐着，闲适地眺望远处雪白的球网，被秋风鼓动。过了不多一会儿，他听见身畔有脚步声，是 7 班那位"放羊"的大家长迈着稳健的步子，像监工一样走来。

"怎么还没下班？"初澄仰起头，逆着尚有些刺目的日光，眯着眼只能看清他俊朗的下颌线。

"一般情况下，我都只是吓唬吓唬鹿言而已，不会真的丢下他自己回去。"喻司亭爬了几级台阶，在副班身侧坐下时，五官轮廓才清晰起来。

初澄扬扬唇角："哦，对，你还要等他，我差点儿忘了这茬儿。"

喻老师抚平自己长裤上的褶皱，手背不经意刮到了凉津津的东西，低头看去，启唇道："都什么天气了还喝这么冰。"

初澄随口歪曲事实："我'好大儿'给我买的，不能辜负了他的心意。"

听到这个开玩笑的称呼，喻司亭一怔，片刻才反应过来："鹿言啊？你给他买的吧？"

"你怎么什么都知道。"初老师的嘴硬没能撑过三秒。

人家的亲舅瞥来一眼，语速徐徐："鹿言从来不喝碳酸饮料。他肠胃不好，比你注重养生。"

喻司亭嘴上虽然毒舌，还是拿起手边的饮料，抽出吸管，抿了一口鹿言喝剩的。两人都没再说话，并肩坐在台阶高处喝着冰汽水，看着下面熙攘的人群，感受阵阵晚风吹在身上的爽冽。直到班里的生活委员季雅楠拿着两个手提袋爬上来。

"初老师，我正找你呢，大哥也在。这是按照你们的尺码做的班服，虽然大家都说你俩肯定不能穿，但还是要给你们。"

女孩子把衣服袋放在两人身边，细心地提醒："185 的身高往上的尺寸就都是一样的，你们随便拿。"

"谢谢，我会拿回去好好保存。"初澄微笑着收下，目送着学生又吭哧吭哧地爬台阶下去。

等他收回视线时，发现喻司亭的目光笔直地落在自己脸上，疑惑道："怎么了？"

喻老师不露声色地瞥了眼台阶上的衣服袋，嘴角动了动，欲言又止。

"初澄！"

初老师没来得及追问，远远瞧见周师兄已经站在操场的入口处朝他招手了，只好先起身。

"那喻老师慢等，我先走啦。"

喻司亭依旧没说话，迎着朦胧的橘金色日光举了举手里没喝完的可乐。初澄也回应式地晃了晃，算作无声告别，然后踩着台阶下去，伴着夕阳洒落的余晖下班回家。

夜晚，收拾好一切的初澄洗了个舒服的热水澡，踱步到自己房间。他打开手机音频软件，放了一首《兰亭序》的古筝曲。因为从音乐社借来的乐器都被放在了学校，所以这几天的晚上，他都只能听谱练习。伴着舒缓流淌的乐声，初澄不自觉地在飘窗上打起了拍子。月光柔和似水，在窗面铺下一层银纱，而他细长漂亮的指节宛若在其上舞蹈。

"嗡嗡——"微信通知接连震响，打乱了他的曲拍。

初澄点开手机查看，都是 7 班班群内发来的消息。这个群聊里所有老师都在。如果不是有活动即将举行，平常绝对不会像这样热闹。

季雅楠：明早 6 点在操场南角集合，我会打出班标。大家穿上班服，戴好帽子。天气小雨，注意保暖。@全员

通知消息一出，其他学生纷纷回复，然后就着这阵热闹聊起来。运动会前夕，大家都有些睡不着。借着兴奋劲，有胆大的学生问起了喻司亭。

学生 1：大哥明天会穿班服吗？@喻司亭。

群内半晌没有回应，鹿言发了"实时报告"。

鹿言：他已读了，但选择不回。

于是学生们识相地改换攻略路线。

学生 2：初老师明天会穿班服吗？@初澄

不过是一件印花衬衫而已。既然是集体活动，也没什么不能融入的。初澄如此想着，手上便打了个"会"字。

学生 3：好啊!

学生欢呼，还发出一个疯狂摇闪光棒的表情包，被大家"+1+1+1……"排起了队形。

初澄起身，去客厅拿回装着班服的袋子，想试试合不合身。可当衣服散开的一瞬，他不可控制地愣住神——那件衬衫的胸口和后背处都印了一版卡通漫画形象，图案边有一团小字，大概能辨认出是"I"和"爱心 love"的造型。衣服从总体上来说和商场里卖的印花衬衫款式没有什么太大区别，只多了些定制元素。

但初澄仔细盯了上面的卡通漫画形象半晌——这连发型神态都惟妙惟肖的形象……难道不是喻司亭吗？

待初澄回神，发在群内的消息早已来不及撤回。他苦恼地抱起头，薅了薅自己的头发。

不是，印成这样他怎么穿出去见人啊？

　　经过一整晚的纠结，初澄还是不想失信于学生。在运动会的清晨，他终究是把班服穿在运动外套里面，走出了家门。

　　虽然今天的天气有些阴霾，但丝毫没有影响到十中操场上的热烈氛围。因为每个人都需要起早，喻司亭给班级同学统一订了包子和豆浆。初澄到时，大半的学生已经在吃早餐了。

　　"啊！欺骗我们的感情，他们俩都没穿！"

　　"不可能穿啊。我就说你们选的图不会被翻牌子吧。"

　　"我不管，反正我爱大哥。"

　　"初老师！"

　　初澄在学生杂乱的聊天声中，听到熟悉的唤声。四处张望时，惊喜地发现那些刚转班出去的学生又都坐回来了。到了后期，他们本来就是要再回原班级学文化课的，另分特长班只是因为个别学生需要经常请假出入学校，这样更方便管理。

　　白小龙站在看台最高的一阶，愤愤不平道："我依然是7班的一分子啊。你们偷偷订班服居然不告诉我！"

　　其他学生呛声："体委，你还敢说，明明是你自己逃避干活儿。"

　　"我哪有?!天地良心，我出去参加体测啦，昨天晚上才回学校的。"白小龙说着还朝着自己的口袋里摸索，"不信的话我给你们找假条。"

　　"别吵啦。"季雅楠从书包里拿出几套剩余的，分发给归队的特长生们，"给你们带啦！这几套是大哥特地叮嘱我加印出来的，他出的钱。"

　　"噢，这图案酷啊。"白小龙接过班服，夸张地表忠心，"我对高二（7）班的忠诚天地可鉴。"

　　"就你会说？"另外的体育生江之博也不甘示弱，大庭广众就作势要脱衣服，"我立马穿上，卷死你信不信？"

　　前排同学们笑嚷："大哥你快管管！耍流氓了。"

　　喻司亭冷淡地瞥他一眼："卫生间换去。"

　　"好嘞。"学生瞬间怂了一半，老实地放下胳膊。

　　同班学生朝着他的背影喊："穿上大哥的衣服，就是大哥的人了！一会儿上赛道，不许给他丢脸。"

　　江之博胸有成竹，回身立下 flag："放心，今天高二（7）班的名字要在这个运动场上成为传奇。"

身畔的吵闹声不绝于耳。初澄却没有发表言论。他从保温箱里掏了个肉馅的包子，缩在人群里默默地啃，顺带还把自己外套领口的拉链拉得严严实实。

后排一组学生挥舞着荧光棒练习加油打气的节奏，也不知是谁冒失地朝前撞了一下。紧邻落座的好几个学生都受到影响，跟随着起了一点骚乱。

初澄一时没拿稳手里的包子，刚咬了一口的灌汤鸡汁馅包子顺着手腕边缘滚落，正好掉在他浅色的外套上。

"噢。"初澄嘴里还含着没咽下的包子，但在这一刻，却鼓着腮愣在了原地，好看的眼里都染着绝望：救……救命。

刚刚撞过来的学生们看到初澄的狼狈模样，连连道歉："不好意思啊，初老师。快，纸巾、纸巾。"

带着肉香味的油汁已经完全浸入了布料中，越蹭越花。学生们齐齐上手围着他弄了一番，然后不得不放弃。

"擦不掉了……"

"真不是故意的，老师。要不您跟我换换？"

"谁教室里还有多余的外套吗？"

前排的小状况引发了些许围观，有些坐在看台高处的学生也站起来张望。

"坐下，注意安全。"

喻司亭发现队伍的异样，板起脸孔喝了句。随后他抬腿迈了几步，凑近初澄身前，看到他衣襟上的油渍，回身看鹿言。

"多带衣服了吗？"

"带了。"因为不可避免地要淋雨，鹿言带了件校服外套留着更换。他打开书包，把衣服递给初澄。

喻司亭维持班级秩序："别在这儿围着，没你们的事。方队成员检查一下自己的随身物品，去那边做候场准备。"

学生们听从指挥，三五成群地向主席台方向进发。初澄一直熬到班级里大部分人都走了，才动手换自己的衣服。

"哎哎哎，他穿班服了！"看台上剩余的学生已经不多，但还是有眼尖的第一时间发现情况。

"啊，快拍快拍！我就知道，初老师宠学生第一名。"负责看管班级物品的女生激动地拍着同伴的肩膀，催促她快些拿手机。

喻司亭被声音吸引，也投来目光。

先不提初澄的脸多有辨识度，单是身高腿长的身材就相当亮眼。同样的一件班服，他穿着和学生穿着就是两种效果。

初澄本来有点不情不愿，碰上喻司亭的目光后，因为不想在气势上低一筹而硬着头皮挺直了腰杆。他穿着某位班主任的"应援服"，面不改色道："看什么？没见过老师和学生打成一片的吗？"

喻司亭盯着他披上校服，说道："没见过穿上校服掉在学生堆里就找不出来的老师。"

初澄用左手手指比出数字7的样子，然后和右手一碰，变戏法似的把数字变成了8，言下之意："恭喜喻老师又达成本周毒舌我8次的业绩指标。"

喻司亭瞥他一眼，没再说话。

方阵表演持续了一阵，之后由校长做开场致辞。等各班级归位拉起各自的口号条幅，运动会才正式开始。

"各年级参加男子400米、女子200米以及4×200米男女混合接力初赛的运动员请到检录处做准备。"项目预告的广播声在运动场上回荡。参加早上田径项目的学生们开始做准备活动。

"安全第一，比赛第二。"初澄下了看台，逐一帮大家检查背后的号码牌，仔细叮嘱。

"放心，初赛而已，轻松入围。"7班的运动员们在台阶上跳上跳下几个来回做好热身，信心满满地向副班保证，然后跑向检录处。

运动会的开场就是江之博自荐报名的男子400米短跑。项目不长不短，绕跑道一圈，可以让全场观众都看到，刚好满足他的展示欲。事实证明，这个小子半点儿都没自夸，他的身体素质明显要比同级生好一大截。在400米项目中，江之博首发抽中第一道。他从最开始就是领跑状态，青春热血的身姿急速跨步奔跑，游刃有余间不给任何人留下可乘之机。当他从7班面前跑过时，获得了同学们的一致喝彩。甚至在冲刺撞线后，这家伙都没停下，一路径直跑回了班级座位区。

终点处的志愿者忙在背后喊他："等一下，第一道的那个号码牌还没记呢！"

江之博抖了抖身上的班服，回头朗声答他："高二（7）！喻司亭的小可爱。"

一旁的大哥闻声，明显地皱了皱眉头。真不知道从哪儿来这么多的显眼包。

在体育生轻轻松松拿下一城后，7班的女子200米和4×200米男女混合接力也相继以优异名次进了决赛。

"简直是屠杀。"看台上的学生们只能用这几个字来感叹绝佳开局。

似乎是为了缓和如此火热的气氛，天上开始飘起小雨。学生们纷纷支起雨伞继续看比赛。跑道上已经是高三年级的主场，即便没有自己班的选手，大家也饶有兴致地猜测着输赢。

"就赌一百个手剥瓜子仁。每人猜两个冠军号码，都不中算平局。"

江之博和白小龙刚刚还在场上意气风发，这会儿已经在和同学们"攒局"了。初澄见一群人蹲在花花绿绿的雨伞下，时不时爆发出笑声，也忍不住凑上前。一名学生已经连输了4局，"债台高筑"却仍不服气，还要继续。

江之博作势要走："你先把欠我的三百个瓜子仁剥了，不然我不玩了。"

"最后一局，再输的话，我今天给你剥一下午！我就不信了。"那名学生拉着体育生的衣角不肯放手。

一组新的400米比赛正好在7班"家门"前做准备。

江之博拗不过，只好道："好好好，那让你先选。"

"06号吧，身上的肌肉很厚实。"

"选20号吧，他不是刚才200米的比赛跑第一的那个吗？"

"我觉得是11号，身高腿长啊。"

这种游戏本来就是靠三分眼力、七分运气。围在一起的学生们都在出主意，但意见从来不统一。

远处鼓点声逐渐激烈，比赛马上就要开始了。

那名学生心意已决："那我就猜6号和20号。"

江之博眯着眼睛观察片刻，潇洒一挥手道："4号。"

话音刚落，信号枪"啪"的一声响起，场上的 4 号运动员像离弦的箭一样"嗖"地冲了出去。而且他越跑越快，开场不久就已经把第二名甩开了几十米远。

"为什么呀?!"

眼看着结局已定，那学生抱头崩溃："啊——朋友们，我卖给他了，我今天是'剥瓜子老奴'。"

初澄围观半晌，也有些好奇，问道："你怎么总能赢啊? 这可不像是因为运气了。"

"我也是前两天参加培训才知道。"

江之博摊开掌心，大方地把瓜子仁分给他吃，望着操场另一端，慢悠悠地讲："你看他们，有的人运动背心上有个倒三角，那是我们学校田径特招生的标志。他们从中考后就参加各种训练，全是狠角色，最差也是国家二级运动员，赢的概率当然大。那小子完全就是瞎蒙。"

"剥瓜子老奴"这才知晓真相，一边剥瓜子，一边含泪吼："江之博你真是不要脸啊，快把我的反诈 App 拿来!"

"啊——打人啦! 腿腿腿，别踹腿，这可是要给 7 班拿荣誉的。大哥! 救命啊!"

学校检查团才刚刚走过，众人就乐不可支地闹成了一片。

初澄没有去制止这种几乎要洋溢到空气里的快乐。他噙着笑在旁看热闹，感叹和孩子们在一起时真的会超级有活力。此刻，这份工作给他带来了之前从没预想过的满足感。

雨后地面湿滑，学校为了安全起见，临时改变了一些项目顺序，把较为激烈的田径类比赛后调。于是下午的赛场上剩下的大多是标枪、铅球、跳高类项目。有时赛场离得较远，大家都看不到现场。坐着无聊时，各班就自娱自乐起来。

喻司亭被检查团抓去开了小会。趁班主任不在，初副班便在看台前承担起了活跃氛围的工作。他从大家集思广益的小活动中随机挑选了一个，说道："简单的小游戏，'我有你没有'，来感受一下世界的参差。"

与其他班级慷慨激昂的画风不同，初澄的声音本就好听，麦克风放大了他此时声线里的慵懒悠闲。他靠着座椅，吐词清晰，不紧不慢地讲解规则:

"简单来说就是大家伸出两只手的十根手指，按座位顺序轮流说一件尽量是只有自己才做过的事情。没做过的人就要收起一根手指，十根全部收起视为淘汰。"

"最好不要说一些太过于'私人定制'的事情，比如你在哪一学年哪一次考试里得过具体多少名次，在哪年哪月哪一日的早饭吃了你妈妈做的什么东西……这样就很没意思，能理解吗？"

在一众"理解"声中，总会响起不和谐的声音。

后排一学生故意喊着："不懂，除非初老师亲自示范。"

初澄明白学生想要博关注的小心思，把话筒凑到嘴边："这还不简单？我也不欺负你，就只说些成年人的日常操作。"

"比如，我上过大学，读过研究生，通过英语四级、六级，计算机国家二级，普通话一甲，高级职业汉语，有教师资格证和驾照……"他的语调懒洋洋的，一口气说了九件稀松平常却又与高中生们不相关的事。随后，他还玩笑着补充一句："我们的信息完全不对等，还要求和我同台竞技？"

"哈哈哈哈！"班级队伍中传出肆无忌惮的笑声。乱 cue 人下场的学生遭受了暴击，捂着胸口作势栽倒。四周的吃瓜群众纷纷给他揉肩捶背。

"别尿，穆一洋，我不许你倒下。"

"他只说了九个，还给你留一口气。快反击他！"

在众人的起哄声中，叫穆一洋的学生有些上头，接过话筒倔强地开口："老师，我有女朋友。"

四周瞬间都是惊叫和吹口哨声。原本用来给运动员加油打气的荧光棒，这会儿都为这位勇敢的小伙子摇得飞起。初澄笑着，正想甘拜下风，一道低沉但明显散发危险气息的声音响起。

"具体说说。"喻司亭站在音箱边歪了歪头，"我爱听。"

大家玩游戏玩得专注，没人发现大哥的身影。

穆一洋被吓得全身血液一凉，紧张得都结巴了："大哥，不是……"

"什么不是？"喻司亭继续问，"她哪个班的？去找过来。来了我就不跟你计较。"

穆一洋慌忙撤回前言："别呀，大哥，你饶了我吧！口嗨一下而已。"

周围其他学生却起哄："别尿啊。去呗，反正这么近。"

"哦，在隔壁？"喻司亭抓取关键信息，不依不饶地问，"6 班的还是 8 班的？"

穆一洋咬牙切齿，低声警告损友："快闭嘴……他要收拾我了！"

吃瓜群众便都开始装傻，或噤声，或咳嗽，打起"一问三不知"的配合战。

喻司亭却没再继续逼问。他点到为止，留下了恰到好处的威慑力。初澄顺势把话筒递向身边的徐婉婉，给了她一个眼神示意。

"按照游戏规则，吹牛可不算。"情商相当高的班委立刻接替初副班，继续组织游戏，成功把话题跳了过去。

插曲过去，孩子们再次欢快起来。初澄悄悄撤离，走向遮雨伞下的喻司亭。

"组织个小活动还能给我惊喜？"喻司亭偏头看他。

初澄笑："我这算不算意外掉进了新副本？"

"嗯。毕竟平常严刑逼供都不一定问得出来。我很欣赏你这种节外生枝的能力。"

喻司亭从桌边拿了瓶矿泉水，拧开灌了两口，接着说："之前开家长会的时候，穆一洋的父亲拽着我聊了挺久，说是怀疑儿子又早恋了。"

"又？"初澄抓住了这个字眼，眉头一蹙。

喻司亭点头又摇头，说："也不是早恋，真要论起来，就是小孩到青春期了，一种情感需求，对异性有好感罢了。不过这小子是惯犯，初中的时候就搞过'遍体鳞伤封心锁爱'那一套。你如果说他真是奔着什么真爱去的，也不是，这小子一天能'爱'上八百个。主要是，他一搞这些乱七八糟的，学习状态就大跳水，典型的又菜又爱玩。"

喻老师的语气有些不解，好像他也想不通这群孩子的脑瓜里都装着什么稀奇古怪的想法。

"那怎么办？"初澄沉吟，"既然这种状况，家长又要求处理，校方再迟迟不作为的话可能就不太好了。"

喻司亭却完全不着急，仍然有调侃副班的闲情逸致："刚刚不是被人撑得哑口无言吗？要不要给你个机会报仇？"

"喻老师，"初澄很少会回应大哥的毒舌玩笑，这一次却实在无奈地表态，"就算我再'摆烂'再'嫩鸟'，也请你相信，我具有身为一个老师的责任感和使命感。"

"我知道。"喻司亭笑了笑，然后看着远处玩闹的学生们，"但这小子这样，迟早也是个问题。"

"那需要我做什么？"初澄等着班主任的工作指示。

喻司亭稍俯身，勾勾手指。初老师配合地附耳过去，听到对方声音低沉地说了两句话，而后眼睛骤然瞪大了些，满眼的不可置信：这么狠的招都想得出来，你损不损啊！

喻司亭直起腰，恢复了笔挺的站姿，依然漫不经心道："到时候他会找你去哭，做好你的温柔导师角色就行了，好好安抚一下，坏人我来做。"

初澄保持着动作，半晌都没反应过来，愣愣地嗅着身畔清冷好闻的寒雨味道，内心想的却是：喻司亭这人……真的惹不起。

"请参加女子4×400米决赛、男子1500米初赛的运动员到检录处参加检录。"

"高二语文组来稿，致场上拼搏800米的运动健儿……"

日晡时分，雨过天晴，运动场上的项目比拼重新激烈起来，校园广播声也再次传来。二年级男子组1000米决赛进行到最后环节，所有的学生都目不转睛地盯着赛场。

"穆一洋！穆一洋！"

在7班学生们整齐的加油打气声中，穆一洋不负众望率先冲线，但下一秒就栽在了赛道上。这一下摔得不轻。观众座席上，赞叹与惊呼声混杂在一起。

喻司亭眼神一沉，偏头向身侧道："过去接一下。"

"我去、我去，你们继续准备下一个项目。"白小龙平日里与穆一洋关系最好，伸臂拦住一拥而上的同学，独个儿跑过去。

"冲得太猛没刹住吧。"

"那一下我看着都疼。"

"回来了吗？不会摔到哪里了吧？我也去看看。"

在学生们关切的讨论声中，白小龙已经挎着一蹦一跳的伤员回来了。

隔着十几米远，体委便大声地汇报情况："这小子崴脚了。"

"怎么回事儿啊，穆哥？因为被大哥发现恋情，腿吓软啦？"又有损友哪壶不开提哪壶。

"没耽误我拿奖牌就行呗！"穆一洋偷偷瞥了眼班主任，小声补充，"都已经够苦了。"

喻司亭没有接茬儿，屈膝蹲下轻轻敲了敲他的脚踝："能自己落地用劲吗？"

穆一洋试了试，龇牙道："哎哟，有点疼……"

看起来不太妙。

喻老师站起身，转向副班："初老师，你带他去校医室检查一下，看看需不需要再去趟医院。"

初澄点头："好。"

"不用我'公主抱'你吧？"白小龙看着好兄弟的囧样，忍不住要调笑。

穆一洋羞恼地骂："你滚。"

"哈哈哈哈哈，来，让让。"白小龙重新把他挎在身上，跟在初澄身后缓慢地朝教学楼走去。

运动会期间的校医室甚是繁忙，小小的一间屋子塞满了人。初澄和白小龙刚把穆一洋送进去检查，就被其他学生们挤了出来。在外面等的初澄有意无意地和体委聊起了天。

"穆一洋真的有女朋友吗？他在场上摔得那么结实，怎么也没人来看看？"

白小龙对这种盘问表现得相当敏感："初老师，您就别趁机套话了，我不会出卖兄弟的。"

初澄说："谁让你出卖他了？我就是随口问问。再说，抓班里早恋这事儿不归我管。"

"那我也不能说啊……"白小龙嘟囔着，"不过真不是早恋，顶多是穆子单方面暗恋人家……那我告诉了您，您再透露给大哥，回头他就把那姑娘叫到办公室里找家长约谈，我成什么人了？"

"穆一洋他还是个……"初澄一顿，觉得这话不太符合自己的角色，把下意识到嘴边的俩字咽了回去，握拳掩着唇边，象征性地轻咳一声，"如果你这么想，我只能说，你也太小瞧你大哥了。"

"啊？大哥真打算处理这事儿了？"白小龙凑上来，透过医务室的玻璃窗朝里瞄了眼，"那穆一洋他老子非揍他不可。这还负着伤呢，有点凄惨了吧？"

初澄爱莫能助地轻叹："皮肉和精神总得有一样要受苦。放心，喻老师不会直接找他家长的，甚至不用知道那女孩是谁。他在这方面的手段，我望尘莫及。"

"谦虚了吧？"白小龙自己就是个活生生的例子，自然不信副班的这套鬼话，嘟囔着，"您下手也不轻啊！"

"嗯？"初澄看他，满脸温和无害的表情。

白小龙回想起被他支配的恐惧，后背凉了凉："虽然……但是，穆子深情，我得为兄弟两肋插刀啊！"

"一年爱一个，一个伤一年。这叫深情？"初澄瞥他一眼，不客气道，"这是自作孽。"

"您这不是都了解吗?!"白小龙再次腹诽了初老师。

初澄没理会对方明显加了戏的眼神，转换话题："行了，既然你不乐意出卖朋友，我也不逼你，那跟我说说你自己的事总可以吧？"

"我的事？"

"嗯，听喻老师说，你之前一直在犹豫是不是要走体育特长生这条路，最后是怎么做这个决定的呢？"

白小龙向后退了半步，轻轻靠着医务室的墙壁，说："我家里有个舅舅就是体校的田径教练，我从小也挺擅长这一类运动的。之前他就提过要我换个考学的门路，但那时候我……一门心思想着当职业电竞选手，根本就没放在心上。经过那次的事之后，还是大哥找我爸妈谈了很久，让他们又想起了走体育特长生这件事。"

"那你自己是怎么想的？"

"对我来说，这条路至少不会像电竞之路那样虚无缥缈，而且体育确实也是我感兴趣又擅长的事。初老师你放心，我不会丢下文化课的，毕竟两条腿都长才能跑得更快、更远。"白小龙说话时还夸张地提了提自己的运动裤，露出两条匀称的长腿。

初澄被他孩子气的举动逗笑，弯着嘴角开口："嗯，我相信你。只要你能做出不悔的选择，无论结果怎样，我当初的那些话就都没有白说。"

学生闻言，表情更认真了些："初老师……其实我一直都想知道，当初，您是怎么断定我是个值得帮助的学生的呢？您为我做了很多事，难道就不怕费力不讨好吗？"

初澄一愣："为什么这样问？"

白小龙坦言："在我叛逆厌学的那段时间，我想过大哥会制裁我，毕竟他已经声名远扬了，不会允许自己班里有'老鼠屎'的存在。但我没想到苦心拉我一把的人会是你。一般新老师听到我的那些事迹，知道连我爸妈都不管的时候，就不会那么上心了。可是大哥告诉我，当时那件事是你主动揽在身上的。如果我那会儿并不领情，或者说我就是个彻头彻尾的混账……"

"我明白你的意思了。"初澄打断了学生接下来的话，轻声叹息后，不疾不徐但十分认真地回答了他，"小龙，这件事并没有值不值得一说。我虽然是第一次做老师，但我总归做过一次学生，设身处地、推己及人，如果是年少时代的我遇到困境或是阻碍，我会希望有个人能够引领我。况且，我做那些，无非想告诉你，你不只有一条路可走，你可以做出不同的选择，像现在一样。"

"嗯。"白小龙目光炯炯地点了点头，"所以，谢谢初老师。"

"好啦，别胡思乱想了。今天的表现不错，"初澄笑着拍了拍他的肩膀，"在运动场上给班级拿了很多奖牌，虽然数量仅次于江之博。"

少年爱面子的老毛病又犯了，顿时嘟囔起来："他那是参赛项目多，而且也不是全都拿第一，白白浪费班级名额！明天我就超过他。"

"是吗？那你可得加把劲，我拭目以待。"初澄就此跳过话题，翻兜掏出自己的手机递过去，朝着医务室一指，"去，让穆一洋给家长打个电话。"

白小龙一惊，赶紧抢下手机藏在背后："啊？你刚刚还说不找他家长告黑状呢！"

初澄差点被气笑："我什么时候说要告黑状了？让他家里人领他回去，再好好看看医生。"

"噢。"白小龙摸了摸后脑勺，然后才去照办。可他走到半路架不住好奇，又扭过头来问："大哥他到底想要怎么处理啊？"

"别打听，运动会之后你自然就知道了。"初澄面不改色，说罢还学着学生刚才的语气，接道，"我是不会出卖兄弟的。"

初澄处理好了穆一洋受伤的事情，已经是日暮时分。第一天的比赛项目结束。汇聚在操场上的学生们一边津津乐道着某个运动员的表现，一边涌出校园去吃晚饭。

要参加文艺晚会的小演员们就没有这么悠闲了。看台上的队伍解散后，7 班和 5 班的女生们随便垫了垫肚子，就争分夺秒地聚在教学楼底层的楼梯间里，进行最后的练习。

身为助演老师，初澄主动去查看进度，想顺便看看还有没有需要自己配合的。但透过玻璃窗，看到女生们认真排练的身影，他没忍心进去打扰。

在教学楼内的转角，凉风"簌簌"地灌进来，似乎是有人打开了窗。初澄朝着廊上探了探头，瞧见一道熟悉的身影——张熙。

在之前彩排的时候，初澄就已经知道，这个舞蹈节目不仅邀请了他弹筝，还邀请了张熙来现场作画。不知道是因为秋风太冷，还是学生太紧张，远远看着，张熙的手抖得厉害，她不断地掰着手腕，摩擦掌心。初澄思索两秒，放轻脚步走过去，和她并肩站着，做了个同频的深呼吸。

"老师，"张熙倒是没有被吓到，但讶异于他的举动，"您怎么也……"

初澄："我也缓解一下上场之前的紧张啊。"

张熙当然知道老师是在安慰自己，露出洁白的牙齿笑道："我从来没有在那么多人面前画过画，而且还是我自学的画法，不知道会不会出丑。"

"理解。"初澄伏在窗台边，点了点头，"毕竟我们这种算是特邀嘉宾，万一搞砸了，影响的会是整个团队。"他害怕自己的出现会给学生增添压力，特地避免了眼神直视，而是透过玻璃的倒影，声音温和地同她讲话。这种朋友般的相处方式也的确让张熙放松许多。

她沉默片刻，主动偏头看过来："老师，你有没有……特别担心自己做不好的时候？"

"当然。"初澄不假思索地回答，而后语速放缓，变得更有耐心，"其实和你们相处在一起的每一刻，我都在担心做得不好。常常会因为自己是新老师而惶惶不安。"

张熙觉得诧异，立即道："可我觉得您特别优秀啊！"

小姑娘话毕，忽然回过神来，一瞬间太多的情绪流露，她掩饰性地偏了偏头。两人又一同看向了窗外。

屋檐下此刻还挂着未干的雨滴，晶莹剔透，被风吹过时就像珍珠一样落下。滴滴答答的声音不吵闹，反而让人心境平和。

初澄不是个太喜欢说教的人。大多数时候，他都是个倾听者加反馈者的角色。他轻声说："我们遇见的个体其实都是普通人。也许你看不到，但他们每一个都会有自己的烦恼。因为只要怀揣理想，就要迎接各种各样的挑战。所以别人怎么想不重要，尤其是当你被洪流和峰峦环绕时，一定要自己相信自己的好。"

能和人聊聊天，张熙的紧张似乎消退了些，手也抖得没那么厉害了。她点点头："嗯，一会儿的表演比较麻烦，我得提前过去做准备了。"

初澄对她竖了竖拇指。

张熙笑笑，自己给自己道了句："加油！"

学生走后，初澄到后台去找负责妆造的老师拿演出服。

大概是因为他的长相实在太具少年气，与校园舞台毫不违和，使得化妆环节也可以省略，只是简单地弄了弄就被放走了。

音乐馆容纳不下全校近 4000 名师生，文艺晚会只能露天举行。差不多到了开场时间，各班学生相继搬椅子出来排队坐好。高二（7）班的位置在中间偏右，视野上来说还算不错。

本班节目的次序排得比较靠后，初澄和鹿言同坐在第一排，兴致勃勃地观看起了表演，完全忘记了自己也是要上台的人。十几岁的少男少女，正处在乐于展示自己的年纪，各种才艺表演轮番上阵。

各教师组完成得也不赖，语文组的诗朗诵，英语组的 Rap 歌曲都相当精彩。今年体育组的节目依旧是武术表演，只不过这次在双节棍上燃放了烟火，舞台效果令人叫绝。

"这么酷，体育组这次的得票绝对稳了。"吵闹的环境里，鹿言贴在初老师身边大声评价。

初澄看着四射的火星，顺着他的话调侃："是，但不知道如果微机老师的衣服被烧出洞，能不能获赔报销。"周围一群学生笑成一团。

"初老师，再过一个节目就轮到我们了，该做上场准备啦。"

直到穿着舞蹈服的韩芮找来，初澄才想起自己还有使命在身，边走边恋恋不舍地回头："可惜又没有观摩到数学组的节目。"

"放心去吧，我一会儿帮你录下来。"鹿言朝他摆摆手，边说着边掏出手机对准了舞台。

数学组年年不变的节目是有点无聊的双人相声。

片刻后，鹿言面无表情地晃了晃举酸的胳膊。真不知道这有什么好观摩的。

就在台上演员谢幕的时候，喻司亭从班级队伍后排从容不迫地走上前来，坐在了初澄刚刚的位置上。

"你来得挺及时啊，舅。"鹿言一笑。

喻司亭刚想说什么，舞台灯光一变，高二（5）班和7班的联合节目已经开始了。

"噢。初老师打头阵啊。"学生群中不知是谁喊了一句，众人的目光便汇聚到台上。

那个十分钟前还在这里看热闹的人，此时已经换上了一身国风长袍，亭亭秀秀地坐于筝前。初澄全身是淡雅一色的蓝灰，低饱和的色彩更衬显出复古的温文，让人感叹明明还是同一张俊朗脸孔，却因过重的清绝感而与平日里截然不同了。他独身抚奏，细长的手指在琴弦间有律感地拨动，是《兰亭序》。

伴着筝音响起，后方舞台帷幕落下。身着精致服装的女生们于琴音中翩翩起舞。这些女孩子每一个都有十足的舞蹈功底，而且勤于练习，一出场就引得台下观众热情呼喊。徐婉婉、韩芮、江渔……似乎每一个女孩子的名字都被叫到了。

前排的呐喊声距离舞台那样近，初澄却完全不受干扰。他低头专注地弹奏，流畅的指法伴着笙歌妙舞，灵活地劈挑抹勾，仿佛沉浸在另外一个世界里。

"这曲子真好听。"绝美的纯筝声让台下人渐渐安静下来，细细聆听。

就在众人沉醉间，舞台忽然明暗交替，角落里亮起的一小片橘光投在了背景屏幕上。张熙抓沙扬下，被灯光映得雪白的手指接连勾勒一幅幅图景，仿佛营造出一片梦幻的魔法。

"啊，是沙画。"观众们恍然。

随图景的改变，初澄的筝声也从梧桐落雨到金戈铁马。他拨动琴弦的动作越来越快，仿佛刀光剑影往来不绝。台上的舞蹈也开始变换节奏，舞疾裙飞。美景、美乐、美画交融在一起，让人目不暇接。

"这是我在高中文艺晚会上能看到的节目？"

"这两个班是来踢场子的吗？"

短短几分钟内，台下观众被惊艳了三回，再次为表演热烈地叫好。节目趋近结束，乐曲节奏重新平缓下来。舞者退幕，沙盘暗却……依旧回到那半阕《兰亭序》。台上只剩一人独抚琴，举手投足间温润翩翩，玉树临风。雅正之声从他手下徐徐流淌，无关风月。

表演极其成功，观众席上掌声雷动。

鹿言低下头，才发现自己手机屏幕上仍然是刚才那段双人相声，懊恼地抓了抓头发道："啊，完蛋，忘录了。初老师还能再给我弹一遍吗？"

喻司亭坐在最前排，全程都没有任何姿势改变。直到最后一声筝鸣停止，舞台灯光熄灭，看不到任何身影，他才移开幽深的目光，偏头道："你唱歌都五音不全，弹筝就听得懂了？"

"我……"鹿言还没想到词汇反驳。

坐在旁边的另外一位数学班主任忽然凑过来，说道："喻老师你不仗义啊！"

"当初数学组派你去请外援，你说请不到，结果转头就把助演邀到自己班里去了。你们三合一的节目但凡能分出来一个，咱们组也不至于被杀得像现在这么惨烈啊！"

"我们班的节目我向来不插手，即便有助演都是学生私下去请。换成是我，未必有这个面子的。"

面对同事的一半玩笑、一半指责，喻司亭异常淡然，回答完又端坐着继续看表演。

经过两天两晚的激烈角逐，运动会和文艺庆典都圆满落下了帷幕。无论哪个方面，高二（7）班都发挥得相当出色。在积分和投票排名清算后，喻司亭的办公桌上又多了一堆无处安放的奖杯和奖状。然后，一切校园生活回归日常。

习惯了早起作息后，初澄几乎不会再上班迟到，甚至个别时候还能提前到岗帮帮大哥的忙。早自习的预备铃响过两遍。安静的走廊里传来一阵"吱嘎吱嘎"的响声，穆一洋穿着单只拖鞋和单只球鞋，蹭着受伤的脚走进教室。

"哟，我穆哥来了，还以为你起不来床了呢。"和他坐同桌的男生瞧见伤员回归，一边别开生面地问候着，一边伸手胡乱归拢桌面上的零散物件，"别急啊，马上给你腾地方。"

立在讲台上的喻司亭合上书册，迈着长腿走下来，对学生关心道："你的脚怎么样了？"

穆一洋摘下书包，低头看了看自己包裹得严实的脚踝："还行，伤筋没动骨，得慢慢养着。"

"嗯。"喻司亭的目光在后排巡视一周，他看似随意地拉开了靠过道的椅子，"腿脚不方便就别往里面走了，坐这儿吧。"

这里的座位原本是属于张熙的。同桌学委徐婉婉这会儿正安静地坐着抄写英文单词，白皙漂亮的脸孔写满专注，丝毫没有被打扰。

"行。"穆一洋没有异议，艰难地朝着椅子蹭了两步。

喻司亭看着他坐下，沉声道："腿恢复好了也不用换回去，后面的同学个头矮，容易被你挡住黑板。"

"啊？"倒数第二排的李晟一脸茫然，"我觉得……我还可以啊。"

喻司亭只是看他一眼，并未理睬，回到黑板前继续布置晨考题目。

学生们逐渐沉下心，整间教室里只剩下纸张翻页声和"沙沙"的写字声。

自习时间缓慢流过。伴着间休的铃音，在后排捧书阅读的喻老师头也不抬道："不用交给我，同桌间互相批改，课上讲。"

他的话如同某种恩赦，使台下绞尽脑汁也没做出答案的学生们暗松一口气。穆一洋的数学成绩在班里向来是顶尖的。这几道拐了小弯的拔高题对他而言完全没有难度。

"放这儿了。"他信心满满地扯下单张纸，随手写上"穆"字，搁在了桌角。

徐婉婉应了声"嗯"，视线依然落在自己的本子上。

因为腿脚不方便，穆一洋无法像平日里那样一下课就冲出去撒野，无聊地左顾右盼时，发现新同桌似乎正被晨考题目难得皱眉。他顺势瞄一眼，张口道："你做的一看就不对啊。"

"哪里有问题？"徐婉婉温婉的眸子终于落到了同桌身上，还带着点虚心请教的意味。

穆一洋随手抓起一支笔，凑近过去："你看啊，这个……"

在喻司亭的班级里，共同探讨从来都是种被鼓励的学习方式。课间教室内，到处都是三三两两围聚在一起的身影。

伴着此起彼伏的讨论声，初澄从办公桌边抬起头，轻轻晃动因批改作业而僵硬的肩膀。动作间，他注意到一道陌生的女生身影正立在后门边，紧盯着教室里的某一处。一师一生的目光汇聚到一起。初澄还未有所反应，那名女同学已经慌忙转身离开，消失在了他的视野里。

我有那么吓人吗？初澄自我怀疑了一瞬，再次张望出去时，已经见不到对方的身影，只好把她当作是从其他班过来找人的，没有放在心上。

周一的第一堂课原本是语文。学生们早已准备好了教材和笔记本，却迟迟不见后面的人上台来。

"初老师，开工啦。"

"讲课不积极，思想有问题。"

"每天只能和我们一起度过愉快的45分钟，还不赶紧冲上来把握机会？"

面对性格温和又具备人格魅力的老师，学生们自然都爱说说笑笑，这会儿纷纷回头叫他。

初澄被这群嘴碎的孩子惹得扬起嘴角，玩笑道："别喊了，我被解聘啦。"

学生们完全不把他说的当一回事："不可能。你还得教书好几十年，搞不好退休之后，都还得被学校返聘回来，年轻人不要有不切实际的幻想。"

大家正七嘴八舌地说着，伴着课前最后一道铃声响起，一张新面孔赫然出现在7班的教室里。这位新到的男老师看起来同初澄一样年轻，高挑消瘦，白净的脸上戴着黑框眼镜，一副敦厚拘谨的样子——高二（5）班的新任副班主任林祁，也是个刚毕业不久的新老师。之前策划文艺晚会合作舞台事宜时，他与初澄有过接触。

他仰头看了看黑板上的课表，不太确定地朝着教室后方开口："这节是我的课吧？"

初澄友善地点头："是，林老师。"

"我倒要看看谁那么有本事能换掉初……等会儿，这老师我怎么有点儿眼熟呢？他是教英语的吧？"

新老师听出了学生们话语间对自家副班的维护，连忙登上讲台向大家解释。

"对，我是教英语的。沈楠楠老师和周瑾老师请了婚假，学校需要做一些临时的课程调动。我姓林，未来一个星期会暂代班里的英语课，希望能在短暂的时间里和各位同学相处愉快。"

"他们俩是度蜜月去了吧？"

"沈老师之前说会请我们吃喜糖的。"

"欢迎林老师。初次正式见面，您有什么要展示的才艺吗？"

恍然回过味儿来的学生们再次自来熟起来。个性顽劣些的并不会错过机会去为难一下还略显青涩的代课老师。

"收起语文书本，改换英语课的资料，需要你们用嘴吗？"一道自带严厉的凶冷声音忽然从众人身后传来。

喻司亭在门外听了许久，迟迟不见班里进入上课状态，终于忍不住现身制止。他立在门边，随手将略薄的教参卷成筒状，朝着带头捣乱的鹿言揍了三下才停："站着。"

"……我错了。"鹿班长偃旗息鼓，老实地把椅子推到桌下。

一套杀鸡儆猴的措施让整个教室瞬间鸦雀无声。

隔壁高二（5）的班主任是位性格温柔的女老师，即便平常被气得紧，也就是发几句牢骚。林副班哪里见过这种动手之前都不打招呼的架势，刚绽出来一半的笑意都凝在脸上。他定了定神，才恢复状态："呃，同学们把练习册翻到 40 页，这节课我们讲一下语法训练。"

有大哥的监堂，整节英语课的秩序都出奇地好。就连代课老师也稍稍被这种凝重的气氛限制了发挥，讲得心里没底。终于，一堂课结束。首次课后，林老师难免要和班主任进行一些必要的交代。简短沟通后，喻老师公式化地道了声"辛苦"，然后拎起教参，去做下一节的课前准备。

看着喻司亭离开的背影，林老师稍稍松了口气，收拾好东西，和初澄一道回楼上的办公室，不自觉间将真情实感流露了出来。

"虽然成绩望尘莫及，但传闻里的'魔王班'果然不好带啊！"

"怎么了？"听了这话，初老师好奇地看向他。

两人同为新老师，自然会觉得更亲近些。林老师语气里甚至带着些许同情的意味："学生的鬼主意多，班主任似乎也不怎么好相处。我只是代课，刚才在台上都不太敢说话。"

初澄闻言，恍然一笑："喻老师就是这样的性格。他虽然有点严厉，但是个讲道理的人，熟悉之后会觉得好很多。"

无论在谁眼里，大哥给人的第一印象都不会太随和。但这话说完，初澄忽然察觉到了一丝微妙之处：好像就在不久前，杨主任也是这样和自己说的。

果然只有亲身接触，才能认识到完整的一个人。初澄兀自感慨，虽然喻司亭的形象气质看上去并不像传统认知中的老师，但经过这些天的相处，自己已经对这人有了一定的认同和接纳，承认他拥有胜任这份工作的能力，而且下意识地为对方做了辩白。

"反正我是体验到了什么是来自背后的压迫……"林祁抱着教材慢慢地迈步，还想再说些什么，忽然被转角处的学生身影吸引了视线。

在他们相对的楼梯另一侧，一名身材高挑的女生走进了水房旁的杂物室。紧跟在后的，还有两个搂挎着的男生身影，其中一个脚上缠着厚重的纱布。

"那是我们班的丁慧，后面的两个是你们班的吧？"林祁的声音充满疑虑，明显是发现了需要特别关注的情况。

初澄循着视线看过去。发现这名叫丁慧的女生正是早上在7班教室门口徘徊的人，而那个走路有些滑稽的"伤残人士"自然是穆一洋。

这两个人？初澄心下思索一番，便已了然。虽然这件事在他和喻老师的预料之中，但好像又发生得快了些。

"林老师……"他伸手拦住身旁准备上前了解情况的同事，神情颇为微妙道，"我想，我大概可以给你解释一下。"

在接下来的几分钟里，杂物室内爆发了一阵激烈的男女争吵声。教学楼内的隔音效果实在不佳，隔墙还可以隐约听到"校花""徐婉婉""同桌""殷勤讲题"等字眼。随后响起"砰"的一声，门板被人气愤地摔合，就连隔壁水房内的两位老师都被震得眯了眯眼睛。

初澄已经把来龙去脉概述得差不多，伸手揉了揉耳朵尖，偏头看向发怔的同事，笑得十分敷衍："我就说吧，已经是在处理的过程中了。"

林祁在刚过去的几分钟内接收到了巨大的信息量，一时间实在难以消化。他动了动嘴唇，但不知道该说什么好，最后变成一句："既然这样，我再插手确实不太好，还是回去备课吧。"

初澄看着林老师只想远离是非的背影，弯唇一笑：完了，又给一位新老师造成了心理阴影。大哥的形象是再也别想洗白了。

午休时间，周师兄请假，初澄失去了固定饭搭子。他也懒得再去挤食堂，干脆点了份外卖应付了事。取餐回来的路上，五楼办公室几乎空荡荡的。初澄无意间扫了一眼，发现喻司亭竟然还在数学组内备课。

他推门进去，轻轻地敲了敲玻璃窗："怎么没去吃饭啊？"

"外卖，鹿言去拿了。"喻司亭做完最后一道题，合上教参。

初澄笑问："今天你们舅甥俩不养生了？"

喻司亭边动手收拾着桌面，腾出吃饭的地方，边答："早上不是当着学生的面打了他两下吗？不高兴了，说是只有吃酸菜鱼才能好。等到下晚自习，店里早关门了。"

难得喻老师也有哄孩子的时候。他这会儿脸上那种无奈又纵容的神色，让初澄觉得异常有趣，忍不住多调侃一句："这样啊。我还以为喻老师是因为即将摧毁一个少年纯真的爱情，愧疚得吃不下去饭呢。"

喻司亭抬眸，漆黑深邃的眼底染着不明显的笑意："听起来像是在声讨我。"

"我以为你是玩笑而已，结果真的下手了。"想起上午时在储物室外偶遇的一幕，初澄虽知无奈却也免不了同情，"你这样搞心态，不怕他像之前一样'封心锁爱'留下创伤吗？毕竟，青春期的内心悸动本来就是难免的嘛。"

喻司亭拉开抽屉，从里面抽出一张月考的物理答题纸，说道："青春期的悸动我能理解，但像这种动不动就要大脑过载的学生，还是别'悸'得好。"

初澄的目光落在那张答题纸上，上面的题目做得惨不忍睹，在"穆一洋"三个字旁边，还有铅笔涂写的"DH"字样。也是直到今天上午，初澄才知道这两个字母指代的意思——丁慧。

"李老师特地拿来给我看的。他这次是手动阅卷，留了情面，下次扫进机器里，在姓名栏旁边乱写乱画的试卷只能得零分。"

如果不给穆一洋那小子留个印象深刻的教训，他总觉得自己能在人生的所有考场中叱咤风云。

喻司亭盯着那两个被涂得很深的字母，蹙了蹙眉。他本来不用解释得太明白，但是面对初澄，又不想让对方误会。

"穆一洋的数学几乎能答满分，但英语薄弱，自律性也比较差。给他安排一位像徐婉婉这样只有数学成绩偏低、擅长英语同时德智纪全优的同桌，算是一个班主任会做出的正常判断。至于牵连到的其他事……我只能说，那也是有意的。

"社会上的诱惑多的是，信任危机随处都在。你见过哪种互相欣赏是因为坐在校花身边就无疾而终的？早点认清现实对他有好处。"

喻司亭的处事章法，初澄确实挑不出半点儿毛病。

沉默片刻后，初老师也叹了一声："可是孩子都要委屈断气了。"

"我不是提前说过吗，到时候他会去找你哭的。"喻司亭对副班笑笑，平日里凛肃的气场都淡化了些，面容越发朗隽。

初澄还沉浸在刚才的话题里，若有所思。

收拾好桌面的喻司亭却下移了目光，看向他手里的外卖袋："点的什么？"

"没什么特色的盖浇饭。"初澄提起给他看了看，"附近的店都吃腻了，随便选了一家。"

"那要不要留下拼个桌？"喻司亭听了回答，无比自然地抛出了邀请。

初澄没料到他会这样问，犹豫道："在办公室里聚餐不好吧？"

"不会有什么影响的，我们组里中午没有人回来午睡。"喻司亭说完把手上的动作顿了顿，神色平静地注视过去，"按理说，这件事你应该也知道。"

什么意思？初澄先是一愣，但仔细回想便能明白了，之前来数学组给他送匿名信可不就在中午没人的时候吗？这人只要有一天不毒舌，必然全身难受。

初副班原本清澈的眼里隐隐露出了怨念之色。

喻司亭敏锐地捕捉到："看样子是想起来了。"

因为有黑历史的存在，斗嘴斗不过，初澄只能选择战术性撤退，拎着自己的外卖盒转身便走："喻老师，你慢吃。"

"哎——我只是印象深刻了点儿而已。"见人要走，喻司亭忙带笑挽留，"盛达川菜馆的酸菜鱼是亭州最地道的，比老赵做的好吃多了，真不尝尝？"

近日连续下小雨，的确是适合吃这道菜的好天气。但再在这个家伙的地盘待下去，还不知道要受他多少闷气。初澄仍想拒绝，没来得及开口，一道声音从办公室外传过来。

"舅！你干吗点这么大的一条鱼？跑去校门外拿外卖累死人了，我们俩也吃不了吧？"

鹿言拎着个看起来很重的外卖袋子，三步并作两步走进来。他定睛看向屋里的人，把还没出口的吐槽咽了回去，恍然道："噢，我就说嘛，你还叫了初老师一起。"

初澄："……"看来这番邀请并非临时起意。喻司亭应当是提前猜到，周瑾不在时，以他的性格是不会去挤食堂了。

"拿过来吧。"喻司亭顺手帮初老师拉了把椅子。

盛情难却，这下他是非坐下不可了。

"烫手，我来。"喻司亭只让外甥摆了两样配菜，剩下的自己亲自接过。

袋子里的酸菜鱼是连着大号保温锅一起送来的，还附送了陶瓷的汤碗和勺子。之前，初澄只有在点火锅店外卖的时候才见过这么齐全的配套餐具。

喻司亭瞥见鹿言指关节处沾着的墨水，伸手把刚要落座的人拎了起来："你给我洗手去。"

"好好好。"鹿言带着干饭的热情，一路小跑着出去。

"趁热尝尝。"喻司亭拿起一只小碗连鱼肉带汤地盛了一碗，递过去。

初澄没接："先给鹿言吧，毕竟好不容易才有一次午饭话语权。"

喻司亭直接把汤放在他的手边，颇为无奈地反问："你看那小子生龙活虎的样子，像是被我长期虐待吗？"

当然不像。晨起排队买早餐，晚上陪着做题改卷，上下学"车接车送"，周末还要带出去"放风"、游泳、看电影。作为舅舅，他完全像亲爹一样尽心尽力了。

"我不是那个意思，孩子点的嘛。"初澄眯眼笑笑，没法再拒绝他的好意，拿起勺子，食相优雅地尝了尝。

鱼肉用料新鲜，汤味浓郁，还带着微麻微辣的川椒香味。果然是有口碑的老字号出品的，即使是外卖，也完全不失水准。

"上次的汤就不错，这个味道更好。"初澄发自内心地赞赏。

鹿言甩着手上的水珠走进来，恰好听到这一句，满目狐疑地扫视过两人："你们什么时候去喝过鱼汤，不带我？"

初澄解释："国庆期间，你不在。"

"噢。"鹿言抽了张纸巾擦干手，边坐下边答，"那时候我跟着小姨出去玩了。"

小姨？听了这话，初澄看向喻司亭，有些好奇地道："喻老师有不止一个姐姐吗？"

"嗯，有两个。"喻司亭动手捞了些鱼肉递向鹿言，"他是我大姐的孩子。还有个二姐，你之前见过。"

"我见过？"初澄对此全无印象了。

喻司亭提醒："在京市的那个晚上，佰汇酒厅外面的停车场，她开了我的车。"

几个关键词串联在一起，初澄终于想起来了。

"原来那次喝醉酒的人是你二姐。"

当时一群室友还把两人的关系猜得颇为戏剧化。可在后来的相处中，初澄觉得喻老师过于严肃不苟，便把这件事遗忘了。现在看来，确实也没有人猜对。

"她是个自由撰稿的小说家，乐于体验形形色色的人生，所以醉倒在不同的地方也是常有的事。"

喻司亭的回答算是解释了两人第一次见面时为什么会是那种尴尬情景。

"难怪你接电话的时候那么镇定地问地址。噢，对了……"初澄忽然想起什么，放下手中的陶瓷小碗，从外套口袋里摸出手机点按起来。几乎是同时，喻司亭放在办公桌上的手机亮起屏幕光。

一笔微信转账待接收。

"什么？"喻司亭查看后，不解地看向转账发起人。

初澄："那天在车底捡到的，一直没有机会还。你刚才提到，我才想起来。"

"她扔的是自己的钱，你捡到也不用给我。"喻司亭笑一声，点了退还，"一言不合就转账？我还以为你给周瑾随礼金，随到我这儿来了。"

初澄又被这人的话噎了一下。他与周瑾是师兄弟、同事外加合租室友的关系，就算工资再微薄，人家新婚也不至于只随一百块吧。

"你们俩在学校外的偶遇经历这么丰富？还能遇到当街撒钱啊？"坐在一旁默默喝汤的鹿言有着不同的关注点，受到震惊一般，瞪大眼睛询问。

喻司亭不咸不淡地哼一声："有什么事是你小姨干不出来的？以后你也少和她一起玩，免得每次都被我骂。"

"才不，小姨最心疼我。"鹿言自然更维护愿意带着自己玩的人，不假思索地出言反驳，可停顿几秒后又不得不坦诚地补充，"不过家里有个写书的人也有一点不好，不知道什么时候就会成为她创作的灵感了。"

"噢。"初澄应和时，笑意不自觉地漫上眉梢。他没再继续说话，喝完暖胃的鱼汤，低下头安静地吃起自己的午饭。

被写进书里这种事，大概还真没人能比初小公子懂。

星期五，下早自习的铃声响起。

初澄从教室回到语文组，隔着几步距离就听到里面有笑谈声，隐约能辨出有周瑾的声音。他走进门，果然看到师兄在办公室里给各位老师送喜糖。

"这么快就回归工作岗位了？"初澄坐回自己的位置，笑吟吟地看他，"在老家的婚礼办得怎么样？看群里的视频可是相当热闹。"

已为人夫的周瑾斯文依旧，摆手道："别提了，这几天累死人了。"

初澄问："你们怎么没去蜜月旅行啊？"

周瑾："你嫂子放心不下学校。反正一到寒暑假我们俩也有的是时间出去玩，不赶着这一个月。"

"噢，我嫂子。"初澄特地重复一遍这个称谓。

果然是结了婚如胶似漆，以前师兄可是直呼楠楠的。

周瑾笑，顺势递来一包喜糖。他垂眸间，看见初澄桌上有一杯塑封的粥，几乎没怎么喝，已经冷透了。

"嘿，你这是早饭还没吃呢？昨天又熬夜了？"自己成了家的师兄也忍不住要唠叨，"我不在的这一个星期，除了点快餐，您老人家该不会是一口热饭没吃过吧？得，回头金姨再问，我只能说这活儿我干不了啊。"

初澄心虚："早上有点胃胀气，就没喝。"

周瑾的神色沉了沉，他说道："你不止一次觉得胃难受了吧？要不找个时间去医院看看？以你的那种生活方式，如果再不注意，身体早晚会受不住的。"

"这……应该不会有什么事。"初澄的指尖轻抵着腹部，自行思量，"最近都只是饭前饭后才有轻微的不适，可能消化不良。去检查的话，需要做胃镜吧……感觉有点儿瘆得慌。"

周瑾没再坚持，只嘱咐道："反正你自己观察吧。不舒服的话一定要去看，别拖着。"

初澄点头："我知道。"

"今天下午放学后，我和你嫂子回请同事，别忘了过来吃饭。"周瑾边说着，边拍拍他的肩膀。

初澄目送他离开，然后拿起桌上的冷粥，俯身扔进垃圾桶。扔完他忽然想起一件事：哎，我也不是没吃上热饭啊？之前还在喻老师那里蹭了一顿酸菜鱼。

放假前的星期五下午只有两节课，最后一节还是自习，留给老师们布置作业。各科的课代表忙着穿梭在课桌间分发卷子，班里的秩序稍微有些乱。喻老师不在教室。初澄坐在他讲台旁的位置上看管纪律。

教室后排，穆一洋懒懒地趴在桌子上思考人生。他和徐婉婉之间摆着厚厚一摞教材，泾渭分明。初澄张望片刻，踱步走下去，轻轻敲他的桌角，示意他坐好。穆一洋却精神恹恹的，用两根手指撑开自己的眼皮，做出一副在努力看书的样子。但很明显连续这么多天，他上下课的状态很不好。

见学生如此颓废，初澄又气又笑，居高临下吐出两字："出来。"

穆一洋一顿，而后慢腾腾地起身跟上。

这会儿临近放学，五楼的办公室里几乎没有其他老师在。初澄领着学生走进空无一人的语文组。

关门时，初澄注意到穆一洋行走时的动作还是跛得明显，关心道："脚恢复得怎么样了？"

穆一洋答："好些了。初老师，您找我有事？"

"应该是我问你才对。最近看你都是心不在焉的，发生什么事情了吗？"初澄转身，随便找了个空位坐下。

面对这样的问题，穆一洋的情绪不高，他回道："您应该都知道了吧。"

"我需要知道什么吗？"初澄仰起头看他，眉宇间的神色与往常并无分别。

"初老师。"穆一洋有些无奈，拖着尾音拆穿，"您和我大哥同流合污得已经很明显了。"

初澄好整以暇，好听的声音如旧，却带着些温和的压迫感："既然知道我们俩是一伙的，那你应该也清楚，我现在就可以把他叫过来，处理一下你最近的学习状态问题。"

"……"

穆一洋与初老师对视片刻，收起了吊儿郎当的样子，默默站直。

果然，无论在什么情况下，大哥都是好用的。

初澄心中暗笑，但保持着脸色淡定："能聊聊了？"

"还不是您想聊就聊……我哪里有话语权！"穆一洋垂头背手，一副标准的听训模样。

"好吧，那我现在就把这个权利给你。如果你有什么想说的现在可以说，没有的话就可以回去趴着了。"初澄转过身不再看他，自顾自收拾起自己的办公桌，"我会和喻老师打招呼，就说你身体不舒服。"

穆一洋保持沉默，但没走。

发觉学生没有动作，初澄微掀起眼睑，出口的话音平静而冷淡："我刚才给你的，应该没有傻站着这个选项。"

穆一洋犹豫片刻。说实话，他自知状态极差，既害怕会被初老师汇报给大哥，也不想自己一个人回去再继续心烦。事已至此，他似乎已经能想到最坏的结果，所以干脆豁出去。

穆一洋："初老师，我能问你个问题吗？"

"语文问题？"初澄并不正眼看学生，权当不知道他此刻的纠结。

"不是。"穆一洋开门见山地说道，"我想知道，在你们眼里是怎么看待早恋的。"

初澄没忍心晾他太久，停下动作正色道："可能我的观点和喻老师不太一样。我不反对学生时期同龄人之间的朦胧好感。"

"为什么呢？"穆一洋不理解。

"因为那种喜欢很纯粹也很简单。可能始于一天阳光正好，可能是一件合眼缘的白衬衫，也可能是篮球场上的跳跃，或者是课间教室的笑声。如果这些能成为日后的回忆，我觉得还挺有纪念意义的。"初澄干脆地问："所以，你喜欢那个女孩子什么？"

穆一洋先是默然，而后吸了吸鼻子："就是一个独一无二的人啊。"

"啊，明白了。"初澄悠悠兴叹，"因为遇到的每个人都是独一无二的，所以见一个喜欢一个。"

大概总结得过于精辟，穆一洋的表情变得有些难看。

初澄没有给他反驳的机会，接着说："班里类似的情况其实很多，你有没有想过，喻老师为什么一定要'优先'处理你呢？"

"一谈感情就智商降负，他一定是这么和您说我的吧。"穆一洋低声嘟囔，"因为她的成绩没那么好，负面影响到了我，所以大家都会觉得我们不合适。"

小小年纪，你还真是个"恋爱脑"啊。这小子被大哥制裁也不冤。这一次，初澄实在没能忍住，低头笑了起来。

穆一洋的表情显得更委屈了："您嘲笑我？"

初澄摇头："你的想法太天真，我都不知道应该从哪里开始嘲笑。"

"哪里天真？"穆一洋不太服气。

初澄循循而进，耐心地回答："人与人之间是需要对等的，不管是做恋人还是朋友，通俗讲就是旗鼓相当，或者说至少要三观契合。这样两个人才能互相成就，一起变得更好。也有一小部分是被磨砺过的，但它并不是你理解的那种意思——简单地归结为谁会拉低谁。"

学生依然困惑："那什么是不对等的恋爱？"

初澄说："是有一方不计得失地俯身迁就，而另一方被山崩海啸一样的差距颠覆世界之后还能鼓起勇气，为了爱意，去过和之前截然不同的人生。"

话毕片刻后，穆一洋轻声道了句"不懂"。

初澄一笑："你现在本来就没必要懂。"

穆一洋越发不理解，说话的节奏都变快了些："可刚才您说，喜欢一个人是很简单的事。"

"正因为有些喜欢来得容易，它的消退也会容易。我觉得凡是遇到的人，要么是最后一个，要么就总还会有更好的。"

穆一洋对此若有所思，而后追问："那怎么样才能判断对方到底是不是最后一个？"

初澄笑笑，声音轻而语速缓："就看你愿不愿意为她放弃未来的无数种可能。但我想要问你，你觉得以自己现在的心态和处境，在这种事情上，有未来可谈吗？"

穆一洋语塞，低头看着自己的鞋尖，表现得有些窘迫。

"怎么？回答不了？"初澄平静以待。

"不是……你这些问题，怎么都不按套路出牌啊？"穆一洋懊恼地哼了声，他压根没想到初老师会和自己说这些，以至于之前准备好的话术全无用武之地，直接被问到卡壳。

看着再次陷入沉默的学生，初老师换了换姿势，继续加以引导："我承认，我和大哥的处事风格可能有些不同，但至少在一件事上，我们持相同观点。那就是，你是个优秀的学生，勤学好问、名列前茅，无论是自己还是家里，对未来都有着相当高的要求和期盼。你哪怕是只在数学卷面上丢掉五分都会刻苦钻研，当然，这些是在你心无旁骛的时候。我们不相信这样一个孩子会不清楚，所谓未来，到底是联结在另一个人身上，还是攥在自己手里。"

"所以，你现在的这种行为算是什么呢？放纵？叛逆？不要告诉我你把它美化成'明知山有虎，偏向虎山行'。"初澄揶揄地笑笑，始终保持着谈话氛围的轻松，"能说说你自己到底是怎么想的吗？"

"怎么想的？"穆一洋反复咀嚼问题，却始终无法给出答案，他蹙紧眉头，摇头道，"我不知道该怎么办，我没想好。"

初澄只好叹一声："我可以做主给你一点时间。在你认真思考的过程中，不让喻老师再去施压。你可以选择稳住自己的成绩，或者解决外部的干扰，但不要怀着侥幸心理去拖。"

他迎上学生数次躲闪的视线，一字一顿地告知："在原则问题上，我和大哥的立场完全一样，我们绝不会失职。能明白吗？"

穆一洋无声地点点头。

走廊外，放学的铃声早已经响过。初澄没有留学生更久，扬了扬下巴道："走吧。"

穆一洋拖着脚步离开了语文组。那种"沙沙"的摩擦声刚消失不久，办公室的门就再一次被开合了。

"来得这么巧。"初澄仰头，看到一道高挑颀长的身影。

"不巧，在外面等了有一会儿。"喻司亭倚着桌角直言，"直接进来怕影响初老师教育学生。"

初澄问："那你听见我说话了？"

喻司亭坦诚地颔了颔首，带着恶劣趣味评价："嗯，听起来像是有十年情感史的。"

初澄"扑哧"一笑："找我有事？"

"有。"喻司亭正了正身形，解释说，"等会儿沈老师和周老师请大家吃饭，地方订得有点远，拉了个群聊，只有你没回。"

初澄闻言拿起手机查看："还真是。"

大家在群里面聊了很久，甚至都已经提前预订好坐哪位老师的车去饭店。在那些密集的消息记录中，喻司亭只发了一条，说自己车上还有三个位置，然后立即有三位老师回复了他。

"连喻老师的车都坐满了啊，那我打车过去呗。"初澄拨动着手机屏幕，语气幽幽地说，"其他开车的老师肯定也都先留座给自己班的人……"

喻司亭听着他绵软却带刺的语气，沉声解释自己在群里的发言："没算副驾驶位。"

初澄早有预料，在他开口的一瞬间就已经做好了完美的表情切换："我就知道大哥和他们一样仗义。"

喻司亭笑而不拆穿，只开口道："班里已经放学了，我先下去，你抓紧。"

"行。"初澄心情愉悦地归拢教案，"我马上就收拾好。"

新婚小夫妻俩预订的饭店是郊区的烤全羊小院，位置还真有点偏，照着群聊里的定位也要找好久。好在喻司亭对本市的路况比较熟悉，准时把一车人送到了地方。

天色渐渐暗下来，幽静的竹院里溢着烤肉的焦香味。室内餐区摆着好几张圆桌，其间人来人往。那些没有班主任职务的老师下班要早些，到得自然也早，此刻已按照平日里的关系亲疏，自动分了桌。难怪同班年纪稍大的物理老师和化学老师都推脱不来，今天全场聚集的都是些年轻老师，看起来更像是场团建。

"喻老师，初老师，张老师……那边有空位，你们先坐。"沈楠楠正忙碌着与烤羊师傅沟通，瞧见同事们进门，连忙热情欢迎。

"新婚快乐，楠楠。"

"婚礼进行得怎么样？"

…………

女老师们一齐围上去说话。初澄和喻司亭则只是礼貌地点头示意，随后便找位置坐下了。

同桌的人不少，男女对半。初澄上班不久，和那些没有工作接触的老师还不是很熟，除了喻司亭、林祁及另外一个语文组的同事，他和其他的老师都说不上话。

赴宴的人已坐齐，服务员开始传菜，烤羊排、炒菜、铁锅炖的公鸡和鱼肉……各种菜肴接连被端上桌。一次性聚集的同事太多，周瑾在好几桌之间来回奔波，趁着过来送饮料的间隙，笑着赔礼道："招待不周哈，大家多担待。"

和他相熟的化学组同事摆摆手："没事，别忙了，我们自便。"

"那你们先吃、先聊。"周瑾抬手掩着嘴巴，小声道，"我还得去她们英语组女老师那桌表现一下。"

一个办公组的同事从早到晚在一起，都相当于新婚老婆的半个闺蜜了，自然要特别招待。同事们都笑着表示理解，然后不必待新郎帮忙破冰，自行开启了本桌的话题。

参加婚宴，离不开的自然是八卦。酒过三巡，桌上的谈话内容已经完全围绕着大家的情感经历了。在场的除了林老师和初澄，都是挺熟悉的老同事了，两人免不了要被单拎出来。

林祁的性格较为腼腆，恋爱经历也少。在大家多次询问下，他不好意思地笑笑："我就只谈过一个。大学认识的，现在异地。"

"校友啊？"同事们顺势猜测，"那你女朋友也是师范生吧？"

林祁点头："是，她现在也是编制内老师，不过在南方。"

同事们听得仔细，还感叹道："啊，那你们可挺难的，毕竟都已经工作稳定，谁也没法放弃现有的条件。"

林老师无奈地叹气："只能走一步看一步吧。"林祁分享完自己的恋爱经历，餐桌上稍静了几秒钟。随后，话题又被引向了另外一位新老师。

"初老师现在是单身吧？"

正夹菜干饭的当事人猝不及防，动作一顿，礼貌地微笑着点了点头。

不等其他人再开口，同席的语文组同事抢先一步："那还用说吗？文艺晚会的表演之后，他可是我们组的大热门单身汉。"

"可不是，那个古筝弹得哟，一弦一调都沁在人心里。"

"重点是弹筝的人长得好看啊！不需要艺术天赋，只要有眼睛就可以欣赏了。"

"那初老师可得详细讲讲情史了，重点说一下喜欢什么类型的，也算给大家一个参考。别说学校没给你们谋福利，从今晚以后，牵手初老师的机会，人人平等。"

已下班的众人都不必再板着教师脸孔，加上又都喝了点儿小酒，正是开心的时候，说话便没了在学校时的许多顾忌。

初澄并未见怪，给出的答案却在大家的意料之外："这个……说不太清楚，因为我没谈过恋爱。"

"不可能吧！"一位同事眯起眼睛摆了摆手，"你们师大遍地才女佳人，你这样的，有颜、有学识，又会唱歌、弹琴，懂浪漫，还会愁找女朋友？该不会是你眼光太高了吧？"

"真不是……"总不能说自己是因为和室友们一起宅在宿舍，才没有女朋友的吧？初澄无力解释，只好任由他们起哄。

"那你不该坐这桌。我们十中可也是美女如云，快让周瑾带你去英语组女老师那边啊。"

"还轮得到隔壁吗？我们化学组就不差。初老师别害羞，我右手边的这位是徐老师，本科南师，硕士华清。还有你正对面的，江南美女姚老师……"

同事们得知初澄真的没有感情经历，像发现一块新大陆一样，连忙现场拉起了红线。

初澄年纪小，对这种场面完全没有经验。他只能无措地笑着，然后时不时用吃东西来掩饰自己的尴尬。

喻司亭半晌都没说话，偏头看向身边这位话题中心的人物。初副班虽看似乖巧地坐着，朗霁温雅的外表下却分明藏着一副"求求你们别 cue，我只想安静摆烂"的样子。他原本要夹菜的手伸出去几次又都收了回来，平常喜欢吃的东西一口都没动。喻司亭不动声色，掰开自己的筷子，夹了块外焦里嫩还流着肉汁的羊排放进他的餐盘里。

"啊？"初澄一愣，俊秀的眼底噙着几分茫然。

喻司亭动了动嘴唇，只反问了几个字："自己够不着吗？"

初澄看过去，那人杳深的眼底分明写着：吃你的，别管他们。

夜幕降临。烤羊宴持续的时间足够久，同事间的情感八卦早已聊得差不多了。酒足饭饱但兴致未酣的同事们从桌边移步，进到屋子里去唱 K。

校园里的消息总是传播得很快。初澄在首秀课上献唱的事被很多老师知晓，免不了要在这种场合里起哄。初老师在这件事上则表现得大方不扭捏，只要是被同事们点出名字的歌曲，他几乎都可以尝试。

初澄一连唱了几首。虽然那些歌曲风格不同，但都被他演绎得各具韵味。又一曲结束，他有些疲累，用两条长腿抵着墙壁，搭坐到沙发边缘，随手从茶几上拿了瓶果酒润喉。

"你们语文组和英语组可真是麦霸啊！"

"谁说不是呢，一员又比一员强。"

"等会儿是不是该轮到数学组来一首了？"

有心的同事们细数了刚刚演唱过的歌曲，本着公平原则，开始 cue 那些还没上过场的人。

"得了吧，谁不知道我们组里的艺术细胞少得很啊。"

年年文艺晚会排名倒数的形象已经深入人心，在场的数学老师们干脆自嘲起来，互相推诿，谁也不愿意再去做对照组。

"哎！喻老师是不是数学组里唯一没上过文艺晚会的人啊？"若是在平常，大家可能不会如此大胆地去招惹喻司亭。但今天有喜事和酒局助兴，难免会有老师兴奋过头，大胆地发问。

坐在角落里的喻司亭原本正在玩手机，听到有人 cue 自己，淡定婉拒："我五音不全的。"

"没事，我们又不录视频，听听而已。"

"共事这么多年，我们还真都没听过他唱歌。"

"难得出来团建，喻老师要不要来一首，就当是送给新婚小夫妻的祝福？"

…………

同事们纷纷附和，但喻司亭没有再搭话。

"你们不觉得喻老师的声音特别好听吗？如果他用低音唱情歌，那沈老师和周老师的婚礼是不是都不用请人了？"

"可人家婚礼表演都得是两人合唱吧。"

某女老师的评价引发了新话题，大家都参与了关于这种可能性的讨论。

一位同事当即举荐了还在一旁看热闹的初澄："这里不是还有一道温柔声吗？让他们俩搭伙上台，至少也该是 1000 块一场的演出水准吧。"

围绕于此的说笑声持续了许久。大家嘴上虽闹，却也都了解喻司亭的性格。他是无论如何也不会被别人激将的，所以各位都以玩笑置之。

直到一位性格豪放的数学老师如此开腔："别异想天开了各位，你们知道喻老师是什么身家吗？如果 1000 块就能请到他上台献唱，那我立刻转账。"

喻司亭却道："转吧。"

方才还滔滔不绝的同事瞧见了他那张情绪极为稳定的脸孔，颇为诧异地向其他人寻求答案："是我听错了，还是他真说话了？"

周围同事们的表情似乎都在表示：不确定，我再听听。

喻司亭重复表态："这个丑我可以献。"

唱歌房内安静了片刻，而后爆发出肆无忌惮的笑声和怂恿声。

"哈哈哈哈哈哈，快打钱给他！这首歌我必须听。"

"没想到吧？喻老师这么勇。他五音不全都敢唱给你听。"

"无所谓，数学组会出手！只要他唱，这钱我们众筹。"

在大家的欢笑中，荧屏上播放到一半的歌曲刚好被人切掉，按歌单顺序换成了下一首。这是初澄点的歌。

当事人忙着围观热闹，扭头看向喻老师，顺势询问："要唱吗？"

"你先。"喻司亭抬手示了意，然后俯身从旁边又拿了一支麦克风。

初澄便也当那人是在开玩笑了，自顾自地看向歌词屏。这首歌的前奏很短，几秒钟后就是浪漫的旋律和歌词。初澄好听的声音依旧，对着话筒操着优美而轻缓的英文语调。伴奏中几声点睛的钢琴音后，歌曲进入了间奏。

就在第二部分开始时，喻司亭抬麦接上。

喻司亭倚靠在沙发上，大半个身体都埋在阴影里。唯独一道晶蓝色的屏幕光投向他的侧颜，映亮他高挑的鼻梁，还有好看的下颌线。他的声音磁性而忧郁，不仅没跑调，而且音准出色，实在是令人过耳难忘。

"这是五音不全？那我简直就是先天失声！"

"我之前没听过这首，还以为突然开了原唱呢。"

初澄还未回神，已经听到同事们的惊叹声从四周传来。喻司亭便接着多唱了几句，然后在下一段的切入点停下。初澄随后接唱。

老师们在歌曲 BGM[①] 下畅饮闲谈。他们此刻已经分不清是原曲躁动，还是两位老师的即兴合唱更躁动，只是听着一道温柔撩人、一道磁性抓耳的歌声，竟然觉得真花 1000 块也不算太冤。歌曲尾声，两人的分词演绎无比默契。

初澄没想到喻老师唱歌会这样好听，微笑着对他举了举没喝完的气泡酒。开了车来的喻司亭只能遥遥地用苏打水回应，但同样的笑意却穿过众多同事和吵闹的乐曲，畅通无阻地传送了过来。

欢闹的氛围一直持续到很晚。夜色阑珊，尽了兴的众人慢慢散去，各自打车或者叫代驾。喻司亭滴酒未沾，可以像来时一样载着初澄回去，顺

---

① BGM: Background Music 的缩写，意为背景音乐。

带把沈老师和喝醉的周瑾送回新房楼下。

"老公醒醒，我们到啦。"到达目的地后，沈楠楠轻轻拍了拍周瑾的脸颊，把他叫醒。

喻司亭降窗询问："需要帮忙送上楼吗？"

"不用，我醉得没那么厉害。"周瑾揉着太阳穴，在沈老师的搀扶下迎风醒了醒酒。

初澄不放心，解开安全带下车搀扶了一把。

"没事，我能看住他。太晚了，你们也都回去吧。"沈楠楠说完又弯身在驾驶位的车窗边，致谢道，"感谢喻老师，回去开慢点。"

喻司亭点头应了声"好"。

园区围栏内亮着点点白光，不刺眼，但足够照亮通向楼门的路。初澄站在街边，目送沈老师和师兄缓缓走进去。喻司亭见他送完了人还迟迟不上车，轻轻敲了敲另一侧玻璃。初澄又恋恋不舍地朝着朦胧光亮瞧了几眼，然后才坐回副驾驶位。

"张望什么呢？"喻司亭循着他的视线，只隐约看到了新婚小夫妻相携的背影，继而询问，"你羡慕啊？"

初澄答："怎么不呢？"他丝毫不掩饰自己的想法，把手肘搭在车窗边缘，感受着从外面吹进来的夜风，绵长地喟叹："看起来多温馨啊！马上就可以列入我的人生规划了。"

喻司亭偏过头，说："不觉得有点儿早吗？"

初澄闻言似乎是真的在仔细思考，接着道："不早吧？这里的地理位置还不错，就算没有升值空间也不会贬价太多。早些付首付，贷款也好慢慢还。"

喻司亭一顿："你说的，是他们的新房啊？"

已有些困倦的初老师收回视线，反问时没忍住打了个哈欠："不然呢，你说什么太早了？"

"啊，"喻司亭接道，"我的意思是这片楼盘过几年还会开二期。"

"嗯，"初澄轻声说，"我也就是随口一提。"

周五的另类团建之后，迎来了难得的周末。在新到来的日子里，一向视睡懒觉为假期任务的初澄，却没能像想象中那样睡得好。"呕——"天还没亮，运城家园某户的卫生间内传出接连的干呕声。

初澄抱着马桶喘息半分钟后，爬起来按下冲水键，虽然他什么都没吐出来。他走到客厅喝了口水，然后疲惫地栽倒在沙发上。大概是不久前喝了酒的缘故，他的上腹部此时被胀痛的不适感充斥，而且有逐渐加剧之势。

在长达半个多小时的心理斗争后，初老师不得不选择面对现实。他摸出手机，半睁着一只眼，打开了亭州医大的智慧医院小程序，在上面挂了个消化内科的预约号，然后摸索着倒回床上等待天亮。

几乎是同时，繁天景苑平层区的某一栋中响起更为激烈的呕吐声。

鹿言已经吐到没有半点儿力气，整个人跪趴在茶几前的地毯上，虚弱地吐出一个音节："jiu……"

"你是叫我还是叫救护车？"喻司亭的脸上冷得几乎没有表情，只有眉宇间染着几分难掩的忧虑。

"叫你。"鹿言的嗓子呕得发哑，艰难地几字一顿，"我是个病号，你能不能，对我，有点儿耐心？"

喻司亭居高临下看着他狼狈的模样，平静地哼了声："我说没说过，我不在家的时候，你别给我乱吃东西？"

鹿言没耐心地连扯了许多张纸巾，边擦拭自己的嘴角，边控诉他："喻大少，我已经够难受了，你这人怎么……"

"忍着。"喻司亭刚要开口说别的，掌心握着的手机响起来，他只能把已到嘴边的话咽回去，先接听电话，"张院长您好，不好意思这么晚打扰……对，他现在不发烧，只是腹痛，吐得也比较厉害，其他症状和之前那次完全一样。"

一旁的鹿言本就痛苦又烦躁，再被舅舅凶两句，更觉得委屈，索性也不顾及形象了，横倒到地毯上："忍不了，啊，我太难受了，呕——"

"是，他的确又乱吃东西了，怪我没看住。那您看我是现在带他去挂夜间急诊，还是说可以等到天亮？"喻司亭说到一半时把电话稍稍拿开，沉声要求："闭嘴，我听不见了……哦，您说。"

"……"鹿言见他是真的生气，也不敢太放肆，只好收敛起自己的情绪。

片刻后，喻司亭挂断电话，冷眼看向一边呕吐一边大喘气的外甥："起来吧，我不骂你。"

鹿言的目的已经达到，稍缓和后乖巧地爬到沙发上去，把在雷区"蹦迪"的分寸拿捏得淋漓尽致。

大半夜被这小子压着脾气折腾，喻司亭又气又笑，用掌心抹掉他额头的冷汗，叹了口气："坚持一下，医生说了没那么严重。大半夜的，再闹就把你撒泼的样子录下来发班级群里了。"

"发吧，到时候我让你在教育界名誉扫地。"鹿言已经完全没力气，闭上眼俯趴着，静静休息。

周末的公立医院注定人流拥挤，而且效率较工作日明显更低。

睡醒后的初澄没有吃饭，早早地过来排了队，独自做完一系列检查后已是将近中午。和预想中的分毫不差，经历医生的详细问诊后，他果然被开出了一张胃镜检查单。

趁着医院午休，初澄去取了各种药和体检结果，剩余的时间就都坐在内窥镜的等候区做心理建设。他打开百度，搜索了胃镜检查的一系列流程，仍感觉不安，紧张得来回走动。

"初老师。"

一声没有料到的呼唤让初澄背后一凉。他以为是检查室里的医生在叫自己，慌忙抬头，看见的却是喻司亭的身影。

也是，医生叫不出这个称谓。

"喻老师，你怎么会来这儿？"初澄觉得自己的血液温度慢慢回升，焦虑的状态也缓解了些。

"鹿言肠胃炎犯了，在楼下打点滴。我上来给他拿病历。"喻司亭答话时，注意到他手里拿着的检查单，又看了看身后内窥镜室的牌子，不确定道，"你要做胃镜吗？"

初澄点头。

喻司亭看了看四周："一个人来的，怎么没叫朋友陪着？"

"普通胃镜，做完可以自己走出来的那种。"初澄虽说得轻松，指尖却不自觉地捏了捏手中的单据。

喻司亭察觉到他可能是在害怕，疑惑道："怎么不做无痛的啊？"

初澄坦白："全麻需要家属签字嘛。还不知道是什么情况，我不想让他们提前跟着担心。"

就在两人谈话间，科室外的显示屏一闪，初澄的名字排在了下午检查的首位。一名端着记录板的蓝衣护士迎面走过来，向患者交代等会儿检查过程中可能会出现的不适反应。

喻司亭看着身旁人依旧紧张的样子，主动询问："需要我在外面等你吗？"

"不用了。"初澄听说鹿言也生病了，不想太麻烦喻老师。

"确定？"喻司亭再次问。

初澄肯定地点点头，活跃气氛式地同他开玩笑："嗯，万一我下次要做无痛的，再请喻老师来陪同。毕竟麻醉后没有意识，到时候麻烦你帮忙提个裤子。同事一场，别让我太难看。"

"初老师，"喻司亭道，"胃镜管是从嘴里进入的，你不用脱裤子。"

内窥镜室的工作状态指示灯变为绿色。

初澄穿好鞋子下了诊疗床，靠在通风的窗口处停留了二三十分钟才慢慢压下做普通胃镜带来的种种不适。因为生理反应，他的眼角布着一圈湿亮的淡红色，白净修长的手指紧紧攥着窗台的一个角。

"你还好吗？"护士见他迟迟没有离开，温柔地上前询问，顺带递来几张纸巾。

"好多了……"初澄开口说话时，喉咙口依旧有些明显的恶心感，需要不断地做深呼吸来缓和。

广播提示音响起："请C025号初澄到徐洁医生的4号诊室取检查结果。"

"好，那你再缓会儿，检查后两个小时左右可以吃点儿软烂易消化的食物。如果你感觉有不舒服，就再过来。"大约是觉得面前的患者看起来过于年轻，护士热心告知，"医生面谈室和这里是连通的，不用出门，直行左转就到了。"

初澄："谢谢。"

护士回了句"不客气"。

"当当——"初澄走到长廊尽头，礼貌地叩两下门板后，自行推开门进去。

面谈室内窄长的桌子后坐着一位五十岁上下的女医生。她抬起戴着口罩的脸孔，瞧了一眼："初澄对吧？"

"是，您好。"初澄在她身前的圆凳上坐好，"请问，我的检查结果有什么问题吗？"

"嗯……"医生看向桌上的电脑屏幕，稍沉吟了下。

初澄的心跟着紧张起来。

果然，下一秒对方指向内窥镜检查报告的图像，开口道："你的胃里长了个东西。看，在这个位置。不是普通的息肉，从片子就能看出来，它的直径不算很小。"

初澄愣了愣，但保持语气平稳："是……肿瘤吗？"

"目前来看，是的。"医生点了点头，"但具体属于什么性质，还需要通过活检做进一步的病理分析才能判断。"

"它会是良性的吗？"短短一句听不出太明显的情绪起伏，但初澄把摆在桌下的手交扣在了一起。

医生能看出他的紧张，缓解气氛式地笑笑，言语里依然带着专业性与严谨性："根据临床经验，它不会是恶性的。但作为医生，我也不能向你保证它没有一丝一毫癌变的可能。"

初澄沉默着。

医生继续道："你不要听名字就觉得害怕，其实肠胃类息肉和增生算是人体，尤其是男性中比较高发的疾病。只不过你现在这个年纪……的确有点儿年轻化。"

初澄濡了濡唇："那，这类情况是否会有明确的病因？"

"造成的因素有很多，最主要的是看个人的体质。一部分患者是家族遗传性的，还有就是平时的饮食起居习惯影响，形成慢性胃炎，损伤了胃黏膜之类的。"医生仔细地看了看初澄道，"我都不用问，你这个憔悴的气色必然是熬了大夜。"

初澄尴尬地抿了抿唇线："昨晚是不舒服，没睡好。那按照目前的情况，我下一步应该做些什么？"

"等病理报告出来之后，我们肯定是建议尽快约个时间进行手术的，毕竟会有腹胀、恶心的症状，留着它只会是个潜在危险。但根据不同的情况，比如像胃腺瘤或者平滑肌瘤之类，采用的方案是不同的。"医生又看了看报告单，"你这个大概率还是会用胃镜微创。到时候叫家属一起过来，可以做个静脉麻醉无痛摘除，就不会像今天这样难受了。你年纪轻，恢复能力应该很好，大概观察一个星期就能活蹦乱跳地出院了。"

初澄大致听明白了，深吸了一口气："谢谢医生。我再考虑一下，先等结果出来再做决定。"

"好，那你稍等，我把这份报告打出来给你，再送个检测。手机缴费就行，7个工作日后在B座9楼病理科取结果。"医生边说，边在电脑上进行了一系列的操作。

一个多小时后，初澄夹着个明黄色的档案袋走出病理科。他慢慢地沿着长廊走，自行翻看报告单，忽然听到一声有气无力的呼喊。

"初老师。"

初澄抬头，看到熟悉的少年披着外套坐在等候椅上，在他旁边是闭目养神的喻老师。

"出来了啊。"听到鹿言叫人，喻司亭睁开眼。虽然他昨夜休息得不好，一双黑眸仍然漆亮如墨、深邃异常。

初澄诧异地看了看腕表时间，自己至少已经进去两三个小时了，他居然真的没走。

"在等我？"

喻司亭："嗯。"

"老师，我也刚打完吊瓶。"脸色泛白的鹿言在旁笑了笑。他从昨天吐到现在，几乎把他胃里都腾空了，声音也显得虚弱无力。

初澄说："那还不赶紧回去休息。"

"做胃镜肯定也是空腹。我要带他去吃点东西，一起去吗？"喻司亭问。

"我没什么胃口。"初澄刚被探头折磨得难受，实在不想吃东西，即便他已经快20个小时没进食了。

"走吧。"喻司亭直接站起身，笔直俊健的身影在一众患者背景中尤为出挑，沉声接道，"总不吃饭也不行啊。"

鹿言穿好外套，也邀请道："走吧，初老师，看在我和我舅一直等你的分儿上。"

初澄不好再拒绝，只好迈步跟上。

喻司亭选的餐厅是医院附近的晚茶。这会儿不是正经的餐时，店内的客人不多。

负责接待的服务生热情上前："欢迎光临，请问几位客人？"

喻司亭："三位。"

"那坐在二楼散台可以吗？"服务生见他点头，引领着他们走上电梯，"请跟我来这边。"

晚茶餐厅大多是慢节奏氛围。二层的客区无窗，唯一的照明光源就是天花板的几排暖光灯，橘色布景显得温馨宜人。一辆餐车被服务生推着经过，上面摆着满满的蒸屉，刚做出来的各种粤式小吃都冒着热气。

鹿言一副仔细挑选的样子。喻司亭和初澄都不会和孩子抢，便在一旁聊起了天。

"检查结果怎么样？"喻司亭端坐在桌对面询问。

初澄用湿巾擦了擦手，如实相告："说是在胃里面长了个东西。病理结果还没出，不过最后都是要做切除的。"

喻司亭一脸严峻地说："严重吗？准备什么时候做手术？"

初澄摇摇头："还没想好，怎么也要等学校放假吧。"

"你别拖着。"对方的语气带着劝诫意味，"班里的事情再多也重要不过身体。"

初澄说："不用的，不是那么急的病。"他向来是能看得开的性格，从不钻牛角尖，也不会把自己置于无用的自我消耗之中。刚刚在医院时，他也只是短暂地因为事发突然而怔了神，此刻已完全放松下来，甚至能够回以轻松的微笑。

"有什么需要帮忙的就告诉我。"喻司亭感受到了对方的心态，没再多言。

另一边，鹿言依然拄着下巴面对着餐车，却沉默不语。服务生有些尴尬地站着等。

喻司亭稍蹙眉头："你还没选好吗？"

鹿言没什么食欲，懒懒道："我不知道吃什么……"

"这里有鲍鱼滑鸡、豆豉蒸凤爪、蟹粉小笼、黑松露叉烧包、粉蒸排骨、糖醋肉、青柠鲈鱼……"服务生见客人犹豫不决，干脆做起了菜品介绍。

没等她报完菜名，鹿言的喉咙一阵难受，忽然偏过身干呕一声："呕——"

喻司亭手疾眼快，精准地用自己的手掌捂住了他的嘴巴："控制一下，不要恶心别人。"

"唔。"鹿言深吸一口气缓住。

"给他来一碗八宝粥，一屉青瓜虾饺，随便两份口味淡些的小菜就行了。"喻司亭实在看不下去，随手拿起菜单瞥几眼，替他做了决定。

服务生迅速记下，转向另一边："那位先生呢？"

初澄的视线落在餐车上。即便那些晚茶样式五花八门，却丝毫无法引起他的口腹之欲。

桌位间寂静了几秒钟。喻司亭只好再次开口："他也一样。"

"好的，几位有需要再叫我。"服务生终于完成了本桌的点餐任务，长舒一口气，拿上菜单推着餐车走开。

"嗡——"初澄正想说些什么，忽然看到喻司亭摆在桌上的手机亮起了，来电显示——喻总。他实在有些好奇这个备注，但并没有直接开口问，而是笑着示意对方先接。

喻司亭拿起手机按下接听，凑到颊边，淡淡地吐了三个字："什么事？"

电话另一端的人是位女性，声音沉着冷静，还自带着指点江山的霸气："听着情绪不高啊，又折腾了一夜没睡？"

"你儿子，满地打滚。"

难得听到喻老师如此疲惫的语气，对方毫不掩饰地笑起来："打不过你就加入呗。"

喻司亭脸色冷漠，嚅唇反问："好笑吗？"

"好好好。"喻总也大抵了解鹿言的"磨舅"能力，明显察觉到弟弟的耐心所剩不多，恢复正色道，"这样吧，你今晚再观察一下。如果他的情况还是很严重的话，我就派人去接他回来，免得分心照顾孩子影响你工作。"

鹿言与舅舅坐得近，隐约听出电话里是自己亲妈的声音，歪着身子悄悄贴近，分出一只耳朵去偷听。但他忘记了自己这会儿的虚弱状态，胳膊无力，突然间身形没稳住，斜斜地撞在了那人的肩膀上。

"哎，倒了倒了——"

喻司亭单手撑住外甥，嫌弃地朝外一推："坐到对面去。"

刚好，服务生端着托盘过来，把两份清淡的餐食送了上来。

喻司亭顺势补充三个字："都吃完。"

"噢。"鹿言揉了揉撞疼的腮边，把自己的粥碗挪到了初澄面前。

喻司亭没理会他，镇定自若地继续讲电话："不用，马上就要期中考试了。现在班里的老师忙的忙、病的病，还有没出新婚蜜月期的，我没办法麻烦人家给他补缺课内容。"

"行吧。"提议被否决，大姐只能再改换办法，"那这阵子我让家里的营养师阿姨过去，到你那儿给小言准备三餐，再炖点汤养养胃。这样你也省心些。"

"你看着安排吧。"喻司亭又耐着性子听喻总嘱咐了几句，然后挂断了通话。

直到放下手机，他才注意到对面位置上的一对"病中难友"。鹿言和初澄并排坐在椅子上喝粥。两人放着满桌的小菜不吃，偏要平分一只虾饺，并且发出了相同的诉求。

初澄："我吃皮，你吃馅。"

鹿言："你吃馅，我吃皮。"

"耍赖是不是？刚才那只就是我吃的。"初澄看向身旁的少年，在平分任务目标这件事上，丝毫没有因为对方年纪小而让他分毫。

喻司亭心情复杂地扯了扯嘴角。让他们俩有个正常的生活方式怎么就这么费劲！

第四课

人情 VS 真心

十一月的天气逐渐凉起来。学校的老师们经历了期中考试和学期内的阶段总结，工作仍繁忙如旧。

某个晴日的下午，初澄倚靠在校门。

一位穿着黄衣的外卖小哥拎着一个纸袋紧赶慢赶地跑到他身边："是初先生吗？实在不好意思，路上车子没电了。"

"没关系。"初澄接过咖啡，确认是自己点的薄荷拿铁，道了声谢后转身进教学楼。

他径直登上楼梯，走进会议室。其他班级的主副班都已经坐好了，整个会议室乍看上去满满当当。初澄搜寻一会儿，才在后排看到喻司亭的身影。在他身边也果然有留给自己的座位。初澄走过去坐下。

喻司亭的语气很淡："又喝咖啡。"

"实在顶不住了。再不来一杯，一会儿领导讲话我肯定要睡着。"初澄刚才上楼上得急，一口气爬好几层，说话时有些气喘吁吁。

喻司亭说："为了在会前喝口咖啡，累成这样。怎么不让学生去取？"

初澄瞥了眼台上，见教务主任正在整理稿子。他趁机喝一口咖啡，含混道："上场会才说过，老师不准指派学生去给自己拿快递和外卖。"

喻司亭偏头看来，反问："你的'好大儿'也不行？"

之前随口说的一句话被他拿来用，惹得初澄笑笑："'好大儿'还病着呢。

不过最近两天看他的状态好多了，之前在考场上都是趴着做题的。"

"嗯，他这次考得确实不好，甚至数学试卷最后的两道大题都写错了位置。"

初澄："那也太可惜了，一下子丢掉二十多分。"

"也不算。"喻司亭对鹿言的标准一向严格，"本来就做得一塌糊涂。"

"生病嘛，可以谅解。"初澄又喝了两口咖啡。

喻司亭听着耳畔吮吸咖啡的声响，忽然道："对了，我一直忘记问你，结果出来了吗？"

"应该出了，我刚刚看见教研群里在发消息。"初澄打开校园管家程序，查看期中考试成绩分析。

喻司亭纠正道："我是问你的检查结果。"

"啊……"初澄没想到话题会转移得这么快，稍顿了一下才答，"医生说，应该是良性。"

"那手术安排呢？"

"暂时还没定。因为手术后要卧床休息几天，我想拖到元旦或者是寒假。医生也说可以，半年之内什么时候切除不会有太大差别。"

喻司亭点头："时间定下来的话，记得告诉我。"

"嗯。"初澄一笑，"放心，不会影响班里的事情。"

"吱——"讲台上的麦克风传来略刺耳的一声嗡鸣。终于整理好思路的教务领导拍了拍麦头："请各位老师安静一下，我们的会议马上开始。"

喻司亭看着认真听讲的身侧人，也没有再继续说下去。

每次期中考试后的会议内容都相差不多：成绩分析、学生奖状领取，还有阶段性的教学质量检查。会议持续将近一个半小时才结束。散场前，各班老师领回了自己班级学生的证书和奖品。

"教尖子班带来的成就感的确不一样，成绩优异的奖状都有这么多。"回班级的路上，初澄捏着厚厚一沓奖状感慨。

喻司亭只是瞄来一眼，捧着相当沉的一摞奖品跟在后面走。

"我过于少见多怪了，是不是？"初澄不好意思地笑笑。从小到大，他拿过的奖状无数，都没有放在心上，看见自己的学生受嘉奖，那种高兴却是发自内心的。

初澄一边掏出手机拍照留念，一边询问喻老师："等会儿能让我发给他们吗？"

喻司亭不假思索道："班会都可以让你主持。"

初澄摇头笑："那就不了，我不能越俎代庖，做个走过场的礼仪先生就行。"而且控制流程什么的怪麻烦的，辛苦活儿还是留给班主任吧。

从会议室回班级没几步路，两人随便聊几句就到了。

这会儿正是晚饭前的最后一堂自习课。大部分学生都在自己座位上安静地写作业，见两人捧着一大堆东西进门，猜测是要举行颁奖小典礼，立即都放下手头的事情，围绕考试成绩谈论起来。虽然只是班级内的活动，但仪式感不能少。颁奖开始前，初澄拿起粉笔，在黑板上写下几个营造氛围的花体字。

"确定不来？"喻司亭朝他晃了晃获奖名单。

初澄把麦克风递到他手里道："喻老师请。"

喻司亭没再拖延，站上讲台做了个简单的开场白："首先恭喜大家在刚结束的期中考试又获得了好成绩，我们班的各科目平均成绩排名除了语文，仍然都位居第一。"猝不及防的"恶毒"发言在初澄心里留下一记暴击。

喻司亭没停顿地接下去："但我们的语文成绩也有了明显进步。而且在本次考试中，三个单科目的年级最高分依然在我们班。下面被叫到名字的同学上来领奖。"

"语文之星，韩芮；英语之星，徐婉婉；数学之星……"喻司亭在这里卖了个关子。

学生们纷纷预测："鹿言呗。"毕竟在此之前，语数外三巨头都是雷打不动的。

喻司亭却公布道："穆一洋。"

"啊？是我啊？"就连穆一洋本人也没有料想到，刚目送同桌上台，现在竟然轮到自己。

穆一洋明显地怔了一下，然后突然气势十足地站起身，因为腿脚仍然不便，朝着前排喊一声："小李子，扶朕登基。"

李晟反应得很快，立刻笑撑："滚，太监才扶你呢。"

"我给你露脸的机会，怎么不知道珍惜呢。"穆一洋只好自己挪着脚步慢吞吞地走，路过鹿言身边还不忘"拉一波仇恨"："承让，承让啊。"

喻司亭对这小子话多的毛病有点不耐烦，催促着："你快点，等会儿给你机会发表获奖感言。"

穆一洋："来了来了。"

等这三个学生站好，初澄依次把奖状发给他们。

"恭喜韩芮，语文单科年级第一名。虽然和我的关系不大，但我还是像老父亲一样开心。"

韩芮："怎么会没关系？初老师对我的帮助非常大。"

"恭喜徐婉婉，英语单科五连冠。"

徐婉婉："谢谢老师。"

"恭喜穆一洋，数学单科年级第一。"

穆一洋："感谢长腿欧巴为我颁奖。"

初澄开玩笑式地把麦克风递到他嘴边："会说多说，我爱听。"

"行。"

没想到穆一洋竟欣然接受，他接过话筒，直接在讲台上发言："那就从我开始发表感言，首先感谢大哥，感谢初老师，感谢世界上每一个支持我的人。最主要的是要感谢鹿言……"

"他是真的能说。"耳畔滔滔不绝的声音，让初澄实在后悔刚才的举动，站回喻老师身边，低声和他说话，"不过穆一洋的状态真的恢复得好快。"前阵子初澄还经常在朋友圈刷到他种种矫情文案，有些担心。

喻司亭却并不意外："穆一洋在初中就是学校的尖子生，进过竞赛班，数理科底子非常好，而且家长很重视对他的教育。只要他没有新的追求目标，不再把心思放在别的地方，在成绩上是完全不需要担心的。"

"哎，聪明的孩子，总是会被上帝关上一扇窗啊。"初澄笑言。他偏头看了下学生，趁着他们等候发言的间隙，翻出手机点开了订餐软件。

"晚饭又是外卖？"喻司亭无意瞥到他的手机屏幕，语气沉沉地发问。

"不是……氛围这么好，又是自习课，我想请大家喝点东西。"

初澄正翻动着各种饮品店的团餐，耳边忽然传来淡淡的三个字："点过了。"

初澄一怔："啊？你怎么什么事都能想到我前面？"

"我也是刚才开会的时候看你喝才有灵感。"喻老师见副班的表情不大高兴，补充一句，"算你想到的还不行？"

初澄撇了撇嘴巴："我才不占别人的功劳。"

喻司亭扬扬唇角，没搭茬儿，等着三个学生各自说完，继续颁奖流程："下面公布进步奖，请校排名次有明显提升的同学上台，方涵之、蒋叶、商美琪、蓝泽宇、张筱、吴雨晴。

"除了刚才进步特别大的同学，还有一些人在连续一年的所有考试中从未退步，且一直保持稳定上升。请获得潜力奖的同学上台，季雅楠、李晟……

"下面请年级排名前20的获得优秀奖的同学上台……"

每次喻老师公布名单之后，初澄就负责颁发奖状和奖品，这个班内小仪式有条不紊地进行着。

喻司亭把名单翻到最后，开口道："最后一个奖项，获得期中考试总分学校排名第一的……"

"咳咳，终于到我了？"

"要不要脸？你数学都不及格还敢争全校第一！"

"我奉劝各位，不要觊觎不属于自己的东西。"

教室里的许多位置都传出假咳声，不少同学故意站起来做领奖准备。唯独最后一排的鹿言情绪不高。

喻司亭恰好点出他的名字："鹿言。"

鹿班长半梦半醒地从桌上抬起头，活动两下被压麻的胳膊，拖着长腿走出座位。他接下副班手里的奖状时，鞠了一躬，低声道："谢谢。"

初澄照常把话筒递过去："有什么想说的吗？"

"啊……"鹿言的表情极为淡然，近日来肠胃炎呕吐加感冒，嗓子还有点嘶哑，举起麦克风后音量依然很低，"我刚才听到有谁叫我的名字了，不回答的话好像不太礼貌，但我又不知道说什么，那讲点事实吧。穆一洋，拿好你本学期有且仅有的一张奖状，然后好好记住登台领奖的感觉。不出意外的话，复读之前，你上不来了。"他的声线温和，几乎没有发出太重的音节，却让台下的同学们疯狂喊叫。

"哈哈哈哈哈，我'鹿神'放狠话都那么斯文。"

"啊——上头了。好看，爱看，求你俩快打！"

"班长你真的，带病散发魅力，我哭死。"

趁着班级的气氛高潮，喻司亭为班会收尾："很高兴看到大家这么好的状态，期望我们7班在下次考试里再创佳绩。然后生活委员带三个人下去拿外卖，初老师请大家喝果汁。"

"哇——"

"谢谢初老师！"

怎么成我请的了？初澄一怔，却见喻司亭已经走下讲台，没有给他解释的机会，只好作罢。他独身立在高处，能将台下学生们的欢乐状态一览无余。这些孩子真是性格各异，初澄觉得每一个都那么可爱，只要看到他们的笑脸，就情不自禁地想要跟着一起开心。

主持过颁奖班会，下午班主任会议上的内容也只是完成了一半。今日放学前，老师们还有另外一项重要工作——作业质量检查。

十中作为亭州的老牌重点中学，会有一些传承下来的特制制度和教学惯例。课堂学案抽查就是其中之一，作为督促学生提高课上听讲质量的手段。教务处会不定期要求各班级上交学生们在课堂上使用的全部学案、练习册和笔记，然后以抽签的方式，进行两两互查。检查结果按排名纳入月度考察，并且在年级公示。

"字帖是我们班单独买的，不用查。你把学校统一发的那本学案习题给我。"

"哪位同学的化学练习册没有交？我数着还差四本。"

"刚放在讲台上的英语笔记是谁的？没写名字啊。"

晚自习刚刚开始，各科目的课代表就游走在座位之间，收集等待被检查的资料。

"行了，交个练习册也那么多话，交完就写自己的作业，别东张西望。"喻司亭站在教室前排维持秩序。

"当当——"教室玻璃发出被敲击的轻响。喻司亭回头，看到门外5班的班主任胡老师正在朝他招手，便走出去查看。

小个子的女老师问："初老师在吗？"

喻司亭答道："他去检查学案了，有什么事吗？"

"我副班抽到的。"对方从口袋里摸出一张纸条，上面清楚地写着数字"7"，"好巧不巧，和你们班凑一起去了。"

"我们两个班级互查是吗？"喻司亭明白了她的意思。

所谓"凑一起"，是指两个负责人都是血气热的新老师。之前学校学案检查的时候有过类似例子，因为两位新老师都钻牛角尖，互相死盯着抬杠，结果闹得两个班级很不愉快。

"是，我有点儿担心他们……"胡老师尴尬地笑笑，"不知道需不需要提前打个预防针？"

"应该不用有这种忧虑。"喻司亭不疾不徐道，"初老师心里会有分寸的。"

胡老师稍稍放心："那就好。我回班了，不打扰你。"

喻司亭点点头，回到教室里嘱咐课代表们："把所有科目都收齐后，送去教务处旁边的会议厅，交给5班的林祁老师。"

"好。"几个学生各自数清书本数目，抱着厚重的书册送往指定地点。

小会议室中，初澄正坐在窗边随手翻看高二（5）班的语文笔记。他边查边感慨："不得不说，这帮孩子的字迹的确要比7班好太多，至少干净工整、横平竖直。"

"哟，你也在啊，被你们班大哥派出来干苦力了？"周瑾进门，在众多老师的身影中发现了初澄。

初澄答："我自告奋勇来的，在教室里待着太困了。下午喝的咖啡根本没起作用。"

"你喝水似的喝咖啡，早就该是重度免疫者了。"周瑾不以为意，在几排摆满练习册的桌子上环视一周，"我把你们班的化学查了啊，完成今日任务我就要下班了。"

初澄认真看着学案没答话。

周瑾随手摸了根红笔，坐在一边批阅起来。他一边干活儿，一边压低声音碎碎地念着："有什么好检查的？说到底被考核的还是老师。就5班的那群狼崽子，你甭管那些题我是讲过5遍还是8遍，有没有把解题步骤完完整整地抄在黑板上，他们练习册上该错还是错。还互查纠漏，这不就是怂恿老师间互相伤害吗？"

"大致看看有没有太过分的呗。有的话说明该生近阶段学习状态差，定期检查他们的作业本多少还是会有点用处的。"在周瑾言语间，初澄手下已经过了十来本笔记，"别说是学生，我自己的教案都有可能出现笔误。"

大约20分钟后，周瑾扣上红笔盖，随手拿了张名单，边记录边知会："你们班的化学作业没有什么大问题，个别学生是态度不认真，听课的时候明显走神，错题改都没改。我把他们的名字标注出来了。"

"看得我眼皮直打架。"初澄也差不多检查完了5班同学的语文资料。大体上来说都还过得去眼，没有抓典型的必要。他也就没有单独做记录。

"我再去隔壁看看9班的，你加油。"周瑾在反馈单的右下角写上自己的名字，然后站起身。

初澄懒怠地应了声，正准备换点催眠功效不那么强的内容，活动肩膀时无意间瞥到了后排的林祁。在他手边，7班的英语学案已经被分成了数目完全不平均的两摞。其中一份只有薄薄的一沓，看起来并无变化；而另一份摞得老高，每本都翻开平摊着，而且有被折叠内页的痕迹。

这一摞不会都是有问题的吧？

"林老师，"初澄看着同事的架势，实在没忍住上去问了嘴，"作业问题很严重吗？"

"啊，是有点儿。"林祁扶了扶眼镜框，抬起头解答，"应该是英语的科目特点吧，容易出现笔误。"

初澄从中随机拿了一本翻开，在扉页上竟然看到"徐婉婉"三个字，诧异道："这也是不合格的？"她可刚拿了英语单科全校第一的奖状。

"我看一下。"林老师接过练习册翻到折页处，徐徐解释，"噢，这里的单词拼写最后少了个字母，我不确定是不是单纯笔误，所以画了出来。如果是她一直都记错了就不好了。"

"……"初澄的话卡在喉咙间，虽然觉得过于严格，但这件事本身好像又无可厚非，反倒是自己显得草率。他稍怔了片刻，默默地退回到了靠窗的位置。

9点过半，距离学生下晚自习只有20分钟。周瑾虽然一直念叨着下班，到了这个时间，却还在学校走廊里。

"怎么还没走？"初澄结束了其他工作，正要回班级。

"楠楠在你班做晚辅导呢，不然我站这儿干什么？"周瑾低头摆弄着手机，漫不经心地答。忽然他好像看见了什么让人震惊的内容，轻喊了声："天啊……在我走后你们批改作业时发生了什么？"

初澄闻声，也摸出手机查看群消息。

二年（15）班优秀率 96%

二年（4）班优秀率 95%

二年（11）班优秀率 94%

二年（18）班优秀率 94%

二年（2）班优秀率 92%

二年（17）班优秀率 89%

……

二年（7）班优秀率 42%

二年（5）班优秀率 39%

在几分钟前刚刚公示出来的学案检查结果中，其他班级都只是象征性地标注一些小问题，优秀率高达 85% 至 95%，而挂在末尾的两个班级数据尤其醒目。

走廊里恰好响起脚步声，另外一位当事人林祁也途经这里，而且边走边看着手机。此时此刻，他和某初姓老师的会面显得又滑稽又尴尬。

周瑾笑得不行："不是，你俩有仇啊？"

初澄率先控诉一句："他先动手的。"

"我最开始真不知道反馈单要交给教务处，就想着反正都检查了，随手标记一下姓名和页码，回头学生改起来也方便……"林祁急着开口解释。

"那你怎么回事啊？"周瑾转向初澄，"我走的时候你都困成那样了，还有精力返工重查？"

初澄动了动嘴唇："你有没有听过一句话，叫'中学老师一生要强'？"

周瑾的脸都笑开了花，他抬手抓了把自己的头发，说道："我老婆心大，挂在倒数名次也无所谓了。但问题是，这个结果，你们班大哥能接受吗？"

在 7 班的备注名单上，单单是英语科作业存在问题的学生就被列出了二十个之多。

林祁实在无他法，只好道："……要不然，我去和喻老师解释一下？"

"算了吧，都已经这样了。"初澄从语气就能判断出对方有强烈的抵触心理，没有再难为他，叹道，"我先进去了。"

初老师回到班级时，喻司亭正伏在后排的办公桌前写教案。

"为了应付学校检查忙一整个晚自习，你也不嫌累。"听到开门声，对方抬头瞥来一眼，"查完了？"

"嗯。"初澄答话时，注意到喻老师的手机正在窗台边充电。他应该还没有看过群消息。

可不巧，就在下一秒，那人开口问了句："结果怎么样？"

"你还是自己看吧。"初澄实在有些忐忑。

喻司亭稍顿，回身拔下手机，滑动屏幕翻找。几秒后，他的眉头微蹙起来。

"你这是……和 5 班互殴了？"

初澄原本还要解释，转念竟觉得"互殴"这个词无比贴切，只好答了个"嗯"字。

出乎意料的是，喻司亭无所谓地把手机放到桌面上，淡然地反问："我们倒数第二，他们倒数第一。都打赢了，怎么还一脸颓废呢？"

初澄低声自语："怎么说也太难看了。"

"两军对垒，哪儿还能没有点儿战损呀。"喻司亭笑起来时京腔尾音摇曳，蜷起修长的手指敲了敲备注名单，"被查出英语作业不合格的，一人罚两张试卷。初老师，去给这几个下'阵亡通知书'吧。"

初澄："……"

班主任说完又重新低下头去写教案，就好像什么都没有发生过。

初澄却一时回不过神来。虽然知道这家伙又在毒舌，但莫名有点被撑腰的感觉，是怎么回事？

上午的语文组办公室空荡、寂静。

预备铃声响起。一位同事抱着教材起身，回身看见初澄还拿着手机坐在桌前，随口道："初老师，今天的课上完了啊？"

"嗯。"初澄抬起头微笑回应，目送着同事走出去，又重新看向手机。在他的微信聊天界面里，对话框另一端是市医院肠胃科的乔医师。

乔医师：从12月初到年后，住院部那边的床位都会很紧张，所以我建议你在本月就确定好具体时间，这样才能提前预约上手术。

初澄：好的，我再考虑一下，尽快给您答复。

初澄回完消息想了想，又继续打字。

初澄：还有就是之前和您沟通过的那件事，如果做麻醉的时候直系亲属无法到场签字，我需要怎么做？

乔医师：可以由本人代签知情委托书，但手术全程必须有家属陪同。

初澄：好的，我了解了，麻烦您了。

乔医师：不客气。

初澄按下手机锁屏键，后仰着缩进办公椅，长叹一口气。

找谁来陪同呢？学校里肯定是找不到合适的了，大家都要上课。川哥也抽不出时间……思来想去，初澄还是给舅舅打去了电话。等待音响了两声后，电话被人接起，但听筒里传出的是一道清晰、知性的女声。

"您好，初先生。我是金董的私人助理。"

"啊，你好。"初澄稍顿一瞬后反应过来，"他在忙吗？"

助理十分礼貌地回复："是的，金董正在参加苏市的地产招标会。如果您现在有什么事情，我可以代为转达。"

"噢，那不用了……"

初澄刚想说没什么要紧的，助理再次开口："请稍等一下，金董出来了，我马上帮您把电话转交过去。"

大约两分钟后，电话那端传来一声低沉的"喂"。

初澄叫人："舅。"

"不容易啊。"金董笑着问，"怎么突然想起来给我打电话？遇到什么麻烦了？"

初澄不禁小声嘟囔："说得怎么好像我只在有事的时候才会找你。"

"不然呢？"金董的反问理所当然，"我现在挺忙的，别绕圈子赶紧说。"

初澄"噢"了声："那我长话短说。这事儿可能会造成你的情绪波动，但你先别急。"

打完预防针，初澄从耳边移开手机，点开相册，把自己的病历照片发给他。发送成功后，手机另一端的人没了声音，大概是去查看图文消息了。

初澄也不管舅舅能不能听清楚，直接一口气解释完全部情况："你看一下这个吧。反正就是我近期要去做胃镜手术，但没有家属陪同。所以，需要麻烦您在不惊动初先生和金女士的情况下，过来帮个忙。您应该会有空吧？"

听筒内沉寂几秒钟，而后忽地响起骂声："初澄，你的脑子有问题吗？这是我有没有空的事情?!你什么时候去做的检查？哪家医院啊？这么大的事也不说一声……"

纵然初澄有心理准备，可还是被震得耳朵发麻。他眯着眼睛把手机倒扣在桌面上半分钟，再拿起时，听到金董依旧没有唠叨完。

"还说什么不惊动，你家老爷子可就你这么一根独苗，万一出了丁点儿差错，我承担得起这个责任吗？"

初澄忍不住打断他："舅，我说了您别急嘛。这件事我一两句话也说不清楚。医生那边还在等着我定手术时间。您看，到底什么时候方便？"

舅舅依然觉得不妥："你这不是开玩笑吗？做手术是能不告诉家里就随便决定的事？回头被金教授知道，她会把我赶出家门的。"

初澄接道："但如果金教授知道这件事，老爷子也就知道了。他能不巴巴地赶过来吗？都六十多岁的人了。再说我这就是一个小手术，在门诊都能做。"

"不用说了，你是选择自己去坦白，还是让我来帮你打这个电话？"金董只给出了两个选择。

见对方不肯同意，初澄也只好放大招了："我哪个也不选。舅舅实在为难帮不了忙的话，我也没办法，大不了就不去市医院做了，随便找个街边挂牌子的赤脚诊所，应该不需要走太多程序吧？"

"你别给我乱来啊！"舅舅的声音骤然提高。

电话那边隐约传来："金董，这是新版的招标企划书，您先过个目？"

"等一下，我处理些私事。"

听起来此时异常忙碌的舅舅却还是对着手机发飙："初澄，你别给我太放肆，不要以为躲到个鸟不拉屎的地方就没人能管你了，等我稳住手上的项目立刻就过去。"

舅舅再次催促："你听到没有？给我回话。"

"噢。"初澄见目标达成，乖巧地应了声。

挂断电话后，他稍松了一口气，放下手机，翻开桌上的笔记本开始备课。在刚结束的期中考试中，虽然高二（7）班成绩傲人，但语文独一科的"拖后腿"现象，依然让初澄耿耿于怀。考试后的这几天里，他都在仔细翻看同学们的答题纸。大家的基础明显不扎实，甚至许多人做题时都是找不到重点地一通乱写。这些问题不是单单通过讲授新课就能解决的。既然在提升学生们的天赋上无能为力，那就只能提高其解题技巧和思维能力。

于是初澄特地向大哥要来了每天 20 分钟的晨考时间，专门用来练习现代文阅读。学生们终于不用再提心吊胆地做数学试卷，只需要看看文章、听听初老师的讲解，也都落得轻松。

初澄的备课笔记写了很久，中午时简单吃了两口盒饭，就趴在办公桌上睡着了，直到他被电话声吵醒。

"喂？您好。"初澄双眼惺忪，懒懒地接起电话。

"我已经在你们学校门口了。"舅舅熟悉的声音再次传出。

初澄的睡意全无，惊道："什么？"

"不是你让我来的吗？"舅舅也反问道。

这也太突然了吧？

初澄从桌面直起身，胡乱抓了两把蓬松的头发，回答说："我还以为您的项目至少要个把星期呢。"

"天气越来越冷，别往后拖了。做完手术不是有一阵子不能剧烈运动吗？冬天下了雪以后天寒地冻路又滑，我能放心你骑着辆破自行车上下班吗？你少让我操点儿心吧。"

"怎么又成破车了？那不是您送给我的吗？再说，我从来也没骑过它通勤。"

"你抓紧时间下来吧。我约了下午的专家号，带你去好好检查一下再安排手术的事情，也好放心。"

"太匆忙了，我还没请假，也没和其他老师商量调课。"在与舅舅一来一回的对话间，初澄披上衣服走出语文组，下楼去 7 班教室。

电话里舅舅的吐槽声还在继续："你每天就一节课，哪有那么费劲？"

初澄轻声辩解："我好歹也是个副班，总不能突然撂下学生不管，那班主任的工作没法做了。"

"噢……"金董听到这里若有所思，"就是之前徐川说的那个时不时挤对你两句的同事吧？再怎么忙，他还能阻止你请病假？你们老师一般不都喜欢按章程办事吗？你把他的联系方式发来。我去问问需不需我以教职工家长的身份，亲自上楼给你签假条？"

"你们到底在我身边安插多少眼线啊？金教授安排了周瑾还不够，你又和川哥联系上了。再说人家本来就嫌弃我是愣头儿青，最近同事关系好不容易缓和点儿，您就别给我添乱了。"

初澄错愕于对方的消息来源，但这会儿没时间计较，边推开班级前门，边说："您等着吧，我现在到教室了，嘱咐好学生就下去。"

初澄挂断电话，在班里环顾一周，却没瞧见喻司亭的身影，转向正在擦黑板的学生问："大哥呢？"

季雅楠说："今天周四，他应该是去竞赛班那边带培训了。"

"啊，对。"初澄一拍脑门，下一眼看见包括班长在内的一群学生正围在窗边，"他们干什么呢？"

季雅楠："看车。"

"什么车？"初澄好奇地凑过去。

高二年级的教学楼正对着一个宽阔的十字路口，视野相当开阔，刚好能看到对面街边停着辆黄牌的迈巴赫。

"这就是传说中的 62S 齐柏林吗？"

"车身这么长？我已经能想象到商界大佬坐在里面悠闲办公的画面了。"

"哎？我怎么感觉他要进学校来呢？"

学生们并排趴在窗台边讨论时，那辆迈巴赫忽然向前挪了几米。

"停了有一会儿了，应该是学生家长等着接人吧……哇，初老师吓我一跳。"鹿言的话还没说完，忽然发现身后多了个人。

初澄也盯着街对面的车，脸色还有些复杂。

"可我没听说过学校里谁有这样的家长啊。"大家仍然在继续讨论，还自然地问到了初澄，"初老师知道什么内部情况吗？"

"别看啦，英语老师都来了，抓紧回座位上课。"初澄语塞一瞬，而后回神，管控起纪律。

学生们磨蹭着："我们想看看他接谁嘛。"

初澄脱口而出："是来接我的，行了吧？快点儿坐下。"

"就看看嘛。"初副班过于随意的口吻没有让学生们放在心上，他们恋恋不舍地离开窗口位置。

"沈老师，"初澄回到讲台边，凑近着与沈楠楠讲话，"等下我要请假出去一趟。喻老师在忙，如果下课后他还没回来的话，麻烦你帮我盯一会儿班里。"

"没问题。"沈楠楠在高一时就做过7班的副班，对一应事情都很了解，便痛快地答应下来。

初澄非常了解舅舅的性格，他绝对做得出直接致电喻司亭那样的事，所以不敢多拖延，快速到教务处请了假，然后发微信过去。

初澄：金先生，我已经出门了，能麻烦司机把您的座驾开到不那么显眼的地方去吗？

半分钟后，停在街边的迈巴赫悄无声息地开走了。初澄在十中偏门外上车，刚坐稳就被人掐住了后脖颈。

"哎呀，舅……"初澄眼前一黑，下意识耸起肩膀躲避，却无济于事。他被一道相当强劲的手劲按贴在前排真皮座椅边。随即，一张轮廓硬朗、带有浓烈成熟气息的脸孔逼近过来。

"长本事了啊。威胁我？你进街边诊所一下试试？你看我不打断你的腿！"金董的岁数比金教授小整整一轮，身强力壮，骂起人来霸气十足。因为舅舅没有亲生子女，金家也无其他小辈，所以他对初澄自小宠溺至极，有求必应，即便教训也向来是只动口不动手。

初澄深谙于此，完全不害怕，斜眼笑着，露出洁白的牙齿："我随口一说而已，您怎么还急了！"

"还笑！知道我突然看见病历的时候有多担心你吗？"舅舅终究没舍得揍他，只解解气，便松开了手。

"那如果不去做检查，怎么会知道啊……刚拿到结果的时候，我自己也吓了一跳。"初澄小声辩解，说完还不太放心地询问，"您没告诉我妈吧？"

舅舅轻哼："我如果说了，现在这车里还有你坐着的地方吗？"

初澄向前探了探身，确认前排坐着的只是舅舅的司机和秘书，松了一口气。

司机看向后视镜，开口询问："先生，接下来我们去哪里？"

舅舅靠向皮椅："先去他家。"

初澄一惊："不是要去医院吗？去我家干吗？"

舅舅却道："你不收拾东西怎么办住院啊？"

初澄："但这周还不一定能排得上呢。"

"手术预约的事情用不着你操心。你只需要保持心情放松，配合医生就行了。"舅舅闭着眼睛，张口回复，"不让我去你家里？那我非要去，有什么见不得人的！指路，开车。"短短四个字的指令却吩咐了两个人。

初澄看着身边人开始养神休息，只好闭嘴，随他去了。

"看看你自己挑的地方，老破小就算了，还没有人收拾。"舅舅在房子里四处转悠。上午打电话的时候，他还在和各路强敌以亿为单位竞价地皮，到了下午，委身场合竟然缩水成了八十平方米的月租房。

"我平常也收拾的。"初澄温声辩解。

他这话说得不错。其实家里还算整洁干净，只不过局限在他日常活动的范围内，比如卧室、卫生间和餐桌。至于其他地方——他总是早出晚归没什么空闲时间——阳台上挂着一个星期前就晾干却还没来得及收的衣服；厨房的玻璃拉门有半个多月没打开过；客厅的手撕日历还停留在上个月月初。

初澄忙着烧水沏茶，却发现家里连半片茶叶都没有，只剩下一大盒黑咖啡，只好赔笑着问："要不，您来点速溶的？"

舅舅："……"

金董幼时，家中双亲都忙于创作，忙于研究，长姐如母，一手把他带大。金教授成家后，与初先生举案齐眉，锡婚之年才得一子。老两口自己节俭惯了，却舍得把钱花在孩子身上。

虽然金教授时常也嘱咐弟弟不要过于惯着初澄，但两家毕竟都家境殷实，这孩子从小到大就没缺过任何东西。大概正是因为这样，初澄对吃穿用度、金银钱财反而没有追求。在他的人生目标里，从来没有暴富，只有自在。

"别忙了，快去收拾东西吧，把之前的病历带上。"舅舅说。

初澄顿了顿动作："嗯……我得想想放在哪里了。"

舅舅见他对自己的身体都不上心，脸孔一板道："你最好快点找到。如果你不嫌难受的话，我就带你再重做一次检查。"

初澄没应声。从早上打电话开始，舅舅就表现得一直很嫌弃。初澄知道他是因为担心自己才气得不好好讲话，可还是有些不高兴。外甥眼底那一闪而过的情绪被金董捕捉到。

"不高兴啦？"舅舅等了片刻，不见人再有动作，只好缓和式地笑笑，"我也不是处处挑刺，质疑你的理想和生活，但你得学会好好照顾自己吧？不然也不用偷偷摸摸地来找我帮忙。"

初澄却毫不畏缩地抬起头："生老病死原本就是谁也逃不掉的东西。舅舅，我不告诉我爸妈是因为我不想让他们为我的身体担心，而不是不敢让他们了解我现在的生活。"

"好好好，我道歉。"金董见外甥如此认真，也乐意示弱，他真诚地举起手，细数自己说过的每一句话，"我不应该说你选择的城市鸟不拉屎离我远；不应该嘲笑你一天只有一节课还忙得团团转；不该说你喜欢的自行车破，骑车通勤太辛苦；不该抱怨你租的房子小，住着不舒服；不该嫌弃你只有速溶咖啡，又不健康又难喝……"

"好啦——"初澄实在无奈地拖长了声音，"你也不用全都重复一遍。"

"怪我年纪大了人啰唆，毕竟谁也不能陪你到最后，只有自己开心最重要。"金董忽然凑近了些，继续道："不过你刚才那句'生老病死谁也逃不掉'，说得特别好。等我死了的时候，裸捐之前一定会想着留笔钱给你，所以就算你以后后悔了也没关系。"

初澄连忙打住，不大高兴地说："舅，你才 40 多，瞎说什么呢?!"

"是你先说的啊。"金董满不在乎，"刚才我听到的时候，心里也像你现在这样不舒服。"

初澄："……"

舅舅终于不再计较，拉了一把外甥的胳膊："走吧，别浪费时间了。不知道在你自己的理想生活里，能不能做到像现在这样，让专家号都等着你。"

初澄又语塞了两秒钟，然后开口："舅，您知道您刚才把人惹急了又哄、哄好了再毒舌的样子特别像谁吗？"

"谁啊？"金董还真有些好奇。

初澄的唇角一扬："像别人的舅舅。"

"这孩子的话说得有意义吗？"金董纳闷地看向秘书。但很显然，对方也没听懂。

市院中各位医生的医术有口皆碑。初澄知道，对于要做胃镜手术这件事，再挂一百个专家号结果也不会有变化。但舅舅执意如此，他也只能配合。

按照医院规定，非紧急情况下，成功办理住院后 24 小时才可以安排手术，也就是周五下午。这样的话，他最快下周二就能正常起身活动了，也许会少耽误两天的课。所以初澄很爽快地答应了当天就做入院检查。舅舅当然猜不到一向随性的外甥会有这么高的工作热情，只顾着帮他办理相关手续。

因为时间太仓促，床位紧张，即便是金董也预约不到医院的特需单间。初澄自己抱着被褥走进房间。正对着门的床位有患者住，但人不在，听护士说是去做理疗了。初澄只能选择靠窗的床位。

他边动手整理床铺边询问："我今晚还能回家吧？"

"我刚才问过护士，晚上有查房。"金董抚平床单上的褶皱，搭边坐下，"你就老实地在这儿待着吧。手术前一天不能劳累，你也别想熬夜打游戏。"

"那我……"

金董压根没给他反驳的机会："你需要什么东西就说，秘书都会帮你准备好。"

"舅，您早上的项目谈妥了？地皮拿下了？这几天都没有其他事了？在我住院期间您不会要一直这样盯着我吧？"

初澄的问句一个个将情绪递进，最后实在有些崩溃。这和坐牢有什么区别啊？

金董却耐心地逐个回答他的问题："没谈妥，没拿下，有很多事，但你有其他陪床人选吗？"

好像没有。

初澄扁了扁嘴。他无可奈何，靠着床头玩手机，忽然响起一通微信语音电话——喻司亭打来的。初澄看向时间，不知不觉都已经这么晚了，刚才一通检查，都忘记了要给他打电话说明情况，连忙按下接通键。

"喻老师。"

"嗯。"喻司亭的声音磁性如旧，语调也比平日在班里时放得轻些，"怎么突然请假，胃又不舒服了？"

"不是，我已经在医院了。"初澄解释，"因为住院部床位的问题。医生说我的手术比较小，恢复期快，所以建议提早做了，免得到时候要等。"

喻老师的话音顿了顿："所以，你已经在准备手术了？"

初澄回答："是，明天上午做完麻醉评估，下午就排着了。我也希望能尽快做完，不然总觉得心里压着什么事情。"

电话另一端的人没说话。初澄感受到一些异样的气氛，以为是自己没提前打招呼让他不高兴，忙解释："呃，抱歉啊，决定得有点突然，但班里的事情都已经安排好了。今天我是上完课出来的，星期五我师父杨老师会帮忙代课讲之前的习题。这周末学校刚好放假。下个星期一……"

"初老师，"喻司亭忽然开口打断，"我前前后后一共问了好几次，你是真的全都没放在心上。"

"啊？"初澄的心里忐忑了一番，小心翼翼地问，"什么事啊？"

对方轻叹了一口气，无奈地说道："什么时间动手术，我明明让你记得告诉我的。"

初澄愣了愣，不知道该怎么回答。

喻司亭继续问："这次有人给你陪护了？"

初澄看了一眼正在旁边看时事新闻的人："嗯，我舅舅在。"

"好，那到时候我再去探望你吧。"喻司亭比刚才稍安心了一些。

"不用啦。"初澄下意识地婉拒好意，"这又不是什么大手术。我就是怕你们课多太忙，才谁都没说的。"

喻司亭却没管他的意见，态度坚定地说："既然周末学校放假，那我也放假的，早点歇着吧。"

"那好吧。"初澄挂断了电话，再次看向舅舅那张不苟言笑的脸。

眼里容不得沙子的"狱警"没送走，现在又招来一个。这下彻底坐牢了。他哪敢多呼吸一下啊？

手术前一晚注定是要失眠的，再加上病床不太舒服，入院的第一夜，初澄睡得很不好。第二天早上八点钟，他准时睁开了眼睛，这是平常学校上第一节课的时间。初澄下床洗漱，发现邻床空空的。昨夜，那个去做理疗的病友一去未归，大概是回家去住了。

早知道就不该信舅舅说的查房鬼话。现在倒好，还没等做手术，已经在病房里待腻了。十几分钟后，初澄顶着湿淋淋的头发从卫生间出来，看到房里已经多了道西装革履的背影。

"您来得可真早。"

对方回以玩笑："来晚了怕你跑掉。"

初澄用毛巾擦擦还挂着水珠的脸颊，颇为好笑道："舅，我又不是小孩子。"

"当当——"护士敲了敲门，看向床边的牌子喊了他的名字："初澄？"

"对。"

护士确认病人后走到窗台边，放下医疗处置盘，告知道："手术大概在下午一点半，等会儿麻醉师会来做术前的麻醉评估。我先帮你埋个留置针头。"

"好。"初澄边挽起袖子配合，边问，"手术后我需要输很多液吗？"

"当然啦。"面对眼前这位还不了解自己处境的帅哥病号，护士笑了笑，"从今早开始你就要禁食了。大概未来三四天都要靠输液维持营养。具体什么时候可以恢复进食和饮水，还有各种禁忌以及注意事项，医生会在术后详细告知。"

几天不吃饭，全靠挂水，想想都觉得酸爽。

初澄只是听着，就多了张痛苦面具，强颜欢笑着："那麻烦您了。"

"不客气，活动的时候稍微注意一下，不要挂到，有事再叫我。"护士埋下留置针，又在他的手背上粘好防水胶贴，端着托盘离开了。

在打针的短短几分钟内，金董的电话接连响了两次。

初澄看他脸上一副不在意的样子，翻书的动作却有些烦躁，忍不住道："如果有事您就先去处理，我会好好待在病房等着做评估。"

"不急。"金董只是瞄一眼手机，然后按边键锁了屏。

初澄不再言语，随手翻看摆在床头柜上的书，那都是秘书买来给他解闷的。《战国策》《鬼谷子》《六韬》《孙子兵法》《道德经》……

什么鬼？初澄皱了皱眉头。这秘书要么是在应付差事，要么就是身有反骨。经历了漫长又煎熬的等待，初澄终于被挂上吊瓶，由护士带着离开病房。

"抽纸拿着，再给他带件外套。"舅舅和秘书跟在最后，帮忙整理物品。

大概是想缓解患者的术前紧张情绪，提着吊瓶的护士主动和初澄聊天："你几岁？还在上学吧？"

初澄笑："不上，我都参加工作了。"

护士诧异，盯着他年轻俊朗的脸孔："我看你和你父亲都年岁不大的样子。"

初澄答："他是我舅舅，我是高中老师。"

"看着也太年轻了。原来他是高中老师……"护士忙和同行的伙伴们分享消息，还顺带着感叹，"说是高中生我都会信。"

"初澄，先来找我签个字，然后直接进去，家属在外面等就行。"手术室外，护士长仔细核对了信息。

舅舅隔窗叮嘱："别紧张，我在外面等你。"

"知道。"初澄摆摆手。

随后，两个看上去更年轻的手术护士围上来，把他带到消毒等候区，声音温和地说道："需要穿一下鞋套，戴好帽子，然后躺到里面稍微等一下。我们主任马上就过来了。"

上一次做胃镜时的痛苦感仍然清晰，初澄对这张床存着抗拒心理，做了几次深呼吸调整，仰头见麻醉剂被缓慢地注入生理盐水中。他听见"嘀嘀嗒嗒"的仪器声、医生做准备时的交流声、器械挪动声，然后渐渐没了意识。

"初澄——"

蒙眬间，初澄听到有人轻唤自己的名字，眼前的黑暗中透进了一丝光亮，耳畔还有陌生的讲话声。

"病人苏醒了，可以让家属进来了。"

他努力地抬起眼睑，视线模糊，隐约中看到一张无比帅气的脸庞。

舅舅似乎没有这么年轻，五官轮廓也没有这样锐利。这是……

"初澄，有没有明显的不适？"这是舅舅的声音。

初澄小幅度地晃了晃头："起猛了，看见我同事了。"

下一秒喻司亭那道具有高辨识度的声音响起："你不是起猛了，是麻醉没过，还不清醒。"

初澄眯了眯眼睛，动了两下，觉得全身酸软，半醒半梦地碎碎念："真的是喻老师？不可能吧，他不是应该在上班吗？"

"别乱动。"喻司亭眼疾手快，按住了初澄，阻止他来回蹭埋有留置针的手背。随后他耐心地回答："学校星期五提前放学，忘记了？"

"嗯……"初澄眯着眼睛，忽扇忽扇的睫下只余一道窄窄的缝隙，"那你们俩怎么会站在一起？复制粘贴一样的两个古板制服控。我还以为自己眼花了。"

初澄还真没说错。两人此时确实都穿着笔挺的黑衬衫，只不过舅舅的是商务正装，而喻老师的带着两道颇具艺术感的条纹，更显休闲。

床上的人意识可能不太清醒，但吐槽绝对发自内心。喻司亭和金董对视一眼，没能说出反驳的话。

片刻后，舅舅开口打破沉默局面："因为我们刚好在外面等同一个人呗。行了，你好好躺着，别说话了。"

另一边，医生喊道："初澄的家属麻烦过来一位。"

喻司亭："我过去吧，金董。您留下照看他。"

"好。"舅舅点头。

医生坐在电脑前，打出几张报告单，递交给喻司亭，开口道："刚才我们已经对病人胃中的腺息肉做了切除，手术过程很顺利，这里有一些需要注意的事情，我来和你们交代一下。

"首先病人今天肯定是不能进食了，最好连水也不要喝。如果术后实在口干的话，可以让护士用棉签帮忙擦擦嘴唇，或者含一口水不要咽。

"明天可以恢复饮水。家属去准备一下吸管吧，让病人慢一些喝。但饭还是不能吃，可以喝些没有残渣的藕粉。三天后可以吃流食，或者家属煲些低油少盐的汤。

"七天后改换软烂的食物，十五天后可以吃米饭、炒菜，但要严格忌口，不能碰海鲜以及辛辣、油炸、生冷之物，至少一个月后恢复正常饮食……"

医生边说，边在单子上做大量标注。喻司亭全程都听得认真。

"然后没有什么其他的了，病人清醒了就可以送回病房。"

"好的，谢谢医生。"喻司亭拿好单子，然后帮忙把处置床推出手术室，送进电梯。

初澄平躺着，仰视头顶悬挂着的半截氧气管晃晃荡荡，稍转头，瞧见两道高挑的身影凑在一起，似乎是在讨论医嘱。

"你们怎么好像很熟的样子？"初澄问。

喻司亭停下与金董的交谈，自然地回应："没有，我们刚认识，只是你做手术的时候在外面聊了一会儿。"

初澄又狐疑地看向舅舅："你们两家之间有商业往来？"

舅舅也摇头："没有，不过以后可以试试。"

"那就奇怪了。"初澄自言自语。

两个性格都没那么随和的人，居然能一拍即合，也是难得。

谈话间，病房到了。趁着搭手过床的工夫，护士长又嘱咐了一遍注意事项。

"近期要避免吃藕片、芹菜一类的拉丝食物和粗纤维食物。因为我们在他的胃里下了很多个微型的止血钛夹，要防止它们被刮掉。当然也要避免活动，多卧床休息。等到胃肠里的伤口恢复好了，止血夹就会自然脱落。"

"知道了，麻烦您了。"初澄微笑着送别。

熟悉的铃声再次响起，又是舅舅的电话。从早上开始，公司那边对他的催促就没有停过。初澄已经耽误了金董太多事情，不想再耗费他的时间，于是开口道："舅舅，有事您就先去忙吧。手术都已经做完了，不用担心我。"

金董刚想说没关系，初澄又继续道："这是和我关系最好的同事。您刚才没见他第一个来探病吗？一会儿他陪我待着就行了，肯定能把我照顾好。"

喻司亭闻言，配合地点了点头："金董放心吧，我会留在这儿。"

因为担心外甥，金董是临时撒下项目过来的，现在确实有急事要处理。他迟疑片刻，点了点头："好，那我就先过去一趟，晚些再赶回来，你好好休息。"

初澄满脸乖巧地回答："嗯，我累了，这会儿先睡一觉。"

金董继续道："我让秘书给你请了医院护工，怕你不自在，他不会随便进来打扰的，就在护士站专门守着你的病房。小喻走了之后，你小事按铃，大事打给我，别怕麻烦。"

初澄："知道了。"

舅舅拿出一张名片，转向喻司亭："麻烦你了，改日一定郑重致谢。"

"您言重了。"喻司亭借用了初澄的形容词，"我们是关系很好的同事。"

喻司亭送金董出门上了电梯。再回病房时，初澄看他的眼神变成了一贯的打量风格。

"送个别也聊这么久？"

喻司亭摊了摊手："我之前就说了，你舅舅眼光不错，说明我们品位相同、格调一致，聊得来很奇怪？"

"你最好别猜他的心思。"初澄好心告诫，毕竟他昨天还改口说那是辆破车呢。

"寒暄而已。"喻司亭表现得无所谓。

初澄仍然盯着他，问出了从刚才开始就注意到的事情："空手来的？也不带个果篮。"

喻司亭反问："你这个样子，吃得了吗？"

初澄一乐："别管我能不能吃，拿不拿是你的心意。"

"行。"喻司亭妥协了，边给他掖被角，边承诺，"那我下次带心意来。"

初澄稍稍舒展四肢，缓解半日来的肢体和精神疲惫，带着沉沉的鼻音说："我没什么事了，你也不用特意留在这儿，有事我会叫护工的。"

"你不是还等着我照顾吗？"喻司亭随手搬了个塑料凳，坐在了床边，"答应金董的事情，我不能食言啊。"

初澄："我就和他那么随口一说。"

喻司亭却显得态度认真，目光直直地落在床上："所以，我到底是第一个来看你的人，还是除了金董以外唯一一个。看这个架势，你应该连父母都没告诉吧？"

初澄含糊地应答："嗯——"

"初澄，我不明白，你为什么不想让我来探病呢？说好的手术时间定下来就告诉我，甚至在你请假理由里都没提到。"喻司亭的语气甚是真诚，"是我哪里做得太差劲？"

初澄没料到他会这样在意，略怔了片刻才开口："不是，你别误会。我没有针对你一个人。我其实是谁都不想告诉，也谁都不想见。"

喻司亭不太理解。

初澄只好低声解释："你就当我是社恐吧。我不大愿意劳烦别人，也不喜欢迎来送往、兴师动众。"

也许是小时候见的礼节太多了，初澄不喜欢客套结交之道，也不喜欢寒暄往来。他觉得生活是生活，工作是工作，不用和人情世故混为一谈。

"就比如我生病了，有同事来看我，他们给我送花带礼物，费了时也费了钱，我还觉得俗气，又欠了人情。"

"当当——"就在初澄话音刚落下的时候，有人敲了敲病房门，并且探身进来："您好，有一束喻先生订的花，是这个病房吗？"

初澄："……"

喻司亭站起身，上前接过："给我吧，谢谢。"

初澄看着他摆弄花束的动作，尴尬到表情都有些凝固。

喻司亭却还淡定，把花抱在怀里看了看："来的时候太匆忙，没顾得上，就在网上订了束。行为是有点儿俗气，但在病房里添点儿颜色也好。给，你的人情。"

他订的是一束散发着淡淡清香的西伯利亚百合，主体还搭配着绿桔梗，白绿系色彩温和，又不失明亮，给人一种坚韧、生机勃勃的感觉。初澄伸手接过，凑在鼻尖闻了闻："挺好看，我是说真的。"

喻司亭笑笑："安慰得不错，受用了。"

初澄心情复杂，朝着被子里缩了缩道："我麻醉还没醒，你能不能别跟我计较。"

喻司亭语气淡淡："好。"

恰巧护士进门准备输液，稍微打破了尴尬局面。初澄没有再说话，顺势埋进了床铺中。他大约是太累了，术后紧绷的神经得到了放松，这样安静躺了片刻，就不知不觉地睡着了。半个下午的时间，初澄的药一瓶接着一瓶地输，没有停过。喻司亭也陪在病房里，帮忙按铃换药，未曾离开。

不知过了多久，初澄蜷动了一下。喻司亭在第一时间就发现了他的动作，说道："醒了啊。"

初澄咂了咂嘴，睁开眼睛，影影绰绰看到一人正捧书坐在床尾。

"怎么了？药太凉了？"喻司亭合上书站起身，走到输液杆旁调了调点滴的速度，"最后一瓶了，坚持一下。我帮你灌个热水袋放在手边。"

初澄摇头："不是……"

"那是哪里不舒服？"喻司亭停下转身出去的动作，不解地看过来。

初澄有些为难，欲言又止。早上他虽然没吃东西，但是喝过水，又挂了这么多吊瓶，这会儿有点代谢反应了。

听到他极轻的叹气声后，喻司亭发现了端倪："躺了这么长时间了，你想不想去趟卫生间？"

初澄沉默以对。

"你好像不能动啊。"喻司亭反应过来的一瞬，眼睛不自觉地往下瞟，"要不要我帮你……"

"不用。"初澄闭了闭眼，不用想也知道他在找什么。要命的是，金董的秘书还真在床下准备了这个东西。

"之前不是还说让我帮你提裤子吗？"看着几乎要缩到床尾去的人，喻司亭反客为主了。

初澄无奈："……大哥，求你，别睚眦必报。"

"可我在说真的，你不难受吗？"喻司亭笑得愉悦，"你别为了面子勉强，我帮你把帘子拉上……"

"死都不可能。"初澄没让对方把话说完。

喻司亭仍嗤笑发问："平常总把退休挂在嘴边，这下知道还是年轻好了吧？"

"非要等不能自理才办退休吗？你哪个单位的？"初澄脱口反驳他。

双方来往僵持几分钟后，喻司亭先妥协了："那你想怎么办？我扶你起来？"

初澄"嗯"了声。

喻司亭上前两步，拉开被子，缓缓地将人扶起挪到床下，等对方完全站稳才松开手，转身拿起吊瓶，送进卫生间。初澄自行关上了门。随后的好几分钟，卫生间里都毫无动静。

喻司亭敲了敲门板："好了吗？"

"再等一下。"初澄低缓的声音传出来。

喻司亭倚在门外，忽然道："我好像懂你不想被探病的意思了。如果只是普通的同事关系，却站着等你方便，还要问好了没有，是有点儿奇怪。"无须回应，他又自顾自接下去，调侃意味十足，"为了避免尴尬，下次我再来探病的时候用不用自称是朋友啊？"

初澄本就羞恼，听着门外响起的声音更是气笑了，站在洗手台前单手撩起一捧水，全都泼在了镜子上：自己所有的窘态这人都有幸见证。我愿意从今天开始吃素一个月，谁能把这家伙的嘴缝上啊？

因为之前的种种不良生活习惯，在手术后的时间里，初澄遭受了来自舅舅和喻老师的轮番"迫害"。面对各种叮咛与说教，虚弱无反抗之力的病号表示："听见了，听见了，两只耳朵都听见了。"

"病人要保持心情愉快，你们再不走我真要'自闭'了。"最终，他以此为威胁理由，成功把两个人都赶出了自己的休养之地。

耳根清净，初澄终于有心情让护工陪着在走廊上转转，顺便帮助排气。等他回到病房时，却被吓了一跳。就在正对门的床位上，撅着一团不明物体。

初澄略愣。好像是同房的病友回来了？不确定，再看一眼。

这会儿跪趴在床上的确是一个人。只不过他的姿势较为扭曲，整张脸都埋在床铺里，屁股却高高地翘着。

未等初澄回神，病友已经听到声响，偏头看了过来。那是一张极其年轻的脸孔，大概只有十七八岁，五官周正，面露疑惑，表情中还带丝丝不爽。

如此会面的场景有些尴尬，初澄动了动唇角："嗨。"

小病友扭过脸，看了看隔壁床边放着的众多私人物品，皱眉发问："你也是这间房的？"

初澄点头回应："对。"

护工把初澄送回床上，看着他安坐好，开口道："初先生，那我先出去了，有事的话您再叫我。"

"好，辛苦了。"初澄友好地示以微笑，随手拿起了床上没看完的书。

趴在邻床上的年轻病友却依然在打量他："你花了多少钱进来的？"

"什么？"初澄没理解他的意思。

"想进医大的特需病房至少要提前三个月预约，我这本来是单人间，临时加了个床位。"少年显出一副理所当然的样子，自有一番说辞，"你如果不是砸钱或者有关系，怎么可能随便就被塞进来？"

初澄没搭他的茬儿。小病友却自顾自地接下去："不过我看你应该是个安静不讨人厌的人。住就住住吧，正好我自己也有点儿无聊。"

他的语气有些落寞，让初澄生出几分好奇："没有家属来陪你？"

小病友朝着门外扬了扬下巴："他们也给我请了高级护工，但我嫌他烦。"

"你为什么一直这个姿势啊？哪里不舒服？"

市医院是按照病区来分房的。消化内科、胃肠外科和肛肠外科都在这一片。但初澄想不出像他这么小的年纪会有什么病症。

"别提了。"病友似乎不太想说这个话题，只是嘴角动了动就重新埋进了被里。过了半分钟，他闷闷的声音又传出来："你呢？"

"胃息肉。"初澄答。

"那不是我爸的年纪才会得的病吗？常年坐办公室，还有各种饭局和应酬。你做什么的？"

"我是老师。"

"老师的职业病更多了。"对方换了换动作，但依旧保持着撅姿，"你是教什么的？"

他大约是真的待得无聊，刚刚进门时展现出的那些许敌意，这会儿早已无影无踪。

初澄看了看他床边摆着的积木图纸，回应道："教人拼乐高。"

"真的假的？"小病友果真对这个话题感兴趣，立即直起身拎来图纸，

"那这个你会拼吗？"

初澄："当然。"

小病友从床上蹭起来，拿着手机，边拨号边说："那太好了，我正烦没人和我一起拼呢。你等着哈，我马上叫护工帮我取来。"

初澄笑笑，没有说话。他本就是打发时间，投其所好，三言两语就卸下了孩子的防备心理，顺便也给自己找了个陪玩的。

周日下午，喻司亭如约前来探望。他一进门，看到的是两个刚拔过针的病号，并排撅在床上拼乐高的怪异场景。

"哥。"邻床少年叫得热络，"把你那盒银色的齿轮给我两个。"

"给。"初澄伸手递去零件，顺势抬头看到了戳在门边的喻老师，"来啦。"

喻司亭迈步走进来，看着他和病友复制粘贴一样的动作，蹙了蹙眉："这是唱哪出啊？你这样撅着能行吗？起来好好坐着。"

初澄慢慢直起上身，笑得灿烂："还怪舒服的。"

"他是？"同房病友从上到下打量这位打断他们拼积木的"不速之客"。

"我同事。"初澄说完，又煞有介事地补充，"还兼朋友。"

小病友反应得很快，接着问："他也是老师？教什么的？"

初澄张口便来："口才。"

"我感觉你在骗我。"看着喻司亭那张不苟言笑的凛肃脸孔，孩子翻了个白眼，又低头拼乐高，不再理人了。

"今天感觉好点儿了吗？"这次喻司亭不是空手来的。他提了一大兜水果放到床头柜上，明知道某病号什么都吃不了，还一样样地拿出来展示。

"好多了，已经……"初澄正认真答话，余光瞥到他的动作，被气笑，"你烦不烦？"

喻司亭表现得相当无辜："不是你要求我带心意来的吗？看看，中意什么？"

初澄扔给他一道让他"自己体会"的眼神，心想：你幼稚，我才懒得理。

"怎么都不对，难伺候。"喻司亭淡淡地评价了句，然后在食品袋里翻了翻，拿出一小罐果肉雪白的荔枝罐头，在掌心倒敲两下，"砰"的一声拧开。

初澄翻找积木零件的动作停了下来。小时候他每次生病，金教授都会做糖水罐头来哄他。荔枝就是他最喜欢的口味。

"我问过医生，你可以喝一点儿。"在初澄愣神间，喻司亭已经给罐头瓶插上吸管递了过来。

小瓶子里的罐头水也就是几口的量。初澄接过，就着塑料管吮吸几下就喝完了，但那种带着儿时记忆的清甜味道却让他回味无穷。

"喜欢？"喻司亭看着他咂了咂嘴巴意犹未尽的样子，"再来一口黄桃的？"

初澄摇摇头："不好吧？太糟蹋东西了。"

"没关系，本来就是买来给你喝的。"喻司亭毫不介意地接回已经被吸干了的荔枝肉，反手递给他半杯温水润嗓子，"等会儿我吃掉就行了。"

这人不毒舌的时候是真的细心周到。初澄在此次病中切身体会到了学生们说的"大哥让人又爱又恨"是种什么感觉。

"不了吧，太甜了。"初澄晃了晃头，用水漱完口，顺势栽倒回床上，低声哼哼，"越喝越觉得肚子里空，好饿啊。"

毕竟再怎么输营养液也不会有饱腹感。喻司亭看他没精打采的样子也爱莫能助，只能尽力想办法："那我帮你冲点儿藕粉？"

初澄依然摇头，喃喃地吐出两个字："难喝。"

"怎么会难喝？应该没有味道才对。"喻老师又回手翻了翻袋子，"我新买了一种，你再尝尝。"

"那我去打水。"见他没拒绝，喻司亭起身拎上热水壶，走出了病房。

机器里的水还没有烧沸，他便站在一边等了等。开水房的方向正对着双人病房。喻司亭靠在廊窗边就能看到里面低头拼乐高的身影。他杳寂地注视片刻，若有所思，随后从外套中摸出手机，给家里打去了一个电话。"嘟嘟"的等待音接连响了几下，就在喻司亭以为无人接听时，一道慵懒颓然的女声传了出来。

"哪位？"

"这个时间你能睡醒，不容易。"仅凭两字，喻司亭就分辨出了对方的身份。

对方也了然地叹了声："啊……刚被编辑吵醒，什么事？"

"前阵子鹿言生病，家里营养师过来煲汤的事你知道吗？"喻司亭开门见山地问，"她这几天还有没有时间再过来一趟？"

电话另一端的人却答非所问："小言在你手里又要不行了？"这话怎么听都不像是姨母问外甥的。

喻司亭啧了声："他活得挺好。"

"噢。"喻晨略显冷漠地应了声，并未过多地纠结，"可能不行，阿姨的儿媳妇这两天在预产期，她请假去照顾了。"

喻司亭问："那有没有其他人选？再帮我找一个。"

"哪儿那么容易？如果随随便便的人就敢用的话，你也不会打电话回家里了。"喻晨在电话那头打个哈欠，语态更显随意了些，"只是想喝汤也没那个必要，我让阿姨给你发一份她的独家配方，管你是清火还是养胃，上面的用料火候都记得很清楚，你拿去自己照着煲就行。"

喻司亭沉声回答："也行吧。"

"味道肯定会差点儿，但功效是一样的。你多煲几次就好了。"喻晨的声音继续从电话里传来。

身侧开水机加热时的轰鸣声已经停下，喻司亭随口应和几句，便挂断了通话。他回到病房时，初澄已经拼腻了积木。那人正搭在床边看外面的风景，边看边道："今天的天气好像不错，我想出去放放风。"

"刚才还喊着饿。"喻司亭拿出玻璃杯，用凉白开化些藕粉，又注入刚打的热水，搅拌成形，递给他道，"自己拿着，小心烫。"

"所以才找点别的事来转移注意力啊。"初澄撇了撇嘴，端着晶莹剔透的藕粉杯子凑到鼻尖闻了闻，甚至没用舌尖舔一下就放弃了尝试。这家伙的心都已经飞了，折腾了半天，他一口也没喝。

喻司亭虽气，却又没办法，只能妥协道："那去问问医生？可以的话就出去走走。"

"好。"初澄高高兴兴地披上外套。

在得到医生的准许后，喻司亭陪着任性的病号搭乘了电梯。初澄已经有几天没下过楼，只是出来见见人就觉得心满意足。但他的体力状况远没有自己想的那么好，甚至还没离开住院部的厅门，便觉得累了。

"只能走这么几步，你还要出来。"喻司亭看着缓慢蹭步的人，实为无奈。

"换你三天不吃饭试试，怎么这么没有同情心?!"初澄边走边环顾周围，活脱脱像是位视察工作的老干部。忽然，他眼睛一亮，似是发现了什么新奇的东西。喻司亭循着视线看过去，看到的是一排共享轮椅。

初澄笑着："要不，麻烦喻老师推我一段?"

喻司亭未犹豫，直接掏了手机出来。

"你还真扫啊?"初澄见他的动作有些诧异，"我还以为你会骂我一句，然后说这样不吉利……"

喻司亭闻言笑笑："你人都住在医院里了，还讲什么吉利不吉利。"

"嗒——"扫码完成，一辆共享轮椅的轮锁已经解开。

"请坐吧。"喻司亭伸臂邀请。

已是晚秋，院子中的落叶被风干晒脆。轮椅被人推过时，会发出"吱嘎吱嘎"的碾轧响声。初澄坐在椅上，把下颌埋进衣领，闭着眼睛享受阳光。

"原来这就是老年安逸的感觉。"他深吸一口气，爽冽的秋风入鼻，沁人肺腑，让人精神抖擞。

喻司亭站在背后，缓声开口："开心啊?"

"是啊。"初澄扬扬唇角道。

喻司亭回以揶揄："注意力被成功转移了?那边好像有卖烤肠和红薯的摊子，要不要我推你过去闻闻味儿?"

初澄好不容易忘却一点儿的饥饿感瞬间又席卷了上来。他倏地睁开眼，毛道："哎呀，你烦不烦啊!"

逗弄成功，喻司亭心生愉悦，推着他走向更开阔的地方。

"明明才二十二岁，不是在病房里撅着，就是出门坐轮椅，你自己倒还挺享受的。"喻司亭推着初澄在医院前园里慢慢地走着，说道。

"这和年龄有什么关系?"初澄安逸地坐在椅上，边呼吸新鲜空气，边欣赏着秋景，"邻床的孩子才十七岁，不也成天撅在床上吗?"

喻司亭说："人家是割了痔疮。"

"啊?难怪他不好意思说。"初澄回忆起小病友当时的别扭神情，想了想后询问，"但你怎么知道的?"

"刚才在医生办公室，无意间听到护士准备带他去做烤灯理疗。"

初澄唏嘘："也怪遭罪的，做了手术还没有家里人陪着。"

喻司亭听着他的话音，稍稍放缓了前行的动作："我有时候真是挺好奇的，你对别人的这些细腻心思怎么就用不到自己身上？"

"我和他不一样啊。我是成年人，如果能在不惊动年迈父母的情况下就治好身体，平安健康地回到他们身边，我只会庆幸。但他明明想得到家人的陪伴，实际却没有，心里肯定会委屈。"

初澄分析得很自然。他那种在不经意间就展露出来的同理心，看似简单，却必须有骨子里的温柔和豁达做支撑。

喻司亭耐心地听完，低头看向轮椅上的人："所以你就'师心'泛滥，陪他玩了？"

"说是让他陪我玩更合适些。"初澄的双眸弯弯，笑得像只狡猾的小狐狸，"那套乐高已经绝版了，我之前花高价都买不到。"

"初澄？"

一声从远处传来的呼唤打断了两人的谈话。循声而去，医院的正门口处立着一位容貌端庄的女性。从样子上来看，她应该已有五十岁，一身雅致的素色衣衫，气质高洁出众，在人群中也很好辨认。她盯着轮椅的方向，眼神中还有些不可置信，确定没有认错人后立即快步走来。

初澄一惊："妈。"

喻司亭彻底停下推行的动作，接着礼貌地颔了颔首："金教授。"

脱口而出的称呼让初澄一愣，下意识地仰头看去。他怎么……

已走到面前的初母此时无心管顾其他人，只是出于涵养点头做个回应，便把目光落在儿子身上："金恒说你只是切除了直径稍大的胃息肉，怎么就成这样了？"

"妈，我没事儿。只是想下楼吹吹风，但没力气走太远，才扫了个轮椅坐。"初澄反应过来，连忙站起来向对方展示自己的健康，但他声音却因为底气不足而越来越低："您怎么突然来了？"

金教授听过儿子的解释稍稍放下心，可脸孔随之一板："你还好意思问，生病怎么能不告诉家里呢？还敢伙同金恒骗我。这就是你在电话里说的一切都好，能吃能睡？"

初澄心道："糟糕。舅舅也太不靠谱了吧，说好的消息密不透风呢？"

做母亲的最是了解儿子，金教授当即猜到了他心中所想，开口道："你不用露出这种眼神，他的账我自然会找他算。"

"妈，我……"初母的到访实在太突然，初澄根本没有时间想出任何借口。

"看你这个样子，也出来有一会儿了。外面风凉，还是先回病房休息吧，然后再好好想想该怎么和我解释。"金教授打量他一眼，"既然走不动就坐着吧，真是想要吓死我。"

喻司亭及时上前："我来推他吧。"

金教授迟疑："这位是？"

初澄忙答："我的新朋友。和周师兄一样，也是我在学校的同事。"

"您好。"喻司亭见初母刚才过于担心儿子，这会儿才正式做起自我介绍，"我姓喻，与初老师同班共事。"

初母的态度稍微缓和了些，她语气平缓道："你也好。真是麻烦你了。这孩子，做手术这么大的事也不告诉家里一声。"

喻司亭推着轮椅慢慢地朝回走，微低着头与其对话："不麻烦，我们刚刚还说到这事。虽然他做得不对，但也是出于一片孝心，怕二老受惊奔波。"

初澄和喻司亭本就没离开多远，不过几分钟的直线路程，就已到了住院部楼下。几人乘电梯上楼回去，同屋的小病友又去做理疗了，不在房里。

"这么快就回来了。"正巧，刚刚准许初澄出去放风的医生查房经过，拿着记录本进来，"没有觉得哪里不舒服吧？"

"没有。"初澄解释，"是我母亲过来探病了。"

医生也注意到病房中多了一位之前没见过的家属，和善地打了招呼。金教授顺带询问起情况，得知初澄目前的恢复情况一切都好。住院医生又问了些许问题，告知病人从明天中午开始可以稍微吃些流食后，便离开了。

"您听到了，我都说了没事吧。"初澄讨好式地笑笑。

初母却不吃他这一套，正色道："既然是无碍的小病，那更应该告诉我。你一个人在外工作，如果是我和你爸有事瞒着你，你又会是什么心情？"

初澄小心地试探："那我爸那边……"

"他正在参加作协会议，暂时还不知道。"初母叹了口气，继续说，"既然事已至此，也不急着说了，不然他也是要赶过来的。等到回家以后，你自己去向他解释。"

初澄的表情微妙："我不告诉您的时候，您那么生气，现在却又主动说不急着告诉老爷子。"

"我双标还不是为了你们爷俩？我这样亲自过来看看，总能放心些。"金教授说着向四周看了看。

从刚才进门开始，她就在察看了。这间病房里的东西一应俱全，没什么可挑剔的，就连摆在窗口的插瓶绿桔梗都还开得清秀顽强。

"看来你舅这次还算靠谱。"视察过后，金教授得出如此结论。

"就算有什么是舅舅想不到的，喻老师也帮忙补全了。他之前在工作上就很照顾我，这次我生病更是上心。我说自己社恐，不想再告诉其他人住院的事情，他就来回奔波。明明之前已经来探望过一次了，今天又特地送了东西过来。"

初澄原本只是想转移话题，但细数起来时更发现喻老师最近几天真的为自己忙碌了不少。

"我在他班里还是授课成绩最差的那个合作搭档，怪让我过意不去的。"

"那你之后更要好好配合工作，不要一直拖人家的后腿。"金教授说罢，转向喻司亭，"喻老师看起来也很年轻，应该还不到三十岁吧？"

喻司亭点头："是。"

"现在的孩子们个性昭著，年轻老师们管理班级不是件易事。我听初澄说起过，你们的团体很有凝聚力……"因为金教授本身从事教育工作，又见对方比自己的儿子大不了几岁，却明显沉稳老练，便会生出许多话题。

趁着母亲和喻老师相谈甚欢，初澄偷偷摸出枕头下的手机。舅舅已经发了许多条微信过来，询问金教授有没有来做突击访问。初澄自然不高兴被"出卖"，心怀怨念地打字询问。

初澄：舅舅怎么回事啊？您答应好的不告诉她。

金董很快发来回复。

金恒：这事真的不是我主动说的。是她最近两天总是联系不到我，才从助理那里问了行程。

初澄无声哀叹。看来确实不能怪金董。他近日工作繁忙，可无论白天飞到哪里出差，之后都会订一张回亭州的机票。初母一看行程，必然能猜想到是和她的儿子有关了。

初澄：那舅舅今天还回来吗？

金恒：我哪敢啊？还没露面就已经被埋怨过三遍了，说来说去都是怪我太纵着你。但你自己说你是怎么威胁我的？这不就是"夹板气"！

初澄：好好好，罪魁祸首是我。但您就不能过来劝一劝，顺便把她接回去吗？

金恒：反正今天我是不可能再出现在你们娘儿俩的面前了。等会儿我还有个重要的会要开，秘书已经给金教授在医院附近订好了酒店。就先这样吧。

初澄：天都快黑了，您上哪儿开会去？

初澄：舅，那我怎么办呀？

初澄：您别撒手不管啊，舅舅！

初澄连发三条求救信息，但聊天框中再没有新回复。刚说完这人靠谱，他就直接犯贱撂挑子了。初澄无奈，放下手机，看向了依然端坐闲聊的母亲。

他生在开明的家庭，自小无论怎样调皮都会受到宽容，唯独说谎欺骗和不爱惜身体是母亲的大忌。以金教授的思维和语言驾驭能力，她甚至不需要高声训斥，就能让人悔愧得无地自容。先斩后奏做手术，还合伙欺骗家人这样的事绝对不会被她轻易姑息。所以，舅舅才会不顾"舅甥情"躲得远远的。

母亲受了双份的欺瞒，今日本就是带着气来的，刚才在院子里又遭了一惊，大概率是碍于其他人在场才不好教训儿子。此时她只和喻老师聊天，却不理会儿子，已可见端倪。搞不好等喻老师离开之后，这双份的教诲都得由自己承受。初澄此时坐在一边就好像是在等候发落，心有不安，却避无可避。

终于，窗外的天色渐暗，喻老师准备起身告辞。趁着那人靠向床边，初澄伸出手悄悄地攥住了他的衣角。喻司亭察觉到自己背后突然多了道拉扯的力度，身形一顿。面前的金教授典雅自持，身后却有人暗自搞小动作。这对母子间的气氛，有些不对劲啊。

与身后的力气僵持不下时，喻司亭想起了初先生的六卷书。老爷子是位慈父，即便"小太阳"从小就没那么省心，也从未动过怒，反而会纵着他的离经叛道，写成文字与人津津乐道。如果家中再没个厉害的角色，那小初公子可真是没收没管，非上房揭瓦不可。他唯一的克星大概就是眼前的金教授。

所以，这是在求救了。喻司亭不动声色地从"黑手"中揪出自己已经被攥出褶的衣角，转回去朝他微笑："明天上班，我就不来了，你好好休息。阿姨担心你，远道过来，你们多说说话。"

初澄心道：要不要听听你在说什么？

喻司亭看着某病号强颜欢笑的样子，继续开口："班里的事情我会处理好，你也不用急着回去，身体更重要。"

"好。"初澄认命了，不再奢求任何人能救自己于水火，只希望一会儿金教授能看在亲儿子还生病的分儿上，少口伐他两句。

喻司亭的脚步已经迈向病房门的方向，忽然又顿了顿，他转向初母，询问道："金教授临时来亭州，有落脚的地方吗？初老师的房子好像离这里太远了些。"

初母回应："他舅舅已经帮我预订了酒店，应该就在这儿附近。"

"那我顺路送您过去吧。"喻司亭继续说，"外面的天已经黑了，您对这里不熟悉，初老师又行动不便……"

金教授没有立刻回答。刚刚这两个年轻人就在面前进行了一番眼神交流，她又怎么会看不见、猜不透！无非就是家里那个做事没章法的小子明知自己要挨骂，还找了人护着。只是这个帮手近日来不辞辛劳地帮忙，身为长辈，实在没办法不给他这份薄面。

金教授最终还是没有驳他好意，一同起了身："那就又要劳烦你了。"

"哪里。"喻司亭朝她做了个"您先请"的手势。

"好好休息，别再让人为你操心了。"金教授离开前，看向儿子，给他留下一道"下不为例"的眼神。

喻司亭：安顿下了。

喻司亭：家里管得严还这么肆意妄为。

喻老师送走金教授半个小时后，初澄的手机收到了新的通知。看着对方发来的消息，初澄实在忍不住好奇，打字询问。

初澄：你是什么时候知道的？

喻司亭：什么什么时候？

初澄稍作提醒。

初澄：你刚才把我妈叫成"金教授"，我好像从来都没有和你提过她的职业。

喻司亭的回复延迟了几分钟才发过来。

喻司亭：噢，很早就知道了，和你的课代表差不多。

初澄：怎么没和我说起过？

喻司亭：有必要吗？

初澄正盯着他的回复沉思，又一条新消息跳了出来。

喻司亭：来给我做副班、帮我管理班级、处理日常事务、教导学生的都是初老师本人，又不是你的家庭背景。

初澄的出身原本就不是见不得人的事。他闭口不提，只是因为不想初入职场就被人加了层滤镜。喻老师的回答，已然是懂自己的全部心思，的确没有再说下去的必要了。初澄笑着点击屏幕，重新打了几个字。

初澄：反正，谢谢大哥。

喻司亭：打算怎么谢我？

是啊，怎么谢呢？请他吃顿饭、送个礼物，乃至再写封匿名表扬信好像都没什么实际意义。初澄冥思片刻，终于想到一件非由自己亲自完成不可的事情。

初澄：期末考试，我尽量不让 7 班的语文成绩还落在年级第九。

聊天页面寂静片刻，喻司亭发来了回复。

喻司亭：嗯，休息吧。

休息吧？初澄反复看这三个字，心想：这是让我洗洗睡的意思吧。他是不信还是不满意啊？

工作日里，住院部里来往探病的人比周末少了许多。初澄躺在床上挂了大半天的吊瓶，手臂都麻了，终于等到拔了针，迫不及待地下地活动活动。

一位跑腿配送员打扮的陌生青年敲门，探身进来，问道："您好，请问初澄先生是在这个病房吗？"

正在忙碌的金教授放下手上的事情，带着疑惑点了点头："是。"

"这里有个保温餐桶，是一位姓喻的先生让我送来的。"配送员从怀中的餐箱里取出一袋东西。

初澄听到两人的对话，投来目光。金教授道谢后送走配送员，打开袋子，发现里面有张手写的字条。

喻司亭：鹿言前阵子肠胃不好，家里阿姨时常会给他煲些补身的汤，效果还不错。我想你应该也可以试试。好好休养，祝早日康复。

"你这位同事确实很照顾你。"金教授把卡片放在初澄手里，打开保温桶，里面的汤还冒着热气。

初澄看完字条一笑："他和我舅舅一样，也是为外甥操碎了心。"

"既然是人家的心意，你也别浪费了，尝尝吧。"金教授从一旁拿来小碗，盛出一些。

保温桶里是一份当归鸽子汤。煲汤的人减少了油脂和食盐的加入，而额外添加了补气、补身的党参、半夏和云苓，所以汤看上去颜色清亮，闻起来格外醇香。

金教授在初澄的床上放好小桌板，把勺子和纸巾都递到他的手边。

对于如此体贴周到的照顾，初澄满脸无奈地笑："妈，我自己可以，您千万别这样伺候我，晚上我要睡不着觉的。"

"你以为我闲着没事啊？"金教授瞥他一眼，"本来还想回你的窝里去给你炖个汤，现在也有人送了。我看着你这里什么都不缺，等晚些我就让你舅舅派人来接我回去了。"

初澄正把一口汤送进嘴里细细品味，闻声抬起头："您这就要走啊？好不容易来亭州一趟，我也没法带您四处转转。"

金教授："行了，别假惺惺的。看见你没事我就放心了。我在家里那边还有重要的讲座要参加。而且我再待在这里，估计你要觉得浑身不自在了。"

初澄轻声："哪有。"

金教授一副"我还不了解你"的样子，看他一口接着一口地喝汤，好奇道："好喝吗？"

"还行，但好在口味清淡，喝下去胃里蛮舒服的。"初澄作势要给母亲也盛一碗。

金教授抬手拒绝："我不喜欢中药的味道，你自己喝吧。我给你收拾收拾这些东西。"

"你平常工作要注意身体，别经常熬夜、贪凉、三餐不规律……"初母收拾着病房里的杂物，像大多数母亲一样不停地叮嘱。

"知道。"初澄边喝着汤，边频频点头答应。

下午时分，舅舅派车来接金教授。初澄送行的脚步被止于病房里，只能站在窗口朝她微笑着挥挥手。

终于送别了母亲，初澄坐回到床上，看了看床头柜上那些已经大体翻完的书，觉得有些无聊。同房间的小病友今日也是一副百无聊赖的样子，正横撅在床上用手机看漫画，只时不时滑动一下屏幕，也不知道看进去了没有。"弟弟，今天怎么不拼乐高了？"初澄闲着无事，主动向他搭话。

病友抬头看他一眼："明天吧，今晚我想回家住。"

又回家住？之前初澄就很疑惑，这里的住院部规定非常严格，为什么他总能夜不归宿呢？

初澄半晌没有再接话。病友抬起头，看透了他脸上的不解神色，扬声问："想学？"

初澄笑着点头："嗯，教教？"

少年很满意他的虚心态度，从床上蹭起身坐好，挑着眉梢，漫不经心地伸出三根手指："阻碍你回家的因素无非就是保安的突击检查、主治医生判断病情，还有住院医生的夜间查房。总结下来就是需要有钱、有人、有颜。你能住在这个病房，前两个都不用担心，学会最后一个就行了。"小病友说得实在轻巧，翻身下床，准备亲自演示。

"嗯？"初澄拭目以待。

只见少年揉了揉自己头顶蓬松的头发，随意地趿拉着一双帆布鞋走出病房，径直朝着本楼层的值班室走去。

"姐姐——"他进门便软声诉苦，"病房的床太窄，临街夜里总是有车笛声，我都好几天没睡好觉了。姐姐能不能提前帮我刷个脸啊……"

不过三五分钟，少年已经做完了查房验证，重新回到了病房门口，随手拎了件外套，朝着病友挥挥手："哥，我先走啦。"

目睹全程的初老师目瞪口呆：看是看见了，但好像没学会。

天色稍见暗淡。穿戴整齐的初澄正在病房里收拾自己要带走的东西。手机屏幕一闪，收到了微信消息。

喻司亭：味道怎么样？

还是中午的时候，初澄给他发去过送汤感谢。对方大概是上了一下午的课，这会儿才看到。初澄停下收拾东西的动作，捧起手机回复。

初澄：我喝完了。金教授一口都没尝到，但还是不住地夸你。喻老师果然很受家长欢迎啊。

喻司亭很快就回复了。

喻司亭：毕竟是挂着星的金牌班主任，受欢迎难道不正常吗？

初澄：好家伙。

喻司亭：鹿言知道你住院了，一个劲儿地要去探病。我怕他吵到你和金教授，就没准他过去。

初澄：没事儿，我妈已经走了。但也不用让他特地跑来，估计再过两天就能出院了。今晚我还打算偷偷跑回家里住。

喻司亭：回家住？你出得来吗？夜间查房被发现的话，罚款是小事，被取消床位就麻烦了。

这不是刚和邻床小孩儿学的撒娇吗？初澄现在想想还觉得"老脸"一红，他噙笑打字。

初澄：放心，我都处理好了。

喻司亭：那你等我一会儿。马上放学了，我开车过去接你，顺便带鹿言上去看看，免得他一直烦着我。

初澄：好吧，那我在病房等你。

这会儿距离十中下午放学的时间已经很近了，喻老师和鹿言来得很快。

"初老师。"未见其人，一道清亮的少年音已经传来。

"在呢。"初澄端着刚洗的葡萄，走出卫生间。

鹿言上前两步，变戏法般把一捧洋牡丹递到初澄面前。这束花扎得极漂亮，从暖橘到明黄的渐变颜色搭配让人眼前一亮。

"我舅说你现在什么都吃不了，我又不知道探病该送点儿什么，正好刚才路过了花店。祝初老师早日康复。"

"谢谢。"初澄的笑脸在明灿的花苞衬托下更显丰俊，他顺势把水果盘递过去给鹿言吃，"快坐。"

鹿言笑着接下，看了看盘里乌黑的葡萄粒，觉得奇怪道："不是说不能吃水果嘛，你这儿怎么还有？"

初澄意味深长地朝门边瞥一眼："你舅买的。"

"啊？"鹿言回头看一眼背后的笔挺身影，吐槽道，"他明知道你不能吃还故意送来，这么恶劣？"

喻司亭突然遭 cue，神色如常："初老师上一次收到探病花的时候是怎么说的来着？嗯……行为太俗气？"

听到这人找碴儿，初澄抱花的动作一顿，嘴角也抽了抽。鹿言脸上的欢喜表情稍有收敛，朝着病房里寻了寻，很快就发现了依然摆在窗口的瓶插花。他蹙眉附和："也是啊，谁送的绿不拉叽的桔梗，确实挺俗。"

初澄忍不住"扑哧"一声："还是你舅。"

"……我还是闭嘴吧。"连续踩雷两次，鹿言不敢再回头看喻司亭的表情了，为了避免一会儿自己打车回去，抬手给嘴巴做了个"拉拉链"的动作。

初澄仍笑，抬手拍了拍"好大儿"的肩膀，体贴地帮他转移话题："你怎么知道我住院了？"

鹿言回身指了指喻司亭："他有两次回家的时候都带着满身消毒水味，你又在请病假，我一猜就中。"

"你这都赶上警犬了。"初澄佩服。

鹿言把一颗葡萄塞进嘴里，略含混地说道："我小时候身体不好嘛，三天两头看医生，对这个味道特别敏感。"

只要一看到葡萄，初澄就会想起刚开学的时候，鹿言在大哥办公室里被罚得哭唧唧的样子。那会儿误以为的小可怜实际上是个这么开朗的孩子。

"我住院的事情没有告诉学校，即便你聪明自己猜到了，回去也不要透露给其他同学，免得再造成麻烦。"

"啊？那好像来不及了。班里已经有好几个人知道了，他们传播消息的速度……"鹿言吃水果的动作一缓，扬着俊秀的脸孔不好意思地笑了笑。

初澄只觉得脑壳一痛，那就是差不多全班都要知道了呗？

趁着两人都沉默，喻司亭朝着外甥开腔："这病你已探过，差不多该回去了吧？我可没给你晚自习的假。"

鹿言的嘴巴里还含着一粒葡萄，不大高兴地抗议道："我才坐几分钟啊？水果还没吃完呢。"

"葡萄可以给你带走，学习重要。"初澄跟着附和。

"好吧。谁让'三人行，全是我师'呢！"鹿言撇撇嘴巴，无可奈何地乖乖听话。

喻司亭帮忙拎起换洗衣物的袋子，说道："走吧，我先送你回去。"

"嗯。"初澄应声，低头穿鞋子时忽然说道，"对了，医生让我离开的时候去诊室那边跟他打个招呼。"

"别折腾了，我去吧。"喻司亭把车钥匙递过去，"你先跟鹿言下去，到车上等我。"

初澄点头。

几人一同离开病房，喻司亭绕路去诊室。此时已是晚间休息时间，蜿蜒的走廊通道空荡荡的，连接着数不清的房间。喻司亭边走边查看头顶的门牌，路过住院医生值班室，无意间听到里面有人小声谈论。

"C3病房那个高中老师笑起来好甜啊！心都酥了。"

"可不是吗？我一直以为他和邻床那个弟弟一样都是学生呢。"

"你都没看见他刚才进来，还没叫人自己就先脸红的样子，可爱死了。"

喻老师拧了拧眉头。难怪，原来他就是这么解决问题的。

喻司亭回到车边时，那两人已经等了有一会儿。

初澄坐在副驾驶位上，从车窗观望外面的风景，随口问："怎么这么慢？医生又嘱咐什么了吗？"

"没有，在住院医生办公室外听了点儿新鲜事。"喻司亭开了车门坐进驾驶室，瞥了眼身旁人慢条斯理系安全带的动作，"共事这么久，我还不知道初老师竟然还有恃颜逞凶的技能。"

"喻老师，请注意你的措辞。"初澄只听"住院医生"四个字便知道他要说什么，安逸地靠到软垫上，闭眼享受着离开医院后的自由空气，"这应该叫帅哥好好用脸。"

"这么有自信？"

喻司亭发动车子，从主控位关上了副驾驶旁的车窗，避免体质虚弱的人被强劲的夜风吹得受凉。

初澄睁开眼睛，绽出公式化的微笑："彼此彼此，毕竟喻老师也自称是受家长欢迎的挂星班主任。"

无论处境如何，他的嘴上永远不肯吃亏。喻司亭并不与之计较，只道："好，那就先送帅哥回家。"

"我不急。"初澄抬腕看了看时间，"你先带鹿言去吃晚饭吧，再耽搁一会儿，他真的赶不上晚自习了。"

喻司亭这才瞥向后视镜："你想吃什么？"

鹿言思索两秒钟后回答："玉湖夜市的烤鸡肉饼吧。"

驾驶位上的人只是看他一眼，未置可否。

"不行啊？"鹿言疑惑地继续开口，"你从这里开回去不是正好顺路吗？"

"你让一个正在严格忌口的人陪你去吃小吃街的美食，合适吗？"喻司亭目不斜视地看着前方，沉声答话。

鹿言现学现卖，学着初澄刚刚的语气撑亲舅："彼此彼此，毕竟喻老师也给处在禁食期的病号买了水果。"

喻司亭似乎是习惯了外甥时不时就膨胀起来的胆子，意味不明地"噢"了声，语气淡然："那你觉得，如果我现在想动手揍你的话，那位病号他拦得住吗？"

听起来两人"没营养"的斗嘴都是因自己而起，初澄不得不表个态："我没关系，正好蹭车逛逛。在医院里憋了好几天，只要出来兜兜风我就开心。"

鹿言闻声，顿时有了底气："听见了吧，初老师也想去。"

你就宠着他吧。喻司亭朝初澄投去一道眼神，然后遂了外甥的心意，打着方向盘驶上主干线。

鹿言所言不错，玉湖路距离医院的确不远，只间隔了几个街区。此时华灯初上，霓虹掩映下的城市夜幕刚刚拉开。车子行驶在笔直的长街上，刚好能看见两旁林立的商铺接连点起暖而明亮的灯光。

"好热闹啊。"初澄再次按下车窗，欣赏沿途的夜景，好奇道："这附近有什么活动吗？"

"大概因为今天是小雪，街边多了几个临时的摊子。"喻司亭在路旁找了个允许停车的位置，让鹿言自己去买烤饼。

因为平常通勤不便，初澄很少到城市的另一边来，首次进入玉湖夜市，自然看什么都觉得新鲜。他也推门下车，深吸几口冰凉的夜间空气，自顾自在附近的摊位闲逛起来。

今日这里的夜市小巷格外热闹，主要就是因为那些围炉煮酒的小摊子，桌板上陈列出的是各式各样的精致器皿，大大小小的瓷瓶中盛着等待出售的美酒佳酿。秋露白、竹叶青、十月白……各种只听名字就让人陶醉的小雪酒，色清味洌，为初冬节气添了几分诗情画意。

"这些都是可以品尝的，要试试吗？"站在长桌后的卖家见初澄很感兴趣的样子，热情地拿来品酒杯。

初澄好奇地俯首细嗅。每一种酒的味道都很好闻，真想尝尝。待他抬头时，却刚好看见那辆停在街边的白色 SUV 降下了车窗，坐在驾驶位的喻司亭把胳膊架在窗边，一副闲适样子。那人明明没有看过来，却只通过半道背影就传递着威胁感。

初澄不禁在心里嘀咕，这种被盯梢看管的感觉怎么那么熟悉啊？莫名其妙带着点儿金董事长的影子。

初澄的手指蠢蠢欲动却没敢接，又犯怂缩了回来。

卖家不明情况，把酒杯向前推了推，大方地道："没关系，不收你钱。"

"不用了，我不能喝酒。"初澄笑笑，婉拒了老板的好意。

他说完便不好意思地离开了"是非之地"，转身站到了另一边的摊子前，却又见糯米做的香软糍粑，红糖、豆面儿、爆浆各种口味。

这也不能吃。

放眼望去，当真是满街诱惑。初澄避无可避，最后还是老实地回到车上，眼不见心不烦。需要忌口的病号扫兴而归。

"我说过了，你不用非陪着他。"喻司亭听着沉闷的关车门声，叹了一声道，"现在觉得难受了吧？"

"来都来了嘛。"初澄情绪不高地轻声回应。

车内气氛似乎有些尴尬。好在喻司亭低头摆弄起了手机，没再说什么。几分钟后，鹿言带着心心念念的烤饼回来了。

喻司亭关上透气的车窗，出言叮嘱："别在车里吃，饼渣会掉得到处都是。"

"我知道。"鹿言略显敷衍地答他一句，然后兴致勃勃地侧身向副驾驶位，伸臂递来一样东西，"初老师，给你。"他手里拿着的是一根小小的挂霜雪花糖。

"给我的？"虽然平常不吃糖，但这个东西做得实在精致。初澄接下时免不了有些惊喜。

鹿言却反问："不是你要的吗？刚刚我舅发微信说的。"

初澄："啊？我根本不知道有卖这个的啊。"

一瞬间两人皆茫然。

"都满意了，可以走了吧？"喻司亭"深藏功与名"，笑着启动车子，重新开上了灯火通明的城市干道。

所以这是给自己的"安抚奖"吗？初澄反应过来时，车载屏幕上已经亮起了新的导航路线，最终目的地"运城家园"。

喻司亭没再说话，但他的车技非常好，一路都行驶得极平稳，让人安心。

忽明忽暗的车内，初澄小心地捏着一根很有小雪节气氛围的糖棍，看着它晶莹剔透的样子，在没人注意的时候凑到唇边尝了尝味道。

在从小病友那里学到新技能后，连续两天，初澄都是白天在医院输液，晚上就偷偷跑回家。

手术后的第六个下午，他终于挂完了住院期的最后一瓶药。

端着医用托盘出去的护士，与跑腿小哥擦肩而过。后者敲了敲 C3 病房的门板："初先生您好，这是今天的汤，给您放在柜子上了。"一连送了三天，配送员都已经轻车熟路。

"好的，谢谢。"初澄松开按压输液贴的手指，打开餐袋看了看。

今天送来的是黄芪乌鸡汤，和之前一样，少油脂和食盐，添加了玉竹、红枣、麦冬，带着股淡淡的药材香。

"吱呀——"病房里，卫生间的门被人从里推开，同屋病友一脸生无可恋地走出来。

他一头栽倒进床铺里，鼻子却灵敏地嗅了嗅："怎么有一股鸡汤的味道？"

"嗯，来一碗？"初澄问。

小病友没有拒绝他的好意，边爬起身边道："又是你那个老师同事送来的？一直见他叫人送汤，怎么没再来看你？"

初澄动手给他盛了一些，递过去："他要工作啊。每天讲课带班就忙不过来了。这汤是他家里营养煲的，顺带送来给我尝尝。"

邻床少年端汤闻了闻，隐约间好像有一股甘甜的党参味道，他送到嘴边尝了一点，而后客观评价："汤的用料很足，但味道一般。他家的营养师花多少钱请的？"

"这我哪里知道？"初澄也尝了尝。他倒觉得还好，可能只是调味料放得少的缘故。

两人正喝着汤，廊上响起一阵沉稳有序的脚步声，拿着一摞缴费单的金董进门来，告知说："手续都办好了。"

少年诧异地抬头："你今天就办出院啊？"

"嗯。"初澄点头，一边动手收拾自己的随身物品，一边微笑道，"马上就要把单间还给你了，开不开心？"

"突然不知道该怎么表达自己的情绪。"还要继续忍受煎熬的小病友皮笑肉不笑，但他话锋一转，又接着说，"不过对我来说出院了也没什么意思，还要回去上学，在哪儿都是坐牢。"

初澄从床侧拎出一个乐高盒子递过去，劝慰道："那也还是健健康康的更好些。临走前送你个礼物，祝病友早日康复。"

"哇，你拍到这个了。"看到突然出现的玩具盒，少年明显淡忘了刚才的忧愁，上前细看，"这款现在是超 H 价①吧。"

"送你的。"初澄笑笑，拎起自己的背包，顺带揉了揉孩子的头，"小小年纪，别说那么丧气的话，要好好照顾自己的身体，我走啦。"

明明是个自称教乐高的，操起心来却像是半个班主任。

"知道啦——"少年拖长声音应下，朝着背影摆手，目送他离开。

直到离开住院部，走进停车场，半天都没发表见解的金董才看向外甥，一副讨要说法的模样："就为了一份出院礼物，我派了三个助理给你跨时

———————————

① H 价：High 价的简写，网络用语，指高价。

差蹲拍卖，结果是给别人拍的？"

初澄脸上扬起明灿的笑意："小孩子嘛，住院这么久都没人来看，再说这几天陪我玩得挺开心。我出院了，哄哄他也是应该的。"

舅舅斜眼看他，语气幽幽："平常花工资给自己买点儿什么都不舍得，几千'刀'的乐高随手送人倒没见你心疼。"

"您难道没听过一位名人说的话吗？"初澄收起嬉笑态度，扒着车门一本正经地胡说八道，"一个聪明的强盗，永远不要在大街抢劫贫穷的高中语文老师，而是应该直接绑走他，再打电话向他的舅舅要赎金。"

金董根本不吃这一套，面无表情地看着他："没猜错的话，这位名人和这位强盗都姓初吧？"

初澄眯起单只眼睛，赞赏性地朝对方竖了竖拇指，然后下一秒，遭那人按着后脖颈塞进了车里。

初澄和舅舅一同被司机送回了家，一回到他熟悉的小窝，入目的是光可鉴人的地面。再抬眼看，屋子里被收拾得干干净净，原本凌乱的客厅变得井井有条。

"噢，进贼了？这贼还挺爱干净。"初澄想起之前只有舅舅来取换洗衣服的时候从自己手里拿过钥匙，随口开起玩笑。

"别贫。"金董放下手里杂七杂八的包裹，拍了拍高定西装的袖口，"我已经替你和这边的家政公司签好了合约，给了他们备用钥匙。以后每隔两天，公司就会派人过来打扫一次。"

"不用了吧。"初澄随手拿起一只抱枕，舒服地窝进沙发里，"又不是在自己家，我就这七八十平方米的月租房，哪里用得着家政公司。"

舅舅转了转左腕上的手表："我知道你工作忙没有时间，而且身体刚恢复一点儿，还需要好好休息。再说，你房子从里到外也没什么怕丢的值钱东西吧？"

好过分。初澄正想对他的体贴表达感谢，刚到嘴边的话生生咽了回去。

金董吸取了上次的教训，怕再唠叨下去，这个一身反骨的小子又要不高兴，索性直接放手。

"我一会儿还要回去忙工作，不留下陪你了。餐桌上有秘书刚去买的热粥，你吃完饭在家好好休息，别到处乱跑了。"他指的是前两天逛夜市街的事情。初澄听出了话外音，一时理亏，沉默着没有说话。

舅舅继续叮嘱着，边走边说："还有，你的速溶咖啡已经被我扔了，近期都不要再熬夜。没什么事就早点睡，别逼着我制裁你的游戏账号，我可只负责封不负责解。"

初澄起身送人出去，满口答应："知道了。您该忙就忙去吧，别总把我当成小孩子。"

金董和秘书站进电梯。

"拜拜。"初澄满脸乖巧，微笑着告别，却在轿门闭合的瞬间立刻转身回房间，换了件连帽卫衣下楼。他从小区侧门出去，在街边招停一辆出租车，坐上副驾驶位："师傅，到十中。"

在住院的最后两天，初澄收到了不少学生发来的问候消息，这会儿就像是个操心的老父亲，迫不及待地想要去班里看看自己的崽崽们。

此时晚饭时间已过，学生们进入了自习状态。教学楼的走廊里十分安静。初澄放轻脚步来到7班后门，想看看班里的情况，未料刚一探头就和学生对视在了一起，他连忙缩了回去。

"哎？刚才那是初老师吧？"

"我好像也看见了。"

"他在哪儿呢？"

正在写作业的学生们产生了一阵骚动，纷纷抬头向门边张望。初澄只好大方地露面。

"初老师你回来了？我们都想死你了！"

"听说老师的胃出了问题，现在身体怎么样了？"

"脸色看起来还是很憔悴啊，应该还没恢复好吧？"

初澄被众人齐刷刷的视线盯得有些难为情，在唇边竖起一根手指，示意大家声音轻些，不要影响其他的班级。

"谢谢你们的关心。我就是做了个小的切除手术，现在已经没事了。"

"是肿瘤吗？应该不是急症吧，之前怎么都没听你说起过？"

"啊？初老师那么年轻，不会是平常被我们气的吧？我看网上说人心情郁闷或者经常发脾气就容易生这种病。"

"那我们以后都尽量好好听话，让你少操点儿心。"

　　一时间学生们七嘴八舌，根本辨不清是谁在立 flag。学生们的话虽然说得有点肉麻，但初澄初为人师，还是会被那些真诚的问候感动。

　　"好啦好啦，知道你们有这份心我就已经很高兴了。"他伸臂向四下安抚，轻声询问，"大哥没来吗？"

　　前排的学生指了指讲台边的椅子："在办公室吧，最后一节数学课的时候他还坐在这里监考呢。"

　　"又考试啦？不是昨天才考过吗？"初澄想起自己早些时候刷朋友圈，偶然看到了有学生在吐槽。

　　提起这事，简直是全班哀号。就连喻司亭自己的课代表孟鑫都忍不住发声："何止啊，大哥这两天好像是考试瘾犯了，一言不合就给我们塞试卷。从前天到现在至少堆了三张试卷还没往下发。再考的话我估计他都要讲不过来了。"

　　好家伙，这不就是趁着别人休假，往死里"卷"吗？初澄露出一副"我学会了"的表情："我好像知道为什么你们其他科目的成绩这么能打了。改天我也要借鉴一下数学的考练模式。"

　　学生们表现得比他还要积极："别改天啦，下节就行。"

　　"啊？这么草率吗？"初澄一怔，回头看一眼课表，"下节是班主任的辅导课吧？"

　　学生的语气里带着点儿"恨铁不成钢"的味道："时间就像是海绵里的水，你不和大哥抢着挤怎么可能会有呢？"

　　"可是初老师刚出院，能立刻上课吗？要不要再休息几天啊？"语文课代表韩芮应该是整个班级里和初澄关系最密切的学生，最先考虑到了他的身体情况。

　　"我向学校请假到本周末。"初澄的语调温和，话锋一转，"不过如果你们想的话，我也可以提前来上班。"

　　他的声音刚落，班里学生立刻响起一阵欢呼。

　　"太好了！"

　　"我突然发现自己最爱的是语文！"

　　"终于不用再写数学卷了。"

　　…………

嗯？听着大家袒露真心的喊话声，初老师逐渐发觉了不对劲：等会儿，你们到底是想我，还是想用我来做你们的挡箭牌啊？

第五课

乖顺 VS 叛逆

在学生面前浅浅地露了个脸后，初澄把管控纪律的活儿丢给班长，自己偷闲回了办公室。因副班回归而引起的讨论声不太好压制，鹿言在班里喊话的声音传出了很远。初澄听着颇为感慨。虽然从前觉得这种"甩锅"出去的方法不太厚道，但放羊式的班级管理模式让他觉得真爽。

教学楼五楼南侧都是老师们的办公室，正常下班时间以后基本不开灯。这会儿只有数学组灯还亮着。初澄敲了敲半掩的门，探身进去，果然看到喻司亭正坐在办公桌前批卷子。

"我一猜就是你。"屋里没有其他老师在，初澄迈步走了进去。

见到来人，喻司亭的脸上现出诧异表情，再一看，他手上已经没有了医用腕带，蹙眉道："你提前出院了？"

初澄点头："嗯，医生同意的。"

"怎么没说呢？"喻司亭似有些被辜负的遗憾，"我下午还让人往医院送了汤。"

"我喝到了啊，黄芪乌鸡汤，味道还不错。"初澄正笑着答他的话，忽然觉得有些许不对劲儿，要求道，"你再说句话。"

"说什么？"喻司亭没反应过来。

初澄却已经发现了问题，询问道："你是嗓子不舒服吗？"

喻司亭干咳两声，清了清喉咙："有一点儿，你听得出来？"

"何止一点儿啊，你这声音听着完全不对了。"初澄顿时心生愧疚，"该不会是因为我请假，学校医院两头折腾，把你也累病了吧？"

喻司亭摇头："不是。最近天气冷，降温厉害，可能有点换季感冒的苗头。"

"还真当自己是铁打的啊？"初澄瞄了眼这人办公桌上铺得到处都是的教参和试卷，叹道。

难怪学生吐槽大哥犯了考试瘾呢，实际上是身体不舒服，影响了讲课状态，干脆借考试来缓和一下。但这不是饮鸩止渴吗？就凭他现在这把嗓子，连讲三张卷子后如果还能照常说话，那简直是医学奇迹。

就在他思忖的时间里，喻司亭又批出了一张新的卷子，边核算总分，边不紧不慢地回应："刚出院没几个小时就到学校里来了。论爱岗敬业，我自认比不上初老师。"

初澄笑叹："我们俩就别在这儿互相阴阳怪气了。之前还说一个班里有一个强势的和一个冤大头就够了，现在总不至于凑不出一个健康的吧？"

没等喻司亭说话，初澄继续开口："下节班里的辅导我去上。语文组办公室抽屉里有玄麦甘桔颗粒，等会儿拿来给你冲一杯。"

"今晚的课真的不能让给你讲阅读。"喻司亭瞥了眼桌面上的三摞试卷，"你也看见了，我积攒的卷子在这儿呢。周考前……"

"我什么时候说要讲阅读了？喻老师，虽然我本科和硕士都研究中文，但并不是没有学过高中数学。不放心的话，等会儿你可以过来监堂。"初澄不仅打断了大哥的话，还在他惊疑交加的目光下俯身抱走了数学卷子。

第二节晚辅导的铃声响起。7班的主副班同时走进教室。两道高挑俊迈的身影前后并立，都没有说话。

这是什么情况？学生们表面上虽然安静，心中却都在暗自思量，接下来一小时二十分钟的辅导时间到底"鹿死谁手"。

初老师捏着粉笔率先迈上讲台的一刻，谜底似乎揭晓。学生们的一句"好哦"还没来得及说出口，未能占领先机的大哥却也有所动作。

喻司亭坐到最后排办公桌边，用单肘拄起了头，沉声说了句："课代表把数学试卷发一下。"

"啊？"突然被 cue 的孟鑫一愣，茫然地瞧向大哥。

等他再次把视线移向讲台时，表情明显更加震惊了。没看错的话，初老师现在画的是圆锥曲线吧？

初澄在黑板前画完图像，转身看向都在怀疑自己眼睛的学生们。

"喻老师今晚的嗓子实在不舒服，让他稍微休息一下。我越俎代庖给大家讲两张数学试卷，可以吗？"

大哥还在教室后面坐着，哪里有人敢说不行？台下此刻鸦雀无声，大家却在沉默中表演瞳孔"地震"。

一个好消息和一个坏消息。好消息是休假的语文老师回来了。坏消息是他竟然临阵倒戈，替别人讲起了数学。

刚刚我们就是这么教你从大哥手里抢课的吗？一片苦心，全都错付了！

初澄再次从学生们的眼神中看出了"恨铁不成钢"的意思。可因为在过去的一个星期里，自己都是甩手掌柜的角色，这会儿对带病坚守岗位的喻司亭实在心怀愧疚。所以这一次，初澄堂而皇之地选择背离学生，站在了班主任的战壕里。

"看来大家有点儿意见，但是不多。"初澄喷了喷嘴巴，对学生们的眼神视而不见，拿起了试题。

在他转身背对同学的那一刻，甚至想起了一句玩笑话：这一天，我终于成了自己曾经讨厌的那种人。

"都拿到自己的卷子了吧？单选加填空，哪道有问题直接说题号。"初澄整理好自己的情绪，捏着粉笔把第一卷小题的答案写在了黑板上角，让学生们进行核对。

"第7题。"

"9题。"

"12。"

说到底，7班同学的学习自律性还是很高的。即便他们有些难以接受事态转变，也都很快进入了听课状态。

"7、9、12……"初澄一边重复着，一边用粉笔标记，右手悬停在黑板上方等待了几秒，"没啦？"

台下寂静无声，再没有人提出新的问题。

初澄以为是学生不信任自己讲解数学题的能力，特地把算得满满当当的试卷展开，朝他们笑言："你们不用慌，我是备过课的。提问不要这么腼腆，就算我有讲得不到位的地方，你们大哥也会提醒的。"

讲数学新课不敢说，但对于这两套复习试卷，初澄还是很有自信的。

尽管本硕时期主修文学，可他从前的数学成绩是所有科目里最好的，刚刚在办公室备课的时候已经把卷子从头到尾都做了一遍，就个别题目，还谨慎地现场向喻老师请教了最优解法。不过事实证明，他好像做了无用功。

"初老师，真没了。"坐在后排的穆一洋举起自己的试卷。上面红笔勾画着明晃晃的 144 分。

再看一眼，他同桌徐婉婉的试卷是 128 分，后排孟鑫举起的那张有 139 分……

"其实 7 和 9 也不是非讲不可，谁做错了，抽空自己问同桌就行。"说话的是坐在斜后排的鹿言。

这孩子直接把卷面的 150 分答满了，但因为懒得写名字，被记成了零分。

初澄一怔。虽然他知道，这是个在期中考试中数学均分 120+ 的强基础班级，但世界的参差未免太大了。你们做语文习题的时候根本不是这样的！难怪大哥堆了满桌的试卷却一点儿都不着急。他甚至还可以再攒一攒嘛。太欺负人了！

"看题吧……"初澄心怀挫败感，用食指和中指夹着粉笔敲了敲黑板。

随后，7 班教室内响起了数学题目的讲解声。

"哎。"因为基本没有什么错题要改，穆一洋清闲地向后翘起椅子，朝鹿言喊了声。

只出一只耳朵听课的班长抬起头，不耐烦地瞥他一眼："干什么？"

穆一洋："你觉不觉得初老师解这个题型时的思路和大哥一模一样啊？"

对方的关注点比鹿言预想的还要"没营养"。他继续描自己的英文字帖，极敷衍地答了句："他俩一样很正常。"

"为什么啊？语文和数学的思维不是应该有很大差别吗？哎，我跟你说话呢！"穆一洋的追问没得到答复。但学生碍于后排大哥的威严，没敢再做其他小动作。

"把这道题的步骤整理一下吧。"初澄讲完一道大题，稍作了停顿，给学生们留下思考时间。

趁着空闲，他缓缓地晃动脖颈，无意间瞧向角落里的办公桌，看到喻司亭正环着手臂靠在椅背上，目不转睛地盯着前方。

初澄觉得有些不自在，下意识回头去检查自己的板书，并没有发现任何纰漏。虽然刚刚和喻老师说过，他可以监堂，但也没有必要坐得这么端正，还听得这么认真吧？

来自初澄的频频注视，喻司亭有所察觉。他发现自己的眼神影响了对方的发挥，随即低下头，攥拳掩饰性地轻咳一声。初澄在班级里绕了一圈，查看学生们的听课情况。再抬头时，原本监堂的人已经拿起杯子，从后面出去接热水了。

晚间九点五十分，高二年级下晚自习的铃声准时响起。初澄拖堂了三分钟，刚好把第二套试卷讲完，喊了声"放学"。

学生们哄然放松下来，各自收拾着东西，呼朋引伴，准备回宿舍或者出校门。有外班学生早早就来到教室门口等人，看到黑板上密布的公式和图像，再瞧一眼还站在讲台边的初老师，都大为震惊。

"你们班什么情况？"

"语文老师转科啦？"

7班学生纷纷肯定式地点头："对，你们没看错。我们班今天的数学都是语文老师教的。"

作为本周值日生，鹿言本想在放学后先擦黑板，却见初澄仍拿着剩下的最后一张试卷端详，时不时还在黑板上算两笔，迟迟没有离开的意思。他只好先出门去涮拖把。

比起刚讲完的两套题，剩余的试卷明显增加了不少难度，有些问题也出得刁钻。初澄遇上"拦路虎"，尝试画了两条辅助线都没能达到预期效果。正冥思苦想间，一道颀长的身影靠近，略微地挡住了头顶的灯光。

"你画的图不对。"喻司亭从纸盒里捏出里面剩下的唯一一根彩色粉笔头，三两下就使平面上的几何图形清晰立体起来。

他的嗓子依然哑得厉害，声音很低："在这里加辅助线，然后这样斜着连上。"

"噢噢，我看出来了。"有了他的点拨，初澄很快便开了窍。

喻司亭摊开手掌："那再接着往下做。"

鹿言拎着拖把回到教室，一进门就见两人肩并着肩站在黑板前画画算算。这场景忽然让他想起刚才上课时穆一洋问起的话。这些解题思路根本就是小舅教的，不一样才奇怪吧？

或许是喻司亭的体质好些，初冬的一波强劲流感也没能拿他怎么样，嗓子肿痛了三四天就恢复了正常。初澄在代替他讲了几堂晚辅导后又回归了自己的本职，每日专心研究的无非就是如何才能提高7班的语文成绩。

转眼12月都已经快过完了。今年过年早些，寒假也将比往年提前到来，期末考试被学校安排在了元旦假期后。眼看着本学期即将结束，初澄面对学生们平缓无进步的周考成绩，再想起自己在喻老师那里立下的排名豪言，难免有些焦虑。

星期五中午，用餐时间已经过了许久，初澄才不紧不慢地来到食堂。手术以后，他要忌口的东西太多，基本上就是这也不能吃，那也不能碰，所以食欲减退了不少。他只打了两个清淡的炒菜、一碗素烩汤，端着餐盘随便找了个地方，边吃边滑动手机，翻看最近的消息。

一声轻响，另一个餐盘落在了桌面上。初澄抬头，看到了喻司亭的脸。他正居高临下打量着自己，然后在桌对面的椅子上坐下了。初澄诧异地看着他。

喻司亭似乎不喜欢饭菜的味道粘在身上，所以自开学以来，两人从来没有在学校食堂一同吃过饭。

"这里有人？"喻司亭问。

初澄摇头："没有。"

"那你这么看着我干什么？"喻司亭说着，擦了擦食堂的竹筷。

"我以为你不会留在这儿吃。"初澄低下头，筷尖在几乎不见油水的素菜里拨了拨，把一片木耳塞进嘴里。

喻司亭看着他东挑西拣的动作，蹙了蹙眉。这人从出院后就瘦得下颌尖尖，过了这么多天竟然一点儿都没养回来，不知道是工作太累消耗得多，还是根本就没吃多少。手术已经过了这么久，按理说他早就应该能吃肉食了，可这会儿餐盘里还全是素食。看样子不是身体原因，是心里装着事情才吃不下。

"这次期末考，是全市的校联体考试。"喻司亭开口试探。

果然，在"期末"两字刚出口时，初澄的视线就从手机屏幕移到了他身上。喻司亭当即明白了他到底是在发什么愁。

之前明明是个把退休和养老都挂在嘴边的人，却刚出院就跑回学校，会主动要早晚自习的空闲时间带学生们做额外练习，还因为担心成绩而吃不香睡不好。一边痛恨，又一边热爱，这么纠结的初老师，到底该怎么评价才好呢？

见对方没再往下说，初澄便一直看着他。

喻司亭接着开口："今天下午，教育局要召开市直高中的年度工作总结会。如果校联体的命题老师都能到场，可能还会在结束后再补聚一场。"

初澄数了几粒米饭送进嘴里："听起来你挺忙的。"

"所以我怕会漏掉一些事情。等会儿放学后你如果没有其他安排的话，能跟我一起去吗？"喻司亭停下筷子，漆黑的眸子注视着对面的人，发出邀请。

"教育局啊。"初澄笑道，"我初来乍到就这么受组织器重，不好吧？"

喻司亭："和学校没有关系，主要是来帮我的忙。"

"真的需要？"初澄迟疑。

喻司亭很认真地点头："嗯。"

"最后一节你好像有课吧。"初澄终于不再扒拉几根可怜的青菜，放下筷子，用纸巾擦了擦唇边。

喻司亭听懂了他的言下之意，这是同意了，于是嘱咐说："到时候在校门口等我。"

下午三点钟，学生提前放学。鹿言被舅舅事先吩咐过，没像平常放假日那样一溜烟地跑出去，老老实实留在班级监督值日。

初澄交代好班里的琐事，离开教学楼时，喻司亭已经开车等在门口了。他拉开车门坐上去。从十中校门拐出的还有另外几辆车，应该是同路去开会的。但喻司亭中途转弯，把车停在了附近的水果店前。

"等我一下。"他走进店铺片刻，出来时手上提了几个水果袋子。

初澄突然感觉这人不是去开会的，倒有点像是送礼，正想开口问，却被塞了一袋糖炒栗子进怀。

摸着温热的牛皮纸袋，初澄笑笑："拿我当小孩儿啊？出门还要带着点儿零食。"

"一会儿等得无聊的时候吃。"喻司亭系上安全带，重新把车子开回路上。

今天教育局要开的会议估计规模不小，老式的庭院内停满了外来车辆。喻司亭单手拎着袋子下车。初澄在这里没有熟人，一路都跟紧了他的脚步。

这会儿还没到会议开始的时间。各校领导们率先进入室内去签到。走廊里剩下的都是些年轻有为的老师，大家的年纪相差不多，又都熟识，相处起来的氛围比初澄想的要活跃。

"怎么又是你们俩参会？实验中学没别人啦？"

"什么话，小心让我们领导听到。我们学校向来人才济济……"被挪揄的老师向后看看，没发现有领导注意这边，又添了句："嘘，我叫人才，他叫济济。"

一行正谈话的人看见喻司亭走来，用调侃的语气打招呼："哟，十中的也来了。"

"自从他不带毕业班，也不在各种动员讲座上露面后，我都有点儿不习惯了。"

"巧。"喻司亭过场式地点点头，径直走过。

刚刚自称"人才"的男老师被同伴拉扯了一把："你看人家理你吗？真的是。我今天回去一定要和领导汇报，下次别带你出门了。"

"我怎么啦？"

…………

喻司亭的脚步没停，把身后的说话声落得越来越远。

初澄回头望望："你不进去吗？我刚才好像看见杨主任已经在会议室里面了。"

"不急，还没开始。"喻司亭走向一条安静的走廊，站立在某间办公室门前，敲了敲，"先拜访一个人。"

几乎是话音落下的同时，门被人从里面打开。面前站着的是一位五十多岁的男性，面容和蔼，精气神十足。

"稀客啊。"他虽如此说，看上去却对喻司亭的到来半点儿都不意外，只在目光落向初澄时稍有迟疑："这好像是生面孔了。"

"陪我来开会的。"喻司亭简单地介绍，"这位是钟老师，之前也在十中任教。"

初澄颔首示意："您好。"

喻司亭很少带人过来，钟老师着重打量了他两眼，招呼道："进来坐。"

"他有点儿社恐，先让他在您屋里待会儿，等我开完会来接他。"喻老师只是探身向桌边，放下了水果，并未落座。

钟老师脸上笑眯眯的："行，放心吧。我这里清静没人来。"

初澄的喉咙哽了哽。怎么感觉自己像是被送进幼儿园的小孩子呢？

喻司亭扶了扶他的肩膀："那我先过去了。"

初澄点头，接受了临时安置。

"坐啊，吃点水果。"钟老师顺手打开喻司亭带来的东西并推到访客面前，自然地和他聊天，"今年新毕业的？"

"是。"初澄坐得端正，目不斜视。

"一猜就是，太拘谨。"钟老师看着他的样子忍不住笑笑，随手从袋子里翻出一只梨，用纸巾擦了擦，"你再看看刚才外面那群活蹦乱跳的，都是被各个学校重点培养的年轻一代。"

初澄并不了解被提到的老师们，接不上话，静坐对视又未免尴尬，便主动开了个新话题："刚才听喻老师说，您之前也是在十中工作？"

钟老师应答："对，我是因为借调，但过来一干就是四年，这都快退休了。"

初澄好奇："那您是教什么的？"

"数学。"

"和喻老师一样。"

初澄脱口而出的话惹得对方挑起眉梢："当然一样啊，不然他怎么能刚毕业就在我手底下？"

"所以，您是他的师父？"初澄这才反应过来，难怪喻老师会特地买了水果过来探望。

"嚯，这词儿好听。你们现在都这么叫了？我可没听他喊过。"钟老师搭坐在初澄右侧的沙发边，啃了口梨，忽然想到什么似的问道："你不会这么倒霉，被分在他手底下了吧？"

初澄忙解释："没有。我是教语文的，跟着十中的杨正文老师。"

"老杨的关门弟子啊。"对方闻言一副"你怎么不早说"的样子，即便他从刚开始举止就已经很随意了，"我跟他可熟着呢，属于亲上加亲了，你现在完全不需要客气了，吃水果吧。"

"谢谢。"初澄礼貌地笑笑，在对方的再三推让下，摸起一只冰糖橘，在手里把玩着。

钟老师一边招呼着初澄，一边从口袋里摸出手机，拇指触屏发了条消息。

钟老师：什么意思啊？冷不丁地送个小朋友来我这儿。

想必是会议内容无聊，喻司亭回得极快。

喻司亭：他最近压力有点儿大，带出来缓解一下。

钟老师：我就知道你小子的梨不是白吃的。可人家老杨的徒弟，你送我这儿来干什么？

喻司亭：杨老师正直，论起说宽慰人的职场歪理，还是您在行。就像当初荼毒我那样。

这叫什么话！

钟老师：翅膀硬了，真不怕我往外抖搂你当新老师时候的黑历史啊？

坐在另一边会议室里的喻司亭看到颇具威胁意味的消息，并无神色变化，瞥了眼台前的 PPT。

喻司亭：我有吗？照目前的开会进度，您大概只剩两个小时的时间来胡编了。

"怎么了？你不是主动陪人来开会进行学习和观摩的？"

发现沙发上坐着的初澄有些心不在焉，钟老师放下手机，扔掉梨核，重新和他聊起天："你和喻司亭在同一个班吧，跟我说说他平常是怎么压榨你的？"

初澄放下把玩半天的橘子，认认真真地答话："没有，喻老师很照顾我，也教了我很多东西，能让我站在前人开辟的坦途上。"

钟老师闻言一乐："哎，你这小孩儿还挺聪明的，知道提前人。就算喻司亭有什么剥削后辈的手段，八成也得是跟我学的，是吧？"

初澄笑笑，没有再说话。

钟老师看向沙发另一端。他当然理解新教师常有的成绩焦虑。除了自己任教的科目，其余全部出类拔萃，这事儿换了谁也很难接受。

"虽然我现在不在十中了，但他的班级情况我多少知道一些。你是教语文的，有些压力很正常。"

初澄："嗯。"

钟老师随意地抻了抻筋骨，喟叹一声。

"现在当老师不像以前啦。教育行业对年轻人的要求越来越高。刚出校门，就要你们为人师、做表率，既要抓教学，又要管德育。明明自己都还是心性未定的小孩子嘛。所以啊，搞得很多新老师上岗就抑郁，进校就幻灭。楼下的访客室一年到头不知道接待多少个刚上岸就要调岗辞职的。"

初澄顿了顿，只是安静地听着。他从来没有想过这件事，毕竟辞职后就无从可谈退休了。

"还是说刚才的那一群。别看现在都是说说笑笑、神采奕奕的，但谁还没有个迷茫期啊？都是这样过来的，没有人例外。"钟老师再次扒拉起徒弟拎来的袋子，挑了样水果，补充一句："喻司亭当然也是一样的。"

初澄抬起头："毕竟您认识喻老师比我早得多，见过他最青涩的时候。"

"他哪有青涩？上班第一天就开两百万的路虎来的。"

钟老师哼笑一声，心中暗想，这可不是我主动要讲的，不过那小子的事迹倒也不失为好教材。

初澄玩笑道："看来从事教育工作的确不能暴富。喻老师在上班前就家财万贯了。"

钟老师笑叹一声，不再提。

初澄还想听他再多说些，继续追问："那在您的印象中，五年前的喻老师看起来也像现在这样稳重冷冽吗？"

"不止五年，我们最早在十中认识的时候，他才二十岁，也没有编制，就是本科毕业前被学校公派来实习的。"

钟老师回忆起当年，那会儿学校的每个教研组办公室都会被塞两个这样的实习生。他们没有固定的班级，也不被指着干什么活儿，每天就按时上下班，帮着指导老师批批卷，把实习手册写完就行。

"最开始我不带着他。但他坐在我办公桌旁边，整天对着台顶配的笔记本电脑敲毕业论文。我现在还记着他那题目呢，什么《论任务型教学法在中学数学课堂中的应用》，乱七八糟。"论文内容大体上是通过什么课堂实践法，把同资质学生分成实验与对照两组，就能成功得出数据……现在想起，钟老师还不忍直视地眯了眯眼睛：教学哪有那么容易啊？

"我本科毕业的时候也写得差不多。"初澄能想象出来喻老师那样一个重实干不爱长篇大论的人，在应对学术文章时会是种怎样的态度。

钟老师继续说："但我说不着人家啊。他家里有钱，性子冷，脸又黑，一看就不是会忍气的主，下凡体验生活一样。面子上能对我们这群普通人客客气气的就已经不错了。"

初澄坐在沙发上，稍稍变了姿势："那他后来是怎么跟了您的呢？"

钟老师："当时给喻司亭做实习指导的那位老师年纪不太大。那天好像因为什么事有些忙，就请他帮忙备习题课。说白了就是替做答案，如果发现有什么难题，在旁边标注一下思路，让讲课老师一看就能明了。"

初澄一怔："这活儿不太好干吧，毕竟思路不一样。"

这样照搬别人的劳动成果，还不如直接让喻司亭去帮忙讲。

"他倒没当回事，直接应下了。直到那天下午我们才知道，他备课做题时用的一水儿的微积分，而且跳步极快，是拿给硕士看都要愣一愣的程度。最绝的是那句冷冷淡淡的反问'我算得不对吗'，把带他的老师的鼻子都气歪了。"虽然刚才钟老师在微信上扬言要让徒弟身败名裂，但实际上思来想去，他还真就只有这么一件黑历史。

"他这么勇啊？"初澄佩服地直起了腰。果然，大哥初入职场就是有潜力的。

"后面为什么到我手底下你也能猜到，人家老师不管他了。但我当时是数学组的组长，也不能置身事外，还是得找年轻人谈谈。我那会儿可真是语重心长，和他说备课也是一个老师应当具备的职业技能，虽然你用微积分做出来了，但总不能用同样的方法去教学生吧？"

初澄非常好奇："他怎么说？"

"他没发表见解，只是态度还不错地和我聊了一会儿。"

也是从那次钟老师才了解，喻司亭是竞赛生出身，数学物理双强，思维本身就比普通人快好几轮。虽然一直不清楚那小子当初为什么会选择读师范，但能确定的是，到那时为止他还没有一丝一毫要做老师的想法。

初澄："后来呢？"

"后来实习期满，需要指导老师在手册上写评价。他直接来找了我。我现在真想不起来当初在本子上是怎么夸人的了，却能记得那时候当面和他说的几句话。"

钟老师换了个舒适的姿势，悠悠讲述起来。

"我说，做老师是个良心活儿，远远不像写文章那样简单。哪怕你将透一套上难度的高考题只需要半个小时，能把竞赛题集锦倒背如流，你一直这样冷漠下去，不愿意贴近学生内心也是万万不行的。这个职场上的同事无非有两种：要么对教育倾尽满腔热情，春蚕到死，蜡炬成灰；要么就只把它当成谋生的手段，放下助人情结，尊重他人命运，只求问心无愧就行。你俯不下这个身段，家境优越，也不差一个饭碗，跳进来实在没必要。"

初澄轻声叹息道："您那时是觉得他根本不适合做老师吧？"

"是啊，我以为之后不会再有机会见他，可未曾料到当初的话适得其反。过了几年，他居然回来了。"钟老师现在依然觉得不可思议。喻司亭不仅又往上读了教育硕士，而且在十中挂了编。

初澄也觉惊奇："按您所说，最开始的喻老师应该不擅长教学。读了研究生之后有什么不一样吗？"

"有，我本来向学校推荐，让他去带竞赛班。但他自己不同意，宁愿等配课也想教一个理数。他是个性格很孤傲的人，却十分能屈能伸。"

钟老师讲到这里，语气变得有些不同，不像是在调侃自己的徒弟，而是带着欣赏和敬佩。

"在最开始的那一个学期，喻司亭只带一个班，剩下的时间全部都在听课。有的班级坐不下，将近一米九大个的他就搬个小板凳坐在扫除工具旁边。当年十中在职的全部老师，包括之前还和他闹过不愉快的那位，都曾被虚心求教。

"那阵子应该是他最崩溃也最可爱的时期了，每天嘴上挂着两句话：这怎么就能不会呢？我不是刚讲过了吗？"

太真实了。初澄听到这里不禁苦笑，这不就是我本人的状态吗？

钟老师说："喻司亭这个人最大的特点就是眼睛毒，无论是别人的优点还是缺点全都不放过。他的学习和自我改进能力也非常强，再加上本身的知识水平出众，所以只用一个学期，就把普通理科班的数学平均成绩提了15分。

"在我借调之后，他又去带竞赛、当班主任、做教研组长。那时候我才发现，他这人最喜欢的其实不是数学，而是很享受像研究数学那样的不断遇到问题再不断想办法去攻克的过程。"

说起一手带起的这个徒弟，钟老师每每都会感叹。喻司亭就是他之前没见过的第三种职场人：只有不想干，没有不能干。他的工作由他自己掌控。

初澄原本是想听些毒舌大哥的黑历史，却不料让自己陷入了沉默。这人走出的每一步都扎实稳健，有章可循。

喻司亭他太优秀了。

傍晚时分，局里的年度工作总结会结束。嘉宾四散，喻司亭与熟人寒暄几句，便离开会议室，转道回去接初澄。

他敲开办公室的门，见里面的两人已经喝光一壶茶水，剥了满茶几的糖炒栗子皮。

喻司亭看向自己的副班："看起来你等得还真挺无聊的。"

钟老师随手拎来垃圾桶，笑道："这都是我吃的。"

初澄从沙发上仰起头："总结会开完啦？你们还要开出题人的碰头会吗？"

喻司亭摇头："开不上，人不齐。"

"那你们师徒俩有时间聊会儿了。"初澄说着，朝里面挪了挪，让出一块已经坐得温热的沙发。

"我和他才没话说呢。"钟老师却摆摆手，胡乱地扒拉干净茶几上的栗子碎屑，拎起了自己的外套，"老婆孩子热炕头，我太太刚给我炖了鲫鱼，做了糖醋排骨。大周五的，除了你们这些没有温暖港湾的单身小青年，谁还不赶紧回家啊？"

说罢，他还不忘带上没吃完的水果袋："这梨不错，回去给你师娘尝尝。下班下班。"

"那我们也走？"初澄看向喻司亭，见对方点了点头。

两人告别钟老师一起出门。

在没察觉的时候，外面的天色已经很暗了，一轮弯月悄悄地爬上夜幕。

初澄被冻得打了个寒战，赶紧裹紧衣服钻进喻老师的车里。院子里的车辆依然不少。喻司亭的 SUV 停得距离两边都很近，他仔细地看着倒车镜打方向盘，忽然余光注意到了初澄的视线。

"看着我干什么？"

初澄笑笑，说出上一秒被冷风吹透时才产生的想法："我中午没吃饱，现在饿了，想吃热的豚骨拉面。你在这边待得久，有没有什么推荐？"

喻司亭想了想："上次路过夜市的时候好像看到一家，里面的客人不少，应该还可以。"

初澄问："那一起过去尝尝？我请客。"

"你请我吃饭？"喻司亭扬扬唇角，"今天是 25 号吧？"

初澄没理解他的意思："是啊，你还有什么事要办吗？"

"没事。"喻司亭终于把车倒出院子，调转方向开上宽阔的马路，低沉地笑着，添一句，"但等下我要看看工资到账了没有。"

初澄感觉有被嘲笑，但是没证据。

"你爱去不去，我回家点外卖。"初老师翻出个白眼，往后一躺，靠进了柔软的椅背里，用后脑勺对着他。

喻司亭偏头看一眼，手动导航向夜市街，嗤笑道："去啊，我在开了。"

"欢迎光临。"拉面店的感应门铃发出问候。

喻司亭在靠近吧台的空桌坐下。初澄来到点餐区前。

店员甜甜一笑："吃点儿什么？"

"一份豚骨叉烧拉面，一份金枪鱼寿司，喝的要杨梅汁。"初澄说完回头又问："喻老师呢？"

喻司亭用纸巾擦了擦桌边，放下自己的袖口："一样。"

"那就都要两份。"初澄重新朝向收银员，亮出付款码。

"好的，请稍坐。"店员快速打出小票递给客人。她随后向后厨喊道：

"两碗豚骨叉烧。"

初澄回到桌边坐好。这间店铺不大，但是客人很多，来吃饭的大多数是年轻的学生或者上班族。大堂的电视上放着一部最近热播的偶像剧，男女主都是当红流量。初澄平常实在没有时间关注这些，只隐约知道是职场欢喜冤家一类的剧情。这一集刚好演到实习生对认真工作的上司怦然心动。初澄仰头多看了两眼。

喻司亭循着他的视线："你还喜欢看这种？"

初澄摇摇头："不是，我觉得刚才那条弹幕很有意思。"

"写了什么？"喻司亭去看时，屏幕上的小字已经飘过。

初澄复述一遍："他说，现实中不可能有这种桥段，职场上的同事要么比我多八百个心眼，要么蠢得实在过分。"

喻司亭面色平淡："那你觉得呢？"

初澄依然在读弹幕："你看还有另外一条，遭上司多看一眼都觉得是在被暗算……哈哈哈，说得好像有点儿道理啊。"

喻司亭还想再说些什么，但他发现对方真的只是在认真谈论剧情，便作罢。

店员来上菜时顺手拿来一张活动海报，介绍道："两位还可以看看我们店里的圣诞节活动。"

"在规定时间内吃完面会送圣诞礼物，嗯？礼物是什么？"初澄拿起海报，好奇地翻了翻。

喻司亭看出了他的跃跃欲试。明明中午还吃不下东西，看来这会儿心情还不错，连胃口都变好了。但这家伙好像忘了医生对他的叮嘱：饮食规律，细嚼慢咽。

"你知道请人吃饭的礼貌中有一条很冷门的吗？"喻司亭拿起杨梅汁，凑到唇边吸了一口问。见对方投来视线他才继续道："不能比对方吃得快。"

初澄一愣："哪有这个说法？"

喻司亭："我老家的。"

"你老……"初澄的反问声一顿。他随后回过神来笑言："我们俩不是一个地方的吗？你哪个区的这么多说法？"

"豚骨叉烧面好了。"店员端餐过来打断了谈话。

看见热气腾腾的超大号面碗，初澄瞪大了眼睛。这是两盆吧！

店员看到他拿着海报："两位是有兴趣……"

初澄连忙松开手："没有，不用，谢谢。"

"记住啊，不能比我先吃完。"喻司亭再次笑着提醒，拿起筷子，慢条斯理地吃起来。

初澄吞咽口水，用筷子翻了翻碗底的面。不出意外的话，他根本吃不完。

这家的拉面不仅分量足，味道也很好。初澄吃完觉得无比满足。从手术后，他是第一次吃得这么饱，胃里暖洋洋的。为了消消食，两人走路穿过夜市街。和上次来时一样，各种商摊比比皆是。

初澄兴致满满地四处逛："今天也这么热闹。"

"圣诞节嘛。"喻司亭随口答着，边走边看手机。他朋友圈的发现页面亮着小红点。初澄在不久前发了条新动态，是求助力抢高铁票的链接。喻司亭掀了掀眼睑，不动声色地刷过。

"上次鹿言是在哪里买的雪花糖啊？"初澄忽然开口。

喻司亭收起手机，抬臂指了指不远处的灯牌："那边有个手工铺子，专门卖糖果和糕点。你喜欢吃甜食？"

初澄："谈不上喜欢，我就是觉得做得很精致，好奇想看看。"

"那过去转一转。"喻司亭陪着他拐过一条小巷子，来到手工店铺前。

"欢迎光临，需要点儿什么？"

初澄答："我们随便看看。"

老板笑着道了声"好"，又接着忙起自己的制作。

这只是小小的一间店，内部的艺术品却琳琅满目。老板有着精湛的手艺，能用翻糖做出各式各样的艺术品。

初澄被橱窗里的巧克力房子吸引了目光："哇，你看这个做得多好，全部是巧克力做的，连小院子前的老爷爷和猫咪都栩栩如生。"这不就是梦想中的退休生活吗？

"你喜欢？"喻司亭也俯身看了看，"老板，您这个是卖品吗？"

老板从忙碌中抬头："那是我新做出来展示的。你如果喜欢也可以买走。"

喻司亭："那您帮我把这个装起来吧。再拿几盒销量比较好的点心。"

初澄诧异："你买这些干什么？"

"送人。有你的。"

"啊？"初澄转为不解，怎么就突然送东西了？

喻司亭不慌不忙地解释："双旦节日，又是年尾了，就当是班主任送给科任老师们的礼物。"

初澄一乐："还有这种福利？那我岂不是能先挑？"

"当然，你不是已经选好了？"喻司亭把那盒巧克力做的养老小庭院拎到他面前，转身去结账。

老板已经动作麻利地把商品打包好。初澄瞥了眼收款机器上的价格。这一盒巧克力要六百多。

"我这份礼物比其他的都要贵啊，让喻老师破费了。"

喻司亭自然地摸出手机付款："没关系。我的副班在这一个学期里的努力和辛苦付出，我都看到了，理应单独表示感谢。再说，老板就只做了一个，先到先得。"

话已说得如此真诚，初澄欣然领受："谢谢大哥。"

两人拎着礼品转回到夜市街，慢慢地朝着停车的地方走。冬日夜风寒凉，却吹不冷这里的热闹，街边有一处围满了行人。初澄好奇地凑近些，仗着身高优势朝里面张望，原来是一处套圈摊子。这是儿时记忆里的娱乐项目，如今在城市里已经不多见了。

喻司亭看向他明亮的眼睛："想玩这个？"

"套不中的。"初澄朝着喻老师的方向歪了歪身子，小声道，"他这里的塑料圈与地上的物件几乎差不多大，即便投准了也很容易弹回来。"

的确如此，看看四周情况就知道了。这里围观的人多，上手的却少，大家都是抱着看热闹的心态。

喻司亭也表示赞同，却并不在意道："玩这些东西就不要想着中不中了，只是个开心的过程而已。想玩的话就去，我帮你拿着。"

"说得也是，那我来一局。"初澄的孩子心性是禁不住劝的，态度转变得也快，顺势把巧克力屋递给喻司亭。

他找老板换了三十个塑料圈，站在线外思索片刻，忽然回头道："喻老师，能不能用你的数学和物理才能帮我计算一下，哪一排比较好中。"

喻司亭悠然回应："我给学生上每一堂课时都是按照得 150 分的方式去讲的。但事实上，我们班的平均分只有 120。"

初澄品出其中的意味："你这是在拐着弯告诉我，理论不会出问题，但是我的实际操作能力可能跟不上，对吧？"

喻司亭不肯承认："我没说。"

初澄笑："你就是这个意思！"

"那倒数第三排吧。"喻司亭拗不过，看着地面上的物件，认真分析了一阵，"比起其他方方正正的东西，这种高高圆圆的应该好中一些。"他说的是一排彩绘的宽口杯，在地摊右后方的位置。

"好。"初澄仔细观察了角度，定了定神，朝着目标接连扔出圈子。

北方年底的天气已经很冷了，他的手有点僵，控制不好方向。大部分的圈子都被扔偏，偶尔一两个贴近的，也触物反弹回来。

"啊，不行……"初澄有些懊恼。

和之前想的一样，那些物件又大，距离又远。他越投越不抱希望，干脆自嘲："别说 120 分了，我的操作顶多能得 50 分。"

"别急。"喻司亭在身后开腔，"你站在这儿套个 200 次，老板瞧着可怜，会给你个安慰奖的。"

"你闭嘴。"初澄被他逗得想笑，更加套不好。

此时，他手里的塑料圈只剩下七八个，因为失了耐心和期待，干脆一扬手，把剩余的同时抛了出去。花花绿绿的塑料圈四散开来，惹得围观群众呼叹。

忽然，一个孩子的声音响起："中了！"

初澄看去，竟然真的见其中一个圈子歪打正着，完美地套中了一件雪白的摆件。

"考的不会，蒙的全对。"喻司亭在旁客观评价。

"你别管，反正我套中了。"初澄这会儿没心思同他计较，惊喜地转向老板："麻烦您帮我拿一下。"

"好。"大概老板也是见惯了"大力出奇迹"的顾客，爽快地递上战利品。

到手的这个杯子几乎可以称作盆了，不仅大、图案精美，摸起来也圆润细腻，质量好极了，就像精品店里卖的那种工艺品。初澄拿在手里把玩，心满意足。

"你怎么那么容易高兴啊？"喻司亭跟在他身后走出人群。他用左手小心拎着巧克力盒子，右手还提满了糕点礼盒，样子有些狼狈。

初澄的兴奋劲儿平复了，他伸手接回自己的巧克力，顺便道："拿那么多东西会冻手。不逛了，回车上吧。"

"嗯。"喻司亭摸出车钥匙，递给他，"你先过去，等我一会儿。我到那边买个鸡肉烤饼。"

初澄疑惑："你没吃饱啊？"

"家里还有个孩子呢。"喻司亭颇为无奈地提醒，"我走这一路沾了满身的小吃味儿，骗不过他的。"

初澄了然地笑笑。他率先回到车上，放好其他东西，抱起那个杯子观赏。它这么大，又这么好看，放在家里用不上，拿到学校去没两天肯定就碎了。用来干点儿什么好呢？趁着等待的时间，初澄打开手机，搜索了超大号马克杯的用途，最终只觉得一样最靠谱——钻洞种花。

"还看呢。"喻司亭很快回来，瞧向副驾驶位上若有所思的人。

初澄和他分享自己的想法："我想给它打上小孔。漂亮的杯子再种上漂亮的花，效果一定很好。"

"是个好主意。"喻司亭不仅在口头上表示赞同，还发动起车子，观察周围的路况，"之前我带鹿言买花的店在这附近，那里好像就可以给盆打孔。不知道他家这个时间关门了没有，要不要过去碰碰运气？"

初澄忙应："好啊。"

喻司亭看他一眼："不过，之前是谁说送花俗气来着？"

"这不一样。"初澄笑着低下头，用车上的纸巾擦了擦瓷壁略脏的地方。

喻司亭见他这样喜欢，再没说话，专心开起了车。他们驱车赶到花店时，这里的老板娘正要打烊。她听了两人来意，当即表示很简单，拿出钻头钻了几分钟就打好了。

"老板，你觉得我这个杯子种什么花好呢？"初澄看着店里各式各样的花种，一时拿不定主意。

"其实都可以。它的容量足够大，也比较深，和小花盆没什么两样。但是根据颜色和花纹，搭配些素雅干净的花更好。"

初澄问：“您有什么推荐吗？”

“我这里有一些前阵子催过芽的重瓣花毛茛，你喜欢的话可以挑几个。”老板娘说着，从一旁的架子上拿来一盘像老树根一样的黑色根团，上面已经发了白色的芽点。

初澄看着其貌不扬的东西，有些发愣。

喻司亭却道：“这些根块开了花就是之前鹿言选的那种洋牡丹。”

听他这样说，初澄还真有点儿好奇，不起眼的树根到底怎么能一点点长成大气脱俗的花毛茛。这也许就是亲手种花的乐趣吧。最终初澄选中了白色，在老板娘的指导下，把根块埋土栽在了盆里。两人坐上车离开花店时，时间已经很晚了。

初澄抱着花盆仔细观察，说道：“老板说这花种得有点儿晚，可能会长得不太好。不过本身也是心血来潮，我养自己都是勉强，也不指望它能开花了。”

“悉心照顾也能开的。”喻司亭用余光瞥去一眼，“但马上就放寒假了，这花你得带回家吧？坐车方便吗？”

初澄一怔。是啊，自己的高铁票还没抢到呢。本来想着买不到的话就晚几天再回去也没关系。可是现在，自己不仅得捧着花盆，要带走的东西里还多了一盒怕碰、怕晒、怕颠簸的巧克力。

喻司亭半晌没再听到身边人说话，趁着等红绿灯的时间偏过头，果然看到那张干净的脸孔上挂满茫然。他早有预料地笑笑：“反正寒假我也回家，有什么需要我帮忙带回去的东西吗？还是说，你直接把朋友圈里的助力链接删了，等着一起搭我的车？”

初澄没立刻回答，但微抿唇角看过去，一双清澈的眸子噙满了乖巧。这简直就是雪中送炭一样的邀请，让人怎么好拒绝呢！

因为涉及分段排名，校联体举办的每一场考试都很受重视。在期末监考结束后，十中全体教师又集合到校，连续加班批了两天的卷。这一次，初澄还是没能打破之前的作文魔咒，再次抽中了最磨人性子的题型，让眼睛、脑子和颈椎遭受了三重折磨。

寒假的第一天，初澄睡到了自然醒。他睁开眼睛，习惯性地瞥了眼床头柜边的电子时钟，居然才早上 8:30。

我的生物钟什么时候这么正常了？初澄自己都觉得有些神奇，然后又栽倒回床铺里滚了两圈。

"砰砰——"似乎有敲门声。

初澄踢开被子，睡眼惺忪地去查看，站在外面的人是周师兄。

"还没起啊？我特地晚些来的。"看到目光涣散、还赤着脚的开门人，周瑾愣了愣。

初澄的大脑尚未完成开机程序，没有反应过来他的话里有什么不对劲的地方，眯着眼睛，揉了揉头顶凌乱的黑发。

"我过来拿点儿东西，马上就走。"周瑾走进门，看到放在一边的行李箱，"行李都打包好啦？你准备什么时候回家？"

初澄打了个哈欠："今天就走。"

周瑾："买到票了？"

初澄摇头："放弃努力了，直接搭喻老师的车。"

周瑾闻言笑起来："嚯，你俩现在的关系不错啊。当初是谁口出豪言，说什么我初澄就是饿死，从这里跳下去，也绝不和喻……"

"你难道不知道'真香①'是人类的三大本质之一吗？"初澄随手拿了个苹果塞过去，用来堵他的嘴。

周瑾边把苹果拿到厨房里去洗，边应声："知道知道，我巴不得你们的关系好。"毕竟初澄当初是替沈楠楠揽下高二（7）班副班职责的。周瑾本不想为了自己的新婚生活幸福美满，就把过大的压力留给后辈。不过现在看来，有的人是年纪轻轻就把路走宽了。

走出厨房时，周瑾瞥到餐厅里的小推车置物架。原本那里摆放的都是咖啡和速食夜宵，现在却变成了牛奶、果酱和切片面包。

"不错啊，最近的生活还算健康，家里打扫得也很干净。"他随手翻了翻，颇感欣慰，"不过你都要走了，得把这些收拾收拾吧。寒假这么久，别放过期浪费了。"

初澄懒懒地栽在沙发上玩游戏机，没有答他的话。

---

① 真香：网络流行语，一般表示一个人本下定决心不去或要去做一件事情，最后却主动做出相反行为的情况。

周瑾隔着一道玻璃门喊："别装死。"

"哎呀，你拿吧，我不想动。"初澄只翻了个身，完美地贴回了刚才的位置，继续按键。

"当我没夸你。"周瑾抽了抽嘴角，撤回了两分钟之内的某条发言。

"叮——"被压在身下的手机响起新消息提醒，初澄摸出来查看。屏幕上方挂着一条微信消息。

喻司亭：收拾好了吗？

这么早？之前不是说过了中午再出发吗？初澄正感疑惑，目光扫到对方发消息的时间，是 12:05，顿时困意全无。

什么情况？他一个激灵爬起来，回卧室去确认，果然发现床头的电子钟表屏幕依然显示着 8:00。

它停了！

难怪自己会在这个时间睡醒，也难怪师兄会觉得诧异。初澄现在才逐渐回想起刚才那些事的不合理性，赶紧冲向卫生间去洗漱。匆忙间，他又见喻司亭发来一条消息。

喻司亭：到了。

"哎？你什么时候洗的头发？"周瑾只在餐厅里啃个苹果，出来时竟然见刚刚还懒洋洋的家伙已经顶着湿发在卫生间里插电吹风了。

初澄说了句什么，但是话音被吹风机响声掩盖住。

之前两人合租了这么久，哪怕上班要迟到的时候，周瑾也没见过他这样麻利。看来拖延症并非无药可医，而是需要一个合适的人去医。

初澄穿戴整齐，尽可能快速地下了楼。那辆白色 SUV 似乎已经熄火停在门前很久了。一身高档风衣、身姿挺拔的喻司亭迎上前两步，打开后备厢，单手接过他的行李放了进去。

"抱歉，久等了。"初澄抱着花盆，还有些气喘。

"不久，他还没吃完东西。"喻司亭面无波澜，朝着打开的车后门扬了扬下巴。

鹿言披着件撞色外套，正斜倚在那里吃关东煮，看见来人，热情地挥了挥手，扭身从车座后面拎来生煎包和热咖啡，解释道："我舅和我打赌，说你 12 点也吃不上早饭，所以叫我买过来，边吃边等。"

确实被他猜准了。初澄接下"早饭",心情复杂地笑了笑。

填饱肚子后,几人回到车上,准备开始今天的旅途。初澄坐上副驾驶位,发现座椅后面多了个崭新的 U 形枕,之前坐车的时候还没有。初澄没敢胡乱摆弄。

喻司亭却说:"前两天监考的时候,我看你一直在活动肩膀。车程有点长,靠着会舒服点儿。"

近来天气冷,初澄一直没去游泳,也因为身体还在恢复期,没做什么运动,确实有点儿筋骨疼。只是没承想,喻老师把这些细节都注意到了。枕头的颜色洁白如雪,看起来就十分柔软。车子启动后不久,初澄便把它贴在脖子下面了。

喻司亭一路上开得不快也不慢。在下午时分,把初澄送到了家门附近。看着自家院落围墙已在眼前,初澄开口:"就停在这里吧,前面路窄不太好掉头了。"

喻司亭:"好。"

这是一套标准的三进式四合院。从外部看建筑面积至少也有八九百平方米,围墙内隐约露着古木参天、错落有致的景象。甚至无须走进拜访,只从院外精美的珐琅雕刻便可知其门第不俗。

初澄真诚地邀请道:"都到门口了,要不要进去坐坐?"

喻司亭再次下车,帮他拿了东西,礼貌婉拒:"不了,时间太匆忙,家里人还在等着我们一起吃晚饭。下次再专门拜访。"

"那开车小心。"初澄没有强留,俯身从车窗处道别,也向鹿言摆了摆手。

后排的孩子正探头欣赏此处的宅子,虽带着满眼的好奇,仍保持着良好教养,笑着道声"初老师再见"。

初澄捧着花盆目送喻司亭离开,直到看着他的车拐出巷子,才转身进家门。

临近日落时分,阳光倾洒余热,在初宅入门影壁的精细砖雕上投出斑驳变幻的影像,也映衬出主人不俗的品位。初澄拉着行李箱在中式园林里穿行,周身匠心独运的景观布置在冬日里也显得十分雅致。他走了一路也未见人,不免觉得有些奇怪,特地走进倒座房的厨厅去问,才知道这几日父亲外出不在家。

"您母亲这会儿在画室。"

金教授爱画画，也爱花草绿植。所以她打造家中私人空间的时候，干脆将心爱的东西合二为一，在温棚花房里建起了自己专门的书画室，平日里没什么事的时候都会待在那里。

"我知道。"初澄放下所有东西，唯独捧着自己的瓷白花盆，边笑吟吟地应声，边迈步走入二进院。

这里的庭院保留古朴韵味，在细节装饰、布局上又不失强烈的现代气息，两者相得益彰，给人一种虽在闹市安家，却与院外喧嚣隔离的感觉。初澄穿过明亮的落地玻璃门窗，走进一道偏窄的幽幽长廊。他脚下的地面被花房顶部彩色的玻璃折射成一块块朦胧的颜色。这里就是母亲的画室了。

"金教授，我回来了！"初澄还未见人，就向内呼唤。

果然，初母正在这里侍弄一株洁白的三角梅。她抬起头，看到迎着光亮走来的儿子，笑而无奈道："早就听见了，家里除了你没有人会吵吵闹闹的。"

初澄来到面前，发现母亲并不是独自一人在这里，她身边还有两个正在帮忙的青年。一个是徐川，另一个是有一阵子都没有联系的邵纪。

初澄是老来子，父亲好友与世交家族中的孩子大多与他不同龄，即便其中最小的也比他大了十岁，能有共同话语的鲜少。如今三十出头的邵纪就是其中之一。他与初澄算是"忘年"发小了。

"你们俩怎么一起来了？"初澄看看他与徐川，纳闷这两个人是怎么凑到一起的。

邵纪挖弄着盆里松散的花土，开口道："这不是听说你今天回来，我想着过来看看。开车路过师大，正好在门口遇见他，就一起过来了。"

初澄半个字也没信："别在我妈面前说漂亮话，你会有那么好心特地来看我？八成是回家探亲的时候又嘴碎，被你爷爷拿拐杖打出来了吧？"

他非常了解自己的发小。这家伙虽然长在名门，却是匹难驯的野马，从小到大除了婚姻，没一件事是遂家里的意的，不然也很难和自己如此合拍对脾性。

"哈哈哈哈，你看，不止我这样怀疑吧？"川哥难得在某件事上和初澄有如此统一的意见，在旁忍笑忍得辛苦，"我一出校门就遭'绑架'过来，非要带着我来你家里蹭饭，还说自己一个人不好意思进门。"

"他还有不好意思的？"初澄连喷了两声，端着自己的花盆绕着架子转一圈，找出个有光照又通风的好地方。

邵纪的眼睑一掀，不以为意道："对我的态度好点儿，珍惜现在的会面时间，再过两天你们俩就见不到我了。"

徐川好奇："你这是又进了什么考试命题组，要被关起来了？"

邵纪摇了摇手指："保密，别乱打听。"

刚感受过批卷的痛苦，初澄现在听到考试就要犯生理性的恶心，赶紧皱眉示意两位损友打住，切换下一话题。

"好了，别总是像小时候一样见面就吵。"金教授及时打断了几人间那些"没营养"的话题。她拿起一旁的手帕擦了擦自己的裙摆，说道："不是来蹭饭的吗？这些已经弄得差不多了，都去洗洗手歇歇。今天厨房里的人知道初澄回来，做的一定都是他喜欢吃的，如果你们想加菜，现在去还来得及。"

"好。"几人皆应和着起身，跟着她一起朝餐厅去。

大家闺秀出身的金教授精通书画，琴棋也不在话下，唯独不善厨艺，也没兴趣去研究。所以家里向来雇佣专门的厨师负责日常饮食，也有固定的用餐时间。

等着厨房布餐的间隙，初澄闲着无事刷了刷手机。就在刚刚过去的几分钟里，喻司亭刚好发了条朋友圈，照片上也是家中的满桌佳肴，还配了句明显画风不对劲儿的文案："带着最可爱的外甥回家了。"

这明显是有小孩儿在调皮了。

初澄随手点赞后，打字评论："还是我的更丰盛些。乖，把舅舅的手机还回去吧。"

对方很快回复一个字："哦。"

初澄没太在意，揣起手机上桌吃饭，本以为刚才的话题就这样过去了，没料到几分钟后，又觉得口袋里有轻微的震动。他拿出来查看，发现是微信消息，来自同一个联系人。

喻司亭：有多丰盛？

初澄不确定地打字询问。

初澄： 喻老师？

喻司亭： 嗯。

初澄笑笑，趁着桌上其他人不注意，偷偷举起手机拍了一张发过去。

喻司亭： 果然是受宠的独生子。

联想到他打出这几个字时，脸上可能出现的表情，初澄不禁一乐。邵纪瞥到他的动作，眉头一挑："和谁分享一日三餐呢？"

"同事。"初澄答到。

邵纪看了眼对面端庄文雅的金教授，压低声音："吃饭还不忘回消息，才一个学期就混得这么熟，应该挺合得来的。"

初澄收了手机啧一声："还行。"

"什么还行？你没听过鲁迅先生的一句话吗？哎，徐博士，怎么说来着？"邵纪叫着坐在另一边的人。

这两人间真有奇怪的默契，徐川顿时就理解了邵纪的意思，道："哦，对，我知道，就那句。"

初澄被他俩搞得一头雾水："什么这句那句的，你俩到底要说什么？别在这儿打哑谜。"

"你们三个。"突然而来的轻唤让三个长得牛高马大的小伙子倏地坐正，不敢再交头接耳。

金教授抬了抬眼皮，继续道："不好好吃饭，嘟囔什么呢？"

几家长辈日常里都是很重视餐桌礼仪的，徐川心虚，赔笑道："我们好久不见，交流一下最近的读书心得。"

金教授饶有兴趣："我能听听吗？"

徐博士开口："他想说的应该是，人生得一知己足矣，斯世当以同怀视之。"

"是吗？"金教授的目光继而落在邵纪身上。

"啊，哈哈对，还是川哥懂我。"邵纪笑着瞥了初澄一眼。

"食不言啊，食不言。"徐川打着哈哈把刚刚的小插曲应付过去，低头喝起了碗里的汤。

初澄已有四个多月没回过家。饭后，他忙着与多日不见的好友们叙旧玩闹、互诉近况，一直到很晚才送别客人。今日舟车劳顿，又招待了旧友，收拾了行李。回到卧室的初澄已十分疲惫，简单冲个澡，直接换上睡衣准备休息。

许久没有躺在自己的床上，这一夜，他睡得十分安稳。再次睁开眼，明亮的阳光已经从树梢间坠落到窗边。手机屏显示是上午9点45分。果然，这才是他正常的自然醒时刻。

一直以来，父母的饮食作息都极有规律，家里的厨房非餐时不开伙。因为自己嗜睡，早上的那顿饭他是永远也赶不上的。初澄起床洗漱完毕，换上一套舒适的家居衬衫和长裤，到正厅去找点心填肚子，再等着吃午饭。

"妈。"初澄朝着窗边安静看书的金教授问候一声。

"嗯。"金教授坐在软椅里，沐浴着和煦的日光，潜心研究词集。

初澄直奔摆放茶点的方桌。精致的竹编盘子里装着尚温热的千层鲜肉饼、板栗莲子酥、孙尼额芬白糕，还有各种各样的老城饽饽。只要是初澄在家的时候，厨房里干活儿的人怕他吃不上饭，都会想着多备些。

"噢。这个糯米糕好吃，就是有点噎人。"初澄拎起桌上的玻璃壶，给自己倒杯大麦茶，用来压糕点的腻，喝水时还故意增强存在感，发出轻而缓的品味声。

受到这种小把戏的扰乱，金教授终于肯分些注意力出来放到儿子身上："睡醒了就到处转悠。在外面待得久，连家里点心的味道也觉得新鲜？"

"可不是吗？转眼一个学期了，还是家里舒服。"初澄道。

"别在我这儿贫嘴。"金教授嗤笑翻了页书，"你爸回来了，在书房呢。你闲着没事的话过去陪他喝壶上午茶。"

初澄把嘴里的糕点完全咽下才起身，道了声"行"。

老爷子的书室也在正房，离前厅不远，几步路便走到了。浅胡桃色的新中式推拉门开着，从外就能看到内部风雅的布置。

初澄规矩地敲了敲门框："爸。"

里面伏案的人抬起头，朝他笑笑："进来。"

初励宁看上去完全不像是已过花甲年岁的人。他的头发未有大片发白，也不蓄胡须，一张干净的脸孔，慈眉善目，双眼炯然有神，举手投足间淡然自若，一眼便知是个情绪稳定、清逸博学的人。

此时书房里点着倒流香，轻薄烟气如同水雾般袅袅流泻，散着宜人的松塔味。桌面上摆着老爷子的新书手书稿。在电脑打字的时代，他偶尔还会写些手书，既可以创作，也可以练字。

"昨天回来的？"初父正准备煮水。他一向喜欢在这个时间饮茶，觉得茶叶清香能够使人平息静绪。

"是，昨天下午，那时候您不在家。"初澄上手代劳，边清洗茶具，边问起父亲此次的旅途是否顺利。

父子两人随意聊着，都是些无关紧要的事。直到初先生主动开口问询："你自己没有什么要和我说的？"

"您是问我工作上的事吗？我在学校一切都挺顺利的。"初澄兀自想想，没有什么特别要说的。平日里金教授给他打电话总会问起近况，每次也都会和老爷子分享。

初父平淡地纠正："我是问你的身体。"

初澄煮茶的动作一滞。不是说好让我自己来解释吗？这明显是金教授已经告过状了啊。这下他陷入了完全被动的局面，脑子里事先准备好的铺垫和借口都用不上了。

"啊……"初澄心虚，"我身体也还好。"

初先生知道他一时半会儿是解释不清楚的，也不为难，保持着和颜悦色："我知道你是不想劳烦我们奔波，但是这种事你总归要说的。你母亲在家里每天最担心的无非就是你，结果还被自己的亲弟弟和孩子联合蒙骗，她能不生气吗？"

初澄垂着头，用小竹夹拨弄茶饼。

"别摆弄它，都碎了。"初先生制止了儿子搞破坏的手。他又接着说下去："你自己也为人师做表率，难道在学校的时候不会教自己的学生一些道理，比如不妄言、不说谎、不欺瞒父母吗？"

"会教……"初澄听着老爷子的教诲，刚把手撤下茶几，又在对方看不见的地方搞起了小动作。他随手捏一片叶子，放进旁边装饰用的流水瀑布里，看着它逐水打转。

老爷子虽瞧不见儿子在做什么，却也知道他没有专心听，无奈地暗叹一声。明明都已经走上工作岗位为人师表了，还是和之前的孩子模样无二，连走神都这么明显。

"和她道过歉了没有？"初励宁问。

初澄轻声："道过。"

初先生又说："那等下再去一次，诚恳些保证你不会再这样了，好让她放心。不然说不定她以后时时刻刻都要疑心惦记。"

初澄的态度不变："嗯。"

初先生："然后去把我的戒尺拿来。"

初澄心不在焉："是。"

书房里静了两秒无人再说话。

而后，初澄恍然回神："嗯?!您说什么？"

戒尺？初澄怔然地看向对方身后，那里的架托上的确摆着一根乌漆发亮的小叶紫檀戒尺，尾部挂着通透的白玉吊坠。他已经不记得这根戒尺是什么时候专门为自己准备的了，只知道幼时闹脾气、说谎或是搞破坏就会受它的威慑。

父亲一般不会真的动手，除了少数情况，比如被写进书里的那一桩。那次他毁坏琴谱，又剪断了母亲心爱的筝弦，老爷子气急了才狠心抽几板子。初澄隐约记得当时的自己虽然哭了，却也不是因为疼，而是又惊又悔。事后他还被父亲哄了好久。

从自己上高中之后，除去每日清扫，这根戒尺再也没被动过地方。老爷子今天怎么会想起来的？

"爸，我都这么大了。"初澄不可置信地看向父亲。

"拿过来。"对方神情淡然闲适，并无开玩笑的意思。

初澄没有办法，只能挪起膝盖，直身去取。他略垂着头，端平双臂，把戒尺奉到初先生面前。区区一截檀木，此刻在他手里变得无比沉重。

未等对方说一个字，初老师原本白皙的脸颊已经泛起绯红，指腹不安地摩挲着尺子背面刻着的那枚小小的"初"字。他的一举一动尽收初先生眼底。老爷子用指尖抚着镇纸，在儿子看不到的情况下无声地扬起唇角。

养孩子嘛，小的时候好玩，长大了再逗弄他也还是有意趣的。只是让他拿过来都这样别扭，要是自己接下来真打两下，他恐怕是要钻进墙缝里去了。可惜儿子长大些以后，为了给他留下隐私空间，自己已许久不动笔去记他的点滴，不然这素材不是又有了？

"为人师最重要的就是要端正自己。之前你正式参加工作的时候，我本想着让你把它收起来，就算作为身份转变的纪念。现在从你这副随心所欲的样子来看，我还是得留着，搞不好以后还用得上。"

"我没有随心所欲。"

父子二人僵持半分钟。初先生舍不得让他举得手酸，悠悠道："这次就罚你亲自把它擦一遍，然后放回去吧。"

"爸……"初澄终于意识到自己被戏弄了，"您怎么这样啊！"

"小澄，听说你生病的时候，我正在外地开会。想到你刚做了全麻手术，躺在病床上不能吃东西也不能动，你知道我有几个晚上没睡好觉吗？"

初先生从不疾言厉色，声音永远那样温和。一位慈父既心疼自己的孩子孝顺懂事，又怪他刚离开家就学会瞒着父母，报喜不报忧。心里堆积的情绪过于复杂，最终他选择以玩笑的方式，让"始作俑者"难受了半分钟。

初澄气闷却又无奈，放下尺子，苦笑道："害您担心是我的错，您还是喝茶吧。"

他倒出两杯热茶，端杯时却被父亲拦住。

初先生："不用陪着了，你又不爱喝这个。还没吃饭吧？小心空腹喝绿茶伤肠胃。"

"好。那我先出去了。"初澄正欲站起身，余光见主座上的人还有动作，便停下来耐心地等着。

果然老爷子又继续说道："今早你母亲和我提起，说你上班以来一直很受一位前辈同事的关照，生病期间他帮了不少忙，而且家也在京市。"

初澄："是。"

"听说他的父母常年居住在国外，这边的家里只有两个姐姐。我们准备了些致谢礼物，但亲自登门有些不妥，你找个时间替我送过去吧。"

这些事都是之前喻老师和金教授聊天时说起的，没承想会被她细心记下来。

"不用这样郑重其事吧？"初澄想了想自己与喻司亭的关系，他们至今为止都还保持着轻松随意的交往氛围。

初先生端着茶杯，微笑道："我要感谢的是他在亭州对我妻儿的照拂，如此行事也是该有的礼貌。至于其他的，比如你认不认同他的人品，想不想和他往来，以后会不会请他来家里做客，都属于你的私人交际，我又不会干涉。"

"嗯。"初澄迟疑片刻后同意，"那我事先跟他打个招呼。"

初先生点头："去吧。"

初澄朝着座上人略领了颔首，然后站直身体离开茶室。他回自己房间，摸出手机，措辞许久以解释清楚事情原委，然后才发送给喻老师。片刻后，收到对方的回复。

喻司亭：当然，你随时可以来。

初澄身负着父亲的嘱托，想及时确定下准确的登门日期，接着打字。

初澄：明晚方便吗？如果行的话地址发给我吧。

喻司亭直接发来定位，附带着另外一条消息。

喻司亭：刚好明天我要出门买些东西，需要的话我可以去接你。

初澄：不用麻烦了，我们就在商场见吧。

喻司亭：好。

看完消息，初澄放下手机，仰身躺倒在床上。

他之所以和对方约在商场，是还想在初老爷子的礼物里再增添一些，也向曾经炖汤给自己的那位营养师表示感谢。至于具体送阿姨些什么，还是问了喻老师再决定吧。

初澄正思索着明天的事情，突然觉得身下有些硌痛，探指去摸，才发现是自己刚才不留神，顺手把那把戒尺从书房里带了出来。一想起刚才的尴尬，这东西便越发地不顺眼。初澄皱了皱眉，干脆由着性子胡乱一扔，把它丢向了沙发。

与人有约的寒冬下午，初澄准时走进商厦楼底的咖啡店。今天是工作日，堂食的客人不算多。店里放着舒缓的音乐，是一首不知名字的意大利文唱曲，和复古的装修风格很搭。

初澄走向吧台，发现喻司亭已经提前到了。他今日的穿搭风格是之前很少见的休闲风，高领毛衣搭挽腿牛仔裤，踩着短马丁靴坐在点餐区旁的高椅上。一副绝好身材，加上深邃五官，从侧面看去就是有独特腔调的硬朗型男。

初澄觉得新鲜，多看了两眼，没有直接上前搭话。喻司亭偶然间偏头，注意到了这道打量的视线，也低下头审视一番自己的打扮。大约是他休假在家的时候经常这样穿，所以并未觉得有什么不对劲儿的地方。

"我哪里很奇怪吗？"喻司亭开口。

初澄走过去："挺帅的。"

"被好好用脸的帅哥夸了。"喻司亭笑笑，朝着咖啡店的招牌扬起下巴，"喝什么？"

"一杯澳白，谢谢。"初澄点完单在他旁边坐下。

喻司亭看一眼初老师身上简洁得体的浅色羊毛外套，也觉得与平常有所不同。看来是为了拜访而特地改换的穿衣风格。他这样一个自称社恐、不喜欢迎来送往的人，连生病都不想被探望，却还要在假期里带着礼物去致谢，应该也挺无奈的吧。

"本来是我说找时间拜访的，没想到初先生让你先登门了。"

初澄在吧台上撑起一条胳膊，轻声叹息："我自己是觉得太周全正式的礼数会让人觉得拘束无措。但没办法呀，我家老爷子向来在意这些。"

他说完朝着身侧看了看，又补充一句："不过我猜最主要的原因还是金教授和金董都在他面前称赞了你。"

"怪我表现得太好了？"

初澄扬起唇角："谁说不是呢？金牌班主任在家长面前的魅力，真是讨厌。"

喻司亭带笑拿起杯子，凑到嘴边喝水。

初澄再次开口："对了，我有件事想问你。"

喻司亭"嗯"了声，示意他说。

"之前我生病的时候，你家里那位营养师一直在费心炖补身汤。我想既然登门了，还是顺便表表心意的好。"初澄偏过身询问意见，"你觉得我该送些什么好？"

"你是想当面谢她？"喻老师闻声，语气稍有些不自然。

初澄承认："是啊，虽说营养师的薪水也是你支付的，但……"

喻司亭为初澄的顾虑做解释："我倒不是介意这个。"

"那有什么不方便的吗？"

"没有。"喻司亭放下杯子，想了想后说，"前阵子，阿姨的儿媳刚生了一对龙凤胎。如果你打算送礼物的话，买些小孩子用的东西正合适。"

初澄觉得这个主意非常不错，高兴道："果然还是应该问你，我昨天还胡乱想了好久。这个商场上面好像就有孕婴用品店，你陪我过去做个参谋？"

见他好像立刻就要行动的样子，喻司亭劝阻说："不急，你的咖啡还没喝呢。"

吧台里的店员刚好在这时为他端来澳白。玻璃杯内被拉上了一朵精致的郁金香。

初澄端杯抿一小口奶泡，品了品便放下："不早了，等下挑礼物还要一会儿，如果赶着晚饭时间上门不太礼貌。都是因为在亭州待习惯了，我完全忘记了京市交通有这么堵，应该约再早一点见。"

喻司亭听他如此说完，依然闲适地坐着，反问一句："你不问问我出来干什么吗？"

"对哦，你也说要买东西的，买了吗？"初澄朝四处瞧瞧，只在旁边的椅子上看到了他的 PU 棉衣外套。

喻司亭点点头："预订好了，还没到时间取。"

"是什么？"

"鹿言的生日蛋糕。"

初澄只是随口问问，没想到得到了一个让他意外的答案："今天是我'好大儿'的生日？"

"是，所以就别考虑礼不礼貌的问题了。你留下一起吃晚饭，他会很高兴的。"喻司亭看到初老师眼底的迟疑，继续说："家里只有我两个姐姐。其中一个你见过，只那一次就能知道她是什么洒脱性格了。另一个算学生家长，应该很愿意和你聊儿子的事，再没旁人了。"

初澄有些被说动了，嘟囔着："那我需要挑的礼物岂不是又多了一份？"

喻司亭却说："我劝你别买。你是师长，如果太宠着他，以后这小子在学校里也会和你没大没小的。"

初老师仔细想想，觉得有道理。鹿言这孩子，身为班长，其管控能力确实优秀，但如果带头闹起来，说他是"贼首"也不为过。

"那怎么办？我什么都不送也不合适吧……"初澄用小勺搅动着咖啡，自言自语。

"一会儿想到感谢家里的煲汤阿姨，一会儿担心我两个姐姐的态度，现在又纠结起小孩子的生日礼物。初老师，老爷子和金教授让你上门拜访的是谁，你是一句也不提啊。"喻司亭终于开腔吐槽了这个全程脱离重点的家伙。

听起来他似乎是隐忍了很久，初澄乐不可支："我们都这么熟了，还讲那些虚礼干吗？"

"你这算 PUA 我吧？"喻司亭虽如此反问，但对刚才的回答还是挺受用的。

初澄空了几秒没应答，似是经过一番深思熟虑，忽然开口："我想到了。"

"嗯？"喻司亭抬眸问，原以为他能说出些什么缓解气氛的话，却见这家伙神秘兮兮地靠过来，朝着自己晃动两下手机。

初澄清了清嗓子，轻声试探："刚才订的蛋糕多少钱？我出双倍，你把这个机会让给我。"

喻司亭生生板住脸上的笑意，用力扳倒他拿手机的手腕，一字一顿："你想得美。"

初澄没再搭话，明亮的眸子却弯了起来。又一首曲子听完，两人也喝完了各自的咖啡，默契地同时说离开。

喻司亭："走吗？"

初澄："上楼吧。"

喻司亭点点头，拎起卷放在一边的外套，陪着他去逛孕婴专卖店。

"欢迎光临。"走进正门，店员递上一只可推拉式购物篮，微笑道，"本店是自助选购模式，如果两位有什么需要可以叫我。"

"好，谢谢。"初澄接过，迈步走向最近的货架。

这里陈列的东西五花八门，摇铃健身架、安抚玩具、叠叠乐、轨道球，各种早教用材数不胜数。初澄左碰碰右看看，一路试玩得很开心。

"初老师，你在给自己买玩具吗？陈阿姨家的孙子孙女才两个月大，玩不了那些。"喻司亭站在婴幼儿服饰区域，认认真真看了半天，时不时就听到身后传来一阵哄孩子的乐声。

"我小的时候没见过这么多花样。"初澄心虚地笑笑，连忙过去一同挑选。

不只是各式玩具吸引人，店里售卖的衣服也都相当精致。与衣服配套的婴儿鞋都是小小的，很可爱，只能容成人塞进去几根手指。

初澄小心翼翼地提起来，展示给喻司亭看："这套看着不错，就是尺码不太确定。我们稍微买大一点儿吧，即便现在穿不了，过一阵子也可以了。"

喻司亭点头表示可以。因为是龙凤胎，也不必纠结颜色了。初澄干脆把蓝和粉各拿一套，装进小推车里时不禁感叹："到底是什么福气才能一次性儿女双全啊？"

喻司亭看他一眼："初老师已经在思考后代的问题了？看来你是男孩女孩都喜欢。"

初澄却摇头，摆弄着另外一套婴儿衣物，说道："喜欢孩子，和喜欢别人家的孩子是两回事。年纪小的时候不知道父母把我抚育成人有多不容易。长大后，尤其是工作后才理解，一个新的生命只是孕育出来就已经很辛苦了，从此以后要负担起来的东西更是数不胜数。我觉得自己目前没有那么大的能力，而且也不够豁达去接受各种不可预知的结果。"

喻司亭认真地听完，没有过多表达自己的见解，只是说："你现在也还小。"

初澄仔细品味他话里蕴含的意味："所以喻老师在养孩子的问题上很有心得？"

喻司亭答得自然："鹿言是我带大的，他还活着。"

初澄笑笑，回他一句："我还是要替我'好大儿'发声，案例举得不错，下次别说了。"

两人又继续挑选了一阵，然后排队结账。

买完了婴儿衣服，刚好到取蛋糕的时候。两人回到一楼寄存处取了其他礼物，然后一同回去。

喻家老宅的位置稍有些偏僻，他们在路途上花掉了一些时间。到达目的地时，天已经擦黑。一座独栋别墅掩映在墨蓝的夜色中，从外部看大约是新中式与意式轻奢的混合装饰风格。平常这里只有喻家的两位姐姐住着。

喻司亭的车和另外一辆保时捷几乎同时开进院门。本来是他在前的，保时捷车主却直接打了干净利落的一把轮，抢先一步停在最近的车位里。率先推门下车的是一位中年女性。她身穿一套职业西装裙，披着干练的中长卷发，妆容不算浓艳，但是很提气场。

初澄被对方的倒车技术折服，从年纪分辨，猜测道："这是，你大姐吧？"

"嗯。"喻司亭应了一声，随后按下车窗。

迎面走过来的喻襄用眼尾夹着他，随口一句："车技不行啊。"

喻司亭的态度平平淡淡，却语出惊人："如果车上没别人我就撞你了。"

他说了什么？初澄正要解安全带的手倏地顿了一下。

喻襄这才注意到坐在副驾驶位的人，仔细看了看后，恢复标准的招待式笑容："这位是初老师吧？小言经常提起您。"

"您好。"初澄回神。

"不好意思，让您受惊了。"喻襄笑笑。她的长相大方明艳，笑起来时有种霸气全开的高级范儿，一看就是刚在商场上大杀四方地谈完工作，再赶回来给儿子过生日的女总裁形象。

初澄朝她礼貌地颔了颔首。喻司亭重新找车位停好车，三人一同进门。

前厅里用银灰两色的气球做了一面背景墙，银色花体字写着"鹿言17th Birthday"。初澄正仔细看着下面的小字，忽闻一阵轻快的脚步声。

是喻家二姐亲自出来迎接。初澄免不了又被喻司亭介绍一遍。

"久闻初老师，欢迎到家里来做客。"喻晨的年纪与喻司亭相差不多，性格也更活泼，热情地朝着访客伸了伸手。她今日穿了休闲家居服，没化妆也没卷发，披着黑长直发，一副温婉的样子，让人完全想不到这就是初见那夜美艳性感，还朝自己亲弟弟领口里猛塞钱的醉酒女郎。

初澄被这种反差搞得怔了怔，而后微笑着上前握手，心里却不禁暗叹：喻家的"硬核"姐弟仨，还真是各有各的特色。

见访客已有人招待，喻襄略垂头表示了歉意："你们先聊，我失陪一下，去换身衣服。"

余下几人迈入门厅。

"怎么突然这么热闹？"今日过生日的主角从旋转楼梯边探头，看到站在厅里的人惊喜地喊了声："初老师。"

初澄朝他笑笑："生日快乐。"

高个儿少年小跑着迎出来，看到他手里提着的蛋糕盒，笑意更灿烂，问道："这是特地买给我的？"

初澄："当然。"

"谢谢初老师。"鹿言顺势把初澄迎到客厅沙发上坐。

蛋糕是我买的，借给他拎而已。喻司亭看着这小子的热情劲儿，话已到嘴边，还是信守与某人的"君子约定"，咽了下去。

"你们坐一会儿吧。应该马上就可以吃晚饭了，我去餐厅那边看看准备得怎么样了。"喻晨看到这几人相处融洽的画面，便能联想到他们平常在学校里的样子。看来是十分对脾性的。

初澄抬头看一眼喻司亭。对方立刻明白了他的意思，叫住正要离开的喻晨："陈姨今天在吗？"

喻晨点头："在。我本来想给她多休一段假，让她提前回去过年，照看孙子孙女。但她说今天是小言的生日，要给他做完生日宴再走。"

喻司亭点头："陈姨有心。这么多年鹿言过生日，只要是在家里吃，就都是她亲手操办的。"

"我招人疼呗。之前我肠胃炎的时候，她还特地去亭州给我炖汤补身来着。"鹿言对此扬扬得意。

喻司亭揉揉他的发顶："马上就要吃饭了，进去把你铺满地的礼物收一收，顺便换身干净的衣服。看看你脏的，玩泥巴了？还往人家初老师身边凑呢。"

鹿言低头看看，自己的卫衣前襟上确实粘着花泥一样的碎屑，嘟囔道："都怪小姨，非得让我给她开盲盒。她说那里面有她送我的翡翠，结果挖出来的都是玻璃碴儿。"

"哎？你这小孩儿怎么甩锅呢？是你自己说翡翠老气，不如钻石，回头还可以镶嵌到你的考试涂卡笔上，再丢就能报案了。"喻晨笑眯眯地环着胳膊道。

鹿言反驳："那也不是玻璃碴儿啊。"

"行了。我放假在家还得给你们俩处理'小学鸡'互殴是吧？"喻司亭及时打住两人的话茬儿，却又带着点儿拉偏架的嫌疑，看着鹿言低声道，"都说了不让你和她玩了，她是什么好人啊？"

另一旁的喻晨闻声轻喷，有些维持不住自己知心二姐姐的形象，挂着假笑下狠手，拧了弟弟一把。

"别碰我。"喻司亭一脸嫌弃地拂开她，再次朝向赖在这里的鹿言，说道，"去啊。"

"噢。"鹿言听话行事，上楼前还不忘转向一旁，招呼道："初老师您坐，我一会儿就过来。"

喻晨早习惯了亲弟这副冷脸的样子，不予计较，转身朝着餐厅去。

喻司亭看向初澄："我也陪你过去吧。"

"好。"初澄还沉浸在喻家人不同寻常的相处氛围中，回神笑应了声。

他带来的其他礼物依然搁置在前厅，只单独拿了婴儿用品，由喻司亭领着去厨房见家里的营养师。

陈姨比初澄想象中的年轻，看上去似乎还不到五十岁，留着偏分短发，看起来舒适又不失时尚。初澄说明来意，对方却显得有些不知所措。11月底正是家中一对龙凤胎出生的时候，她从喻家告了假，更不可能在亭州。陈姨当然不会选择直接拆穿主家说的话，但无功不受禄，她也没办法收下礼物，只能求助性地看向一旁。

喻司亭倒是脸色如常："这是初老师的一片心意，贺您家里添丁进口。今天也辛苦了，忙完了就早点回去吧。"

陈姨听明白了。喻先生的意思是虽然事有乌龙，但是送礼物是发自真心的，可以不必有负担地收下。至于主人的私事，她当然不会想横插进去。

"这些东西真精致，难为你们细心挑，那我就收下了。"陈姨专门感谢了初老师，并表示再稍等片刻就可以用晚餐。

"那您忙，我就不打扰了。"初澄微笑着点点头。

看着喻司亭带着客人离开厨房，喻晨还倚着一边的墙壁若有所思。她隐约记得之前的确接到过喻大少的一通电话，但……以对亲弟弟的了解，喻晨很快想通了前因后果。看来初老师的礼物送得没问题，因为他喝的的确是陈姨的独家养胃汤方。

晚饭准备就绪，上楼换衣服的喻襄和鹿言也回到餐厅就座。平常老宅中用餐的人少，大家都没有固定的位置。初澄被夹在鹿言和喻司亭中间，喻晨和喻襄并排坐在对面。

喻家没有在餐桌上不能说话的规矩。喻襄与初澄一直说起鹿言小时候的事情，相当聊得来。但同桌坐着的其他三人就不大高兴了。鹿言是因为一直被提起童言无忌的黑历史；喻晨是因为这样显得自己没有大姐人缘好；至于喻老师……大概是因为他在餐桌上的存在感始终太低了。

喻晨瞥向弟弟，用眼神示意：你能想想办法，别让他们俩把气氛搞得像家访一样吗？

喻司亭并不理会。

喻晨朝他翻了个白眼，扭头向客人时却又是笑靥如花的模样："初老师，我有个问题一直想问，但又怕不礼貌。"

初澄停下筷子："没关系，您问。"

喻晨说："我有些好奇，初老师和初励宁先生的关系。"

其实这个问题谈不上冒昧。初澄早就想到它会被提起，毕竟自己登门是带着老爷子准备的礼物。他温和地回应："他是我父亲。"

"原来是这样，看来我没有猜错。"喻晨笑笑，坦言道，"其实我和初先生也算有些渊源。我最近的小说有幸与老爷子的新书签在同一家出版社。他之前还答应过要替我的书封题字呢。"

初澄："是吗？这样说来真是很巧。等喻老师的新作出版，我一定拜读。"

喻晨笑得大方得体，低下头后两眼却不自觉地瞟向对面那个脸色越发凝重的人，她似是挑衅一般弯了弯唇角：看见了吧？我自己也不是找不到话题。

"暂时是读不到了。有些作家因为江郎才尽已经拖稿很久。每天被编辑催债一样地跟着，所以干脆大门不出，二门不迈，窝在家里发疯酗酒还哄骗外甥拆盲盒。"喻司亭把一根秋葵夹在盘里，语气淡然地发出提问："对于这种同行，不知道喻老师作何感想？"

"……"喻晨维持着笑靥，想要刀人的眼神却已藏不住。

饭桌上的气氛正胶着，陈姨从后厨走出来，端上一只汤锅。

"今晚的菜齐了，大家慢用，有什么需要尽管和我说。"她低下头看向身边的鹿言，道："还要祝小言生日快乐。"

"谢谢。"鹿言最喜欢喝家里的养胃汤，拿起桌上的瓷勺盛了一些，先递给初澄，说道："初老师你尝尝这个，我最爱的麦冬乌鸡汤。"

初澄低头看看放在自己手边的小碗，和住院时喝过的一样，里面添加了小分量的党参、桂圆、黄芪和枸杞，颜色鲜亮，引人垂涎。

喻晨也盛了碗汤，用勺子轻轻地搅着，同时也没忘记报弟弟的仇，悠然开口道："这个汤确实不错，陈姨的手艺，初老师应当不陌生。"

"那我就不客气了。"初澄低下头喝了两口，清澈的眼底忽然闪过一抹异色。

这汤……他的舌头向来很灵，品得出技艺与火候上的差别。面前这碗乌鸡汤虽然同样清淡，却格外鲜美有滋味，和之前尝过的根本不像出自同一人之手。初澄稍微偏头，见鹿言喝得自然，好像并没有什么不妥之处。他也只好把这种疑惑按下不提。

晚餐吃得差不多时，众人开始切分蛋糕。在生日歌播放完毕之后，前厅的音响里继续放起柔情舒缓的爵士乐，水晶吊灯投下暖橘色的光亮，把气氛烘托得恰到好处。鹿言到底还是个孩子，刚好了伤疤就忘了疼，又去找他的小姨一起拆礼物，然后又被骗挖土盆。沙发上剩下喻襄、喻司亭和初澄一起聊天。

趁着大姐接工作电话的工夫，喻司亭倚向另一侧的扶手，稍微靠近初澄，低声道："我就说吧，她一定很愿意和你聊天。"

初澄也歪了歪头："受家长欢迎的老师又不止你一个。"

喻司亭这是属于搬起石头砸了自己的脚，无言以对时只能笑笑，端起刚刚没喝完的红酒，安静独酌。

夜色渐深，初澄准备告辞。喻司亭也跟着起身，下意识准备开口。

初澄回头看看玻璃柜上的空高脚杯，提醒道："喻老师，你喝酒了。"

"那……"

"身为老师可要遵纪守法。"不等对方提出其他想法，初澄已笑着打趣，"我打个车就行，你帮我填这里的准确定位。"

喻司亭摸出手机："好。"

接单的网约车司机在附近不远，隔了没十分钟就到了。初澄向喻家人告别，喻司亭和鹿言一同起身去送他。冬日的夜里寒气浓重。两个送客的人出门急，都没有穿厚外套，走出去不远就被初澄给硬推了回来。

喻司亭推开自家没上锁的厅门，还没踏进去就闻到了一股辛辣的烈酒味，而刚才在餐桌上喝的都是葡萄酒。他皱了皱眉，略有不快道："怎么又喝上了？不是说戒酒吗？"

"装也太累了吧。"喻晨手里拎着玻璃的威士忌酒瓶，猛灌一口，踢走拖鞋，扯掉修身的长衬衫外套，倒向沙发，把两条又白又细的腿搭在茶几上。

喻司亭沉声："我都说了，他见过你当街耍酒疯的样子，你根本没必要装。"

"我这不是怕吓到人家正经门第出来的孩子吗？"喻晨酒精上头的速度向来快，这会儿已见醉意，抓了抓自己的长发，从一张"痴女脸"变成嫌弃模样，"不过你居然敢往我们这样的家里领，你配吗？嗝——她配吗？"突然被cue到的喻家大姐正坐在一旁回公司的消息，没有空理睬其他事情。

喻司亭随手拎起一张毯子，想给酒鬼盖上，却被对方一把揽住。

"今天这么高兴的日子就不戒酒了……"

"松开。"喻司亭闻着胸膛前的酒气，嫌弃地偏开头。

"不松。"喻晨抓着他的头发，继续醉言醉语，"十年了，咱家可没这么热闹过。虽然你把爸气到国外去了……"

喻司亭努力半响，终于逃离她的禁锢，蹙着冷冽的眉峰回应："气走爸的不是我，是你。放着好好的斯坦福不读，偏要自由撰稿写什么悬疑小说。到处体验生活找灵感，把自己搞得醉生梦死、乌烟瘴气。"

"才不是我，气走爸的是她。"喻晨带着醉意哼笑一声，忽然把矛头指向了坐在一旁半天没开口的喻襄，"大学没毕业就未婚生子，老头子问孩子的亲爹是谁，她非说不知道。然后又半路改换专业，废寝忘食攻读金融，接手公司。爸为了治爱女的情伤，大力支持她发展事业。结果这人上位第一件事就是自损八百杀敌一个亿，硬生生搞垮了渣男的家族企业。"

"咔嗒——"客厅里响起指节掰动的声音。

喻总生平最讨厌的就是别人提起这件事，但此刻仍然保持着冷艳形象，姿态随意地倚坐着，只掀了掀眼睑，启唇道："鹿言，把你小姨抬到地下车库里去，让她清醒清醒。"

在这场姐弟三人的混战中，鹿言已经尽力降低存在感了，但还是被波及，只好硬着头皮上前，说道："小姨，别说了，你快要把喻总惹毛了。"

"别动，别碰我，臭流氓！"喻晨口齿不清地喊了几声，挣扎两下然后蜷在沙发上不动了。

喻司亭简直头痛。他觉得自己真应该拍照片记录下面前这四仰八叉的景象，等到下次新书签售会的时候，让千万书粉重新认识一下知性端庄的喻晨老师。

酒鬼不再闹事，客厅里终于安静下来。喻司亭迈着长腿上前两步，俯下挺拔的腰背，从喻晨手里拿过威士忌酒瓶。

"啊哈。"就在这时，沙发上的人突然"诈尸"坐起来。

鹿言被吓了一跳："啊呀——小姨，你又怎么了？"

"灵感来了……"那人好像奇迹般地突然酒醒，整理起自己凌乱的发型，准备去码字，"我发愿了，今晚必然定稿。"

"站住，有件事我必须和你们重申一下。"喻襄突然开口，不涂自红的嘴唇动了动，郑重其事地看向弟妹们，字字清晰道，"爸不是被我气到国外的。再胡乱甩锅的话，别怪我翻脸。"她自顾自说完，夹起桌上的笔记本电脑，上楼时步子宛若带着风。

喻司亭哼了声，回房间前留下一句："爸也不是被我气走的。"

"爸更不是被我气走的呀。"喻晨美丽的双眼里仍然带着酒后的木讷，转向厅里唯一剩下的人。

鹿言背后一凉："看我干什么？我可从来没惹姥爷生过气。"

"那你最乖了。"喻晨伸手，胡乱地捏了捏他的脸，半梦半醒地找水喝去了。

鹿言劫后余生般叹了口气，环顾恢复平静的喻家老宅，无奈地收拾起杂乱的客厅。来到彩色气球扎起的拱门边，少年扬了扬眉端。许个今年的生日愿望吧，想要一个进了喻家大门也能保持情绪稳定的小舅妈。

寒假休息已经有一个多星期。

初澄每天在家里过着优哉游哉的生活，不必考虑学生，也不用开会写教案，除了吃睡就是看看书，把生病住院时掉的那几斤分量都养了回来。

这一日午饭后，他想起自己套圈得来的小花盆，到花房里去查看，惊喜地发现花毛茛已经发芽了。

瓷白的花盆里长出细弱的根茎，大约两三厘米的绿芽，叶片形状有点像芹菜，而且底下的土也松松软软。看来是金教授在照顾自种花草时爱屋及乌，也给它添了营养肥。冬日里难得见这样稚嫩的绿色。

初澄想给花盆拍照，掏出手机，刚好感觉到它在手里震动了一下。是校园管家小程序里发出的消息通知。

高二年级秋季学期联考成绩已发布。

初澄的心中咯噔了一下，没想到高中毕业许多年后，还能体验到这种查询期末成绩的紧张感。他登录教师客户端，却不敢在第一时间看刚刷新出来的页面，一点点挪开遮挡屏幕的手指。

高二（7）班各科均分年级排名
语文排名：6

小小的一个数字，让初澄全身的神经都放松了下来。如果是在午饭前查询，他还能再多吃半碗。虽然听起来有点儿没出息，但其他人真的体会不到这三个名次提得有多不容易。看到自己带的崽崽们有哪怕一点点的进步，对他这个新手老师来说，都是极大的满足。

初澄把教师端界面截了张图，退出小程序，进入到7班的班级群。果然这里很热闹，大家都在讨论成绩。

穆一洋：数学卷子确定没批错吗？我这个假期再也不会快乐了。

鹿言：别想那些不切实际的，以后勤勉点儿多思多问，没准还能得个孜孜不倦、虽败犹荣奖。

聊天过程中，学生们也在群里发了部分截图。鹿言这次不仅拿回了数学单科成绩第一名的位置，总成绩更是在校联体大榜上领跑。

不愧是本届呼声最高的市冠军选手，他的每一科都非常之能打。对于这种激烈竞争的场面，初老师只想表示：我爱看，请多演。

初澄：怎么没见有人争语文单科第一啊？

李晟：我争我争，119 分请求出战。

吴雨晴：你靠边站吧，我 126 还没说话呢。

韩芮：嗯？你们是网络不好，登录不上校园管家吗？

真正的语文单科冠军不甘示弱，晒出一张成绩截图，直接让班级群内安静了三秒。初澄蹲在花房里，抱着手机傻笑：还得是我的课代表，实力派。

白小龙：啊，行了行了，那是我没参加。

谢星：大佬的世界我不参与，但我及格了的。

李晟：看大家的语文都考得不错的样子，那我们班的均分排名……

初澄刚截下的图有了用武之地。

季雅楠：第六！

韩芮：这也太酷了，初老师的题没有白讲！

蓝泽宇：（鼓掌）

徐婉婉：Surprise ！

…………

众多学生的感叹中夹杂了一条来自班主任的祝贺。

喻司亭：恭喜。

白小龙：妈呀，群里惊现大哥！

穆一洋：他怎么还窥屏啊？鹿言你是怎么传递前线战报的？

鹿言：我们俩又不在一起，我哪知道啊？

刚才还热切讨论着的学生们纷纷表示：匿了匿了。

群里逐渐安静下来。初澄本还想把截图单独发给大哥，表示自己不辱使命，但既然他已经看到，再这么做就有点邀功的意思了，于是作罢。他正要放下手机，收到一条私聊。

鹿言：恭喜初老师完成本学期 KPI ！

初澄：哈哈哈，也恭喜"好大儿"再次登顶校联体。

鹿言：您都不知道，考试的时候我只单独检查了语文答题纸，生怕涂错拖后腿。

初澄：小心被舅舅看到。

鹿言：没事，就我自己在家。今天我小姨要参加签书活动，他被拉去充当保镖和司机了。

初澄：那你吃饭了吗？陈姨休假回家了吧？

鹿言：中午吃过了，晚饭还没有着落。对了，初老师下午有空吗？

初澄：什么事？

鹿言：天气预报说晚上会下小雪，这种天气最适合吃顿铜火锅了。可惜我在京市这边很少有同学和朋友，没人能陪我去。如果初老师愿意一起的话，就当是我们互相庆祝了。

其实这一个星期来，初澄在家里待得也有些无聊，还在犹豫，鹿言就在屏幕另一边对他撒娇了。

鹿言：去吧去吧，初老师。您不能放任自己的学生孤独抑郁，不管不问吧。

初澄：别说得那么可怜。我可以带你去吃火锅，但你出门之前要记得告诉家里。

鹿言：没问题，晚点儿见。

与"好大儿"约定好之后，初澄用手机给自己的花苗拍了几张照片，起身时不可控制地"哎"一声。高兴得腿都蹲麻了，自己的这副老父亲做派可真是越来越足。

下午两点钟，初澄离开家门，打车到达鹿言给的地址。高高的台阶上，穿着白色棉服的少年正在朝他招手。初澄看一眼头顶金碧辉煌的招牌，怔了怔："不是说吃火锅吗？怎么约在温泉会馆了？"

"反正还没到晚饭时间。"鹿言笑着迎上来，解释说，"这家酒店的投资老板和喻总有生意上的往来，往家里送礼的时候总会带着各种各样的会员卡。我随手拿的，不用白不用嘛。"

"他家的私汤小馆好像的确很有名。"初澄细看会馆的名字，觉得有点儿印象，是那种收费奇贵的高端养生会所，"但你一个未成年，人家能给你开客房吗？"

鹿言脱口而出："不是还有你吗？"

初澄无奈："算盘打得很响，就是因为这个才叫我来的是吧？"

鹿言身高腿长，站直了几乎与初老师差不多高，却自然地对着他稚气傻笑："那要不要进去？"

印在中国人骨子里的四个大字此刻发挥效用：来都来了。

初澄朝着环境幽雅的大堂望了望："走吧。"

事实证明，鹿言想来这里根本就不是临时起意，他甚至已经提前预订好了 VIP 私人馆。初澄现场买了条新的平角泳裤，换下衣服，披起浴巾，跟鹿言各自浸入一个专门为他们准备的小池子。

"冬天泡温泉缓解疲劳，还能促进血液循环。"鹿言趴在小池的边缘，笑看初澄满脸"上当了"的样子，道，"对体虚的人有好处。"

初澄白他一眼："你才体虚。"

不过既来之则安之。

这家的温泉小馆做得当真不错，私密、安静、色调温暖，缭绕的雾气中散发出清淡柔和的香氛味道，让人无比放松。初澄缓缓下沉，把自己的肩膀浸入温泉水里，仰头看着头顶垂坠的水晶灯，获得了一片宁静惬意。

背后传来按动池壁按摩器的"沙沙"声，初澄笑着与他聊天："对各种功能轻车熟路，看来你之前没少来。"

"也没有吧。"鹿言仰面，惬意地哼了声，"毕竟我和我舅都只有寒暑假才回来。"

初澄稍作回忆："我好像从来都没听你提起过父亲。"

鹿言的语调如常："说实话，我也没见过。喻总说，亲手解决过的事情就是过去了，不提也罢。"

听对方这样说，初澄大概能猜出一二。他不便去打听别人的家庭隐私，只是好奇道："那你的姓氏……"

鹿言恍然："噢，我随姥姥的姓。她是亭州人，我的户口也落在那边，所以能在十中上学。还有另外一层原因，姥爷说自己家的风水不好，生的孩子都生性叛逆、不服管教，他希望我能乖巧懂事，再多像姥姥一些。"

"孩子都生性叛逆？"初澄关注到其中一句，不解道，"也包括喻老师？"

"嗯。"鹿言动了动，伴着"哗啦啦"的水声，换到距离初老师更近的另一侧池子边，"难道你不觉得我舅舅是个很有个性的人吗？"

"那倒是，但并不妨碍他很优秀，理智自律，刻苦坚定，勇于迎难。"初澄想起之前钟老师对喻司亭的评价，自己也深以为然。

"哇，全是优点啊。那孤傲毒舌，脾性恶劣，脸黑耐性差呢？"鹿言挖苦起自己的亲舅来丝毫不嘴软，"玫瑰哪能不带刺是吧？"

初澄端起汤池边的花果茶润了润嗓子，笑着嘱咐："不要在背后揶揄长辈，尤其是和他的同事一起。到时候，我可说不清是在谁拐带谁。"

鹿言表示理解，舒服地泡进池子里，隔了半晌才沉叹一声："其实我舅真挺好的。就像我们刚认识的时候我吐槽的那样，他只是太外冷内热，然后一大把年纪了还没有对象。"

"如果你这样说就太低估他了。"初澄闭上眼睛，缓声道，"以你舅的人格魅力和细心程度，只要能遇到他喜欢的人，根本就不愁追不到。"

鹿言笑笑，没再说话。

两人边聊边喝茶水，直到泡得有些困倦，才穿上浴袍去客房休息。路过自助餐厅，鹿言说要进去拿些点心和水果。初澄等在一旁，偶然间注意到隔壁阅览室的书架上有喻晨写的悬疑小说，便随手拿下来。他翻开扉页，看见简介里写着：那一夜我杀了自己的亲弟弟，把尸首埋在母亲心爱的波斯菊花坛下……

这么刺激的吗？虽说创作高于生活，却也源于生活，怎么看都有点儿私人情感被夹带在里面吧。

"走吧，初老师。"鹿言端着两个小竹盘凑近过来。

初澄快速地在管理员那里登记了一番，把书带进客房里去看。这里的休息室是私密性很好的双人间。为了营造更好的放松环境，灯光稍微有些昏暗。初澄躺上靠椅，打开床头的阅读灯，觉得光亮程度刚刚好。

待两人坐稳，房门被人敲响。得到准许后，穿着统一浴服的工作人员探身进来，礼貌地询问："请问两位需要什么样的客房服务？"

鹿言边吃着水果，边瞄向墙上的项目价位牌，挑选道："嗯……我来一个养生舒筋按摩吧。"

服务人员转向躺椅边："另一位先生呢？"

初澄刚翻开悬疑小说，阅读兴味正浓，抬头道："我就不用了，麻烦帮我送一杯雪顶咖啡。"

"好的。"服务员颔首后退离。

鹿言瞄来一眼："你在看我小姨的书啊？"

初澄："是啊，写得特别有意思。我刚看了一章就被吸引住了。"

鹿言掉了个身俯趴着，撑起下巴，客观评价道："喻晨老师不发疯的时候还是很有魅力的。我最喜欢她写的《杀死第三个我》和《枯井里的夏天》。除第二本书的主角叫言言以外，其他都很合我的悬疑口味。"

"感谢推荐，回头我会看的。"初澄记下书名，继续阅读。

"当当——"

"请进。"

来给鹿言做舒筋按摩的是位大约三十岁的女技师。她快速地做完准备工作，来到少年床边，声音温柔地做例行询问："客人，您的腰椎应该没有问题吧？平常有没有哪里的筋骨不太舒服？"

"我的肩膀和脖子都有点痛。"

"那是哪种痛呢？"

鹿言懒洋洋地答："写寒假作业写的。"

女技师被他逗笑，点头道："好，那我等下帮您重点按摩肩颈，缓解一下。"

"嗯……"鹿言低低地应了声，随意刷起了手机。

这种会馆里的技师大多性格热情、能言善道。但这个房间里的两位客人明显是想要个安静的休息环境，女技师便没有再开口。

不知过了多久，鹿言的手机忽然响起来。

"在哪儿呢？"是喻晨打来的。

鹿言趴着，声音闷闷的："温泉会馆。"

喻晨不确定地试探："和初老师？"

鹿言："嗯，我按摩，他在看书。"

"你这孩子怎么回事？"喻晨在电话另一边压低了声音，"我让你约他出去玩是为了拉拉关系，你怎么还自己享受上了？家里白宠你了。"

鹿言："我没有啊，组织上交代的任务已经完成了。"

喻晨却一秒识破："还狡辩，合着人家是陪你出来玩了？一会儿还得吃顿涮羊肉是不是？"

鹿言一乐："你怎么知道？"

"你都惦记好几天了，我能不知道吗？"喻晨放弃了，"行吧，也指望不上你，你们俩就好好玩吧，别把人带坏了就……哎？"

电话另一边的声音戛然而止。鹿言正纳闷，听筒里忽然换了一道低抑的声线："你什么时候把他约出来的？"

"舅？"鹿言听出了对方的声音。

喻司亭："嗯，问你话呢。"

鹿言"咝"了一声，硬着头皮坦白："就刚才。初老师说要带我去吃铜火锅，但还没到饭点嘛。"

"所以现在在温泉酒店？"

"啊。"

举着二姐手机的喻司亭兀自深吸一口气，恢复了平淡的声音询问："那玩够了吗？等会儿下雪恐怕不好打车，我过去接你们。"

电话被挂断，鹿言趴在原位没动，大脑思维却快速地转过了好几轮，然后腾地跳起来。

正在给他做颈椎按摩的技师被吓了一跳："按疼了？"

鹿言摆手："不是，就做到这里吧。谢谢姐姐，你可以休息了。"

技师愣了愣，但还是应了声"好"，然后收拾东西离开。

鹿言急着披好浴袍下床，把客房里的灯光调亮，看向正悠然看书的人，叉起腰沉思。

初澄抬头："怎么了？"

"纪检大队长还有十分钟就到达战场了，我得想个办法活下来啊。"鹿言焦虑地抓了抓自己的头发。

"什么意思？"初澄不太理解。

"来不及解释了，就当是救人一命，快配合一下。"鹿言在整个房间里找寻可利用的物件，最后取下柜子上摆着的意见簿和签字笔，一本正经地坐到古风装饰画下。

接着，他读出上面书写的文言文，非常好学地询问："初老师，这句话该怎么翻译呢？"

看着这孩子突然间变成了一副认真听讲的模样，手里还端着悬疑小说的初澄实在反应不过来，情绪复杂地挑了挑眉尾："哈？"

"您好，房间的访客到了。"

服务员敲了敲门，引着喻司亭进来。那人今日是一副休闲绅士的装扮，穿着浅灰针织衫搭夹克，黑色长裤衬着修长漂亮的腿形。

客房内迎接他的是一幅师生和谐的场景。喻司亭看到如此爱好学习的现场，俊朗的眉头略微蹙起。

鹿言捧着纸笔，仰头朝他笑得灿烂："舅，你来啦？"

初澄见状，打算合上书。

喻司亭的双手插在休闲裤的口袋里，扬了扬下巴："没关系，你可以再看会儿。本来想在外面车里等着的，怕你们还没尽兴。"

见对方脸上没什么异常神色，鹿言忙道："我们已经讲得差不多了。我现在去穿衣服？"

"不着急。"喻司亭在房间内环顾一周，问鹿言，"应该学累了吧？"

他伸出骨节匀称的手指，按下床边服务铃。

扬声器里立刻响起回应："您好，会馆客房部服务台，请问您有什么需要？"

喻司亭看着项目单似乎不大满意，询问道："你们这里，有没有专业的中医正骨按摩项目？"

"有的，您是想体验一下吗？"

"对，现在帮我安排吧。"

"好的，请稍等，马上派技师到您的房间去。"

通话结束后，喻司亭搭坐到初澄的床边。初澄稍挪身体，给他让出一些位置："喻老师也筋骨不舒服？"

"嗯，皮痒。"喻司亭淡淡地回。

什么？初澄诧异地瞪了瞪眼睛。

再次敲门进来的是位年纪不算大的女技师，长得慈眉善目，环视房中的三人问道："请问是哪位客人需要正骨按摩？"

喻司亭扬扬下巴："他。"

鹿言摸了摸鼻尖，预感不妙。

"趴着去啊。"喻司亭情绪淡淡地示意，随后又转向初澄，"晚上打算吃铜火锅？"

初澄点头："对，虽然是鹿言先提的，但我也很久没吃过京味儿的涮羊肉。喻老师也一起去吧。"

喻司亭摸出手机："好啊。你喜欢哪家？这个季节和时间段，不提前预约的话估计吃不上。"

"刚好我知道一家正宗又比较冷门的，一般不需要等位。"初澄边做推荐，边凑身过去，在对方的手机软件上搜索，正想问问鹿言的意见，耳边传来抑制不住的呻吟声。

"呲——疼，姐姐轻点儿。"

"这个项目是会有些痛感的，但做过之后很舒服，能够有效调节机能，缓解疲劳。你可以放松一点，我肯定不会伤到你的。"女技师笑着解释，重新反向扳起少年的胳膊。这位技师的手法劲道与良善的长相完全不相符。鹿言受不了如此酸爽的感觉，拍打着按摩垫叫停。

"我这还没使劲呢，要不然……"正骨师还未出口的建议被喻司亭打断。

"没关系，给他按。"

"啊哈，啊——呃——"鹿言攥紧床单努力忍耐，还是疼得"吱哇"乱叫。

初澄终于理解喻司亭刚刚是在说谁皮痒，深表同情地眯起眼睛："疼得声音都抖了。孩子一个人在家里，吃饭成问题，你这舅舅一来就作践人。"

"他是这么和你说的啊？"喻司亭哼笑一声，顺手翻了翻果盘，从里面摸出颗草莓，不紧不慢地吃掉。"一会儿想吃粤菜，一会儿要吃西餐，一会儿又嫌西点烘焙师做不好豌豆黄。你小姨惯着你，刚往老宅里请了三个新厨子吧？人呢？"他转向鹿言道。

鹿言一副痛到虚脱的样子，张了张嘴："在家斗地主。"

喻司亭又问："那上个星期留给你的几套数学卷呢？到现在我可一张都没看见。"

鹿言咬着牙根："回去就做。"

这皮孩子，难怪总是在挨收拾。

初澄一时找不到维护的理由，含着吸管，把已经融化的雪顶咖啡喝出"吸溜"声。

"我不按了，救命……"又坚持了半分钟，鹿言已觉得是身体不能承受之痛。

"看来他确实消受不了。"喻司亭把草莓梗扔进一旁的垃圾桶里，抬头看向技师，"辛苦了，就到这里吧，可以按正常钟收费，然后帮我办退房结账。"

技师应下，愉快地离开客房。

"那我去把这本书还了，顺便去趟洗手间。"初澄理了理浴袍领口，起身出去。

喻司亭："好。"

房间里安静了几分钟。

鹿言趴在床上一动不动，整个人都是灵魂出窍的状态，半晌才抬起已经忍到发红的脸颊："我要告状。"

"没用，你在假期里也归我管。"喻司亭站起来，朝着他的背后拍了一巴掌，"去换衣服，准备吃饭。"

鹿言看他一眼，自顾自嘀咕着什么。

"别忘了你还欠着我的卷子。"喻司亭懒得费口舌，提醒他什么才是该办的正事，"之前我是没问你要，如果今天我要了再交不上来，你晚上喊得绝对会比刚才惨。"

鹿言正想和他讨价还价，远远地瞧见初澄从走廊上回来，直接丢下舅舅迎出去，强行扭转话题："初老师，你刚才推荐的火锅店在哪里啊？有麻酱水爆肚可以点吗？"

喻司亭看着外甥的背影，被气得想笑。自己对这小子真是有操不完的心，欣慰的是他还有一点儿进步。这一次，他把靠山选对了。

吃过晚饭，果然如天气预报说的一样，纷纷扬扬下起了小雪。因为和涮肉馆顺路，喻司亭先把晚上还有卷子要做的鹿言送回了喻家，然后才开车载着初澄朝不同方向的初家去。

距离除夕夜没剩几天，城市两旁的街道经过装点已有浓重的年节氛围。簌簌飞雪在橘红的灯笼下更显优雅缠绵，铺盖满地的银粟把道路都映亮了几分。

"初老师。"

"嗯？"

初澄一路都托腮欣赏着车窗外的雪夜景色，直到身侧的人主动开启话题。喻司亭说自己之前收了初先生准备的礼物，却一直没有机会回礼道谢，打算借着年关的机会尽尽礼数。

"如果想要登门拜访的话，选在年前和年后的什么时间段更方便？"

"不用了吧。"初澄不假思索地回答。

"我爸本来就是出于感谢才备礼让我登门，你再回礼，那这一件事不是没完没了？再说老爷子年纪大了，近几年其实已经不怎么接待新客，但他和金教授平日里的私交不少。在年节这种连我都想出门躲清静的时刻，劝你也别凑这个热闹。"

喻司亭觉得他说得在理，沉思片刻后再开口："但我上次见金教授的时候提起过会去拜访，不了了之也不太好。"

初澄从窗外收回视线，扭转过头，看着他认真驾驶的样子，反问道："那就看喻老师想要什么样的待遇了。"

"有什么不同吗？"喻司亭被问得饶有趣味。

"当然有了。"初澄说，"一种是我向老爷子约时间，你带着礼物郑重登门。到时他和金教授就会在正厅接待你，而我负责在旁端盘倒水，没准还会客客气气地对你说一句'请喝茶'。"

喻司亭挑挑眉梢，似乎不太中意这种过于严肃拘谨的方式。

初澄便笑着继续："另外一种，你提前打电话或者发微信和我说就行了。进门的时候如果碰巧遇上二老，我会向他们简单介绍一下自己的朋友，你随便打完招呼就跟我回房。"

喻司亭听着，边打着方向盘，边扬起唇角。

初澄："喜欢这种？"

喻司亭："还用问吗？"

两人相视一笑，默契地为这一话题标上了句号。今夜的雪势不见急也不见缓，从始至终都是轻轻柔柔，悄无声息，地面上的刚化去一些便又添薄白。喻司亭的车轮碾着雪霰停在初家院落胡同外时，初澄刚好谈到不用对鹿言太过严厉。这个年纪的孩子，有点儿个性、爱玩爱闹才是正常的表现。

"我到啦，感谢喻老师。"初澄的话茬儿停在这里戛然而止，解开安全带下车，立身到雪幕中。

喻司亭正想隔着车窗玻璃摆摆手。

初澄却扶住了即将关合的车门，俯下身来笑笑："要不就今天吧？"他继续道："你都来两次了，我总不能一直让你送到门外就走。找个地方停车，然后进去坐坐。"

喻司亭在夜色中考虑了一秒钟，然后表示盛情难却，点头同意了。

庭院深深，初家精心修整的中式园林里处处亮着灯，搭配着窗明几净的室内背景，在寂静的落雪中别具一番韵味。

两人漫步穿过前庭走廊，进入正房。金教授正在厅里端庄地坐着。

初澄低头拂了拂沾在额发上的雪片，叫了声："妈。"

"回来啦？"金舒淇抬起头，瞧见了跟在儿子身后的另外一道身影。

喻司亭："金教授好。"

金教授微笑着回应："喻老师来了。"

"嗯，我们刚一起吃过晚饭，顺便邀他进来坐坐。"初澄自然地接过话茬儿。想起在门前看到的陌生车辆，他询问道："家里有客人啊？"

金教授点头："有老朋友来看你爸，正在屋里聊事情。你不用进去了，去招待自己的朋友就行。"

"好嘞。"初澄笑应了声，回头轻声唤上喻老师，挑眉示意，"走。"

初澄的房间在这套院落的东厢房。室内是现代的平层套间设计，空间极大，客厅、书房、卧室各种功能区顺次相连，一眼无法望穿。

"你随便坐也随便看，我马上就过来。"他引着自己的朋友进入，脱下外套随手挂在一边，转身又要出去。

"好。"喻司亭留下安静地等着，顺便好奇地参观起来。

虽然这家伙在亭州与人合租着小两室，还时常自嘲喜欢蜗居，但他在家里拥有着一间大概百余平方米的开放书房。屋内嵌着整整两壁的六米顶高踩梯书架，按门类塞满各式藏书，井井有条。喻司亭随手拂过其中明显看上去年代久远的两排架子，《毛诗注疏》《左传注疏》《陆放翁诗集》《纳兰性德词》……这些应该都是他儿时用来抄写练字的。间隔这么久，所有的书籍依然保存完好，还有时而整理的痕迹。

再向前走两步，书籍风格截然不同。国内外的近现代小说名著，还有大量的绘本杂册，甚至是网络游戏宣传的插画集。因为种类过于杂糅，凭这些完全判断不出主人的性格和喜好，却在其博爱和兼收并蓄的程度上可见一斑。

很快，喻司亭被一个插空摆放的相框吸引了注意力。

这张照片上的初澄大约只有四五岁，小小一只，俊秀的眉眼已见卓绝出挑。在他纤细的脖颈上一次性挂将近二十枚奖牌，孩子的表情却异常惹人怜爱，乌溜溜的眼睛里噙满委屈，不见半分开心。

喻司亭从前偶然读起老爷子的传记时，其实有在脑中想象过儿时的初澄会是什么样子，但远没有这个率真可爱。他小心地把相框拿起来端详。

"喻老师是黑历史挖掘机吧？我这满屋子的光辉记录你都看不见，唯独盯着最狼狈的一张。"伴着"吱呀"的门声，初澄端着一盘洗干净的水果回来。

"这还不算光辉？"喻司亭回过头，对他晃晃照片，"被奖牌坠得都要直不起身了。"

初澄笑得无奈："你看仔细，那会儿我还没上学呢。身上所有的奖牌没有一块是我的。"

如果认真去瞧，的确能依稀辨认出那些奖牌上的名字各有不同，甚至有的是两个字，有的是三个字。

喻司亭对此表示出了好奇："这是怎么说？"

初澄把果盘放在喻司亭手边，略显苦涩地扬了扬嘴角："说出来你也许不相信，但我从来就不是那种别人家的孩子。"

想要解释照片的事，他就不得不提起那段可以称作是苦难的孩童光阴了。在一个还没有"鸡娃"①名词的年代，外表看着光鲜的初小公子就已经是这个世界参差的见证者了。

"小时候，父母的世交和好友住得近。住在同一片儿的不是这里的教授，就是那里的大师，他们家里的孩子养得也都优秀到离谱。我年纪最小，又事事垫底。有时候长辈们忙在一起，就会嘱咐各自的孩子领着我一起玩。"

直到现在，初澄依然记得自己四岁时坐在小提琴演奏会的台下，等着邻居姐姐表演完来抱，五岁时观看国家队的选手做物理竞赛的力学实验，

---

① 鸡娃：网络流行词，指的是父母给孩子"打鸡血"，为了孩子能读好书、考出好成绩，他们不断给孩子安排学习和活动，不停让孩子去拼搏的行为。

六岁被迫去听全法文的演讲比赛，隔天又被邵纪带到了围棋职业定段现场。

"我在精英修罗场里遭受过各种降维打击，经常跟不上哥哥们的思维，再加上那时候基本没机会见到普通的同龄人，这些导致我对智商没有概念，总觉得自己是个笨蛋。这张照片就是拍在那个时期了，忠实地记录了我为'神仙们'跑腿打 call^① 的日常。"

喻司亭笑着，用指腹抚了抚照片上那道微蹙的眉宇，问道："那你是什么时候发现真相的？"

"上了小学啊。"初澄随手拿起砂糖橘，又递给喻司亭几个，"那时我才发现，原来自己不是吊车尾，甚至还有点平淡无奇的小聪明。于是我连跳两级，开始了解放天性，什么都想学一点儿，但又什么都没兴趣专精。"

"嗯，像你的性格。"喻司亭坐到沙发上，接下对方递过来的水果举了举，算是感谢款待的意思，然后慢条斯理地剥开，"其实我一直很好奇，在两位老师的严谨家风下，是怎么样长出了你这样的……"他顿了顿，一时不知道该怎么形容。

"坏蛋？可能基因变异吧。"初澄笑笑，看向自己桌角的一幅画作，"虽然我父母都很开明，但他们从事的职业、受过的教育、生活的环境使然，有时免不了会多些原则、要求。但好在我小时候家里还有另外一个人，会做我的保护伞。"

喻司亭循着视线看过去。他能猜到这幅画的作者，是初澄的外祖父金钊曲，那位已经过世的国画花鸟大家，也是给"小太阳"取名字的人。

初澄说："他抚育了我母亲和舅舅，之后也把同样的理念传递给了他们和我。生养孩子并非为了延续任何人的生命，而是要教他们以自己喜爱的方式过完独属于自己的一生。"

喻司亭抚慰式地搭了搭面前人的肩膀。他终于知道初澄兼容并包的教育观是受谁影响的。不得不说，小太阳再离经叛道，最后还是找到了一个适合自己的职业。因为只有在爱里长大的孩子，才会去爱别人。

为了不引起初澄对外公离世的伤感，喻司亭没有再深扒这个话题。他转身去看书柜里摆放的其他相框。那些画面中留存的大多数是初老师年少时的记忆，像一个个无声但充满意趣的故事，承载着时光流逝的痕迹。

---

② 打 call：网络流行词，为应援某人某事而发声，有呼喊、喊叫、加油打气的含义。

其中最显眼的，莫过于架子中央的多宫格相框。九张照片被装裱在一起，背景都是初家庭院的同一个角落，但镜头拍摄的主角却在不断成长。在这一组记录中，初澄从三四岁的稚气孩童变成了朗秀的少年模样，他背后的树也从低矮细弱长到枝繁叶茂。

喻司亭的目光停驻于此。如果他没记错的话，这棵树应该是……

"我的'童养媳'。"初澄如是介绍。

"它还在院子里，我进来的时候看见了。"喻司亭回忆起刚刚的场景。两人穿过走廊时，曾迎面遇见过这样一棵落满雪的树。

初澄点头确认："是，它在我很小的时候被家里人种下的，和我的年岁几乎差不多。"

"所以，你们这儿的习惯是把这样的树叫作'童养媳'？"喻司亭的问句中带着些许调笑意味。

"看来喻老师今天是挖定我的黑料了。"初澄嘴上虽如此说，内心却是不在意被他知晓这些事的，他随即很大方地讲述起前因后果。

"因为我从小吃尽了年纪的亏，总觉事事不如人，所以特别希望附近几户能生出更小的孩子。我有一个比我大十岁的发小，叫邵纪。他骗我说，初家一直都想要个女儿，金教授还在院子里种了'嫁女树'，可不知道为什么，这树一直不成活，也许是天意只让他们有儿子。但如果我能好好照顾院子里的树苗，让它开花结果，那早晚有一天父母会给我生个妹妹的。"

当年初澄听过这些话后，立即跑去请教父亲，什么是嫁女树。他得到的回答是香樟。父亲说，早些时候江南户族有这样的传统，如果家里生了女儿，就在厅前院落种上几棵樟树。等到女儿长大时，树也长成，就可以砍下来做嫁妆盒子。

"我那时候年纪小很好骗，对邵纪说的话深信不疑。明明自己还没柜子高，却愿意拿出十足的耐心去照顾那棵树，每天早中晚去看三次。后来，我养成了习惯，也养出了感情，甚至给它念诗读书，没事就去自言自语，把烦心事也说给它听。"

初澄现在想起往事，仍然觉得不堪回首，但凡自己有个小学文凭，也不至于被这帮损友玩弄得像傻子一样。

喻司亭似乎听得津津有味，追问说："后来呢？"

"后来那树被我感动了。"初澄很是心累地揉了揉眼眶，把故事继续讲下去。

过了大概有三年的时间，院子里的树果真开花了。在晚春的时候，淡雅纯净的白色花朵挤满了树，像一道道小瀑布那样。初澄特别满足，整天都缠着家里人一起去看。金教授一直以来只知道儿子喜欢那棵树，却不清楚真正的原因。她见孩子那么开心，特地叫人去把树上的花收集起来做成点心，拿给他吃。

喻司亭其实早已发觉了不对劲的地方，但一直没出言打断。直到这会儿，他实在忍不住开口："你等下……"

初澄抢着说："我知道你要说什么，樟树无法开出那种绚烂如瀑的花，而且也不能做菜入口。我很快就发现自己被骗了，因为他们送点心给我的时候，说这是槐花饼。"

那一瞬间，初小公子的世界都变成了灰色的。

听完这样"悲惨"的故事，喻司亭却掩盖不住自己嘴角的笑意，代入孩子的心性去想想："那你应该……哭得很伤心吧。"

初澄翻了翻白眼："是除了我之外，所有人都笑得很大声。"他也是过了很久才知道，当年邵纪一群人都在背后胡说，把自己对妹妹的期盼编排成了假想"童养媳"。后来，父亲还把这件事写进了作品集中。

类似这样藏在照片里的糗事实在数不胜数。喻司亭每问起一张，初澄的童年就仿佛被开启了一层封印。两人就这样聊着，忘却了时间。

其间厨房帮佣受金教授的嘱托，送来两份桃胶烤梨炖盅，敲门几次无人应答，在屋外附耳却听得室内满是爽朗的笑声。

喻老师觉得自己还没有听够故事，夜色却已深，到了该告别的时间。他站起身，从沙发扶手上拿外套时刮掉了什么东西。"啪嗒"一声，一段深色的实木条落在地面上，两人同时低头查看，皆一怔。

初澄刚要弯身，被对方先一步捡起。

"这是戒尺吧？"喻司亭把物件拿在手里，翻转着仔细查看，发现在它的背面刻着一个精细的"初"字，抬头好奇地问，"你的？怎么压在沙发垫下面了？"

"嗯。"初澄被他灼热的视线盯得有些尴尬，摸了摸鼻子，没来由地心虚道，"是我要扔掉的，忘记了。"

实际上是想扔，但没敢。万一老爷子什么时候再想起来，他不好交代。

喻司亭的眼睛很毒，一眼认出了戒尺的材质，也看出了面前人表情里的些许不自然，一瞬恍然。他一本正经道："上好的小叶紫檀，扔了怪可惜。你要扔在哪里？我去捡。"

"你要它做什么？"初澄诧异地脱口反问。

喻司亭摸着上面的刻字，自然地笑笑："这可是初家的戒尺，门庭下有一个算一个皆博学出众。拿回去打外甥都是种好兆头。"

初澄无从分辨他是不是故意这样说。初家这一代是独子，不用细想也知道这根戒尺原本是用来教训谁的。其实这种放着落灰的东西，比起扔掉，送人倒也不失为一种传承，老爷子应该不会计较。但毕竟是自己用过的，况且对方已明言是要拿回去打孩子。

"舍不得？"见他迟迟不回应，喻司亭还想继续试探。对方突然抽走了他手中的尺子，他惋惜道："哎？我还没看完呢。"

"我可不做这种得罪人的事。"初澄随手把戒尺塞进自己的行李箱里，转身推依依不舍的人出门，道，"真想用的话，你自己做把新的去。"

喻司亭边被迫向前走，边开玩笑，语气中暗指他小气："反正你也用不上，因为不想送给我，宁愿打包带走？你也不嫌沉得慌。"

初澄跟在后面嘟囔："我又不扛着行李箱徒步走。"

"这么有自信？"喻司亭摸出手机，拿在手里假装滑了两下，声音摇曳，"在朋友圈里也没看到助力链接，看来是成功买到票了。"

"网售还没开始呢……"初澄被他问得一愣，下意识地回答。而后才反应过来，这人其实是在挖苦上一次的事，他气道："你别翻旧账。"

喻司亭低沉地笑出声。他握着手机，并没有真的去翻微信朋友圈，而是打开了校历界面看了看："不逗你了，打算什么时候回亭州？"

初澄想了想："初八以后都可以。"

"和我想的差不多，到时候一起。"

"好。"

毕竟搭车和让人搭车这样的事，都是一回生二回熟。两人一个问得自然，一个答得痛快，眨眼间就达成了共识。

　　"那我走了。"喻司亭站在自己的车边扬扬唇角，"不出意外的话，应该是年后见。"

　　"嗯，年后见。"

　　夜里的雪已经停了，周遭仍是寂静一片，更衬得初澄声音柔和。他挥了挥手，站在胡同边，一直目送着喻老师的车缓缓离开。

遇险 下

yù yǎng

提 裙

著

成都时代出版社

图书在版编目（CIP）数据

遇阳 / 提裙著 . -- 成都：成都时代出版社，2025.
7. -- ISBN 978-7-5464-3711-8

Ⅰ．I247.5

中国国家版本馆 CIP 数据核字第 2025R51E37 号

遇阳
YU YANG

提裙 著

出 品 人	钟　江
责任编辑	胡小丽
责任校对	黄　蕊
责任印制	江　黎　　陈淑雨
封面设计	唐小迪
内文设计	唐小迪

出版发行　**成都时代出版社**
电　　话　（028）86783717（编辑部）
　　　　　（028）86763285（图书发行）
印　　刷　北京君达艺彩科技发展有限公司
规　　格　145mm×210mm
印　　张　16.25
字　　数　531 千
版　　次　2025 年 7 月第 1 版
印　　次　2025 年 7 月第 1 次印刷
书　　号　ISBN 978-7-5464-3711-8
定　　价　79.80 元（全 2 册）

第六课

春花 VS 冬雪

　　自扫尘日起，初家的各种来访便络绎不绝。初澄虽从小就会躲清闲，但在这种盛大的节日时，也免不了要帮着忙里忙外地待客，没有时间再应任何人的约玩。门庭若市的场面一直延续到年三十。

　　按照惯例，除夕夜初家闭门谢客，除了家里的三口和住家用人，只有金董能够进门。金教授本人不善厨艺，但她每年都会把团圆饭安排得精致妥帖。一桌十六道菜，讲究四平八稳，安康喜乐。

　　父母的作息向来规律，他们从不会熬夜。吃完饭后，初澄提前给二老拜了年。老爷子递上准备好的红包。

　　"我都这么大了还有压岁钱？"初澄拿着父亲亲笔题字的红封纸袋，有些惊喜。今年是他正式工作后的首个春节，本以为不会再有这个环节了。

　　母亲从旁笑笑："只要没成家、没有为人父，就还是个孩子。"

　　"原来是这样算的。"在另一边吃水果的金董闻声，立即抬起了头，"那我呢？姐。"

　　金教授诧异地看他一眼："金恒，你是怎么开得了口的？"

　　西装革履的大董事长却不在乎面子，执着地勾了勾手指："没有？那我一会儿可要去小黑屋里念叨给爸听了，就说他对你苦心孤诣教诲几十年，教的那些一诺千金、言出必行都白费了。"

　　"你怎么回事？别瞎说。"金教授真是又气又想笑。

初父坐在正位上悠悠饮着饭后茶，只笑吟吟地看着，却不发表任何见解。对这对姐弟非同寻常的相处模式，他早都习惯了。

两面僵持不下。金教授没办法，只好再去偏厅包一份给他。

金董便是看准了对方处事公允规整，不会拉下面子与自己计较，还得寸进尺地继续提醒："别差别对待哈，我要和小澄一样的。"

片刻后，金董如愿了。

"谢谢姐。"他表现得心满意足，转头却从外套里怀口袋里摸出一个更精致的红包，连同金教授刚给的一起塞向初澄。

"谢谢舅舅！"从金董向母亲伸手的那一刻，初澄就已经预料到这样的结果，故意把谢道得很大声，朝着长辈们俯了俯身，心情愉快地退出前厅。

目送儿子的背影离去，金教授转向弟弟，轻叹一声："这孩子一半的个性都是被你和爸宠出来的。"

"我是他舅，我不宠着谁宠着？"金恒向来对这种说辞不以为意，恢复往日严谨正派的形象，与初老爷子并肩而坐，谈起了家常。

初澄沿着园中的抄手走廊离开正房，途经的庭院的檐下挂着整排喜庆的红灯，一眼望不到头。那些光亮刚好能透过落地的玻璃窗，映到安静的画室里去，昏暗又惬意。他躲在这里玩起了手机。

在这样特殊的夜晚，网上也到处都有人活跃。教研组、职工群、班级群皆是一片热闹非凡。从入夜开始，手机里收到的各种新年祝福就没停下过。初澄快速地浏览一遍，挑着平常关系好的优先回复。

在一众简洁的拜年消息里，当数周瑾发来的大段文字最为扎眼。初澄原以为对方是从哪里复制来的俗套文案，刚想吐槽这不是他一贯的风格，仔细看去时，脸上的表情却稍有凝滞。

师兄发的并非什么新年文案，而是转自亭州运城家园房东的一段致歉。初澄仔细读完，顿了顿后打字询问。

初澄： 房东怎么会突然要解约啊？

大约也是饭后闲暇，周瑾回复得很快。

周瑾： 他没有细说。好像是因为家里出了事，想要卖掉那套房子，所以先试探一下我们愿不愿意协商。

初澄移动手指，在九宫格键盘上方动了动。

初澄：你给他回复了吗？

周瑾：还没。我这边倒是无所谓，主要是你，眼下这个时候很难找到新住处搬走啊。

谁说不是呢！初澄觉得有些头痛，没来得及想出对策，又见对方发来一条。

周瑾：要不然我先拒绝他？至少帮你拖到假期结束后，再让他按照合同赔偿。

初澄：算了，如果不是真有急难，谁也不会在正月里卖房的。我早点回亭州，尽力试试吧。

自租房以来，房东对自己很照顾。初澄最终还是选择了换位思考。

周瑾：好吧，那我这边也尽量帮你留意新的租房信息，还有……

还有什么？初澄的心里难免忐忑了一番，然后却见屏幕上又跳出几个字。

周瑾：新年快乐。

初澄：嗯，新年快乐。

结束了与师兄的对话后，初澄难免心情复杂，看来是等不到初八，就得提前回去做准备了。想到自己之前和喻思亭的约定，他轻叹一声，向下拉屏幕，在联系人备注里找到喻司亭，然后点开了对话框。

除夕的夜晚注定是无法维持寂静的。奶声奶气的孩子说话声伴随着笑闹声和脚步声穿过四合院外的长街胡同。

"锅锅（哥哥）慢点！等等窝（我）。"

"快来啊。"

…………

每年守岁的过程中，最兴奋的永远都是这些小家伙。近两年全域禁放烟花，孩子们少了一项经典活动，只能拎着各式各样的灯笼在铺着雪的街巷里奔跑玩闹，但这丝毫没有让他们的欢乐打折扣。

金恒正巧穿过门廊，听到如此开心的声音，忍不住探头出去看。不知孩子们是被什么吸引着，只顾着像风一样地从院门边跑过。金董认出是邻户家孙子辈的小孩儿，故意板起了板脸孔逗弄："站住，你们给我拜年了吗？"

孩子们乖巧地停下脚步，一边仰起冻得红扑扑的小脸儿，一边叫人。

"啊，舅爷爷，过年好！"

"舅姥爷，新年快乐！"

金董随便询问两句，便笑着递上了红包，嘱咐着："慢点儿跑，去玩吧。"

"谢谢舅爷爷！"

如果不是看到这些欢快的小孩成群结队，他还真没发现这几年胡同里已经多了这么多孩子了。舅爷爷……叫得可真好听啊！金董环着手臂，倚靠在门畔若有所思片刻，然后才回到院子里去。

无人前来打扰的画室中，初澄还在摆弄手机。他刚才看了半晌的招租公告，结果和预料中的一样，根本没有任何可用消息。看来是非提前回去不可了。他切回到微信聊天的页面，刚想给喻老师发去消息，屋外忽然传来舅舅的唤声。

"小澄——"初澄的手随之一抖，不小心按错了一个"打滚"的表情，连忙撤回。来不及重新编辑，又听到一声："你跑哪儿去了？过来尝尝我煮的水饺。"

"哎，来了。"初澄不得不先揣起手机，起身迎出去。

夜色渐深，父母已经回房去休息了，只有金董还留在小厅。锅里的饺子刚煮熟，热气腾腾中泛着绵绵的香味。初澄在餐桌边坐下来陪他，动手从锅里盛了两小碗出来，但因为还在想着房东解约的事情，动作间有些心不在焉。

"喀。"舅舅看他一眼，用拳头掩了掩唇角，沉沉地开口，"早些年除夕的时候，都是你一会儿要干这个，一会儿又要干那个，拉着我的手不放。现在得喊好几声才会露面，果然是孩子越长越大，和我不亲了。"

"哪有啊？"初澄轻声哼笑着辩驳。

可仔细想想，舅舅说得似乎又没错。也许真的是长大了的原因，现在自己不再像从前那样对过年充满期待，反而忙忙碌碌，什么都没干就觉得累得慌。如果还是小时候，这个时间自己必定是刚穿上新衣服，揣好了满兜的糖果和点心，吵着要舅舅带自己去外面放烟花或者看冰灯。

舅舅盯着他温润的脸孔，正经地喟叹一声："我岁数也大了。"

初澄忽然间听到身旁人略显辛酸的语气，顿住往小碟子里倒醋的动作，心里生出一丝愧疚。舅舅没有伴侣，也没有儿女，到了这样的岁数，在阖家团圆的日子里难免会产生孤独感。自己从小被他宠大，理应多关心他，尽尽孝心的。想到这儿，他把蘸碟递过去，掏着心窝劝解："舅舅还年轻着呢，别总这样说。您放心，以后我肯定会多抽出时间来陪您的。"

"你理解错了。"对方脸上的表情变得凝重了几分。

见他实在不开窍，金董干脆直接挑明了："我是说，我年纪大了，你不能总像小时候一样缠着我，是时候去找个能一直陪你过年的人了。"

话题转变太快，初澄嗓子里发出茫然的一声："啊？"

舅舅继续说："我虽然没有像你父母那样琴瑟和鸣的婚姻，但至少还有几个臭钱，晚年生活惨不到哪里去。像你这种已经在职业规划上走入'歧途'，注定不可能暴富的人，如果连情感生活也马马虎虎，再没个得力的孩子，老了的时候可怎么办啊？难道你要等着继承我的养老院吗？你看看邻居家和你同辈的那些人。"

初澄苦笑："舅，他们本来也比我大，我过了这个年才……"

"你不小啦。隔壁邵纪像你这么大的时候，已经把女朋友领回家了。"金董一直都怀疑自己的外甥在这方面是有些迟钝的。

毕竟别人家的孩子在中学时期就开始了各种悸动。电视剧里经常会演到那种情节，孩子因为早恋被学校叫家长，不敢告诉父母只好拉舅舅过去救急。金董做梦都想有个这样的出场机会，可是始终无法实现。由此可知，他已经被甩在起跑线上了。

隔壁房间里的电视开着，放着热闹的春晚节目，但两人各怀心思都没有去看，只把它当作是吃饭的背景音。

初澄低头吃水饺，不说话。

舅舅向他提起刚才的事："什么事都讲究礼尚往来，进出平衡。你不能总看着我给别人家的小孩子掏红包，不见进账啊！"

"您又不差这点钱。"才刚毕业参加工作就被催恋爱，初澄实在不想接这个话茬儿。

"既然你都这么说了，那我就用个砸钱的方法。你当成是圆我一个新年愿望吧。"金董放下筷子，认认真真地开口，"我出3000万，你在今年给我抽时间谈一个试试。"

"噗——"一口老陈醋呛进了初澄的嗓子。

金董不慌不忙地从盒子里抽出张纸巾给他："年轻人，凭自己的劳动赚钱不可耻。"

初澄真是哭笑不得，清了清嗓子，稍作缓和："您就不怕我弄虚作假，出门花钱雇一个啊？"

金董擦擦嘴巴，站起身，朝着他晃晃手指："我是怕钱摆在桌上你都赚不到。先明后不争，带到我面前亲一分钟就算，假的我也爱看，你自己掂量着办。"

看着对方放话的样子，初澄的嘴角抽了抽，心想：这就是你们"钻石王老五"的恶劣趣味吗？

一顿守岁的饺子吃完，已经快到零点了。初澄收拾干净碗筷，准备回房休息。手机忽然震动，是喻司亭打来的语音电话。

初澄正好也有事想和他说，点击接听，先开口道一句："新年快乐。"

喻司亭却不满意，反问："就只有这么四个字？"

"不然呢？"初澄有些摸不着头脑。

"从我看见'正在输入'字样到这会儿，至少已经有半个小时了。初老师不是应该在给我写什么祝福小作文吗？我怕再不打过来就要累着你了。"电话另一端的人叹了口气，他的毒舌无论是当面听还是从电话里听，都是同样的味道，让人很难有办法反驳。

初澄恍然记起自己撤回的表情包，哈哈一笑："我刚刚陪我舅舅守岁吃饺子去了。"

喻司亭道："我等得可是连黄花菜都凉了。"

"不好意思嘛，我以为你不一定能注意到。"初澄说起昨天刷朋友圈，看到鹿言在机场拍照片的事，问道："你们是出去旅行了吗？"

喻司亭"嗯"了一声："春节他们都在家里待不住，连续很多年都是在外面过除夕的。"

喻家的四口都是那么个性飞扬的人，如此不按传统来才合理。

"你找我是有什么事吗？"喻司亭想起刚刚那阵"正在输入"，开口询问。

初澄讲出房东要卖房应急的事情："他拜托我们尽快搬走，所以我等不到初八了，要提前回去安排一下，不然到时候会很麻烦。"

"什么时候？"

"预计初三四吧。"

喻司亭沉吟片刻："那时间太紧，我可能赶不上了。"

"你该玩就玩你的呀。"初澄忙表示不用麻烦，"正好我舅舅年后要出去工作，到时候我可以蹭他的车。"

喻司亭不知道在想什么，没有再搭话。

从电话接通开始，初澄就听出另一边的环境很是嘈杂，疑惑道："你现在是在外面吗？听着有些吵。"

"对。"喻司亭解释，吃过晚饭后他就被鹿言拉着出来玩，已经逛了很久，刚准备往酒店走。

喻老师平常严厉归严厉，但还是很宠"好大儿"。他往往只是在脸上显示出不耐烦，最后却满足"好大儿"全部要求。

初澄了然地笑笑："那你就赶紧回去吧，我也准备回屋打游戏了。"

"就没有其他的活动了？"喻司亭了解这人的夜猫子习性，只是没想到他在除夕夜里还能这样草率。

初澄也有些不好意思："本来也想到广场上蹭蹭年味儿来着，但是怕人挤人，就懒得动了。"

电话另一端的喻司亭闻言，停住了往回走的脚步，转身看了看背后已经水泄不通的道路。

"反正你一时半会儿睡不着，再过十五分钟左右，我们打个视频电话？"

初澄瞥了眼手机屏幕，对方约定的时间刚好在跨年前，没太在意道："好啊。"

"那我先挂了。"

"拜拜。"

喻司亭收起手机，目光深杳地看向走在自己身边的外甥，抬手指了指远处人潮最汹涌的观景电视塔："我现在带你去看那个。"

距离农历新一年的到来只剩下几分钟。初澄懒怠地躺在床上，闭目养神，直到手机再次震动起来，他随意地翻了个身，按下接听键："喻老师，你怎么……"

"咻，砰——"一道意料之外的烟花绽放声打断了他的思绪。初澄诧异地看向屏幕。视频通话的画面混乱了一瞬，然后被人举起，正对向夜空。

一簇簇焰光拖着金色的尾巴升上天幕，变成漫天星火，从镜头最中央徐徐坠落下来。是除夕的烟火表演秀。

初澄惊喜地坐起来，放大屏幕。此时，这部手机的主人无疑是站在了最佳的观赏位置，又凭借身高优势寻到了合适的视角。

天空中绽放开的烟花越发密集缭乱，如同金秋中的麦浪翻滚，直冲无垠的寒夜。从扬声器中传来的声音有惊呼也有赞叹。即便初澄坐在自己卧室的床上，通过拍摄镜头也能身临其境，感受到现场盛大恢宏的场面。

喻老师一向是个不爱凑热闹的人。初澄甚至想象不出他怎么能在那种嘈杂拥挤的环境里，拍出如此平稳的画面。时间流逝，电视塔对面的钟楼上开始倒计时，随着"十、九、八、七……"的数字变换，映亮黑暗的烟花也一波接着一波，时而温情如繁星点点，时而璀璨如烈火燎原。

初澄盯着绝美的每一帧画面，完全舍不得眨眼。午夜十二点到来的那一刻，电视塔观景台边响起热烈的庆祝声，人们拍照呐喊，欢呼相拥，彼此祝福……

喻司亭举臂直播了许久的焰火，直到这一刻才翻转摄像头。焰火燃放，人群熙攘，各种声音令人震耳欲聋，在手机这一端完全听不到他的声音，只能通过嘴唇的颤动分辨。

他似乎是说了一句：初老师，新年快乐。

初澄被那种无声却真挚的情绪感染，笑意灿烂地回应："喻老师也是！"

在家里过完大年初三后，初澄搭着舅舅的车回到了亭州。他没有再跟任何人提起房子解约的事情，自己去家政公司中止了后续的清扫合同。

此时处于学年中，十中附近的房子已全部租住了出去。不仅中介那里完全没有房源，就连本地租房群里的各种转租、急租房源，也全部聚集在偏远地区。初澄花了大半天的时间，把学校周边各个小区都逛了一圈，重点留意公告栏里的招租信息。

一无所获时，他接到一通周瑾打来的电话。

"在哪儿呢？"

"运城 C 区附近，跑了一天都是白费力气。"

周瑾早有预料："找地方歇歇吧，我过去找你。"

初澄朝四周看看，刚好发现一家开着的咖啡店，于是和师兄约在了这里。

"一杯山茶花拿铁。"他走进店门，在招牌咖啡里随便挑选了一款。

前台收银回道："好的，请稍等。"

还未出春节假日，这个时间店里完全没有其他客人。初澄安静地坐在圆桌边玩起手机，顺手在万能的朋友圈里编辑一条求租动态，点击发送之前屏蔽了许多人。

很快，一杯带着叶片形拉花的热咖啡被摆上桌面。伴着风铃摇曳声，一股冷风从玻璃店门处涌进来。

店里唯一的员工再次带着笑脸抬起头："您好，请问喝点儿什么？"

刚进门的周瑾看了看招牌。他下午喝咖啡会睡不着，点了杯热果茶后径直坐到圆桌对面。

"今天才正月初五，你怎么闲着？"初澄放下手机，好奇新婚小夫妻怎么不用到处走亲戚。

周瑾答："楠楠回我丈母娘那儿了。"

初澄伸手端起瓷杯，抿了一口还很热的拿铁，问道："吵架啦？"

"怎么可能？"周瑾拧拧眉，回应对面投来的八卦表情，"我们俩其实也刚回亭州不久。今年她不是跟我回老家过的除夕吗？第一次在这种团圆日子离开父母，她觉得愧疚，认为自己没能好好尽孝。"

初澄调笑："那你还不好好哄哄，怎么当人家老公的？"

"她想爸妈了，我怎么哄？只能说让她回去多住几天呗。"周瑾的语气带着些无奈。他不想再继续谈论此事，转换话题问道："你租房的事怎么样了？"

初澄撇着嘴巴摊摊手，无声便可抵万言了。

周瑾靠着懒人沙发，毫不意外道："我早说过这个时候不好租了，你还不信，也没跟房东要违约金。"

店员送来了热果茶，道声"请慢用"后回到收银台后面。

初澄接着道："退房租就行了，都不容易。"

周瑾端起玻璃杯，没有凑向唇边，而是看着师弟不慌不忙喝咖啡的样子，叹了口气。明明马上就要露宿街头了，还能替别人着想呢。果然是个淡泊无欲的性子，正常人看了都要替他发愁。

他停顿片刻，含着吸管喝了一口："你这次急着从家里回来，金教授和老爷子没问缘由？"

"哪能啊！"初澄原本答得随意，看向周瑾时，忽然想起来他之前也是母亲的盯梢，赶紧找补："我可没撒谎啊，就是遮掩了一下。"

周瑾"扑哧"一声："这么长记性，回家挨收拾了吧？"

初澄不搭话茬儿。

周瑾继续开口："不过我猜也是，你家里肯定不知道。不然这大过年的，天寒地冻，他们能舍得让你跑回来满街看房？早就直接隔空买一套落在你名下了。"

初澄笑一声，发表截然不同的看法："就算他们知道，也不会有这种事发生。"

周瑾挑了挑眉梢道："不会吗？"

"别说二老，就是我舅舅那样个性飞扬的人，他送车、送吃、送温暖，还帮我安排病房、找家政公司，甚至要出钱雇我谈恋爱，也从没说过、更不会说要在亭州给我买房。"初澄答得无比肯定。

"因为他们知道，这是我自己选择的城市，生活里都只想留下自己的痕迹。如若不然，和留在京市的家里没有任何区别。而且他们可能以为这只是我暂时停留的城市。"

初澄不是那种得了便宜还要卖乖的矫情性格，大肆宣扬着什么绝不依靠家里。他知道自己就是投胎投得好。不是所有的人都能像他这样，生来便没有后顾之忧。也正是深知如此，他才更想让自己任性地去活。

他端着咖啡杯，语气悠闲安适："保持家庭氛围和谐的相处之道是互相尊重。我不会做出格的事，他们的手也不会伸很长。只有这样，我追求自己理想的道路才能畅通无阻。"

周瑾顺势一句："所以你的理想是什么？"

初澄的眼底噙上笑意，整个人变得生动朗灿起来。他说道："短期来看，是及时行乐。做个赚多少就花多少的月光族，用我应得的，换我想要的。"

周瑾忽然有些好奇。在他看来，初澄的确是个消费欲望不高的人。先不说初家的家境多殷实，就单单是他自己读书那些年拿的各种奖学金，工作后拿的津贴、薪酬，还有逐月用不完攒下来的生活费等，就应该是有不少积蓄的。

周瑾直了直身体，把疑惑问出口："说正经的，你手里其实有些钱吧？"

初澄却似没听懂般反问："师兄是在说哪种钱？"

"你的钱还分用途和种类？"周瑾看向他，满脸的不理解。

初澄玩笑道："当然。如果川哥哪天熬夜惊悸落下了病，急需配肝换肾之类的，那我肯定是有钱借他的。"

周瑾喷一声："你盼着他点儿好吧。"

初澄耸肩笑笑，指向价目单上一盒用来配咖啡的燕麦曲奇，话锋一转："但如果是这份看起来很好吃的小点心，以我的工资水平来说，就有点儿贵了。"

"点吧点吧，我请客。"

"谢谢师兄。"

周瑾一副"你就当我没问过"的表情，换来对方一句不走心的道谢。

曲奇不是店里现做的，店员直接从橱柜里拿出一盒送了上来。两人边吃边聊，还是说回住处的事。初澄听说过外地教职工可以在学校申请宿舍。但自从他入职起，那里就一直是满员的。

周瑾透露："学校要加盖教工公寓的事一直都在审批中，简单来说就是要等到猴年马月。再说那地方我当初住过，没多久就搬出来了，即便你申请下来，也肯定是住不惯的，"

初澄了然："好吧，那我就懂了，也不指望了。接着老老实实地找房。"

他低头看向手机，刚发的朋友圈已经有许多回复，大多是凑热闹的寒暄。只有鹿言的是一条正经招租公告，后面还跟着条评论。

鹿言：我在小区门口的广告栏上看到的，挂了挺久了，不知道有没有租出去。

"95平方米，两室双阳。"周瑾正好也看到了共同联系人的回复，轻声读出上面的信息，"繁天景苑，咦——我记得有谁住在那儿来着。"

"喻司亭。"初澄出声提醒时，手指已经按上拨号键，照着联系方式打过去了。

时间紧迫，初澄直接与对方约定好了一小时后看房。周瑾还要去丈母娘那里接沈老师回家，没有一起行动。

"繁天景苑"这几个字经常落在初澄的耳朵和视线里，但亲自过来好像还是第一次。他打车到地方才知晓，刚刚自己电话联系的并不是小区业主，而是对方委托的售楼处工作人员。

男销售穿着一身深蓝色的制服衣裤，见到初澄时态度热情地说道："你好，我是繁天景苑售楼处的工作人员，可以叫我小林。"

"你好。"初澄礼貌地颔首。

小林向他简单地介绍了房子的基本情况。朝阳的一厅两居室，与招租信息上所写的无出入。新房交钥匙后房主只住过一年半，之后一直空置，精装修，基本可以拎包入住。

初澄仔细参观了房子的布局和装饰，其间周瑾还打来视频帮忙参考。全市最高档的小区，距离学校和原来的住处都很近。这房子处处都挺合心意的，但价格高，且房东有一次性押二付六的要求。

"虽然我一直都知道这里房子的租金比我的工资还高，但实际看完还是觉得心上被扎了一把刀啊。"

初澄举着手机倚在窗台边与师兄商讨说笑，没有注意到身后销售的表情有了些变化。稍作思考后，初澄主动与小林说起了话。他见对方不像是第一次带房客来看的样子，想拜托他帮忙问问房东能不能按季付租。毕竟付六押二需要一次性交好几万，对任何普通房客而言都是有压力的。

"那肯定是不行的。"小林答得斩钉截铁，态度里也带着不难捕捉的不耐烦。

初澄向来待人宽容，只当他是把年节期间加班的怨气发泄出来，并没有在意，问道："是之前已经问过了吗？"

小林的脸色依旧是明显不高兴的，他答道："当然，住在这里的所有业主都没有急租的情况。如果遇到经济情况不好的租户，他们宁愿放着，也不会选择去做另类慈善。"

初澄怔了怔，随后又笑笑："理解了。"这里的房子不租给穷人。

他与周瑾的视频电话还没有挂断，另一端的人立即哼声打抱不平："什么鬼？在这边租几年，交的租金都够普通新房的首付了，怎么叫慈善啊？这售楼处的人说话多少有点儿嚣张吧？估计以后物业也不会拿你这样的租户当回事。千万别住下受气，你赶紧回来吧。"

"不回。"对于被冒犯的事情，初澄却一点儿也不生气，语气如常道，"我还没看完房呢。"

刚刚相谈不太愉快的两人离开室内。小林以为这单生意成不了，情绪自然不如初见时。

初澄有所察觉，却并不放在心上，语气平和地询问："我听说繁天景苑分南北两个园区，北苑主要是这样的两居和三居室，南苑是清一色的独栋和大平层。能不能问问你平常工作的时候负责哪边？"

小林瞄他一眼，如实答："我负责南苑。"

初澄笑笑："是吗？那还让你带我在这边逛这么久，打扰到你工作，辛苦了。"

男销售闻声略怔。他不过是觉得自己遇到了一个任人拿捏的软柿子，没再说什么，刚要走人，又听到对方开口。

"所以我们还是去南苑吧。"初澄朝向他，和颜悦色道，"我正好想看看繁天景苑的别墅长什么样。最好麻烦你再帮我详细介绍一下这里到底有什么特别的。"

"……"销售员顿住了刚要迈开的腿。

时间推移，暮色渐沉。

逾过售楼处下班时间，身穿深蓝色制服的销售员脸色阴沉地走出一套独栋别墅。初澄双手插在棉服口袋里，不紧不慢地跟随着出来。

在他的耳机里，响起周瑾啧叹的声音："不是……你抱着什么心态让他带着你逛了三栋别墅外加两套大平层的？最绝的是还加了微信，让人家把平面图发给你一份。看得那么仔细，连我都信了你是真的想买。"

初澄眯了眯眼睛。什么心态？看看又不花钱的心态呗。

周瑾拜服："你这心理素质，只当个老师可惜了。今天也算跟着长见识了，近距离参观了480平方米的别墅。晚上做梦的素材都有了。"

先一步出来的小林还站在路边，看见初澄凑近，耐着性子询问："这两套还符合您的需求吗？"

初澄挂断了与师兄的电话，心安理得地点点头："还不错。"

随后，两人又沿着南苑平层区的甬路向前，边走边谈着，直至一道熟悉的声音从背后传来："初老师！"

初澄听到声音回身去寻，果然看到"好大儿"的身影，惊喜地迎上去："你什么时候回来的？不是要玩到初八吗？"

对于此事，鹿言笑着摸了摸鼻梁，随口道："太累，就提前回来了。"

初澄向四周望望："你住这一片？"

鹿言点头，抬臂指着近处一栋："我和我舅就住在二楼。初老师是来看我说的那栋房子吗？怎么样？"

初澄笑得温和，偏头瞥一眼："这里的工作人员好像觉得不太适合我。"

鹿言收了收笑意，循着目光看过去："嗯？那是什么意思啊？"

小林虽然不认识鹿言，但在园区里工作久了，自然知道南苑有一个算一个，都是得罪不起的大业主。他的脸色一黑，心里也随之"咯噔"一下。

初澄并未多提，只是再次朝他道了谢："所以又麻烦人家带我来南苑逛逛嘛。辛苦了，我再考虑一下。"

小林表情略显难堪地点头，逃似的离开了。

鹿言狐疑地接着问："所以，那房子到底怎么了？"

初澄笑应："有点儿贵，想也知道，如果不是因为价格离谱，这种房源根本不会被剩下。"

如果是短租倒也还好，一次性押二付六实在超出预算。

"不过这个园区的环境真是好。如果肯让我押一付一，我一定想搬过来住一阵。"

听他这样说，鹿言若有所思："嗯……整个繁天景苑，能让你月付的房子估计只有这栋的一楼了。"

"你们这些大户人家里也有这种心软的神啊？"初澄看着一楼花园里整齐雅致的环境，透过明亮的玻璃，看向落地窗内考究的家具摆放，说道，"这么棒的院子，我还真想住进去呢。但人家可没往外挂招租信息。"

"这还不好办？"鹿言不假思索地伸手按门铃，"你去和神谈谈不就行了。"

初澄忙阻止："哎，我开玩笑呢。"

这孩子是行动派啊，怎么说上手就上手？这里可是南苑，整栋都是 220 平方米的豪奢户型。他根本就不会租在这儿啊。所幸门铃只响了一声，没有引起屋主的注意。

鹿言痞气地笑着回答："我也逗你呢，这层根本没人。"

初澄松一口气，还未来得及说话。下一秒鹿言又伸出了大拇指，对准智能识别框。

"嘀——"

"开锁。"伴着一声电子女声提醒，乌黑色的房门由内至外弹开了。

鹿言仰头，看向泛着清冷感的纯白色岩板踏步楼梯，扯着嗓子呼喊："小舅，快下来！初老师有事情要找你。"

鹿言仰头喊了两声，回头瞧见初老师仍然站在原地，伸手拉他进门："春节期间虽然找不到家政，但我那个爱干净的舅舅能亲自擦地，你不需要换鞋。"

"等会儿，你先别喊。"初澄大脑宕机两秒钟，终于回过神来，抓住对方的胳膊，与之确认，"这套房子也是喻老师的？"

"是啊。"鹿言点头，"刚才带你看房的售楼处工作人员没有介绍南苑的售卖特色吗？"

见初澄茫然，鹿言亲自讲解了一通。原来繁天景苑开发商在建平层时采用的是特殊加固结构，每一层都有预留设计，已在亭州楼管局报备。房主只要和物业打好招呼，就被允许加设内楼梯。所以，南苑的很多业主都是双层，甚至三层一起买下。

"这样住起来比独栋和跃层都要方便舒服。"鹿言说着，指向对面一栋灯火通明的建筑，"你看那边，凡是上下窗帘花色一样的就都是一家。"

难怪小林见这边的业主，态度截然不同。

明亮的落地窗上映出一道高挑丰健的身影，那人从楼梯处缓缓走下来。

初澄转身，面向那张英俊脸孔喊了声："喻老师。"

对方似乎正在上面收拾卫生，穿着舒适的针织衫和长裤，脚踩拖鞋，手里还拿着一块抹布。难得见他如此慵懒的居家风格打扮，初澄多瞧了两眼，然后开口问道："你也提前回来了，在电话里怎么没和我说？"

"刚到,还在打扫,没来得及。"喻司亭放下抹布,用干净的毛巾擦擦手,"进来坐。"

初澄走进客厅。

大平层的视野开阔,坐在正中刚好利于欣赏全屋的轻法式装潢风格。大气干净,不显厚重。房屋主体化繁为简,细节处的线条纹路却优雅精致,是看一眼就能给人留下深刻印象的高级设计。

刚才鹿言说,家政还在休假。可面前这套房子,还有刚才的庭院,完全不像半个多月没人住的样子。

初澄有些诧异:"这么大的屋子,都是你自己收拾的?"

"所以说忙着,没来得及。"喻司亭倒了杯水递过来,"你来这边是找房子的?"

亮晶晶的玻璃杯拿在手里很有质感,初澄把玩了两下,点头道:"学区内到处都没有合适的,还是鹿言帮我物色了一套,大小、位置和环境都很好。"

喻司亭问:"那租下了?"

"没有,房东定的租金有点溢价,而且不同意按季付租金,宁愿空在那里。所以,我想再考虑考虑。"初澄略带遗憾地说道,"实在找不到的话,就得租下来应急了。"

喻司亭变换姿势靠坐在沙发上,十指相扣,自然地说道:"那又何必呢?你已经看到我这里也有一套空房了。比起勉强租别人的,你还不如住在这儿。"

初澄忽地一顿。他被鹿言刚才那一出玩笑搞得有点混乱,进来聊了两句,已经完全忘了自己原本是要干什么了。

喻司亭继续说:"我其实不太喜欢底层的房子,之前买它是因为只有一楼才带独立地库,停多辆车比较方便。虽然现在上下打通了,但也只是多了道楼梯,还属于独立的两套房,下面不住人也是浪费。"

初澄忽然想起早些时候小林的话,略挑眉梢:"我可听说,住在这里的业主宁愿让空房子落灰,也不喜欢做麻烦的事。"

"你能有多麻烦?"喻司亭想也不想便反问。

初澄扬了扬唇:"特别麻烦。"

不记得是在哪里看过的段子，里面提到快速掀翻友谊小船的四个方法：租朋友的房、撞朋友的车、借朋友的钱、抢朋友的心上人。

喻司亭看到他的表情，不解道："既然你已经来这个园区看了，说明这里的房子没问题，对你也是有吸引力的。那为什么不考虑这套呢？因为房主是我？"

初澄忙摆手："当然不是。我一个人住这么大的房子不……"

"初老师，"喻司亭面无表情地打断他张口就来的话，"推辞别想得那么不走心，我又不是没去过你家里。"

"好吧好吧，那我讲实话。"初澄笑出声音，"刚才那套 95 平方米的小两居我都觉得贵，更别提你这儿的大平层了。"

即便亲兄弟也要明算账。这个小区房子的出租市价就摆在那里。无论是同事还是朋友，平常吃饭、送礼、出去玩倒也算了，如果要在房租上占别人太多便宜，初澄一定是不愿意。况且开学后两人还需共事。就讲点儿实际的，自己下次被这家伙毒舌的时候，还要不要还嘴？

喻司亭："我都没说租金是多少。"

初澄："你说不说我也付不起啊。在同一个单位'搬砖'，我每个月赚多少你又不是不知道。"

"咔嚓——"一声清脆的碎裂声响打断了两人的谈话。

半天没吱声的鹿言捏着干果钳蹲在茶几边，夹开一颗榛子，边放进嘴里，边抬头看了看突然寂静下来的四周。

喻司亭瞥了他一眼，没有多加理会，接着对初澄说："我又没打算把整层都强租给你。如果你不需要这么大的地方，可以在楼下的几个房间里随便挑着用。

"但在装修的时候，楼上没有做餐厅，我和鹿言平常都要下来吃饭。一层最里面的储物室和厨房偶尔也会用。还有，我每次出门，都要走这里的楼梯才能下到负一层，难免会打扰到你。所以，我觉得打个对折算合租对初老师更为公平。说完了，到你。"

真诚永远是必杀技。初澄动了动嘴唇，欲言又止。他理智上虽然仍觉不妥，但不得不承认，自己被说得有些动摇。

鹿言却觉得不满意，倏地爬起身，坐在两人中间，嚼着果仁向喻司亭提出诉求："如果租你房的话，他的最佳理想是到月付，无押金。"

"嗯？"初澄惊奇地看过去，心想：我刚才是这么说的？

"你得留出讨价还价的空间。""好大儿"稍微凑过来一点儿，反手挡住嘴唇，小声怂恿道，"没事，跟他谈，我罩着你。"

喻司亭歪了歪脖子，像是真的经过了认真思考："可以啊，在每个月的发薪日之后付就行。"

"他还挺好说话的。"鹿言转向初澄，征求意见，"咱还提更过分的要求吗？"

初澄小声笑："你是哪边的？"

鹿言挤眉弄眼："这还看不出来？"

瞧着两人悄悄耳语，喻司亭直接站起来提议："反正你也是出来看房的，要不然我带你转转？"

租不租暂且不提，初澄对喻老师家的装修设计还是很感兴趣的。他跟着起身，道声："好啊。"

喻司亭耐心地带领着他逐间参观，时不时简单介绍几句，或者是回答问题。两人沿着走廊向前，打开一路的灯，让整套房都染上了明亮温暖的色调。所有卧室都带有独立阳台，尤其是双面环窗的主卧，每一寸空间都通透又惬意。

"还中意吗？"喻司亭笑问。

初澄："你这房子当然哪里都好，可是租给我，怎么看都是只为单方面提供便利。"

喻司亭的语气淡淡："又不是不收你的租金，而且我的获益也不小。把这里租给你便于我随时和副班交流工作。还有某些人下次再想补语文的时候，也可以直接来找你，没准能省下一笔温泉会馆的客房费，是吧？"

跟在后面的鹿言遭 cue，突然觉得自己的肩膀酸疼，大约是正骨PTSD[①]。

从室内逛到花园，初澄实在挑不出这房子的半点瑕疵，只能如实夸赞。喻司亭却不催促他做决定，而是让他用这里代替北苑那套小两居，做保底的选择，这样就不用急着满城去找房了。

---

① PTSD：创伤后应激障碍。

"感谢喻老师雪中送炭。"初澄站在花园里由衷地说。

喻司亭看向头顶已经黑透了的天幕，提议说："这个时间你也看不了别家的房子，不如留下一起吃个晚饭？"

初澄注意到他说的是"留下"，询问道："在家里？"

对方点头："践行一下你刚刚说的那四个字。"

"哪四个？"

"雪中送炭。"

喻老师继续说："白天收拾东西的时候发现储物室里有一台烤炉，买来还没用过。今天外面没风，要不要试试花园BBQ①？"

"可以吗？"初澄的眼神亮了亮。这么好看的院子，实在适合用来做点有情调的事。

"简单准备一下就行了。"喻司亭伸手蹭了下凉亭里的木质桌椅，"我把烤炉搬出来擦一擦。园区后面就有生鲜超市，你带鹿言去买菜。"

"没问题。"初澄正要行动，被身后的人叫住。

喻司亭低声提醒："那小子过年期间从我这儿坑了不少，买东西记得让他付钱。"

初澄笑着背过身："算我请客好了，对着孩子我可下不去手。"

初澄和鹿言来到生鲜超市，买了很多能煎烤的肉食和海鲜，外加各种材料和调味品，塞了满满一手推车。

自从出院以后，初澄滴酒未沾，看到超市里种类齐全的果酿走不动路，最后买了几罐看起来很开胃的果酒——蓝莓风味酸甜解腻，而且才几度，配着烤肉最合适。

两人拎着大大小小许多东西回到家里，外面的天色完全黑下来了，昏暗到几乎看不清东西。

"去开一下灯。"喻司亭把烤炉支在了院子里，正在用夹子翻动里面的无烟炭。

鹿言却小跑开："我要先上卫生间。"

初澄："我去吧。"

---

① BBQ：户外烧烤。

喻司亭："电箱在玄关的那幅画后面。"

"摸到了。"初澄探身向前，仔细分辨不同的线路，准确找到了花园供电的控制开关。

随着"啪嗒"一声响起，院子里的凉亭和喷泉池都亮起了灯光。那些细碎温暖的亮点犹如星辰，透过落地玻璃窗凝聚成一片汪洋。

炭火那边没有什么能帮上忙的，初澄走进开放式厨房，清洗好海鲜和蔬菜端出去。喻司亭专注干活儿的身影投在一片柔和光影之中。他手下燃着的炭火本应灼热，在冬夜里却只让人觉得暖洋洋的。

"喻老师烧烤的手法看起来不熟练啊。"初澄把串好的鸡翅递过去，顺带瞅了两眼与周遭背景不太相符的冷峻脸庞。

"要不然换你？"

"好在我的要求不高，熟了就行。"初澄自然不愿上手，赶紧改口，赔笑着撤离。

很快，串在扦子上的烧烤食材摆盘上桌。开背虾和大片的黑椒牛肉在电烤炉上发出"嗞啦嗞啦"的溅油声，直至被慢慢煎熟。喻司亭从酒柜里拿出自己收藏的干红，顺手倒给初澄尝尝。

"这味道，有点儿上头。"初澄咂咂嘴巴后皱起了眉。

"那添点果汁吧。"喻司亭只好笑着，把他杯子里的红酒倒一半给自己。

冬日里围炉吃饭实在惬意。三人同桌而食，一起举杯庆祝初五快乐。大概是觉得不吃主食不饱腹，其间喻司亭又在煮锅里下了一把细面。初澄跟着喝了两小碗汤，肚子里瞬间暖和起来。不知道是不是蓝莓酒和红酒混在一起的缘故，初澄没喝多少就觉得头晕晕的。

用餐结束后，喻司亭把他送回房间里休息。

初澄能感觉到对方的搀扶，嗓子里哼了两声，带着鼻音说："我很清醒。"

"我知道。"喻司亭说，"每个人醉酒后的身体状态都不一样。你在这儿休息一下，等不晕了再出去。"

初澄低低地应道："嗯。"

喻司亭帮人盖好被子，然后退出去轻轻地关上房门。

"初老师睡啦？"院子里的鹿言正在打扫残局，一根根捡起落在地上的铁扦子。

"没，让他躺一会儿。"

不管舅舅怎么想，促成初老师住进来这件事，鹿言自己是有私心的。

这个地方与其叫繁天景苑，不如说是"梵天净土"。住在这里的精英大佬们一个个都清心寡欲，没意思得很。门口的店铺不是文玩棋社，就是茶道会馆，连邻居家养的大丹都不迟到不早退，一天两次自己遛自己。但初老师在时，似乎就会有些不一样。

即便迎着寒潮，深夜的烤肉味也依然可以飘香十里。生活本该具有的最重大意义，就是悦己嘛。

初澄原本只是想在客房休息一会儿，躺着躺着却睡着了，而且还特别安稳地一觉到天亮。他爬起身拉开遮光帘，从落地玻璃窗看出去，窗外绿松落雪，被修剪整齐的环形花坛在曦光下闪闪发亮。

繁天景苑的园区景色全无肃杀之态，让人心情舒畅。

这会儿时间还很早。初澄整理好床铺，轻手轻脚地走出房门到客厅，意外地看见鹿言正扒在打开的冰箱门边翻牛奶喝。

"起得这么早？"初澄再次看向表盘。

鹿言停下动作看向他："很奇怪吗？我可是早起晚睡的高中生。"

初澄分辩："就算是高中老师，假期也睡懒觉啊。"

"个别高中老师而已，"鹿言关上冰箱门，笑吟吟地纠正，"教数学的已经出去买早点了。"

"那是个别数学老师。"初澄嘟囔着，随手扒拉两下睡乱的头发，问道："有一次性洗漱用品吗？"

"没有，但我可以把家里的电动牙刷换个头拿给你。"鹿言看到他身上的衣服有点儿睡皱了，又问："要不要再拿套新衣服？"

初澄伸手捏了捏"好大儿"的脸颊道："怎么这么贴心啊？"

鹿言嘴里喊着打住，快速转身躲开，上楼给他取来了换洗用品。

初澄在房间里换好衣服，进卫生间洗漱，一边刷牙一边照镜子。鹿言拿来的是拼色羊羔毛卫衣和黑色束脚卫裤。初澄的样貌本就显小，穿上这套衣服又被生生地拉小了好几岁，不得不在心中做起检讨。

自己怎么能把小孩子的衣服穿得这么合适呢？

一切收拾完毕，喻司亭刚好买了早餐回来。

"你自己还带了套衣服来？"他抬头看向初澄。

朝气十足的穿搭，配上俊朗的五官，满满的少年感。

鹿言边拿碗筷，边开口："是我的。过生日时候小姨买的那套衣服，我觉得太奶了，不符合我的硬汉形象，一直没穿。"

外甥好似对自己有什么误解，不过喻司亭打量着初老师身上的穿着，神色舒和道："挺适合他。"

这两人竟然评论得旁若无人。初澄轻啧一声，一视同仁地给舅甥俩扔去白眼。

喻司亭把早餐粥递来："昨晚睡得好吗？"

初澄点头："梦里都是红酒和烤肉的香味。"

"还不是因为你吃完就睡。"

"谁知道你私下里的藏酒后劲儿那么大。"

两人互相揶揄几句后，围坐在了餐桌边。初澄一向不习惯早起吃饭，但摆在面前的早餐很清淡，煮了许久的皮蛋瘦肉粥软糯顺滑，咸香味浓郁，让他很有胃口。

喻司亭打破安静氛围，率先开口："今天还要继续找房吗？外面起风了，出门估计要多穿些。"

"不去了。"初澄又喝了两口粥，说出已经决定的事情，"我想好了，就按昨天说的吧。我租用喻老师楼下的一间卧室和书房，厨房、餐厅、客厅都算公用。"

鹿言没有停下嚼包子的动作，眉梢却扬了扬。舅舅并不是觉得初老师找不到更合适的房子，而是知道他可能因为懒得动，根本就不去找了。

初澄接着抛出了一个问题："但南苑平层区好像很少有人往外出租，那租金应该是多少？要不要咨询一下物……"

喻司亭对这件事似乎早有准备："既然先前没有实际案例的成交价，那我们谈多少，以后市价就是多少了。"

"是……这样算的吗？"初澄完全没预料到这样的谈话走向，把眼睛睁大了两分。

"先付一个月，之后的就在发薪日转给我。"喻司亭没再多言，亮出自己的手机，在微信二维码收款中输入一笔金额。

初澄看了看他屏幕上的数字，停顿一下，没有说话。

"觉得贵了？"他的表情过于细微，喻司亭没太看懂，只能出言试探，"租房附赠上下班的搭车服务，还有什么需求你来提。"

初澄摇头笑："没有。我只是很好奇，这有零有整的金额是怎么算出来的？"算下来，他提出的租金价格比北苑那套小两居还要便宜。只是降价了那么一点点，却正正好好落在初澄的经济适用范围内，未免让人觉得惊奇。

喻司亭："出于对同一个单位薪资水平的了解。"

初澄扬唇，痛快地扫码付了款，想了想又说："但我们这样是不是有些草率？用不用拟份合同，显得正规一点？"

"不用。"喻司亭夹了口小菜，咽下去才接着答："毕竟我们这么熟。如果我毁约，你可以去学校门口贴大字报揭露我。反之，你拖欠租金我就去初先生那里讨个说法。"

初澄："真这样的话，你确定我们是很熟，不是有仇？"

喻司亭淡定地投来视线："你说的，亲兄弟明算账。"

初澄说不过他，干脆作罢，切换下一话题："住在繁天景苑唯一的不便就是园区门口不允许出租车停守载客。为了保证每天按时上班到岗，确实要辛苦喻老师长期载我。房租已经定得很便宜了，按理我应该再出一份交通费的。"

"那就不需要算得太仔细了。"喻司亭漫不经心地提议，"你也可以偶尔帮我加油，95号，加满。"他最后的四个字明显带着揶揄味道。

初澄毫不犹豫地转向鹿言："你们小区的公交车站在哪里？"

"或者用劳动补齐吧。"喻司亭不再逗他，笑着补充，"以后，监督'好大儿'写作业的任务就交给你，我已被烦得身心俱疲了。"

对于这种方式，鹿言明显也很赞同，看向舅舅一眼："好，正好我也是。"

喻司亭没直接与他对话，而是对初澄旁敲侧击："反正你把戒尺带回来了。就算不送给我，你自己拿着用，效果也是一样的。"

鹿言的笑意凝滞，他一字一顿地问："什么戒尺？"

喻司亭好整以暇："吃完饭，你去帮他搬行李就知道了。"

"初老师，"鹿言机械地转回头，"你不解释一下吗？"

"呃，这件事，我该怎么跟你解释呢……"初澄笑着，实在不知道该从哪里开口，只能瞪一眼旁边挑起话题的罪魁祸首。

喻司亭却举杯喝了口温开水，功成身退般开口道："我吃完了，你慢用。"

只留初澄在他背后无声咒骂。像这种热衷破坏内部团结的分子，很难获得幸福。

下午时分，室外出了太阳，温度有所回升。喻司亭和鹿言都闲着无事，一同帮初澄搬了家。带着行李回去的路上，初澄发消息告知了周瑾，让他也找时间回去拿东西。

周瑾：你这么快就找到房子了？在哪儿啊？

初澄：繁天景苑。

周瑾：真租那房子啦？唉，那我觉得你以后有气要受了。

初澄还没解释，周瑾又有新的消息发来。

周瑾：你把钥匙留下就行，回头我一起交给房东。需要搬东西的话记得叫我。

初澄想到自己少得可怜的两件行李，再看看驾驶位和后排座位上的两人，笑着打字。

初澄：是真的不用。

回到繁天景苑，初澄刚收拾好自己的房间就又被喻司亭和鹿言邀出去采购。昨天他们买回来的都是些现吃现用的烤肉食材。经过一个假期的时间，家里的冰箱急需被填充。刚好初澄也缺少些生活用品。

琳琅满目的货架间，初澄推着购物车走走停停，时不时挑选几样商品放进去。明明是同一个超市，可他两次买东西的心情却有所不同，从客居他乡变成暂安一隅之地。就连初澄自己也解释不清楚这种转变的缘由，或许是奇怪的归属感在起作用。

三人逛至水果区。喻司亭停步在存放着种类繁多的水果的货架旁，开口询问："有什么想吃的吗？"

"我不挑，都可以。"初澄吸了吸鼻子。

空气里弥漫着生鲜超市特有的混合果香味，其中某种热带水果气味最为浓烈，这是榴梿的味道。初澄向四周看看，瞧见鹿言刚好就站在那堆金黄色的商品旁。

少年扬了扬下巴："舅，你懂我的意思吧？"

喻司亭伸手抓住他的购物车："不懂。"

对于榴梿，大多数人的态度无非两种：非常喜欢和难以忍受。鹿言是前者，而喻司亭明显相反。

"我想吃，我要买。"

"除非你想被我扔出去。"

两人意见产生分歧，双方互不相让。

"你现在已经不是家里唯一拥有话语权的人了，你不能独裁。"在与舅舅抗争时，鹿言突然打开了新思路，转头看向另一侧，说道："初老师，我能申请在你的客厅里吃榴……"

他的话还未说完，便看到初澄正熟练地捏榴梿刺，以辨别其成熟程度。

"你不会也喜欢吧？"喻司亭诧异地蹙起眉头。

初澄笑着收回手："还挺新鲜的。"

"好！意见二比一。"鹿言看向舅舅，得意之态溢于言表，"我们可以挑一个。"

喻司亭的脸色已经有了肉眼可见的变化。沉默片刻后，他生无可恋地偏开头，强忍着对刺激性味道的不适反应，退让到底线："你俩，能不拿回家吃吗？"

初澄虽对喻老师表示同情，却抵挡不住水果的诱惑，安慰性地拍拍他的胳膊："只买个小的。"

那有什么区别吗？喻司亭站在原地，看着两个人高高兴兴地挑选、称重、结账、当场扒开包装盒，最后坐到试吃区的休息椅上，戴起一次性手套分享起来。

"又甜又糯，真的。"初澄举起一瓣颜色漂亮的果肉，朝他晃晃，"人生需要不断尝试和突破，来一块儿？"

"拿、开。"喻老师幽深的眸子里情绪复杂，一副满腹牢骚又拿他没办法的样子。

难得见他如此，初澄笑得无比愉悦。

喻司亭对榴梿的味道无比敏感且抵触，却又不得不屈尊等在一边。

初澄信守承诺，只买了很小的一个，和鹿言两人很快就把它解决掉了，然后组队去卫生间洗手。在生鲜区做促销的大妈目睹了这个榴梿"殒命"的全过程，对几人的关系产生强烈好奇，趁着整理货架的契机搭话询问。

喻司亭看向洗手池边那两个互相甩水玩闹的家伙，一边在刚买的生活用品袋子里翻漱口水，一边不上心地回答。

"是我外甥和儿子。"

"你儿子都这么大啦？那你看起来可真年轻啊！"大妈一脸震惊地感慨。她仔细思量后露出微妙的神情，喃喃道："应该，不是亲生的吧？"

嗯，捡的。喻司亭单手扶着购物推车，长叹一口气，没有再回答。

离开超市时，天色已暗。回到家门前，喻司亭打开厅门，顺便点了几下智能锁屏幕按键，用自己的管理员权限给初澄录了指纹。随着一声"录入成功"响起，初澄此后就能自由地在这里进出了。

鹿言拎着买来的东西和初老师一起进门，边走边道："今天太累了，不然为了庆祝你入住应该出去吃一顿大餐，显得有仪式感。"

初澄回道："我觉得这样就很好啊，一起逛逛超市才更贴近生活。"

鹿言笑："重点是，还可以在吃榴梿这件事上获得话语权。"

聊到这里，两人默契地回头去看。那个对此深恶痛绝的人，此时还留在外面鼓捣着墙上的牛奶盒子，根本不想进来参与讨论。鹿言俏皮地耸耸肩。

经过一日奔波，再归置完买来的各种东西，初澄已经累得腰酸，迫不及待地回新卧室躺一会儿。他穿过走廊时，终于看到在外透气的喻老师走进门，还隐约听到对方拿着手机讲电话的声音。

"从明天开始，早上的牛奶麻烦帮我多送一份。对，因为家里添了一口人。"

添了一口人？有时候这数学老师的用词，的确让人不敢恭维。初澄一边回房间，一边在心里吐槽那位"爹系"新室友。

初澄提前回到亭州，本是留了好几天的时间给自己找房换房，没想到这件事这么快就解决了。住进繁天景苑以来，他每天只剩下吃吃喝喝和倒头睡，日子过得别提多潇洒。

转眼一周过去，已经是农历正月十五。按亭州传统，每年的元宵节各区都会举办自己的庆祝活动，比如滨河的篝火演出、玉湖的灯会、南湾的舞狮……

早在几天之前，鹿言就吵着要在今晚去夜市街那边看灯光秀。喻老师开出的条件是必须把寒假作业写完。为了能顺利通过检查，鹿言不得不奋笔疾书。少年人的活力遭"封印"后，上下两层楼都明显安静了不少。

初澄走进一楼书房。虽然他把这里连同卧室一起租下，可自从搬来，他就没怎么进来过。趁着大家都在学习充电，他正好动手收拾收拾。

前几日，他从网上买了些书，都是新学期要用到的语文材料，打算进行分类归纳。初澄打开玻璃书柜的门，映入眼帘的是摆放整齐的各类奖杯、奖牌和证书。

鹿言不愧是顶级模范生啊。初澄如此想着，无意瞥去几眼，却发现那些荣誉证明上写的皆是喻司亭的名字。奥赛、物赛、数竞、华杯……只从那些成绩就可以想见他在十几岁的年纪，是如何天资聪颖。难怪这家伙不能共情榆木脑子，原来他自己就是叱咤赛场的理科大神。

奖牌、奖状的数量实在太多，初澄怕碰脏碰坏了这些有纪念意义的东西，只好发微信过去，让他自己下来收拾。几分钟后，喻司亭拿了个黑色的大塑料袋进门。

"都是些放着落灰的东西，之前搬家的时候带过来的，没地方挪。"他说着，手上随意一拂，那些奖牌便"噼里啪啦"地掉进袋子里。

"我怕给你弄坏了，哎……小心点儿。"初澄见他的动作实在粗暴，倒不如让自己来整理了。

喻司亭蹲下，收捡掉在地上的证书夹页。

"这样看来，你当初竞赛成绩很好啊。"初澄一边上手帮忙，一边好奇地问，"怎么中途放弃，学了师范？"

喻司亭闻言，动作稍有停顿。看来是比较敏感的话题，一定是有什么特别的原因，连钟老师也不知道。初澄注意到了这个细节，正想不动声色地跳过这个问题，下一秒就听到对方低沉的声音。

喻司亭自然地说起："那时我沉默寡言，不喜与人交往，很叛逆，老头子被气得不轻，以为我学奥数之类的学疯了，就强制停掉了我所有的比赛。那时候我没有话语权，为了还能姓喻，只好听从他的意思，最后选择了师范数学。"

初澄承认自己的心里是有些震动，他认真地想了想，开口道："你喜欢竞赛吗？"

喻司亭没料到会被先问这个，未在第一时间回答。于是初澄补充了自己的问题："或者说，你喜欢物理和数学吗？"

"我的确很擅长这些，但谈不上喜欢。"喻司亭说。

他的回答让初澄想起之前钟老师说的话——喻司亭喜欢的，是难题。

"那还好。"静默片刻，初澄轻轻地叹息一声，语气中带着感同身受的释然，"不然你的生活改变也太大了。"

"如果再发现什么，你随便处理就行了。这屋子里的其他东西应该都没有故事可听了。"喻司亭站起身，把几乎装满了的袋子提在手里，转身出去处理。

什么啊，明明是你自己往外说，我又没非要打听。初澄这样想着，挪动蹲酸了的小腿，朝刚出门的背影撇了撇嘴。

晚饭时间，喻老师煮了锅从超市里买的元宵，还让园区附近的餐厅师傅做了几个菜送过来。热气飘散，饭菜味道混着黑芝麻的香甜。初澄和喻司亭都在餐桌边落座，只有鹿言还磨蹭着不上前。那孩子从二层写到一层，捧着练习册一会儿坐在楼梯上，一会儿又趴在飘窗上，实力演绎什么叫全身难受。

原来再牛的学霸，也有补作业力不从心的时候。

初澄被逗笑："我感觉你一直都在写啊，怎么还没写完？"

"还不是因为……"少年狠狠瞪向自己的舅舅，最后还是敢怒不敢言。

"别问了，小心一会儿埋怨到你身上。"喻司亭把碗筷递来，说道，"你什么时候见鹿少爷亏待过自己？他就是不饿，想等会儿过来。"

初澄笑笑，觉得也有理，便低下头吃自己的饭，不再多打扰。

晚饭后的天色越来越暗。夜幕漆黑，也代表着灯会即将开始。终于，鹿言好像完成了什么大工程一样，猛地站起身。

他把一整摞习题册抱到喻司亭面前，问道："你检查还是他检查？"

喻司亭正悠闲地看着电视，吃餐后水果，稍稍偏头，绕开遮挡自己视线的身影，支使沙发另一边的人："初老师，干活儿。"

初澄"人在屋檐下",刚刚吃了别人家的饭,而且没有主动去洗碗,现在只能乖乖听大哥吩咐。

看着自己的作业被转交到初老师怀里,鹿言真诚祈祷:拜托手下留情。

伴着电视里纪录片的声音,初澄当着家长的面检查起了作业,还没翻几页,就蹙起了眉头。

——这种题型都会了。

——太简单了不想写。

——同类型都做烂了。

初澄看到这些未做题目下标注的小字,心情复杂。这孩子是早猜对了喻老师不会亲自检查。所有的作业册都被翻完,喻司亭才从电视上移开目光。

出于原则和老师的职业素养,初澄撒不了谎:"谈不上是写完了。"

喻司亭抽纸巾擦了擦手,淡定地启唇:"揍多久合适?"

石化在茶几边的鹿言:"……"

初澄连忙转圜:"呃,也罪不至此。"

"嗯?"做得不好,还反过来护着。喻司亭有些不理解了。

初澄瞥到孩子想出去玩的迫切眼神,还是选择了宠着"好大儿",亲自上场打商量:"看完灯会回来再写吧。不然你还真打算让他'一个人一支笔,一夜换一个奇迹'吗?"

喻司亭用眼尾夹着外甥,好看的手指在盛着水果的玻璃容器边有节奏地敲动了几下。

"去穿衣服吧。"

"好啊!"客厅里响起少年的欢呼,还有一路小跑上楼的脚步声。

鹿言离开后,喻司亭转向初澄,改换说教语气:"一味宠溺纵容并不是教育的好方法,以后请初老师自勉。"

初澄笑着看他:"那你还答应?"

喻司亭也起身去拿外套,背对着这边,语气沉沉:"但我不能当着孩子驳你的面子,下次请你注意。"

从滨河去夜市街的路,喻老师已经开得很熟了。全程无须导航,只是因为路上行人太多而绕了几次路。与前几次来这里时不同,因为正月里的交通管制，车子只能停在更远的地方。但初澄觉得正好。在家里，元宵节时有"走百步可消百病"的说法。几人穿行在街灯如画的夜市，到处都热闹非凡。

与圣诞节相比，这种具有中式浪漫的节日氛围明显不同。众人头顶挂满彩色的花灯，那纸上描金绘银，精细地勾勒出各种各样美不胜收的图画。在这种热闹拥挤的地方，没有办法随心所欲地闲逛，只能跟随着人流。走了半程，忽然人群一阵骚动。初澄感觉身边被挤了两下，接着听到鹿言叫自己。

"初老师，你看这边。"

初澄循着声音看去，街道正中是一群穿着古风服饰的美人在跳舞，顾盼生姿，挥袖投足间让人眼花缭乱、目不暇接。两人欣赏了一会儿传统歌舞和乐器的表演。鹿言兴高采烈地拉着初澄走向另一边。

"慢点，从刚才开始我就没看见过你舅舅了。"初澄踮起脚张望，即便拥有身高优势，在这种摩肩接踵的环境里也瞧不见多远。

鹿言却催他："走吧，谁猜灯谜会带数学老师去啊。"

"哎！等等……"

"看见那边的奖品区了吗？我想要个最大的灯笼不过分吧。"

初澄被鹿言拉着踏入了字谜街。他原本还想挣扎一下，但很快就被这里的热闹气氛吸引，一同开心地玩起来。自小受环境熏染，初澄热爱诗书字词，哪怕是佛经、戏文，也可信手拈来，猜灯谜的水平自然是"开了挂"的。不久后，两人手里的各种小奖品都拿不下了。他们一路欢笑着把街道走穿，直至行到岔路口。

这条小街的两侧灯影摇曳，流光溢彩，其间夹着各种摊铺，大多是卖小物件的，比如簪花面具、刻字手链、可以拼凑的吊坠等等。初澄低下头，看向摊子上卖的各种小物件，不知道是不是受节日氛围的鼓动，他觉得这些平日里寻常的玩意儿还都挺精致，随手拿了个玻璃做的柿子形状小摆件把玩。

"你看这个……"初澄回头想要与人分享，却发现"好大儿"已经不见了。

他挤出人群，寻着来时的街道回去找，一无所获，最后只看见身高出挑的喻司亭在铺天盖地的灯海里缓步而来。

"找什么呢？"

"我好像把鹿言带丢了。"

喻司亭发出一声轻笑："你丢了他都丢不了。"

"可是这么多人。"初澄还是有些担心。

喻司亭像是早已习惯了各种状况，不紧不慢道："没事，不用找。他甚至有可能突然不想玩了，自己打车回去。"

"啊？"初澄当真在脑子里估算了一下这种可能性出现的概率，还未有结果时，感觉到了兜里的手机在震动。

他收到一条微信，低头查看后说："是鹿言。"

喻司亭根本不好奇孩子说了什么，答道："他其实也没那么爱凑热闹，可能只是一时兴起，想让我们都出来转转。"

"还真是。"初澄把手机屏幕展示出来，哭笑不得地说，"他让我拖着你晚点儿回去，好让他有时间补完作业。"

喻司亭毫不意外："不用管他。你逛累了的话我们就走。"

初澄不舍得这样好的夜景氛围，摇头说："还可以再玩一会儿。听说9点钟这里有烟花秀，我们要不要找个视野好的地方看？"

"我记得手工糖铺那边有个高层的茶楼，应该可以坐着。"喻司亭凭着记忆向远处指了指。

初澄欣然同意，跟着他一同过去。

中式的茶楼古香古色。两人沿着涂深红油漆的外楼梯上去，登得越高，望得越远，景色也越惊艳。居高临下，可以看到街道上万灯通明，游人如织。今晚乘兴夜游的客人太多了，茶楼内部被塞得满满的。初澄和喻老师只能点了果盘和小吃，坐在露台的角落里聊天。

表盘的时针滑向9点钟。在万众期待之下，上元佳节的烟花秀准时开始了。人声鼎沸中，几道银色小礼花嘶鸣着升上天空，如四散的流星般绽放开来。茶楼上的许多客人都架起手机，准备拍摄或录像。

看到身边的云台，初澄立刻想到自己上一次看焰火是除夕夜的那场直播。他让喻司亭预测一下今天的焰火表演和之前的相比，哪场会更盛大。

喻司亭安然笔直地坐着，抬手饮了一口茶："今天的。"

他答得实在太快，惹得初澄调笑："为什么啊？你这么看好它，难怪还特地爬上茶楼来，找最佳观赏位置。"

"焰火本身不会相差太多。"喻司亭的视线落向远处纷繁坠落的烟花，说道，"区别是，上次你没能在现场看。在视频里看哪有现场体验过瘾？"

随着夜空变得绚烂，烟花声也响得震耳欲聋。烟花秀结束后，两人离开茶楼，又到之前的手作店铺逛了逛，街上还是相当热闹。

夜市里的客流实在汹涌，初澄玩得有些累，耳膜也受不了长时间的吵闹，便和喻老师一同回了繁天景苑。出去一遭，喻司亭的心情似乎变得好了很多，脸色和悦，如常道了"晚安"上楼。

初澄洗漱后直接进卧室准备休息，余光瞥见放在枕边充电的手机亮起屏幕光，是徐川发来的微信。

徐川：人哪？

徐川：不是说好了陪我一起刷元宵活动吗？放我鸽子是不是?!

初澄拿起手机，靠着床头回复。

初澄：我刚回家，太累了不想玩。

徐川：没人性啊！连兄弟之约都能背弃。

徐川发了个"废话少说，赶紧上号"的熊猫头表情。

初澄不想继续遭受对方的言语攻击，趴在床上按下笔记本电脑的电源开关。

他把电脑架在床桌上，登录了账号。他的角色刚一进入地图，就看到了如繁星一般飞在半空中的孔明灯。游戏世界里竟也是这样张灯结彩的节日氛围。

元宵节过后的几天，十中迎来开学。

新学期返校第一天，学生们打扫完卫生坐好，各科的课代表们负责逐桌收取作业。经过一学期的磨砺，初澄已不似初来时那样青涩，而是能够坦然大方地站在班级讲台上，熟练管控班级。只是学生对待他与对待主班的态度还是天差地别，有时一定要他搬出喻老师来才会起作用。

"给你们几分钟的整理时间，把桌面的书架都挪到地上去。以讲台的高度和大哥的身高，想要靠书堆把自己藏起来至少要摞四五十本才能做到。你们现在这样只能算欲盖弥彰。"

"不是，没有，别瞎说啊。我这样是为了引起大哥的注意，才不是趁机搞小动作。"教室中间排发出一道不和谐的接话声。

初澄直接淡定回掅捣蛋鬼："是吗？其实不用那么麻烦。只要我在开学第一天就把你的名字写到黑板上，他一定会关注到的。"

"大可不必，这就拿下去。"学生赔笑低头。

"乖。"从始至终，初澄的表情都没有丝毫变化，娴熟应对。

教室各处传出笑声，挖苦在关键时刻掉链子的同学。

简单的新学期班会结束后，初澄让学生们自习，然后把管纪律的活儿丢给班长，自己回到语文组。他花费半小时整理好办公桌，把所有物品都摆放得井井有条，最后把仍是绿叶状态的花毛茛放在桌角。

布置完毕，初老师心情大好，即便知道用不了两天这里又会重新乱起来。初澄举起手机，对着工位拍了张只露出半张脸的自拍，发朋友圈。

新学期人设：耐心和气、不熬夜也不发脾气的初老师。

没一会儿，动态下面列出许多条回复。

大学室友：帅哥发照片了，他居然有脸哎。

林祁：醒醒，不可能的。

徐川：只要天不亮就不叫熬夜。

杨老师：办公室收拾得很干净。

穆一洋：大哥就从来不立这种 flag。

初澄看着学生评论的最后一条，点击屏幕回复。

初澄：这条可没屏蔽大哥。而且我不是刚收完手机吗？

几秒后，消息列表显示，该评论已删除。

刷完手机，初澄随手翻看起桌角那摞刚交上来的语文寒假作业。随着这个小小的动作，他刚获得的满足感消失了。

这些是……什么东西？初澄脸上的笑容逐渐消失。

不是鬼画符加密，就是空题漏题，连答案都懒得抄。才一个假期，学过的东西和练完的字帖都原封不动还给我了？

检查完大半的作业，竟然只有放在上面的几本还能看。这应该是课代表在照顾任课老师的情绪了。初澄越翻越生气，又不能真的把学生的作业撕烂，只能随手揉两张废纸团来缓解。

果然一上岗，耐心和气就是那缥缈浮云。他抓起手机，把上一条朋友圈发文删掉，恨恨地键入新的个性签名。

没事啊，我没生气。

"当当——"初澄刚发完牢骚，拧动转椅看向办公室门边。

喻司亭站在那里，敲着玻璃用口型提醒："去开会。"

"噢。"初澄疲惫地靠向椅背。

"怎么了？"见语文组内没有其他老师，喻司亭推门走进来，顺手把一部手机放在初澄的办公桌上，"穆一洋的。"

初澄怔看了一秒钟，口中道："我那条朋友圈只发了那么几分钟，你都看见了？"

喻司亭单臂撑在桌边，一副真诚模样："在新学期初这么敏感的时候，难道我不应该特别关注一下自己副班的精神状态吗？"随后他看了眼桌上那两团被揉成团的 A4 纸，噙起笑意："真的没事也没生气？看着不像啊。"

"啊——"初澄被他说到破防，哭丧着脸把穆一洋的手机收进自己抽屉里，"不管怎样，这小子的话没说错，我确实不应该立 flag 的。"

"行啦，走吧。"喻司亭也不等他号完，直接上手把人往会议室拎。

新学期的第一次主副班座谈会，依旧是那些老面孔。熟悉的老师们坐在一起，彼此聊天。会议内容没有什么大的变化，无非班级日常管理、重点学生关注、与家长沟通，以及做好学校新规章与要求的传达等工作。

初澄抻着耳朵听，偶尔记录一笔，大部分时间是在开小差，看组内消息。杨老师在语文任课群聊里发了新学期的教研安排，还特地照顾自己的徒弟，私聊嘱咐了一些注意事项，把讲解假期作业的任务分派给他一些，做录课练习。直到领导的讲话结束，初澄像模像样地拎起根本没写几个字的会议记录，和喻老师一起回班级。

"我这卫衣帽子怎么回事？你刚才是不是给我拽坏了？"

"别讹人，早上在阳台挂着的时候就这样。"

"我……"

"初老师。"

"杨主任。"初澄听到从身后传来领导的唤声，连忙摆弄好自己的衣服，停下脚步转回去。

对方上前两步，面色严肃地直接询问："你是和周瑾一起合租的吧？"

初澄点点头："之前是的，现在已经不了。"

杨主任的眉头依旧紧蹙着："那你跟我去校长办公室一趟吧。"

校长办公室？初澄顿住，不明所以地看着他。如果是要谈工作上的问题，最多是在教务处和政教处而已。

喻司亭从杨主任的神情中捕捉到了一些异样，出声询问："发生什么事了吗？"

见两人皆是一头雾水，杨主任叹了一口气，反正他们早晚都会知道，干脆直接低声告知："有学生到教育局举报了周老师违规补课，学校这边需要配合调查。"

初澄心中陡然一惊，动了动嘴唇，没说出话来。

喻司亭的神色微沉，声音也显得很严肃："那和他有什么关系？"

杨主任回答："那边提供的举报视频材料里，也拍到了初老师。"

举报人提供的这段视频影像有几分钟长。众人站在校长办公室里完完整整地看完了。全部画面中，周瑾的确一直在白板前讲题，而他背后的初澄却全程坐在沙发上投屏打游戏，连头都没有抬起过。

喻司亭作为初澄工作上的第一搭档，跟着杨主任一起进入了办公室。看完材料，他从容不迫地盯向一旁的教育局调查员："视频中的初老师并没有任何违规行为。难道也有人举报吗？"

"没有。"答话的是调查组内一位三十岁左右的年轻科员，低头看了看上级文件，说道，"只是我们想和他当面谈谈，也希望你们能认真配合。"

"有什么问题需要我回答？"初澄叹一口气，迎上了调查组人员的视线。

调查员摊开记录本，开口问道："初老师，作为周瑾的合租室友，你对他在校外进行违规收费补课的行为知情吗？这种情况又持续了多久？"

初澄本以为自己已经做好了心理准备，但对方的首个问题就让他难以回答。

…………

面谈结束后，初澄离开校长办公室。

喻司亭看向身边垂头丧气的人，出言安慰："你已经尽力了。"

初澄摇摇头。他是职场新人，可不是天真的小孩子，当然知道这种事的严重性，不是谁出言维护或者讲情面，就能解决的。

"在想什么？"见副班沉默不语，喻司亭投来关切的目光，"这件事本和你没有关系，不用……"

初澄摇摇头："我当时应该劝劝师兄的，应该提醒他不要做违规之事，应该……"

喻司亭抬起手腕看向表盘，已经差不多是放学的时间。他一边拎着情绪不好的副班下楼，一边轻声开口："跟我去钟老师那里。"

这一次进教育局，喻司亭不能再像之前那次高调地拿着水果篮了，而是和初澄一起，装作是公务拜访的模样。钟老师的消息灵通，而且对十中关注颇多，自然知晓初澄和喻司亭的来意。

"如果只是在休息时间，双方自愿的原则下补课，属于一般违规，他不至于被开除。"钟老师给两人和自己都倒了茶水，他抿了一口，又继续道，"但如果学生自称因为不来补课而被差别对待，那就是师德败坏了。"

初澄的后背顿生寒意："他不止被举报了违规补课？"

钟老师点头："周瑾的问题严重性就在这里。如果全部举报被证实，他很可能会被撤编。"

"可是这种事怎么能证明呢？难道就凭他一张嘴乱说？"听到这些话，初澄有些坐不住。

竟然会因为太严厉而被怀恨在心，因为寄予厚望而被视作差别对待。

钟老师瞥了眼初澄，又看向同样脸色凝重但寡言的喻司亭，最终只说了句："放心，会调查清楚的。"

返校日后，十中开始了为期一周的寒假收心课。

教育局调查组的人又来了学校几次，每次的询问对象都不一样，具体处理方案始终悬而未决。周瑾在接受调查期间是不上班的。初澄打了几次电话都无人接听，只能从沈老师那里询问一些近况。又过了一阵，周瑾终于恢复了联系，主动约初澄在上次的咖啡厅见面。

下午放学后，初澄准时赴约。店里的人依旧不多，一进门就能看到坐在圆桌边喝果汁的身影。周瑾面前还摆着一盘手作曲奇。他淡定的脸色如旧，好像什么事都没发生过，抬头看见来人，扬了扬眉梢："我记得你上次点名要吃这个，提前帮你要了。不用慌，还是我请客。"

"都已经什么时候了，你还说些没用的。"初澄在对面位置坐下，哭笑不得。

"不然我还能怎么办啊？"周瑾破功，仰头苦笑，"干吗啊？整天找我。一翻通话记录，你打的电话比我妈都多。"

初澄依旧点了杯咖啡，把饮品单递还给店员，轻啧一声："你找我来就是为了吐槽这个？能不能正经点儿？说说打算怎么应对啊。"

周瑾撇了撇嘴，一副无能为力的样子："还在调查中。但是这件事闹得挺大，通报处分、退回补课收入、扣奖金、停评优和晋升都是一定的了。"

"这些都不是主要的。"初澄一直盯着对方的眼睛，想要提取到重要信息，"其他的呢？"

周瑾沉默。他举起装满石榴汁的杯子吮吸一大口，然后被酸得皱了皱眉，缓解片刻后，缓声道："我已经和学校主动申请调离教学岗位了。"

初澄不可置信："啊？！"

"你听我说。"周瑾猜到他的反应，一边出言安抚，一边耐心解释，"现在是严查期间，如果在这件事过后，能不丢编不销证，我都会觉得是万幸了。就算我自己不申请，最后肯定也会被强制调动。现在这样决定，过几年观察期满了也许还有回一线的机会。而且正好学校实验楼那边缺一个管理化学仪器的老师，活儿清闲。"

不知道为什么，事态明明这样严峻了，初澄竟觉得对方的状态还好。

"你真的没事吗？"

"还好吧。"周瑾说，"我其实也是受你的启发。"

初澄疑惑："我启发你？"

"是啊，自己都没想到吧？"周瑾在这种时候还能笑出来。

"我和楠楠都是刚毕业就过来工作。从上班以后就没什么自我空间了。为了攒钱，连假期也排课，我都好久没带她出去玩了。"

初澄喝了一口咖啡，安静地听他一个人说。

周瑾："之前结婚的时候，我不知道我爸一个普通工人怎么能拿出来那么多钱？后来也不难想明白，一辈子都在努力工作，为儿子攒钱嘛。上次和你在这儿聊天，我就在想，我们的房子是全款买的，父母也都有养老保险和退休金。我们为什么要这么拼啊？其实我和我老婆也都是物质欲望不高的人，工资加在一起够用了。更何况，还是别人眼里的铁饭碗。"

初澄轻声提问："师兄，你后悔吗？如果知道是这样的结果，你还会不会太执着于管束和纠正？"

周瑾停顿了一下，然后选择跳过了话题。

初澄瞧着周瑾的悲哀神色，沉默地喝了口咖啡，没有再开口说什么。与师兄告别后，初澄的心里一直乱糟糟的。从咖啡厅回学校的路上，他恰好刷到了对方的新动态。

不知道该怎么表达心情，就祝你们以后遇见的老师都像我一样，也和我不一样吧。

点开师兄的头像，再往下滑一点，能看到他在期末时发过的朋友圈。初澄记得那时新婚的他很忙，但还是陪着班里的学生做题打卡，每天都讲作业到很晚。然后有了这样一条动态——**不负熬了那么多的夜，崽子们终于及格了！！**

透过屏幕，初澄都能感受到他当时的开心，顿时觉得酸涩。

他拖着沉重的步子上楼，不知不觉回到五楼办公室。抬头看一眼，是数学组。

"大哥。"初澄推门进去。

喻司亭应声抬头，看到来人有些诧异。

初澄在他身边的空位坐下，慵懒地靠向椅背，低落道："我突然发现，你之前教训我是对的。"

"我什么时候教训过你？"喻司亭放下手里的备课教案，转动椅子，正对着他。

"我就是没有被社会毒打过，也不懂什么是现实。"初澄说道。

喻司亭从语气里感受到了他的疲惫和纠结，询问："怎么了？还是因为周瑾的事？"

初澄低声说："虽然知道这样想不对，可我真的对一部分学生喜欢不起来了。"如果自己今天因为什么事严厉批评了学生，日后会不会因此被举报伤害青少年心理健康？

"大哥，我感觉自己的一腔热血，被迎头泼了冷水。周瑾虽然违规，虽然一些事没处理好，但也不至于被学生举报师德败坏吧！"

"初老师，君子论迹不论心。你行得端正就好，不必害怕其他的。"

喻司亭接着说："任何人、任何事，只要有向阳的一面，就会有阴影。即使步步谨慎，不行差踏错，也不能保证不会发生意外。尤其从事这个行业，你要学会平衡激情与规则、柔软和强硬，要接受理想与现实之间的差距。你不仅要具备能量，内心更要强大。"

"你晚上吃饭了吗？"喻司亭不想让他纠结这个，笑着切换话题。

初澄摇头，如实答："和师兄去喝了咖啡。"

"胃又不想要了？"喻司亭拿他没办法，摸出手机准备点些吃的。

初澄却摇头表示自己真的没胃口。

喻司亭妥协："那就先不吃吧。家里还有很多食材，晚上我拿来炖汤，你喝一点儿。"

"嗯。"初澄漫不经心地应下。过了两秒钟他才反应过来，追问："你还会炖汤啊？"

喻司亭瞥来一眼："你又不是没喝过。"

"相形见绌的果然是你的手艺。"初澄想起之前味道截然不同的参鸡汤，露出一副"我就知道"的表情。

不过许久没喝到，还有点儿想念。

他咂了咂嘴唇，继续道："那放学后我去买门口的杂粮煎饼配着吃吧。你要不要？"

喻司亭见他似乎恢复了些往日的活力，弯弯嘴角："嗯，帮我也带一份。"

在十中正式开学两周后，周瑾的处分通报终于下来了。具体情况与他自己料想的相差不多。由他任教的班级的学生也已经有了心理准备。因为从本学期开始，5班和6班的化学课就已经有人暂代他来上了。

新来的老师是从高三年级调任下来的，教龄将近20年，经验丰富，能力出众。偶尔有学生把他和周瑾进行比较，说得最多的无非新老师不苟言笑，不如周老师那样亲近学生，能与大家打成一片。

"打成一片"。初澄每每听到这样的话，心里都有些不是滋味。

当同事闲聊，提到敏感话题时，办公室的氛围就会变得默然、压抑。但与其他老师相比，沈楠楠是极其佛系的性子，不执着各种考核排名，不听取任何流言蜚语，只温温和和地做分内事。她仍然在 5 班教课，没有戴有色眼镜看任何人，甚至不纠结到底是谁举报了周瑾。

喻司亭对初澄说："因为沈楠楠是位优秀的老师，既对得起良心活儿，也懂得如何调节保护自己。不然从检查学案时，她被你和林祁互殴误伤开始，你们就已经结下仇了。"

学校的日子还在继续。经杨老师和语文教研组研究后，分配下来任务，初澄要上新学期的第一节校级公开课。这意味着他的准备时间最少，压力最大。而且初澄手下只有一个班级，别无选择，为了不影响 7 班的进度，他干脆选用了现行课时，讲解阅读习题。

7 班的学生因为基础好，成绩出色，去年所上的公开课数量就是整个年级中最多的，自然对流程相当熟悉。公开课当天，大家贴心地询问初澄需要怎么配合。

"像平常一样就行。"初澄特别嘱咐后排几个不老实的："别给我捣蛋。"

"初老师，那我们定个暗号呗。"李晟晃着手臂提议，"提问的时候，如果我举左手就是会，右手就是不会。"

初澄连忙打断："你不想回答就不要举手。不然我在台上一紧张，真的会叫你起来的。"

李晟表现得很是无辜："啊？那到时候我们只能四目相对无言了。大家都不会快乐的。"

班里笑声四起。

初澄疲惫又无奈地揉了揉太阳穴："别搞。"

公开课时间临近，任课老师带领学生们进入多媒体教室。领导和听课的老师已经在最后面坐了好几排。初澄上台拷贝课件，看到下面黑压压的一片，面对这样大的阵仗不免有点儿紧张。更糟糕的是，这里的投屏设备好像有些接触不良，接连试验几次都没反应。

"给我。"

在焦急间，初澄听见熟悉的声音。

他抬眸看到闯入视线的喻司亭，先是一怔，而后笑笑，虽是拍马屁，却也带着真心实意："能救人于水火的，果然只有我大哥。"

喻司亭垂着深邃的眸子，看穿了副班的内心，问道："紧张？"

初澄想起自己第一次参加试讲的时候，曾在卫生间里被他挖苦，沉默着没说话。

"放轻松。"这一次，喻司亭的声音很轻，"年级排名第六的初老师，你超棒的。"他那种安慰孩子一样的语气听在初澄耳中有点儿搞笑，但也确实有效缓解了不安情绪。

初澄想起来问："你这节不是有课吗，怎么还过来了？这么怕我丢你班级的脸？"

"不是，我前天刚在这儿上完课，记着这个插口不太好用来着，不知道修没修好。"他看着没有反应的电脑屏幕，补充说，"看来是没有。"

喻司亭埋头鼓捣了一会儿，设备终于恢复工作。

"好了。"他急着回去上课，只拍拍初澄的肩膀，"加油。"

"嗯。"初澄深呼吸几次，调整到最佳状态，做好课前的最后准备，示意一旁的录像老师可以开始了。

阅读理解习题讲解其实是初澄最擅长，也是他与学生默契度最高的课程。之前他为了完成在大哥那里立下的军令状，没少利用早晚自习的时间来讲解这类习题。所以不做刻意准备，沿用以往的模式，学生们反而更能踊跃配合。

时间推移，课件逐页翻过。初澄从心情紧张到渐入佳境，越讲越顺，自信而专注。他渐渐与学生间产生一种交互畅达的链接，甚至忘却后面听课的领导，把一切影响因素都抛到了脑后。

"大知闲闲，小知间间；大言炎炎，小言詹詹。"他讲到这里，随机提问同学们对此句的理解。

徐婉婉说："我觉得它类似于君子坦荡荡，小人长戚戚。大智悠闲豁达，小聪明斤斤计较。有真正见解的人总是气势如虹，让人心悦诚服，满腹牢骚的人却争论起来没完没了。"

韩芮接着起身答："庄子应该是在分类天下人。大智慧广博大度，小智慧精细明察。正大的言论如燎原烈火盛气凌人，拘泥的言论瞻前顾后多思不决。大智小智，大言小言，都是看待世界与处事的方法，不会轻易发生改变。"

鹿言也主动举了手："大智慧的人往往如闲云野鹤，知道自己内心真正向往什么；而小聪明者则建起障壁间隙，用既有的投机法门来规缚自己，以求如鱼得水。正于大道的言论如烈日炎炎，光明炽热；而片面狭隘的话则如市井琐碎，喋喋不休。"

大家各抒己见。初澄一直持鼓励态度，最后被鹿言的回答逗笑。因为两人曾为了应对大哥的突击检查，在按摩房里随口讨论过。那日国画里的古文题词，正是这句。

"大家说得都对，庄子用四句话概括了世间形形色色……"他为本课做起了总结，"每个人对于世界都有自己的理解和好恶，君子择善而交，与其想着逆转别人或者外物，不如坚守自己。希望你们都能带着赤诚与理想，心无挂碍，永不为其他人更改妥协。"

在过去的一阵子，初澄其实有过迷茫和不安，但今天站上讲台，全身心投入的那一刻，仿佛被一种莫名而强大的东西治愈了，又重新充满了力量。他此时说的话不仅是为课堂，也是与自己的和解。

喻司亭的一节数学课上完，再回到公开课教室时，这里还在收尾。他在后门边找了个空位坐下。

一旁的副校长正在和教务主任聊天："初老师的课不错。他是一毕业就直接顶岗上高二了是吧？也不容易。"

"是。学校的未来还是在于这些新鲜血液嘛。"杨主任笑着附和。他想到这阵子7班物理老师因为身体不太好，晚自习基本不能出席。每次路过他们班的教室，不是班主任带做物理题，就是轮换了教语文的副班来讲数学。

看来，学校又要挖掘待培养的有才能人了。

杨主任抬头，发现不知道在什么时候喻老师也坐进来了，扭头小声调侃道："来看副班表现的？之前分岗的时候不是很有情绪吗？现在满意了？"

"嗯。"喻司亭应了一个字，看向台前已上完公开课却仍然在散发人格魅力的身影。小太阳发光的样子总是那么闪亮。

新学期伊始，春日款款而来。

自初澄搬入繁天景苑后，喻司亭每天都能亲眼观察到他的工作和生活状态。这人下班后总是懒懒地一趴，什么都不做，还把原本很爱运动的鹿言也带偏了，养成吃完就躺的习惯。

周末午后。初澄晃动着落地窗边的摇椅，斜倚在那里看喻晨的新作小说。

喻司亭居高临下瞧着："你别总这样撅着颈椎看书，回头脖子和肩膀又疼了。"

"现在就疼，但我懒得动。"初澄不紧不慢地翻过一页书。

"你不是有健身卡吗？"喻司亭见他那副好像没了骨头的样子，忍不住多说几句，"如果用不上的话就别续费了，以后每个月的房租加收600。"

与房东住在一起，相处得久了，初澄已渐渐习惯他的毒舌攻击，丝毫不受威慑。他手边恰好有刚发的副班补助现金，直接砸钱过去："给你800，别来烦我。"

一旁沙发上玩游戏机的鹿言笑着看舅舅吃瘪，仗势重复："听见了吗？别来烦。"

喻司亭瞪去一眼。鹿言赶紧往初澄身边凑了凑。他现在有了新靠山，估摸着舅舅不会轻易动自己。喻司亭受不了这两人，也不打算惯着，冷言冷语逐个教训。

"不是要去商场买新衣服吗？刚吃饱，你动一动行不行？学数学没见你这么有天赋，犯懒倒是学得快。"

"还有你，整天穿得像高中生一样。公派实习过来的老师听完第一节课就和我反映，班里坐最后一排的那个小子完全不记笔记，还随便串位置。"

鹿言被念了一通，加上有新衣服的诱惑，乖乖起身。

初澄却依旧安稳地坐着，继续看悬疑小说。他又翻过一页，从干果盘里摸了颗话梅塞进嘴里，含混地敷衍道："你们去吧，我留下看家。"

喻司亭的耐心有限，沉声下最后通牒："初澄，你别逼我。"

初澄掀起眼尾表示，放马过来。喻司亭没再说话，给他续了一壶桑葚枣片茶，自己也坐到一边。

耳畔安静片刻无人叨扰。初澄安逸地饮茶，养着饭后膘，正纳闷喻老师今天怎么这么会来事儿，余光一瞥，见那人手里捧着一本《初励宁文集》，正读得津津有味。

初澄腾地起身："喀。"

喻司亭不抬头："小点儿声，客厅不是你一个人的。"

你七叔四舅婶婶二大爷的。初澄被反将一军，在心里问候一遍对方的远房亲戚。

无奈之下，他把看到一半的书折了页放在一边，咂着嘴唇向四处看看，自言自语地念叨："我外套呢？能穿出门逛商场去的外套呢……"

"要不，我再借你一件？"刚换好衣服下来的鹿言看清楼下的形势。他的靠山明显是又被人拿捏了。

"你在这么亮的地方看书，眼睛会疼的。"

"现在就疼。"

"刚吃完饭，喻老师你能不能动一动？"

"懒得。"

"……"

这么玩是吧，这一手反客为主算是被他用明白了。初澄千哄万哄才说动了喻司亭，出门坐上副驾驶位，还在努力地往下咽这口气。

鹿言平常买衣服的店铺只有那么几家，大多是运动和休闲的品牌。三人下车就直奔目的地。

最终，鹿言在店里买下两套休闲装，初澄也挑到了一件合适的外套。

几人离开品牌店，在外面闲逛起来。

吃了晚餐后，三人又逛逛书店算作饭后消食。今日的书店内挂着一张大大的赠书活动宣传单。初澄对此很感兴趣，到收银台结账时却被告知，只有积分会员才可以参与。

"现在的商家怎么都搞这个套路啊？"初澄不满地嘟囔。

喻司亭上前道："记鹿言的卡吧，他以前经常在这里买书。"

鹿言递上卡，店员输入会员号的同时，电脑屏幕也显示出了近期对应的购书记录。

初澄无意间瞥了眼，竟然看到名录上面有喻司亭在家里看的那套《初励宁文集》，而且购入时间已经很久了。全套九卷书，一共是分三次购买，其中的首次积分时间是去年十月……

初澄诧异地看向喻司亭。这可比他预料的时间早了许多。

在外面逛了大半天后，终于回到繁天景苑，三人都已经满足且疲惫，准备各回各房休息。

初澄走进客厅，随手收拾了中午时的干果盘，从吊椅旁拿悬疑小说时，注意到了放在茶几上的那本自传。他俯身拿起，捧在手里细看。从书的折页痕迹和书脊翻折程度来看，必然是已经从头到尾地阅读过了。

"怎么了？"喻司亭正要回房，瞧见初老师立身在这儿许久没动，有些奇怪。

初澄转向他，递出那本书道："没怎么，我刚才看会员卡记录就有些好奇，你怎么把我爸的个人传记全买了？"

喻司亭笑笑，坦然道："我觉得初先生的书挺有意思的。"

"所以，你是全看完了？"

"差不多。"

初澄默然。

"那你还听我说那么多小时候的事？"初澄忽然想起过年的时候，两人曾在京市的家里，边吃烤梨盅，边聊童年的糗事，直到半夜。

既然喻老师看过九卷书，那就说明，外公取的名字、邵纪的捉弄、院里的槐树、发小们的降维打击、刻着初字的戒尺……这些他全部知道。

初澄说："就算是我看过的电影，再听别人原封不动地讲一遍，都会觉得无聊。"更何况是儿时那些鸡毛蒜皮的幼稚事。

"我不觉得啊。"喻司亭冷静地看着他，"我不想一直用书中的文字，还有别人的视角来了解活生生处在我身边的人。虽然是一样的内容，但还是想听你亲口讲述出来，那样会更加真实有血肉。"

初澄没有应。但在这一刻，他真切感觉到了喻司亭淡漠外表下的细腻。

喻司亭继续说："如果你觉得不公平，我也很乐意把自己的事慢慢说给你听，有机会的话。"

初澄闻言明显愣了愣。站在面前的人面带微笑地道了声晚安，转身上楼了。

一夜时间过去，星期一的早上如期而至。

鹿言昨天抓住周末的尾巴，熬夜看了球赛，结果一早醒来就被舅舅没收了手机。餐桌边，少年没精打采地喝着热牛奶，耳朵还要用来听教训。他是个在学习上不用别人操心的孩子，只是偶尔贪玩，需要被人提醒。

"你最近有点过分，马上就要月考了，最好自己调整状态，不要等到我帮你。"喻司亭把牛油果、三明治递给他，顺便投以眼神警告。

"嗯。"鹿言乖乖地应答，又抿了口牛奶，看看腕表的时间，"初老师怎么还不出来吃早餐啊？上班都快来不及了。"

喻司亭低声道了句"管好你自己"，然后朝着一楼卧室的方向望了望，亲自过去查看。

他抬手敲了敲门，里面没有人应答。多次尝试后，喻司亭觉得有些奇怪，直接推门进去。卧室内静悄悄的，没有任何声音，床上的被褥也铺得整整齐齐，像是没有人睡过。

人不在？出门怎么都没打声招呼？

喻司亭怔然地看着整洁如新的房间，刚欲转身，忽然听到轻轻的哼声。随即，昏暗处亮起一盏台灯。原来他是窝在沙发上睡着了。

初澄蜷动两下，半眯着眼睛坐起身，一副慵懒迷离的模样。

两人四目相对，初澄顿时精神了些，眼睛也倏地睁大。

喻司亭的嘴唇动了动："我敲门了，怕你上班迟到，所以才进来看看。"

初澄："嗯……我在沙发上看小说，不小心睡着了。"

喻司亭见他不太清醒的样子，边往外走边嘱咐："那你快点儿起来收拾吧。"

"知道了。"

初澄收拾整齐已经来不及坐下吃饭，随手拿上面包、牛奶就出了门。喻司亭最晚下到地库，打开车门坐上去，伸手递给初澄两个煮蛋。

初澄隔着纸巾，把鸡蛋拿在手里，剥开鸡蛋咬一口，五香味，咸咸软软的，很好吃。向后倚靠，副驾驶椅子上是一直以来专门为他准备的软枕。

早上 6 点 20，两人踩着铃声一起走进班级。

"最近他俩怎么总是一起来啊？"穆一洋抬头看见两道身影进门，踹了踹前桌的椅子，交头接耳。

"谁啊？"

"副班和大哥呗。"

前排学生看向鹿言:"那你得问他啊。"

"哎!"穆一洋转换交谈对象。

"不是很正常吗?"鹿言瞥去一眼,语气理所当然,"他俩为了这个班级夙兴夜寐,操碎了心,抓住一切机会凑到一起也都是为了让7班更好。你得好好学习,不要辜负老师们的一片苦心。"

鹿言的话把穆一洋听得发愣,扭头看向后排办公桌边的两人。

初澄注意到学生的目光,清了清嗓子:"等会儿第一节是我的课吧?把阅读册拿出来做第36、37页。"

"好。"学生们接受了任务,纷纷进入做题状态。

早自习结束,第一堂都有课的初澄和喻司亭一道回五楼办公室拿教材。清晨的阳光正好,两人同路而行。

初澄仔细想想,不知道从什么时候起,喻老师已经成了自己最信任的人,不管遇到什么问题,生活上的、工作中的,都会第一个想到他。可一直以来,似乎都是对方在关心和引领自己,反过来的关心却太少了。初澄第一次如此清晰明了地觉得,自己应该再了解这个人一些。

静思几秒,他摸出手机,给喻司亭发去一笔转账,预交下个月的租金。

一声轻震提醒后,对方看着那笔数额,微掀起眼睑:"还没到发薪日呢。"

"我有钱,先付不行吗?"初澄弯起双眸,温和的笑意直达眼底。

喻司亭也笑笑,欣然收下了转账。

同行的两人在语数两间办公室前分开。初澄推开语文组的门,迎着窗口的缝隙刚好感受到一阵风吹进来,垂在桌边的窗帘轻轻摇晃着。

春天的魅力,莫过于万物生长。他看向自己的工位,惊喜地发现,那盆不知道会不会开的花毛茛竟然长出花苞了。

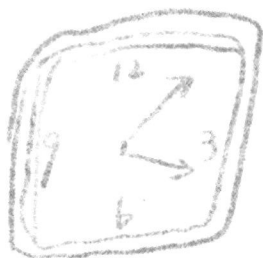

第七课

义气 VS 意气

这盆花毛茛自从带了花苞，一直都处于很青涩的状态。

初澄把它放在办公桌的一角，日夜悉心照顾，每天勤于观察。终于在四月里，相继迎来了三朵花。它实在是太漂亮了，重瓣层层叠叠，绽放着纯白光色，像翩翩起舞的少女裙摆。看着这盆花，初澄的感觉就像是亲手养大了女儿，忍不住对着瓷盆左拍右拍，还把照片发到了朋友圈。

下午的第一堂课，是喻司亭的数学。

凡是班主任亲自上课的时候，班里的纪律都是无须查看的。但因为这一节课后有学校组织的活动，需要召集学生们到实验楼去参加保护视力和牙齿的医疗卫生讲座，所以初澄坐在教室的后排办公桌前，边写教案，边等着下课。放在一旁的手机接连闪动了好几次。初澄把它拿起来查看消息，顺便看看刚发的朋友圈收到了哪些评论。

沈楠楠：好漂亮！

徐川：哟呵，这是什么品种？看着也不像是桃花呀。

邵纪：闲着没事就莳弄花花草草，您老高寿啊？

金教授：盆好像有些小了，等花谢了之后可以考虑移栽一下。

初澄看着最后的两条回复，想到没有人能比母亲更爱花，于是手上快速地打字，挑拨离间。

初澄：妈，邵纪在我的评论区里指桑骂槐，挖苦您一把年纪只能醉心花草……

"……所以最后的式子右边等于 cos 二分之 A 减去根号三倍的 sin 二分之 A，化简得到正切值，自己整理一下。"课堂上，喻司亭对着黑板写完字，转身面向学生。

他扫向最后排，发现了正在溜号的鹿言，目光变得冷冽两分，正想喊他起来答问题，忽然注意到在斜后面的位置还有一个对着手机傻乐的初副班。这两人，一个不把数学课当回事，一个带头不干正事。

喻司亭站在讲台上把他们的状态一览无余，随手从讲台上摸起一枚闲置的笔帽，放在手心里抛起又接住，若无其事地询问："结果出来了吗？"

"已经算好了。"

"那找个人提问。"

喻老师话音刚落，找准角度抬臂一扔，塑料的笔帽便从他手里笔直地飞出去，打在鹿言的笔筒上。然后那枚笔帽又和预想中的一样触物反弹，横向飞落到初澄的办公桌上。

"嗒""啪嗒——"随着接连响起的声音，两人先后受惊。

鹿言知道自己在课上开小差可能会被抓，好歹还留些防备。初澄却是被吓得结结实实，差点儿把手机都扔在了地上。他脑中空白一瞬，错愕地抬起头，带着又惊又呆的表情，看向讲台上的人。

喻司亭却没什么特别的表情，声音如常道："说一下吧。"

叫谁呢？说什么？初澄一头雾水，茫然地看向写得密密麻麻的黑板，恍惚间竟然梦回高中，有种上课走神被当场抓住的感觉。

随后，鹿言应声站了起来。

"选 C。"

"班长别信，结果是 2 倍根号三。"

"他们都在骗你，答案是平行且相等。"

"…………"

在大哥的威压之下，四下的同学们仍然大着胆子纷纷吹风，完美展示了什么叫"一方有难，八方误导"。

"呃……"鹿言原本就不清楚讲到哪里了，加上身边一群人同时起哄，思绪更加混乱，自己都忍不住笑，认命地放弃挣扎，"我站着吧。"

喻司亭示以"下不为例"的警告眼神，见对方受教才接着往下讲。鹿言熟练地把椅子推到桌下，蹲身捡起最后弹落在地的笔帽，放在初澄桌上，小声嘟囔了句"double kill①"。

初澄终于反应过来了。在理科老师的精密思维计算下，就连一个小小的废弃笔帽都被赋予了双重使命。早知道，之前套圈的时候就应该让他来啊，到手的奖励何止是一个花盆。

初澄正腹诽，手机里刚好收到了来自发小的吐槽消息。

邵纪：你进入职场后真是玩得一手的脏套路，学不到一点儿好，是吧？

初澄：我学坏不能怪我，因为我身边根本没有好榜样。

初澄理直气壮地回完这条，放下手机，恨恨地把笔帽丢进身后垃圾桶，低下头继续写教案。

课间铃响起。

"下课。"

"去听讲座啦！"

因为下节课不用再待在教室里，学生们都表现得很兴奋，迫不及待地拥向实验楼。主副班两位老师都被落在队伍的最后。初澄正好有机会边走边呛喻司亭两句，报他刚才的笔帽之仇。

实验楼的保健厅中总是弥漫着全面消毒过的味道。在这里举行的讲座活动分为四个项目，分别是眼保宣传、龋病种类介绍、视力测试和日常刷牙方法学习。7班的学生对后面两项更感兴趣，大多数都聚集在口腔医院的医护人员身边，听她们讲解水平颤动拂刷法。

"这是目前公认最为科学且有效地去除牙菌斑的方法。先把牙刷放入口中，让牙刷毛与我们两侧的牙齿成大约45度角，水平颤抖着刷动……"

在教学过后，护士与学生进行互动，她询问道："有没有同学觉得自己平常刷牙刷得非常干净？"

7班有不少性格开朗的学生，站在台下自信地举手。

医护人员笑道："这么积极？那我们随机找些同学和老师上来做实验。"

说到还要请老师，同学们纷纷回头往后面看。初澄完全能猜到接下来的环节，连忙坐矮一些降低存在感，但还是逃不过被 cue 的命运。

---

① double kill：一种游戏术语，意为双杀。

"就那位很年轻的老师，可以请您来配合一下吗？"护士一眼就挑中了藏在学生堆里的副班主任。

啧，怎么不叫他啊？初澄看向就坐在自己旁边的喻司亭。

"很显然，因为你是屋子里最帅的。"喻司亭看穿对方挂在脸上的想法，淡定地使出一招"捧杀"。对这个解释，初澄表示自己可以勉强接受，"大义凛然"地从座位里走出去。

果然，所谓做实验的方法就是在牙齿上涂菌斑指示剂。

"牙菌斑通俗来说就是附着在我们牙齿表面的细菌群体，每个人都会有。但它也是引起龋齿以及各种炎症的元凶，平常很难被我们的肉眼看到，所以需要借助染色来分辨判断。"

医护人员一边在初澄身旁操作，一边对着学生讲解："大家可以放心，菌斑染色剂大多是提取的植物或者水果色素，不会对身体产生影响，而且这位老师的口腔卫生还是做得很好的。"

见初澄做表率，很多同学也自告奋勇，上前体验菌斑显色。

"我好像刚啃了个火龙果。"

"为什么初老师嘴里的颜色可以漱掉？我的擦都擦不掉。"

"妈呀，我的牙齿这么脏吗？可我每天都好好刷牙两次的。"

学生们似乎发现了新奇的玩意儿，看着彼此狼狈的模样，龇着牙互相嘲笑。

护士解释说："各位做过测试的同学可以在漱口后对着镜子看一下。在牙齿表面靠近牙龈还有牙缝的位置，那些被染成粉色和紫色的，就是我们平常刷牙不彻底或者是根本刷不到的地方。接下来，大家就可以用刚刚学过的方法去把这些菌斑刷掉。"

刚刚还自信满满的学生们亲眼见到检测结果，都有些难以置信，赶紧领取一次性牙刷和纸杯，到水槽前去刷牙，整个保健厅里弥漫着薄荷牙膏味儿。

所有的镜子前都围满了学生。初澄从班级出来时没有带手机，没有其他办法，只能求助闲在一边的喻司亭。他已经仔细地刷过两次，于是朝着对方微笑，露出标准的八颗牙齿，询问道："染色剂都刷干净了吗？"

"我看看。"喻司亭看着他洁净的齿面，忍笑失败，"扑哧"一声笑起来。

"笑什么？"初澄立时不满地朝他嘟囔，"我之所以会狼狈，也是因为对 7 班的付出好吧？"

"不狼狈，还是全场最帅的。"喻司亭说得实在一本正经。

初澄低低地哼了声，转移话题："我不信你，手机借我看一下。"

喻司亭点头，摸出手机切换好前置摄像头，帮他举着。初澄重新挤牙膏对着镜头刷了一遍，确认每颗牙齿都恢复了洁白干净，然后才用手指搓洗嘴角。

"咔嚓——"突然响起的拍照声让初澄猝不及防。他愣了一秒，而后连忙去抓对方，但还是失败了，甚至没来得及看看镜头里到底留下了多丑的画面。

下一秒，那人已经把手机收了起来，深邃的眸子里全是得逞的笑意。

"喻司亭，"初澄压低声音向四周看看，发现无人注意这里才接着道，"你给我。"

"注意影响，初老师。"喻司亭侧身躲开他不依不饶伸手掏自己风衣口袋的动作，想若无其事地走开，却被一把薅住了袖子，不得不再次含笑站住。

初澄接受了自己又在他手里栽一跟头的事实，忍辱负重道："开条件吧，怎么才能删？"

喻司亭似乎认真思考了好一会儿，嘴唇动了动却道："心情好再说。"

"你别给我来这套！"初澄不依。

两人一个躲一个跟随，避着学生们的视线争抢，挪到门口无意间撞到人。

看到熟悉的身影，初澄暂时停下动作："师兄。"

喻司亭乘着空隙，也朝来人点点头。

周瑾看着他们的架势愣了两秒，而后才笑笑，说自己听这边热闹，过来瞧瞧。

初澄调侃："你这工作还真是挺清闲的，光明正大地摸鱼。"

周瑾不甘示弱地回嘴："比不上你，都在办公室种上花了。"

随口聊几句近况后，几人顺势提到了即将到来的劳动节小长假。

"现在我可有空了，楠楠说想去渔村度假，想不想一起出去玩？"周瑾发出邀请。看到一旁的喻老师，想起上一个黄金周时两人组队去骑行，他又问："还是说，你俩已经先一步有约了？"

初澄笑："没约，但我也不去了。你们新婚燕尔出游，我哪能当电灯泡啊？"

"这话说得可真见外。"周师兄以玩笑的语气回道，"你又不是没当过。"

周瑾回去工作后，卫生讲座仍然继续着，学生们还在厅中热切地谈论着。

喻司亭倚在门边问："'五一'你打算回京市吗？"

初澄摇摇头，前一阵子清明节的时候他刚回去给姥爷扫了墓，也在家里住了两天，所以不打算再折腾了。而且，每年劳动节老爷子都会收到很多活动邀请，不见得会在家。

"那假期有什么计划？"喻司亭又问。

"打游戏。"初澄坦诚地笑笑。

法定假日嘛，肯定到处都是人，只有网络世界热闹又不觉得拥挤。

"你就没有点儿正常的活动？生活不健康，难怪要生病。"喻司亭的嘴角抽动两下。他不是没见过这家伙的糟糕作息方式，网瘾青年说要打游戏，那一定是一天到晚都不挪窝的那种。

初澄不服气地反驳："哪里不健康？我现在简直壮得像头牛，可以一口气儿爬泰山。"

"好。"喻司亭没再争辩，很好说话地点了点头。

什么好？初澄没在意对方说的话，再次想起刚才那场没有结果的"战役"，伸手推搡了一把，提醒道："照片还没删呢。"

喻司亭不言不语，任他用什么招数，偏不就范。

四月的尾巴过完，也代表着劳动节小长假的开始。

不用上班的第一天，初澄舒舒服服地睡到自然醒。起来洗漱时发现家里空无一人，不知道舅甥两人去了哪里。他重新回房间，准备开始一段与被子、笔记本电脑共生的日子。

然而，没等他开启电脑，手机率先响起微信提醒。

喻司亭：睡醒了吗？

这条消息发得实在及时，看来对方是真的对自己的作息时间了如指掌。

初澄：怎么了？

喻司亭：我和鹿言在超市准备路上的物资，你需要什么吗？

路上？初澄想不出之前约定了要去哪里，便直接询问。

喻司亭：为了满足你的要求，行程定得有点儿复杂，我们要先自驾到陆港，然后改乘游轮，最后从威海转道去爬泰山。

神经病啊！看着屏幕上的一行字，初澄感觉刚吃掉的切片面包都堵在了食道里。他快速点击屏幕，打了一段字过去查问对方的精神状态是否良好，还没来得及点发送，又收到两条新消息。

喻司亭：（图片）

喻司亭：鹿言吵了很久想要看海上日出，但没有那么早的班次，晚上住船上可以吗？

初澄仔细看了看截图上的豪华游轮特等套房信息，思考半分钟后，立场逐渐不坚定，右手十分不争气地删除已经码好的字。

初澄：真的假的？我可是要通宵上分的人，船上信号好不好？

手机安静了几分钟，然后收到一条系统发送的订票成功短信。

喻司亭：你试试就知道了。现在就收拾行李，我们买完东西回家接你。

放下手机，初澄打开衣柜，往背包里装了两套衣服，又带了身份证、充电线、毛巾等必备用品。他坐在沙发上，一边想还要装些什么，一边感叹着，和行动力强超的人相处，是真的累啊！初澄实在庆幸，自己那天只是随口吹牛说可以爬泰山，而不是信口开河要征服珠峰。

外出采买的两个人很快回来了。一切收拾妥当后，喻司亭帮初澄把行李装上车，递给他一份肯德基早餐。

"我们直接出发吗？"初澄系上安全带，仍然觉得现在经历的一切都不真实。

喻司亭打着方向盘，把车开出繁天景苑园区，回道："油箱见底了，先去加个油。"

在初澄啃完一个汉堡的时间里，他把车开进了加油站，降下车窗对工作人员果真说出那句之前用来调侃的话："麻烦95号加满。"

150L 的油箱补满，金额必然要上四位数。看着机器屏幕上不断跳动的数字，初澄举起手里的豆浆杯，递向身侧，说道："大哥，采访你一下。"

喻司亭："问。"

初澄："如果我也想成为像你一样的富豪，需要做哪些必要准备？"

对方认真地想了想："第一步，投胎在商贾之家。第二步，拿到20%的股份。第三步，开始败家。"

"没了？"初澄歪头看着他。

喻司亭补充："当然也需要其他必要条件。比如，还要有个一心搞事业的大姐，不然我就会成为管理公司的那个。"

"总的来说，就是没有任何一步能被我复制的，对吧？"初澄听鹿言说过些关于喻襄的事情，她确实是从商的一把好手。可自己是独生子啊，哪里来的这么酷飒的大姐？

在两人聊天的时间里，屏显油量已经跳动到将近130升。加油站的工作人员拔出油枪，递上一张二维码。喻司亭刚举起手机，初澄探身用掌心挡住他的摄像头，先一步完成扫码动作。

喻司亭只能由着他，笑言："这么积极。"

"总不能每次都让你出钱。"初澄边答话，边输了付款密码。

"你也说我是富豪了，该花就花呗，不然以后不是要便宜了他？"喻司亭从后视镜看一眼趴在座椅上玩手机的鹿言。

少年突然被cue，眯起眼睛不满道："首先我没有惹你们任何人；其次，我更没有惹你。"

"那就继续保持。"喻司亭关闭车窗，点触车载屏幕，导航向高速路入口。

初澄看向规划路线的里程数，吃了一惊："好远，开这么久你吃得消吗？"

喻司亭目不斜视："你坐在副驾，偶尔陪我说说话就行。"

"好。"初澄坐直身体，郑重地接受了这个任务。

"五一"假日的前几天高速免费。SUV始终匀速行驶在笔直的路面上，畅通无阻。

初澄坚守副驾职责，怕身边人困倦，时不时就主动开启一段聊天。喻司亭也十分耐心地做出回应，似乎对每个话题都很感兴趣。他们聊到年少的读书时光，聊到成年后的工作点滴，从万里无云的午后聊到漫天红霞的傍晚，中途在服务区简单地吃了晚饭，再次启程。

直到夜幕降临，头顶挂起漫天星辰，他们才终于到达目的地。这是一片面朝大海的观景小木屋，在夜空下迎着海岸线优雅静立。

喻司亭订了其中一栋。管家已经提前把钥匙放在了门前的密码箱里。推开木门，屋内是套间设计，浅色系装饰，格调温柔清新，里外总共三张小床，一切都刚刚好。初澄在车上没有闭眼过，从刚才起就时不时打哈欠。他看到小屋内唯一的浴室，表示自己可以明天再冲澡，在洗手池简单洗漱后就爬上了床。

经过长途车程，大家都已经很疲惫。喻司亭和鹿言轻手轻脚地收拾片刻，也熄了灯，各自伴着滔滔浪声入眠。

第二天清晨，海滨的日光照射进小屋。三人相继醒来。昨日到得晚，他们没能欣赏木屋外面的美景。此刻一睁眼，就能看到窗外辽阔无边际的画卷，蔚蓝的海天一色让人心情大好。

初澄身上仍然穿着昨天的 T 恤。他从床上爬起来，进浴室洗澡。按计划，今天白天是准备去赶海的。根据潮汐时刻表，最适宜的时间在上午 7—10 点，回来刚好吃午饭。

住房管家早已经在屋子里准备了各种赶海工具。鹿言在其中挑选出自己称手的，拿到外面的沙滩上去试验。

喻司亭看见初澄夹着干净的衣服进浴室，担心他是没有记清楚行程，提醒说："你不用洗得那么干净，回来还是一身脏。"

在"哗啦啦"的水声掩盖下，初澄没有听清，伸手关了淋浴，询问："什么？"

喻司亭正在屋里收拾一会儿要用的东西，拎着杂七杂八的工具凑近浴室，边整理边重复："我说，你可以洗快一点儿，等到……"他手里的渔网线不小心挂了了浴室门边的旋钮，只轻轻一拉，百叶式的遮挡帘便"唰"的一下翻开。

站在里面的初澄只觉得光线倏地变亮，回过头正好与喻司亭错愕的目光对上。木屋中寂静一瞬。初澄快速擦干身体，穿上衣服走出来，顶着湿淋淋的头发，控诉："你大可不必用那种方法催我快点。"

喻司亭笑着道歉，虚心接受了批评。

装备齐全后，三人拎着东西坐船上岛去赶海。海螺、海星、海胆、八爪鱼……刚退潮的海滩海货齐全，在私人管家的指点下，他们颇有收获。

五月的海水还有点儿凉，却没有影响到赶海队伍的热情。鹿言和初澄穿着水靴，戴着手套抓螃蟹、挖贝壳，玩得很高兴。初澄被海风吹得眯了眼睛，背身揉眼时，注意到喻司亭坐在一边偷闲。

"你是不是太累了？"初澄关心道。他昨天开了那么久的车，早上又早早地起来整理东西，看起来兴致并不高。

喻司亭自然道："带孩子玩本来就是个体力活儿。"

"也是。"初澄看着鹿言的身影，点点头。

喻司亭也从身后看着他："更何况还是两个。"

初澄快速反应过来："占我便宜。"

喻司亭笑着不语。

初澄假哼一声，放任他在旁休息，重新回去找鹿言玩。潮水拍打着海岸线，雪白的浪花在脚下翻滚。初澄穿着短裤蹲在沙滩上摸索，等到赶海结束察觉到疼，才发现两条腿都被尖石头磕破了。回到小屋后，喻司亭帮他拿擦洗用的生理盐水和碘伏。

"这点儿小伤，没事的。"初澄把腿搭在沙发边，红艳的伤口与白皙肤色形成鲜明对比，看起来有些扎眼。

喻司亭拿出棉签："海水不干净，防止感染。"

"我自己来。"初澄拿起碘伏擦拭伤口，触碰到的第一下就疼得"咝"了一声，放弃挣扎，说道："算了，还是由你下这个重手吧。"

喻司亭早知会如此，手里的棉签都没有放下，麻利地把药瓶接回去。

"忍着点。"他的手法快而轻，把药水点触上去，一边涂，一边用手扇动风干，最后贴上防水药贴。

处理完毕，初澄双膝都打上了"补丁"，看起来有些狼狈。喻司亭忽然弯唇笑笑。

"又怎么了？"初澄无奈，"我常常因为不够变态而跟不上你的思维。"

喻司亭完全没反驳，笑着去洗手，准备午饭。初澄不理解他的笑点，换好衣服，来到小屋外帮忙。露天的烧烤炉下早已生起了火，各样食材排列在铁盘上，俨然是场海鲜盛宴。

"初老师尝尝这个。"鹿言把已经烤熟的虾贝拼盘递来，还给他调了份蘸料，号称是独门秘方。

"不知道是不是错觉，自己亲手捡的蛤蜊好像比平常买的闻起来更让人有食欲些。"初澄细细地做了番品鉴。

喻司亭边烹饪食材，边接过话茬儿："不是错觉。"

"喻老师难得这么捧场。"初澄刚好剥开一只特别大的虾仁，顺手夹给他，"奖励你。"

喻司亭把虾肉吃完，咽下去后才继续说："因为这些是我让管家帮忙去渔船那边买的，你们挖的太小了，根本没法烤。所以，好吃并不是错觉。"

初澄剥虾的动作停住，抬起头，皮笑肉不笑地看过去，轻声要求："吐出来。"

对方摊摊手表示做不到，然后弯着挺逸的身姿继续摆弄烧烤架。

暮春之末，初夏之初。海风轻拂，吹动衣襟。烤熟的食材逐渐被端上桌，三人坐在木屋门前的小板凳上，一起享受着宁静惬意的午后时光。

吃完饭后，日光仍盛。初澄有腿伤，虽被喻司亭叮嘱不能去游泳，但是体验了摩托车、快艇等各种水上项目，玩得不亦乐乎。深夜降至，三人退房，自驾到港口。喻司亭买的是带车船票，可以直接把车开进汽车舱，然后再乘专门的电梯去客舱。

"欢迎登船。"电梯里的船员俯身问候，"麻烦看一下几位的船票。嗯……是两间 VIP 海景房和一张三等舱。"

从始至终，鹿言都没有看到过舅舅预订的班次信息，这会儿听到船员的话，后知后觉道："谁是那个三等舱？"

果不其然，喻司亭无须思考便回答："你。"

鹿言刚要开口。

电梯里的船员忙解释："我们的海景房每间都是可以住两人的，另一人只要买最低等级的船票就可以入住。"

少年仍然不满："那我也要一间单独的海景房，不想和他一起住。"

"你以为我想？"喻司亭稍偏头，用锐利的眼神传达了真实想法。因为订票太晚了，"五一"客流量又大，船上只剩下两间海景房。

鹿言撇撇嘴唇，没再抗议。

三人入住的 VIP 房在甲板底下一层，带着浓浓海洋风的蓝白配色，齐全的功能配置，加上豪华舒适的大床，满足了他们海旅的全部幻想。简单放好行李，趁着餐厅还在营业时间内，他们出去吃了顿自助晚餐，又带了些食物回房间。因为是观景房，屋内自带露台。推开一道玻璃拉门，就能在夜幕下与海风迎个满怀。

初澄坐在椅上眺望远处，看着轮渡渐离城市，驶入辽阔海域。因着坐船的兴奋劲儿还没过去，他一时半会儿还睡不着，正想找人聊聊天，转头看到在房门边探身的鹿言，拍拍身边的编椅招呼着："来啊。"

鹿言却婉拒："不了初老师，我有点儿晕船。"

"那你还吵着要看海上日出？"初澄很是诧异。虽然他从上船开始就发现孩子的状态略显疲惫，却没想到是这个原因。

没等少年反应过来，一同进房来的喻司亭就从后方揉了揉他的头："他喜欢挑战自己。"

初澄愣着没言语。

鹿言哭笑不得地点头："对。"

露天的景色虽美，鹿言却无福消受，只能自己去船上影院看电影。舱房服务员送来了茶点，喻司亭坐下陪初澄闲聊。自轮船开动以后，手机基本没有网络信号，只能发发微信文字，连图片加载都成问题。初澄尝试几次，没有成功。

"这里应该有付费网络可以用，要不要问问船舱服务员？"喻司亭瞧见他的动作，开口提议。

"我没那么大的网瘾。"初澄干脆放下手机，专心享受一个没有网络干扰的夜晚。

轮船远离火树银花的陆地霓虹，夜幕就显得更加灿烂了，仰头可见漫天繁星。

"看。"初澄用双手框出其中尤为闪亮的一颗，与对面人分享。

两人就这样欣赏着星辰，吹风聊天到很晚，才各自上床休息。

为了能够欣赏到完整的海上日出，初澄在手机上定了好几个闹钟。没过多久，他就被吵醒了，强撑着爬起来登上甲板。喻老师起得比他更早一些，或者是根本就没有睡着。拂晓前的天色很暗，但初澄只从挺拔的背影就认出了他。

"早啊。"初澄说。

喻司亭偏过头："我还以为你起不来。"

"小瞧我。"轮船四周悬挂着数目繁多的散发着微弱的暖橘色光亮的灯光。初澄走过去，和对方并肩而立。

拂晓渐近，海岸远处已有绯红的光亮染透云霞。丝丝缕缕的光打破逐渐稀薄的夜色，映亮了黑暗。初澄盯着海天交接处的惊艳景观，直到那片灿烂的光亮升出海平面，才再次开口："想拍张照。"

喻司亭伸手摸出手机，问道："想要什么角度？"

初澄向四周望望，觉得站在这样的游轮上，无论怎么拍都会很出片。最后，他随意道："就这么拍吧。"

喻司亭笑问："合照一张？"

"好像之前还没有过。"初澄说着，已经仰头找好角度。

喻司亭举起手臂，把两人的脸孔，连同大海和朝阳一起收进镜头。

"看看。"喻司亭把手机递过来。

这一张拍得好绝，无论是背景还是光影，都无可挑剔。

"还是我比较帅。"初澄放大照片，对比轮廓细细查看，非常满意。

这会儿的天色更亮了些，甲板上空有海鸥在飞舞盘旋。初澄取出衣服口袋里的早餐面包和鸟儿分享。

喻司亭仍然在旁帮忙拍照。这次初澄汲取了教训，把自己的手机递过去。

少年模样的人被白色海鸟群围绕。惊艳的脸孔、自由的海风与明媚的朝阳，所有元素都和谐地融合在一起，仿佛加了滤镜就能充当杂志封面。出自喻司亭之手的每一张照片都很好看，尤其是给海鸥喂食的画面，虽然没有拍到正脸，但是氛围感满满的。

初澄由衷称赞："你真的很会拍照，这种技术怎么练出来的？"

喻司亭："天生的吧，要有这么帅的模特才有用武之地。"

初澄正拿着手机看照片，刚好发现一大群海鸥环绕在喻司亭身后，连忙点开摄像头，说道："这个角度特别好，我帮你也拍一张。"

话音落下后的几秒钟，镜头定格。画面中的喻司亭穿着立领风衣站在游轮围栏边，双手插在外套口袋里，微微仰头看向天空。他的身材出挑，衣品也好，身后是海天相织的大背景，整幅照片特别有意境。

"拍得不错。"喻司亭凑身过来。

初澄微笑道："那等网络好的时候我发给你。"

天色完全亮起来，轮渡逐渐到港停靠。排队下船后，三人直接驱车前往酒店。因为劳动节的旅行热潮，酒店也是爆满状态。喻司亭只提前预订到两个房间。

办理入住时，鹿言想起昨天那个悲惨夜晚，大胆提出诉求："我就不能自己睡一间吗？"

喻司亭靠着柜台反问："你觉得呢？"

"那我今晚想和初老师睡一间。"鹿言不管舅舅，直接向当事人询问："可以吗？"

初澄当然不会拒绝，笑吟吟地点头道："可以啊。"

此刻，喻司亭的意见显然已经不重要。他只能顶着张无表情的脸孔，把双床房的房卡交给两人。

"好啊！"鹿言得偿所愿，完全不怕被秋后算账，朝舅舅吐吐舌头，开心地跟在初澄身后进了房间。

酒店的 Wi-Fi 信号满格，可以流畅地发图片和刷视频。两人简单收拾完毕后都躺倒在床上玩起手机。初澄昨天熬夜到很晚，又早起看日出，缩在柔软的床铺里很快便生出困意。回到大床房的喻司亭也刷起微信，看到清晨时投喂海鸥的照片已经被初澄发在了朋友圈。

安宁的上午时光悄然流逝。喻司亭再次睁开眼，差不多已经是吃饭时间。他起身换了套衣服，准备去另一个房间问午餐吃啥。双床房与大床房之间隔着半个走廊。喻司亭踩着酒店的拖鞋站到房前，还没推开门就觉得脚腕处凉飕飕的。

他们的房门并没有上锁，只是随手从里面插上了防盗扣。喻司亭轻轻地按动把手，从有限的门缝里看到了屋里的情景。床上的两人都还在睡熟，各自用棉被把自己裹得严严实实。壁挂的空调定温在 19 度，而且看起来已经运行了不短的时间，整个房间里都弥漫着让人精神抖擞的冷气。

也不知道这是谁的"杰作"。才五月就这么吹空调，他们俩非感冒了不可。喻司亭实在没办法不为这两个小子的生存能力担忧，蹙着眉头轻叩门板。初澄在被子下蜷了蜷身子，没有其他动作。鹿言睡眼蒙眬地爬起来，下床的时候明显被冻得打了个寒战。

"当当——"

"来了。"

趁着开门的间隙，喻司亭伸手摸了摸外甥的手腕，果然很凉。

他不满地啧了一声，对着一脸蒙的少年开腔："这么大的人，就不能照顾着他点儿吗？"

还卷在被子里的初澄闻声，倏地睁了眼睛，瞬间清醒。他这算是明显地指桑骂槐了吧？

这样慵懒的中午，大家都有些懒怠，不大想动，互换意见后直接决定就在酒店的餐厅品尝一下主厨的推荐菜。午餐快结束的时候，趁服务生送水，喻司亭忽然问他："这里有打印机吗？"

服务生态度很好地点点头："前台有的。"

"好，谢谢。"得到答案的喻司亭起身，拿着手机离开了餐厅。

大约十几分钟后，他带着一小摞的 A4 纸回来。雪白的纸张被摆放到桌面上，两套印刷清晰的数学和物理拔高难题，看得同桌另外两人都愣了愣。

喻司亭淡然地瞥了鹿言一眼："吃好后拿回房间去做。"

"……"鹿言机械地吞咽口水，转向初澄求救。

初澄缓了缓。他终于知道喻老师手机相册里那么多的试卷图片是用来干什么的了。未来得及开口，喻司亭无声地投来一道视线。就是这一眼，让初澄想起之前自己曾承诺过，当"好大儿"与舅舅意见相悖时，自己要平心而论站在合理立场。

初澄勾起嘴唇温和地笑笑，对孩子开口："出来玩了两三天了，确实应该劳逸结合一下。"

鹿言手里的餐刀"啪嗒"一声掉落，没吃完的午餐也瞬间不香了。

因为时间充裕，此次出游的行程安排是完全不急的。吃完午饭后，喻司亭开着车，带上养足精神的初澄出去逛了逛。两人在城市里漫无目的地游荡一番，边玩边吃，直到夜幕深沉才返程。

在连续的熬夜和睡懒觉之后，初澄的作息变得不正常，即便已经夜深，也没有半点儿困意。他记得刚刚回来的时候，看到大厅内有个格调独特的调酒小吧台，闲着没事，便到一楼去转转。

这个时间，酒店里的客人大多已经休息，只剩夜班的调酒师一个人驻守着几盏氛围清冷的夜灯。看到还有客人来，调酒师热情地询问要喝点儿什么。初澄回复他可以随意发挥，然后找了个靠边的位置坐下。

调酒师大约比较实在，或者是深夜无聊，在旁卖力地 shake① 了很久。一顿操作之后递上一只柯林杯，杯口的泡沫像云朵一样高而绵密。初澄含着纸吸管尝了一口，酒味并不浓烈，有些像果味菲士，大体上偏酸的滋味不太合他口味。于是他很快喝完，让调酒师又制了一杯。这一次的酒，味道不太好形容，回甘中带着苦艾酒甜而辛辣的浓厚味道。

伴着吧台里轻而缓的慢节奏音乐，不知不觉，初澄独酌了两杯。

"你怎么回事？"熟悉的声线从背后响起，一道高挑颀长的影子接近，稍稍遮住了头顶的灯光。

没想到喻司亭也会这么晚到这里来。初澄喝酒被抓包，看着对方严肃的表情，眯着眼睛笑笑："偶尔一次没事的。"

对方已站到他面前，回道："我的意思是，怎么一个人喝闷酒？"

"一起？"初澄拍拍身边的位置，示意他坐下。

喻司亭看着他不太对劲的笑容，端起酒杯闻了闻味道，沉声说："这酒上头快，你好像有点儿醉了。"

"还好吧。"初澄吸了吸鼻子，自认还很清醒。

"自己在这儿想什么呢？"喻司亭顺势陪他坐下，招呼调酒师递了杯水割的威士忌。

初澄："思考人生。"

喻司亭："还用思考？初小公子不是早早就确定了远大理想，并且已经在践行当中了？"

"哪里远大啊？应该说我从小就很怕和别人谈起这个才对。"大概是喝了酒的缘故，初澄的情绪波动比平日里要大些，和喻司亭就着话题聊几句。

① shake: 摇晃。

因为和同样生活环境下的其他人想法不一样，他总担心会被视作浑浑噩噩度日、不思进取之人。简单来说，就是没出息。

"我不这么认为。"喻司亭对于这件事保持一贯的态度，"总有一山比一山高，不是所有人都一定要去看顶端的景色。"

初澄趴在吧台桌上，下巴底下垫着胳膊，眼含期待地问他："那你觉得我是什么样的人？"

喻司亭不假思索地回答："你的性格既洒脱，也韧性十足。重要的是每一步都知道自己在做什么。"

"那又能怎么样呢？"

"只要是认定的事情，就一定想把它做好，不会被不在意的事轻易撼动。所以你永远是在主动做选择的那个，而不是等待着被选择。这其实挺难做到的。"

"原来大哥对我的评价很高。"初澄举起杯子，喝完里面最后的酒，但因为这一口含得太多，腮帮都鼓起来了。

"这么久的时间你只发现了这个？就没有什么别的？"

初澄迷离地点了点头，表示还有。因为醉酒，他的思维不太清晰，说话也断断续续，但喻司亭还是听懂了。他说的是，一直以来，他们看起来明明不是同一种人，却能在思想上无比契合，在相处中合拍又舒服……

初澄的视线越发模糊，最后头一歪倒在自己手臂上，口中剩一句呢喃："……感谢喻老师。"

"怎么感谢啊？下次考试，我们班的语文排名要突破第六了？"他自顾自地说着，半晌不得回应，转头才发现初澄已经醉倒了。

喻司亭有些惊奇他倒下的速度，最后无奈一笑："其实也不用谢。"

对于这个夜晚，初澄最后的记忆是自己醉倒在大堂，完全不知道是怎么回的房间。事后，同屋住的鹿言表示："除了被我舅扛着，你还能怎么回来？"

假日时光流逝，三人沿着港口城市自驾，一路逛吃游玩，流连山水，经过两三天终于来到泰山脚下。准备登岱的前一晚，初澄特地早早入睡，养精蓄锐，然后在清晨，带着"一览众山小"的决心，和舅甥两人一起出发了。

喻司亭提前预约了上午进场的门票，选择的是徒步上山路线，从红门游客中心进入。在登山口买手杖时，初澄站在山脚，仰望巍峨的顶峰，从那些多得看不到尽头的阶梯就可以判断，即将开始的是一场多么充满挑战的征服旅程。

鹿言边用刚买的登山杖敲击着地面，试验结实程度，边开口询问："初老师，我隐约记得有句话叫'登泰山而知天下小'，下半句呢？"

初澄想了想："不知道。"

"是'观世故方觉情不易'。"鹿言朝他挑了挑眉峰。

"乱拽。"初澄不买账，"是'登东山而小鲁，登泰山而小天下'。"

鹿言并不在意原句是什么，自顾自地继续说："我听说从红门到顶峰共有 6000 多级台阶。十中教学楼都是双跑楼梯，每跑 13 阶，也就是说一层楼有 26 阶。那爬泰山相当于爬多少层？"

初澄把问题转抛给喻司亭："请数学老师在一秒内回答。"

对方几乎没有迟疑："230 层以上。"

得到这个答案，初澄的笑容变得有些勉强。语文组仅仅在五楼，每次稍走快些上去他都要歇两分钟。

"怕了？"喻司亭垂眸，注意到了身侧人的神情变化。

"开玩笑。"初澄看向一旁蓄势待发的鹿言，"未成年人都能上去，我为什么不行？"

喻司亭做出客观评价："老实来说，你的'好大儿'除了天生'玻璃'肠胃，其实身体很强壮，运动神经也非常发达。"

初澄挽起袖子："那今天就让你见识一下身体更好的。"

像众多想要征服泰山的游客一样，三人在嘴上互不相让，做好准备后，他们开始了攀登之路。

沿途奇松怪石千姿百态，一处一景，步步壮丽。因为是轻装上阵，大家都没有带太多的补给，累了就在路上买水休息，这样前半程下来还是很愉快的。但爬山的疲倦感会积累。在经过两个小时的攀登后，他们休息的频率逐渐变多。

今日的天气十分晴朗，正午的太阳火热，持续增高的温度让周围登山的人都渐渐脱掉了厚重的防风服，改穿单薄衣物。就在三人行进的正前方，有一伙来自同一健身团体的青年。这些健壮的年轻人直接脱掉外衣，穿着运动背心，露出了手臂和肩膀上夸张的肌肉。

"哇，麒麟臂啊！"鹿言感叹。

即便劳累，大家也很难不注意到这些在人群之中略显突兀的形体。才五月就已经脱成了这样，那夏天来爬山，这里岂不是各种肌肉大赏？

撇开乱七八糟的思绪，登山小队继续前进。

穿过中天门，行程就算完成了一半。众人脚下的阶梯从平坦到陡峭，周围的景色也越发令人眼花缭乱。俯仰之间，山观庙宇比比皆是。因为疲惫，初澄的脚步越来越慢，力量的输出部位也从腿上移向了声带。凡是视线所及的景点，他几乎都能讲解给鹿言听。

下一站的目的地是南天门，此时距离登山开始已有4个多小时。初澄的体力逐渐不支，一边喘息着休息，一边仰头开口："听说第一次爬泰山不能登顶，寓意是凡事留一线。"

"作为语文教师，高知分子别搞玄学。"喻司亭眼神里明显写着一句话——爬不动就说爬不动。

惨遭拆台的初澄又气又笑，就在他要赖摆烂的时间里，一位爸爸刚好带着四五岁步履蹒跚的孩子从身边走过。喻司亭扬了扬下巴，不必说话就已经是最有力的激励。

"这是抱上来的吧?！"初澄瞪了瞪眼。

"你也需要？"

喻司亭的话落在初澄耳朵里是十成的挖苦。

"特别累？刚才是谁说让我见识一下好身体的？实在爬不动的话……"喻司亭话没说完就被打断。

"不累。"初澄虽然答得不假思索，屁股却粘在休息用的石板上不动分毫。

喻司亭只好笑着去拉他："初老师，这里的索道最晚只到5点多，再磨蹭一会儿就得徒步下山了。"

看着伸来的手臂，初澄咬了咬牙。虽然腰身已经瘫软得像一摊水，全身上下却剩了一张硬嘴，他站起身，坚持着继续向上爬。喻司亭在旁笑得愉悦。对他而言，打趣爬山的人似乎比登岳本身更有趣味。

历经 5 个半小时，三人终于登顶，站在玉皇顶，可见波起峰涌，重峦竞秀。泰山云海，名不虚传。初澄登高眺望，觉得身心在这一刻都被治愈。只是山顶的气温很低，他迎着冷风站立，被吹得抖了抖。

"穿这件吧，比你的更扛风一点。"喻司亭毫不犹豫地脱下外套给他，不给对方拒绝的机会，直接把衣服的抽绳拉紧，"帽子戴上，小心被风吹得头疼。"

初澄默立在原地。明明是同时爬山上来的，相比之下喻老师的状态却实在比他好太多了。

"你带鹿言在这边休息，我先下去排缆车。你们不急，玩够了再慢慢走过去。"喻司亭见他发怔，以为是登山疲惫，轻声嘱咐完才转身。

直到对方走远，初澄才情不自禁地揉搓"好大儿"一把，叹道："你舅的体力也太好了吧。"

下山索道足足排了 2 个小时，密密麻麻的游客站立在一起，等着缆车来接。

即便初澄只是半途加入排队，也深刻体验到了那种一步一挪、遥遥不知归期的"酸爽"。身侧的喻司亭满脸平淡，看起来有着足够的耐心等待，但如果不是因为带着"拖油瓶"，以他的性格，早就徒步走下去了。

从景区乘大巴返回，吃过晚餐再入住酒店，已经是天幕漆黑的晚上。与之前的欢乐氛围相比，这一夜的客房实在是寂静。登顶泰山后，本次旅途最主要的目的也就完成了。经此一程，鹿言和初澄的出行体力双双耗尽，没有心思再继续游玩下去。第二日白天，三人给亲朋好友买了些当地特产做纪念品，之后便踏上归途。

与来时不同，考虑到大家的体力状况，喻司亭在回程时放弃自驾，选择了最便捷的直飞航班，之后再由代驾公司派人把车开回去。飞机于下午落地亭州。辗转回到繁天景苑，初澄只觉得无比疲惫，放下行李的第一件事就是回自己的床上蒙头大睡。

五月的天气，温度渐渐攀高，雷暴多发。几道闪电划过夜空，随即大雨倾盆。窗外树影摇动，偶尔雷声轰鸣，但都没能影响房中人的安睡。直到凌晨时分，初澄才因为口干从梦中醒来。腰酸腿胀、膝盖僵直、气短肋骨疼……前一日爬山带来的所有后遗症都在这会儿显现。

自从生病康复以后，生活过于滋润，他一直以术后不能剧烈锻炼为理由麻醉自己，得过且过，经此一次，也算是遭了教训。

初澄拖着沉重的四肢出去喝水，一推门竟看到喻司亭正坐在客厅的阳台上。他穿着一身软绸材质的深色睡衣，单条腿微蜷着，赤脚坐在窗台上看书。还没停歇的夜雨声直接被当作纯天然的白噪声。

"原来你在爬山以后也会睡不着啊。"看到一向生活规律的家伙熬夜到这个时候，初澄感觉自己内心多少平衡了些。

喻司亭边翻过一页书，边回答："雷声太吵了。"

"嗯，我还以为和我一样，浑身难受睡不好。"初澄拎了个软垫，坐下后想学对方盘腿的动作，但因为大腿实在酸胀而放弃。

"我看你睡得挺香的，连鹿言敲门叫你吃晚饭都没反应。"喻司亭捧着书册抬起头说。

初澄抬臂舒展筋骨，拖长声音感叹："幸好明天还不用上班，不然我真是爬不起来。"

"试试这个。"喻司亭俯身，从窗台下拿出已经充满电的筋膜按摩枪。

初澄接过，放在小腿和胳膊边敲打几下，然后又反手放到腰上，发出喟叹。

"这点运动量就不行了。体虚的人多锻炼锻炼是好事。"喻司亭悠悠说道。

一道闪电划过，从雨幕与黑云中袭来的银白色光线把四周照得更亮。初澄垫起下巴，把五指按在透亮的玻璃窗边，透过雨珠看向外面。

"噢。"

"又怎么了？"

初澄扭头笑笑："快看，司空震开大了。"

"幼稚。"喻司亭轻声哼笑。

在家里躺平两天后，假日余额耗光，他们又要回学校上班了。对初澄来说，这个"五一"过得比工作日还累。在过去的黄金周里，大家似乎都有出去旅行，各种各样的见闻等待着被分享。刚复工的办公室里，经常有老师们聚集在一起聊天。

午后第一节，初澄听完师父的语文课，拎着教材上楼，正巧在走廊里遇见了喻老师，两人结伴回办公室。语文组和数学组的门只隔数米，他们还没靠近就听到有热闹的笑声，不确定是哪一间里传出来的。

喻司亭："你们组吧？"

初澄仔细听了听混杂的人声，认出其中最有辨识度的，同意道："像是我隔壁桌的徐老师。"

两人猜测着走近门边。果然是语文组在开"茶话会"，而被簇拥在人群最中间的却是初澄从没见过的新面孔。那是位看起来比较活泼风趣的女老师，年龄在三十五到四十之间，梳着短马尾，发量偏少，但眼镜下一双黑眸炯炯有神。她看向被推开的办公室门，正要热情摆手，却发现是张陌生脸孔，就尴尬地顿了顿动作。

随后，她看见站在门边的喻司亭，恢复笑意，寒暄一句："喻老师，真是好久不见。"

"原来是尤老师回来了。"出于礼貌，喻司亭上前两步回应，走到与初澄并肩位置时，开口道，"这位是新来的初老师。"

"啊，原来是7班的新语文老师。他看起来这么年轻，我刚才都没敢确定。"对方一副早有耳闻的样子，友好地打招呼。

初澄回以问候："你好。"

话音落下，办公室里的其他老师都七嘴八舌地帮忙介绍起来。

从对话中初澄得知，眼前这位就是之前怀孕休假的尤老师。她在十中已有十年教龄，因为染病身体不好，又是高龄产妇，格外需要休养，所以向学校申请了长假。现在尤老师的身体已经恢复得差不多，而且孩子也很健康，她正在邀请同事们去参加她的宝宝宴。从简单交谈中，初澄便可知对方性格非常随和，难怪能在之前的工作中与喻司亭相处愉快。

课间休息，韩芮到语文组来找初澄问作业，意外地见到尤老师，十分亲密地凑上去聊了很久。得知尤老师的身体已经康复，可以回归教学岗位，她显得十分高兴，可很快又发现一个新的问题——如果尤老师回来，那，初老师呢？

学生间互相转告消息的速度向来极快，仅一个下午的时间，尤老师即将复岗的事情就传遍了7班。

"那下学期尤老师会不会顶替初老师啊？"

"虽然尤姐也是我的心头好，但我真的不想让初老师走。怎么办？好纠结！"

"教务处不会每个学期都动我们班的语文任课老师吧？"

…………

得到消息的学生们纷纷做出猜想。初澄进班级时偶尔能听到这样的讨论。但说实话，对于这事儿，他自己也没有答案。因为到目前为止，他并没有收到领导的任何指示。可事实是下学期7班就要升高三了。自己作为一个临时顶岗上来的新人，相比尤老师，经验稍有不足，被学校安排去带毕业班的可能性真的不大。所有的猜想和分析都压在心里，初澄不免有些忧虑。

老实说，他并不在意工作岗位本身的调动，只是怀有私心，不想离开现在的班级。或许因为这是从事教师职业以来带的第一个班级，自己是很想陪伴这些孩子走到高中生涯最后时刻的。

晚饭时间，初澄因为心不在焉，忘记了提前订外卖，只能等着学生流渐退后再去挤食堂。喻司亭临时被杨主任抓去开了个小会，也错过了饭点。两人刚好凑到一起。

吃饭时，喻司亭注意到了对面的人有些走神，问道："想什么呢？"

"没什么啊。"初澄没有表露真正的想法，"最近的教案材料积压特别多，我都没怎么写，想着晚自习回去赶紧补一补。"

"噢，原来是因为这件事，那和我想的不一样啊。"喻司亭故意说得很平淡。间隔一会儿趁着他不注意，忽然补了一句："其实高一的学生更好带。"

初澄漫不经心地应了声，数了几粒米后反应过来，停住筷子看向他："嗯？"

喻司亭觉得他有趣，忍不住一笑："你真不想知道刚才领导单独找我是因为什么事情吗？坐在一桌吃饭，也不趁机问问？"

"我都能猜到，为什么还要问？"初澄叹了一声，不再说别的。

关于给班级聘用任课老师这件事，班主任当然会有话语权。初澄并非没有能得到喻老师认可的自信，但考虑学校的多重意见，他不想让对方为难。

喻老师看着他稍显低落的情绪，还有轻颤着的眼睫，认真地询问："舍不得 7 班？"

初澄沉默一瞬，而后小声答："嗯。"

看在对方坦诚的分儿上，喻司亭向他透露了自己刚得到的一手消息："杨主任说，尤老师的孩子太小，她自己的身体又不好，所以她已经申请下高一了。"

初澄倏地抬头："那 7 班？"

喻司亭说："领导知道我的事情麻烦，不肯蹚浑水，让我自己推荐人选。"

初澄："你推荐了谁？"

喻司亭笑笑："明知故问的事儿，下次少干。"他明明没答，好像又答了。

初澄眉角的郁色散去，对着饭盘傻笑起来："可是学校能同意我一个新人担重任吗？"

"我是不在了吗？"喻司亭扬眉看过来。

"唔，"初澄用筷子拨了拨盘子里的炒蛋，"你又不能帮我讲语文。"

喻司亭吃了最后一口菜，放下筷子擦擦嘴，正色道："作为前辈，我想提醒一下新人，高三的确不好带，初老师要有心理准备。但最大的科目压力不在你这里，所以最好做到行动上紧绷不松懈，精神上尽量放轻松。"

"这就开始培养我了？"初澄小声嘟囔。

喻司亭故作腔调道："没说完呢，班主任讲话不要打断。"

初澄摊摊手，一副洗耳恭听的样子。

对方握拳掩了掩唇角，继续道："还有就是，遇到事情别一个人硬撑，有任何麻烦，你要第一时间找我这个班主任来解决才对。"

"嗯。"初澄点头，实实在在把他的话听到了心里。

最近的待办事项累积太多，没有那么多的时间摸鱼，用餐结束后，初澄回到自己的办公室，继续没做完的工作。他拎起摆在桌角的一大摞作文纸仔细批阅，然后按照习惯，利用晚自习时间逐个叫学生到办公室里来当面批改。

在所有学生的试卷里，最让人身心愉悦的莫过于韩芮的。

她的字极漂亮，作文写得也好，引经据典得当，辞藻大气不失细腻，并非一味华丽堆砌。做到这样，需要很强的文字驾驭能力。只从文章就可以知道，这一定是个读过很多书，而且三观正的孩子。

完成批改后，初澄抬起头，对等在一边的学生开口："晚些时候，我想把你的作文印出来给大家做范文，可以吗？"

韩芮颔首，露出一对儿小虎牙："当然行。"

"最近的字练得也不错，又有很大进步。"初澄边说，边用铅笔在作文纸上圈出几个汉字，亲自动手在旁做示例，"像这样的字体结构，可以写得再紧凑些。"

初老师的字墨韵出秀，婉若游龙，和他本人一样，自带一番清亮超逸。

韩芮低头看得认真，虚心受教道："谢谢老师，回头我会再多注意。"

"嗯。"初澄笑笑，把作文纸递还给她，温和自然地转换话题，"还有一件事，我听物理老师反映，你最近上课的时候好像总是很困，怎么了，身体不舒服？"

韩芮并不否认自己状态不好的事实，垂首看着脚尖，低声答道："可能是熬夜熬得太晚了。"

听到回答，初澄在心中道一句果然。其实，他今日与韩芮的闲谈并非心血来潮。这孩子近日在学习上刻苦得过头，甚至时常开夜车到凌晨。喻老师最先注意到她的异常，但因为是初澄的课代表，所以交由副班亲自来了解情况。

初澄朝教师椅子里靠了靠，说道："我记得你是不主张熬夜和早起的，怎么会突然改变了习惯？"

在之前的语文课上，初澄曾组织过类似话题的辩论赛。他还记得韩芮当时的观点。

女学生沉默下来，明亮的眸子里带着几分纠结难辨的情绪，试探着问："初老师，您知道我家里的事吗？"

初澄如实点头。他和喻老师开主副班沟通小会的时候，经常会互通学生的情况。在高二开学初，韩芮的父母感情破裂，选择分开。这是他们都了解的事。当时小姑娘情绪低落，主动去找喻司亭聊天，发泄情绪哭得很伤心。初澄还因此产生误会，给大哥写了匿名建议信。

韩芮见他点头，轻而缓地叹了一口气，而后开始解释原委。

自父母分开后，韩芮一直跟着父亲生活。他平常忙生意，有时会疏于对女儿的照顾，但在节假日会尽力推掉工作来陪伴她。无论什么事情，韩父都很尊重女儿的意见，也会放手让她自己做决定，所以一向懂事自律的韩芮能够轻松无压力地学习。

但前阵子因为爷爷生重病，韩父没精力再照顾孩子，就把她送回了妈妈那里。一直以来都觉得对女儿有亏欠的韩母不仅全天候陪读，而且事无巨细亲力亲为，哪怕是一顿早餐、一瓶饮用水，也不会敷衍分毫。

"总觉得如果不再努力一些，就辜负了妈妈的付出。"韩芮如是坦白。母亲过于周到的照顾让她产生了巨大的心理压力。

初澄听完却觉得放心了些，因为事情并没有想象的那么糟糕。学生的父母即便分开，也都依然爱着孩子。

"父母的爱意以不一样的方式表达，但分量相同。"初澄十分耐心地开导她，"你不必因为母亲的呵护而觉得愧疚。亲情并不是一笔买卖，不需要那么仔细地去计算得失损益。怀着太大的压力只会累坏你自己。"

韩芮说："可我不想让她因为我那么辛苦。别的家长……"

"其实都是一样的。"

初澄自己虽然并非人父，成为老师后却能理解父母爱子为其计深远的心情，他继续说道："就拿大哥来举例，抛开班主任的身份，他也是一位普通的学生家长，在小辈的教育问题上会有更多的良苦用心。'喻魔王'抛开素质教育原则，大半夜拿着鸡毛掸子追打鹿言的样子，你没见过吧？"

"舅严甥孝"的日常惹得韩芮忍俊不禁，心理压力也终于舒缓了些。

小姑娘平复了会儿心情，忽然略敛笑意，轻轻道："那，初老师您呢？"

"嗯？你是想说关于我的什么事吗？"话题忽然被引到自己身上，刚刚还在调笑喻老师的初澄没能回过神儿来。

韩芮的语调里透露着小心翼翼："嗯，有一件事……我实在想不到向谁寻求建议会比您更合适，但又可能会有些无礼……"

从前，这群孩子遇到麻烦事都只愿意去找大哥，现在初澄也成了有资格倾听的那一个。忽然之间，他想起了喻老师刚刚在餐厅里说的话：遇到问题第一时间去找人解决，这件事本身就已经是一种信任了。

看出学生的窘迫，初澄压制住心中的好奇，尽量让自己的神色无波澜，安慰道："没关系，你可以说出来让我听听，现在这里没有别人。"

韩芮受到鼓舞才接着说下去："我知道初老师从小长在一个很多人看来都非同一般的家庭环境里。您的父亲，也就是我最崇拜的初先生，一定在老师身上倾注了无数心血和爱意。像您刚才说的，父母爱子则为其计深远，相应地，他们也必定对您怀有极高的期待。但如果，这份期待，与您自己的理想并不相同呢？"

如此一番话出口，初澄愣怔在原位。韩芮酷爱老爷子的字和书，进而对初家的情况有所了解不足为奇，但她问出这样的问题，还是让人猝不及防。

初澄知道学生并非有意冒犯，很快从瞬间的失态中恢复过来，仔细考虑了这番话的缘由，反问道："所以，你是觉得自己正处在这样的困境中吗？"

"是。"韩芮诚实地点头，"其实刚刚的事我只说了一半……"

原来，除了来自母亲无微不至的关怀，让韩芮在意的还有母亲平时帮忙收集起的各类顶级学府报考资讯。韩芮的成绩优异，也许韩母做这些事的初衷是要带给女儿动力，而非压力，最终却适得其反，让志不在此的孩子心怀愧疚。

"听你这样说，我倒有些好奇你心仪的院校是哪一所了。"

前一阵子喻老师曾响应学校号召，在班级设立过"高考目标榜"，可初澄这会儿却怎么也想不起来自己的课代表写的是什么了。

韩芮低了低头，小声答："秘密。"

"啊……"初澄了然了，"所以，你其实并没有告诉过妈妈你真正的理想院校是什么，对吧？"

韩芮"嗯"了一声。

初澄继续说："那也难怪她会按照你目前的成绩水平来帮助你做最高的规划啊。"

"可是，我怕提前说了之后，她会……"

"或许正是因为母亲太在乎你的感受，所以才想给予最好的陪伴和最大的助力，可问题在于，你们之前分开太久，她并不足够了解你。"初澄建议道，"不如像和我聊天这样，也去和她谈谈，坦诚地说说你们母女近来的相处感受，适当地让对方知晓你的忧虑，这些问题或许就迎刃而解了。"

韩芮认真地听完，稍有迟疑。

初澄温和地笑笑："人的专注力都是有限的，如果出现问题不及时解决，就会持续分神。我可不想看到我的课代表一直被这种事困扰下去。"

权衡利弊后，韩芮答应去尝试沟通，也会慢慢调整学习状态。

初澄相信她的自我调控与抗压能力，表示自己没有其他的事情了。

韩芮礼貌地躬身行礼，刚欲转身离开，又停住了脚步。

"怎么了？"初澄问。

"老师，"对方与他对视数秒，鼓起勇气询问近来同学们一直在议论的事情，"听说尤老师已经申请去高一任教了，那您，下学期还会留下教我们吗？"

初澄没有直接回答，而是反问："你们希望这样吗？"

韩芮用力地点头："当然！"

初澄笑笑："那我就会留下。"

"真的吗？"方才的愁容消散，无法掩饰的喜悦表情绽放在小姑娘的脸颊上，她情不自禁地感叹着，"那太好了。"

"我也这样认为。"初澄顺带向学生的家人捎以祝福，"希望爷爷能早点康复。回班级帮我叫下一位同学过来吧。"

"好，谢谢初老师！"得到了确切回答，韩芮高兴地走出语文教研组办公室。

谈话后的释然使她没有察觉，初澄刚刚其实回避了一个问题。

办公室内重新安静下来，坐在桌前的人却不再心情舒朗，盯着几张作文纸发起了呆。直到几分钟后，语文组办公室的木门再次被人敲响。

初澄回神，应声"请进"。

"初老师，你找我？"门口闪进一道修长的身影。鹿言迈着略显慵懒的步子走进来，看见铺在桌上的答题纸，心中了然，开口道："是作文呀，你不能等回家再给我讲吗？"

初澄瞥他一眼："哪怕亲儿子也得明算账。你别想让我下了晚自习还加班。"

鹿言猜到他会这样说，扬起嘴角笑着哼唧："可我好像感冒了，这会儿鼻子难受想打喷嚏。"

初澄轻咳一声掩饰："你不要东张西望，快点儿，然后我还要叫下一个。"

"噢。"鹿言自己搬了把小板凳，坐在一边听讲起来。

全优尖子生的作文并没有很大的问题。初澄只是把思路说给鹿言听，然后就在一边等着他自行修改。思绪空下来的间隙，刚才韩芮的话再次回响在耳畔。

"他们，必定对您怀有极高的期待……但如果，这份期待，与您自己的理想并不相同呢？"

这些天确实太累了，又因为周师兄离开教学岗位的事，初澄一直有些神思不安。第一次，他竟然对自己有了怀疑之心，甚至不清楚这种怀疑到底是来自职业困境，还是当初罔顾更高期盼的选择。

果然，有些事劝慰别人容易，放回自己身上，依然是当局者迷。

"初老师，我改完了。"鹿言的声音忽然响起，拉回身边人的注意力，他说，"放在这儿了，需要我叫下一个吗？"

"嗯，去吧。"初澄抬手揉揉眉心，翻开另外一张需要面批面改的作文纸，暂压下了让自己分心的事。

越过了春天，气温逐渐升高，亭州进入了树茂花繁的夏日。

六月大概是下半学期里最不得空闲的时间段。月考、学考、配合中高考事宜、教研活动、教师评定……各种事情堆积在一起，让初澄和喻司亭都忙到昏天黑地，无暇他顾。

这日下午，两人参加完年级会议回班级，还未进教室，就听到里面乱哄哄的声音。也难怪领导刚在工作会上发过火，天气一天天热起来，学生们的状态的确日渐浮躁。

喻司亭刻意放慢了脚步，沿着走廊向前踱步，认真辨别教室内那些混杂吵闹的声音都来自谁。几秒后，他向身侧提醒："等会儿，你可能需要捂一下耳朵。"

"什么意思？"初澄没领会到其中的深意，以为对方只是在调侃班级的秩序，便没放在心上。

两人并肩进门。初澄习惯性地向后排办公桌去，还没迈开两步，身侧讲台响起"砰"的一声摔书响。别说是底下的学生，就连没做好心理准备的初副班也被吓得一颤，怔然地回身去看。

下一秒，教室里响起了大哥训人的声音。刚刚还轻声细语嘱咐的喻司亭俨然已经进入气场强大的班主任角色，深潭一样的眸子俯视着下面，疾言厉色，压迫力十足。他的每一句话都没有明确针对谁，却让人疯狂地对号入座。台下在瞬息间寂静，无人与之对视。

初澄还没回过神来记笔记，一场示范性的班级管控教学似乎就已经结束了。接着，台上人简洁地传达起学校会议内容，没有半句废话，三言两语就让学生紧张重视起来。

训过话不久，喻司亭感觉到口袋里的手机震了一下。他冷着脸色伸手去摸，看到消息内容时，紧蹙的眉头略放松。

初澄：太强了吧……

喻司亭抬头，看向最后排办公位。初澄正坐在那里，拄着胳膊沉浸式地观赏学习，眼角眉梢都写着诉求："我也想学这个。"

"这节是自习课吗？"喻司亭的声音依然低沉而富有磁性，带着刚发过火后又自行压制的愠怒感。

"是……"台下的声音稀稀拉拉，学生们都不敢随意招惹他。

"做半套物理卷，等会儿讲。"喻司亭从讲桌下的整理箱里随意拎出一套题，递给课代表。

教室内秩序极佳，只有偶尔的笔杆按动和试卷翻页声。

"嗡——"初澄搁在桌面的手机一震。

喻司亭：等下一届吧，你已经没机会了。

初澄：啊？

初澄不解地打出回复，本以为会遭到揶揄，可对方却是在正经教学。

喻司亭：我是说，来不及了。

喻司亭：不要总想着平常对他们和颜悦色，只在讲原则的时候严厉。至今为止，你给出去的嬉皮笑脸已经多到收不回来了。

初澄一时间找不到反驳点，只好苍白地保证。

初澄：那我不笑了……你能帮我挽回形象吗？

喻司亭从讲台上看向他一眼，继续打字。

喻司亭：憋不住怎么办？

初澄一咬牙。

初澄：扣钱。

喻司亭：得了吧，你那点儿工资完全不够扣。

初澄：够！就这么定了。

初澄"唰"地一下收起了全部表情，装得异常严肃地盯着班主任。

喻司亭：好，既然你坚持，我不介意做个监工。不过，你用这张"冷漠脸"对着同事就没必要了吧？

看到这条消息，初澄又板不住脸了。"初老师。"学生的声音恰好响起。

"嗯？"初澄循声转了过去，情绪也来不及转换，依旧笑眼弯弯。然而他手机中的微信消息随之一闪。

喻司亭：扣一百。

初澄：……

不是，他这也太黑了吧！惨遭扣款的当事人瞬间笑容凝滞。

对视而来的学生一怔，完全不清楚发生了什么事情。

对一个习惯性微笑的人来说，硬装严肃真的是件难以完成的事。

整个星期，初澄都在努力控制自己，可还是时不时就会被大哥抓住小辫子，并处以罚款。六月底的发薪日，他暗自算了一笔账，自己本月被扣掉的钱加在一起差不多有一千，再算上房租和杂七杂八的日常消费，最后居然还倒欠大哥几百块。

初澄抚额大呼离谱。起早贪黑一个月，最后所有工资都装进了同事的口袋？！

周五下午的放学时间，初澄照常坐上喻老师的副驾驶位，也是第一次觉得搭车如此心安理得。

车内不见鹿言的身影。初澄前后看看，询问道："我'好大儿'呢？"

喻司亭把车开出教师停车位，回答说："他被穆一洋和白小龙约出去玩了。"

"这几个孩子也能玩到一起？"在初澄的印象里，鹿言平常与穆一洋经常斗嘴，应该是关系不大对付。

"这么大的男生不都是这样的吗？互相看不顺眼还偏要往一起凑。"喻司亭说。

初澄想了想，觉得不无道理，之后便安静地玩起手机，不再说话了。

在等校门口人流通过的间隙，喻司亭瞄了一眼身边那个明显陷在郁闷状态的人，慢悠悠提议："连鹿言都有约，不如我们也在外面吃完饭再回去？"

"嗯。"初澄随口应答，紧接着又听见喻老师的后话。

"那吃什么可以由我决定吧？如果没记错的话，这个月我还有一千一百块的餐标补助。"

初澄躺靠在一边，切齿道："我不会赖账，你不用强调具体数字。"

按照两人之前的约定，他被扣掉的钱，都要用来请喻老师吃饭消遣，只是没想到这家伙会把账记得这么清楚。

喻司亭轻声一笑，继续开车沿着校门前那条堵塞的小路缓慢行驶。

初澄低声嘟囔："我明明已经很少笑了……"

"确实。"喻司亭早已把副班的满身疲态尽收眼底，问句一针见血，"但到底是你在有意克制，还是最近原本就心情不佳？"

初澄沉默片刻，自知瞒不过他的眼睛，只得避重就轻："可能确实累着了。"

就在谈话间，两张传单被人从副驾驶位的窗口塞进车里。初澄被突然掉在怀里的东西吓了一跳，拿着广告单翻动查看，发现是某商场内大型电玩城的开业宣传，上面还印着"凭此单可换币体验"字样。

初澄惊奇地"嚯"了一声，接着说："游戏城选在高中放假日的下午开业，传单还发到了主副班主任的手里，这老板有点东西。"

"老套的揽客方式。"喻司亭朝宣传单的地址栏瞥了一眼，开口说，"不过这家商场楼上正好有几家刚开不久的餐厅，等会儿吃完饭可以顺路过去看看。"

"我们去这种地方凑热闹，合适吗？"初澄有些感兴趣却又有点迟疑。

"已经下班了。"喻司亭提醒道，"刚才不是说累吗？就算老师偶尔也得放松一下。更何况，今晚去哪里吃什么由我决定，你忘了？"

初澄笑笑："好，听你的。"

喻司亭选定的晚饭是意式料理，一家在点评网上被频繁推荐的新店，环境和味道都不错。

从餐厅乘电梯下楼，走出不远就到了宣传单上的游戏城。新开的门店，招牌下摆满各种庆贺花篮。场地内是赛博朋克风格的装潢，类别齐全的街机设备灯光斑斓，人一眼望不到尽头。被吸引而来的各年龄段玩家聚在里面，人声鼎沸，热闹非凡。

"看来宣传到位，人还不少。"初澄夹在其中，心情放松，悠然闲逛。

"营销噱头做得好。"喻司亭朝着入口的兑币处扬扬下巴，那里的顾客几乎人人手中都攥着一张传单。

初澄跟在他们身后排了阵小队，才按活动规则，把传单兑成一摞银亮亮的游戏币，拿在手中摆弄。来这里体验新奇的玩家实在太多。初澄避开人群，在角落里挑了台闲置的双人格斗游戏机，坐在椅子上，向身旁询问："喻老师会玩这个吗？"

"很多年没碰过。"喻司亭随意地把掌心搭在机器的操纵摇杆上。他的腰身挺得笔直，冷淡的气质和不带表情的面容都与这里的氛围有些格格不入。

"当啷——"是投币声。

初澄笑着看他："那试试。"

"嗯。"

两人各自挑选所用角色。初澄率先选定一位外形帅气的火枪手。对手却似乎对这些人物都不太感兴趣，在倒计时最后一秒，随机选了一位金刚芭比。

"远攻对近战，喻老师，你有麻烦了。"初澄扬唇，在屏幕上的Fight[①]标志一闪而过后，抢到先手位，直接一头冲进射程范围用枪械压制。

喻司亭操控着金刚芭比翻滚躲避，但他对于街机游戏的熟悉程度远不如身旁的网瘾青年，只有挨打的份儿。

"四个游戏币一次的项目，你不觉得自己太着急了吗？"面对被快速削减的血线，喻老师改换了语言干扰方式。

初澄"扑哧"一笑，手上根本不肯放过在寻求反击机会的对手："喻老师，你把求饶说得这么委婉，我根本听不懂的。"

"我是想让你玩久一点儿。"喻司亭终于搞清楚各个按键的功能，角

① Fight: 战斗。

色只剩下不到五分之一的血量。

就在本轮游戏即将结束时，火枪手的炮火攻击戛然而止。

初澄的余光瞥到游戏城入口处走进两个熟悉的学生身影，顿时停下手，趴低身体轻道一声："救命……"

喻司亭察觉异样，抬头看去，发现是7班学生后，再转向已经快缩成一团的副班老师，好笑道："你躲起来做什么？"

初老师这才反应过来，喻司亭那么大的人还戳在身边，连忙去拉他的衣服道："你别让他们看见了！我好不容易树立起来的严厉形象。"

喻司亭刚窥到一些打电玩的门路，不受影响地继续操作，低沉反问："你哪里有那种东西？"

"怎么没有？"初澄趴着上半身，无意间瞥到自己疯狂下降的血条，"哎，你别趁机打我。"

喻老师目不转睛地看着屏幕，淡定"补刀"："你已经没了。"

果然，就在话音落下时，金刚芭比脚下一阵暴踢，火枪手从浮空状态重重地摔倒在地，游戏结束。

"行行行，我认输我认输。快点躲起来，求求了！"初澄生扯着大哥的衬衫袖子，但对方纹丝不动。

喻司亭实在不想配合："你确定是应该我躲？"

"我的天，那是我大哥不？"

"孟鑫，你掐我一下……"

就在两人僵持间，迎面走来的两个学生已经发现了不远处的"敌情"，僵直地站在原地。来人恰好还是喻司亭的课代表，"灯红酒绿"的背景之下，与主班四目相对，哪里敢跑啊？只能硬着头皮往这边走。

初澄却是更惊慌的那个，哀叹道："完蛋了，被学生发现我下班混迹游戏厅，以后还怎么镇得住他们啊？"

"镇不镇得住根本不在这种事情上。"喻司亭气定神闲地环着胳膊，毫不避讳地朝学生落去视线。

"大哥。"学生发着怵率先开口，注意到班主任身边还趴着一个，凭身形比例就能分辨，"初老师？你们，也来玩啊？"

初澄："……"某副班不想抬头，倔强的后脑勺上仿佛刻着几个字——

身败名裂。

喻司亭无声匿笑，而后接过话茬儿，淡然道："嗯，你们这是想和我来一把？"

学生下意识看向他们身后的屏幕，刚刚的对战结果还在，获胜的金刚芭比仅仅剩了一层薄薄的血皮。少年瞪了瞪眼睛，打得这么激烈？

同伴还在震惊中，孟鑫先一步反应过来，赶紧拒绝道："不不不，我们逛商场买学习用品，看见这边人多过来看看热闹。"

另一名学生也回神，忙道："对，也没什么意思，我们马上就走了，孟鑫还要去我家写作业呢，老师们再见！"

两人见大哥没有异议，互相使着眼色撤退，一边走一边互相埋怨。

"我就说不进来，你非要凑热闹。"

"我哪知道他俩也会来玩啊？"

"你有毛病吧！那明显是钓鱼执法！专门挑高峰时间来堵人的。"

"也是，如果是偶遇初老师不奇怪，但怎么可能他们两人一起来？"

学生的声音越来越远。初澄眯着眼睛抬起头，一脸不服气的表情："什么叫偶遇我不奇怪？"

"可能……"喻司亭看着他仔细措辞，"你比较有童心吧。"

初澄白他一眼，从椅子上爬起来，拍了拍手，目光随意地落向吧台旁的会员充值板。刚才那局游戏没打完，初澄有些意犹未尽，但会员充值的档位都很高，又觉得浪费。

"还想再玩会儿的话就办一张。"喻司亭说，"反正会员不记名不限时，用不完的话可以留着。"

初澄心动："那我给'好大儿'办一张。"他走近吧台，正要举手机扫码，却被喻司亭拦住。

"初老师，你在家里住了这么久，居然还没有分清贫富阶级。"喻司亭一边付款，一边开口，"喻总每个月给鹿少爷的生活费比我工资高得多。我们俩才是工薪阶层。"

对于这种强行的群体划分，初澄并不买账："明明只有我一个人属于工薪阶层！"

办理好会员卡充值，初澄依然对刚才的对战念念不忘，要求道："你再选一次金刚芭比。"

喻司亭揶揄："你又打不过。"

"你在开玩笑吗？刚才是你趁我分心要诈，要不要再试试！"作为非职业但敬业的电竞选手，初澄完全忍受不了这种嘲讽，迫不及待地要再次一决高下。

"现在不怕被学生看见了？"喻司亭提醒，既然商家能把传单发到学校门口，这里就肯定不止两个熟人。

这会儿的初澄却有了底气："只要是和大哥在一起，我就是来'奉旨查办'的，谁敢说我啊？"

"有道理。"喻司亭笑着点头，陪他继续玩。

初澄和喻老师大战几十回合，毫不手软地虐他无数次，一直玩到手腕酸疼，才放过早已麻木的陪玩工具人，心满意足地离开。走出电玩城十几步远，初澄掏了掏口袋，忽然发现刚才用传单换的游戏币还剩下几个，感觉沉甸甸的。

"别留着了，用掉吧。"喻司亭站住脚步。

初澄刚才已经玩得很累了，正考虑着随手送给谁，忽然注意到电玩城的墙壁边摆着一排迷你唱吧。他低头数了数，手里的游戏币刚好够一首歌。

喻司亭问："进去吗？"

"不过，你的一首歌1000块，我可听不起。"初澄想起之前答谢宴上的事情，至今依然对喻老师的声音留有深刻印象。

喻司亭瞧着门前的活动广告牌，大气地说道："就当成是酬宾活动，免费送你一首。"

"能点歌吗？"

"如果我会的话。"

原本说好的只一首，进入唱歌房就完全不是那么回事儿了。

喻司亭迷人的歌声本就令人百听不厌，更何况还是免费得来的。初澄趁着他不注意又刷卡点了几首。对方当然会察觉到，但没有扫兴计较，纵容着不讲信用的家伙把歌单一加再加。

中途，喻老师出去买水。直到小房间内的音乐声停止，初澄才注意到自己的手机正在"嗡嗡"地响——徐川来电。

按下接听键，电话另一端响起损友哀怨的声音："初澄！说好的'五一'陪我下副本刷挂件，结果放鸽子。一转眼这都快进盛夏了，你人呢？"

初澄抱歉地笑一声："太忙啦，每天下班直接累到原地找床的状态，眼睛没睁开就已经在脑海里备课了。"

徐川诧异："你这班上得比我读博还熬心血？"

初澄悠然道："不一样的，徐博士。你是提升自己，我得对学生负责。"

徐川暂且接受了他的说法，停几秒后又接道："但你那边怎么那么吵啊？学生打起来了？"

"没有，是游戏厅的唱吧音效。"初澄说着，手指又按向屏幕上的欢呼和鼓掌按键。

"我去！敢情刚才都是蒙我的。"徐川怒骂。

初澄不紧不慢地解释，一半真话，一半胡扯："真的一直在忙，这不是才休息吗？顺便来查查有没有学生沉迷游戏厅。校门口发的传单换币，属于公费活动。"

徐川："你觉得我信吗？"

"这还能有假？我们班主任也在，要不一会儿让他和你说两句？"初澄继续翻看着歌单，骨节漂亮的手指在屏幕上一下接一下地滑动，时不时就按动加号键。

"又是和班主任一起？"徐川"啧"了一声，狐疑道，"我怎么觉得你们最近熟络了不少。"

初澄说："你太久不在高中，不知道现在的校园生活是什么样子吧。我们俩成天起得比鸡早，睡得比狗晚……"

唱吧的玻璃门被人推开，是出去买水的喻老师回来了。突然而来的对视让初澄卡了壳。

"干什么呢？"喻司亭随意地瞥来一眼，重新坐回演唱位，轻点屏幕。不知道什么时候，他的"卖唱曲目单"已经变成了长长一大串。

"噢，没事儿，你突然开门吓我一跳。"初澄手指按上挂断键，结束了和徐川的通话。

喻司亭未在意，把刚买来的咖啡递给他："外面天都黑了，再唱一首就回家行不行？"

"好吧，那我来选。"初澄转回唱吧机器，从歌单中精心挑选一首，移到置顶位置。

几秒钟后，音乐声重新响起。

喻司亭举起麦克风，好听的声音从嘴里流淌出来，飘溢在四周。

结束下班后的娱乐项目，两人回到繁天景苑时，天色已经很晚了。出去玩的鹿言早已到了家，见两人一起进门，不免要抱怨一番这种丢下孩子自行消遣的恶劣行为。

初澄好不容易才安抚住了他，回自己房间时，还顺走了一袋孩子没吃完的零食。

躺在沙发上，他重新拨通徐川的电话。

"刚才突然断线了。"初澄如是胡诌。

徐川不以为意："我以为你那边突然有什么情况，所以特地没有再回拨过去打扰。"

初澄回："说点正事儿吧。"

徐川道："电话其实是替邵纪打的。"

初澄："他有什么事？"

"明后天我要和他们两口子自驾去观星镇露营。那地方离亭州不算远，之前他问我要不要顺带捎上你。"徐川道。

"不去，你们放过我吧。"初澄不假思索。

他上班已经累得半死，之前爬完泰山，腰酸了两天。现在的原则就是非必要不出家门。

徐川早知会如此，完全不觉意外，说道："行吧，那你就继续宅在家里长蘑菇吧，我们替你去看看外面的世界。"

两人又胡扯了几句，随后电话挂断。

初澄平躺在沙发上放空自我，直到听见"嗒啦嗒啦"的拖鞋声。感受到有人站立在了自己身边，初澄掀开抱枕，第一眼看到了倒立视角里的喻司亭。

他似乎是刚在家中做完运动，也洗了澡，上身只披了条白毛巾，黑发湿淋淋的还在滴水，深寂的眸子居高临下低垂着："我还以为你睡着了，怕你喘不过来气。"

"我没睡着。"他腾地坐起身，差点儿被自己的口水呛到，"可能因为最近伏案太多，缺乏活动，脖子疼得厉害。我这样躺着舒服点儿。"

"听起来还是没精打采，看来游戏放松并不奏效。"喻司亭瞧他片刻，笃定道，"应该不是累了，是有心事。"

"嗯……没有。"初澄不想开口。

喻司亭也不深究，用毛巾擦擦锁骨边泛着的光亮水渍，提议说，"觉得脖颈僵硬的话，明天要不要去健身馆游泳？天气渐渐暖了，下水不会凉。"

初澄顿了顿，借故婉拒："明天可能不行，我和朋友有约了，要去露营观星。"

"这么突然？"喻司亭有些疑惑，试图从他的神色中寻得端倪，"之前没听你说起。"

初澄说："刚定下来的。"

"好吧。"喻司亭略有些失望道，"那我只能和鹿言去了，祝你玩得愉快。"

初澄在原地不动，露出纯良无害的公式化笑容："那晚安。"

喻司亭："晚安。"

看着他离开，初澄轻呼出一口气，摸起手机给徐川发去微信。

初澄：明天来接我吧。

第八课

热望 VS 自由

　　星期六的早上，初澄难得在闹钟的催促下早起，独自背上行囊，离开繁天景苑的园区。一辆奔驰已经等在大门外。初澄登上车，除了驾驶位的徐川，车上还坐着发小邵纪和一位留着短发的年轻女性。

　　"嫂子。"初澄单独向她问了好。

　　邵纪的妻子笑眯眯地回应："好久不见。"

　　徐川从后视镜看一眼，不满地挑刺："直接无视我们俩是吧？"

　　初澄看看嫂子，又看看在旁悠然打字的邵纪，出言挖苦川哥："从京市开过来，你就这么一路当电灯泡来着？"

　　徐川开着车，反呛："现在不是有你了吗？"

　　一行人的目的地明确。接上初澄后，车子离开亭州市区，继续向观星小镇行驶。正午时间，越野车到达目的地，几人在露营区搭建起帐篷，准备乘兴野餐。

　　一切布置妥当，邵纪坐在铺开的野餐布上，好奇地问道："你不是说不来吗，怎么突然改变心意了？"

　　"相比游泳，还是露营更轻松。"初澄说。他一边帮忙摆放各种食物，一边闲聊着诉说近况。

　　大概是某种了解和默契使然，虽然初澄把自己的处境描述得相当抽象，但还是遭到了徐博士和邵纪的双双嘲笑。初澄眯起眼睛，神情冷漠地看着你一言我一语的损友们，一个字都没听。他翻着白眼爬起身，跑到帐篷后面去，主动远离了谗言。

邵纪的老婆正在这里清洗着水果，看见有人过来，抬头问道："怎么不和他们聊了？"

"这两人就没一个靠谱的。"初澄边答，边上手帮忙。

对方扬起唇角，笑意轻柔得没有发出声音。

野餐结束，又赏过黄昏美景，几人凑在一起打了会儿牌，夜幕随之降临。徐川和邵纪在外面架着观星设备。初澄懒懒地趴进帐篷里，仰头看月亮。这个地方虽然有些偏，但手机信号还不错，无聊时还能刷刷朋友圈。

初澄的手指正在屏幕上滑动，一通来自鹿言的语音电话打了进来。

"喂？"

"初老师，你夜不归宿啊。"

初澄刚把手机凑到耳边，就听到对面的少年这样一句控诉，忍不住笑笑："我又不是你，为什么不能独自在外过夜？"

"嗯，成年人的自由真让人羡慕。"鹿言小声嘟囔，"你去哪儿啦？"

初澄仰头看向租赁来的帐篷，念出上面的露营地名字，接着道："出来看星星。"

"初澄，你还出来吗？"外面传来邵纪的呼唤声。

"来了。"初澄挂了电话应了声，撩开帐篷的挡帘出去。

露营区开阔的空地上，三三两两地聚着前来望星观测的游客，各式各样的仪器也架得齐全。

"先找到有标志性特征的北斗星。"

"然后正前方最亮的那颗是牧夫座的大角星。"

"看到了吗？在那个风筝形状的最底端。"

初澄对天文不太感兴趣，只是跟着过来散心凑热闹，他趴在一边的软垫上摆弄手机，对观星兴致缺缺。身边几人仍然不知疲倦地对着夜空探索。他们名义上说是来观星，实际上是在等牧夫座流星雨。它的造访向来很不稳定，也没有准确的规律可循，有时甚至很难观测到。但因为它曾经在邵纪老婆出生那年爆发过，被寄托了不一样的情愫，所以他每年夏季都会带着爱人来看。

这秀恩爱的人是真讨厌。

初澄百无聊赖地翻个身，无声地白了一眼自己的发小。夜色渐深，徐川和嫂子都有些困倦，各自进了帐篷。只剩邵纪还躺在一旁的软垫上，仰望星空。

初澄再次换了个姿势。身边的人便嫌弃地开口："别来回滚，吵死了。"

"我都没说话，动动还不行？"初澄不满，故意摩擦衣服布料，发出更加琐碎的声音。

好友轻嗤一声，没有搭茬儿，静静地凝望天幕中的某一点。

老实说，他们两个的性格完全不合。如果两家不是世交，根本没有做朋友的可能。但这么多年过去，他们之间早已形成了深深的默契，总能在某一件事上达成共识。

终于，初澄主动打破沉默，开启了一个话题："听说你被封闭起来出题了，什么时候放出来的？"

"那都是多久之前的事了？你没有话不用硬讲。"邵纪手中鼓捣着观星设备。

初澄忍了他的态度，继续问："那你最近的工作都还顺利吗？"

"凑合。"

"家里呢？"

邵纪停下手中的动作，不耐烦地抬眼看向发小。初澄背上一凉，半个字也不再往下说了。

小山坡上寂静半晌，邵纪无奈暗叹一声，谁让自己比他大呢，随后主动接过话茬儿："不好。"

"前阵子不知道是这群发小里哪个家伙嘴欠，在老爷子面前抖机灵，害我被骂了三天。反正平日里也好不到哪里去就是了，家里老一辈不是怪我吊儿郎当不稳重，就是批评我教育闺女的方式有问题，说来说去没个新花样，烦都烦死人了。交代完毕，该你了，说说吧，最近遇到什么困境了？在这儿打躲避球，半天都没切入正题。"

邵纪说完，居高临下看来，一副"认识这么多年，我还不了解你"的神色。

"……"初澄放弃抵抗，只得老实地谈起最近发生的许多烦心事。

他从周瑾请辞说到韩芮的提问，又说到准备升入高三，最后落到与喻老师的工作日常，在诸多力不从心的时刻，他对自己生出的怀疑。

"果然，你开不开口都一样。"良久之后，邵纪如此说了一句，"因为你这人啊，和小时候一样，一点儿变化都没有。"

初澄来不及反驳，又听着他继续说下去。

"虽然外表看着没什么顾忌，做事情也随性，但其实考虑的东西很多。比如，怕有时自己心性不定，有时又太执拗于某种选择，从而达成只让别人受伤的世界，担心因为私人愿望，而辜负了身上原本存有的期待，害怕因为任性妄为，一朝行差踏错，玷污了老爷子一辈子的英名与清白……但想得太多，人就很难洒脱了。"

初澄沉默，有时不得不承认，自己不愿意和邵纪一起玩，是因为对方看东西太准了。

邵纪接着说："其实这些事很简单，只要像之前一样，做你自己认为正确的选择就行了。初澄，还记得你外公在时是怎么教育我们的吗？"

初澄闭着眼睛感受夏夜晚风，没有回答，但在心中暗道一句："当然记得。"

言尽于此，周遭寂静许久。

也许是为了缓和气氛，邵纪忽然改换话题："对了，当初听说你要上岗做语文老师的时候，我准备了一份礼物，但就是不知道你以后有没有机会遇上。"

初澄瞥他一眼："你的礼物是用漂流瓶装的吗？"

邵纪笑笑："差不多，期待吗？"

"期待个鬼。"初澄爬起身，"反正你送不出什么好东西。"

邵纪的语气很是受伤："唉，外面的世界乱花迷人眼，你不要喜新厌旧。难道没听过吗？朋友，就要像我这样才行。"

初澄无情吐槽："你简直是五毒遍体。别说那些没营养的话，没事的话我要去睡觉了。"

"小心脚下，别摔个嘴啃泥。"邵纪平躺着摆摆手。

初澄龇了龇牙，不理会他，径直回去休息。

一夜浅眠。因为帐篷睡得不是很舒服，早上起来时，初澄本来就酸痛的筋骨更加难受。他开始怀念繁天景苑的天鹅绒床垫了。

徐川等人起得更早些。他们已经在收拾行装，准备出发去下一个地方。初澄简单地洗漱完毕，坐在野餐垫上，给自己的早餐面包涂了层薄薄的果酱，向朋友们传达自己想提前回家的意愿。

徐川停下手上的动作："说好了一起去钓鱼。"

初澄摇摇头："改主意了，不影响你们的行程，这里距离亭州不远，我可以自己坐客车回去。"

邵纪的妻子递给他一瓶还温热的牛奶，也挽留道："不再考虑一下？你们三个可是很久都没有一起出来玩了。"

初澄接过："谢谢嫂子，但我真的太累了，明天还要起早上班。你们去玩吧，放假有机会的话我再参与。"

听他这样说，大家也不再挽留。

"行吧，算是意料之中。"徐川了解初澄的性格，他如果真的不想去，任谁也劝不动，只好由着他。

涂在面包上的果酱过于甜腻，初澄早上的食欲不好，啃了两口就扔在一边，回帐篷收拾东西。等他再出来时，徐川已经整理完毕，准备送他去最近的车站。

清晨的温度体感微凉。初澄披着件翻领休闲夹克，背上自己的旅行包，走向行车道。抬头时，他望见远处停着一辆 SUV。

这里是自驾露营地，附近到处都是车辆，越野和 SUV 车型更是不稀奇。但特别的是，在那辆车的车顶，坐着一道独自赏云霞的身影。初澄依稀瞧着轮廓，觉得那人的身材简直和喻司亭一样。等再走近几步，对方容貌清晰起来，他才愕然地站住。

这人根本就是喻司亭。

宁静的清晨曦光中，他一个人安静地坐着，身穿黑色圆领卫衣，美式工装裤搭配短靴。从上至下的硬核风，带着股难驯服的野性。

几乎是同时，那人也有所动作。

"今天的朝霞也很好看。"喻司亭坐在车顶，迎着晨风居高临下看来。他只戴着单只户外越野手套，另一只手裸露着好看的骨节线条，握着长途开车后的手腕，一边说话，一边晃动着缓解疲劳。

初澄向前几步，问道："是我'好大儿'告诉你营地名字的？"

喻司亭不否认。

初澄："但我没想到你会来。"

"其实是顺便。"喻司亭答得坦诚，"主要原因是猜你差不多玩累了，应该想回家歇着了，怕交通不方便，所以自作主张来接一程。"

"不怕猜错？"初澄问。

喻司亭耸耸肩膀："那有什么？大不了我就回去啊。"

就在两人交谈的时间里，邵纪和妻子也走了过来。

初澄转身介绍："这些都是约我出来的朋友，徐川、邵纪，还有邵纪的爱人。"

"喻司亭。"坐在车顶的人跳下来。

众人简单寒暄几句，而后挥手告别。

"吃早餐了吗？"坐回车里，喻司亭点动两下车载屏幕，偏头看向身侧。

初澄想到只咬一口的果酱面包，点了点头，又反问了句："你呢？"

"我在路上也垫过。"喻司亭边答，边选择好行车路线，直接导航向返回亭州的高速。

他的驾驶技术非常好，无论开着什么车型都是平稳又丝滑。初澄昨夜实在没睡好，全身的筋骨都不舒服，头也昏沉沉的，像是受了风，可意识却非常清醒。他揉了揉太阳穴，闭着眼睛斜倚在副驾驶位的窗户边。

喻司亭打着方向盘，抽空投来视线。从身边人频次一直不规律的呼吸就能判断，这人根本没睡着，只是有些疲惫。喻司亭用手指点了点车内的音频播放器，换了首曲风更为舒缓的 R&B。

中午时分，两人回到繁天景苑。

鹿言正在一层的客厅里看电视吃零食，听到电子开锁声，扭头看一眼，打招呼道："初老师，你回来啦。"

"嗯，我有点儿头疼，先回屋睡一觉。"初澄在玄关换了鞋，迈开长腿，径直走向自己的卧室。

鹿言的眼睛追随着他的背影，而后收回视线瞧向小舅，他疑惑道："初老师这是怎么了？情绪不太高的样子。"

喻司亭开了很久的车有些疲倦，抬步上楼休息，出口的话答非所问："他的声音听起来像是要感冒，我也想睡会儿，家政来打扫的时候记得让她煮一锅姜丝可乐。"

"知道了。"鹿言悠闲地应了声，往嘴里塞了一片薯片，嚼得"咔嚓咔嚓"响。

露营夜果然让初澄受了风寒。一觉睡醒后，他就开始发烧、咳嗽、打喷嚏，可是临近期末实在不好请假，只能连续好几天都浑浑噩噩地撑着病体去上班。

终于，来到高二下学年的最后一天。

考试前夕，同学们的心早已散得不成样子，没有几个人还能保持认真复习的状态。甚至在晚间休息铃声响起后，许多学生都不急着去吃饭，还留在教室里打打闹闹。

初澄走进教室时，刚好听到学生吐槽写在黑板上的暑期作业安排。

"我的妈呀，语文抄写怎么留得这么多！我重金悬赏谁能帮我写？"

"有多重？"初澄迈着步子走进门，淡定道，"价钱合适的话，要不要我帮你写？"

涉事学生咽了口唾沫："不用……我就是嘴炮①一下。"

留在座位间的"吃瓜"群众发出阵阵哄笑。大哥长时间没有到班里露面，让许多同学都误以为他不在，加上放假前的兴奋情绪，大家难免放飞自我。

在非学习时间里，只要崽子们不上房揭瓦，初澄都是懒得管的。他给自己冲了杯感冒颗粒，坐到最后一排的办公桌边，写起教案，直到被学生随口的玩笑话吸引了注意力。

"穆一洋你是不是有病？"正与人吵嚷的孟鑫脱口而出一句，"不然暑假回家，你也学着人家种棵槐树做童养媳算了。"

李晟附和："就是。既不闲着，也不会恋爱脑发作。"

穆一洋："给我滚！你俩才恋爱脑呢。"

"怎么？你敢说自己分得清槐树和桂花树？"

…………

杂乱的环境中，"种槐树""童养媳"等一系列敏感词汇在众人口中不断出现。初澄最开始还以为是自己听错了，结果竟然发现全班好像都知

---

① 嘴炮：网络流行语，此处指胡说八道。

道这件事。他倏地直起身，抬手拽住正要从身边跑过的小子，讶异地问："等会儿！你们从哪里听来的？"

"啊？"一众打闹的学生停住动作，都是一头雾水，"听说什么事啊？"

初澄实在不想重复黑历史事件，无奈道："就……你们刚才说的。"

鹿言最先反应过来："初老师，你是说种槐树做童养媳吗？"

"你也知道？"初澄蹙了蹙眉，错愕无比，下一秒便反应了过来，而且在心中锁定了第一嫌疑人。

喻司亭……这人什么时候成大嘴巴啦？

鹿言俯身，从自己的桌洞里翻找出一张试卷，刚抬头想要说什么，却发现后排办公桌边的人已经不见了。

"初老师呢？"

"出去啦，看样子好像是上楼了，杀气腾腾的。"

绝对有好戏。鹿言顿了一秒钟，而后幸灾乐祸地弯弯唇角，拎上卷子直奔舅舅的办公室。

闻风而动的少年刚走到数学组，就听到里面有人在质问，便扒着门边凑热闹。

喻老师坐在自己的桌子前，茫然地抬起头："我保证，没有和其他人说起过你小时候的任何事。"

初澄刚好看到探身进来的鹿言，追问道："那他是怎么知道的？"

除了喻司亭，初澄再没有和任何人提起过这件事。老爷子十几年前的书只有韩芮看过，即便她说漏嘴，也不可能是说给鹿言听。

对于此事，喻司亭无可辩驳，看向门边的少年，冷声道："你自己解释清楚。"

看热闹把自己赔进去了。好在鹿言早有准备，晃了晃手里的试卷，小心翼翼地转向当事人："初老师，你最近没好好备课吧？这不是语文模拟卷上的记叙文阅读吗？"

初澄困惑极了。他接过卷子，快速浏览了一番那篇文章，然后看到最底部的小字——文章选自《初励宁文集》。再翻到试卷出版社，查看教刊主编出题人，果然是天杀的邵纪。

初澄现在终于理解了他口中那份凭运气才能遇到的礼物，是有朝一日能站在讲台上，讲关于自己的阅读理解。这都叫什么事儿啊！

　　数学组彻底沉寂下来。喻司亭安静地挂在自己的办公桌面上，没有说话，却是一脸等待下文的神情。

　　"不好意思，我最近的状态不太对。"不知道是再次发烧了，还是被气的，初澄觉得自己的整个脑袋都在发烫。

　　喻司亭无所谓地摊摊手，一边起身去拿纸杯，一边瞥向还在旁边看热闹的鹿言："没你的事，出去。"

　　"噢。"鹿言悻悻地摸摸鼻子，退出办公室时带上了门。

　　喻司亭接了杯水递给初澄。从露营回来以后的两天，因为他的身体状态一直欠佳，加之期末结业工作繁重，两人几乎没怎么聊过天。这会儿终于有机会面对面说说话。

　　"虽然无法确定具体原因，但我能感觉到你最近有明显的困扰，如果是我的班主任工作做得不到位，或者说这种困扰是由我造成的，你可以说出来。"

　　初澄接过杯子摇摇头："不，是我本身的问题。坦白说，周师兄的事对我的影响比我想象的要大。已经过去这么久了，我以为自己完全放下了，然而并没有。每当有点风吹草动，它便会像毒蛇一样冒出来，困扰着我。这些天我一直在思考周师兄的事，思考我从事这个职业的初心。"

　　"那现在困扰解决了？"

　　"算是吧。其实答案一直摆在那里，想再多都不过是内耗而已。"初澄释然地吐一口气，低头看向那张被鹿言落下的试卷。

　　喻司亭笑笑："我倒是好奇，最后初老师是怎么想通的，以便我以后陷入迷茫的时候，也能学习学习。"

　　"喻老师都把初先生的书读得那么仔细了，应该知道我从小就很听外公的话，尤其是他教我的那句……"初澄的话说到一半，忽然咳嗽了声。

　　喻司亭却能不假思索地接下去。

　　"遇事不决，须从本心。"

　　"喀喀。"被抢了台词的初老师一边咳着，一边忍不住扬起唇角，缓了片刻才纠正，"是'生病了就要多休息'，明天我要请病假，喻老师自己监考吧。免得到时试卷上又出现什么让我尴尬的阅读题目，那我的病就彻底好不了了。"

说完话，初澄也不等人回应就出了办公室。

要请病假原本只是初澄的一句玩笑话，不料反倒成了预言——当晚，他就感冒加重，高烧不退，连夜光顾了一趟诊所输液间。

十中期末考试的第一天，初澄不得不独自留在家里休息。他几乎整天都在卧床，中午时自然醒，随便吃了几口外卖后又昏昏沉沉地睡下了，再睁眼时，蒙眬间听到卧室外有开关门锁的声音。

十几秒后，他的卧室门被人轻轻地推开。喻司亭刚刚监考完语文和数学两科，一回到家里就径直走了进来，伸手摸他的额头。屋子里的窗帘拉得严严实实，密不透光。初澄蜷缩在床上蒙着脸，没有做出反应。

喻司亭没能成功摸到，不死心地再次尝试。昏暗中，初澄不禁轻笑出声。

"怎么了？"喻司亭这才发现他已经醒了。

初澄自行钻出被子，按亮床头的暖橘色灯光，解释道："你这样让我想起小时候养金鱼的事。"

"怎么说？"

"每天放学回家的第一件事就是拍拍鱼缸的玻璃壁，或者是用小网子捞一捞，看看心爱的宠物死没死。"

喻司亭理解了他奇奇怪怪的笑点，跟随着笑笑，转身把手里拎着的试卷和粥碗都放在一边。

"我带了份语文考卷回来，等你身体好些应该会想看。先起来把粥喝了。"

"还不饿，晚一点儿吧。"初澄慢吞吞地爬起来，靠在床头，用被子把自己裹得严严实实。

喻司亭停下动作，说道："你先吃。医生给我打过电话了，大概20分钟后就可以过来。"

"啊……"初澄带着还很浓重的感冒鼻音哼了声。

之前的住院经历过于难受，导致他不喜欢消毒水的味道，也对输液心有余悸。昨夜挂完吊瓶后，他说什么也不肯再让医生开第二天的药。当时喻老师和诊所护士"密谋"很久，原来是商量好了出外诊的事。

初澄拖长声音："我不想吃。"

"快点。"喻司亭催促，"待会儿手上扎了针，再吃东西不方便……"

初澄磨磨蹭蹭地下床，坐在圆桌边打开装着晚餐的袋子，忽然发现里面还装着两小罐糖水荔枝。

"还真把我当小孩儿了。"初澄嘴边嘟囔着，手上却诚实地拧开一瓶。罐头虽然没有冰镇过，但清甜的味道缓解了他嘴巴里的干燥苦涩，一下子变得舒服很多，吃饭的胃口也好了不少。

两瓶药水挂完，已经是黑夜。初澄刚好看完悬疑小说最高潮的一章剧情，抬眸时注意到滴壶里仅剩的一点药剂从输液管里慢慢地流下来。

喻司亭也合上自己手里的书，挪着椅子坐到床头来，低头帮忙拔针。他撕医用胶布时很小心，但难掩生疏，用修剪得干净整齐的指甲抠了好一会儿胶条边缘才成功。

"技术一般。"初澄自行按住手背，笑着瞥对方一眼。

喻司亭没有说话。

初澄自觉打嘴炮赢了一局。晚饭喝了粥，又挂了许多药水，他觉得自己整个人身体里全都是液体，稍坐半分钟后，起身去卫生间，趁机对镜照照，觉得自己的气色好了不少。

许是白天睡多了，直到深夜时分，初澄还是没有任何困意，耳朵里塞着一只蓝牙耳机和川哥连麦玩手游，手指却一下没一下地滑动，缩在被子边的脸孔被平板屏幕映得光亮。

就这样虚度了几日的光阴，在喻老师和鹿言一颗药接一顿饭的细心投喂下，他的感冒终于恢复得七七八八，只是嗓子还有点痒，偶尔还会干咳两声。

又一日睡到自然醒，初澄睁开眼睛，看到手机在床头柜上不停地闪着提示光。全部是微信消息。

喻司亭：止咳糖浆在床头，睡醒就喝掉。

喻司亭：开会还要很久，你和鹿言不用等我吃午饭。

白小龙：初老师，我才集训三天半，你疯狂上了四十六颗星？？？

白小龙：摸着良心说，我俩谁才需要戒网瘾啊?!下次带我一起，不要让我求你。

徐川：打算什么时候回京市？把宾利老师也叫上，大家一起玩吧。

徐川：别忘了约我吃饭啊。

看完消息，初澄的目光移向自己的床头。不知道什么时候那里放了个木质托盘，上面摆好了小量勺、止咳糖浆，还有保温杯。他吃了药，一边含着水漱口，一边逐个回复消息。

初澄：喝啦。

初澄：等期末成绩有进步再说。

初澄：你别总叫人家宾利老师，他有名字。

初澄还未放下手机，徐川回了一条语音，在电话另一边笑得放肆。

"哈哈哈哈，这不是显得有特点吗?！难道我要称呼他为理工科天蝎男？哎，他是天蝎吧？"徐川当然不清楚喻司亭的星座，只是从耳闻中睚眦必报的性格来猜测。

初澄也被问住了，思考几秒钟。

初澄：我还真不确定，反正他的生日是在深秋。

窗外的太阳已经升得老高。初澄不再和对方胡扯，放下手机起床洗漱。他走进餐厅打开冰箱门，看着满目食材思考片刻，仰头朝着楼上呼喊鹿言。

"在呢。"一阵"噔噔"的脚步声后，少年下楼来，趴在最后几级楼梯的扶手边询问，"怎么了？"

初澄问："中午想吃什么？"

"就只有我们两个？"看到舅舅还没回来，鹿言有些不确定。

初澄点头："嗯，喻老师去学校开会了，是竞赛班暑期集训的事情，一时半会儿不会结束。"

鹿言托着下巴，提议说："之前那家旋转餐厅的招牌参鸡汤我还挺想喝的，和陈姥姥的手艺不相上下。"

"汤的确不错，就是有点儿远。"初澄对他说的店有印象，在商贸大厦楼上。

鹿言说道："是不是远了就不想带我去啊？你以前可不是这样对我的。"

"熊孩子，那你去收拾一下。"初澄笑着重新掏出手机。

他和喻老师的聊天框还停留在刚刚回复的那几个字。初澄继续发消息。

初澄：我想和鹿言出门吃饭，可以开你的车吗？

喻司亭：这话听得让人有点儿坐不住。突然见外起来了，是我哪里又得罪初老师了？

初澄对着屏幕笑笑。

初澄：不是见外，我是担心自己的车技不好，提前让你做心理准备。

按时间来算，初澄其实已经拿驾照很久了，正常上路完全没有问题，但他不太会停车。尤其是在商厦那种车辆密集、空间紧张的地方，总是担心会剐蹭到别人。不管两人现在关系有多好，打招呼总是需要的。

喻司亭：保险齐全，不用担心剐碰。钥匙在玄关，你拿去开吧。

初澄正想打字，对方又发来一条新的叮嘱。

喻司亭：开慢点儿，路上注意安全，看好鹿言，有事打给我。

初澄回了个"好"字，走到门口，拉开柜子抽屉。里面塞着四五把不同车型的钥匙，其中有几辆初澄甚至都没见喻司亭开过。

"初老师我好啦，现在去吗？"鹿言已经穿戴整齐，从楼梯边探了探头。

"走吧。"初澄没再纠结，随手抓了辆车价最便宜的，带鹿言出门。

两人在餐厅吃了饭，之后悠闲地逛商场挑选起夏装。之前光顾过的店铺有了上新，靠近玻璃橱窗的模特穿着一身工装衬衫搭短西裤的休闲套装。那种"痞帅"的松弛感被初澄一眼看中。他回想起喻老师在露营地仰望朝霞时的洒脱身影，于是毫不犹豫地买下来，准备送给他。

毕竟自己现在住在喻老师家里，加上这么长时间来他在工作上的指点和帮助，即便是客套的礼尚往来，也总要有些回报表示。

整个下午，初澄和鹿言的出行都相当愉快，除了在打算离开时才发生的一点儿小意外——他们找不到自己的车停在哪里了。喻司亭的工作在傍晚时分结束，他直接到商场和两人会合，在门前等了半晌不见人出来，只好徒步走进停车场，最终在地库中找到了这对不急不忙的师生。两人正蹲在一辆偶遇的手推车前，一个时不时逗弄着里面的婴儿，另一个与年轻友好的孩子母亲交谈着。

"他多大了？"

"五个月。"

"好可爱呀。"

喻司亭走向初澄，开口问："还没找到？"

"累了，歇会儿。"初澄疲惫地叹了口气，在这里绕过许多圈，已经有些走不动了。

喻司亭实在哭笑不得："你们在公共地库停车，不记区位号码的吗？"

初澄："因为习惯坐车啊。"

"停在什么位置，靠近哪个电梯口，一点儿印象都没有了？"喻司亭又问。

初澄摇摇头，露出朗灿的笑容，明眸奕奕的样子让人生不起任何气。喻司亭被他的笑意感染，也"扑哧"一声，轻而无奈地笑出来，拨弄两下处于未连接状态的手机蓝牙，看向鹿言。

少年有意躲避视线，用手指轻轻地戳戳小宝宝的口水巾，夹着嗓子和他对话："你乖不乖啊？期末考多少分？出门前把自己的房间打扫干净了吗？"

孩子母亲："……"

喻司亭拿这两人都没办法，居高临下瞥去一眼："在我踹你之前，抓紧去干点儿正事。"

"你也就只敢凶我。"鹿言妄图逃避责任的行为以失败告终，轻啧一声，站起身继续去找。

初澄听出"好大儿"的言下之意，也明显感受到了喻老师的维护，假装咳一声："那我去那边看。"

几人分头找了很久，终于发现被停在密密麻麻车辆队伍内的普拉多。

喻司亭上车，疲惫地叹一声，边系安全带，边用之前初澄说过的话揶揄他："确实技术一般。我只猜到你可能发生磕碰，但是猜不到你居然会找不到车。"

初澄心虚地笑道："这只是个小插曲。"

"就按你说的。"喻司亭点头，未发表其他评价。

喻司亭虽是车主，却是第一次坐在副驾驶位置，在车子刚启动的时间里，倍感新奇地向四处看了看。初澄被他的举动搞得莫名紧张，再加上此时是下班晚高峰，路上车水马龙，更加手心冒汗，一路都开得很谨慎。车子行进到一个无红绿灯的十字路口时，前车不明缘由地突然刹停。初澄提前发现，减速并道想要从右侧绕过它。他刚打了一点点方向盘，忽然从斜后方传来"嘟嘟"两声急促的喇叭声。

"小心!"几乎是同时,副驾驶位上的喻司亭抬起头提醒。初澄被吓了一跳,下意识地回轮。紧接着,一辆货车以大约六十迈的速度与他的车斜向擦身而过。

喻司亭定了定神,看向驾驶位:"在刚刚那种情况下,你应该向右并道吗?"他的语气很淡,但听得出几分严厉。这样带有压迫感的问句,一般都被他用在教育学生的时候。

初澄没说话,手指却攥了攥方向盘,掌心的汗是冰凉的。刚才但凡自己或者货车司机的反应稍慢些,那后果就不堪设想了。想到首先遭受冲击的就会是副驾驶位,他实在心有余悸。

"还好初老师没有谋杀同事的意图。"喻司亭看出身旁人的神色不对,极快速地稳定下情绪,改为玩笑一般的安抚。

初澄还在后怕,只勉强地给了个表情回应,继续认真开车。

车子安全地驶入繁天景苑园区,初澄轻不可闻地长叹一口气,倚着靠背,整个人都从紧绷状态松软下来。鹿言见两人都没有立刻动作,很有眼力见儿地自行下车进家门。

喻司亭朝着左侧伸了伸手,半玩笑半认真地要求道:"检查驾照。"

初澄这会儿才有精力应对,翻出证件递过去,撇撇嘴:"我真的有证,只是开得少。"

驾驶证照片上的初老师还是刚成年时的样子,白嫩稚气,从小便气质如修竹,精致韶秀的五官带着与生俱来的青春年少感。

喻司亭看着照片,开口道:"时间确实不短,都快换证了。"

初澄没回答。

"吓着了?"喻司亭偏过头,语气放得柔和,"新手都是需要慢慢练习的,别放在心上。暑假没事,我可以陪你多练练。"

"不怕真的被谋杀了?"初澄小声嘟囔,对大哥的亲身教学不抱美好幻想。

毕竟世界上有三种最容易鸡飞狗跳的教学,分别是:家长教孩子写作业,子女教父母上网,教练教学员开车。

喻司亭:"只撞我一个倒是没什么,我更担心你自己开车时候的安全问……"

初澄不等他说完，直接打断："这次只是意外。"

"那下次要当心。"喻司亭笑道，"毕竟以目前的情况来看，今后很长一段时间，你开车出门的时候副驾驶位都少不了了我了。"

听着隐晦的吐槽，初澄一脸正经地要求："那你保证不能犯职业病骂我。"

"我保证。"喻司亭伸手到自己额头边。

两人就此达成一致，这才下车回家。

学校的临时召集会连开两天。喻老师的工作忙完后，三人挑一个晴朗的日子一起回了京市。高三前的暑假只有两个礼拜。初澄和喻司亭意见一致，没有做任何出游计划，只想利用这段时间好好休息，顺便练车。

盛夏的上午，初澄在家里帮金教授打理她的温室花园，老爷子也闲来无事，在旁边喝茶练字。喻司亭打来视频电话，初澄放下修剪到一半的花枝，退出温室去接听。

视频画面连通。喻司亭穿着条运动背心坐在床上，睡眼惺忪，目光不似平常那样深邃凌厉，头发也略显凌乱。

初澄难得见他起得这么晚，问道："刚睡醒？"

"嗯，睡得很晚。"喻司亭道，"今天要不要继续去练车？"

"昨天不是刚练过吗？"

"勤学多练，熟能生巧。初老师平常难道不是这样教学生的？"

初澄同意道："好，那你来找我？"

对方回了句"等会儿见"，就挂断了电话。

大约一个小时后，一辆白色宾利停在初家庭院所在的巷子口，一身光鲜新衣的喻司亭倚车等待。

"怎么开的这辆？"初澄怔了怔。

"限号了。"喻司亭让出驾驶室的位置，说道，"都一样，上车吧。"

怎么能一样呢？初澄心怀忐忑地打开车门坐上去，手掌刚搭上方向盘的一瞬，心里的紧张感就倍增。

喻司亭注意到他的眼神变化，低声安抚道："别想那么多。你今后要开什么车就用什么车来练，不然还是要再浪费时间和精力去磨合。"

道理都懂，可是哪有人用宾利来练手的啊！初澄撇了撇嘴巴，小心翼翼地把车开出街道。

喻司亭的这辆车是去年的新款。因为他平常不在家，只偶尔开出去一两次，保养得也很好，所以还保持着和新车完全一样的状态。或许是因为车子的性能出色，又或许只是心理因素，初澄在开过一段距离后，竟然真的感觉它比之前的一辆更容易上手，就连一直拖后腿的侧位停车也"丝滑"了不少。

"这车停得太满意了！我都舍不得开走。"在一番仔细操作后，初澄把车停进了商城停车场最内侧的一个公共车位里。

"的确进步很多。"喻司亭下车瞧后，也由衷夸赞道。车子不仅被停放得端端正正，就连左右侧的距离都留得完全一样。

为了让这样美好的画面留存得久一些，两人没有立即离开，而是在附近吃了顿饭。"水足饭饱"后，初澄重新坐上驾驶位。一回生二回熟，这一次摸上方向盘时，他心里的紧张感已经减弱了不少。

但在刚刚过去的半个小时里，停车位上发生了很大的变化。原本左手边的车从一辆迷你轿跑变成了奔驰大 G，而且停得极为草率。车型宽窄的差别让宾利左侧原本完美的空隙变得有些狭促。

"他怎么停的啊？"初澄瞥了眼旁车刁钻的角度，鄙夷这种损人不利己的行为。

喻司亭不太在意，慢条斯理地系上安全带，开口道："你开上去剐他一次，估计以后就不敢了。"

"杀敌八千自损一万是吧？"初澄正仔细地看着倒车镜，试图挪车出去，被身侧嘲讽性十足的声音逗笑。他边答话，边尽量调整车头角度，使其远离奔驰，但防撞雷达依然在"嘀嘀"作响。初澄觉得有些奇怪，反方向打了一把方向盘。

"别……"喻司亭注意到了问题，连忙阻止，然而没能来得及。

右侧车身处已经擦到视线盲区内的一块水泥凸起物，发出明显的"刺啦"一声。

初澄也意识到自己剐墙了，赶紧停下，顿时不知所措。

喻司亭只听声音就知道这一下剐蹭得不轻，为了不再继续扩大损伤面，他手把手地指挥初澄把车开出去。

"方向盘向右打满。"

"好，可以了。"

"倒车小心一点儿。"

…………

一番调整后，车子终于离开了左右掣肘的尴尬境地。初澄下去查看了车门的损伤情况，果然是又深又长的几道划痕，已经露出了底漆。

"换位置吧，去你平常去的 4S 店？"他重新回到车上，偏头看向喻司亭。

"不用，你开吧。"对方表现得极为淡定，连头都没偏一下，却给人一种相当隐忍的感觉。

初澄满心愧疚，却不知道该怎么安慰他，只好软声道："你别这么郁闷，我陪你去修啊。万一等下我又剐到，你不心疼吗？"

喻司亭倔强地吐了一个字："不。"

"真的？"初澄被他的样子惹笑，发出直击心灵的质问，"那你现在满眼放空，是在想什么？"

喻司亭答："我是在欣慰，下学期开始，初老师就可以载我上下班了。"

"你撒谎，看着我的眼睛再说一次。"

喻司亭一字一顿地倔强重复："我——不——心——疼。"

在连续死磕一个星期倒车入库和侧方位停车后，初澄对练车这件事产生了疲惫心理，再也提不起兴致。而且在过去的几天里，他已经把两辆座驾送进了 4S 店。如果再不歇歇，喻老师的爱车们恐怕要遭不住了。

自初澄回家以来，徐川一直忙于导师安排的各种事情分不开身。好不容易有空能约出来见面，他又被临时抽调去参加什么庆典。初澄只能找到活动现场去。

文体大厦内，徐川正在场内负责调度工作。他的身高有一米九，身材匀称强壮，却长着一张和体型、性格都不相符的面孔，满脸斯文乖巧。身为文坛大师的关门弟子，徐博士在各位老师面前表现得谦逊有礼，举手投足间儒雅端方。

瞧着川哥伪装出的正经样子，初澄当真有点儿不适应。不过这似乎是他们这群小辈的标配技能，无论私下性格如何狂放不羁，确实没有一个会在人前失礼。

活动会场内，有许多初澄在读研时就熟识的老师，所以他不大敢露面，只能躲在柱子后给川哥发消息。

初澄：我到了，一楼休息厅等你。

人群中的徐川抽空瞥了眼手机，继续与众人谈笑片刻，然后找准时机，不动声色地退了出来。徐川找到躲在角落里的初澄，上下打量一番。他穿着一身干净的白开衫，却戴了顶深色鸭舌帽，一张本就不大的脸被帽檐遮住了大半。

徐川吐槽："你怎么鬼鬼祟祟的？"

"废话。"初澄白他一眼，"那边一堆全是家里的故交。被看见的话，不是要问我，就是要问老爷子，我敢上前吗？"

徐川在损友面前原形毕露，他挑挑眉毛，幸灾乐祸道："看，这就是名门子弟的隐痛。"

初澄撑他："闭嘴吧，你刚才那副寡言少语的样子特别帅。"

徐川贱兮兮地摇头晃脑，忽然向四周看看，问道："怎么就你自己来了啊？说好的带宾利老……"

初澄看他一眼。

徐川立即改口："说好的带理工科天蝎男呢？"

"你还是叫回宾利老师吧。"初澄撇了撇嘴，"他下午有事，陪家里人参加活动去了。"

"嘁，又是有缘无分。"徐川对此表示遗憾。

初澄看了看身后差不多要结束的庆典："走得开吗？晚上一起吃饭。"

徐川点头："行，不过要晚点儿。分会场那边会有另外一个签名售书的活动，师妹今天有事没来，托我帮她盯着点儿。"

"师妹？"初澄抓住字眼，"你中意的？"

"别瞎八卦，人家都结婚了，拖家带口地读着博。"徐川张口回应，然后又"咝"了声，语气突然"娇羞"起来，"不过，那位正在签书的作者算是我的理想型。"

初澄饶有兴致地偏头看他："怎么说？"

徐川坦白："我刚才闲着没事的时候过去看了一眼，也顺手买了本书。人是温柔知性那一类，作品很有才华和想法。"

"你这是因为书欣赏人，还是因为人欣赏书啊？"初澄以为对方只是随口一说，没想到听起来还挺正经。

徐川说："这两条并不互相影响。"

初澄出言试探："可你不是喜欢性格洒脱不羁的富婆吗？什么时候变成温柔知性的女作家了？"

"这你就不懂了。"徐川意味深长地看他一眼，"富婆只是我个人的Soulmate① 标签，但温柔知性的老婆是所有男人穷尽一生的向往。"

"……"初澄语塞片刻，想了想，继续问他，"那，你愿意为了一生向往而放弃富婆？"

徐川不置可否。

两人闲聊间，已经穿过活动主会场，来到签书区。

坐在签售台上的作者戴着黑色口罩。正如川哥所说的那样，她给人一种文静又清冷的感觉，签完字后会声音温和地说"谢谢您的喜欢"。从作者的话音能听出来她有些许感冒，偶尔有书粉问可不可以合照时，她会摘下口罩耐心地配合。她的一张脸孔只有巴掌大，化着得体的淡妆，很是美丽。

初澄看清台上人的容貌，怔了怔。这不是……喻晨老师吗？

错愕一瞬后，初澄扭过头，注意到徐川目不转睛盯着签售台的眼神，不可置信道："你刚才说是第一次遇见？该不会对人家一见钟情吧？"

徐川："我们应该挺有缘分的。我觉得她特别眼熟，一定是上辈子见过。"

初澄当即制止对方不切实际的想法："不用扯玄学，你们这辈子就见过。"

"啊？"徐川不解，"真的假的？"

初澄直言："她是理工科天蝎男的亲二姐。"

信息量太大，徐川没有反应过来，挠头打住："你等会儿。我捋捋……"

一段错综复杂又无巧不成书的人物关系，差点烧毁了徐博士的CPU。

---

① Soulmate：知己。

"而且，和你有缘无分的那位也来了。"初澄朝着排队的人群末端扬起下巴。站在喻晨身后做陪同保镖的喻司亭，正笔直地看向这边。

签售活动结束，喻晨和喻司亭从内部通道退场。初澄和徐川早已在出口处等候。

"初老师。"喻家二姐远远地看见初澄，就在热情招手了。

初澄笑着看向姐弟二人道："巧啊，两位喻老师。"

喻晨回以灿烂微笑。喻司亭却像是不太满意与亲姐并称。

初澄转向身侧，介绍道："这是我的好朋友兼大学室友，徐川。"

虽然川哥刚刚还不大矜持地私下称人家为理想型，这会儿却是相当正派的形象。他顶着一张诱骗指数极高的脸孔，礼貌颔首道："您好。"

"您好，我是喻晨。"对面的人莞尔一笑，落落大方。

之前初澄向喻司亭提起川哥时，是说了回京市后要请对方吃饭的。今日碰在一起，刚好可以共进晚餐。吃饭的地方是初澄选定的，一家距离文体大厦不远的音乐餐厅，重点是它就在佰汇酒厅的隔壁。

这是他们几人初次见面的地方，虽然只有初澄和喻司亭还记得。

整顿饭期间，徐川全程把注意力放在了喻晨的身上。初澄与川哥有着多年的默契，自然感受到了他的一丝认真，不得不低声提醒他："喻晨老师比你大五六岁。"

徐川不以为意："女大三抱金砖，这抱两块呢。"

于是初澄没话可讲了。

这家餐厅与外商酒庄联名，一年四季都是品酒、听歌的好地方。吃过饭后，自然还有酌饮项目。几人坐在包间内，各怀心事地举杯互敬，一团和气。

作为一个合格的"僚机"，初澄既然看出徐川对喻晨老师颇有好感，肯定要帮两人多制造些话题。能同时引起两人兴趣的无非是文学创作。初澄想要谈及喻晨感兴趣的事，自然会聊很多关于她的小说内容。只是提起这个，喻司亭便不再插话了。比起那些谋杀、绑架的剧情，他还是更喜欢初老爷子的书。

喻晨与弟弟们相谈甚欢，偶尔扬唇笑笑，举着香槟杯把酒倒进嘴里。习惯使然，她喝酒的动作实在香艳洒脱，就连捏着酒杯的指尖，都有着别样风情。

不知道为何，徐川竟会觉得眼前的画面很是熟悉。就在他的记忆慢慢回潮时，初澄随手表演了一个朝他领口塞纸片的动作。徐川终于想起来了，他之前真的见过喻晨，而且还是完全不同的一面。

那种感觉，仿佛是把他的Soulmate类型和一生向往合二为一了。实际上，徐川与喻晨很聊得来，于是他干脆起身，移坐到她身边陪同喝酒。

见两人拉近距离，已熟络得旁若无人，初澄适时功成身退。他起身出去上卫生间，顺带叫上了坐在一旁的喻司亭。

"喻老师今天的兴致好像不错。"初澄把双手伸到盥洗台的感应水龙头下，伴着"哗啦啦"的水声开口。

"你是说哪个喻老师？"喻司亭低哼一声。他今天是开车来的，全程都没有沾酒，只给了气泡水入口的机会，所以刚刚在包间里也把那种火热局势观察得仔细。

"当然是喻晨老师，明知故问。"初澄随手扯张吸水纸巾擦了擦，转身背靠着洗手台碎碎念叨，"文学系博士和悬疑女作家，一个离家出走打电竞，一个名校毕业写小说，一个熬夜'爆肝'，一个酗酒'虐肾'。这算不算是种奇妙的组合？"

喻司亭也换了个随意的姿态，与之闲聊："是挺'奇'的，'妙'没看出来。"

"如果像川哥说的那样，凡事讲缘分的话，当初因为挪车第一次见面的时候，喻晨姐扔的纸币，不就恰好被吹到了他的脚边……"

"行了初老师，虽然我们这个职业并不限制思想自由，但你的唯心主义缘分说还是少宣扬一些为好。"

"又对我上纲上线。"初澄笑着反击一句。

喻司亭歪头注视过来："又？我什么时候还这样说过你？"

"上次主副班开会的时候……"

为了给包间里的两人创造独处机会，初澄和喻司亭离席在外许久。直到夜色深寂，才再次回去。不出所料，相聊甚欢的另外两人已经酒到酣时，添了许多醉意。

在这场聚会的最后，初澄和喻司亭只好各自带一人回去，结束了今夜的残局。

翌日早上，喻家老宅像往常一样开启了平静的一天。

喻司亭和鹿言坐在一起吃着早餐。阳光洒落在白色调的法式盘碟上，泛出一层层银光。一旁的楼梯上传来脚步声，宿醉的喻晨睡眼蒙眬地走下来，晃着僵硬的脖颈进入餐厅。

坐在一边沙发上的喻襄稍稍变换姿势，把晨报翻过一页后徐徐开口："既然人齐了，那我提个问，你们谁把我的911开出去，并且剐花了？"

喻司亭用叉子扎着一块煎蛋，送进嘴里，咽下去后才开口："我开的。"

对于这种理直气壮的"自首"行为，喻襄波澜不惊地瞥来一眼："你有什么遗言吗？"

"喀。"同桌坐着的鹿言被牛奶呛了一下，轻轻地咳了咳，没有说话。

喻司亭抬了抬眸子。他的性格向来冷淡，即便在家里也不会说几句废话，在大姐的言语威胁下，却动了动嘴唇，吐出一个奇怪的问句："李炎会死吗？"

喻襄蹙眉："李炎是谁？"

已经走到咖啡机前的喻晨淡定地压着咖啡粉，头也不抬地回应："是我新书的配角。"

身着职业西装的喻襄把两条腿叠放在一起，投来疑惑的视线："死到临头还关心这个？"

喻司亭的冷淡神色没有改变，继续道："昨天她说到这里就开始胡言乱语，然后不省人事。"

结合昨晚出去吃饭的人员，喻襄这才听懂了。大概是因为昨夜喻二小姐喝醉耍酒疯，惹得喻少爷不爽了。喻晨也明白了言下之意，挑着尾音反问："哦？怪我了？"

"所以这就是你拿我车撒气的原因？"喻襄也并没有就此放过。

喻司亭咽下自己的最后一口早餐，喝了半杯柠檬水，扔下餐具。钢制的刀叉和餐盘接触，发出"当"的一声重响。客厅内的气氛瞬间凝固起来。

鹿言察觉到这三人又要在家里开审判法庭了。不出意外的话，三分钟之内餐厅就会变成一片狼藉战场。少年习以为常，快速地朝嘴里塞了两片坚果，半个生煎，再灌一口豆浆，熟练地闪人，生怕跑慢一步就会遭到误伤。

他在火速逃离的路上，还隐约听到了一些今日法庭的论题。

喻襄："你有没有想过，接连剐车其实不是他的问题，而是你指挥得不行。你把他带回来，换我来教试试？"

喻晨："你怎么这么没用啊？要不你俩刷我的卡，再买一辆换着练？"

这对性格截然不同的姐妹俩今日居然站在相同战壕，出奇一致地对线起了亲弟。

七月末，准高三年级的两周暑假已经接近尾声。

初澄收拾好自己的行李，近几日就准备离开家回亭州。自放假以来，他其实一直都想和父亲聊聊，几次话到嘴边都因为难以开口而咽下去。今日他又一次在书房外徘徊，依然纠结，却被老父亲发现了。

"小澄，你在那里转悠什么呢？"初先生坐在颜色黝黑的实木方椅上练字，无意间抬起头，看到一道修长的影子落在折门边，时远又时近。

初澄只好走进去，站到案前叫了声"爸"。

"准备回学校了？"老爷子执笔俯身书写，手下的墨迹潺潺流淌。

他平日虽然不大表露，却也在心里认真算着儿子待在家的日子。

"嗯，高三学期很关键。"初澄如常聊起天，"过一阵子肯定会特别忙，我又没什么经验，所以提前两天过去做做准备。"

初先生："工作再忙也要顾身体，少熬夜，多休息，注意饮食规律……这些话你母亲肯定都嘱咐过不止一次了，我再说怕你觉得烦。"

初澄帮对方移动有些摆偏的镇纸，垂首答："没有，我都听进去了。毕竟身体是自己的，我也不想年纪轻轻就成为医院的常客。"

"这么懂事？都不像你了。"老爷子抬头笑看儿子一眼，又继续潜心于自己的作品。

书房里静下来，只有"窸窣"的纸张摩擦和流水摆件的波动声。初澄低着头，看着父亲的侧颜。这几年他衰老的速度明显加快，鬓边的白发一波接一波疯长，堆了皱纹的眼角遮盖不住深炯的目光，却为他增添许多分和蔼。近来每当这样看父亲时，初澄的心中就会闪过愧疚。

"是有什么事情找我吗？"初先生没有抬头，目光依旧落在纸上。

初澄只应了声，没有再说下去。

老爷子见儿子嘴边吞吐，眼底却是一副有许多话要讲的样子，忍不住笑笑。这么大的人了，还是像小时候一样藏不住丁点儿心事。他压腕落下苍劲的最后一笔，然后换了张崭新的宣纸，连同毛笔一起递到儿子面前，说道："很久没瞧见你练字了。既然那么纠结说不出口，写给我看总可以吧？如果有什么实在不妥的，我就当你只是胡乱抄写了一篇文章。"

或许以信件代替面谈不失为一个好办法。初澄点点头，坐到一边，心绪复杂地拿起了笔。

初澄的字体，无论是硬笔还是软笔都尽得父亲真传，把婉约和刚劲、规整和飘逸，游刃有余地平衡了起来。他一直低头书写，老爷子便耐心地等着。

书房里没燃熏香，也没有挂钟，不知道过了多久，原本空白的纸张已经被洋洋洒洒铺上千字。终于，陈情书一样的纸被递给初先生。

老爷子接过细看。

难怪写了这么长时间，自儿子离家工作起，至今日，他的所历所得所感皆跃然于纸上。从青涩学子到沉稳人师的身份和心态转变，各种艰辛与喜悦，以及日后想长留亭州，专心深耕教师之路，字字恳切，皆是肺腑之言。

初先生尚未来得及感叹一句"孩子长大了"，却又读到他小心翼翼地自我告罪。

初澄写道："虽为父亲的儿子，受父亲教诲，却未曾想过继承父愿，从来不求荣光只求泯然于众，胸间既无大志，又不思时常居家、膝下尽孝，不知道是否有负家中期盼。"

看到这里，初先生皱起了眉。

"爸……"初澄等了很久才开口，时间足够让对方看完纸上的全部内容，然而依旧不得回应。

就在初澄感到强烈不安时，对方开口了，语气轻而沉缓。老爷子问："小澄，你担心的究竟是什么？"

我担心什么？初澄不知道该如何作答。

老爷子心性平和，从不疾言厉色。初澄知道他不可能会情绪失控，却也没料想到父亲开口第一句，竟然是问自己的顾虑。

"是怕自己做错选择，以后会懊悔？怕因为自己的行事让家里遭受诟病？还是怕我和你母亲对你有所谓的失望感？"初先生不得回应，又继续问道。

事实上，他很了解自己的儿子，也猜得到哪种可能性最大。

"你的顾虑我知道了，也很欣慰你能有勇气对我说这些心里话。"茶室内良久的沉寂后，初先生说，"其实你的疑问不难答复，但在那之前，我想留些时间多考虑一下。"

"您……"

"你先去忙自己的事情吧。"

父亲此时的脸上并无明显的情绪表露，初澄只好点点头，沉默着离开书房。

回自己卧室的路上，他还能听到老爷子的唤声。

"舒淇，你可以进来一下吗？"

"什么事啊？"

…………

一整个下午的时间，初澄没有再听到过父母的声音。就连晚饭时间，也没有出现再提起这件事的预兆。

坐在餐桌上，初澄观察了父母的神色。两人一如平常，只是稍微寡言了些。他们都是情绪稳定而且善于自控的人。对于这样的局面，初澄不觉得惊讶，但有些食不知味。终于，在晚餐结束的时候，金教授把手掌搭在初澄的肩膀上拍了拍，开口说："等会儿我想把画室里的几种花移盆另栽，如果你不出门的话，过来帮帮我的忙。"

母亲爱花，更爱亲自打理的过程。大多数时候，初澄只能帮她打打下手。所以，这不过是她用的托词。

初先生看着已经吃得差不多但还在愣神的儿子，和蔼地提醒道："过去陪她聊聊天吧。"

"好。"初澄略微欠欠身，离席跟过去。

夏日的玻璃花屋明亮绚烂，沿着那条静谧的长廊向前，至少可以在高低错落的架子上看到上百种花竞妍盛放。

初澄只晚了几步进来，就已经看到金教授戴上园艺手套准备干活儿了。他也挽袖帮忙，但因为技艺不够熟练，依旧只能帮些无关紧要的小忙，顺便陪她聊天。

金教授腾不开手，向身旁寻求协助道："拿两根细棉绳给我。"

"好。"初澄站起身到一边去翻找，递了东西后，被摆在架子上的书册吸引了注意力。

那是《初励宁文集》的第九卷，也是专门记录初澄的那一卷。但它和外面发售的版本不一样，就连厚度也增加了一倍，像是专门印刷的私人典藏款。

初澄好奇地翻开看看，发现果然不一样。在市面上架的自传都是全文字版，而这本却是每一页都有手绘插图。

"这是？"初澄有些诧异。

金教授看过来一眼，语气淡然："噢，那是你爸前两年就有的心愿了。"

"心愿？"

"嗯。他说他想要一份礼物，就是让我帮忙为以前的书籍配图。"

初澄翻看着那些关于自己的插画形象，不解道："他为什么会有这样的想法？"

金教授手上的动作稍顿，答道："你细想想就知道了。"

初澄脑中思绪一闪，动动嘴唇："是因为姥爷？"

他的外公金钊曲先生是位国画花鸟大家，可惜晚年患有阿尔茨海默病。到临终之前，他甚至认不出自己最疼爱的女儿了。这件事导致金教授伤心许久。

初澄怔然道："老爷子是担心自己也变成那样？"

金教授点头："是啊，所幸他用书籍记录下了关于儿子的全部。他说，哪怕有一天自己忘记了，看见这本书大概也会想起一些。"

听到这样的话，初澄心中很不是滋味，怅然地开口："他的身体一向康健，怎么会想到这些呢。您怎么也不劝劝，还和他一起……"

"我觉得也不算是没根据的忧虑吧。"金教授很认真地看着儿子，述说事实，"等你到而立之年，他已过古稀了。我们陪不了你很久，但是希望把你教育成独立优秀的模样，所以不敢太纵容你。有时候就会显得古板严厉些。"

她说到这里停顿了片刻，而后继续："可是，我们从来没有以扭转你的想法、改变你的决定和干预你的人生为傲。这是你爸想让我转告给你的原话。"

初澄愣了愣，半晌才挤出一句："我说错话，让他伤心了是不是？"

"没有。"金教授拎着水壶给盆栽浇起水，音调如旧，"他能理解你。也许正是因为你长大了，走上育人岗位，见过形形色色的家庭和不同父母的苦心孤诣，有了新的理解，才会引发新的思考，这没有错。要怪就怪你们爷儿俩太像了吧，心性至善，遇事总是会先行审视自己。所以在看完'陈情信'之后，你爸就花了一个下午的时间来检讨，他究竟是在哪些方面无形中给了你压力。"

"我不是那个意思。"初澄想要解释，却遭打断。

"你当然不是。"金教授含笑反问，"但老头子偶尔犯起的轴劲儿有多厉害，你不清楚吗？"

初澄想来也觉得是这样，只好问："那……他最后得到什么结论了？"

"我们自认一直以来奉行的教育观念并没有问题，但或许忘了传达一件在我们看来毋庸置疑的事，"金教授抬眸正色，"你是初家的骄傲，从小到大都是。"

"哎哟妈，您……"初澄蹲地扶额，嗔怪母亲的话未免太让人难为情，对方却执意说完。

"我和你爸盼你这个孩子的确盼了很多年，但绝不是为了养儿防老，也不是怕后继无人，而是因为我们觉得这个世界值得再有新生命来看一看。至于我们带给你的一切，只不过是当初做那个选择之后，应当承担的责任。"

听完这些，除了感谢，初澄不知道自己应该再说些什么。他心中百感交集，安静地陪在母亲身边，直到把所有的花都移栽完毕。

"好啦，都走出校门工作这么久了，还是喜欢把情绪都写在脸上，像个小孩子。"金教授摘下手套放在一边，把湿纸巾递给他，"忙自己的事去吧，我和你爸很好。"

初澄接过擦了擦手，依然忘不掉那本在别处看不到的书，询问道："我能先把它拿去看看吗？"

"可以。"金教授点点头，"不过只印了这么一本，别忘了还回来。"

"会的。"

初澄向母亲承诺完，带着书离开画室，回到自己的房间，靠在沙发上认真地翻阅起来。因为老爷子的书中都是记录自己儿时的事情，初澄从未读得像这样仔细。原来，父亲讲述的事和自己所经历的感受真的不一样。静下心来看，这本书中，每一个文字、每一道线条好像都倾注了浓浓的爱意。

初澄把书重新翻回扉页，发现上面还记有姥爷说过的话，再下方是一排印刷小字。

诞育孩子，并非任何人生命的延续，我们将教他以热爱的方式，过完独属于自己的一生。

私人收藏版，独赠初先生。

著者：初励宁

绘画：金舒淇

翻看片刻后，初澄觉得自己的鼻子一酸，连书页上的字都变得朦胧不真切。直到床边的手机"嗡嗡"地震动起来，是喻司亭打来的视频电话。

初澄放下书，吸了吸鼻子，点击接受。他本想隐藏好情绪，但没说两句话就被对方发现了端倪。

"怎么了？"喻司亭第一时间注意到了他的异样。

"没有。"初澄笑笑，解释说，"我是看书看的。"

电话另一端的喻司亭问："想出来散散心吗？"

初澄看了看还早的时间，点头道："嗯。"

喻司亭："等我。"

对方说完，挂断了通话。

夏夜的风温柔惬意。初澄懒懒地倚着后海湖边的石头围栏，边吃夜宵，感受晚风拂面，边听着背后酒吧街内传出的歌声，或嘹亮或沧桑。

"给。"喻司亭拎着初澄要的麻酱爆肚和小馄饨从远处回来，递给他。

初澄的手里已经拿着其他小吃了，快速把最后一半蛋烧塞进嘴里，吸一口瓷罐子里的老酸奶，然后才伸手接。

"晚上没吃饭啊？"喻司亭问。

初澄摇摇头，又点点头。

喻司亭看着他的模样，接上去买东西之前的话题，询问："到底怎么了？"

"没怎么。"初澄说，"就是，把之前提给学生的建议亲自践行了一遍。"

"什么建议？"

"适当地和家里亮亮底牌。"

喻司亭越发好奇："结果呢？"

"发现自己手里捏着的不过是张方片四而已。"初澄耸耸肩，用方便筷子搅了搅裹满酱汁的爆肚，而后塞了一大口。

虽然不清楚事情的全过程，但看初澄现在还能开玩笑的样子，大约是没什么可担心的。

"好吃吗？"

"嗯。"

"再吃点别的？"

初澄拍拍肚子："饱了。"

喻司亭说："那就走走消消食吧。"

天色昏暗，灯光却璀璨。湖波粼粼，映得人的眼眸清澈明亮。

八月中，临近十中开学的日子，结束休假的老师们相继回到亭州。

回学校前，初澄约着喻司亭去了趟商场，一起为新学期采购些东西。

"我都好久没有看到过'好大儿'了。"逛得有些累，初澄端着杯橙C美式，在商贸大厦中慢悠悠地走着。

"想他了？"喻司亭问道，这时两人刚好走到鹿言平常最喜欢的那家休闲品牌店门前。

"嗯。给他买两套新衣服。"初澄走进去，亲自为"好大儿"挑选。

大概是来的次数多了，迎上前来的店员已经让初澄觉得眼熟。

对方一如既往地热情问候："欢迎光临，店内有促销活动，全店基础款半价……"

初澄微笑着开口提需求："我想给高中生挑两套浅色系的日常夏装，他的身材大概和我差不多。"

"好的，那我帮您推荐一下。"导购员引着顾客走进更里侧的选购区。

买好衣服后两人走出品牌店，一起去吃了顿能和悠闲假日相配的丰盛晚饭，然后便回去好好休息，为新学期养精蓄锐。

再一觉醒来，太阳已过正中。

初澄睡得双眼惺忪，身体的疲惫有所缓解，爬起来冲澡，走出浴室后看到了客厅里的喻司亭。他靠在沙发躺椅上，两条长腿叠落着，赤脚架在茶几边，在电视上投屏做教案。

"在忙什么？"

"醒了啊？"喻司亭抬起头，"正好过来开个新学期的主副班碰头会。"

初澄凑过去坐下。

喻司亭把手机上刚做好的新学期计划移过来，和他一起看，开口道："给点儿意见？"

初澄还有些刚睡醒后的迟钝，他看过去，此时屏幕上显示的是7班所有学生的成绩分析折线图——喻司亭以此为依据，建立了重点关注的薄弱生名单。

那些图像细小而密集，让初澄看得不自觉眯起了眼睛。直到一条让人身心舒适的水平直线出现。

这组数据属于鹿言。从高一入学以来，在任何有记录的大小考试中，他从未离开过榜首位置。

"鹿言的成绩可真好看。"初澄欣赏片刻，不禁发出感叹。

喻司亭却对那些数据习以为常，淡定道："考第一很容易，难的是能在相同水准的选手中顶住压力，永远略胜一筹。他能保持排名只是因为遇不到威胁而已，没什么好骄傲的。"

虽然对方把事情讲得过于轻松，但初澄也有赞同之处。他动动指尖翻过两页图片，调出期末成绩分段表。目前榜上700分段的确唯鹿言一人，几乎不具有竞争压力。

"那你觉得在总复习开始以后，谁有希望超过他吗？"初澄第一次带高三，难免对那种热血沸腾的场面有所期待，饶有兴致地偏头询问。

"有点儿难。"喻司亭没有想很久就给出了答案，"其他科目我没有话语权，但单拿数学来说，我们班里除了穆一洋是天赋型选手，其余都是靠量的积累，需要勤奋刻苦才行。鹿言更不用说，他的阅题量遥遥领先。拼同样的时间，很难有人能追赶上。"

初澄仔细地翻看表格："那如果是按总成绩来算呢？排名第二的徐婉婉在数学一科上有硬伤。你不能想办法拉她一把吗？"

喻司亭说："那孩子你也了解,性格稳当,思想独立,对市第一名头衔完全没有兴趣。家长也只希望她轻轻松松地读完高中,选一个自己喜欢的学校。相反,韩芮的理科更为突出,刻苦而且有韧劲,不如,你去鼓励一下她?"

画饼皮球又被踢了回来。

初澄"扑哧"一笑:"我们这样以看戏的心态引起'内卷',真的好吗?"

喻司亭挑挑眉梢,表现得心安理得。他在做记录的本子上写写画画了一会儿,忽然又想起了什么,开口道:"对了,有一件事我想和你商量。"

"什么?"

喻司亭继续说:"开学就升高三了,最近一段时间我和鹿言都睡得很晚,为了不互相影响,我打算搬到下面的客房住,把整个二层都腾出来让给他,你觉得如何?"

初澄笑笑:"作为'好大儿'的半个家长,给他提供安静的学习环境这事儿,我当然义不容辞。这还有什么好商量的?"

"房东嘛,还是要照顾租客的情绪。万一一个不小心,被人写了大字报贴在学校门口可就不好了。"喻司亭徐徐揶揄。

这人可真是恶劣,都答应得这么痛快了,还是逃脱不了要被他毒舌两句。初澄暗自吐槽,然后也没忘了言语回敬:"有些话不要光说不做,既然房东先生这么有自知之明,以后直接在租金上体现诚意就行了。"

"好说。"这次,喻司亭只笑笑便低下头去继续工作了。

为了研究每个孩子的成绩进退情况,并找出合适的解决方案,两人就这样在客厅里度过了大半天的时间。直到晚饭时分,那些待办事项才被逐一做完。

初澄伸了个懒腰,刚把电脑和本子挪去一边,就瞧见喻司亭着手搬房的清扫工作了。

这家伙还真是行动派。初澄兀自感叹一句,然后懒散地爬起身回房间,准备小憩一会儿。

当事人如此自然地躲了清闲,喻司亭只能一边打扫卫生,一边顺带着帮初老师清理他散落在一层各处的小物件。

"当当——"回去补觉的初澄刚闭眼没一会儿,就听见从房门口传来两声轻轻的敲击响。

"初老师，你的这些东西……"

"没什么要紧的，如果碍事，你看着扔掉就行。"

"你确定，这个也能扔？"喻司亭迈步到床边，再次询问。

这人略微上扬的语调，让初澄深觉怀疑，睁开眼果然看见他手里那件不同寻常的物件——刻着"初"字的戒尺。

"你怎么就注意到它了？"初澄实属无奈，倏地从床上坐起来，伸手去够。

喻司亭轻松躲开。

初澄没来得及再说话，鹿言的声音已经从门外响起来："按照目前的趋势来看，我要过一年的独居生活了，是不是？"

喻司亭扭头问："你敲门了吗？"

鹿言看看自己尚且停留在门外的脚，小心翼翼地答："舅……我还没进去呢。"

喻司亭用眼尾夹他，继续道："如果你学不会尊重别人的隐私空间，我可以向学校打申请，送你去住一年的学生公寓。"

鹿言脸上的笑容消失。

"你想去白小龙和江之博的寝室，还是穆一洋和李晟的寝室？"喻司亭当然清楚自家养尊处优的外甥住不惯四人间，故意挑着他的这根神经。

"都不想。"鹿言不假思索地回答。

趁着舅甥两个谈话，初澄趁机伸手去拿戒尺。不料喻司亭的警惕性强得惊人，甚至看都没看就准确地压按住他的手腕，使其动弹不得。

喻司亭镇定自若地继续对话："那你还在这儿干什么？新学期又开始了，需要从我这里获取一些附加压力？"

虽然鹿言觉得这个屋子的热闹确实好看，但听着威胁性的言论，还是再次晃了晃头。

喻司亭有一下没一下地敲着戒尺，通知道："整个二楼都给你腾出来了，以后非必要就不要下楼了，专心学习，吃饭时会叫你。"

识时务者为俊杰。鹿言的态度完美诠释了这句话："好嘞，我懂事。这就去做卷子冷静冷静，不写完绝不下来。"

"好大儿"离开后，喻司亭笑道："用着很称手，送给我做新学期礼物吧。"话音听起来虽然是在征求意见，手里的戒尺却握得紧紧的，没有半点儿要还回来的意思。

道理终归抵不过无赖。

"好好好。"初澄只好彻底放弃，满足了对方的要求。

新的一周到来，十中高三年级返校。

正式上课的第一天，鹿言拎着两本书走向本班教室，隔着十几步远就看到有人在后门旁探头探脑。只看身形，他分辨不出是班里的哪个小子，便抬腿轻轻地踮了踮，问道："谁呀？干吗呢？鬼鬼祟祟的。"

出乎意料的是，转过头来的是一张陌生脸孔。那是一个相貌俊朗的男生，短发乌黑蓬松，酷哥风格的三七分刘海儿，眉宇间带着飞扬的少年气。

鹿言怔怔，不好意思地道歉。

"没事儿。"对方伸手拍拍自己的裤腿后侧，态度有些冷淡，但还算大度。

鹿言再次打量一眼，确认是同龄人，友好地询问："新来的？"

"嗯。"男生又改口："但也不一定。"

"这是什么话？你是来做班级考察的啊？"鹿言瞥他一眼，回了自己的座位，如常和班里的其他学生打招呼，说说笑笑。

男生也就近来到最后一排，在鹿言身边坐下，见他似乎有不错的人缘，主动搭话："你们班主任是教什么的？"

数学课代表孟鑫闻声看过来，转向鹿言询问："这谁啊？插班生？"

鹿言顾着收拾自己的座位，学着那人的语气随口答一句："还不一定呢。"

插班生看他一眼，虽然没什么表情，但眼角眉梢隐隐透露着几分被挖苦的不爽。

旁边的李晟闲着无事，插进来一同闲聊："你连大哥都不知道，还能进他的班？"

"我又不认识，不清楚才正常。"插班生没好气地回一句。

只听班里学生如此语气，他就能自行猜测，高三（7）班的班主任肯定是位有名气的老师，也必然个性鲜明。

"他教数学，第一节就是。"李晟没在意他的态度，看看黑板右上角的课表，道，"这会儿应该在办公室，晚些会过来。"

听说班主任要露面，陌生男孩的神色略有变化。他双手插进薄工装裤的口袋，把自己下巴埋进领口，站起身准备像来时一样悄无声息地离开。

鹿言忽然感觉眼前的这场景特别熟悉。上一个在开学日偷偷打听班主任的"降级生"，好像还是初老师。

少年蹙了蹙眉，而后一副识破什么把戏的模样，对着身份不明的人张口询问："说吧，你又是教什么的？"

"啊？"插班生被他问得一愣，眯起眼睛，露出了不解神色。

在新学期的第一节课前，全体教师按惯例被聚集起来开早会。会议结束后，初澄在新一年的副班主任申请表上签好自己的名字，递给坐在身边的人。

"希望新学期合作愉快。"

喻司亭手里还捏着早上没喝完的豆浆，吸一口，回复道："还请初老师多关照。"

两人对视笑笑，好像完成了一种特别的交互仪式，默契地起身，准备一同回班级。

"喻老师，等一下。"一道声音从背后传来，杨主任迈着步子追赶上来，"你现在有时间去趟教务处吗？"

上一次在新学期会后被留住，还是因为周师兄的事情。直到现在，初澄依然心有芥蒂，这会儿心中不禁咯噔一下："又发生什么事了吗？"

"不是不是。"看到两人的神色变化，杨主任忙解释，"招生处那边推来了几个插班生，学校想安排其中一个进喻老师的班。这会儿学生和陪同家长都在教务处，想见一面。"

高三学期初会有孩子插班一事并不稀奇。喻司亭带过多届毕业生，很熟悉学校的套路。如果是普通的学生，直接统一安排分班就可以了，不会这样郑重其事。

所以他已有所预料，直接问道："什么样的学生？给我个心理准备。"

"嗯，确实有点儿棘手。"杨主任的嘴角勉强地笑笑，简单介绍道，"那孩子去年学期中生了一场病，休学过一阵子，之后就再也不肯上学了。他的个性肯定是比较叛逆，不服管教，家里也没有人能管制住他。但是……"

"学生有背景，学校不好直接劝退是吧？"没有外人在，喻司亭也就直话直说了。

杨主任只委婉地笑笑，没有，也不会给予回答。老实讲，喻司亭是眼里最揉不得沙子的带班风格，这种学生实在不适合塞给他。但除了他，也找不出第二个能镇住场面的了。对校方来说，这无疑是种艰难的抉择。对喻老师本人来说，大概算是种变相迫害……

喻司亭想得清楚利弊，态度淡漠如常，没再多说什么。

"那我先回班了。"初澄暂时与此事无关，打了招呼后，在楼梯口和两人分道。

上课铃已经响过，高三（7）班的教室里还是有些杂乱的声音。

"大早上的吵什么呢？"初澄走进去，清了清嗓子，看到课表上第一节写着数学，道，"大哥有点儿事要处理，课代表先发套卷子，做十分钟习题。"

"好。"孟鑫应了声，小跑着从座位里出来，到文件架上去翻试卷。

原本低声聊天的小团体被打断话题，学生们纷纷把注意力放到初澄身上，表现得一个比一个好奇。

"初老师，大哥是不是被叫去教务处了？"

"隔壁6班的插班生直接坐进教室了，我们班的怎么还得谈话啊？"

"我听说那小子很牛啊！家里背景杠杠的。"

…………

初澄错愕地瞪了瞪眼睛。这帮孩子都是从哪里听来的？消息居然比他还灵通。

八卦谣传的内容越来越劲爆，初澄及时打住："停，插班生的事我都还不确定，你们别乱说，快做题。"

班里安静了很多，但仍然有窃窃私语声。初澄又管控了两次，才止住他们对于这件事的讨论。10分钟、15分钟、半节课的时间过去。孟鑫给学生们发了第二张习题小卷，喻司亭依然没有回来。

看来初次会面并不顺利。联想到刚才学生们说的内容，初澄不免好奇。

他看了看已经恢复自习状态的教室，终于忍不住悄悄地从后门溜出来，边下楼边洗脑自己。身为共同管理班级的副班，他去了解一下情况也未尝不可。

想在教务处外听热闹的不止初澄一人，就连隔壁印刷室的老师也驻足在这里。

"这孩子的个性不敢恭维。喻老师的自我控制能力也是真的强，换成我早该发火了。"看见初澄到来，印刷室的老师啧声与他探讨。

教务处的门闪着一道缝隙。以初澄的角度只能看到大哥一半的身影。但单从那半张凛肃侧颜，也能判断他已经有些不耐烦了。

如果真是块烫手的山芋，就当找个理由救他出来缓和一下也好。初澄如此想着，抬手敲了敲教务处的门。

"我不想去他的班级。"

"我也不会容许我班级里有任何人摆烂混日子。"

门缝里先后传出学生和喻司亭的声音。双方正胶着僵持，突然响起的敲门声似乎是一种救场信号。

"请进。"杨主任忙用两字回应。

推开这扇半掩的门前，初澄满脑子都是问号：谁敢欺负喻老师呢？推开之后他却愣了愣，因为站在喻司亭对面的那张脸孔过于熟悉——这不是，住院时的同房小病友吗？

"应鹤……"相比于插班生的气焰，一旁的陪同"家长"显得弱势不少，几次拉着学生的衣袖想缓和气氛。

然而小病友未曾理会，他的目光笔直地落向刚刚进门的初澄，恍然地嗤笑一声。就着近距离，他压低声音讨伐："这就是你说的轻松职业？在重点高中一个教乐高，一个教口才？信不信我去投诉你为人师表不以身作则，满口胡言。"

初澄语塞一瞬，张口回撑过去："你又不是我的学生，瞎投诉什么？再说，翻旧账这件事不是只有你会，我可没提你切完痔疮撅着屁股躺在病床上瞎哼哼的事儿。"

应鹤狠狠地皱起眉头。这家伙……

一旁的陪同"家长"再次劝解："祖宗，你差不多得了啊。"

应鹤冷淡地瞥他一眼："干什么？"

"之前说好的，你必须复学并且老老实实参加高考，之后才可以随心所欲。现在怎么又临场变卦了？你这样我怎么给你爸交差？"

"我什么时候说不读了。"学生退回两步，靠在办公桌边，压抑着烦躁情绪，提出诉求，"我不喜欢7班，想换一个。"

陪同人惹不起这位，只能顺着："那你到底想去哪儿，自己选还不行吗？"

话已至此，喻司亭没那么好的耐心再等下去，转向领导，冷冷淡淡地开腔："杨主任，如果没有其他更重要的事，我就回去上课了。"

对方还没回答，应鹤也向他开口问道："这位初老师带班吗？我想进他的班。"

杨主任一时不知道该怎么形容心情，看看初澄，又看看喻司亭，试探道："他带吗？"

喻司亭晃晃还拿在手里的副班主任申请表："您说呢？"

初澄轻咳一声，看向对真实情况一无所知的插班生，本着充分征求意见的原则，再次询问："你确定，要来我带的班？"

应鹤哼了一声，算是给出了肯定答案，接着又反问一句："不可以吗？"

"可以啊。"初澄麻利地回答，"但有没有一种可能，我和他其实是一个班？"

应鹤不由得一愣。他忽然想起之前住院期间的事情，那时这两人的关系看起来的确很好。应鹤感觉自己在三言两语内遭到了暗算，可说出口的话没法收回来。而且无论怎么样，这一年的书也是要读的。

即便他不情愿，也只能硬着头皮，咬牙切齿道："那我也去。"

"所以，结果还是高三（7）班？"杨主任重新拿起桌面上的表格，看向班主任征求意见。

"交给初老师吧。"喻司亭稍侧过身，拍了拍初澄的肩膀，仿佛变成了一个与事件不相关的人。

初澄挑起眉梢：不对啊，我明明是进来解救别人的，怎么还成主要负责人了？

喻司亭看懂了他脸上的疑问，无声地点了点头：你的确解救了我，以牺牲自己的方式。

初澄语塞，但事已至此，只能任劳任怨地接下担子，带插班生回班级。

等到其余人都离开，喻司亭朝向领导询问："有学生过往的成绩资料吗？"玩笑归玩笑，身为班级的第一负责人，他必须对每一个学生负责，不可能真的去做甩手掌柜。

杨主任递给他一个档案袋，回答说："里面好像是有几张成绩单。但他已经很久没去上学了，估计说明不了什么问题。"

"那我也得看啊。"喻司亭叹一声，伸手接过，和领导打了招呼，离开教务处回班级。

"好好上课，别惹事，不要早退，放学后等我来接你。"

"你烦不烦？"

"我这不是受你爸的嘱托吗？"

"我爸我爸，除了这两个字，你会不会说点儿别的？"

…………

7班教室门外的走廊里，陪同应鹤来报到的人拉着他嘱咐个没完。男生的情绪却越来越差，眼底的郁闷之色都要溢出来了。

初澄没再旁听，率先走进班里给新学生安排座位。考虑到身高，他只能让应鹤临时坐在鹿言身边的空位上。

后排几个不安分的小子听到外面的动静，频频向门口张望，时不时还交头接耳，小声聊大声笑。他们早已从隔壁复读生的口中了解过这位新同学，概括来说无非是八个字——有背景，脾气极臭。

穆一洋还以此为由，出言揶揄着即将和插班生成为同桌的鹿言，但倚靠在角落里的少年明显对这些都不感兴趣。

"无所谓，只要他不惹我。"直到被大家cue烦了，鹿言才淡定放话，声音不大却气势十足。他握着笔写下两行解题步骤，头也不抬地继续补充："更何况他也惹不起我。"

"你老实点儿。"初澄把掌心落在鹿班长的头顶，轻轻地按压以作提醒。

话音落下，一脸不爽的应鹤已经走进了教室。

初澄蜷起手指，轻敲桌面："坐这儿。"

喻司亭站上讲台时，本堂数学课只剩下十分钟。他准备在铃响前讲完一道典型例题，趁着在黑板上画图的时间，开口问道："卷子都做完了吧？

翻正面，对一下前卷的答案，从季雅楠开始。"

"1C。"

"2D。"

"3A。"

"4A。"

…………

学生们都十分熟悉大哥上课的流程，熟练地报答案，没有人拖慢他的进度。

"7C是谁做的？"喻司亭没回头，依旧在黑板上写写画画。

被叫停的学生连忙改口："选D选D，看串行了。"

喻司亭瞬间识破："没做就是没做，别给我乱蒙。大早上的时间补觉了？站起来清醒会儿，后面继续。"

教室寂静了三五秒钟，没人应答，喻司亭转过身查看。提问顺位轮到了新来的插班生。那小子趴在最后排的桌面上，完全没有听课的状态，甚至不知道是不是睡着了。

鹿言轻揉他一把。

"干什么？"应鹤抬头。

"叫你呢。"鹿言朝着台上扬扬下巴。

刚有困意就被打扰，插班生有些不耐烦，向后推了推椅子站起身，干戳着没说话。

喻司亭赶着讲例题，不想在他身上浪费时间，沉声道："给他一张卷子，同桌继续。"

"传一下。"一张崭新的数学卷从孟鑫的位置递过来。

穆一洋接卷子时，嗤笑着吐槽了一声。这句话的声音很小，仅隔一条过道的应鹤也没能完全听清。但他能确定，对方说了"有个好爹"这几个字且言语间带着嘲讽之意。

"呵。"应鹤的嘴角动了动，放下刚到手的数学卷，就着站立的姿势向侧面迈开一步，抬腿"咣当"一脚，踹在穆一洋桌子的横梁上。

巨大的声响，让半个班级随之一震。

应鹤居高临下瞄着他，语气冷漠、声音不大，只是能足够被听清："我是我，我爸是我爸，你最好别乱说话。这是我第一次警告你，下次就没那么客气了。"

穆一洋怔了一秒，然后腾地站起来。但不等他有动作，讲台上也传来一声响亮的敲击。

"你们以为这是什么地方？"喻司亭停住动作，笔直地站立着，周身冷冽的气场让学生们完全不敢发出声音。

他漆黑深邃的眸子盯着准备闹事的男生，唇间吐出两字："坐下。"

穆一洋咬了咬牙，压制住被挑衅的火气，重新坐回椅子。

"如果连最基础的行为管控能力都没有，建议你们换个地方学习，去亭州幼儿园。"喻司亭转头看向仿佛置身事外的另一人，以同样的语气命令，"把桌子挪正，然后站回去。"

应鹤照做。

教室里重新恢复安静。初澄看了半天热闹，正想称赞一番大哥的控场能力，却忽然被其他东西吸引了注意力。

哎？他刚才用什么敲的黑板？

从上课开始，初副班一直在后排打表格，没抬头仔细看。直到现在，他才发现大哥手里用的直线辅助工具，好像是自己的戒尺？

在喻司亭讲完例题的最后一步后，下课铃声响起。喻司亭说了"下课"后，放下卷子，朝着后排指了指，然后离开了教室。

站立在桌边的初澄会意，开口道："穆一洋，跟我出来一下。"

"噢。"刚刚被当堂制裁过的学生当然知道原因，低着头从后门出去。

初澄经过后排时，瞥了眼面无表情的应鹤，随后不动声色地走过，只抬手拍了拍旁边的鹿言。初副班暗戳戳地安排工作，鹿班长不能置之不理，只好不着痕迹地帮忙调解。

鹿言趴向桌面上，用手腕垫着下巴，漫不经心道："你其实不用和他较劲。"

应鹤瞥他一眼："说谁呢？"

"被你掀桌板的那个呗。"鹿言叹一声，"他这人就是嘴贱，没什么坏心思，你别太在意。"

应鹤嗤一声，不以为意地道："他说的又不是你，凭什么替我大度？"

　　鹿言改换了姿势，无聊地拨弄两下自己的额发，自然而然地说道："他肯定也说我啊，不然我干吗要给你建议？"

　　应鹤顿了片刻没应答。他看向没精打采的新同桌，想起这人早上莫名其妙还不太聪明的样子，低声挖苦："你有什么值得被说的？"

　　"你最好放尊重点。"鹿言笑一声，"因为我是这个班里最大的关系户。和穆一洋起冲突可能没什么，但如果踢我的桌子，我保证你一定会被赶出去。"

　　"当——"一声轻响。

　　应鹤虽然没用力气，却偏不信这个邪，用眼尾睥睨着他："踢了，然后呢？"

　　话音落下，刚带穆一洋出去的初澄正好折返回来。

　　鹿言迅速转身告状："初老师！"

　　应鹤瞥一眼："他就是你的关系？"

　　鹿言反问："不行吗？"

　　"省省吧。"应鹤看向初澄，语气终于放缓了些，带上点儿争宠的意味，"我和他当了那么多天室友，他会向着你？"

　　同时接收到的信息量有点儿大。鹿言拧起眉梢，看向初澄，没说话，却用怨念的眼神表达了情绪——你到底有几个"好大儿"？

　　初澄无言辩驳，自动跳过这个话题，支使鹿言："去我办公室帮我把买的咖啡拿来。"

　　提问不成，还得跑腿？

　　鹿言眯起眼睛："有我的吗？"

　　"有，快去。"初澄把人推出后门，目光重新落回应鹤身上。

　　刚才课上的事情，他也算目睹了全程。穆一洋嘴碎挑起争端固然不对，大哥已经在教育了，但这个当堂踢桌子的更是过分。

　　"跟我聊聊？"初澄偏头征求意见。

　　"不聊。"应鹤把双手插进口袋，边走出门，边用通知对方的口吻说，"我饿了，下节课不上了。"

　　初澄对着背影再问："那下午聊？"

　　应鹤："下午也不聊。"

看着油盐不进的学生走开，初澄有些无奈地叹了口气。

鹿言取回了咖啡，初澄拎着给喻老师的一杯去办公室找他，顺便想看看穆一洋那边的情况。但他到数学组时，师生间的谈话早已结束了，座位边只剩喻司亭和课代表在。不知什么时候，喻老师的办公桌上多了一个实木托架，专门用来摆放他的戒尺。

孟鑫对尺子背面的刻字感兴趣，想拿起来看看，还没碰到就被凶了一声。

喻司亭："放下。"

孟鑫觉得委屈："大哥，我还没伸手呢。"

"回去上课去。"喻司亭抬头看到站在门边的初老师，赶学生回去。

"好吧。"孟鑫只能灰溜溜地离开，路过副班身边还向他问了好。

初澄沉着脸色点点头，然后快步迈到喻司亭的桌前，十分诧异地询问："你把它摆在这儿干什么？"

喻司亭理直气壮地回答："初老师，你已经把它送给我了，放在哪里是我的自由。"

果然，这家伙没安好心。初澄懊悔，送出去的时候就应该想到他会耍花招。

"干吗来了？"喻司亭看向他手里的塑封杯，"特地给我送咖啡？"

与高二年级部不同，现在语数组办公室之间的距离很远，无论怎么走都不会碰巧路过。所以"特地"两字，是抵赖不掉的。

"想得美。"初澄否认，"我是想和你聊聊新生的事情。"

喻司亭说道："不是已经说好了吗？相关事情由你全权决定，我无条件赞成。"

"……"初澄蹙眉道，"您把躲清净的心态说得这么'清新脱俗'吗？"

喻司亭爽朗一笑，恢复正色道："搞不定的话，要不要交给我？"

初澄摇摇头："毕竟也算有点儿缘分，我再试试吧。"

"别太难为自己，对于这种妄图和老师比骨头硬的学生，我还是有些处理经验的。有什么需要我做的吗？"

"有啊。"初澄弯下身，指了指架子上的黑檀戒尺，"把它收起来，不要带着招摇过市。"

"我并没有招摇。"下一节的预备铃已经响起，喻司亭准备去上课，他拿起试卷册和戒尺，掰着手指细数，"一共也就1，2，3，4这四个班级。"

初澄切齿："你就一定得带着它吗？到底有什么用？"

喻司亭笑笑："是你自己说的，戒尺是一种传承。不只是对学生，对老师也有同样的效果。我只要一看到它，就回想起初老师当初对我的规劝：在奉行教育的同时，要以怀柔之心多关注学生的情绪状态……"

时隔整整一年，他居然能只字不差地背诵当初那封匿名信的内容。初澄哭笑不得。

喻司亭还有其他说辞："戒尺虽然不能用来体罚学生，做个指题工具总可以吧？很适合用来展示一个成熟的老师严谨稳重的风格。今天是你去新班级的第一节课吧？"

初澄被他唬得发愣，点了点头。因为师父杨老师即将退休，把带的班级分给了他一个，所以初澄本学期还会接手高三年级（1）班的语文课。

喻司亭继续说："反正初老师的形象在7班已经定型了，如果想去1班改头换面的话，要不要借你用用？"

初澄扯着嘴角朝他假笑，冷漠道："不用，我有自己的风格。"

40分钟后，数学课结束。讲完全部内容的喻司亭没有急着走，而是留在1班教室里给学生们答疑解惑，直到下一堂课开始才停下。初澄走进了教室，面对新老师，学生们表现得很热情，大声道着"欢迎"。喻司亭也从后排抬头看向他。

初入新班级，初澄心里还是有些许紧张。他深吸一口气，像在十中的第一节课一样，把自己的名字写在了黑板上。等着学生们完全坐好恢复安静，他才微笑着开口："也许不是初次见面了，但还是正式地自我介绍一下。我叫初澄，是大家未来一年的新任语文老师。"

"初老师好。"

"同学们好。希望能和大家相处愉快，共同度过高中生涯的最后一年。下面我们正式开始上课。"

看着初老师渐入佳境，喻司亭准备从后门悄悄离开。忽然，他听到身边的学生产生一阵骚动。

"7班的老师是团购教具了吗？为什么他们手里都有东西拿？"

"初老师的教棍更酷哎，回头给我们老班也众筹一根。"

"你们确定他拿的是教棍？我看着怎么有点儿眼熟啊？"

"不确定，再看'亿'眼。"

…………

七嘴八舌中，喻司亭停下脚步，重新看向讲台。

认真讲课的初老师向来都是那样有魅力，严谨博学，声音温润，风姿明秀，甚至让人羡慕能坐在这里听讲的学生们。他的目光落在初澄手上。那人掌心握着的乌黑细棍看起来并不显眼，需要很仔细看才能发现上面雕刻着的精细花纹。但喻司亭还是认出来了，他无声一笑。

这个家伙在被扣除几千块的工资后幡然醒悟，彻底丢弃严厉形象，放飞自我了。

其实在喻司亭看来，一个班级里并不需要每位老师都压抑天性、不苟言笑。保持现状，优势互补就很好。大不了，以后恶人都由自己做。盯视片刻后，他安静地从后门走了出去。

就在喻老师离开时，1班教室里终于有同学辨认了出来。

"等等，初老师手里拿的好像是……"

"斯……斯内普的魔杖？"

喻司亭离开三年级（1）班的教室，回到数学组。他忙了一个上午，直到现在才有时间拆开插班生的档案。

和预想中的一样，那些资料不全，完全没有什么参考价值。

初老师本学期的工作量已经够多了，再看这一堆乱麻一样的东西，必然焦头烂额。虽然说了由副班负责，但多少还是想帮忙分担一些。喻司亭叹一口气，给杨主任打去电话。

临近午休时间，喻司亭离开办公室，提前到教职工停车场去等着初老师下课，一起出去吃饭。在他等待的时间里，杨主任敲了敲车窗，然后坐上后排座椅，重新递给他一个牛皮纸袋。

"我刚从原学校那边要过来电子成绩单，都帮你打了出来，里面还有一些学生之前的违纪记录和检讨书。"

喻司亭接过，随手抽了检讨书出来，瞄上一眼，说道："这些没什么用，都是照着网上抄的，还是排列在前的那几篇，我看过不知道多少遍。"

杨主任摆摆手："反正你自己看吧，能搜集到的资料都在这里了。"

"嗯，谢谢领导。"喻老师的话虽是这样说，毫不掩饰的坏脸色上却分明写着：领导又给我添麻烦了。

杨主任早习惯了他的德行，并不在意，提议说："初老师好像在之前就认识那孩子，你让他去谈会不会好些？"

"嗯，认识。"喻司亭的语气冷淡，"在他住院期间，胃里还有止血夹的时候，随便认识一个同房的病友，都是为了以后的工作做铺垫。简直鞠躬尽瘁，死而后已。"

杨主任听出了言下之意，啧一声："说话怎么还带刺儿呢？"

喻司亭我行我素："您也不是第一次听我说话。"

"行行行。"杨主任已经听说了应鹤在第一堂课上就当着喻司亭面踢桌子的事，惹得班主任气儿不顺也正常，只能商量着说，"但这孩子的情况确实有些特殊，你好歹克制一下。实在不行再考虑劝退？"

"是，他特殊。"喻司亭不是个爱发牢骚的人，话只是点到为止，不再多说。

杨主任瞄到副驾驶位上系着一个软乎乎的云朵 U 形枕，也顺势转移话题："你这车上的配饰还挺可爱的。"

喻司亭随口回："别人的。"

不等杨主任回答，车门被人拉开。一道颀长匀称的身影钻进副驾驶位，还没坐稳就反手抓过 U 形枕架在自己脖子上，把半张脸颊都埋进去，暴力地揉搓着。

"啊——我不活了，上课口误念错了字，你的课代表笑得好大声。"

"念错了什么？"喻司亭不疾不徐地问。

初澄的神色懊悔至极："我把盘古说成了排骨……"

喻司亭"扑哧"一笑："你的脑子里在想什么？"

初澄忙答："我是嘴瓢！呜——我现在就打电话给主任辞职。"

喻司亭掰动车内后视镜，悠悠道："不用打电话，他在后面呢。"

初澄茫然地回头，声音瞬间平息。喻司亭，在我号第一声的时候，你为什么不告诉我？

杨主任难得见这么可爱的教师面貌，笑着回应："没关系的初老师，口误很正常，大家都会有。"

演绎"发疯文学"被领导强势旁观，这是什么"社死"现场！

"见笑了，杨主任。"初澄用轻轻的咳嗽声缓解尴尬，"那个，要不要，一起去吃午饭？"

"不了，午休时间短，我就不打扰你们主副班讨论工作了。"杨主任推开车门下了车，还友善地摆了摆手。

初澄无暇顾及其他，只是庆幸如此尴尬的场面终于能结束了。

和领导告别后，喻司亭边把车开出学校，边和身边人聊天，询问他的工作进展。

初澄轻叹："没什么突破性成就，尤其是对应鹤那个顽固小鬼。"

"需不需要我给一点儿动力？"喻司亭打了把方向盘，抽空把杨主任找来的档案袋递给他。

初澄疑惑地打开，拿出里面的成绩单。这些是应鹤休学前参加的最后几场考试。在高三上学期，也就是去年的这个时候，他的总分有 393 分，排名在原学校吊车尾。

"喻老师觉得，它对我的激励在哪里？"初澄仔细地看着表格，陷入沉思。

喻司亭提醒道："十中的平均分排名是全员算分制。"

初澄听懂了，脸色瞬间严肃起来。

喻司亭继续在他的心口插刀："如果你在 8 月底月考之前搞不定他，仅凭一人之力，7 班的语文就有可能直接被拖回原名次。"

"我不允许，这不可能。"初澄捏紧成绩单表格，咬着牙立下 flag。

"那你加油。"喻司亭不用偏头，就已经能感受到从副驾驶位上燃烧起的熊熊斗志。他熟练地倒车，把车子停在了餐厅前的狭窄车位上，胸有成竹地补充："据我多年观察，杨主任的性格和抗压能力都是几届领导班子中最好的。所以最后实在搞不定，可以交给他去跟家长沟通。"

"噢。"初澄发出"迷弟"一般的惊叹。

喻司亭还以为他要说出什么见解，下一秒却听到那人跑偏重点："你这车停得也太好了吧。"

"这辆方向盘有点沉，等别的车修好了再陪你练。"喻司亭伸手解了安全带扣，道，"下车吃饭。"

高三年级的工作强度陡然提升。初澄多带了一个班，时时刻刻还要盯着新来的麻烦制造者，精神一直处于高度紧绷状态。每天下班后，他都累得不行，睡不了几个小时，又要爬起来去跟早自习。

直到新学期的第一个周末，他终于可以睡个懒觉了。然而一大早，初澄却被人残忍地叫醒。房间的遮光帘被拉开，明媚的阳光照进卧室，暖洋洋的，带着股烤面包味儿。床上的初老师睡意蒙眬，边使劲儿地往被子里钻，边抱怨："干什么呀？"

"快起来，出去晨练。"

"晨什么练啊？我困死了。"初澄转身欲睡，却被一把拽起来。

喻司亭念叨："整周伏案，也不知道动一动。没听到你的肩膀在'喀吱喀吱'地抗议吗？到时候颈椎痛严重是要去做理疗的。"

"放过我吧。我就是想活着而已啊，不用那么健康。"

初澄的瞌睡终于消退，不情不愿地进浴室洗漱。

"你快点儿出门，没准有惊喜呢。"喻司亭卖了个关子，到客厅里等待。

片刻后，初澄收拾整齐，走出去。他穿了连帽运动衣，搭配八分短裤，清爽干净。

两人推着单车走出花园，沿着繁天景苑的外环路骑行几圈，然后到园区外的早餐店吃了生煎包。

"下次骗我出来的借口高明点儿。"直到晨练结束，初澄也没有见到喻司亭所说的惊喜。

"别急。"喻司亭推着车子慢慢地往回走。

忽然，远处的石子路边传来两声沉闷的狗叫声。初澄循声看过去，见一道有些眼熟的少年身影，那人正牵着一只巨大的阿拉斯加迎面走来。

这人是……应鹤？

因为学生还记着插班时的仇，已经有一阵子不理他了，更别说什么交谈的机会。这应该就是喻老师说的惊喜了。

初澄偏头看向身侧，询问："你怎么知道他会出现在这里？"

喻司亭："我看他入学表格上的通信地址是繁天景苑，应该是为了复学特地搬过来的。刚开始我也不确定他住在哪个区，前两天买早餐的时候刚好在对面一栋撞见，所以拜托家政打听了一下他家保姆平常遛狗的时间。周末他会亲自遛。"

初澄听完暗自感叹一番。好家伙，现在当老师还得会侦查了？

两人言语间，应鹤已经遛着狗走近。对方打量着狭路相逢的老师们，表情显得淡漠，但站在回家的必经之路上又绕不开，只能无奈向前。

"巧啊，小病友。"初澄率先开口，面带微笑。

应鹤身边帅气又愚蠢的阿拉斯加见人就想上去蹭。他紧紧地攥住牵引绳，回应道："你又不是不知道我的名字。"

"是啊，你又不是不认识我，见面打个招呼有那么难吗？"初澄顺势接上。

应鹤蹙了蹙眉头，低声开口道："初老师……喻老师。"

"听杨主任说，你之前是因病休学很久，现在是身体都恢复好了吗？"初澄当然知道对方的病早已不碍事，却还是一副关心模样，像是不知道他那些叛逆逃学的荒唐事。

学生却不买账："我都活蹦乱跳地在你面前晃了一个星期了，才想起来问？"

初澄脸上的笑意更灿烂，满眼无辜："是你不让我在学校提起的，一旦说错话就要去举报我，不记得了？"

应鹤撇了撇嘴，抬眸看到站在一边的喻司亭，不免好奇道："你们俩也住这个小区啊？"

"对啊，我们还是室友。"初澄答得自然，话锋一转，"工作是工作，友情是友情，我们可不是那么拎不清的人，把学校恩怨带到生活里来，是吧，喻老师？"

喻司亭没什么表情，却肯定地点点头。

应鹤听出来自己被挖苦，翻了翻白眼："我们还有友情？"

初澄一笑，倚着单车略表遗憾地摇摇头："你说没有就没有吧。反正某人之前喊我哥还教我逃院的时候，可不是这个态度。"

应鹤没再说话，扯着阿拉斯加欲走。

就在他经过初澄身边时,听那人再次开口:"我送的乐高你拼好了吗?"

提到这个,学生紧皱的眉峰明显舒展了一些,顿住脚步,低低地回应:"嗯,拼了很久。"

初澄弯弯唇角:"那就好,蹲拍卖蹲了一宿呢,我自己都没舍得打开。"

应鹤也住在一楼,家门已经近在眼前了,他驻足思考片刻,回答道:"就摆在这里,你想不想进去看看?"

初澄反问:"可以吗?"

应鹤"嘀"的一声按开了指纹锁,瞥了眼旁边的喻司亭,补充道:"你一个人。"

初澄把自己的公路车交给喻老师时,从他的眼神里看出了一种复杂的情绪。趁着无人注意,初澄抛给对方一个让他放心的眼神。

繁天景苑南区的房子格局完全相同。应鹤家里是和喻老师家一样的大平层,以至于初澄进门时感到十分熟悉,好像径直就能回房间去了。应鹤并非与父母同住,或者说这套房子就是家里专门买来给他上学读书用的。平日有保姆照顾生活,而在周末,家里就只剩他一人。

对于这次意外而来的家访机会,初澄不想急功近利,所以并不打算进行任何说教,就像是一个真正到家里来玩的朋友一样,把更多的好奇心放在他的各种玩具上。

事实上,他也确实对那些感兴趣。应鹤爱发明、爱创造,是爱玩爱闹的个性。客厅里摆满乐高、机器人和各种天体模型。当他兴高采烈地给初澄介绍自己近期新搞出来的心爱物件时,两人之前的隔阂慢慢消失,仿佛又变成了趴在病床上一起分享快乐时光的朋友。

"你口渴吗?"应鹤讲了半天奇思妙想,终于停下来问道,"想喝点儿什么?"

喝水,喝茶,喝咖啡都是他能想到的答案。

偏偏低头摆弄乐高的人脑回路不一样,毫不客气地提要求:"要一罐带冰碴儿的旺仔牛奶。"

"你不说我都要忘了你是怎么年纪轻轻住进胃肠科看护病房的了。"应鹤边低声吐槽边拿起手机,"我去门口的超市买。你等我一会儿,别乱动我的东西。"

"知道。"初澄应下，依然认真地拼手里的螺旋桨。

因为没使对力气，他手里的几个零件忽然崩散开。初澄连忙俯身去捡，重新安装，无意间看到了一摞被塞在矮柜底下的练习册。他随手翻开，发现上面的题已经做得七七八八。这些参考书都是今年的新版本，绝无可能是应鹤在休学之前买的。

初澄沉沉地叹了一声。其实在应鹤插班之前，他就对这孩子有一定的了解，通过住院期间那几个无聊日夜里的闲谈。

应鹤的家庭成员都是极其有影响力的人物，所以从小他就好像顶着一圈光环，每个见到他的人都会谄媚地表示，这孩子生而不凡，将来一定前途无量。在这种环境中长大，应鹤难免觉得自己的个性永远无法被看到，不管怎么努力，他以后逃离不了被安排的命运。

初澄当初之所以会心疼这个孩子，就是因为产生同理心。应鹤现在做的事情，他在很小的时候也做过：不想学琴，就把琴弦剪断；不想背诗，便打碎父亲的砚台；希望通过离经叛道来被重视，也想通过特立独行来彰显个性。

现在想想，这些想法、做法都很幼稚。可是每个人都有幼稚的时候，也有一时想不清楚、避绕不开的事情。

外面的门锁再次发出"嘀"的一声响。初澄不动声色，把整摞的练习册重新塞回矮柜底下，继续安装手里的零件。

时间过得很快，不知不觉，初澄已经在应鹤家里玩了一个上午了。两人谁都没有意识到。直到手机发出一声嗡鸣，是喻司亭发来的催促消息。

喻司亭：初老师，我是给你创造了家访条件，但你待得未免也太久了吧？再不回来就没有你的饭了。

初澄笑笑，刚想回复说"马上"，手指却又顿住。他想了想，重新打字。

初澄：换"好大儿"来叫我。

应鹤感受到自己的肚子饿，才发现已经是中午了。他随手滑动手机，翻找口碑好的店铺点外卖。过了没多久，屋外传来门铃响。应鹤起身去开门，正疑惑着今天的餐怎么送得这么快，却发现门外站着的是他的同桌。

对视的一瞬，两人都一愣。

鹿言看了看门牌，不确定道："这是你家？"

应鹤狐疑地眯着眼睛："不然你来找谁？"

"找我的。"坐在沙发上的初澄终于拼装好了螺旋桨，小心翼翼地把它安装到主体上。

应鹤稍稍让开身体。

"不好意思打扰了。"鹿言笑笑，并没有进门的意思，只是探了探身，对里面开口，"初老师，午饭做好了，小舅炖了参鸡汤，再不回去就凉了。"

"马上。"初澄安装完最后一个部件，把茶几上还剩一口的旺仔牛奶喝完，"时间刚刚好。"

应鹤见他站起身，问道："你要走了？"

初澄晃晃手里的铁罐子，笑言："感谢款待。"

"下午还能再过来吗？"应鹤的脸色虽没有明显变化，眼睛里却诚实地露出几分期待。

"可能不行，都已经'不务正业'一上午了。"初澄走到玄关边顺手揉了揉鹿言的头，"吃完饭我得看着他写作业。这小子最近做题马虎得很，月考如果再这个样子，可能就要丢掉校排名的十几连冠了。"

鹿言躲开，理了理被揉乱的发丝，低声道："我哪有——"

应鹤盯着两人，没有说话。

初澄换好鞋子，和学生告别，搭着鹿言的肩膀和他闲聊着离开，走向对面一栋。

还没等应鹤关门，又一道蓝色身影走近，外卖小哥递上一袋餐盒，说道："您的外卖，祝您用餐愉快。"

应鹤的目光落向已经走远的两道背影，他看看自己手里的双人套餐，沉默地关上了房门。

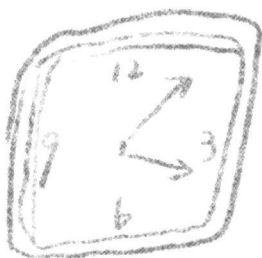

第九课

起点 VS 终点

时隔多日，再次尝到喻老师的手艺，初澄吃得相当满足。

午后阳光灿烂舒适，初澄懒懒地不想动，抱着平板电脑倚在露台上看美食番。鹿言和舅舅在客厅里看纪录片。

"帮我泡杯红茶。"喻司亭目不转睛地盯着电视屏幕，支使道。

"好。"鹿言往嘴里塞了片猪肉脯，又恋恋不舍地看了一眼，然后起身去餐厅吧台边拿茶包。

大理石的料理台边，放着一个明黄色的档案袋，看着上面的公章应该是从学校拿回来的，里面的白色纸张已经散落到了地面。

鹿言一边吐槽两位老师把工作材料随手乱放，一边俯身捡起来。只无意中扫过那么一眼，少年的眉梢忽地挑了挑。

应鹤，高三年级月考总分 393

数学 150

英语 148

物理 95

其余三科均因缺考而是零分。这小子，竟然是个十足的学霸啊。

鹿言泡好红茶，放在了客厅的茶几上，顺手收拾好吃完的零食袋，一言不发，主动回楼上写作业去了。每天都要皮一会儿才能去学习的孩子，今天居然这么自觉。

喻司亭有所察觉，偏头看着外甥的背影，轻不可闻地笑笑。他关掉纪录片，径直到餐厅拿回档案袋，然后端着红茶杯悠闲地坐到初老师身边。

"又'钓鱼执法'了？"初澄掀起眼睑，看了看他手里的东西。

喻司亭反问："同样的激将法，只许你用，不许我用吗？"

初澄不置可否。

喻司亭歪了歪身子道："别看了，早上起得早，补补觉吧。"

"好。"初澄在摇椅上蹭了蹭，悠闲地叹息了一声。

周日上午。初澄像只猫一样懒倦地眯着眼睛，俯趴在沙发上滑动手机。

近几日都没有川哥的消息。看了朋友圈才知道，他一时兴起坐绿皮卧铺去西藏了，说是要体验一下在长途火车上创作的苦乐。

初澄随手点了个赞，打字回复。

初澄：一个人啊？你也不嫌无聊。

喻司亭不经意看见他的手机屏幕，与之分享消息："喻晨好像也出门旅行了。"

"真的假的？"初澄兴趣盎然，抱着软垫稍转过来，"可我觉得喻晨姐看起来对川哥并没有那方面的心思，而且，她是单身主义。"

"互相欣赏分为很多种。"喻司亭回应道，"如果他们有很多聊得来的话题，约出去边玩边创作也是有可能的。"

初澄觉得有道理，点开徐川发的朋友圈，逐张欣赏照片，想了想后继续追问："那你对这件事有什么看法吗？"

喻司亭淡淡地答："他们两个都是成年人，有自己的考量，和别人没什么关系。我需要关心的也不是这个。"

"那你关心什么？"初澄自然地接上话茬儿。

喻司亭笑笑："明天就是星期一了，新的一周新的考试，敬业的初老师还受得了吗？"

"你……"初澄又笑又气。

"小舅，我有道题没思路，你们俩谁有空……"两人正聊着，鹿言突然踩着楼梯下来，撞见沙发上的人，愣了愣，"初老师，你没事吧？眼睛怎么肿成这样？"

初澄尴尬地埋起头。

喻司亭接茬儿道："你的手机下载不了'作业帮'吗？"

我有那么大两座靠山，还需要用作业帮？鹿言动动嘴唇，没有说话。

"虽然看着'好大儿'写作业是我的活儿，但我现在严重睡眠不足，所以，还是喻老师去吧。"初澄答道。

喻司亭并不反驳，起身跟着鹿言上楼，走到楼梯口忽然停下脚步，转身揶揄："初老师，你现在地主老爷的派头很足啊。"

初老师的美好周末很快过去，还没缓来疲惫来就已经开学了。周一清早，一直是空手上下课的应鹤破天荒地带了本物理练习册，夹在胳膊底下，走进教室。

"嚯，你还做题呢？"穆一洋张口挖苦。

前两日，他刚和应鹤起了冲突，虽然被大哥及时制止，但毕竟处在血气方刚、点火就炸的年纪，再见面还是免不了动动嘴皮子。

"先撩者贱懂不懂？"应鹤早上有些没睡醒，懒得搭理，边回自己的座位，边凶冷地回撑，"滚，别找打。"

紧接着，两人你来我往地对呛了几句。从上周的踹桌事件过后，初澄已经让应鹤和鹿言换了座位。此时鹿班长被夹在这两个火药桶中间，低头做着自己的化学卷，完全不理会，眉间的情绪甚至有些冷淡。

生委季雅楠作为前排吃瓜群众，啧叹一声："班长的定力可以啊！左右骂成那样，他连头都不抬。"

"就算他们俩打起来，也影响不到鹿言。"徐婉婉合上刚整理好的笔记，拿出新的复习资料，撑着下巴发出"万年老二"的无奈叹息，"不然你以为过去的四个学期，他是怎么雷打不动考在我前面的？"

应鹤听到谈话内容，低头看了看完全不为环境所动的鹿言，竟生忍了一口气，拉开板凳坐下刷题。穆一洋见他势弱，正欲乘胜追击，被他身后的徐婉婉拉了一把。

女孩子晃了晃自己手中的词汇卡，柔声道："本来就困死啦，你们再吵我就更背不进去了。"

穆一洋虽然嘴碎，但对待女同学向来包容，他皱了皱眉，老实地坐回自己的位置。

初澄恰好进门，看着刚消停下来的教室，板着脸训了句："又闹腾什么呢？"

"'群胡归来血洗箭，仍唱胡歌饮都市。'这句诗表达了作者怎样的思想感情呢？"鹿言这会儿才抬起头，装作正在和大家认真探讨的样子，缓和班级里的气氛。

"唬鬼呢？你做的是化学卷子。"初澄把手掌放在鹿言头顶狠按了一下，同时加重了字音。

少年一乐，重新低下头去。

初澄在班级里环顾一周。上星期发生课上冲突之后，穆一洋已经被大哥教训过了，同为祸首的应鹤却还没有受到惩罚，如果不了了之难免有失公允。

所以，他特地当着其他学生的面，敲了敲应鹤的桌子："来我办公室。"

经过周末的一次家访，应鹤在校时对初澄的态度好了不少，老实地起身跟上。早自习时间，语文组的任课教师们还没有来上班，几位班主任也各自待在班级，办公室里静悄悄的。

初澄在桌前坐下，看到应鹤背着手，低头不看自己，一副准备挨训的姿势。

"什么意思？"初澄不解。

"是你说的，工作是工作。那你叫我来办公室肯定是要骂人啊，开始吧，我尽量不顶嘴。"应鹤答。

初澄哼笑一声后，开口道："你想错了，我是来走后门的。"

应鹤一愣，朗霁的眉端挂上疑色。

"我要找你办事。"初澄继续道。

他从抽屉里拿出牛皮纸档案袋，翻出几张成绩单铺在桌面上，继续说："我研究过你的成绩，也了解你的风格。每次考试你为了压分都只答三科，要么是数英物，要么是数物化，反正没有语文就对了。"

应鹤倒也诚实，回道："语文要做阅读、写作文，我嫌麻烦。"

"数学什么的还费脑子呢。"初澄当即反驳，"我要你帮忙的事情很简单，就是你不要那么果断，多思考一下，可以选用抽签这样的方式来决定你到底答哪三科。"

初澄拉开另外一道抽屉，从里面抓出一把小纸条，展示给对方看："喏，签都给你做好了。"

被摊到桌面的那些小纸条分别写着不同组合的三个科目，但每一张上面都有语文。

应鹤呆立两秒，诧异地抬头提问："你真的一点儿都不掩饰自己的目的吗？"

"这种事，全靠同行衬托。"初澄表现得十分坦诚，"我一个好不容易才把均分追进前五的拼搏人士，哪有那么高尚的谦让精神？"

应鹤不解："你不想问问我为什么只答三科吗？"

"你想说吗？"初澄反问。

应鹤摇头。

"但我可以告诉你，我上小学的时候为什么只答半张卷。"初澄早已料想到他的答案，脸色温和如旧，不疾不徐地说起自己年少时的荒唐事。

"我曾经也像你以为的那样，觉得人生早已成定势。但是我姥爷告诉我，他没有不允许我做什么，而是因为我还太小了，不知道自己想做什么、喜欢什么，所以才需要被引导、被规诫。"初澄看着应鹤，说道，"如果抛开家里的所有影响不谈，你想成为什么样的人？从事什么工作，过什么样的生活？"

应鹤没有说话，毕竟他也不太清楚。因为没有目标，所以会产生无意义的烦躁。

初澄说，自己也是那个顶着家里光环出生的人，但他的每一个选择都是自己做的，他现在拥有的一切，都是他想要的。

他话锋一转："当然了，我想要的还有你在月考的时候给我好好答语文。"

应鹤嗤了一声："绕来绕去，你还是为了这件事。"

初澄胡乱地揉了揉自己的头发，拎出一张之前的排名表："你看看！除了语文之外，7班所有科目的均分都是第一啊。哪怕按劫富济贫的江湖道义来说，你也不该从语文下手吧？"

对视片刻，应鹤忽然一笑："说实话，你是怎么当上老师的？"

初澄挑眉："挖苦我？"

"绝对没有。"应鹤摇头，"你是真的很适合这份工作，虽然大多数时候，你比学生还要叛逆。"

"我没有，别乱说啊。"初澄悠闲地靠向转椅，表示不接受如此评价。

早自习结束的铃声响起。

"你不打算骂人的话，我先走了。"应鹤把双手揣进口袋，歪头道，"要我办的事，我考虑一下。"

学生离开后，初澄舒服地闭上眼睛。办公室里只持续了片刻安宁，门"吱呀"一声，又一道身影闯进。

"初老师！"初澄不必睁眼，就听到白小龙扯着粗嗓门道，"你太过分了！我去集训两个星期被收了手机，刚回来就看见你在背后疯狂地卷我，你上了101星居然不告诉我！"

"嗯？"初澄直起身，思考两秒钟才反应过来对方在说什么。

"带我。"白小龙怨念极深地吐出两字。

初澄想也不想："不带。"

"带我！"学生加重语气，带着些撒娇的成分道，"我田径集训成绩小组第一，文化课也没落下，周末在家还教我姥爷用智能机了呢！你凭什么不带我！"

"不带。"初澄不为所动。

白小龙紧蹙着额头："那我就告诉大哥你换新皮肤了，还是非卖的氪金款。以你的非酋程度，不充个2000块应该是抽不到的吧？"

初澄不以为意地哼一声："我自己起早贪黑凭劳动和知识赚钱，凭什么不能氪金啊？别说大哥，你告诉你大爷也管不着啊？"

"什么乱七八糟的？"就在两人快语速的对话间，喻司亭刚好推门进来。

"大——"白小龙甚至还没来得及打个招呼，就被身边人紧紧地堵住了嘴巴。

喻司亭一怔："闹什么？"

"哈哈哈……大清早起来没睡醒，他满嘴胡话。"初澄讪笑着，手上完全不放松，"你找我什么事儿？"

喻司亭把车钥匙递来："学校临时通知，下午所有的教研组长都要出去学习开会，结束后可能还要聚餐，不知道几点能脱身。"

"好。"初澄根本没听他说什么，一口答应下来，"放学我自己开车带鹿言回家。"

直到对方离开，初澄才偏头看向白小龙，叮嘱道："放假我可以找人带你，不要乱说话，听到没有？"

学生呜呜两声，初澄放开手。

"好好好，我不说。"白小龙大喘一口气，才继续出声问："但是初老师，你什么时候和大哥住在一起了？"

初澄开口答道："喻老师是我的房东，我在租他的房子。"

"哦——"

"是不是打预备铃了？快回去，该干什么干什么去。"初澄催促着白小龙，站在桌边拿上自己的教材和魔杖，然后把学生推出了办公室。

在教学楼的长廊上，初澄边走边打开手机的系统邮件，单手滑动着屏幕，把最近游戏充值的证据全部删除。他心虚地做完这些事后，才后知后觉。不对啊，这是种什么心理？多少有点像做了亏心事怕被发现了。

初澄暗笑一声，走进教室，准备上课。

最近有学习交流活动，连续一个多星期，喻老师都会在下午跟着学校的教研组一起出去，到兄弟单位进行培训会议。每天早上他会把车开到学校，下午或者晚上再由初澄开回去。只有回繁天景苑时，初澄的倒车入库才会无比丝滑。因为喻老师有先见之明，买了地库里的相邻的两个停车位，无论他停成什么样子都无所谓。

8月的月考当天，大哥依旧要外出学习，没有被安排额外任务。领导安排了沈楠楠来和初澄一起监管7班考场。两人平日里不在一个办公室，上课比较忙，也没什么时间能闲聊。趁着发卷后考生填写名字的片刻空闲，初澄向嫂子询问起周师兄的近况。

"他好着呢。"沈老师倚站在讲台边，压低音量回答，"最近人逢喜事精神爽，每天下班后就钻研各种营养餐的食谱。"

初澄接着问："什么事那么高兴啊？"

沈楠楠羞涩一笑，声音柔柔的："上个礼拜我们去做体检，才发现我已经怀孕四十多天了。"

"真的啊？"初澄连忙搬了把凳子给对方坐。这对小夫妻都是很好的人，他真心替他们感到高兴。

初澄同届的好友们上学的年纪基本偏小，大部分读研考博，连传出结婚消息的都很少。周瑾是他耳闻中第一位要做爸爸的，不免好奇些。

"那你们喜欢儿子还是喜欢女儿？"初澄好奇地问。

现在说这个还为时尚早，但沈楠楠答得认真："他当然喜欢女儿，但我想要个儿子。"

"你来生，听你的。"初澄笑笑。

说起男孩子，他忽然想起班里还有个不省心的插班生。第一节刚好考语文，不知道那小子有没有浑水摸鱼。初澄又和沈老师聊了几句，然后拜托她先照看一下，自己特地起身看了应鹤的考场序号，过去查他的岗。因为是插班生，应鹤被安排在某靠后考场的一号位，靠着墙。初澄站在半掩的前门边，正好能通过一道缝隙观察他。

这小子果然"不负期待"。考试刚开始不久，他已经趴在桌上睡得昏天黑地了。几张试卷被压在胳膊底下，连名字都没写。教室内的监考老师开口提醒注意纪律。应鹤被声音吵扰，抬起下巴调转朝向，蒙眬间刚好发现来自门外的怨念凝视。少年的肩膀倏地一颤，半梦半醒间被抓现行，受惊吓的茫然样子像只惫傻的狗子，没了往日的高冷范儿。

初澄伸出食指和中指，指着自己的眼睛——我会盯着你，赶紧做题。

应鹤觉得一阵烦躁，把一旁的弯檐帽戴在头上，想重新扭转回去不做理会。

我还治不了你了？初澄被无视有些火大，举着拳头用眼神威胁。

如果敢恶意拉我的平均分，你看我回去怎么收拾你。

考场内的监考老师发现了门边的情况，走过来查看，对着初澄询问："初老师，有什么事吗？"

"噢，没事。"初澄就着动作，佯装伸了伸懒腰，尴尬地笑笑，转身若无其事地离开。

"初老师，我正想找你呢。"一道声音从背后响起。

在回7班的路上，初澄被语文组的同事叫住。

对方递来一张考试卷子，征求意见："你看下作文材料的这个地方，是不是出现印刷错误了？"

初澄之前还没来得及看，这会儿捧着试卷仔细阅读片刻，确认地点了点头："这段材料的原文我记得，的确是印错了。"

语文组的同事忙道："那需要赶紧改正过来，不然如果有学生先写作文的话就麻烦了。"

初澄看了眼试卷，忽然想到什么，微笑着开口："刚好要下楼一趟，我去改吧。"

同事欣然同意，把试卷样板交到他的手里。

初老师小跑着在楼梯上遛了一圈，轻喘着以最快的速度敲开了教务处的门。他不仅及时更正了考试题目，为了不让付出的体力白费，还在广播里夹带私货，顺便提了提在上学期期末考试中让联合体语文评卷组打出作文满分的两个学生——高三（7）班鹿言和高三（18）班李月，两个名字夹杂在一则改题通知中并不显得突兀。虽然一句带过，却足以被有心人听到。

初澄心满意足地cue完，再次善意地提醒同学们要认真审题，然后闭麦。等他回到楼上后，再次路过考场时，那个原本在摆烂的考生，已经开始研究本次的作文主题了。

初澄无声地走过，笑而不语。谁让青春期的小孩儿都这么要强呢。

月考进行了两天。

学校所在的区域因检修电路被下了停电通知，第二日的考试科目结束后，学生们不需要上晚自习。教职工们提前下班，初澄像前几日一样，载着"好大儿"一起回家。

繁天景苑也在本次停电的区域内。好在这会儿天色不算太晚，还能依靠自然光看清路面。进入家门，鹿言换了鞋子后习惯性地点亮客厅里的所有光源开关，然而无事发生。

少年这才反应过来，缩躺进窗台边的吊椅中，隔着落地玻璃遥望远处，吐槽道："为什么北苑有电，但南苑没有啊？这算不算歧视？"

"因为北苑有高层，发电是为了供应电梯。而且停电通知上已经写了只停几个小时，完全没必要大规模上发电机。"

家里的燃气点火装置是电池供应的，断电也能使用。初澄抓紧洗了把手，打开冰箱翻找食材，趁亮准备晚餐。他边刷锅烧水，边询问意见："我煮馄饨给你吃行不行？要什么馅儿的？"

"我不能点比萨吗？"鹿言提出诉求。

"不能。"初澄不假思索道，"你舅舅不在家，我必须把你这个玻璃肠胃照顾好，不能给他半点儿批评我吃垃圾食品的借口。"

鹿言笑了声，伸出一条长腿晃荡着摇椅，说道："他只会批评我。要甜玉米吧，皮蛋鲜肉馅儿的也可以。"

"那我就两样一起煮了，到时候看你运气。"初澄说着，拿出手工馄饨解冻，顺便切出一盘酱牛肉。

一顿晚餐吃完，夜幕也跟着降临。园区里的环境越来越昏暗，只有几盏靠着太阳能储电的白炽灯，照亮蜿蜒的小径。初澄点亮餐吧边的电子小台灯。它发出的光亮微弱但雪白，能勉强让人看清近处的一些摆设。吃饱喝足的两人一左一右趴在沙发上玩手机。

鹿言无聊地翻看着朋友圈，忽然刷到一张由物理老师晒出来的图片。照片里是十几个人围着一张圆桌吃饭，在座的一半都是他熟悉的面孔，小舅也在其中。算算日子，今天是十中老师们学习交流的最后一天，大概是教研组长们和外校的领导一起进行了收官聚餐。

"我不管。"鹿言扔下手机，边整理自己躺乱的发型，边碎碎念，"他在外面大吃大喝，我们在家里连个 Wi-Fi 都没有。这委屈你受得了，我不行。我们也出门玩。"

初澄被"好大儿"摇晃着胳膊，想要偷懒也不成，只能满口答应着"好好好"，放弃宅家的打算，重新起身去拿车钥匙。

夏末的夜晚，初澄带着鹿言在城市最热闹的地方闲逛了一圈。夜色愈深，两人掐着聚餐结束的时间，去接喻老师回家。

接到喻司亭，初澄往回开。从饭店回去的路本就没有多远。不知不觉间，初澄已经把车开到繁天景苑附近。

在车子驶上滨河长桥的那一刻，这个区域刚好恢复供电。像是受到一种神秘的召唤，对岸的建筑全部亮了起来。平凡的万家灯火与美轮美奂的建筑交相辉映，平常看到发腻的河畔景观在今夜格外迷人。

初澄忽然想起出门的时候好像没有关灯。那这一片光亮中，应该也有他们的家吧。

在两天的加紧批卷之后，月考成绩新鲜出炉了。赶在学生午休前印刷出来的成绩单还带着温热感。

7班的成绩向来傲视群雄，鹿言也依然以七百分高挂年级榜首。这些在学生们心中似乎是必然事件，相比之下更加让他们意外的是插班生应鹤——语文119、化学90、地理85、英语145、数学135、物理92，总分666。

虽然这样的成绩在7班已经在10名开外，但大家都无法忽略他曾休学快一年的事实。可见这人原本的基础有多扎实。有人扬眉吐气，就必然有人大受打击。最戏剧化的是，应鹤竟然以一分之差压过了他插班以来的头号死敌。

"石头、剪刀、布。"

"你怎么总是出同样的，在和我玩心理战吗？"

"别废话，赶紧把头凑过来。"

…………

中午休息时间，鹿言和孟鑫正在班里闹着。两人猜着拳，获胜的人可以在输的一方耳垂上夹塑料夹。

游戏本身幼稚无比，但两个在全年级成绩领跑的大学霸玩得不亦乐乎，甚至还有一群总分670左右的选手围观得津津有味。

穆一洋却没有这么好的心情，没参与到游戏中，不知道在忙着什么，从后门进进出出。

平常鹿言被这人的言语扰得不胜其烦，好不容易抓住让他吃瘪的机会，当然要挖苦两句："干什么晃来晃去？因为没考好，午休睡不着觉吗？"

"烦着呢。"穆一洋瞪他一眼，不想多加理会。

"你是会戳人痛处的。"孟鑫给鹿班长竖了大拇指，想趁机在他的右耳垂上补一只夹子。

"哎！刚才明明是我赢了吧？"鹿言忽然反应过来，撤身躲闪。

少年们玩闹间的肢体动作有些激烈，没有注意到刚从后门转角处进来的初老师，堆在一起猛地撞了上去。

"哎哟！"初澄避让不及，拿在手里的咖啡严重倾斜，泼洒在自己的衬衫前襟上。

顿时，一股焦香四溢。

"对不起！对不起！"

"老师，快擦擦。"

"你们怎么又惹事？每次受害的都是初老师。"

一群人混乱地围上来做"紧急处理"。初澄每天和这些活力四射的孩子待在一起，经常会被他们搞得狼狈，他对此早已习惯。他接过学生手中的纸巾擦拭一阵，看着顽固的咖啡渍，叹了口气："算了算了，估计是洗都洗不干净了。"

鹿言俯身在自己的桌洞前掏了一会儿，把备用校服拿出来递给他。

初澄瞥见对方耳朵上夹着一排花花绿绿的东西，又惊讶又好奇地问："你们在玩什么呢？不疼吗？"

副班老师的话引起前排一名女同学的注意。女生回头看向自己不省心的同桌孟鑫，迈着大步杀过来，捏着他的耳垂教训："孟鑫！我就说我的试卷夹怎么没了，你能不能不成天给我捣乱！"

当事人发出杀猪一样的叫声："啊，错啦，我错啦！"

女生不松手，又叉着腰追问："另一半呢？"

鹿言赶紧抬手薅了一把，把自己的耳垂都拉红了。

初澄无奈又好笑地摇摇头，佛系地不做任何说教，转身去忙自己的事情。

按照惯例，九月初的第一个周五会举行开学典礼。今天一整天，政教办公室的老师都在向各班核对需要颁发的奖项内容。

午间，喻司亭到班级里晃了两圈，一直没找到自己的副班，向还站在门口的课代表询问："知不知道初老师去哪里了？"

孟鑫龇牙咧嘴地揉着耳朵，随手一指："那不是吗？"

喻司亭仔细看去，才发现那人披了件校服外套，正蹲在教室中间排的过道里给学生们解题。看着和学生们浑然融为一体的副班主任，他不禁感叹出声："真年轻啊，躲在学生堆里都找不到。"

初澄仰头笑笑，笑容明朗得如同盛夏阳光，站起身开口："找我有事？"

"嗯。"喻司亭边说，边伸手递来一张手抄版的获奖名单，"政教处的刘干事让我帮忙向你传达下午上台的大概时刻和流程，到时候你不要坐得太远。"

"我要，上台？"初澄闻言怔怔，诧异地看向那张纸，果然发现自己的名字赫然在年度优秀教师之列。

新教师初获得荣誉，兴奋之余，他的心中还有一些不安。从单个奖项的设置数量来看，还不到语文组同事总数的一半。但自己的资历这么浅……

"既然是年度奖项，那就和工龄无关。放心好了，评选公开、透明，期末考单科均分前五的老师都有。"喻司亭从他细微的表情中看出了端倪，善解人意地做出解释。他最后还添了句："恭喜初老师迈进了优秀园丁的门槛。"

听到大哥这样说，初澄的嘴角扬了扬，可转念想到刚刚发生过的小事故，又哀叹道："啊，但作为一位成熟的优秀教师，我不能穿'好大儿'的校服上台吧？"

"怎么搞的？"喻司亭这才发现他衣服上的污渍，拧了拧眉头，"典礼在下午，你趁着午休回去换一件？"

"好。"初澄没有牵连出两个在教室里胡闹的小子，伸手讨要车钥匙，"等午睡醒了，还要组织他们搬椅子下去。我快去快回。"

喻司亭从口袋里掏出钥匙递来，嘱咐着注意安全。

九月的天气已经算不上酷热，但晴日里的阳光依旧火辣刺眼。初澄回繁天景苑更换了干净的衣服，然后快速返回。他进入校园时，各年级大部队的座椅搬动和摆放工作已经完成。

天朗气清，翠色的人造绿茵铺在纯净的天穹之下。全校集会，场面浩大。原本宽阔空旷的操场坐满穿着校服的学生。初澄穿过密集的人群，来到本班的队列中，为了尽量不引起骚动，就在最后一排找了个空位坐下。

队伍中的座椅两两并排摆放。坐在初澄身边的是一位性格外向的男同学。

"初老师。"他打招呼时，目光笔直地落在副班身上，瞬间察觉到了对方与往日里的不同。

初澄新换了一身稍显正式的休闲西装。这套衣服之前从来没穿过，但在今日的场合无比合适。高档衣料和深灰的颜色本身就低调不乏内涵，而瘦高身材的他，把简单得体的衣服穿得更加洒脱有魅力。

学生眼前一亮："穿这么帅？等会儿上台领奖让其他老师情何以堪啊？"

"真会说话。"初澄笑笑，还要开口时，忽然觉得周边光线倏暗，一道高挑的身影立在了他的身畔。

"巧啊，喻老师。"

喻司亭拍了拍一旁学生的肩膀，做了个摆动的手势。虽然没说话，但眼底分明写着清晰的意图——我想征用座位，你再换个地儿坐。

"好嘞。"学生识相地抬起屁股，猫着腰向前方蹿去，没有磨蹭一秒钟。

喻司亭随后坐下。

队伍中紧密的排列距离对于身高 189 厘米的喻老师来说有些局促，以至于他那两条修长的腿无处安放，最后还是选择交叠在一起。不知道是不是气质使然，这人的仪态出众，头略歪着，腰却挺得笔直，一个坐凳子的动作竟然被他显得莫名高级。

这两人一个温润谦和、雅致如兰，一个气韵稳重、风姿决然，并排而坐就像明月与青松相照，实在养眼。参加集会的其他班学生把他们视为一道风景线。

"这就是 7 班学霸们的福利吗？"

"他们的语文老师好绝的一张脸！资源分配极度不平均，我要举报了！"

"如果我在 7 班，我也能挑灯夜读，拼死替他俩争第一。"

开学典礼正式开始，广播响起时，周围的一切声音就显得不那么明显了。

开学典礼结束后，各年级按顺序搬椅子回到教学楼。

这一节 7 班刚好是语文课。初澄给学生们留了五分钟时间解决各种事情，然后接着讲月考的试卷。大概是刚刚的颁奖活动让大家还有些兴奋，难以进入学习状态，课堂已经进行了小半节，台下还是有窃窃私语声。

初澄捏着试卷走下去，穿梭在课桌过道间，边巡视边讲着诗歌鉴赏题目。

"所以在颈联中，诗人通过对朋友的安慰与赞美，表达出了他与友人之间真挚的情谊……行了，给我吧。"他讲完其中一道小题的答案，停在一位女同学的桌边。

从刚才开始，前后排几个人就在不断地传递着什么东西。初澄忍无可忍，腾出一只手，弯曲指关节轻轻地敲了敲学生的桌面，说道："别藏了，我早都看见了。那一堆黄色的，是什么东西？"

女生负隅顽抗了半分钟，最终还是乖乖从桌洞里掏出几朵手工折叠的黄色纸玫瑰。之前喻老师的办公桌上就摆着一模一样的手工品，原来是他从学生这里没收的。初澄没有就此打住，沿着过道走下去，逐一站到刚刚帮忙传递物品的几个学生身边查看。果然她们每个人书桌里多多少少都有几朵。

周婷婷、韩芮、季雅楠、徐婉婉……初澄一路收缴着学生们的小玩意儿，怀里的折纸玫瑰从一朵变成五朵、八朵、十几朵……

他看着这些精致的手工品，一边在内心感叹女孩子的手真巧，一边又不得不板着脸批评："你们这是在上艺术熏陶课？把我在旁边的念叨声当成背景音乐？"

在7班，扰乱课堂秩序的一般都是那些皮小子，难得有女生被抓现行。后排的捣蛋鬼们赶紧抓住机会，进行言语输出。

"嚯，一节课就没收这么多，这是准备扎多大的一束花啊？"

"亲手叠玫瑰哎。老实交代要送给谁的？我听听是哪个小子让我们班的女生大动干戈。他配吗？"

"我最近可会擦亮眼睛，看看最后这捧花到谁手里。"

无论男生们如何揶揄，女生们就是团结一致不漏口风。最后只能由初澄亲自维持秩序。

"行了，你们闭嘴吧。"初老师制止几个当众戳女生心思的讨厌鬼，"反正不是送给你们的。"

他用单手的掌心把玩着其中一朵纸玫瑰，为了缓和气氛，语气徐徐道："既然没有人承认，那就当是送给我的了。如果有人想要，下课后自己到办公室来找我。"

折纸事件就此告一段落。初澄拿起试卷，继续讲题。

下课铃声响起，初澄摊开教材，把一堆没收来的玫瑰花捧回办公室，随手装进早上买咖啡时附赠的手提袋里。

"哪来的这么多黄玫瑰啊？折得还怪好看的。教师节礼物？"同办公室的老师正准备出去上课，好奇地问了一嘴。

初澄趴桌苦笑："学生在我课上叠的。"

同事也笑笑，没再多问，拿着教材离开。

语文组办公室的门被人敲响。

初澄把手机扣放在桌面，抬头应声："请进。"

是课代表韩芮来问作业。女生拿了卷子后，不像往常那样说说笑笑着离开，反而一副犯了错误的样子，站在办公桌边。

"怎么了？"初澄发现端倪，温柔地询问。

"初老师，那些纸玫瑰都是我的，和其他同学都没有关系，她们就是帮我折了几朵。"韩芮低下头主动承认。

初澄恍然，虽然欣慰于学生主动来认错，但也保持原则进行了批评。

教育过后，他又继续告知处罚："在课上我已经说了，这些就当作是送给我的，不会再还。除非你有什么能让我接受的正当理由。"

韩芮的嘴唇抿成一道细线，保持着沉默，干净的眼底染上些复杂情绪。

初澄的脑子忽然转了个弯儿，想起刚才同事的话，生出几分愕然，试探道："不会真的是送给我的吧？"

"嗯……"女生的声音细如蚊蚋，"本来是。"

初澄怔怔。看到他惊讶又摸不着头脑的情绪变化，韩芮自己也有些懊恼，连忙摇头道："老师你别误会，真的不是像他们起哄胡说的那样，我不是想要给你添麻烦的。"

女生轻声细语地解释，自己送花并不是因为爱慕，而是觉得玫瑰象征勇气、热烈，高洁的样子很适合初老师。而且她听说，黄玫瑰还代表友谊和祝福，亲手折的显得更有诚意。

"一直以来，初老师都很关心我。虽然我也知道您对所有学生都一视同仁，但还是觉得温暖和被信任。所以想在教师节送份礼物，表达感谢。

"其实在老师来十中之前，我就很喜欢看初先生的书。接触以后，更想成为像您那样的人。上次您问我理想院校的时候，我有很多顾虑，没能说出口，但现在不一样了。我和我妈妈谈过，她非常支持我报考师范大学，因为她和我一样，相信遇到一个好老师是每个学生都应该有的幸运。"

初澄安静地听着学生表达完，真切地感受到现在韩芮的性格比初识时更加开朗。他不觉得这些改变是因为自己，但他却感受到了学生的成长。

"所以这些花真的是给我的。"初澄笑笑，大方地表示接受，"谢谢。"

"可我现在不想再送了。"韩芮的话锋一转，"刚才在课堂上被起哄的时候，才发现是自己考虑不周，我不想给老师造成任何不必要的困扰。"

"就把折完的当作礼物送给我吧，剩下的就不要再折了。"初澄说。

他笑着告诉韩芮不必有心理负担。其实自己也"喜欢"过老师，所以明白，那种喜欢是与恋爱完全不同的欣赏与景仰，是感谢一个知识层面原本更高的人，愿意温柔地俯身倾听，然后再进行引领，使对方的未来走向比自己更加高远的地方。

初澄说："应该是我要谢谢你，能勇敢地表达出来，让我知道，自己也曾短暂地成为一位引路人。这是我从事这份工作获得的最大意义。"

韩芮笑得安心，用力地点了点头。

上课铃响了两遍，师生间的谈心结束。

"听他们说你收到一束手工花，至于那么开心吗？"喻司亭从门口走进来。

"是啊，教师节还没到，我已经收到花了。"初澄笑吟吟地点头，"凡尔赛综合征"发作，"喻老师，你不会还没有吧？"

喻司亭一本正经地问道："初老师之前说过的话还算吗？不是对着学生要保持严肃吗？刚才笑得一副不值钱的模样，你今天要被扣多少钱才够？"

板不住脸就扣钱这件事在初澄心里早就已经翻篇了。他拒绝这一波职场 PUA，理直气壮地答："没钱。"

喻司亭却不理会他的敷衍，留下一句"晚上请我吃饭"，然后大摇大摆地离开语文老师的领地。

早上八九点钟，初澄在 7 班教室里露面。

"初老师！想我了吗？"

他一进门，学生就热情地凑上来，是白小龙和江之博。

初澄看着两人，惊讶地问："你们怎么回来了？"

白小龙解释，他们的分队选拔已经结束了。从现在开始到 4 月的体考前，十中的体育生们都要跟着校队进行训练，同时还要回原班级学文化课，尽量文体两手抓。

江之博仔细看着初澄的脸色："这么久没见，初老师的帅气倒是没变，但感觉有点憔悴啊。"

一番象征性的师友生恭之后，这两个提早回班的特长生重新和班级里的男同学叙起旧来。看着他们和穆一洋、李晟等人相互玩闹的兴奋样，初澄不免一阵头疼，以后又有的闹腾了。给这两个小子放在哪里呢？初澄在班级里转悠一圈，为保险起见，给两人各自找了一个性格稳重的同桌。

上课铃响，学生们进入自习状态。

喻司亭站到初澄身边，低声问："怎么也来这么早？"

初澄答："你不是说要去开教研会吗？整天的自习，班里也不能没人盯着。"

"我这个会可能要开很久，其间不能回学校。"喻司亭朝着刚刚坐下的身影扬了扬下巴，"这两个小子刚回来，这股兴奋劲儿可能会惹麻烦，你能盯得住吗？"

初澄叹了声："我尽量。"

喻司亭点点头，拿起自己开会要用的各种材料，留下一句"有事给我打电话"。

班主任离开不久，应鹤悄然从教室后门进来。他还没有校服，穿着一套黑色防晒运动衣，一双眼睛本就是上挑的形状，带着几分凶冷味道，这样情绪不佳地睥睨旁人的时候，显得更加不好招惹。

初澄看他一眼，不满地问："你怎么回事？上学比我上班还晚。"

应鹤神色倦怠，只低沉地应了声"起晚了"，径直回到自己座位，抬手掀起运动衣自带的兜帽，趴在桌面上休息。

体育生们长久地在外参加集训，冷不丁回到学校，看试卷都如同看天书，在自习课上自然安静不下来。白小龙见大哥有工作需要离开，回班的兴奋之余添了几分肆无忌惮，隔着一排座位，向后面的同学打探消息："这小子谁啊？"

穆一洋哼一声，开始给自己久别重逢的兄弟讲起这位插班生的事迹，大体客观以外，难免带着点儿个人情感。

"他这么嚣张？"江之博也支着耳朵凑热闹，蹙眉望去，恨铁不成钢地骂，"你们是死的啊，放任一个新来的在 7 班撒野，你让他踹我的桌子试试——"

初澄已经关注这边有一会儿，抓准时机，把试卷卷成筒状，朝着学生的头顶敲去，教训道："谁让你们仨往一起凑的？老实点儿。"

"好嘞。"几个皮小子还算给初澄面子，各自转回身，不再出声扰乱纪律，但改用了传纸条的方式。

初澄的目光落向应鹤。这小子今天不知道怎么回事，后脑勺上都写着"烦躁"两字。虽然坐在旁边的鹿言也是个很有个性的孩子，但他从来不会把情绪写在脸上。与之相比，应鹤无疑是个实打实的麻烦制造者。白小龙和穆一洋是死党关系，又和江之博一起练体育，他们凑到一起后必然会孤立应鹤。

初澄的右眼皮一直在跳，他有些担心，这几个人在同一个教室里共处会产生意料不到的矛盾。

午休时间，鹿言去给还在忙碌的初老师取外卖。他借着光，一起留在语文组办公室吃了饭。出门扔垃圾时，他就近去了趟教工卫生间，无意间听到有人在里面打电话。那声音听起来很熟悉。

"为什么一定要今天去出席活动，你明明答应我的。"

"每次都是这样，我要你派秘书来干什么？"

"算了，反正我也不想要什么生日礼物。"

"我的事就不用你操心了。"

鹿言本来没兴趣细听那些内容，可因为讲电话人的情绪有些激动，即便有洗手池的流水声掩盖，依旧能听得清清楚楚。

少年甩甩手上的水珠，正准备离开卫生间，忽然身后隔间的小门发出"啪嗒"一声。应鹤从里面走了出来。他之前听到水龙头开启的声音，知道外面来了人，原以为会是哪位老师，没想到却是自己熟识的同桌，明显地愣了愣，握着手机的手指也局促地动了动。

两人四目相对，气氛显得尴尬。鹿言知道，这种情况下即便自己说什么都没听到，对方也不会相信的，只好大方地承认，选了一个相对好切入的话题。

他朝着应鹤笑笑，率先开口道："你今天过生日啊？生日快乐。"

"不打自招。"

看着鹿言真诚的模样，应鹤也不好说什么，揣起手机走出教职工卫生间，只是在路过他身边时嗤了一声："你就不会掩饰一下吗？"

鹿言环着手臂，跟在他身后走出来，语气如常："我说没听到，你就会信吗？"

"不信。"应鹤的语气淡淡的，"但你听了什么也都得给我忘掉。"

鹿言几乎无缝切换了一副茫然的样子，反问道："我听到什么了？"

应鹤不由自主地骂了声。难怪这家伙人缘好，在7班任何小团体里都吃得开。他是真的能屈能伸，会演会扮，而且在装傻上有一套。

应鹤和鹿言一前一后回了班级。

今日的午睡时间，初澄也留在了班里。他开启空调，设置成自然风，拎着从语文组带来的U形枕，趴在后排的办公桌上。

进入休息状态的学生越来越多，教室里渐渐安静下来。教务处的杨主任沿着走廊进行午间巡视，路过7班紧闭的前门，透过玻璃向内部张望。

校领导皱着眉，把教室门推开一道缝隙，向前排还没睡下的生活委员开口："都过季了，你们班怎么还开着空调，谁的火那么大啊？"

"呃……"季雅楠扭头向后排指了指，"大概是他吧？"

看到趴桌睡得正香甜的初澄，杨主任的嘴角动了动，却没有发出声音。算了，喻司亭班的人惹不起。今天如果关了他班的空调，明天那家伙就很有可能把自己班的电费单独转到校长的账户上。经过周全的思虑后，杨主任本着多一事不如少一事的原则，沉默着离开了。

初澄裹着一件薄外套，置身于凉爽的空调和柔软衣料的舒适包裹中，不知道睡了多久，隐约间好像听到了争吵声。他睁开蒙眬的眼睛，看到几个长得牛高马大的男学生围在教室的后排。

"怎么了？"初澄揉着头发站起身。

"我不管你之前什么德行，这个班绝对不是给你撒野的地方。"这是白小龙的声音。

应鹤一只胳膊撑在桌子上斜眼看他，没有说话，却展示出一副盛气凌人的姿态，仿佛根本不把面前的人放在眼里。江之博也在旁帮腔，说的无非一些让他不要太张狂的气话。

应鹤本来就心情不爽，被一群人指责更加烦躁，肩膀一抖，披在身上的外套随即掉落在地上。他颤了颤眉毛，语气冷而嘲讽："你们几个狗叫起来没完没了是不是？"

都是血热的少年人，而且互相看不顺眼，起冲突就是几句话或者一个眼神的事情。初澄已经发现他们之间的氛围不对，拨开在旁看热闹的同学，从靠窗那排挤过来。但就隔这几秒钟已经来不及了。

白小龙一伸脚就踹倒了应鹤的桌子。

"你给我嘴巴放干净点儿。"

"滚……"

"我已经忍你很久了。"

…………

桌子倒地，砰响中夹杂着不同声音的叫骂。只在一瞬，几人间便发生了肢体冲突。应鹤已经迅速地站起身，顺手拎起了自己的椅子。

见初老师正在迎面挤过来，鹿言瞄了眼扭打在一起的男生们，第一时间抬起胳膊，把副班拉了回去，让其退离异常激烈的第一战场。初澄还没反应过来，鹿言已经转身回去拉架了。鹿班长目标明确地拽住穆一洋和白小龙，没管还在从背后往上扑的应鹤。群架的实际威力和视觉冲击都太过猛烈，尤其是这种已经抄起了椅子的大场面，并不是所有人都敢上前拉架的。事情发生得太突然，除了孟鑫和李晟坐在近处，能够第一时间拦在应鹤前方，不让他再有所动作，大部分人都没反应过来，更不要说做出应对举动。鹿言单手抱住穆一洋，还用后背硬顶着体育生白小龙的身体冲撞。没人能想到，那个平常看起来无精打采的高瘦少年居然这么有力气。

穆一洋被死死地钳住，动弹不得，对着他吼一句："鹿言你什么意思？！拉这么明显的偏架？"

"我没有拉偏架。"鹿言揉着穆一洋的领口，让他认真听自己说话，用一种无比坚定的口气，铿锵有力道，"你给我听好，我不管你们有什么恩怨，想斗得怎样你死我活，但是在 7 班，绝对没有三个打一个这样的事发生！"

穆一洋被他那种严肃而且带有命令压迫的口吻镇住，没有再进行剧烈的反抗。没被压制住的江之博却没有考虑那么多，直接冲出来和应鹤抱打到一起。参与冲突的人数比拉架的还要多，场面无法被迅速控制。

初澄虽然被鹿言甩到了后方，但职责使然，还是要不顾危险地往前冲。他单手扛住应鹤举起的椅子，用几根手指紧紧捏住木质的棱角，原本冷白的手背皮肤因为用力而暴起了明显的青筋脉络。

初澄顾不得被震麻的掌心，大声呵斥："应鹤，放下。你知道你现在的行为是什么性质吗？"

"我管他呢。"应鹤的性格向来不逊，心情差的时候更是不在意后果，他冷声应答，"大不了今年的学我也不上了。没你的事儿，闪开！"他说着话，手上的力气也随之加重，举着椅子就要朝江之博身上抡。

面对学生这种点火就炸的脾气，初澄也发了怒，不仅没有退半步，反而强硬地正面刚上，高举着手臂硬挡住，发出从未有过的低沉声音："你试试?！"

单凭初澄一个人根本拉不住两个举凳搬桌的男学生，何况身后还有一群人在不断地往前涌。

放弃椅子的应鹤和江之博一同冲破人群的围困，从教室后排打到外面的走廊上。双方在打红眼的情况下，都是大力地互相冲撞着，完全没有注意到从反方向过来、准备进班辅导的英语老师。

江之博和应鹤此时想要刹住向前的身体都已经来不及。沈楠楠被挤退两步，一个没站住向后仰去。

沈老师怀孕了！应鹤的脑袋里骤然闪过这条讯息。在那个什么都来不及想的瞬间，他下意识地扑向同一个方位给她做了个人肉护垫。少年只顾着倒地的速度要更快，完全失去了力度控制，身体触地垫起沈老师的同时，脑后刚好磕在墙角的水管阀上。

从教室里追出来的众人目睹如此场景，发出惊呼和吸气声。应鹤感觉到自己的脑袋受到撞击，眼前一花，头上也传来痛感。他伸手一摸，似乎看到自己掌心染上了刺目缭乱的血迹。

一个怀孕的老师和一个受伤的学生叠落着摔在一起。即便江之博再生气，此刻也顾不上打架了，连忙蹲身去扶二人。

"啊，先别动……"沈楠楠倒地时急于护住自己的肚子，因而扭到了手腕，身体的其他部位倒没有摔伤。

"你看我，能看清吗？"初澄俯身把应鹤扶起来，看到他捂着头的动作，还有从指缝溢出来的血，关切地问。

应鹤点点头。

初澄焦急地再次开口："别点头，说话，记不记得自己叫什么名字？"

"我叫初澄。"应鹤疼得拧紧眉头，却还能和他开玩笑，仰头嘶喊一声，"呃啊，我没事，你先去看沈老师吧。"

平常都不敢靠近插班生的女同学们此时顾及不了太多，皆是一脸担心的模样，大着胆子围在一起，关切道："流血了，这用不用打电话叫救护车啊？"

应鹤不耐烦地回应："叫什么救护车，我自己有腿，走过去都比他们来得快。"

初澄听到两句牢骚话才确定应鹤意识清醒，转头去查看沈楠楠。

在同楼层的杨主任闻声赶过来，看到如此混乱的景象，完全不敢置信。明明十几分钟前他还来巡视过，怎么一晃儿就成这样了？

"怎么搞的？"杨主任赶紧上前帮忙。

"您先别管了，抓紧去医院吧。记得通知一下周瑾。"初澄主持着局面，让班里稳重的同学维持一下纪律。

"韩芮，你带其他同学在班里自习。"

"鹿言跟我送他们去医院。"

"搞事的几个，等我回来再收拾你们。"

江之博看了眼被簇拥起来的两个伤员，垂着眼睛沉声开口："我也去吧。"

一向温和的初老师发起脾气来也极具威慑力，他情绪稳定，眼神清冷，迅速回道："你给我老实地待着，不用着急，我会和你算账的。"

初澄联合杨主任扶着沈楠楠和应鹤，把两人都送到医院。沈老师倒是没有什么大碍，但应鹤的头上受了那一撞，轻微的脑震荡是避免不了的，头皮也需要做缝合处理，所幸伤口不深。

初澄一个人在医院里跑上跑下，挂号缴费，还要抽空联系应鹤的家长告知情况。学生母亲本人正在工作中，不方便接听电话，具体情况是由助理代为转达的。周瑾在收到领导通知后第一时间赶到了医院。

"什么情况？我媳妇呢？"周师兄看到坐在等候椅上的初澄，快步迎上前来。他那样举止斯文的人，很难露出如此焦急狼狈的表情——即便是自己被举报到教育局的时候，也没有。

初澄如实相告："学生打架，撞了一下。人还在里面做检查呢。"

"你们班的学生怎么……"周瑾欲言又止。他是关心则乱，但理智地想了想，还是把到嘴边的责怪咽了回去。

"不好意思啊，师兄。"初澄真诚地道歉，"我没有照看好沈老师。"

周瑾抓了抓跑乱的头发，无可奈何地叹了一声："这事儿也不能怪你。"

两人说话间，诊疗室的玻璃门"吱呀"一声开了，护士拿着几张单据，陪同着沈楠楠出来。周瑾一个箭步凑上前询问情况。

"检查结果都没什么问题，孩子也很好，只是手腕抻着筋了。"沈楠楠柔声回答，用没受伤的手蹭了蹭丈夫的额头，"看你，跑来的啊？灰头土脸的，还满头是汗。"

"真是吓死我了。"周瑾定了定神，从护士手里接过检查结果，听对方嘱咐一些注意事项，比如暂时不能写字、持重物，需要休息几天等。

听到嫂子和孩子都没事，初澄也暗松一口气："师兄，那你先带沈老师回去休息吧。"

周瑾："你这边有什么需要我帮忙的吗？"

初澄自然不会再麻烦无辜受牵连的人，回应道："你们两口子就别管了，赶紧回家。那边还有个学生在处置室，我得过去看看。"

周瑾和沈楠楠朝他道了谢才离开。

应鹤伤口缝了两针，又打过消炎针，在观察室里休息了一阵还是觉得有些头晕。初澄带着学生和他的各项检查结果敲开了看诊医生的门。

"医生你好，我是这个孩子的老师，他现在的情况怎么样？"

主治医生单手拿着检查结果翻看，又进行了一番简单的询问，应鹤都能对答如流。

"从目前的检查结果上看没有什么问题，受到撞击之后有短暂眩晕是正常的，休息一段时间就可以恢复了。如果不放心的话，可以办理留院观察一晚。"

"好，为保险起见，还是让他住一晚吧。"现在这孩子的父母都不在身边，初澄必须对他负责。

离开医生办公室，初澄向等在外面的杨主任解释情况，主动留下陪伴学生，顺便请领导帮忙照看一下班级，然后才去办理留院手续。刚才的情况太混乱，杨主任担心老师和学生任何一方出问题，精神高度紧张。现在他终于缓了一口气，想起要给还在外面开会的喻司亭打电话。

"你们班，打群架了。老师和学生都在医院。"杨主任清楚喻司亭一贯的风格，电话接通后没有做无用的铺垫，言简意赅地说明情况。

电话另一端的人没有半刻迟疑，瞬间发问："哪个老师哪个学生在医院？"

"初老师，这里好像没有什么我能帮上忙的地方了，还是回学校帮你看着班里吧。"鹿言刚刚去跑了个腿，到医院外的超市买了些必需品回来，伸手把一个袋子递给初澄，顺带给他买了杯热咖啡。

"谢谢，辛苦啦。"初澄习惯性地揉了揉"好大儿"的头。

鹿言虽然觉得这个动作更适合小孩子，但也没有躲开。他的视线穿过病房的玻璃，看向独自待着的应鹤，忽然想起一件事："对了，中午的时候我无意间听到今天是他的生日。"

初澄诧异地回头看了看，看着里面那孩子落寞的眼神，无可奈何地叹了口气："好，我知道了。你先打车回去，路上注意安全。"

"嗯。"鹿言点点头。

初澄转身，推开病房门走进去。他给应鹤递了杯水，然后坐在了他的对床上。看看周围的环境，这样熟悉的情景有点儿像回到了两人刚认识的那个时候。

短暂的沉默后，初澄率先开口："说说吧，怎么回事？因为什么抄的凳子？"

"忘了。"应鹤的语气淡淡。他头上缠着绷带，靠在床头摆弄着平板电脑。

初澄好奇："你这设备是哪儿来的啊？"

应鹤："从护士站借的。"也是，这小子逃院都得心应手，借台平板更是不在话下。

初澄无奈一笑："你说你这嘴甜的属性怎么从来没对我表现过呢？"

"哥。"应鹤掀眸看去一眼，两秒后故意捏着嗓子矫揉造作地说。但好态度只限于这一个字，下一秒他就恢复了冷漠的快语气："你能让我安静地看个电影吗？"

初澄纠正："差辈分了。"

应鹤随口接道："我才不和你的'好大儿'一个辈分。"

"看来是架没打爽，心里还憋着一口气呢。"初澄不想和一个头晕的伤员计较，想起鹿言临走时说的话，拿出手机，一边浏览外卖，一边继续聊天。

"头还疼吗？"

"还行。"

"想吃点什么？"

"水饺。"

"嗯。"初澄应着，点了晚餐后又给孩子订了个带蜡烛的小蛋糕。

"嗡——"初澄正在输密码支付，屏幕上方挂起一条新的微信消息，竟然是江之博发来的。

江之博：初老师，应鹤怎么样了？他没事吧？

中午还打得一副恨不得要弄死对方的样子，这才过了没多久，居然还发来慰问消息。这些孩子的心思，真是难猜。

初澄抬眸瞥了一眼看着像没事人一样的应鹤，不动声色地回了消息。

应鹤用平板外放起英文电影，过了几分钟忽然开口："英语老师没事吧？"

"她和孩子都很好，这件事得表扬你，但是……"初澄刚想抓住机会批评他两句，就被打断。

"不用表扬了，打架是我不对。"应鹤抢先一步说，"是我自己心情不好，那几个小子其实也没怎么惹我。你别念叨了。"

初澄："……"

病房里只剩下电影的台词声。初澄沉默片刻，不再选择纵容，改换了更能让对方听懂的方式。

　　"应鹤，我的忍耐有限度，没兴趣拯救什么都懂就是要摆烂、要明知故犯的叛逆少年。如果再有一次，从你嘴里说出'大不了学不上了'这样的话，你就给我从7班滚蛋。"

　　"我生气了"永远不如"我不管你了"来得有震慑力。

　　应鹤拖动电影进度条的动作一顿，沉默片刻，"嗯"了一声。

　　天色擦黑，初澄接了通电话，下楼去拿外卖。北方九月的夜晚已经起凉风了。初澄从学校出来得急，身上还是一件短袖T恤，被风打透时不可控制地抖了抖。他拿了蛋糕，转身准备回去时，在路边注意到一辆车，看车牌号好像是喻老师的。

　　这样的想法刚在初澄脑子里闪过，下一秒就看到熟悉的身影推开了车门。

　　喻司亭上前几步，开口道："不是说有事就给我打电话吗？你干吗呢？"

　　初澄动动嘴唇："我忙忘了。"

　　"反正你迟早都会知道的。"初澄嘟囔着，"你白天也忙着重要的事，如果我在那个时候还打给你，像个没断奶的孩子。"

　　喻司亭算是接受了这个解释，接着问道："累了吧？剩下的事交给我。"

　　初澄的确是心累，但没有到不能应对的地步，温声开口："我也是这个班的班主任，总不能总躲在你身后。"

　　"这么想独当一面？"喻司亭听出他声音里隐藏的那点儿疲惫，用玩笑来安慰，"是觊觎我的800块补助？"

　　初澄摇头："其实我察觉到他们可能会有这么一遭，就是没想到发展成这样的局面。"

　　喻司亭说："总会有很多意外的情况。你没有办法事事想到前面做预判、做准备。所以说，做老师，有时候就像是个军事家。"

　　"需要想象力？"初澄抢答。

　　"目前来看，初老师已经具备及时做出反应的能力了。"喻司亭点点头。

　　喻老师低头时却发现他拎蛋糕的动作不太对，仔细一看，掌心布着大片的青紫。

　　"这是怎么弄的？"

初澄自己也没注意到，满不在乎地答："可能是挡椅子的时候磕到了，我都没觉得疼。"

原本抱着早日养老的心态来上班的初老师，认真起来也是执拗得很。喻司亭看着他的神色，没有再多说，陪他一起上楼去看学生。

两人走在布满消毒水味道的走廊里，远远瞧见护士站前有一位正在询问病房号的年轻妇人。她的衣着考究，妆发端庄，气质稳重，但明显可以看出神色有几分焦急。

"那位好像是……"初澄跟在后方，仔细瞧了两眼。原本还有些担心应鹤的情绪，却没想到在这里遇见了他的母亲。

应母应该是在得到儿子受伤的消息后，专程赶飞机从外地回来了。

"鹤鹤！"她推开病房门。

"妈？"在房中看电影的应鹤明显十分诧异，"你不是在开会吗？"

"你都这样了，我能不回来吗？"应母轻轻地捧着儿子的头，询问，"你和哪个同学打架打得这么凶啊？"

应鹤解释："不是打架打的，摔了一跤。哎呀，我没事儿。"母亲丢下重要工作，不顾疲惫，一路奔波赶回来，即便是再骄傲的孩子，这会儿语气也软下来了。

初澄没有打扰母子间难得的温情时刻，悄悄把水饺和蛋糕都放在了门外的椅子上。他看着里面的场景，轻声自语："孩子是好孩子，父母其实也很关心他。也许是当家长的太矜持和稳重了吧，不太善于表达，所以才让应鹤那样别扭。"

初澄忽然想起之前看过的文章，里面曾说，语言这东西，永远在表达伤害的时候锋利，表达爱意的时候却又显得无力。

喻司亭看向他："又感慨什么呢？"

"在感慨……有些时候，人还是要好好地使用语言来沟通才行。"初澄紧绷许久的神经在这一刻稍稍放松下来，抻了抻筋骨，叹息一声，"好累啊！"

"把学生照顾得倒是很好，你自己吃饭了吗？"喻司亭问。

初澄笑言："大哥回来了，还会少我一口吃的？"

喻司亭抬腕看了看时间，学校那边也快放学了，于是低声道："回家去吃吧。"

第二天，初澄起早又去医院看应鹤，顺便和他的母亲聊聊，至少要给学生家长一个交代。

当堂打群架事件比较恶劣，而且差点伤到了怀孕的老师，学校不得不出面处理。除了还在医院的应鹤，白小龙、穆一洋、江之博都被叫到政教处训话。

喻司亭亲自去领人时，瞥着老老实实站在门外的几个学生，语气讽刺："回来第一天就给我惹事，看来7班是要装不下你们几个了。"

那种漫不经心的声音下不知道压着多大的火气，听得人背后凉飕飕的。

江之博的肩膀抖了抖："大哥，我们错了。"

喻司亭的眼神冷漠，只是看去几眼，没说话，然后推开政教处的门走了进去。周瑾正在屋子里和杨主任谈话。他原本是来帮沈楠楠请假的，遇见外面的几个学生，顺便了解了一下事情的经过。

周瑾说："那个叫应鹤的学生是为了护着我媳妇才撞伤了头，他的医药费我可以出。"

杨主任回道："这就不用你操心了。那根暖气阀裸露出来存在安全隐患，学校会负责的。出钱也轮不到你。"

"学校要负责的事情多了，不只他一个人的医药费吧。"喻司亭的眼神深杳，把胳膊底下夹着的数学课本拍在办公桌上。

杨主任看出对方的不爽，不想招惹，却是避无可避，只能硬着头皮交涉："干什么呀？大早上的这么大火气，你的人在外面呢。"

"先晾一会儿，一个个的欠收拾。"喻司亭的手指烦躁地敲击着实木办公桌边，他恨铁不成钢地骂，"我前脚才出门开考试研讨会，他们后脚就敢在教室里打群架。"

"消消火，消消火，有什么事坐下说。"听着这人的不满抱怨，杨主任无奈地拉了把椅子，开始做调停。

班级里还有一堆事情等待处理，喻司亭并没有在办公室里待很久，给领导施压完毕后便推门出去，一抬头，看到自己班里的三个小子还站在门外。他的声音依旧凶冷："还戳着干什么？给我丢人还嫌不够？"

学生们知道他在气头上，一个个低眉顺眼、内心忐忑。喻司亭想起自己对初澄说过，不会多插手这件事，长叹一口气压下火来，只要求几个学生自行去向初老师和沈老师道歉。

下午，江之博、白小龙还有穆一洋几个人在语文组里待了很久。三人认识到自己的错误，诚恳地作了检讨，保证不会再犯。

初澄的温和向来有原则，虽没有苛责他们，但也做出了相应的惩罚，给随随便便就火气上头的小子们长长教训。

三人离开办公室回教室时，应鹤也刚好进门。白小龙和穆一洋戳在门前没动，江之博主动上前。

应鹤眯着双狭长的桃花眼，冷声道："干什么，没打够啊？"他的声音还是谈不上友善，但落在三人耳朵里不再像之前那样刺耳了。

尤其是江之博。经过之前的事，他觉得应鹤其实是个有担当的小子，只不过是人欠揍了些。如果不是对方反应快，自己昨天很可能就惹祸了。

"你头上这道口子虽然不是我打的，但绝对是因为我才有的。就凭你昨天那一摔，我先跟你道歉。"江之博看了眼应鹤头上的纱布条，说，"但有一件事我得说明，昨天我们俩是一对一，他们可没动手。别说是我们欺负人才让你进医院的。"

说的都是些"没营养"的话，应鹤没想搭理他，只是从嗓子里哼出一声："屁大的事儿。"

两边似乎都有让步，又似乎还僵着。被夹在中间的鹿言皱了皱眉。在他看来，白小龙和江之博两个莽夫，加上时不时就降智的穆一洋，三个人勉强能凑出一个脑子。应鹤又是个常态性不说人话的。等着这几个家伙切到正题上，猴年马月。

鹿班长实在听不下去，只好出面帮着和解："行了，虽说不打不相识，但7班内部不同室操戈，这是你们大哥的规矩。昨天那样的事以后不能有了，这句话我来说。"

少年站在两拨人的中间，率先伸出了手。有人带头，事情变得简单顺利很多。四人迟疑片刻，相继把手搭上去。他们本来就没什么深仇大恨，也都是能容人的好孩子，只是互相没看顺眼而已。即便做不到相亲相爱，互相不招惹也就是了。

上课铃响，聚在一起的学生们各自回位。物理老师走进教室，登上讲台，让大家拿出之前没讲完的卷子。

应鹤缺了不少的课，桌位上的题纸铺天盖地，他俯身去翻文件夹，动作间头顶的帽子掉了下来。在医院缝合的时候，他的头发被剃掉了一小块，从斜后方看上去显得有点奇怪。坐在他里侧的鹿言一眼就发现了亮点，转笔的动作停了，"啪嗒"一声，手里的水性笔掉在了桌面上。

"看什么？"应鹤没好气地呛声。

"没事……"鹿言目不转睛地盯着他的那块毛秃，努力克制自己之后实在忍不住，"噗——"

应鹤狠狠地掰了掰手里的铅笔。忍住，之前已经被下过最后通牒，如果今天再和鹿言干一架，自己绝对要被初副班赶出去。虽然他戴回了帽子，但身畔"扑哧"的笑声仍然时不时地响起。就连物理老师在台上讲题时，应鹤都觉得鹿言那家伙的目光根本不在黑板，而是在自己的脑壳上。

忍无可忍，应鹤恨恨地在自己的笔记上画了一笔。

不间断地复习测试与查漏补缺是高三学生的常态。开学摸底考试刚结束不久，9 月月考又接踵而至。每天 15 个小时的在校时间，还有一成不变的响铃和课表，让学生们变得有些麻木。消失无影的暑热和一天天翻过的高考倒计时却证明着时间一直在流逝。

"十一"假前的最后一天课，刚到中午，7 班教室里已经怨声一片。

"终于要放假了！我已经有整整 14 天没有充足的睡眠了。"李晟举臂轻呼。

季雅楠哀叹："放假有什么用啊？总共就那么几天，各科老师恨不得用作业把我堆起来。"

穆一洋趴在桌面，下巴底下垫着一摞卷子，生无可恋道："大哥是受什么刺激了吗？他为什么留这么多的题啊？我承认，不友爱同学是我不对，但他不至于连续半个月都在进行惩罚报复吧？"

"不好意思，大哥留的试卷远不止目前这些，我还没发完呢。"数学课代表孟鑫看他一眼，满脸的表情都写着：少年你还是太年轻。

英语课代表徐婉婉在旁徐徐补刀："让数学先发，英语比它少一张都算我输。"

受到作业摧残的学生们抒发各自的愤懑。

"作业多无所谓，我只希望月考的成绩慢点儿出，最好能让我平安熬过假期。"

"上午最后一节是体育课吧？我不想出去了，留在教室里抓紧时间先写点儿作业。龙哥！万一体育老师查人记得帮我兜一下。"

体委白小龙正抱着篮球和江之博勾肩搭背出去，回头看一眼，仗义地回复道："放心吧，我都不打算喊集合。"

一片吵闹混乱中，鹿言拉好校服外套的拉链，背着球拍敲了敲应鹤的桌子，问道："你的头伤拆完线这么久了，应该可以活动活动了吧？"

应鹤没理，低头继续看着周考数学卷。他本次的卷面成绩是 145，而班里唯一的一个 150 分，正来自他身边背着网球拍的这位。

鹿言说："数学想要拿满分不是那么容易的事，刻苦钻研也不差这一会儿。"

"啧。"应鹤不胜其烦，放下笔，用眼尾夹他一眼。

鹿言不在意地笑笑，继续问："网球会吗？打不了的话我就去找孟鑫了。"

应鹤顺手抓起外套，边起身出门，边冷冷地答话："输了就闭嘴，听到没有？"

"那么有自信？初老师在我手里可一分都没拿下过。"鹿言抬步跟上去。

对于副班那点儿有目共睹的身体素质，应鹤毫不掩饰地挖苦："用他做对手，你自己觉得有说服力吗？"

说到这里，不知道为什么，两人不约而同地都笑起来。坐在办公室里的初澄或许会打个喷嚏。

距离午休时间只剩几分钟。十中门前，一辆颜色沉稳的豪华轿车停放在了路边。车子后排车窗降下，座位上是一位六十岁左右的老先生，身穿休闲款西装马甲，头戴着英伦风的复古贝雷帽，精神奕奕。

"这里是学校的正门吗？"他的胳膊搭在车窗边，向外张望，袖口的配饰和手腕上露出的腕表都价值不菲。

制服笔挺的司机点头："是的。我打听过，十中高三年级的师生在午晚两次放学的时候都会从这道门出入。"

"好。"老先生的目光落向校门处，道，"仔细盯着点儿。"

贝雷帽老先生正在和司机交谈。忽然，他看到刚上完体育课的鹿言提前走出来，连忙俯下身子，把自己藏起来。

"拿低一些，别被发现了。"他一直弯身等待着，估计着少年的身影走远了才重新抬起头。

"小言在这里，看来我们没有找错，等到……"

"姥爷！"一道清朗的少年声线响起。

刚经过的鹿言并没有走远，他从车辆的另一边绕了回来，目光笔直地看向车内。爷孙俩隔着半开的玻璃窗对视。

喻先生顿了一瞬，眼神中有种被抓包的无力感。

"您什么时候回国的？在这儿干什么呢？"鹿言的惊喜情绪中还夹着几分疑惑。

老先生快速地反应过来，收起方才的复杂神情，喜笑颜开道："我还能干什么？当然是专门来看自己的外孙。"

"哦。"鹿言狐疑地看着他，探身向车内张望，"专门来看我，等在校门口准备给我惊喜吗？那您怎么也不带点儿礼物？"

"我刚下了飞机就赶过来，哪里来得及买东西？"

喻先生说的是实话，一个打算来"微服探查"的人的确顾不上带礼物。

"没事，现在买也行。"少年笑意灿烂，拉开车门坐上去，一把抱住姥爷的胳膊，"我都想死您了。"

喻老爷子原本就对这个唯一的外孙想念得紧，被他拉着撒了个娇，炯炯的双眼笑弯起来，顿时把其他事情都放下了。

"你想要什么都可以。"

"那姥爷还是先带我去吃午饭吧，我都饿死了。"

"刚到中午就饿成这样，喻司亭平常不给你做早饭吃吗？"

"哈哈我可没有告状啊！是因为刚运动过，才饿得比较快。"

…………

两人其乐融融地聚在一起吃了午饭。喻先生还给外孙买了新的无人机做见面礼，席间除了问些生活和学习上的事，再没提起其他的。

鹿言当然知道老爷子突然现身一定还有别的事情，却并不拆穿，一副乖巧模样，将来自姥爷的全部宠爱照单全收。

直到下午上课的时间临近，少年被司机送回校门口，弯身俯在车旁告别道："姥爷我回去啦，礼物您先帮我收着，等'十一'放假回家再玩。"

"好。"喻先生笑得慈爱又宠溺。

"对了，如果您想见我小舅的话，中午肯定是等不到了，最近学校工作忙，他都在食堂里吃饭。"迈入校门之前，鹿言忽然站住脚步，试探道，"要不然，我帮您叫他出来？"

喻父一向心软嘴硬，并不想承认自己对叛逆儿女的关心，故作不在意道："我可没想来看他。"

"哦。"鹿言笑笑，进入了校园。

刚离开姥爷的视线，少年就掏出口袋里的手机，边朝着高三年级的教学楼走，边拨打出一通电话。

听筒中传出喻家大姐的声音："这个点儿给我打电话，怎么了？"

"妈，"鹿言叫了一声，通报消息道，"我姥爷回来了，这事儿您知道吗？"

喻襄："你见到他了？"

鹿言："是啊，他现在就在我们学校门口蹲守呢，想见舅舅自己还不肯承认。"

"他一直那样，既关心你舅，又不愿明说。这老头子，每次说回来就跑回来了，也不嫌折腾。"喻襄对着电话如此说。

"反正我已经跟小舅说了，他们爷俩会怎么样，我就无能为力了。"鹿言的话说到这里，声音忽然一顿。他被校园铁制围栏外的景象吸引注意，不确定地眯了眯眼睛。

在少年视线的尽头，一辆相当拉风惹眼的62S齐柏林缓缓地停在了街道边。

这辆车，有点儿眼熟啊。

466

学校的午睡时间还在继续。办公室里，喻司亭的手机忽地亮起屏幕。是一条来自初澄的消息。

初澄：金董好像来检查了。

喻司亭勾勾眉毛，回以自己也刚得到的消息。

喻司亭：巧了。

初澄：什么巧了？

喻司亭：检查团撞在一起。

初澄：啊？

喻司亭：我家老头回国，刚刚找到学校门口。

消息传达到位，消息列表足足静谧了五分钟没有回应。喻司亭正在纳闷，办公室的门忽然被人推开。初老师跻身到面前，抱怨道："他们这是突袭！怎么能连招呼都不打一声就来查岗呢？最近工作太忙我都没睡好，甚至还有黑眼圈。"

喻司亭不以为意："那你坐得端行得正，没啥好担心的，大不了听他几句牢骚，嘱咐你育人的同时别忘照顾自己身体罢了。"

他摸出手机，边发送出一条邀约微信，边气定神闲地继续开口："就用初老师最擅长的事情，魔法打败魔法。"

傍晚时分，西装革履的金恒和秘书一起走进亭州某酒店的包间。已经等候在房间内的喻司亭起身迎接。

"舅舅来亭州也不提前说一声，搞得订餐厅都很匆忙。"初澄在旁缓和着气氛。

"敲锣打鼓的怎么能叫突击检查啊？"金恒挽了挽袖口，仔细地瞧着外甥，"你今天的脸色看上去可不太好，又不爱惜自己身体了？"

"舅。"初澄语气无奈，"您外甥是个高中老师，起早贪黑都是常事，我最近工作太忙了，正好放假了，休息几天就可以满血复活了。"

几人正说着话，包间外又传来脚步声。

"山海间到了，您请进。"服务生引着另外一人走进来。

被小辈约着吃饭，金董本以为自己已经是最晚到的了，不料一抬头，竟又见一位气度不凡的男性长者。喻父也以为自己是被单独宴请的，进门却瞧见房间里甚至还有个像是助理的人在场，明显地怔了怔。初澄的照片喻先生在朋友圈见过，却一时猜测不出那位与他眉眼间有几分相像而且架子很大的年长男性是谁？

"这位是？"金董率先开口询问。

初澄和喻司亭连忙为各自的家长做介绍。

"噢。"金恒听罢，尾音略扬，从容地抬了抬手。

下一秒，他的秘书心领神会地递上一张名片。

金恒亲自递交过去，说道："初次见面，我还是自行介绍一下吧。"

喻父见过的场面不少，能像这样把盛气凌人伪装成平易近人的倒也稀罕。他轻声笑笑，顺势递回一张自己的名片。

"京煦地产集团执行董事，金恒先生。"

"嘉珩科技董事长，喻州鸣先生。"

两人握手时，还郑重地互念了对方的头衔。

寒暄结束，趁着服务生上手帕的间隙，金恒让自己的助理退了出去，又看了眼企图置身事外的外甥，凑在他身边低声问询。

"你不是和我说喻家父母定居在国外，他怎么突然回来了？"

初澄清了清嗓子："和您一样呗。"

和我一样？金董睐了睐眼睛，整个人都带着不满情绪："难不成也是来查岗的？看看自家小子在这穷乡僻壤过得咋样？"

初澄没有再搭他的话，随后大方地出声道："我们人齐了，先点菜吧。喻伯父在国外待得久，会不会比较习惯西式菜品？"

服务生给每人都上了一本菜单，两位大董事却谁也没有动手。初澄只能代劳，和喻老师一起参考着来点。

这一顿晚餐吃得极久。席间，两个小辈插不上话，只顾低头干饭。

一边的喻父和舅舅却几乎没怎么动筷。两个人坐得笔挺如钟，仍在你一言我一语地进行商业谈论。

"网络科技虽在风口，但如果没有创新力量，就实在谈不上什么技术水准……"

"在政策上受限，房地产也前景堪忧……"

"您好。"服务生进门上菜，对两人的争论稍作打断，"您的栗子蒙布朗和树莓 Gelato①。"

"谢谢。"

初澄已经从主菜吃到了甜品，拿起勺子品尝刚上桌的意式甜点。酸甜解腻的冰激凌进入口腔，让他不由自主地呼出一口冰冰凉凉的气。

趁着初澄挖蒙布朗蛋糕的时间，喻司亭低头摆弄了几下手机。微信聊天框的另一边是喻家的大姐喻襄。

喻襄：三少可以啊。按照以往的纪录，都是三句话之内就会爆发父子矛盾。今天这么久了，你居然还没把老爷子气回家来？

喻司亭：到目前为止我们还没有说到三句话。

对方立即打了个问号过来。

喻襄：这次老头子没为难你？

喻司亭如实告知。

喻司亭：因为他暂时顾不上我。

"您二位，聊完了？"回复完消息，喻司亭察觉到包间内安静下来，抬起头，向着根本没怎么动筷子的两位询问，"饭菜还合口味吗？"

两位家长还没开腔，刚吃完甜品的初澄忍不住打了个轻轻的饱嗝。

初澄偏头看向金董，也开口询问道："舅舅吃得还好吗？"

"你还会管我的死活？"金恒冷言冷语地反问。

"这是哪儿的话。"初澄笑得乖巧，"您大老远地来看我，理应受到最高规格的款待啊。"

"嘿哟。"金恒并不买账地轻哼一声，"那可真是消受不起。都没跟我说一声就长期定居亭州了，你眼里有我这个舅舅吗？"在从初父那得知消息前，金董一直以为初澄只是一时兴起，吃了苦头会畏缩。没想到他却坚持下来了，且立志一直坚持下去。

不过金恒的语气虽刁难，却也只是停留在口头牢骚上，实则更是个宠溺小辈的。只要外甥坚持，他即便是有十分的不满意，也会在身后默默护航。

"既然大家都已经吃好了，那我就去结账。"喻司亭边说着边起身。

初澄立即用湿帕擦了擦手，表示自己也失陪一下，跟着一起出去。

"感谢喻老师成功解围，他们俩倒相谈甚欢。但你之前就不怕他们当

---

① Gelato：冰激凌。

众掀桌啊？"

离开包间，初澄与喻老师并肩走在酒店长廊上，回想起被聚在同一张餐桌上的两尊大佛，仍然觉得此举大胆。在初澄的印象中，喻老师和自家老父亲之间的关系也挺紧张的，不禁好奇。

"不可能。"喻司亭答得极为自信，"家长即便再恨铁不成钢，在外面也得给孩子留面子。"

在别开生面的晚餐后，喻董和金董都由各自的司机接走。

初澄站在酒店门口，深吸一口凉爽的夜风，揉了揉自己胀得要命的肚子，不禁感叹道："原来被家里查岗是这么撑的一件事。"

"那我们散步回去？"喻司亭单手拎着自己的西装外套，歪了歪头继续说，"走到家里就消化得差不多了。"

没等对方说完，初澄已经麻利地掏出车钥匙按下了解锁键。

"喂！"喻司亭在身后笑着呼喊，前方的初澄却充耳不闻，连头都不回。

国庆假期的第一日到来。

即便昨夜是在身体极致疲惫后才昏昏睡去，有工作生物钟作祟，初澄依旧醒得很早。初澄拖着疲惫的身体起来洗漱，然后披了件外套，走出一楼房间，站到阳台边。

秋日的天气正好，视野清亮，阳光温柔。过了夏季花期的露天院子有些萧条，但好好打理一下，春天就又能生机勃勃了。

天井花园的玻璃房里摆满等待种植的空花盆。喻司亭正在那里亲自收拾清扫。初澄认出水桶中用生根剂浸泡的都是洋牡丹根球，十分好奇："你怎么想起来种这些了？"

"我也来学习一下什么是生活情调。"喻司亭说。

上午的阳光从屋檐边洒下来，落到身上暖洋洋的。初澄合了合衣襟，坐到一旁的休息藤椅上，看着忙碌的身影，不自觉弯起嘴角。

喻司亭回头瞥一眼："笑什么？"

"在学校里冷直毒舌、人人都怕的喻老师竟然在种花，看不出来这么有居家的气质。"

"现在才发现吗？"喻司亭停下铲土的动作，故意做出仔细回忆的样子。

"是是是，一直都有。"初澄站起来凑近两步。

"本来就是，你还有什么要申诉的吗？"喻司亭笑笑，继续忙着。

初澄不再继续这个话题，开口道："喻老爷子还在亭州吗？你今天不去陪陪他？"

喻司亭说："他可能没空见我。"

"嗯？"初澄狐疑道。

"昨天喻襄在家等了一晚上也没见老头子回去，后来才知道，他和金董饭局结束后，又相约去了市拍卖会。两人今天上午还要约着去打高尔夫呢。"

初澄怔怔："啊……那要不要我给金董打个电话？让他别带着六十岁的老头子胡乱折腾。"

喻司亭："没事，我爸的身体硬朗着呢，在国外还时不时去攀岩。你有替他操心的时间，不如想想假期计划。"

初澄思考了一会儿，道："我不想走太远，要不然再去一次枫叶谷？自从上次去过之后，我对那锅鱼汤念念不忘。"

"好啊。"喻司亭一副"那还不好办"的神情，"明天就去。"

初澄蹲身搭手，一起种花。

桶里的那些根球没有做标签区分，都是暗色的老树根状态，不知道具体都是什么颜色。初澄问时，喻司亭说自己也记不得了，种出来就当是开盲盒。

假期第二天，喻司亭说到做到，再次开上那辆已经在车库里吃灰很久的越野，和初澄一起出发去了枫叶谷。每年十月，这里都是层林尽染的景象，漫山遍野的枫树，变成一片橘红与明黄交汇的色彩世界。

山脉俊秀，云雾如画。两人沿着山谷骑行，一路说说笑笑，边欣赏风景，边回忆初识时的情景。

中午时分，他们来到从前歇脚的小竹院。

"Hello！"

"又来老朋友了！"

每到假日，小院里的游客虽然不多，但也不会只有一伙人。不管大家认不认识，总归是有些面熟的，会热情地打招呼。

"老赵不在？"喻司亭向四处看看，询问道。

坐在一边给单车做保养的旅友扬扬下巴："喏，回来了。"

院门"吱呀"一声，满身泥浆的老赵牵着两只大狗兴高采烈地回来，腰带上还挂着几条硕大肥美的黑鱼。

"哟，都是熟面孔啊！"

来骑行的朋友们围上去："我的天！你下次可别再说自己在钓鱼了，你这是下河去捞的吧？"

"别乱说，这真是我钓上来的！我满身泥是因为这两只狗子……哎——"

老赵的话还没说完，手里牵着的那两条体型超大的高加索犬已经没耐心地向前一个冲刺，把主人带得趔趄。

"我的鱼！别闹，裤子扯坏了……"老赵艰难地和爱犬做着斗争。

旁边的熟客们皆在看热闹，还有人笑着催促："我们都饿死了，快点儿做饭啊！不然一会儿把你的摊子砸了。"

"你们是魔鬼吧？"老赵回头吐槽，"我就是因为不想上班才隐居在这儿，被你们这拨人搞得，我又有了早八晚五的错觉。"

"不管，快点儿，饿！"

"那边有地炉和炭，案板上有早上刚宰的羊，你们先自己烤点儿肉串吃。我得洗个澡。"

一片吵闹中，大家各自上手帮忙，忙碌起来。

天空暗淡，暮色降临。院子里点起了篝火，旅友们用小地炉烤着羊肉串，肉香散在秋日晚风中，飘传很远。老赵把炖好的鲜鱼汤端出来，分给大家品尝。鲜美的味道惹得人垂涎三尺。

喻司亭坐在篝火旁的一块大石头上，动手盛了汤递来。初澄一连喝了两碗，肚子里暖暖的感觉驱散了秋日傍晚的寒凉。

这一年来，老赵每天沉迷于遛狗垂钓，没学会做几个新菜，只有鱼汤的滋味和从前一样好。不只是这个熟悉的味道，古朴的小院，有趣的老板，还有陪同来喝汤的人，也没有变化。

初澄和喻司亭起身，凑到一众旅友身边，和大家一起围着篝火开心地玩闹起来。吃饱喝足、玩累闹够后，喻司亭载着初澄从枫叶谷返程，回到繁天景苑时已经是下半夜了。从院子里仰头看，家里二楼平层的灯还亮着，透亮的落地玻璃窗连帘子都没有拉。

"这孩子怎么还没睡？"初澄觉得有些奇怪，留下喻司亭一个人整理单车，自己上楼去查看。

鹿言房间的门没锁，留着一道窄窄的缝隙。初澄隔着门缝看到"好大儿"穿着睡衣趴在写字台上睡着了。

少年被身边的响动吵醒，细密的眼睫颤动着掀开，呢喃着："你们回来了啊。"

"睡觉怎么不上床也不关灯呢？"初澄注意到他脸颊上硌出的痕迹，应该已经睡着很久了。

鹿言睡眼惺忪，指了指正对面依然亮着灯的窗户，目光晶亮地笑着："震慑一下对面的小子。"

初澄怔了一下才反应过来，那是应鹤的房间。他一边笑着"好大儿"莫名其妙的好胜心，一边催促："恶性竞争可不行啊。快点儿上床好好睡，这都几点了。"

初澄赶紧推着鹿言上床，帮他拉好被子才关灯下楼。

"大半夜的他闹什么？"喻司亭已经整理好了东西，靠坐在客厅的沙发上，听到脚步声，扭过头来询问。

初澄没有直接回答，而是朝对面栋灯火通明的一楼扬起下巴："那小子不也在搞事吗？"

喻司亭蹙了蹙眉，思考两秒后一语道破："是因为出月考成绩了吧？"

"哦，对。"初澄恍然，摸出手机坐向沙发，登录校园管家程序查询。

果然，9 月月考成绩刚刚发布。鹿言依旧是大榜第一名。但应鹤本次考试的进步不小，上次排名还是班级前十，现在已经直冲年级前五了。初澄的手指点击几下屏幕，把页面切换到教师端的均分排名。

系统消息：欢迎初澄老师！您的任课班级高三（1）班、高三（7）班可查看均分明细。

点击确定查询后，初澄的眼睛明显瞪大了些。

高三（1）班语文均分排名：1

高三（7）班语文均分排名：4

虽然知道师父以前把学生的底子带得好，但他还是不敢相信，偏头向喻老师确认："这居然是我教的班？"

喻司亭道："对，是你教的。高兴吗？"

"高兴。可相比之下，我还是更为我们7班骄傲。"

虽然崽子们的成绩排在第四名，与数英物任何一科相比都打不过，但却是他一点点看着进步上来的，那种成就和满足感无法言喻。就像这生活中的一切，他都更喜欢亲力亲为，细水长流。

"那当然了。"

"是我们7班嘛。"

接下来的几天假期没什么特别的，初澄宅在家里休息。

"十一"结束后，十中迎来的是一年一度的校庆运动会。按照惯例，计算机组和体育组的老师们又在到处招兵买马，每天堵在英语组和语文组门口搬外援。

作为去年的出头鸟，初澄已经不敢再随意露面，没事就赖在喻老师的办公室里。反正数学组在多年的垫底后，现在基本处于一个摆烂状态。

这场运动会是高三年级在高考前能参与的最后一个校级大型活动，作为进入备考状态前的狂欢节，喻司亭给了学生们高度的自由。初澄也学会做甩手掌柜，不再像之前那样事事操心，放心地放权给孩子们。活动前一天的晚饭时间，他熟练地推开数学组的门，径直坐到大哥的椅子上，轻叹："受你的影响，我才工作一年，就已经这么没有激情了。"

喻司亭正在文件架前整理一轮复习资料，转身晃晃手指："初老师，不要把责任怪在别人头上。即便是在不认识我的时候，也没有影响你树立早日退休的理想。"

初澄摆烂着无视任何解释，嚷着："我不管。"

"当当——"数学组的门被人敲响。

初澄收敛职场"霸凌"的行为，老实地坐回靠背椅里。

喻司亭："请进。"

推开门的人是7班学生薛乐，手里提着两个袋子。她是十中唯一一个学武术的女孩子，这两天才跟着第二批体育特长生一起回校。小姑娘的肤色本来就有些暗，因为在外训练风吹日晒，变得更加黝黑。

"大哥，初老师。"看见副班也在，薛乐的神色稍有迟疑。她的性格有些内敛，离开 7 班很久，之前与初澄的接触并不算多。

"什么事？"喻司亭率先询问。

薛乐这才开口："大哥，我前阵子参加武术省队选拔被破格招收，已经拿到学费全免名额了。"

"这是好事。"喻司亭一向知道这个孩子努力踏实，也发自内心为她感到高兴。

"可是，原来的补助金还在按时打进卡里。"薛乐从运动服口袋里摸出一个牛皮纸信封，放到喻老师的办公桌上，轻吸了一口气说，"我是特地来还这笔钱的，谢谢大哥。"

这孩子真朴实啊！初澄托着腮挑了挑眉尾，没有说话。

喻司亭对上学生晶亮坦诚的眼神，语气如常："学校发放的补助金，还给我干什么？"

薛乐并不拆穿，只是笑着，露出一排与肤色形成反差的洁白牙齿，说道："那就请大哥帮我退还给学校吧。"

即便关于补助生的事情没有被公示，薛乐和张熙碰在一起时也会聊起，怎么可能一点儿都不知情呢？两人收到款项的方式都和普通补助生一模一样，但其中必然有一个是由大哥全额资助的。她们这样的年纪，没办法用其他方式表达感谢，只能不断努力，才能不负身上的期待。

薛乐提起手中的纸袋子，接着说："这个是新一年运动会的班服，刚才生活委员让我顺便带过来的，给大哥和初老师。"

袋子里装的是两套崭新的连帽卫衣，依旧是私人定制的印图款。今年，初澄也在班级标志上有了姓名——卫衣的正反两面分别是他和大哥的漫画版头像。小小的图案把他们两人的外貌和神态特征抓得生动又形象。

薛乐说，这是张熙画的，她在外面参加美术集训赶不回来，但是不想缺席班里的集体活动。

初澄拿着衣服端详，表示自己非常喜欢。学生离开后，两位"老父亲"看着留在桌上的信封，默契一笑。最开心的事还是学生有出息。

初澄拎起衣服在身上比画，尺码刚好，向对方试探道："这还挺可爱的，你要穿吗？"

喻司亭："……"

不等回答，初澄已不由分说给他套上拍照。

"大哥来嘛，偶尔穿一次没事的！"

运动会的首日到来。一大清早，7班的主副班在看台区域现身。

"你们看，我就说初老师会穿班服，但大哥不会，快点儿拿钱拿钱。"一名学生从看台上蹦起来。

初澄把喻老师买的早餐分发下去，边喝着温热的豆浆，边笑得纵容："你们不要命啦，当着大哥的面，用他穿什么衣服来赌钱。"

韩芮仰头解释："是大富翁里面的钱啦，他们都玩了一早上了。"

另外一个女学生不胜烦扰，玩笑着向副班打报告："初老师，您快管管吧。这些人打赌无所不用其极，刚才还在猜沈老师肚子里的孩子是男还是女。"

"嗯？"初澄"扑哧"一乐，"这赌打得是不是有点太超前了？沈老师才怀孕几个月啊。"

"她的肚子尖尖的，一定是男孩。"

"乱说，人家自己都不知道！"

"预产期应该在明年夏天吧，这把是爷孙局，我就赌是女孩！"

听着学生们有鼻子有眼的争论，初老师瞠目结舌。

真的假的？这群小孩懂得还挺多，居然看得出来肚子是尖还是圆。

一大早班里吵吵闹闹，活力无限，但好像少了好多捣蛋鬼的身影。

初澄的目光向四处搜寻："白小龙那群呢？还有鹿言也不在。"

一旁的李晟边玩着大富翁，边回应："他们一会儿有项目要上场，应该在那边做练习。"

初澄循着他手指的方向去找，破天荒地见鹿言、应鹤、江之博、白小龙、穆一洋五个人和隔壁班的学生们聚在一起，一时间还以为是自己眼花了。他们正在练习的是运动会的一个趣味性积分游戏，叫不倒森林。游戏规则很简单，就是多人围圈，每人手底竖着一根木棍，顺次位移但要保证木棍直立不倒，是个主要考验专注力、敏捷度和默契的游戏。

多次失败以后，江之博挠了挠头，提议说："不行，我觉得我们还是得排一下身高。我的腿太长，跑起来你们追不上的。"

"你要点儿脸。"穆一洋的额头上都要皱出八条褶了。

"那你说你多高。"

"这我真不知道，好久没量了，但肉眼看我们俩也差不多吧？"

两人争论着，鹿言掏出手机，点开系统自带的测距器，对着穆一洋拍了张照，张口便道："你一米五九。"

江之博凑近查看，被结果逗得狂笑。

穆一洋立即吼一声："你乱说！"

鹿言乐不可支："手机测的，可不是我乱说！"

几人胡闹在一起。江之博手里拿着的棍子随意一抢，刚好打在队友的肩膀上，发出"啪"的一声响。

"滚！"应鹤中气十足地骂他一句，却也没见在意，继续低头研究着游戏的关窍。

另一边也仍旧嘻嘻哈哈。

初澄驻足观看许久，忽然想起之前喻老师说过的话。这个年纪的男孩子就是有这样奇怪的友谊，互相嫌弃但还是会往一起凑。

落单的白小龙坐在一旁，神情专注地盯着膝盖上的平板。初澄好奇地走过去。对方赶紧锁屏不让看。

"你小子是不是网瘾又犯了？"初澄居高临下盯着他。

白小龙一摆手，说道："没有的事儿，但这个暂时是秘密。"

搞什么神秘兮兮的？初澄还想问别的，但身后的班级队伍里传来季雅楠的声音，喊着大家过去拍合照。

"来了！"白小龙连忙抱着平板蹿起来，岔过了话题。

几乎每年的运动会都会有点儿雨水来助兴。可今晚的雨下得实在有些大，校方只能临时把文艺汇演推迟，让师生们回教学楼避雨。

天公不作美，欢闹的氛围却不减。大家在教室里坐不住，各班都自发地开起了小联欢会。7班的学霸学生们性格迥异，也各有才艺。除了平常那些活泼的显眼包，每个孩子皆具内秀：不修边幅的物理大佬会唱偶像剧小甜歌；平常不大爱说话的薛乐连着整套行云流水的空翻；高冷如应鹤也跳起一段街舞，引得女生们为他疯狂打 call。精彩的表演让人目不暇接，初澄化身无感情的鼓掌人，把手都拍麻了。

班里所有的学生轮流上台，不知道一共上演了多少个节目。直到联欢尾声，初澄注意到一直在讲台边报流程的白小龙，主动询问道："你有什么才艺啊？"

后方的知情观众们纷纷回复。

"他的才艺厉害了。"

"体委是做了准备来的。"

"有请技术控登场。"

众多道声音中，有人关了灯，教室内的多媒体屏幕上开始播放自制影片。整整十分钟的视频，全部是关于 7 班的点滴。全班同学都贡献了自己从高二分科开始就积攒的各类照片，有眼泪有欢笑，有温暖有热血。最后的画面定格在今天早上刚拍的全班合照，甚至还把唯一缺席的张熙也 P 了上去。

初澄赞叹"班魂"的同时，也感到奇怪，一个男生怎么会有这么细的心。果然，致谢页面亮起时，只有技术组后面标注的是白小龙的名字，下面还有两行小字："徐婉婉担任设计外援，鹿言冒死提供素材。"

初澄还没有反应过来"冒死"两字的意思，屏幕倏地一黑。事情远远没有那么简单，视频进度条仍然在继续。屏幕上播放起一段来自网络的视频，是老师们入职前后的对比照，所有出镜人员都肉眼可见地在变憔悴。夸张的内容和对比表现形式惹得大家捧腹大笑。

忽然，满屏的字幕一闪："但是我们 7 班的老师，只会越来越帅！"

音响里战歌起，初澄和喻司亭的大量俊男帅照卡着乐点来袭，造成的强烈视觉冲击让全班同学都放肆尖叫起来。

字幕上闪过的每一个赞美词都有无数照片来诠释。

"他们……"

"风华绝代……"

初澄去年在文艺汇演舞台上弹琴；在开学典礼上领奖卓尔不群；研学时大长腿单膝跪地抄书写字……

"他们……"

"潇洒倜傥……"

喻司亭打越野车方向盘时沉稳专注；开家长会时西装革履；在讲台上演算压轴难题时眼神凌厉……

"他们……"

"神挡杀神……"

连续九次考试，喻司亭的数学单科均分排名第一；手游赛季末初澄段位王者101星；校园管家程序最受欢迎老师排行，两人皆榜上有名……

"他们……"

"夙兴夜寐……"

早自习初澄的办公桌上摆着三个空咖啡杯；喻司亭讲题讲到嗓子哑了说不出来话，端着玄麦柑橘茶写板书；两人深夜做成绩分析，一边一个躺在沙发上睡着……

初澄和喻司亭一起站在教室的后排，看着那一张张照片，仿佛过去的一年重现。

说不感动是假的。这份工作，不亲身体验就不会知道个中滋味，每次被气到崩溃边缘，又会被无形治愈。如果说激情还在，那它绝不会从别处来，而是源自内心最真实的坚守和热爱。

"所以，现在还有谁没上才艺了？"

视频播放结束，白小龙的一个问句让学生们的目光唰唰看向最后排。

初澄："……"

就在这时，头顶广播恰好响起："外面的雨已经停了，各班师生可以回到操场继续参加汇演。"

喻司亭适时出言打断："好了，就闹到这里吧。穿好你们的衣服，带上凳子出去看节目。"

教室里安静两秒钟。

不知道又是哪个小子起了头："同学们，你们差这几分钟吗？"

"不差！"

"我这人就爱自家的一切，外面的节目能有多好看？"

"我们都已经使出浑身解数，只为博君一笑了，两位欣赏这么半天的才艺，也该表示表示吧？"

学生们一拥而上，把主副班团团围住。

喻老师偏头递来眼神：瞧见吗？这都是平常被初老师惯的。

初澄无声地反驳：你的学生本来就艺高人胆大，和我有什么关系？

学生们起着哄："你们俩至少要出一个节目吧？不然我们可不答应。"

"我和大哥商量一下总可以吧？"初澄表现得很好说话，拉着喻老师到一边，假模假式地询问意见："你想给他们表演吗？"

"不。"喻司亭的答案可想而知。

上一次教师聚会，大家众筹1000块才换来他一首歌，怎么可能随随便便便宜了这群小子？

"那……还不跑愣着干什么？"下一秒，初澄麻利地拉起喻老师，从后排夺门而出。

"哎？骗人！"

"好一招兵不厌诈。"

"我剪了好几个晚上的视频，你俩这么不体面吗？"

"他们跑得了和尚跑不了庙。"

…………

学生们又笑又嚷地追出去。

溜出教室的两位老师哪里管崽子们在身后喊什么，早已与楼层内其他班级的大部队混合在一起。

沿着走廊，透过玻璃窗可以看到外面灯光璀璨。联欢舞台上正紧锣密鼓地做着准备。又是熟悉的场景，熟悉的体育组开场表演。

停下脚步，初澄和喻司亭相视一笑。

每一个365天都是一个轮回，需要经历的事情会周而复始。每当再次踏上起点时，日子本身也许不会改变，却必然能充满新的期待。他们只需向前看。

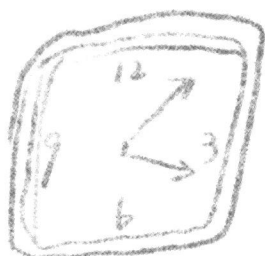

番外篇

再会

十年

合拍

秘密

再会

炎热的夏季，校园的大树上偶有蝉鸣声传来，连续不断，但不算太扰人。

高三（7）班教室里，黑板上挂着的倒计时日期停留在 6 月 4 日，距离高考还有 3 天。这是十中高三年级准毕业生的最后一堂课。预备铃响过，教室里的同学们仍然闹着，或是互相在校服上签名字，或是三三两两围在一起拍照留念。平常，他们只要拿出电子设备就会被大哥没收，今天也无所谓了。

初澄拎着一堆纸质的手提袋走进教室，差点被满地乱窜的学生们撞到。

跟在他身后的喻司亭同样提满东西，皱着眉头喊一声："干什么呢？还有一节课，都给我回去坐着。"

学生们在冷冽的声音里迅速跑回各自的座位，教室内安静下来。

课表上的最后一堂课是自习，但毫无疑问它即将会成为班会。前排讲桌上摆着高高的两摞毕业证，等待被发放。主副班放下刚刚拎进来的礼物袋，里面有代表好运的红色旺仔牛奶糖、考试用的黑色中性笔和涂卡笔、校园主题的盲盒，还有写着金榜题名的纸杯蛋糕……

这些都是初澄熬夜准备好的，算是一点儿考前心意。喻老师做了个简单的开场白，然后开始和副班一起分发毕业证和礼物。他们按顺序喊着每个同学的名字，让其上前领取，同时还会送出一句祝福，十足的仪式感，就像是大学毕业时的拨穗典礼。

"徐婉婉。"初澄把毕业证递给上前来的女同学，真诚而温柔地祝愿一声"高考加油"。

喻司亭发给应鹤，嘴里却是玩笑着道了一句"万年老二"。在毕业前的几次模拟考试中，他的排名连续被鹿言压制，好不容易追平一回，还因为语文分数低而排在下位。

"他也是。"应鹤顺势看向初澄，毫不客气地反呛。因为在本学期，7班语文一科的最好排名就是第二。

"哎？"无辜躺枪的初澄又气又笑，"冤有头债有主，乱 cue 语文干什么？嘲讽你的人是我吗？"

应鹤不买账地挑了挑眉尾。就 cue，谁让你的搭档嘴欠，你们俩本来也是一伙的。

师生斗嘴间，徐婉婉已经第一个打开了礼物袋，很多还没拿到的学生都好奇地凑上去围观。

"这个盲盒拆出来好可爱啊。"徐婉婉把玩着手里的惊喜小玩具。

初澄不再和应鹤计较，抬头微笑道："你们大哥端箱买的，里面必然有隐藏款，那个可好看了，至于在哪个袋子里我就不知道了。"

"确定没有黑幕？"学生们看向鹿言，嬉笑着提问。

"没有没有。"初澄当即举手保证，道，"班长的那个我都帮忙拆过了，是最雷的款。"

他边说着，边继续把毕业证书发给韩芮，致以祝福："我的小课代表毕业快乐，希望你未来一切顺利。"

韩芮接过："谢谢初老师。"

喻司亭也把礼物袋递给孟鑫，对待这个三年来的得力助手，继续坚持着与初老师截然不同的毒舌风格："听说你小子想学医，以后不要让我生病了也不敢去医院。"

"嗯……"孟鑫满目真诚地想了片刻，道，"那我，祝您健康吧。"

教室里的学生们都被逗得笑起来。

"季雅楠。"

"吴雨晴。"

"李晟。"

…………

每个学生的名字都被念到，两位老师一一为他们送上毕业礼和祝福。很快，讲台上只剩下最后两袋礼物和两本毕业证。

初澄把东西发给鹿言。对于"好大儿"他没什么好说的了，两人相视一笑，一切尽在不言中。

喻司亭把礼物递向穆一洋。对方拿出其中的盲盒摇了摇，一脸神秘道："噢。有故事。不出意外的话我应该是那个一百二十分之一的幸运儿。"

话音落下，后面立即有人纠正："朋友，抽中隐藏的概率是一百四十四分之一。"

穆一洋一皱眉，露出又蒙又憨的样子："嗯？我算错了？"

喻司亭轻叹一声："我们今日留一物，他日好相见。今天我不为难你，以后你也尽量不要说我教过你，能做到吗？"

"好的好的！"捣蛋包心领神会地做了个理解的手势，道，"以后出了校门，我的数学就是体育老师教的。"

台下又是一阵哄堂大笑。

也许是大家还没有意识到离别的隐痛，又或者是他们不想用不舍的眼泪来结束在校的最后一天。这场班会开得和往常一样轻松。只是在放学铃响起后，很多人都磨蹭着不想走，自发地留下，一起布置考场。扫地拖地、挪走架子和有字的书桌、贴座位号、调钟、写板书……直到确认每一件事都做好，他们才渐渐散去。

离开教室时，初澄给这里最后的模样拍了照。下个新学期，他已经决定和喻老师重新下高一了，再次回到毕业班教学楼该是两年以后的事情。

坐回车里，初澄叹了一口气，如释重负，又依依不舍。

"初老师看起来好像很累，又感慨颇多。"喻司亭握着方向盘，把车开出教学楼后的停车位。

作为一只首次送走毕业生的"嫩鸟"，初澄觉得此刻无论做出什么样的矫情回答，都注定要被嘲笑，只能压抑着心头翻涌的复杂情绪。

"每次离别都是开始，你还有崭新的使命。"喻司亭看他暗自隐忍的要强模样，轻声笑笑，补充安慰："这也是我亲手从高一带上来的第一批学生。"

"行啦。"坐在后排的鹿言感受到车厢内的低郁气氛，对着他们开口，"您二位还有我呢，别搞得像被抛弃的孤寡老人一样。"

初澄又轻轻地叹一声，还没来得及张嘴，后面的"好大儿"便参毛了。

"什么话！"

"我没说话。"

"你已经做出一副聊胜于无的样子了，我在你心里不值一兵一卒。"

"哈哈哈哈。"

在玩笑的你来我往中，车子开上了城市主干路。

在这样特殊的一天，三人并没有急着回家，而是在归途中买了些礼物，顺路到周瑾和沈楠楠家里去探望了一番。在最后的一个学期里，沈老师挺着孕肚坚守前线，一直坚持到夏季才休假。原本喻老师觉得自己到女同事家里去不太好，但有初澄和周瑾的关系在，上门拜访就理所当然了。

周师兄和沈老师的儿子是在五一当天出生的，所以宝宝的小名就叫"五一"。

"劳动节出生的小男孩儿，你好呀。嘟嘟嘟。"初澄站在婴儿床边，隔着小被子轻轻地摸了摸孩子胖乎乎的小腿。

这样近距离地看一个小生命，让他的心都软化成了一摊蜜糖水，动作和声音不自觉地轻柔到了极致。

"是不是无论多高多大的人，看到小宝宝都会在'夹子音'上无师自通。"沈楠楠笑得灿烂，顺便揭露自己的老公："他也是每天捏着嗓子，不厌其烦地和儿子用婴语交流。你们可是高中老师！"

"哈哈。"初澄也笑，"就是很可爱嘛。"

"他是不是困了？"喻司亭注意到宝宝眯着眼睛，不住地吐着舌头。

鹿言在旁轻轻吐槽："能不困吗？身边围着语数英化四科老师。我抗压能力这么强的人，跟着两个都受不了。"

周瑾弯着嘴角："他还看不清东西呢。不过是该让他睡觉了，不然就要磨人了。"

"那我们出去吧，别打扰到小五一。"初澄轻手轻脚地退开两步。

鹿言仍然伏在婴儿床边，凑近宝宝耳侧低语："你还有 6540 天就要高考啦，怎么睡得着呢？"

"你是魔鬼吧？快走。"初澄忍不住笑，拎着"好大儿"的衣服把他带出了房间。

几人在客厅的沙发上又聊了会儿。沈楠楠说起，今天是学校的最后一天课，她本想去看看学生，但自己的身体还没有恢复好，一月龄的宝宝又太难照顾，她和周瑾都脱不开身。初澄和喻司亭都表示理解。

闲聊片刻后三人起身告辞。刚离开周瑾家，喻司亭接到一通喻家大姐打来的电话。出差在外的喻襄嘱咐弟弟，在高考前的两天一定要照顾好鹿言的玻璃胃。

"放心吧。"看着活蹦乱跳、精力充沛的外甥，喻司亭沉声应答。

八月中旬，十中高一年级的教学楼。

初澄动了动已经站麻的双腿，伏在某间教室外的窗口，边静音刷着手机，边啃另一只手里冰冰凉的西瓜。从他身后几米远的门板内，源源不断传来喻老师训学生的威严声音。

初澄叹了口气，扔下一块西瓜皮，重新拿了一块继续吃起来。又十分钟过去，初澄实在站不住，揣起手机，转身去扒门缝。喻司亭依然在班里发火，下面那群穿着迷彩军训服的高一新生被训得老老实实，直挺挺地静坐着。

"吱呀——"教室门板被他倚靠得发出声响，吸引了喻司亭的注意，同时也有不少学生循着声音看过来。

初澄连忙蹲下躲藏。几秒钟后，伴着沉稳的脚步声，喻司亭站到了他的身后，居高临下审视着。

还生气啊？初澄仰起头，无声地对了对口型，清澈的笑意从眉眼间溢出来。

还不是被你惯的？喻司亭的表情严肃，正打算开口和他说些什么，忽然注意到旁边的两个窗台上摆满了切好装盒的冰镇西瓜。

"买了水果给你消消火。"初澄笑言。

"这么多，气不死我打算撑死我？"喻司亭瞥着那些加在一起足足有几十斤分量的西瓜，压低音量，"要么你自己吃完，要么怎么拎上来的怎么拎回去。"

"别啊。"初澄下意识摆手道，"实在吃不下去了。"

喻司亭不松口，转身又要进教室继续教育，忽然听到身后人打了个饱嗝。

沉默两秒钟后，喻司亭终于被他强行消了气，眉头略舒，无可奈何道："等我走了再拿进去给他们。"

初澄伸出手指比在额头边，做了个"收到"的姿势。

午休结束，养足精神的学生们在操场上重新列队，继续由教官带着练习方队和军姿。初澄在办公室给喻老师留了一块最甜的西瓜芯。两人吃完后，面对面趴桌午睡了会儿，才一起出去视察班级的军训情况。午后的校园，阳光刺眼，地面的砖板被晒得滚烫。两人从教学楼侧的阴凉小径绕路过去，路过两旁的告示板。

玻璃公告栏内的红榜上，上一届的高三毕业班战绩斐然，其中 7 班同学的名字惹人注目。

庞言 华清大学

徐婉婉 华清大学

应鹤 京北大学

孟鑫 京北医学院

李晟 沪市相伯大学

穆一洋 哈城工业大学

韩芮 京市师范大学

…………

虽然那一个个名字和后面的院校早已烂熟于心，但初澄每次路过时依然会看上两眼，透过那一张薄薄的红纸，似乎总能看到无数张灿烂的笑脸。

"啧，大哥还是甩手掌柜，初老师可没有以前敬业了。"忽然，一道熟悉的声音从告示板后面的树旁传来。

初澄一怔，接着就看到榜上有名的李晟正站在不远处笑吟吟地看着自己。

毕业生率先开口："他们让我来看看您二位大中午的在哪里躲清闲，刚走到大榜这里就偶遇了。"

"他们？"初澄抓住了字眼。

"嗯。"李晟朝着另一方向扬扬下巴。

　　绕过建筑物的遮挡，宽阔的操场上赫然是一整排熟悉的身影。这些学生像是约好的一样回校来，坐在看台上吃着冰激凌，一个个都气势十足。

　　喻司亭也有些惊喜，走近过去看着学生们："你们这一大群人大张旗鼓的，像野餐一样，谁放你们进来的？"

　　孟鑫摊摊手："十中之光回学校看老师，门卫会拦着？"

　　"就是，考得不好的都没脸来。"李晟把两位老师带到大家面前，笑嘻嘻地汇报道，"刚才初老师在红榜前站了好一会儿，不知道是不是在想我们。"

　　"肯定想啊。"初澄被拉到同学们中间坐下，热烈地与大家交谈起来。

　　"大哥呢？"孟鑫一向喜欢争喻司亭的宠，满怀期待地看着他，"我不在，是不是感觉缺少了一条臂膀？"

　　喻司亭只哼了一声，笑而不语。

　　孟鑫嘟囔着："这是什么意思啊？我要闹啦。"

　　"看到方阵第四排那个高个儿的小妹妹了吗？初中部数学竞赛队直升，而且是今年的亭州中考第一名。"初澄单手搭着孟鑫的肩膀，调转他目视的方向，语气悠悠道，"那是大哥未来的新课代表。"

　　"啊？那么优秀。"孟鑫一副故作失落的表情，"难怪大哥对我爱搭不理了。"

　　初澄眨眼一笑："当然有补救方法。等会儿，你就过去和她说说给大哥干活儿的血泪史，说明一下做数学课代表的危险性和艰苦性，喀，但是做语文课代表不会。"

　　孟鑫终于回过味儿来："初老师，你的算盘珠子都弹到我脸上了！"

　　学生们你一言我一语地诉说近况。初澄和喻司亭都听得认真。

　　最后还是不拘小节的江之博开口问："我们组团过来探亲，大哥不会不请我们吃饭吧？"

　　一旁的白小龙也跟着起哄附和。两人同时参加体育单招，一个进入京北体育大学，一个被首都体育学院录取，兄弟俩日后依然同城。

　　初澄接茬儿道："放心，他不请我请。不过要等太阳下山，这边的军训结束以后。"

　　"那你还不歇着去？"白小龙拍拍自己的胸脯，"凭这顿饭，我也得睁大眼睛帮忙盯住了这群小崽子。"

他说着，便从台阶上蹦起来，早有准备地从兜里摸出一副扑克牌，钻进新生队伍。因为教官的两只眼睛盯不过来，他专门逮着站军姿偷懒的学生们，在他们身上夹卡片。

面对这种"撕伞"行为，初澄只能选择安慰被折磨的新崽子们："坚持一下，哥哥们的大学也快要报到军训了，他们不剩几天快活日子。"

初澄走向看台的边缘。应鹤正独自坐在这里。他还是那副高冷范儿，寡言少语，平等地瞧不上所有人，和在校时没什么区别，只是头发打理得更精心些，一头干净利落的"美式前刺"，又帅又酷。

"你不是和鹿言报了同一家驾校吗？怎么没一起去练车？"初澄主动搭话。

"悟性不同。"应鹤简短地答了几个字，顺手塞给初澄一根冰激凌。

初澄接过，笑着继续道："你俩还较劲呢？"

应鹤不答，安静几秒钟后他看向军训队列，转换话题问："这一批有没有比较皮的学生，需不需要我帮忙修理一下？"

"管好你自己就行了。"初澄扬唇，没有破坏学生的发型，只拍了拍他的肩膀。

应鹤"切"了一声。但在初澄转身去一边休息时，应鹤还是在背后指了指他的背影，声音低沉地警告学弟们："好好对他，不然我不会放过你们的。"

一群毕业生围在一起聊天，不免会谈及一些八卦。

"这几个人还那么闹腾，不过穆一洋今天没跟着一起过来凑热闹，真是稀罕。"

"他啊，谈恋爱了，陷入其中不能自拔。"

"哪个班的？你怎么知道？"

"三中的，也是哈城工业大学，洋子和那个女生在同一个迎新群里。前几天他在我升学宴上喝得烂醉，自己抖出来的。"

…………

初澄在不远处看着，一边是老生、一边是新生，心中百感交集。他侧过头感叹道："这群毕业生看起来真的比新崽子们成熟不少。"

喻司亭说："他们来我班上的时候也就是这样的年纪，一晃都长大了。"

"我猜他们现在心里一定很爽。成年了，也毕业了，可以肆无忌惮地在我们俩面前谈论一些以前不敢提的事。"

初澄听着那些不大真切的谈话声，继续道："有句话怎么说来着，没有人一直十七岁，但是总有人十七岁。"

天空晴朗，日光繁盛。

初澄被晒得眯了眯眼，披着件学生的校服外套缩成一团，专门蹲在大哥顾长的影子里，撕开快化掉的冰激凌送到嘴边。明明学生都长大了，他却好像没有分毫变化。

喻司亭看着他扒包装纸的认真神情，忍不住道："谁说没有啊，你不就一直十七岁吗？"

"啊？"初澄没听清，叼着沾到奶油的冰激凌塑料壳抬起头。

喻司亭笑："夸你呢。"

十年

亭州第十高级中学，光滑漆黑的学校挂牌上映出一张姣好的面容。一个年轻女性在这里驻足片刻后，拿着报到文件走进十中校园。

对师范生而言，硕士毕业后能够重新回到母校工作，是一种带着复杂情愫的难得体验。

十年前，自己还是一名懵懂的高一新生。与这里的砖瓦桌椅阔别了多年，教学楼内的装潢发生了很大的改变。原本的滑动黑板换成了内嵌式，白色的文件架换成了深色一体桌……就这样一路观摩、一路感慨，"高二年级教务处"的牌子出现在眼前。

不等敲门就已被发现，屋内的人连忙迎接出来。

"欢迎韩老师。"

"杨主任，好久不见。"韩芮走进办公室，熟络地和领导打招呼。多年以前，她曾以学生的身份无数次向同一人问好。以新的身份再相遇，已年过半百的年级主任免不了要感慨一番。

寒暄结束，韩芮注意到办公室内还有一张之前没有见过的陌生面孔。杨主任为两人做起介绍。许深，也是同一批到十中任职的新老师，东师硕士毕业，教数学。

"你好。"

"韩老师好。"

简单交谈几句，韩芮就可以感受到对方活泼随和的性格，带着东北人天生的爽朗和幽默。

办好入职的最后程序，杨主任朝两人说道："如果没什么其他的问题，那我就叫带你们的师父过来领人了。"

"杨主任，学校安排的是哪位老师啊？"韩芮试探性地问了一嘴。毕竟她当年读书时就跟着这一届，对很多老师都有所了解。

"是你最熟的那个。"领导了然一笑，透露道，"有人大半夜地打骚扰电话，特地向我要了你过去。"

韩芮也心领神会地回以微笑，不再说话。于是领导转身朝向另一人，说道："许老师就跟着数学组的教研组长。哎？我看看，他好像这会儿就在隔壁政教处呢。"

杨主任说着，打开门向旁边的房间走。许老师也一同跟着过去。数学教研组长，这个熟悉的名头在韩芮心中一闪而过，那不就是……

果然，走廊里响起人声："喻老师，你在这儿啊！这位是我们年级新来的数学老师许深，以后就由你带着他。"

韩芮站到门边，透过玻璃窗看到一道笔挺的人影。那人轮廓硬朗，气质深沉，漆亮的眸底如深海幽邃，抬眼间，不必说话便已满是压迫感。纵然韩芮毕业多年，看到他气场全开的模样，目光依旧会不自觉地想要躲闪。

"喻……呃，师父好。"许老师道。

看着许老师的背影，韩芮只能默默地在心里祝他好运。喻司亭带着许深离开后，杨主任回到教务处与韩芮继续聊天。

过了不久，又一人敲门而入，清朗的声音随之响起："杨主任好啊。我的爱徒呢？"

"初老师。"韩芮开心地凑上前。

在京市读大学时，韩芮经常会和初澄电话联系，偶尔也会见面。但她依然觉得惊讶，岁月竟然没有在他的脸上留下任何痕迹。相比前些年，他只是在穿衣风格上有了些许变化，那张脸还是一样年轻帅气。

"我的课代表回来了。"

初澄的一句话，让昔年的学生回忆满满，跨越了荏苒的时间。

韩芮："您的课代表也要有课代表了。"

"一晃我的学生都已经成为老师了。唉，时光如梭啊！"

"初老师的样子一点儿都没变，加上这栋熟悉的教学楼，我甚至感觉自己又回到高中时代了。"

杨主任眼见着两人聊起来没完，只能出言打断："行啦，等会儿我还有事，你们师生就别赖在我的办公室了，找自己的地方叙旧去。"

初澄笑着道声领导再见，便领着韩芮回语文组。七年时间，高二年级的教学楼的格局布置没有任何改变。语文组依旧在五楼，紧挨着数学办公室。

"那边就是你的桌位。"初澄指了指靠窗的位置。

"好，这个位置不错，白天还能晒到太阳。"韩芮没有急着收拾，又和初老师聊起天来。

初澄问："已经分好班了吗？"

韩芮答："嗯。高二（11）班，暂时先带一个。"

"11班。"初澄在脑中过了一下班号，"哟，熟人啊，是沈楠楠老师的班。"

韩芮点头："对，我知道的时候也很惊喜。不过我有很多年没见过沈老师了，不知道她还记不记得我。"

"当然会记得。"初澄不假思索道，"你们那届7班的每一个，都让我们印象深刻。"

韩芮重复："那届7班？"

"对，我现在刚好又和大哥搭班，而且带的也是7班。"初澄解释。

"真巧。"新人女教师说道。

这时，语文组办公室的门被人从外推开。

"大哥……"瞧一眼来人，韩芮忙招呼道。

"不用怕，我不找你。"

喻司亭看到韩芮并不惊讶，大概是初澄早已和他提起过学生要回来任教的事。

他径直走到初澄面前问："班里开碰头会你怎么不去啊？"

"又没什么新词儿，闭着眼睛我都知道你要说什么。"初澄说着清了清嗓子，做出一副威严的样子。

"各位老师在新学期有什么需要我配合的事情，可以提前说出来，我会尽力做好辅助，完成大家的教学安排……这是你吧？"

还别说，从韩芮的旁观者角度来看，他把大哥那副高深冷冽的样子学得有那么一点像。

喻司亭："……"

初澄转向韩芮："我们语文组老师都在多媒体教室录课，等会儿我带你过去见见。"

韩芮点头："好。"

初澄继续说："有几位是从其他年级调任过来的，你应该没有见过。正好下午有个办公室的团建聚会，你想去的话可以一起，很快就可以和大家相熟了。"

"嗯嗯，有师父保驾护航，我的职场生活就像是开了外挂。"和高中的时候一样，韩芮的嘴巴相当甜。

因为岗位调整，沈老师原来的副班留在了高一年级。

新教师教授一个班的工作量不多。初澄给韩芮提出建议，可以去申请副班岗位尝试一下。一来她与沈老师相熟，机会难得；二来这的确是个锻炼人的岗位。韩芮最终选择了听从。但出乎意料的是，在大哥手下的许深同样也填写了申请表，成为高二（18）班林祁老师的副班。

学期初的第一场主副班会议，韩芮和初澄一起走进会议室。因为工作事项繁多，主班们还有其他会议在进行，都要来得晚些，此时会议室里坐着的皆是年轻教师。

所谓副班岗，其实就是给新教师们更多接触学生和班级事务的机会，为学校提供未来班主任的储备力量。已经有资历的初老师只是碰巧这届不带班，但他凭着一张年轻脸孔，安坐在其中毫无违和感。就连坐在韩芮另一侧的许深，也以为他是一位刚毕业不久的新老师。

会议时间还没到，在座的又都是同龄的年轻教师，气氛明显要放松些。大家分吃些小零食，三三两两聚集在一起随口聊着天。

初澄并没有参加讨论。他从前排同事那里分到了两个山楂卷，叼在嘴里，安静地坐着玩手机。

许深不认识别人，又不好一直主动找女老师聊天，便越过韩芮向初澄搭话。

"这位老师是教什么的？"

"语文。"

"你们是一个组的啊，怪不得刚才一起来。有新同事真好，数学组里全都是深资历的老教师，我在里面大气都不敢出。"

初澄听到年轻人压低的吐槽声，觉得这人很有意思，也想起了当年自己初到语文组的境况，幸亏一切都有杨老师帮忙。

他放下手机，投去友善的安慰性目光："数学组是这样的，但也不完全以资历论英雄，你们组长在里面也算是年轻的。"

听到"组长"两个字，许深脑子里"嗡"的一声，叹息道："更别提了。"

听着这声叹息有故事，初澄饶有兴趣地怂恿他讲讲。许老师也实在，绘声绘色地重现了自己跟着喻老师的磨课现场。

"我师父讲课是真的牛，但他的嘴也太毒了吧。各种一针见血、打蛇七寸，要不是我一个北方汉子有流血不流泪的信念，早就被他虐哭八百回了。"

初澄忍不住轻笑着："你倒是回撑啊，他又不能吃了你。"

"我不敢呀。"许深叹一声道，"他那双又冷又凶的眼睛一看过来，我后背都发毛。"

"啧，也是，我当初也不敢。"初澄爱莫能助地摇摇头。

韩芮被夹在中间，听着两人居然就大哥的脾气展开了讨论，而且聊得投缘，一时间不知道该不该提醒一下许老师。

好在伴着走廊内杂乱的脚步声，主班们和教务领导接连走进，会议室逐渐安静下来。半个多小时后，小型例会开完，新老师们一同转场，到多媒体阶梯教室去参加评课会。初澄跟着韩芮和许深一起站到签到处前。对着评委席和座位里黑压压一片的听课老师，韩芮捏了捏手里的说课稿，深吸一口气。

"放轻松。"

初澄看出身边人的紧张情绪，声音轻柔地安慰。他没有要学生超常发挥，而是说讲不好才是正常的，发现不足就是进步的开始。

韩芮笑笑，调皮地眨了眨眼，说道："我不怕丢脸，反正学校里的老师都知道我是你的学生。"

"哦，怪我？"初澄一乐，骂声"熊孩子"。

签到完毕，初澄没有再跟着新老师们一起去找座位，顺带拍了拍许深的肩膀，说道："听见了吗？别紧张，反正出错也是怪师父没教好。"说完他就对着韩芮摆摆手，转身走向第一排的评委席。

直到初澄坐到喻司亭身边，许深才稍稍回过神来，疑惑道："他是？"

一位路过的语文老师随意地瞥去一眼，热心地回复道："我们教研组长啊。"

"啊？"许深错愕地扭头。

"呃……"韩芮用指尖摸了摸鼻梁，尽量缓和地告知真相，"他还是你师父的副班。"

"恃脸逞凶"已经是这人的老本行了，像多年前打入学生内部一样，多年后，他又打入了新老师内部。

看着台上正说笑的两个人，许深回想起自己刚刚在会议室的那一套说辞，不禁摆烂着吐槽一句："我裂开了。"

正式开学一个月，高二年级迎来首次摸底考。

韩芮坐在办公室里，捧着手机给自己做查询成绩前的心理准备。

看着新老师的纠结模样，同组的同事们纷纷调侃："小芮，你再不下定决心查的话，等下就可以用排除法算排名了。"

初澄也看不过去，趁着从身后走过的机会，亲自上手帮她点了查询键。

韩芮赶紧闭眼，嘴里喊着："别别别，师父，我还没准备好呢！"

初澄却没再给她犹豫的时间，瞥一眼结果，说道："成绩可以，都达到中上水平了。"

"啊？"韩芮没能抵得住好奇，睁开眼睛，排名第9的字样猝不及防映入眼帘，"居然比我预想的要好很多。"

"看吧，会有惊喜的。"初澄拍了下徒弟的肩膀，鼓励道，"平常心，放轻松。"

"哪里有那么容易啊？我现在终于知道您当年抓我们语文成绩时候的复杂心情了。"韩芮转身，看向初澄电脑屏幕上的教师端页面。

语文单科均分排名

高二（1）班：2

高二（7）班：1

高二（6）班：6

韩芮喃喃自语："这大概就是所谓的羡慕和仰望吧。"

"至今为止，你还是我所有学生中的语文最高分保持者。"初澄说。

"名师出高徒。"韩芮答。

初澄被嘴甜的徒弟哄得心情愉快，扬唇笑笑："老师和学生一样，不要太在意已经结束的考试，善于总结和修正才是要紧的。好啦，别想了，把上周公开课的教学设计给我。"

"好。"韩芮拿着本子挪到初澄的办公桌边。

"嗡嗡——"手机震动，是银行卡收款到账的短信消息。

初澄瞥一眼："发工资了。"

"噢。"韩芮也滑了滑自己的手机，向四周看了一圈才收回视线，小声吐槽，"可是薪水微薄。"

初澄笑而不语，但表示赞同。

"本来我想用赚到的第一笔工资给我妈妈买点礼物，但现在看来预算不太够。"韩芮托腮轻叹一口气。

初澄："你就知足吧。现在的基础工资和副班补助都比我刚工作那会儿涨了一些。"

韩芮一乐："那我就是站在师父的肩膀上了呗。"

两人随口聊了几句，下课铃声响起。

"哎哟，到点儿了。"初澄抬腕看看时间，合上刚翻开的教学设计，拎起教材起身，"回来再看吧，我这节是7班的课。"

韩芮忙跟上，说道："师父等我，我去听课。"

初澄动作顿了顿，觉得奇怪道："7班和6班的教学进度一样，早上你不是已经听过一遍了吗？"

"可是两个班的学生基础不同，我想再听听师父给尖子班上课的时候有什么细节上的区别处理。"韩芮边翻找着自己的听课笔记，边回答。

好家伙！初澄在心里叹了声，她这是听课学习还是考察自己呢？年轻一代真是会给人带来压力。

师徒两人同时离开办公室，到高二（7）班的教室里。上一节是数学，许深也刚听过课。喻司亭正站在教室的后排和他说话。

初澄偏头向韩芮："你看，我就说吧，新老师就是激情饱满。"

韩芮小声嘟囔："可是他们俩的脸色都好黑啊。"

许深眼神凌乱迷茫，一副弱小可怜又无助的模样。喻司亭也保持着一贯的不苟言笑。

"不用猜也知道，肯定是你大哥又凶小孩儿了。"初澄如此说着，想着解救新老师于水火，便上前帮忙缓和气氛。

原来是因为班级月考成绩不理想，许深变得士气萎靡，甚至有些怀疑自己，然后被大哥看穿了心思，遭到了几句不留情面的说教。

"行了行了，该交班了。"初澄插话，终止了对面师徒两个的谈话。随后他挪了挪听课用的塑料矮凳，转移话题道："嚯，这是从哪儿搬出来的？"

许深整理好情绪，声音低低地答："我自己带的，专门听课用。"

"看，年轻人没经验吧。"初澄一挑眉，凑在许深身边，用只有他能听到的声音说，"你这板凳也没个靠背，再跷个二郎腿，坐久了会腰肌劳损的。回头去买把新的，让你们有经验的喻组长帮忙挑。他从前也专门坐这个位置。"

看着狭窄的教室墙角，许深愣了愣。他听懂了初澄的意思。每位名师都是从缺乏经验的时候过来的，即便是十中的数学王牌喻司亭也曾受尽磨砺，虚心求教。对他最严厉的人恰好也是最理解他感受的那个。

"嗯。"许深点点头。

喻司亭瞄着两人，掀了掀眼皮，沉声道："又编派我什么呢？"

"看，年纪大了就会开始特别在意别人对他的看法。"初澄笑得灿烂，道，"没说什么，我是想问这两个孩子周末有没有安排，有空的话可以叫上周老师和沈老师，带着孩子，我们一起聚个餐。"

韩芮和许深对视一眼交换了意见，然后欣然同意。

周末到来，辛苦工作两周，难得放松休息一下。韩芮到达聚餐地点时，菜已经上齐了。大家也各自落座，开始吃饭。

"这油焖大虾做得太好吃了，海鲜汤也特别入味。"韩芮连连称赞。

沈楠楠点头表示赞同，把一只肥美的虾仁夹到周瑾的盘子里，说道："老公，给你扒一个，回头你也学学。"

"尝尝啊，再不夹就没有了。"喻司亭看向身边的徒弟，递给他两只剥虾的一次性手套。

"谢谢。"许深连忙接过。

因为对自己的高冷师父有着厚厚的滤镜，刚开始他还有些拘束，但见大家都表现得随意自如，也恢复了往日活泼的性子，话变得多起来。熟人聚餐自然不会有食不言的规矩，大家从生活聊到工作，边吃边聊得热闹。

初澄夹着一根嫩笋送进嘴里，嚼得"咯吱咯吱"响，随后瞧向周师兄："早上打电话的时候你跟我说有好消息，到底是什么啊？"

周瑾咽下食物，清了清嗓子："噢，上周领导找我谈话了，说是学校要进行理化教师岗位的大调动，让我做好准备写一份申请，下学期也许可以回教学一线。"

"这是大好事啊。"初澄闻言停下筷子，眼睛里都泛起了喜悦的光芒。

"是啊，虽然是在三十多岁的时候从头再来了，但毕竟某人还是很热爱三尺讲台的。"沈楠楠接过话去调侃自己的爱人，"整天在家里钻研教材，连他儿子都会背半个元素周期表了。"

"宝贝，你这么聪明啊！"韩芮立即偏过头，哄着孩子，"要不要给姐姐展示一下？"

小五一也不含糊，放下汤碗，直接开始了流利的背诵："氢氦锂铍硼，碳氮氧氟氖……"

"厉害，厉害。"背得像模像样的小孩子引得众人纷纷夸赞。

原本轻松的聚会氛围有了喜讯的加持，变得更加欢快。喻司亭乘兴拿起瓶红酒，倒给大家，然后一起举杯庆祝。

一顿晚餐吃完，几人又聚在一起聊天。直到夜色降临，小朋友犯起了困，大家才结束了这次聚会。

合拍

周一工作日，韩芮准时上班，走进办公室，第一眼就瞧见她师父靠在办公室的椅子上，一副恹恹欲睡的样子，没什么精神。

"早啊，师父。"她从拎着的纸袋里摸出一杯咖啡，放到对方的手边，"您的薄荷美式，少冰不加糖，吸管插好了，请喝。"

初澄从教案上抬眼，没等有机会说话，桌面上又被堆了不少东西。

"这是徐家铺子的肉包，您最爱的鸡汁馅。"

"这是我妈做的酱菜。"

"还有猕猴桃果切。"

初澄接过咖啡杯，喝了一口，咂咂嘴巴："无事献殷勤？"

"什么话？我一直都很尊敬师父呀。"韩芮做出一副内心受伤的样子，乌溜溜的眼底满是真诚。

初澄却不吃这套，伸了个懒腰，拖长声音叹道："你没事的话我就趴桌睡了啊。"

"哎哎哎，有事有事。"韩芮忙拦住他，说出真实目的，"那个，您今天第三节是不是没课呀？我打算讲文言文新课，师父过去听听，给我提提意见呗？"

"就这事儿啊。"初澄又抿了口咖啡，痛快地答应，"行。"

韩芮心满意足，把各种贿赂品推到师父胳膊边，满眼期待地等着他挑选。

"下次直说就行了，别搞这么多花样。上周刚说完薪水微薄，这就忘了？"初澄温和地唠叨两句，"我不爱吃猕猴桃，你自己留着吧。"

"薪水微薄也不影响给你带两个包子吃呀。"韩芮吐吐舌头，"另外一杯橘皮拿铁是给大哥的，等会儿你给他带去吧。"

说曹操曹操到。喻司亭推门走进了语文组。初澄闻声，把椅子转过半圈，朝着门边瞥了一眼。

"大哥早上好。"韩芮率先打招呼道，"我们正聊着呢，这里有给你带的咖啡。"

"谢谢，我不喝。"果然，喻司亭摆手拒绝。

韩芮抱上自己的坐垫，带着如常的笑意走向门外："那你们聊吧，我回班里去看看。"

一转眼，中秋佳节将至。

放假在即，学生们的心都不知道飞到了哪里，很难静下来认真听讲。整堂课期间，初澄需要不住地维持纪律，讲得很不顺畅。

"嗡嗡"的交头接耳声不绝，即便是好脾气的初老师也忍受不住了。

"啪嗒"一声，他把练习册撂在了讲台上，揪住其中最放肆的一个典型，面无表情地发问："张桥，我讲到哪里了？"

被点名的小子是这一届班级里最闹腾的，前阵子刚生病休息了一周。他不在时，初副班的耳根子清净不少。可这人一回来就操持起了扰乱课堂秩序的老本行。

"桥哥，34 页。"

"阅读题最后一道的文段分析。"

…………

"讲到第 5 题，答案是……"张桥虽顽劣，但人缘不赖，在左右同学的帮助下居然完整地答出来了。

初澄有些不悦，这会儿站在讲台上却不好发作，只能稍作警告，让学生坐下。

很快，放学的铃声响起，这一套卷到底是没能讲完。初澄叹了口气，喊了下课。学生们道着"初老师再见"，乱哄哄地开始收拾东西。

喻司亭慢慢地踱步进来，发现讲台上收拾教参的人似乎不大高兴，上前道："谁又扰乱课堂秩序了？"

"你的课代表。"初澄随口答。

"张桥？"喻司亭朝着后排看一眼，那一群小子正没心没肺地打闹在一起，他问道，"怎么了？"

初澄道："这小子在家休了一个礼拜，估计是玩疯了，把他周围的那一圈人都拐带得心里长草。"

在许多年以前，初澄以为老师偏爱"尖子生"是人之常情。可后来才慢慢发现，学霸作妖起来的时候是真拿他没办法。初老师叹了口气自行缓和情绪，然后转身去监督值日生们打扫卫生。

喻司亭却皱了皱眉。教室后排的几个男生正聚在一起谋划着，打算约着一起去体育公园打球。

"张桥，你的身体能行吗？"某个男生发问。

被 cue 到的学生凭空做了个投篮的姿势，回道："没有问题，现在壮得像牛一样。养病一个礼拜，家里和医院两点一线，可把我憋死了。"

学生依然维持着耍帅 pose①，忽然听到喻司亭的声音响起："你们再找一个吧，他今天打不了篮球。"

"啊？为什么呀？"张桥一愣。

喻司亭掏出手机，当着张桥的面，在微信联系人里找到他的母亲，发起了语音邀请。

"喂，喻老师，您好。"另一端的人突然接到儿子班主任的电话，显得有些紧张，下意识问道，"是张桥在学校惹什么事了吗？"

喻司亭沉声道句"没有"，看了眼还在发蒙的课代表，说道："是这样，张桥前阵子因为生病落了很多节的新课。我今天发现他上课有些不在状态，可能是新知识掌握得不够好。"

刚才还吵闹的学生们变得鸦雀无声，都机械地扭头看向当事人。

喻司亭接着说："今天晚上学校休假，如果时间允许的话，我想让他留堂多做些练习，这样更好确定他到底欠缺在哪里。"

电话那端的家长立即应答："好的好的，那实在是太麻烦您了，感谢喻老师对我们家张桥这么上心。"

---

① pose：姿势。

"他今天会晚些回家。"

"多晚都可以。结束以后麻烦您再给我打个电话，我让孩子爸爸去接，真的辛苦您了。"

直到语音电话被挂断，愣在原地的张桥才回过神来，表情夸张地扯着自己头发，张大嘴巴却没发出声音。

"听见了？"喻司亭不理会他此刻的心情，直接要求道，"去我办公室，拿两套函数综合卷。"

"大哥……"张桥不敢置信自己的假期就这么飞走了，"都已经约好了去打球，没有我他们不行。"

喻司亭环顾一圈，视线扫过其他同学："是吗？"

"我们四打五气势更凶。"男生们怕城门失火殃及池鱼，纷纷拎起书包跑路。

张桥看着抛弃自己的兄弟们，心凉半截。

毕竟他给大哥当了一年的课代表，领悟力还是及格的，很快就想明白了自己"遭横祸"的原因，转头望向一旁的副班。

"初老师，我就是自制能力差了点儿，不是故意捣乱的，我改我改！你们别给我开小灶啊！"

"他的事我可管不了。"初澄语气淡淡，却抬手做了个割脖子的动作。

"啊——"张桥见此路不通，已经戴上了痛苦面具，继续做最后挣扎，"大哥，你真不能留我，再过一会儿天就黑了。"

"哦，那你去涮拖把帮忙打扫卫生吧。我在这儿陪你。"喻司亭说完，不顾学生在背后乞求哀号的声音，转身便走。

初澄迈步跟上。

"为了教训一下这个小子，选择主动加班？不划算吧。"离开班级后，副班老师忍不住回望了教室一眼。

"不会啊。"喻司亭缓住脚步，低声提醒，"鹿言今天会来学校。"

初澄恍然一笑："一次性坑两个。"

卫生打扫结束后，师生们陆续离校。张桥被迫留了下来。

"我回来啦，两位园丁辛苦了。"鹿言推开办公室门，展露出一张精致周正的面庞。

虽然他已经是在读博士了，可顶着英气利落的碎盖发，笑起来依然少年气满满。

鹿言看到坐在旁边的张桥，疑惑地拧起眉头，问道："哎？这小子怎么还在这儿？"

初澄回道："这是舅舅给你的见面礼。"

"什么意思？"鹿言更加困惑了。

"拿你该拿的东西，去你该去的地方。"喻司亭没有解释，指着这位免费的劳动力，直接对学生开口，"有什么不懂的，他会教你。"

张桥已经不是第一次被大哥留堂了，同样也不是第一次见鹿言，此刻表现得并不拘束。他捧着数学教材和试卷，尴尬又不失礼貌地笑笑："哥，哈喽，又是我。"

"你等会儿。"鹿言抬手打住男生套近乎的举动，猛地转头看向喻老师，"又让我给学生讲题？舅，你可爱的外甥可是刚回来啊！你不热烈欢迎我就算了，还要安排我代你干活儿？"

"你不来，我也不会留他。"喻司亭答话时连头都没回。

鹿言愤愤不平地告状："初老师，你看他呀！"

"乖，好好教。"初澄眯着笑眼，语气柔和，却毫无同情之意。

得，我就不该回来。鹿言在心中默默感叹了一番人心易变，认清自己早已不如小时候受宠，然后把视线放在学生身上。

张桥乖巧地绽出笑脸。

"我脸上有题？"鹿言不爽地掼一句，拿过他的数学教材和试卷随手翻动起来，"说吧，需要讲哪里？"

"这儿……"

秋日天黑得早，六七点钟窗外已经是一片墨色。鹿言面对枯燥无趣的高中数学打了个哈欠。

"还没写完？你行不行？"

"马上了，别急。"张桥握笔，在试卷上奋笔疾书，写着解题步骤。

鹿言随意地瞥了一眼他的答案，没精打采道："你最好再检查一遍。"

张桥："啊？我做得不对？"

鹿言懒怠地单手托着腮："不知道，我没算，但感觉结果不太像那么回事儿。"

张桥狡辩："那你怎么知道不对？大哥出题就这样儿，答案奇怪也正常。"

"别扯淡，我又不是没做过。"鹿言敲了敲手指，"赶紧重新做。"

"哦。"张桥只好重新审题、改正。

"算了，你别挣扎了。我再讲一次，把笔给我。"鹿言看他把试卷勾画得乱糟糟的，不忍直视地眯起眼睛，一边讲一边吐槽，"你大哥真会抓壮丁。"

张桥看着他略显粗暴的动作，撇了撇嘴唇："哥，我没你那种天才的脑子，你就不能对我有点儿耐心吗？"

讲题间隙，鹿言无聊地翻了翻微信，发现应鹤刚发了条朋友圈，地址定位在繁天景苑。哟，应鹤回来了。

"咋了？"张桥见对方忽然停下，疑惑地抬起头。

鹿言脑子里闪过一个主意，不怀好意地笑笑："张桥，我都陪你写了一个多小时了，你是不是已经听腻了？"

"还好啊。"大概是因为鹿言的解题思路与大哥非常相像，张桥听得还挺习惯。

鹿言却放下笔，晃晃手指，强硬地纠正道："不，你腻了。走。"

张桥还没反应过来，他茫然地发问："我们去哪儿啊？"

鹿言抓起全部的教材和试卷，回道："你不是嫌我凶吗，当然是带你去找温柔大哥哥。"

秋夜冷风习习。张桥虽然不知道对方葫芦里卖的什么药，但还是跟着鹿言走出校园。

应鹤家的平层与喻司亭的房子隔着甬路相对，鹿言轻车熟路，一会儿就找到了。鹿言推开没落锁的花园门，直接进了对方的院子，"当当"地敲了几声，然后抬手挡住电子锁的摄像头。

漫长的等待后，门内终于响起不耐烦地问话声："谁啊？"

鹿言一乐："查水表。"

"滚。"

屋里的应鹤刚从国外回来，正在倒时差。他本就带着被吵醒的起床气，听到熟悉的戏谑声音，直接冷着声音回一个字。

随后，房中传来几声沉闷的狗叫声。鹿言啧一声。

"确定没敲错门吗？"张桥看着他，眼神里带着疑问。哥，你是不是对"温柔"两个字有什么误解？

鹿言并不在意应少的态度，悠然地对张桥道："我只负责送你进去，你给我把题学会了再出来，不然别怪我给大哥告状。"

张桥嘟囔："那人家也得让咱们进啊……"

"会让的。"鹿言自信满满地说完，抬手从三开始倒数。

果然，当他比到数字一的时候，门锁"咔嗒"一声响。应鹤穿着睡衣出现在面前。身材修长的应鹤揉着有些乱的发型，收起脸上的烦躁，耐着性子问他们："干什么？"

"问候一下你呗。"鹿言见对方的态度缓和，弯着唇笑笑，边进门边东张西望，"你的狗呢？"

"你别烦，我困死了。"应鹤抬手拎住这人的卫衣帽子，阻止他在自己家里的观光行为。应鹤家里的柜子、桌子、架子上全都是他喜欢的新鲜玩意儿。但凡是第一次进来的，都会被吸引。

张桥看得发愣，好一会儿都没说话。

应鹤睡眼蒙眬地开冰箱，拿了瓶水出来，栽在沙发上拧开喝。

"才几点啊，你就睡成这样了？"鹿言坐到一旁，与他并排，用平常舅舅唠叨自己的语气，唠叨对方，"你得多动动，有益健康，不然痔疮白割。"

"噗——"应鹤差点呛死自己，抽了张纸巾擦擦下巴，耐心耗尽，"到底什么事儿？"

鹿言道："最近 7 班有个同学聚会，我看你没在群里回复，过来告诉你一声。"

应鹤想也不想："不去。"

"行，那我就当你知道了。"鹿言根本不管他说什么，从兜里掏出一张酒店名片放下，聚会的具体时间和包间号都写在卡片上面。

"啰里啰唆，说了不去。"应鹤随手拿起来，丢到一边。明明垃圾桶就在地上，他却选择把名片扔进了一旁的茶盘。

鹿言瞧着他口是心非，只是笑笑："那我就不打扰你了，先走了。"

应鹤躺倒在沙发上昏昏欲睡,喉咙里发出又轻又哑的一声,算是回应。

房门被人关闭,鹿言真的离开了。1分钟、2分钟,忽然,应鹤察觉到不对劲,猛地睁开眼,果然瞧见沙发边还戳着一个表情僵硬的人。

"你怎么不走啊?"应鹤皱眉。

张桥谨记着鹿哥赋予的使命,捏了捏怀里的练习册,小心翼翼地试探:"哥你会……函数吗?"

应鹤终于反应过来刚才那小子是来干什么的了。

张桥掩饰性地摸了摸鼻梁,虽然没有听到面前人说话,但莫名觉得,他心里应该骂得挺脏的。

秘密

"前面直走，右转之后就到了。"

"好，谢谢。"

初澄向引路的服务生道完谢，边迈步向前，边朝四处看看。吊顶灯光温馨，两侧长廊装饰着淡雅的花束，直通预定好的宴会厅。

"这地方选得真不错。"

"那是。"跟在喻司亭身后的鹿言笑着接话，"也不看看是谁组织起来的。"

毕业许多年，这还是七班师生头一次的大规模聚会，当然要隆重些。

"你办事，我放心。"初澄竖起大拇指。

推开面前的门，聚会场所已见全貌。内里空间宽敞明亮，几张铺着米白色桌布的圆桌边都坐满了人。

"初老师！想死你了。"

"大哥！"

"你们俩终于来了。"

见到两人登场，一大群身影忽地围上来，表现得相当热情。

"哎哟我说鹿大班长，你这是贵人事忙，真踩点来啊。"

"就是，我们都聊半天了。"

　　相比之下，大家看到鹿言的反应倒是不大强烈，应当是私下里没少约饭的。

　　"我是有任务在身嘛，我不压轴，怎么确保这二位准时到场呢？"鹿言把话题焦点重新引回初澄和喻司亭身上，自己走到一旁去和服务生确认餐具和酒水问题。

　　"哇，看到初老师我都恍惚了一下，真的过去那么久了吗？他明明就是我记忆里的样子，一点儿也没改变呀。"

　　说这话的是李晟，从前跟着江、白、穆三人一起捣蛋的浑小子。现在变换了发型，西装革履，一副稳重可靠的样子。初澄差点儿没认出他来。

　　"还是有些成熟痕迹的。"初澄出言纠正，顺带瞄了眼身后的喻老师，"不过，这两句夸得我很开心，同样的话术，你不打算再和大哥说说？"

　　李晟循着视线，落目到依然身姿挺拔的大哥身上，脱口回应："他就是硬帅。"

　　"是谁说工科男不会夸人的？这话说得比谁都漂亮。"张熙出声打趣，惹得众人皆笑。

　　自毕业以后，初澄与这姑娘是有些联络的，知道她勤工俭学，后来学习、工作一切顺利。今日一见，还是被昔日学生的变化惊到。那个寡言的孩子不仅成熟独立，连性格也变得活泼了许多。

　　班里原先的学生至少来了一大半。从前的稚气高中生现在都已经参加工作，退去稚嫩，成为社会的精英和栋梁。初澄边聊天边打量着每一个人，不禁在心中感慨，真是都长大了。

　　"别站着，大家坐下啊。"不知是谁招呼了一声。

　　随后大家纷纷入座，回忆叙旧，聊得火热。其间陆续又来了几个同学，引起最大骚动的莫过于徐婉婉。从前的十中校花出落得更加明艳大方，温和的性子也没变，颦笑间引人注意。

　　人到得差不多，时间也刚刚好，厅内开始上菜。

　　坐在最外侧的一青年给老同学们递饮料，动作间开口道："这次来的人真全啊，压制我整个青春的大学霸都到齐了。"他也算从小品学兼优，在高三一年却遭遇了"滑铁卢"，竟死活挤不进7班成绩前十名，虽然毕业多年，却仍对此耿耿于怀。

数来数去，在座的假想敌只九人，他后知后觉道："哎，不对，还少了个应鹤，那家伙在国外深造呢。"

"应鹤应该回来了吧？我看他发朋友圈了。"邻座女生说。

"你还有他微信？"

"是啊，他最近更新了。"

说话间，她已放下筷子摸出手机，翻出那条朋友圈传给大家看。

文案内容就是普通的发牢骚，说自己被扰了好梦，配图里显露出一角的教辅材料却是被关注的重点。

"应鹤研究的不是工程物理吗？他怎么还复习上国内的高中数学了？"

"嚯，可见大哥当年对他的影响之深啊。"

最终，学生的手机被传到喻司亭这里。他只是象征性地瞥了一眼，而后看向了自家外甥。鹿言已经忍笑很久，随口胡扯道："谁知道呢，他偶尔怀旧吧。知识嘛，常看常新。"

坐在另一侧的穆一洋扭头过来，问鹿言："他知道聚会的事儿吗？"

应鹤这两年都在国外，回来得很少，虽然加入了群聊，大概也是不看消息的，从没见他在里面说过话。

鹿言点点头："知道，不过他正好要坐今天半夜飞欧洲的航班，也许时间太赶就来不了了。"

虽然前阵子已经把邀请卡送到了应少爷家里，但以他那般不合群的古怪性子，还真难保会出席。鹿言索性帮他打个圆场，以免要被大家说道。

韩芮从旁调笑："上学的时候你和应鹤最不对付，没想到还挺关心他啊。"

穆一洋瞥一眼鹿言，再环顾同学，语气存疑："你们确定那小子的头号对家是我？"

大家闻言也纷纷看向鹿言。

鹿班长一乐："都看我干什么？我可从来没和应鹤打过架。"

"你俩虽然没真正动手，但架打得可不轻啊。"某个老同学的一句话，仿佛一下子把大家的思绪拉回到当年高三模考那双神对战的时刻。

应鹤实力恐怖，自高三学期始就一路直追，在成绩排名上给了鹿言相当大的压力。每次考试的成绩出来，看着他们俩越来越小的分差，大家都会调侃，说鹿班长笑傲亭州校联体这么多年，如果在高考关口被天降选手拿掉了市第一的帽子，那真是从此"身败名裂"了。

那段时间，两个小子间的竞争实在激烈，就连观战的初老师也没法清闲。

应鹤的语文成绩稍差，为了能在总分上更进一步，总是向初澄请教各种答题技巧。鹿言的住宿条件得天独厚，每次他写完的阅读题或是作文，都可以直接拿给初老师当面批改。应鹤住在对栋也算是近水楼台，时不时就带上考卷追到班主任家里去。

在某个晚上，衣着随意的应鹤就靠在书房门边等，还不耐烦地抱怨排在自己前面的鹿言。

"你知道过度占用教育资源是一种多可耻的行为吗？"

鹿言笑着回撑他的莫名其妙："这位同学，请你搞清楚，这是我的私人关系。"

住在同一屋檐下，喻司亭自然也被扰得不能休息，从楼梯上走下来，说道："他什么时候成你们俩的私人家教了？"

大哥不爽地来到初澄面前，继续道："哪有学生这样堵老师门的？你太惯着他们了。"

初澄批改完手上的作文，揉着疼得一跳一跳的眼眶，轻声打圆场："孩子好学是好事儿。"

"那只在语文上用功？怎么没人找我讨论数学啊？"大哥看一眼已经眼皮打架的搭档，黑眸重新落回门边，"初老师都累坏了，你们俩的精力如果实在旺盛，也对着我使使？"

鹿言从小被"数学魔王"制裁，小声嘟囔："数学也行，你问他。"

应鹤靠着书房拉门默然站立，环抱着双臂，一副"我奉陪"的样子。

大哥拉开背后的玻璃柜，从里面拿出一小撂数学材料，清了清书台，发卷子和草稿纸给两人，顺便在他们手边各放一个计时器。

"一对一百题斩，同样的题目，同时开始，谁做错一道就要停下休息10分钟再继续，先做完者获胜。"

"懂。"鹿言轻车熟路，从笔筒里抽出两支自动铅笔，扔给应鹤一根，

"你行吗？"

"废话真多。"应鹤拎着一张空白卷找地方坐下，下一秒就已经进入阅题状态了。

见两人都准备好，喻司亭轻道一句："开始。"

书房内瞬间安静下来。

看着两颗毛茸茸的脑袋低埋下去，初澄压低声音："你这算助纣为虐还是以身入局啊？"

喻司亭坦诚回答："适当消耗一下他们的脑细胞。养狗不遛，是要拆家的。"

"缺不缺德啊你？"初澄忍俊不禁。

好好两个学习劲头十足的孩子，居然被他类比成了应鹤的那只阿拉斯加。

初澄随手拿起剩下的卷子瞄瞄，背面几道大题的题干和图像密密麻麻，是看一遍都觉得头晕的程度。

"得，你想的法子，自己收场。"初澄眯了眯眼睛，打着哈欠战术撤退。

喻司亭不慌不忙，踱步走过去检查，先是扫一眼鹿言的试卷，随即按下他的计时器。

"单选第二道不对，停笔休息。"

"单选？"

鹿言皱了皱眉，似乎不相信自己会在小题上丢分，快速返回去浏览，果然发现了马虎的地方，只得趴桌叹："十分钟好漫长。"

喻司亭冷眼看他："做题毛躁的老毛病又犯了，自己调整。"

"我已经记住了，有没有什么方法能够跳过 CD[①] 啊？"

"三十个俯卧撑。"

"你这是变相体罚吧？"

"你可以不做啊，舒舒服服地躺十分钟不好吗？"面对外甥的质疑，喻司亭气定神闲，说完转身又去看另外一人的试卷。

应鹤的做题速度不是一般快，而且已完成部分的正确率达到 100%。这

---

① CD：游戏术语，指释放一次技能（或使用一次物品）到下一次可以使用这种技能（或使用这个物品）的时间间隔。

会儿，他正握着铅笔在草稿纸上飞速运算。

喻司亭低头等着，直至对方算完，才伸手按了下他的计时器。

"停笔十分钟。思路就不对，再重读已知条件。"

话音落下，应鹤没有半秒犹豫，竟直接在地毯上趴下去做起俯卧撑，精瘦的手臂因为用力而胀起青色。显然，他也听到了跳过错题CD的办法。

"我去……"鹿言被气得哼声一笑，把铅笔扔在桌上。这臭小子，非要抬杠是吧？

不知道过了多久，初澄榨好几杯鲜果汁，再回到书房时，竟然看见两个孩子都在地上趴着。

鹿言率先做完了俯卧撑，起身用手腕一抹下巴的汗渍，甚至来不及喘匀，直接在答题纸上修改起了答案。另一边，应鹤乌黑的短发丝贴在耳鬓边都已经滴着水了，他却仍然紧盯着题干思索，毫不分心。

"这是……干吗呢？"初澄端着托盘望向大哥。他不理解，但大受震撼。

看着逐渐失去控制的场面，喻老师并不解释，只接过果汁托盘放在一边。

"我的鹿学神啊！"一声哀叹牵回思绪。

聚会餐桌上的男女同学们继续控诉："当年你和应鹤的双神混战打得是爽了，可全班都被迫参战，躺也不是，卷又卷不过！你俩置我们于何地啊？"

鹿言笑得灿烂："那一个巴掌哪里能拍响啊？"

"没办法，应鹤不在，只能拿你开涮了。"

"对！给个说法！"

"行行行，这事儿我认，我赔罪。"眼见惹起众怒，鹿言不得不起身倒酒，自罚两杯。

"这还差不多。"

"态度还可以，毕竟过去这么久了，就饶过你吧。"

…………

闹过笑过，话题也便转移开，从大家毕业后的各种变化，又跳到生活和工作上——李晟当初选的是土木工程专业，目前在建筑设计院工作；张熙学美术，已经是小有名气的插画师；徐婉婉主修外语，毕业后考上了海关岗位。

大家从事的行业大多在都在意料之中，最让人惊讶的当属韩芮。她居然回到母校十中当起了老师，而且又继续做回初老师的学生。

"我没想太多，就是觉得这个职业还蛮适合自己的，目前来看也还算享受，就是要麻烦初老师多多提点多多帮助啦。"韩老师如是说。

穆一洋立马调转矛头："孟鑫你看你，当初怎么就没想到以后也接手大哥的衣钵呢，他白疼你了。"

孟鑫毫不犹豫地摆手："得了吧，我哪儿是当老师的料啊！"

接着有和他关系好的学生帮腔："孟哥也不差啊，京医本硕连读，这几个字的含金量和痛苦度你们懂吗？这种当医生的同学可不能得罪。"

众人玩笑："是是是，来，我们先敬孟哥一杯。"

初澄适时插进去："哎，这人脉我已经搭上了，未来孟主任的专家号，要给我留一个哦。"

"什么时候？你怎么还偷偷给初老师单人福利啊？"

在众人质问下孟鑫只得交代："那都是高三的事啦！"

时光又仿佛回到了十中的冬天。那日大雪初霁，孟鑫因为感冒而头昏脑涨，趁着午休时间出去醒神，却被同班的男生们卷入一场雪仗中。还没等他反应过来，铺天盖地的"炮弹"就已经砸了过来。

大家追逐玩闹着，孟鑫只觉得一颗硕大但松软的雪球在他脑后碎裂开，接着他便头重脚轻，猛地栽进了雪堆里。扔出大雪球的江之博原本等着被反击，却见那人过了十来秒都没爬起来，赶紧朝大家嚷着："停停停，别打了。"

"不是吧，我刚才有那么使劲吗？"被扶起来的孟鑫满脸痛苦神色，把江之博吓了一跳，忙把他背起来，往校医室去。

正巧这一幕被初澄瞧见。

"这怎么回事儿？"

江之博气喘吁吁道："他刚才被我打晕了。"

初澄一惊："啊？"

孟鑫有气无力地拍他："哎哟，没有，快放我下来。"

"到底怎么回事？"

围在一起的学生七嘴八舌，初澄才勉强才听了个大概。

"那你也别背着他呀，一会儿再摔了。校医休假，我送他去医院检查一下吧。大哥不在，你回去和鹿言说，让他暂时管一下班里。"

初澄一边扶孟鑫去停车位，一边向围观的学生挥手："没事，都散了，别围着。"

直至上了车，孟鑫的状态才缓过来一些，开口道："初老师，你不用送我去医院。"

初澄转动方向盘，有些担心地说："你都晕倒在雪地里了，不去检查一下能行吗？"

孟鑫露出疲惫又无奈的神色："江之博说得太夸张了，就是普通的感冒而已。我中午发烧头晕，难受得没吃饭，刚才闹得急了，突然眼前一黑脚下没站稳。"

初澄从反光镜里看他："你确定？"

"真的。我家里奶奶、爸爸、姑婶外加大表哥都是医生。这点小问题，我自己都能治，你停在最近的药店，我买个退烧药吃了就好了。"

孟鑫说得云淡风轻，见初澄目光依然充满怀疑，又补充了一句："不信的话，你问大哥。"

"他在外面听报告呢，不一定能接电话。"初澄听着学生思路清晰的话，也放下心来，看向路边，在绿色的药店广告牌前停下来。

陪着孟鑫买了药，初澄又带他进了一家面馆，先让他吃点东西。看着学生的脸色红润了些，初澄才接着和他聊天："听你刚才的话，你这是生在医学世家了，难怪也有学医志向。"

"世家可谈不上，但全家都当医生是真的。"

说到这里时，孟鑫还"中二"地立了承诺："有今日一饭之恩，以后如果功成名就，那我的私人问诊号永远向初老师优先开放。"

初澄扯起嘴角："你这是感谢我，还是咒我呢？"

学生笑笑，低头接着嗦面。

那天孟鑫吃了热汤面和退烧药后，状态看起来好多了，但也请了半天假回家休息。初澄独自回学校，下午紧接着上了两堂课，才得闲找江之博谈话。

"孟鑫没事吧?"惹事的毛小子一进办公室的门就关心上了同学。

这些男孩子平常打闹没轻没重,初澄想趁机给点教训,于是恐吓道:"大哥不在,你还敢动他的课代表,回头等他收拾你吧。"

江之博哭丧着脸:"我不是故意的呀。"

"你不是故意,但是也要多留心啊,下次不许再毛毛躁躁了。"前前后后忙了半日的副班躺倒在办公椅上,疲惫地说,"好在孟鑫没事儿,吃了点退烧药,就回家歇着了。"

虚惊一场,江之博终于放宽了心,接着在副班面前卖乖:"那这事儿别告诉大哥了呗。"

"你也知道怕?"初老师瞄他一眼,"看你表现。"

"好!谢谢初老师。"江之博傻笑两声,"那我回班了。"

教训完学生,初澄却注意到他的嘴唇干涩,脸色也有点不对,忙道:"等会儿,你回来。"

"啊?怎么了?"

"过来,靠近点。"

江之博是体育生,身体结实,长得牛高马大,贴在办公桌边时遮出好大一片阴影。

初澄顺势摸了摸他的额头,竟是滚烫的,再看学生身上单薄的衣服,皱眉道:"这么冷的天,你就一直穿着这么薄的卫衣跑来跑去?"

江之博如实答:"我那会儿看孟鑫晕了,就着急嘛,棉衣扔在雪地里丢了,也不知道是谁……"

初澄边训着,边伸手从抽屉里翻出电子体温测量仪,往学生脑门上一贴。

"给我测什么呀?我一点也没……"学生还没嘟囔完这句话,就瞧见屏幕红光一闪——居然 39.1 度。

"不是,你这坏了吧?"

初澄再把仪器贴向自己,36.5 度。

江之博脸上的表情更显不可思议了。

…………

"噗——"听了故事的众人纷纷笑出声。

孟鑫挠头:"后面发生的事情是初老师后来告诉我的,江之博那天烧得比我厉害多了,但他居然一点感觉都没有!"

季雅楠毒舌:"所以孟鑫你是真脆皮啊!一个小小的感冒就晕啦?"

"怎么说呢?总有人靠脑子存活,也总有人四肢发达到你想象不到的程度。"

"说谁呢?"当事人江之博不乐意了,"我那不是担心他吗,都是第二次把同学打进医院了,换你,你不急?"

"初老师才心累吧,差点儿接连两次送学生进急诊,还都是在大哥不在的时候。"

学生们七嘴八舌,一直没开腔的喻司亭看向初澄,语气徐徐:"这件事你没和我说过。"

初老师回应:"答应孩子了嘛。"

"哟哟哟,原来模范搭档之间也是有秘密的呀。"白小龙尖声起哄。随后他向同学问道:"你们还藏着什么我不知道的故事吗?快说说。"

毕竟大家共同度过了一个高中时代,故事多得讲不完,众人分享着,词句间皆是美好回忆。听着这些过往,学生们不约而同地发出感叹:"时间过得真快啊。"有人提议一起举杯,敬过去敬未来;也有人说,不如一人一句,轮番助兴。于是学生们说起祝酒词,个个伶牙俐齿,不带重样的。

"敬时光荏苒,白驹过隙,祝前程似锦,不忘过往。"

"没有十中,我们不会相遇,敬大哥,敬初老师已工作近十年。"

"也敬桌上的新老师,敬平凡又伟大的教育工作者。"

…………

一轮接着一轮地敬酒,不断有杯子举到初澄面前。

喻司亭挡在前头:"初老师的胃不好,我替他。"

"行啊,只要你们俩出一个人,回应大家的热情就行。"

"前几杯都喝完了,该轮到我说话了吧?"

…………

欢闹的氛围就这样持续了好几个小时。但天下无不散的筵席,明日是休假结束后的工作日,有人要准备开学,有人要赶回外地上班,聚会只能暂时告一段落。大家依依不舍，或是就地畅谈，或是三三两两约着换地方再继续小酌几杯。让人惊奇的是昔日的放肆小子穆一洋最先要叫车。

白小龙一语道破："估计是家里还有人等着。他准备订婚了，和当初的大学同学。"

初澄十分惊喜："真的？到时候记得给我发请帖。"

穆一洋拍着胸脯保证："那肯定啊！"

江之博和白小龙明天都没有训练或是工作安排，两人商量着要去网吧上夜机。

徐婉婉有家人来接，捎带送好朋友韩芮回去，李晟和孟鑫打算去唱K，鹿言留下收拾残局，去吧台叫服务生退酒结账。刚走到前厅，看见一个熟悉的高挑身影正在一旁付款签单。

"应鹤？"

鹿言叫了一声，那人回过头来，露出一张又俊朗又淡漠的脸孔。

"来了怎么不进去啊？在这儿偷偷结账。"

"正好赶上了煽情环节，我不喜欢。"应鹤直起身，随手把收据塞进自己的机车夹克里。

鹿言笑笑，话锋一转："行吧，既然你没喝酒，一会儿帮忙把几个路远的女同学挨个送回家。"

应鹤漆黑的眸子倏地一扫："还敢支使我，在朋友圈骂你没看见是吧？"

"那没办法，谁让刚才你那杯酒我都替你喝了呢。"鹿言耸耸肩膀，抬臂熟络地搭上那人，"行了，一年到头也见不上几次，反正都是熟人，还别扭什么，你都不知道刚才那群人是怎么说我的……"

"小言。"

"唉。"

正说话间，初澄扶着喻老师从宴会厅里出来。

"应鹤也来了啊。"初澄笑笑，"还是别扭性子，反正都打算露面了，怎么不早点来？"

应鹤不答，只是看着与他相换的喻司亭，沉着嗓子问了句："喝多了？"

初澄无奈道："这就是挡酒的下场，被崽子们硬轮了两圈，再好的酒量也遭不住啊！"

鹿言见状，主动揽下残局："那您帮我送舅舅回去吧，剩下的交给我。车已经叫好了，在门外。"

初澄弯唇拍拍他的肩："你办事，我放心。"

整个聚会期间，喻司亭话没说两句，酒可是没少喝，看得出来，他是真的高兴啊。喻老师早些年一直带高三年级，其实那届学生是他第一批从高一带到高三的孩子，感情肯定不一样吧。

初澄正如此想着，忽然听到车座上"嗡嗡"两声，是大哥掉落的手机在震动。初澄捡起来，看到微信消息栏最顶一行挂着喻父发来的消息。老爷子叮嘱儿子要好好照顾他的外孙，许多行字的最末尾挂着一句装作不经意的"你自己也注意"。

初澄替喻老师报了平安。

退出聊天页面，又看到班级群里女生们报平安的消息，还有人晒出了聚会上的各种照片。

初澄忽然觉得，现在这种感受太奇妙了。今晚的一切，也许是幸福，是欣慰，是期待，或是什么别的东西混杂在了一起……